Homer 原著 • E. V. Rieu 英譯

伊利亞圍城記

曹鴻昭 • 譯

The Iliad
English translation by
E. V. Rieu
Harmondsworth:Penguin Books Ltd. 1950

紀念我的哥嫂

宗序、清蘭

譯者序

首先要正名。古希臘詩人荷馬的史詩 *Iliad*, 過去譯作〔伊利亞特〕，那是音譯。它的意義是伊利亞的故事。那故事是什麼呢？就是希臘聯軍圍攻伊利亞城的故事。所以我現在把它譯作〔伊利亞圍城記〕。

名字交代後，現在講述我翻譯這本書的原委。我想翻這本書，可說是由來久矣。我剛進初中時，商務印書館要出版一部書叫〔文學大綱〕；發售預約，廣告作得很大。哥哥爲了引起我課外讀書的興趣，給我預定了一部。記得價錢相當昂貴，但爲了我的教育他是不惜代價的。他對我學業的關心，跟他自己的遭遇有關。他在舊制中學畢業後，考進開封一個大學；只讀了一年，家裏便斷絕了對他的接濟。他被迫退學，考入郵政界作事；對他的半途輟學，引爲終身憾事。嫂嫂對這不幸遭遇，也非常惋惜和憤恨。等我進初中時，他們對我的學業都很重視，可說期望甚殷，好像是要在我身上彌補他們的遺憾似的。賢慧的嫂嫂多次勉勵我好好用功。嘗對我說：「只管努力上進，能上多高就上多高，家裏一定供給你。」這幾句話一直牢記在我心裏。後來我從中學到大學，用錢不論多少，哥嫂從來不吝惜。

且說那部〔文學大綱〕到手時，我喜悅極了。洋裝兩巨冊，印刷精美，還有彩色插圖。我像一個餓着肚子的孩子吃東西那樣，貪饞地翻開上冊就讀。開頭講的是希臘文學，那對我完全是

一個新的天地。初次接觸希臘神話故事，覺得非常新穎有趣。尤其是那個蘋果的故事，給我的印象很深：一只蘋果引起三位女神爭美；結果爲了一個女人，打了十年戰爭。那時我開始知道有荷馬這本書，其中專講這次戰爭的情形，書中的大英雄阿基里斯、赫克特、和奧德修斯，對我的想像發生了極大的啓發作用。那時我便想將來進大學要讀西洋文學，並立下翻譯西洋文學作品的志願。

所以從很早起，便想將來有一天要翻譯荷馬這部書。這個念頭一直在心裏打轉，只是爲了生活忙碌，沒有工夫動手，直到從聯合國退休以後。因爲紐約的氣候不適宜於瑞瓊的健康，退休後我們於一九七四年搬來加州住，在舊金山以東約三十五哩康考德買了一所小房子。因爲是新房子，最初內內外外有些事要作。後來一切就緒，空下來的時間多了起來，便開始翻這本書。

這本古老的希臘史詩，不知道有多少種英文譯本，也沒有去查考。在學校時讀過一種，那是近代叢書 (Modern Library) Andrew Lang 等人合譯的散文本。到加州後我手頭除近代叢書本外另有三種散文譯本，都是紙面裝訂。一種是曼托叢書(Mentor Classics) W. H. D. Rouse 翻譯的，一九三八年出版；一種是雄鷄叢書（Bantam Books） Alston Hurd Chase 和 William G. Perry, Jr. 合譯的；一種是企鵝叢書（Penguin Books)E. V. Rieu 翻譯的。後二者都是一九五〇年出版。在這三種之中，曼托本文字比較簡潔，只是它把書中人物的形容稱謂大都省去。雄鷄本比較累贅，企鵝本則介乎二者之間。我把企鵝本仔細讀過，覺得合適，便選定它作爲翻譯的對象。此本的譯者E. V. Rieu (1887-1972) 是英國的古典文學學者。一九五一年他成爲「味吉爾研究社」 (Virgil Society) 的主席；一九五八年又成爲「皇家文學社」 (Royal Society of Literature) 的副主席。一九四四年至一九六四年，他是企鵝叢書的發起人編輯。他

的譯作中除這本書外，尚有荷馬的另一部史詩〔奧德修斯返國記〕（*Odyssey*）。

動起手來首先遇到的困難，就是專名。書中的專名多得駭人，人名、地名、和神名等有一千三、四百個。企鵝本末尾的專名表，只開列其中最重要的・不足百個。雄鷄本則列出了四百多個，比較重要的都收羅在內了。爲了作起來方便，我把雄鷄本後面的專名表先翻譯出。這樣在翻譯正文時，遇到專名就查已譯就的專名表，以免一名兩譯或數譯。翻譯這些專名不是一件愉快的事。自己不懂希臘文，唸這些名字都成問題，不用說翻譯了。不得已只得多方查考，把它們譯了出來。凡著名的名字，過去已經有翻譯的，只要能查到，就一律採用。

翻譯正文時，若遇到有意義隱晦的地方，或對一個字眼捉摸不定時，我便參考曼托本和雄鷄本，看它們怎樣說法。若是它們的字眼意義明顯，便照明顯的說法譯出，那可能與企鵝本的說法不大相同。不過這種情形不多。仔細比較這三種譯文，我發現它們中間有不相符合之處。若只是小的差異，無關宏旨的，我就照企鵝本譯出。記得有個地方，有顯著的意義上的差別，而且別人的譯法很有道理，我就在正文裏照企鵝本譯出，另加脚註，予以指明。

我翻譯以句爲單位，習慣上先把整段唸一遍，再回頭看一句翻一句。譯完一段後總是默唸幾遍，看是否捕捉住了原文的語氣。無論原文是嚴肅的、或輕鬆的，詼諧的或尖刻的，都想在譯文裏恰如其分地表現出來，以傳其神韻。這是我爲自己所定的目標。

一個文學家有他自己文體的風格。十九世紀英國大批評家阿諾德（Matthew Arnold）論荷馬的文體說，荷馬文體的特質是行文快速，思想與用字平淡樸實，和氣質高貴。這已經成了定論。即使讀 E. V. Rieu 的翻譯，也覺得它的行文，像一江流

水，浩浩蕩蕩，奔騰而去，沒有板滯之處。它以詩的語言繪出壯
濶的畫面，傳達出了荷馬的高貴氣質。我在翻譯時，和全書脫稿
後許多次校讀時，都在想着這些特質。

　　從我少年時開始喜歡伊利亞這個故事，到現在譯出這本書，
中間經過了五十多年的歲月。回想從前哥嫂對我的愛護和照顧，
我一直遠在美國竟沒有機會報答他們，真是一大憾事。現在他們
二位俱已作古，臨風懷想，不勝唏噓。謹以此書紀念他們。

　　柳無忌師幫助我解決了幾個疑難的地方，特在這裏謝謝他。

　　　　　　　　　　　　　　　　　一九八四年十月

故事背景

奧林匹斯的主神宙斯愛一海居女神塞蒂斯，想跟她有肌膚之親。惟當時有一預言，說塞蒂斯的兒子將比他父親力氣大。宙斯怕跟她生下兒子，將來比他力氣大，可能推翻他的統治！因而不敢接觸她，而決定把她嫁給一個凡人；那樣她的兒子將來也是凡人，不能爲禍於神。

他選定的凡人是當時的著名英雄佩柳斯。結婚那天，他們請了許多神和人去觀禮赴宴。爲了一切順利，賓主和諧，他們沒有請搗亂女神厄里斯，怕她挑撥生事。這位被慢待了的女神爲此心懷憤恨，立意去報復。她去作個不速之客，到排列筵席的廳堂裏，向賀客當中投一只金蘋果，上面字迹分明，曰：「惟最美者得之。」很快就有許多位女神紛紛起來，要求那只蘋果，一時你喊我叫，亂做一團，弄得不可開交。後來那些不重要的女神自覺無望，便退了下去；只剩三位相持不下，不肯相讓。這三位是宙斯的妻子赫拉，智慧的女神雅典娜，和愛的女神阿芙羅狄蒂。

誰有資格評判她們中間誰是最美的呢？她們去找宙斯。宙斯一看這情勢有些棘手。他心裏盤算，若把蘋果給她們中間任何一位，勢必得罪另外兩位，而三位都是得罪不得的。他一面爲難，一面打算如何脫身，終於想出了個金蟬脫殼之計，他抬頭指着遠處給三位女神看，說道：「那邊愛達山腳下的那位青年牧人，便是妳們的裁判員，去求他排難解紛。」說着他敎赫耳墨斯引領三

位女神去找那位青年牧人去了。

　　這位青年牧人是住在愛達山麓的一位獵戶，以打獵牧羊爲生。他名叫巴黎，出身並非微賤，他原是特洛伊國王普利安的兒子。王后赫丘巴懷着他的時候，一夜夢見她將生下的不是人，而是一把熊熊的火炬。醒後她滿心驚恐，遍訪特洛伊城裏的占卜者和先知，問這夢主何吉凶。大家異口同聲，都說她將生下的兒子是一個禍害，將害得她家破人亡，廬舍成墟。普利安和赫丘巴商量，最好在嬰兒生下時就把他置之死地，免得爲他們帶來災殃。可是兒子生下來後，他們捨不得親自下手弄死他，而把他棄置在愛達山裏岩石上，讓猛禽野獸吃掉。誰知這孩子命不該絕，遇到了救星。一位牧羊人經過那裏，看見他頓生憐愛之心，遂把他抱回家去，當作自己的兒子養育。

　　巴黎得救了，他父母並不知道。他在純樸的村民中長大成人，長成了一個魁梧健壯的美男子；而且膂力過人，練就一身武藝，會使各種兵器，尤其弓箭嫻熟，百發百中。他在愛達山打獵牧羊爲生，倒也逍遙自在。他娶了一位山林仙女依諾內爲妻，她頗有姿色，稔知各種草木的藥性，夫妻愛情頗篤。

　　那三位相爭的女神遵照宙斯的吩咐，在赫耳墨斯引導下，來到特洛伊平原。她們先在賛薩斯河沐浴淨身，擦香玉體，整理秀髮，然後一起赤裸裸地走進愛達山麓的樹林。她們來到巴黎面前，赫耳墨斯先上去說明來意，把蘋果遞在他手裏。接着三位女神笑瞇瞇地請他裁判她們中間誰是最美的。巴黎突然看見三位絕色女神一絲不掛，出現在他面前，個個冰肌凝脂，粉粧玉琢，麗質天生，艷光照人。山野牧人，哪見過這樣陣仗。他看看這個，看看那個，看得目眩心跳，張口結舌，說不出話來。正當他猶豫的時候，三位女神企圖向他行賄，影響他的決定。赫拉答應給他權力，雅典娜給他智慧，阿芙羅狄蒂給他世上最美的女人的愛情，她說：「她的名字叫海倫，是斯巴達的王后，生得天姿國

色，美艷絕倫。來，把蘋果給我，我給你海倫。」巴黎聽了，不禁心蕩神往，連骨頭都軟了。他把什麼權力和智慧，甚至連自己的嬌妻，都拋在九霄雲外，一心只要海倫。他把手裏的蘋果一下子遞給阿芙羅狄蒂。阿芙羅狄蒂笑着接了蘋果，另兩位女神冷面怒目，背過臉去。

從那以後，巴黎念念不忘，想得到海倫。他拋棄妻子，去到特洛伊，心想愛神總能使他如願以償。他在特洛伊城，跟一班青年交遊。他的美貌和武藝，得到那些貴胄子弟的賞識。這些人中間有些原是他的兄弟。他的姊妹卡珊德拉，一位先知，一見就覺得他有些來歷。經仔細盤問他的年齡和身世，斷定他就是若干年前被棄在愛達山裏的嬰兒。他的老年父母，看見這個失而復得的兒子生得這麼英俊漂亮，真是眉目清秀，氣宇軒昂，只有高興的份兒，把從前赫丘巴夢中的事和占卜者的警告，忘得一乾二淨。他們接他回家，爲他的生還慶幸。他父親對他恩愛備至，十分器重；後來教他率領一隊船到希臘去尋覓從前被赫拉克勒斯擄去的赫西昂內。這正是他夢寐以求的好機會。他要藉這機會，去實現私願，向海倫和她丈夫米奈勞斯居住的城市斯巴達駛去。

這位海倫的身世很不尋常。她母親勒達是斯巴達王廷達拉斯的王后，父親是宙斯。她生下來就非常美貌，到要結婚的時候，她的美麗已經傳得遐邇咸知。當時希臘的青年英雄，從四面八方來向她求婚。其中最重要的當推佩柳斯和塞蒂斯的兒子阿基里斯，奈斯特的兒子安蒂洛卡斯，特拉蒙的兒子埃傑克斯，波亞斯的兒子菲洛克特蒂斯，阿楚斯的兒子米奈勞斯，和拉厄特斯的兒子奧德修斯。這班青年都是出自名門，和當世的俊傑。廷達拉斯王和勒達不知選誰好，富於計謀的奧德修斯想出一個辦法。他建議讓海倫自己選一人爲她的丈夫，但在選擇之前，大家起誓，將來都竭力保護她和她的丈夫，不論他是誰。大家同意這個辦法，並起了誓，海倫選的是米奈勞斯。廷達拉斯爲答謝奧德修斯的良

好建議，把他的姪女皮奈洛普給他爲妻。

巴黎到斯巴達時米奈勞斯巳是斯巴達君王，海倫巳是一個女兒的母親，他們慷慨招待這位遠方來的客人住在他們的王宮裏。巴黎見了海倫，覺得她的美竟超過他所想像的。他夜間輾轉反側，不能入睡；思前想後，明知如放膽做去，就違反作客常規，將招來很大麻煩。可是慾令智昏，他不顧一切，決定向阿芙羅狄蒂禱告，求她幫助。阿芙羅狄蒂聽見他禱告，答應他的祈求。神是無所不能的，她點化海倫，使她對巴黎發生愛心。

海倫初見巴黎時，看他是青年皇子，風流倜儻，原巳有些好感。自經阿芙羅狄蒂點化後，她對巴黎的愛心油然而生，只覺得一種不可抗拒的力量突然施諸於她的身上，一股不可遏制的熱情充滿她的心房。她周遭的一切巳失去重要性，惟一重要的是巴黎，是她對他的愛。所以二人再見面時，巳是四目傳情，兩心相許了。兩人私下相愛，只瞞着米奈勞斯。也是事有湊巧，一天米奈勞斯有事到克里特去，留下海倫在家。巴黎趁機，說動海倫同他一起逃走了。他們一逕回到特洛伊，普利安王歡迎他兒子歸來，並歡迎海倫，把她當作媳婦看待。

米奈勞斯回來，發現王后被巴黎拐去，非常生氣。他痛恨巴黎無義，決定興兵報仇，奪回海倫。他的兄長邁錫尼王阿加米農立即來支援。他的王國是希臘最大的，兄弟二人首先集合起自己的軍隊和船隻；一面傳檄各城邦的君王皇子，請他們前來參加，特別敦促那些從前在海倫結婚前曾發誓要保護她和她丈夫的人們。

一時各城邦的君王首長，各率艦隊紛紛而來。眾軍集合起來，成爲前所未有的一支偉大的遠征軍，共有戰艦千餘艘，軍隊十餘萬人，阿加米農任總指揮。

他們齊集在希臘中部的港口奧利斯，準備一有順風，便出發前往特洛伊。這時發生了一個奇蹟。全軍及眾多領袖在一個祭壇

上向宙斯獻祭。祭壇在一棵大樹下，突然一條花紅蛇從祭壇下鑽出來爬上樹去。樹的高枝有一雀巢，內有八隻小雀被蛇吞食了。有一母雀繞巢飛鳴，被蛇咬住翅膀也吞了下去。這時蛇忽然變成了石頭。全體希臘軍都看見這幕景象。他們駭得目瞪口呆，不知主何吉凶。軍中的占卜官當向眾人說道：「亞該亞人（荷馬稱那時的希臘人為亞該亞人，阿果斯人，或達南人），不要害怕。宙斯向我們顯示了一個徵兆。適才有一條花紅蛇吞食了九隻麻雀，那表示特洛伊戰爭要相持九年，到第十年就可打破那寬街潤衢的特洛伊城。」眾人聽了他的話，相信他的不禁憂形於色，覺得十年在外，遠離父母妻子，縱然將來生還，也要吃不少苦頭。大多數都不相信他，他們想這樣一枝大軍去攻打一座城池，焉有不馬到成功之理。

　　艦隊在駛往特洛伊途中，發生了一件殘忍不仁的事。他們來到倫諾斯停下，在島上尋覓淡水。菲洛克特蒂斯不幸被毒蛇咬傷了腳，島上藥草失靈，傷勢越來越重。最壞的是從傷處溢出一種可怕的惡臭，令人近他不得。最後希臘人竟棄他不顧，留他一人在島上，任他百般央求，只是不理。那時希臘人不知道他們將對這可恥行徑付出很大代價。因為命運注定要打破特洛伊城，非有從前赫拉克勒斯的弓箭不可，這副弓箭正為菲洛克特蒂斯所有。由於他被棄在那裏，特洛伊戰爭不必要地延長了時日，多死了成千上萬的希臘人。

　　最後這龐大艦隊浩浩蕩蕩向特洛伊海岸挺進。近岸時他們看見雄偉的特洛伊城，堡樓高崝，雉堞櫛比。城前一片平原，直到海邊。斯卡曼德和西莫伊斯二河在平原中間滙合後，注入赫勒斯龐特。愛達山雄崝一側，山上林木茂密，飛泉處處。惟許多人注目的，不是那裏的山川形勢，而是當前的一片敵軍。特洛伊人在岸上排成陣勢，準備迎敵。

　　敵前登陸，難免要忍受犧牲。何況大家知道有一神諭說，希

臘人首先着陸的必先被殺死。一時衆人互相觀望，遲疑不前。忽然澤薩律的皇子普羅特西勞斯奮不顧身，跳下船去，在淺水中向岸上直奔，登時被殺死在岸邊。接着衆人紛紛跳船，一擁奔上前去，兩軍交起手來。一霎時標槍羽矢來來往往，像飛蝗一般遮天蔽日。這一場厮殺，雙方俱有死傷。後來希臘軍陸續登陸的越來越多，卒以壓倒的多數迫特洛伊軍後退。終於特洛伊人退回城去，閉門固守。希臘人則佔據灘頭陣地。

　　最初希臘人忙於在沿岸一帶構築工事，同時安營下寨，作久居之計，他們把船拉到沙灘上，用木柱支起，以免腐蝕船底。在列船前面，他們就地取材，蓋了許多棚屋，以蔽風雨，供起居之用。

　　希臘軍人數衆多，有良好防禦工事，特洛伊人不能把他們推下海去。特洛伊也有一枝實力雄厚的軍隊。普利安的兒子赫克特勇敢善戰，是特洛伊軍統率，他的助手波律達馬斯足智多謀。特洛伊的第二枝軍隊，爲巴黎所統率，他的助手是阿爾克佐斯和阿吉諾。統率第三枝軍隊的是普利安的另兩個兒子，赫勒納斯和德弗巴斯，前者是很好的占卜者。普利安的侄子乙尼斯統率第四枝軍隊，他的戰鬥力僅次於赫克特。除了特洛伊本身的軍隊外，後來還有許多盟邦的軍隊來助戰，所以實力也不弱。兩下勢均力敵，形成相持不下的局面。

　　奧林匹斯衆神對於這次戰爭的態度很不一致。赫拉和雅典娜不忘巴黎給她們的恥辱，幫助希臘人。波塞冬和赫斐斯塔司也幫助希臘人。阿芙羅狄蒂幫助特洛伊，那自然是因爲巴黎的緣故，同時也因爲乙尼斯是她的兒子。戰神阿瑞斯大約因爲愛阿芙羅狄蒂，也幫助特洛伊人。阿波羅和她姐姐阿特米斯，不知何故也站在特洛伊人一邊。宙斯自己則拿不定主意，有時教希臘人勝，有時教特洛伊人勝。

　　就這樣，戰爭相持了下去。在戰況不緊張的時候，阿基里斯

常率領他的部隊到隣近城鎮去搶刼，殺人越貨，掠取女子財帛食物等，並帶回俘虜，等他們家人來贖。每次搶回來東西，都分給軍中各將士。他曾打破沿岸十二座城池，和內陸十一座城池。其中之一是律奈薩斯，城裏有一女子布里塞斯被擄了回來。這女子分給了阿基里斯，他很愛她，她也很愛他。她給希臘軍帶來了很大麻煩，但那不是她的過錯。

　　故事開始時，戰爭已進入第九個年頭。

　　採自拙著〔金蘋果〕草稿。

譯者
一九八四年十月

目　次

一 吵架

阿基里斯的憤怒是我的主題。那暴怒稱了宙斯的心意，給亞該亞人帶來好多災難，把許多大人物的英靈送入冥府，讓狗跟鳥兒吃他們的屍體。歌的女神，讓我們開始吟咏人的王阿加米農跟佩柳斯的兒子偉大的阿基里斯的生氣分離吧。是哪位神弄得他們吵架呢？

那是宙斯和勒托的兒子阿波羅搞起來的爭執。他向王的軍隊降下一場大瘟疫，病死了他的人；因爲王對他的祭司可來西斯不客氣，所以他懲罰他。可來西斯來到亞該亞人船前，想討回他的女兒，他隨身帶着豐厚的贖金，手執金杖，杖頭有弓神阿波羅的花冠。他懇求所有的亞該亞人，特別是他們的指揮官阿楚斯的兩個兒子。

「我的主，還有你們帶甲的亞該亞人；你們想打破普利安王的城池，平安返家去，願住在奧林匹斯的衆神，償你們的心願，可是請你們敬重宙斯的兒子弓神阿波羅，接受這贖金，放還我的女兒。」

兵士們齊聲喝采。他們願見阿加米農王尊敬這位祭司，接受那動人的贖金，但這毫未打動王的心，他嚴厲警告他，粗魯地斥喝他。

「老漢，」他說道，「別讓我看見你在這些空船旁邊徘徊，將來也不要返來，否則你那神杖和花冠可保護不了你。我決不答

應放你的女兒 。 我打算帶她遠離家鄉 ， 讓她住在阿果斯我的家裏，替我織布，伴我睡眠。走開吧，不要惹我性起，假如你要平安離去。」

那老漢惶恐戰慄，聽從了他，他不作一聲去了，順着浪聲滔滔的海邊走。走到無人處他向美髮的勒托的兒子阿波羅王憤怒禱告。「請聽我祈禱，銀弓神，可來西和神聖的西拉的保護者，特內多斯的最高君主 。 滅鼠者① ，假如我給你蓋過一座稱心的殿宇，給你燔炙過肥的牛腿和羊腿，請應允我這宗心願。願達南人在你箭下償還我的淚債。」

菲巴斯阿波羅聽見了他的祈禱。他滿心惱怒，離開奧林匹斯山巔，背着弓和蓋着的箭壺。這位憤怒的神走動時，箭在他肩上咕吱響，像黑夜一般降下來。他坐在船對面射一枝箭，那銀弓的弦聲好可怕，他先射騾子和敏捷的狗；繼以鋒利的箭簇射殺人，一個跟一個，無數的火堆燒屍體，晝夜不停。

這位神的箭落在軍營裏，九天沒有休止。第十天，阿基里斯命令軍隊集合：那是粉臂女神赫拉點動他做的，她看見達南人遭毀滅，心裏好憂傷。集合起來後，偉大的跑者阿基里斯向他們發言：

「我主阿加米農，戰爭和瘟疫交相侵迫，恐怕不久我們的力量將大見減削，那時還沒有死的人，將不得不放棄鬥爭，扯起帆篷回家去。可是我們能不能請教一位先知，祭司，或甚至一位圓夢者——因為夢也是宙斯派來的——問他為什麼菲巴斯阿波羅跟我們生這樣大的氣？也許我們曾破誓，或獻祭不周，因而觸怒了他。果然是這樣，也許他肯接受烤得香噴噴的綿羊或山羊，饒我們脫過這場瘟疫。」

阿基里斯坐下去。澤斯特的兒子克爾卡斯站起來。克爾卡斯

---

① 阿波羅也是農業的保護者，滅鼠除農害，是他的職責之一。

是軍中最好的占卜者，這般能耐沒有人能比得上他。他能洞悉過去、現在和未來；憑這占卜的本領，這是阿波羅給他的，他指導亞該亞的艦隊駛到伊利亞。他是忠誠的阿果斯人，並以這樣精神起立發言。

「阿基里斯，」他說，「我的主，你問我弓王阿波羅為什麼生氣；這個我就要告訴你。可是你，要先聽我說一件。你肯不肯賭個咒，說你將挺身出來用你的辯才和力量保護我？我求你這一件，因為我很知道我將會得罪一個人，他在我們中間有絕對權力，他的話就是一切亞該亞人的法律。一個小民如得罪一位君王，那他可不是對手。即使君王當下按住怒火不發作，他仍將銜恨在心，等待將來清算的那一天。想一想，你能不能保障我的安全。」

「不要害怕，」善跑的阿基里斯說道，「把你知道的天上的事都告訴我們。我現在指着宙斯的兒子阿波羅起誓，你所要宣布的就是他的諭旨。只要我活在這裏，神志還正常，這空船邊的達南人沒有誰會傷害你，即使你所說的是阿加米農，我們的君王。」

最後，這位占卜者鼓足勇氣說道：「他並未認為我們曾破誓，或獻祭不周，神生氣是因為阿加米農侮辱了他的祭司；他拒絕接受贖金，釋放他的女兒。這便是我們目前遭難和未來還要遭難的原因。弓王不會饒我們這場大劫，假如我們不把那位明眸的女郎還給她父親，不要贖金，並向可來西神聖祭獻。這樣，我們可能平息他的怒氣。」

克爾卡斯坐下去，阿楚斯的偉大兒子阿加米農王暴跳起來。他的心燃燒着怒忿，兩隻眼睛直冒火。他先向克爾卡斯說話，滿口是威脅。

「報凶的預言人，你還沒有說過我一句好言好語。你歡喜預言的，總是些禍事；向來沒有應驗過一句好話，也沒有說過一句。現在你作為軍中的占卜官，竟大放厥詞，告訴衆人說，弓神

迫害他們是因爲我拒絕接受女郎克來西易斯的贖金，雖然那是很豐厚的禮物。爲什麼我拒絕？因爲我原想留下這女郎，帶她回家去。我歡喜她勝過我的王后克里退奈斯屈阿。她跟她同樣美，聰明乖巧也不亞於她。可是，即使是如此，我仍願放棄她，假如這是比較聰明的辦法，我願我的人安全無恙，不要像現在這樣死了去。但是你們必須立即另找一個戰利品給我，不然我便是惟一落空了的，一樁極不妥當的事。你們可以看見，分給我的女子就要走掉了」。

善跑的和頂好的阿基里斯跳起來問道：「陛下，你想我們的部隊從哪裏再弄一位女子來滿足你那無比的貪心？我還沒聽說過我們曾保留什麼公積金。我們從打破的城池刧來的，都已經散盡了，總不能要求衆人都繳出來，那是不可能的。現在放回那女子，像神所要求的。將來我們可三倍四倍補償你，假如宙斯讓我們打破特洛伊。」

阿加米農王立刻答道：「阿基里斯皇子，你是偉大人物，但別想能讓我上那個當，我不會受你的愚弄或欺騙，放棄那女子，你說。大概你希望保住你自己的戰利品。你期望我坐着不動，任人刧奪嗎？不會的，隊伍要是準備給我另一個戰利品，挑選得合乎我的脾胃，以彌補我的損失，那便無話可說。要不然，我就要來要你的戰利品，或埃傑克斯的，或奧德修斯的，那時你們該多麼生氣喲！可是，這可等一下再理論。眼下讓我們放一隻黑船在友善的海裏，派幾位特殊的船員去，載上獻祭的牲畜，把那女子，美貌的克來西易斯，放在船上。讓我們的某位顧問充當艦長——埃傑克斯，愛多麥紐斯，頂好的奧德修斯，或者你自己，我的主，我們中間最勇敢的——去獻上祭物，贏回阿波羅對我們的愛護。」

偉大的跑者阿基里斯，怒目瞪着他。「你這個無恥的陰險傢伙，」他喊道，「總是要佔便宜！你怎能期望人們忠心耿耿替你

打趄或打仗呢？我來這裏打仗，可不是因為我跟特洛伊的槍手有
什麼過節。他們沒有傷害我，沒有偷我的牛或馬，也沒有糟蹋長
在弗西雅的深層土壤裏養活她的人民的莊稼，因為我們中間隔着
滔滔大海和陰暗的崇山峻嶺。事實真象是，我們參加這次遠征，
是為了討你的歡喜；是的，你這條沒良心的狗，是為了要特洛伊
人向米奈勞斯和你自己賠罪——這個事實你竟全然不顧。現在你
還威脅着要奪我的戰利品，那是我以功勞掙來的，也是軍士們對
我的一番敬意。每當亞該亞人打破特洛伊人的富庶城池時，你得
到的總是比我多。衝鋒陷陣是我的份兒，但是等到分掠奪品時，
你得的特別多，我則筋疲力盡轉回去，只分得一點兒，所以現在
我要返回弗西雅去；那是最好的辦法，開起我的鳥嘴船回家去。
我覺得不必在這裏受你侮辱，同時還替你掙得財貨。」

　　「滾你的蛋，隨你便，」阿加米農王回罵道，「假如你一心
要走，我決不求你留下來。這裏有的是尊敬我的，宙斯主宰② 便
是第一個。還有一層，在這裏的王子中，你是對我最不恭順的。
對於你，煽動、暴行和鬥毆，是家常便飯。算你是偉大戰士該怎
樣，還不是上帝這樣造成你的。開起你的船，同你的帶甲兵士回
家統治邁密登去吧。我這裏用不着你；你的憤怒使我心淡了，不
過我要警告你。菲巴斯阿波羅奪去了我的克來西易斯，我將派我
自己的人，開船送她返去。同樣的，阿基里斯，我要到你的棚屋
去，帶走你的戰利品，美貌的布里塞斯，好讓你知道我的力量比
你大，也教訓別人不要跟我拌嘴，公然反抗他們的君王。」

　　這番話刺痛阿基里斯的心。在他那毛茸茸的胸脯內，一顆心
對兩條路依違不定：要不要拔出身邊的利劍，穿過人叢去刺殺阿
加米農王，或是克制自己，按捺住怒忿，他內心的衝突正在交織
着，劍已經半截出了鞘，雅典娜因粉臂女神赫拉的吩咐，從天上

---

　　②　原文是 Counsellor，直譯應為顧問。

來到他身邊，赫拉愛他們兩人沒有區別，並爲他們焦慮。雅典娜站在他背後，拉住他的金髮，只有阿基里斯一人知道她在跟前，別人什麼也沒看見。他驚奇地轉過頭去，立即認得是帕拉斯雅典娜——她眼中發出可怕的亮光——並大膽向她說道：「佩乙已斯的宙斯的女兒，妳來這裏做什麼？可是要看看我主阿加米農的傲慢嘴臉？率直告訴妳——我不是空言恫嚇——他的這樣暴戾，將斷送他的性命。」

「我是從天上來的，」明眸的雅典娜答道，「希望你放明白些，是粉臂女神赫拉派我來的，她愛你們兩個，並爲你們憂慮。快別跟他鬧，放下劍，只用言語頂撞他，告訴他說你要怎麼樣。我現在先告訴你，將來有一天，你會得到較你現在失去的價值三倍的禮物，以補償這場無禮。莫動手，聽我們的話。」

「女神，」偉大的跑者阿基里斯答道，「妳們兩位女神的命令，人必須服從，無論他多麼生氣。最好是聽；聽神話的人，神也聽他的話。」

說着他的巨掌停住在銀的劍把上，把長劍推囘鞘裏去，服從了雅典娜；雅典娜便返囘奧林匹斯佩乙已斯的宙斯的宮殿裏，會合其他諸神去了。

可是阿基里斯沒有息怒；他又痛罵阿特瑞斯③起來。「你這個醉漢，」他喊道，「你這狗目鹿膽之輩！一向沒有膽量披掛起來跟着隊伍去打伏，或同別的隊長一同去伏擊，寧死也不去，那自然不如留在營地，偷竊那些不順從你的人的戰利品，剝削人民以肥己，因爲他們無力抵抗你。他們確是軟弱的，不然的話，我的主，你這次盜賊行爲，也許就是最後一次。

但要記住我這句話，因爲我要賭個咒。看這根寶杖。一旦從山裏樹幹上砍下來，便不能再生枝葉：鈎刀削去皮和葉，它不能

---

③　這是阿加米農和米奈勞斯兄弟二人的別名。

再萌芽。可是那些以宙斯的名義保障我們的法律的人，我們國家的法官，卻把它握在手裏。我指這根寶杖起誓，我不能找到比這更好的東西，將來有一天亞該亞人個個都會着實想念我。眼看着成百人死在煞星赫克特手裏，你絕望之餘，無力救他們。那時你會懊悔得挖出自已的心來，不該蔑視軍中最傑出的人。」

佩柳斯的兒子說完了，把那條嵌金寶杖拋在地上，自已坐了下去，任對面的阿特瑞斯暴跳如雷。這時奈斯特跳起身來。派洛斯的奈斯特，客氣辭令的高手，語音清晰，話說得比蜜還甜。他已經看見派洛斯的兩代人出生、成長和死去，現正統治着第三代。滿懷仁慈的關切，他發言道：「這真足夠使亞該亞人慟哭！普利安和他的兒子們將多麼快活喲，特洛伊人將多麼高興喲，假如他們聽見你們兩人這樣吵鬧，無論決策或打仗，你們都是達南人的領袖。聽我說，你們兩人都是我的晚輩，再說，過去我曾結交過甚至比你們強的人，他們總是敬重我；他們是我過去所遇到的或將來所能遇到的，最出色的人，像佩里索斯和人民的牧者助亞斯，埃克塞狄斯，神一般的波律菲馬斯和伊吉斯的兒子大英雄西修斯。他們是世上最雄武的人。這班最雄武的人和一個最雄武的山地野蠻部族對敵，徹底消滅了他們。我離開派洛斯我的家，就是要去會他們，應他們的邀請，我長途跋涉到他們那裏，在他們的戰役中發揮了獨立的作用。現在的人誰也不是他們的敵手。可是他們總是聽我的話，採納我的意見。現在你們兩個也必須聽我的話，那是不會錯的，阿加米農，別計較你的地位和特權，不要搶奪他的女子。隊伍把她分給了他，讓他保住他的戰利品。可是你，我主阿基里斯，也不要再跟君王爭。由於宙斯給他的權力，一位在位的君主，應受我們分外的尊敬。你是女神所生，可能比他力氣大；可是阿加米農比你強，他統治更多的人民。我主阿特瑞斯，不要再生氣了。我，奈斯特，求你寬容阿基里斯，他是我們在戰爭中最堅固的堡壘。」

「我的可敬的主，你的話誰也不能挑出毛病。」阿加米農王答道，「但是他這個人想要控制這裏的一切；他要騎在我們大家頭上，當君王，向我們每個人發號施令，不過我知道有人不吃他這一套。就算是永生的神使他成為槍手，那該當如何？那使他有權罵人嗎？」

這時高貴的阿基里斯打斷王的話：「無論你說什麼，假如我樣樣都依你，人便稱我是傻瓜和懦夫。指揮別人去吧，但不能指揮我。從此我不再服從你了。現在還有一件事，你要想一想。我不打算為這女子親自跟你鬥，或跟任何人鬥。當初是你把她給我的，現在你把她奪了去。可是我的黑船旁邊的所有其他東西，你休想動一樣。不信你來試試看，好讓衆人看看會發生什麼事。你的血將順着我的槍桿流。」

口角畢，兩人站起身來，解散了亞該亞人船邊的集會。阿基里斯跟派楚克拉斯和他的人回到自己整潔的船隻和棚屋去；同時阿特瑞斯放一隻快艇到海裏，選派二十人為槳手，裝好了祭神的牲畜，叫出美貌的克來西易斯上船去。艦長是巧於計謀的奧德修斯，一切妥當後，他們便出海去了。

同時阿加米農使他的人民沐浴淨身。他們用海水洗去身上的污垢，在荒海的岸邊用公牛和羊祭奠阿波羅；肉香和着曲烟騰入雲霄。

當他的人在營裏作這些事情時，阿加米農沒有忘掉他和阿基里斯的口角和他在會場對他的恫嚇。他喚來特爾西比斯和歐呂貝特斯，他的兩位宣報員和服貼的侍從，告訴他們說：「去到佩柳斯的兒子阿基里斯的棚屋裏，把那女子布里塞斯帶過來。假如他不放，我要親自去奪了她，那時他便更糟糕。」

兩人被派出去後，牢記着他的嚴厲吩咐，不自願地順着荒海的岸邊走，最後來到邁密登人的營地和船前，看見王子坐在他的黑船旁的棚屋裏。阿基里斯看見他們時，沒有什麼高興。他們停

住脚步,站在王子面前,又怯又慚,不敢開口告訴他說他們是來幹什麼的。可是不用說他也知道,他開言道:「宣報員,你們是宙斯和人的使者,我歡迎你們,請近前來。我惱的不是你們,而是阿加米農,他派你們兩位來帶布里塞斯。我主派楚克拉斯,可否請你喚那女子出來交給他們?我指望他們兩位,將來在快樂的神的面前,和人的面前,和那暴君自己面前,替我作見證,假如有一天亞該亞人再需要我救他們脫離災禍,那人簡直是瘋子。但凡他能往前看一看,現在就會想到,將來他的部隊被逼在船邊時,他將如何救他們。」派楚克拉斯聽他朋友的話,把美貌的布里塞斯帶出棚屋,交給那兩人,他們跟着這不快樂的女子,順着一列排船走回去了。

阿基里斯離開他的人,哭了起來。他獨自坐在灰海的岸邊,望着那一片汪洋。他舉起雙手,向他的母親傾出了禱告。「母親,既然妳,一位女神,給了我生命,縱然我活的日子很短,奧林匹斯的雷神宙斯當對我有相當眷顧。可是他沒有體卹我。他讓阿加米農王侮辱我。他奪去我的戰利品,現正佔着她。」

阿基里斯一面禱告,一面哭泣,他的母親在海的深處,坐在她老父身邊,聽見了他的禱告,她急忙升起,離開那灰色的水,像一片霧,來到他哭泣的兒子身旁坐下,用手撫摸他,問道:「我兒,爲什麼這樣流淚?甚麼事使你傷心?不要只管自己難過,告訴我,我好替你分憂。」

善跑的阿基里斯長嘆一口氣。「妳是知道的,」他說道:「既然妳知道,爲什麼我要告訴妳整個故事呢?我們去到塞貝,埃厄森的神聖城池;我打破那座城,運回掠奪品,按照平常的規矩把刼來的東西分給全軍,特別把美貌的克來西易斯分給了阿特瑞斯。不久弓神阿波羅的祭司可來西斯,來到披銅甲的亞該亞人船邊,來討他的女兒;他帶着豐厚的贖金,手執金杖,杖頭有弓神阿波羅的花冠。他懇求亞該亞人全軍,主要是懇求軍中的兩位領

袖阿特瑞斯兄弟。兵士們齊聲喝采，表示他們願見阿加米農尊敬
那祭司，接受那動人心的贖金。但這毫未打動阿加米農的心。他
打發他走開，嚴厲警告他。那老人憤怒地回去了。但是阿波羅聽
從了他的禱告，因爲他很愛他，他用箭射阿果斯人的軍隊。人
們紛紛倒下去死了，因爲那神的箭落在我們分散的營地的每個角
落。最後，一位占卜者懂得弓神的意思，並向我們解說，我立刻
站起來勸他們祈求這位神的恩典。這使阿加米農動了火。他跳起
來威嚇我。現在他已作出了他威脅着要作的；明眸的亞該亞人現
正用船送那女子囘可來西，隨帶着祭神的犧牲，同時王的使者剛
從我的棚屋裏帶走了軍隊分給我的布里塞斯。

　　所以，假如妳有什麽力量，請妳保護妳的兒子，去到奧林匹
斯，要是妳過去作過什麽，或說過什麽，曾溫暖宙斯的心，在妳
向他禱告時提一下。例如在我父親家裏，我常聽妳驕傲地向我們
述說，當奧林匹斯有幾位神如赫拉、波塞多和帕拉斯、雅典娜秘
密設計鎖拿行雲天神宙斯的時候，妳如何獨力救他脫過恥辱的厄
難。是妳救他免受那次恥辱。妳迅速叫那百臂巨人來到奧林匹斯
山，他就是神稱布賴魯斯，但人稱伊巳昂的，一位較他父親力氣
更大的巨人。他聲勢洶洶，蹲在克魯諾斯的兒子身旁，把衆神駭
得溜走，宙斯又得到了自由。

　　去坐在他身邊，抱住他的雙膝，提一下那件事。假如妳能夠，
勸他幫助特洛伊人把亞該亞人推囘到船上，把他們堵在海邊屠殺
掉。那就會教訓他們應該欣賞他們的王，並使阿楚斯的兒子阿加
米農王認識他是多大一個傻瓜，竟侮辱他們中間最高尚的人。」

　　「兒啊，兒啊！」塞蒂斯哭着說道：「我養大這苦命的孩子
就是爲了這個嗎？至少他們可以讓你無憂無慮安逸地在你船邊，
因爲命運注定你短命，不久就要去了。但是看樣子你不但注定要
早死，而且還要過痛苦的生活。我生你那天眞是個不幸的日子！
不管怎樣，我將到白雪皚皚的奧林匹斯去，親自向雷神宙斯說這

件事，看能不能打動他的心。眼下你就守住你豪華的船，**繼續跟
亞該亞人的爭執，不要參加戰鬥**。我必須告訴你，昨天宙斯去洋
川赴衣索比亞人的宴會去了，眾神都跟了去。十二天內他將回到
奧林匹斯，那時你放心，我將去到他的銅殿裏，匍匐在他的腳
前。我相信他會聽我說。」

　　塞蒂斯離去了，留下阿基里斯為那位被奪去的淑女悲傷。這
時奧德修斯和他的人，帶着神聖的祭品已到了可來西。船進入深
水的港口，他們收了帆，摺起來放在艙裏，放下桅前的支索，讓
桅桿乾淨俐落倒進支架；把船划進碇泊的部位，拋錨拉鏈，跳在
海灘上。弓神的祭牛被牽下船，克來西易斯也下船走到岸上。心
思靈敏的奧德修斯把那女子引到祭壇前，還給她父親。「可來西
斯，」他說道：「人的王阿加米農命我把你的女兒帶給你，並替
達南人祭奠菲巴斯，希望弓王能息怒，他給他們的軍隊一個大打
擊。」接着他把那淑女交給她父親，他很高興歡迎他的女兒。

　　榮耀神的祭品，很快擺在那造得完美的祭壇上。人們淨手後
取出了祭穀。這時可來西斯舉起雙臂，高聲替他們禱告：「請聽
我祈禱，銀弓神，可來西和神聖的西拉的保護者，特內多斯的最
高君主！我上次請願得到你的恩遇：你眷顧我，給達南人的軍隊
一個大打擊。現在請答應我第二個願望，救救達南人脫出他們可
怕的浩劫。」老人這樣禱告着，菲巴斯阿波羅聽見了他。

　　禱告畢，撒了祭穀，他們把牛的頭往後搬，割斷牠的喉管，
剝掉皮，從牛腿上割下成片的肉，用脂肪捲起來，上面貼着生
肉。老年的祭司把這些肉放在柴上燒，同時把紅酒澆在火焰上；
那些年輕人圍着他，手裏拿着五股叉。燒好了牛腿，嘗過了內
臟，他們把剩下的切成小塊串在籤上，徹底烤過後都拿下來。

　　事情完畢，食物準備好了，他們便大嚼起來。個個人都有相
等的一份兒。吃飽喝夠了，膳務員用調和碗裝滿酒，先向每人的
杯裏澆酹幾滴，然後便倒給大夥兒喝。這班年輕的達南戰士一直

到晚都在作樂娛神，唱一個美的歌，稱讚偉大的弓神，阿波羅聽得很開心。

太陽落下去，黑暗降臨了，他們都躺在船纜旁睡下。可是一旦黎明的紅手燃亮了東方，他們便揚帆返回達南人的營地，利用弓神給他們的一陣順風。他們豎起船桅，扯起白帆，帆裏吃滿了風，脹得鼓鼓的，船便破浪前進，黑浪撞擊着船首發出嘶嘶聲。這樣他們返回達南營地，到那裏把黑船拉到沙灘上去。用高柱支起來，然後便各回自己的棚屋和船上去。

在這段時間，偉大的跑者阿基里斯，佩柳斯的皇子，坐在他的快船邊，滿心憤怒。他不僅不參加戰鬥，而且也不參加會議，那是人可以揚名的地方。他坐在那兒不動，憤怒填滿了胸膛，渴望聽見戰爭的怒嚎。

十一天過去了，第十二天早晨，長生的衆神都回到奧林匹斯，宙斯走在前面。塞蒂斯記起兒子的吩咐，一清早離開海的深處，升入天空，到達奧林匹斯。她看見無所不見的宙斯遠離衆神，坐在奧林匹斯一個最高的峯巔上，她來在他身邊坐地，用左胳膊圍住他的雙膝，伸起右手摸他的下巴，向克魯諾斯的皇子請願道：「宙斯父，假如我過去說過什麼，或作過什麼，曾使你稱心滿意，請答應我一項請求，看顧我的兒子。他已經注定早死，現在人的王阿加米農又侮辱了他。他偷了他的戰利品，現正霸佔着她。請爲我兒子伸冤，你奧林匹斯的法官，讓特洛伊人佔上風，直到達南人給他以應有的尊敬，並給他以充分賠償。」

行雲者沒有應聲。他坐在那兒好久不哼氣，塞蒂斯一直緊抱着他的雙膝。最後她又向他乞求道：「點點頭，表示你誠心答應我；不然就拒絕我，那你也不會喪失什麼；不過那就使我知道沒有一位神不如我了。」

行雲者宙斯心裏老大不安起來。「這是一件爲難的事！」他喊道，「妳會使我跟赫拉失和，當她爲此罵我的時候，她一定

會。卽使在現在，她總是當着衆神排揎我，說我在這次戰爭中幫特洛伊人。不過請妳現在離開我，不然她可能看見我們；我將促成這件事好了。但首先爲使妳安心，我將點點頭——衆神都知道這是我最可靠的保證。只要我點頭應允，那就不能欺騙，不能食言，不能有閃失。」

說完了，宙斯低下頭去。美的鬈髮從王的長生的頭上向前滾，崇高的奧林匹斯震撼起來。

事情決定後，二者便分手。塞蒂斯從明媚的奧林匹斯山上一廻旋，潛入海水深處，同時宙斯去到他自己的殿裏。那裏所有的神都起座向他們的父致敬。他走過來時，沒有一位神敢坐着不動，他們都站起來打招呼。宙斯坐在他的寶座裏；赫拉對他一看，立刻就知道他跟海的老人的女兒銀足塞蒂斯秘密定了計。她立卽斥罵宙斯道：「這回是何方女神在跟你搞鬼，你這個大騙子？多麼像你喲，只要我一背過臉去，你就鬼鬼祟祟把事情弄定了。你從來沒有自動告訴過我什麼事。」

「赫拉，」人和神的父答道，「不要期望知道我所有的決定。妳會發現這種知識難擔當，雖然妳是我的皇后。應當讓妳知道的事，沒有神和人會比妳先知道。可是假使我不跟衆神商量就採取什麼步驟，妳不應爲這盤問我。」

「克魯諾斯的可怕的兒子，」牛目皇后說道，「你這話是什麼意思？我可向來沒有問長問短煩擾你。我一向總是讓你安安靜靜作你自己的決定。可是現在我有一個敏銳的感覺，你剛才一定受了那海的老人的女兒銀足塞蒂斯的甜言蜜語的蠱惑。今早她坐在你身旁，抱着你的雙膝。這使我想你已經答應她支持阿基里斯，讓達南人被殺死在船邊。」

「夫人，」驅雲者答道，「妳想得太多了。我簡直不能對妳保持什麼秘密。不過，妳也沒有什麼辦法，除非使我甚至更不喜歡妳，那妳將更糟糕。假如事情眞是像妳所說的，妳可以看作那

是我的意志行出來了。靜靜地坐在那兒接受我的統治吧,不然的話,奧林匹斯所有的神的力量,都不能擋住我和救妳脫出我的一雙不可征服的手。」

這使牛目天后戰慄起來。她忍着自己,坐在那兒不動。宙斯還使所有其他天神都感到恐懼,他的宮殿頓時現出一片寂靜氣象。後來那位偉大的工匠赫斐斯塔司開口了,他急於要幫助他母親粉臂赫拉。「這真是無法忍耐啊?」他喊道,「我們現在竟到了這樣一步田地,你們兩位急切爲人類爭吵,弄得眾神也相鬬起來。空氣中有這麼多紛爭,怎能安心吃一頓飯呢?我母是知好歹的,我勸她跟我父和好起來。不然他又要申斥她一番,那時這餐晚飯便完蛋了。假如奧林匹斯王,雷電的主宰,天上最強有力的神,把我們拋出座位,那可怎麼好呢?那可不行,母親,妳必須低心下意,請求他原宥,那時奧林匹斯王會又對我們和藹起來。」

赫斐斯塔司一面說,一面急忙向前去把一只兩耳杯放在他母親手裏。「母親,」他說道,「請耐心忍這口氣,不然我這愛妳的,會看妳當着我的面挨打,那將使我看着傷心,但是我哪能幫助妳呢?奧林匹斯王不是一位好惹的神。記得那次因爲我盡力救妳,他抓住我一隻腳,把我拋出天門。我鎮日價飛,太陽下山時我半死不活掉在倫諾斯,辛蒂亞人把我救起來並照顧我。」

粉臂女神赫拉聽到這裏,嫣然一笑,從她兒子手裏接過杯來,仍然笑着,接着赫斐斯塔司自左手起,從她的調和碗裏向諸神依次傾倒神酒;眾神看着他在大廳裏忙來忙去,不禁大笑起來。

眾神竟日飲宴,直到日落。他們個個有相同的一份兒,都吃得津津有味。他們還有音樂,阿波羅彈美妙的豎琴,九繆斯輪流唱悅耳的歌。太陽的明燈熄滅後,他們各自回房上床去了,那些房屋是瘸腿神赫斐斯塔司的巧手給他們蓋的,奧林匹斯的宙斯,閃電的主宰,也回到他平常睡覺的上房去休息,金寶座的赫拉躺在他身邊。

二 點兵將

　　衆神和人間戰士都睡了通宵，惟有宙斯沒有安眠。他在盤算如何爲阿基里斯伸寃，使達南人被殺死在船邊。他決定下來最好是派一假夢去見阿加米農王；因此他召一假夢來吩咐道：「惡夢，到亞該亞人的船邊去，去阿楚斯的兒子阿加米農的棚屋裏，向他正確傳我的話，告訴他準備他的長髮亞該亞人立刻就交戰。他佔領特洛伊的廣大城池的機會已經來到了；因爲我們住在奧林匹斯的衆神，對這事已不再爭執。赫拉的訴求已使我們大家一致，特洛伊的命運已經決定了。」

　　夢聽了，起身去做他的事。他很快來到亞該亞人船邊，找到阿加米農王，見他在棚屋裏熟睡。這位來自天上的夢幻化成王所最重視的顧問奈柳斯的兒子奈斯特的模樣，在他床上面彎下身去，叫出他帝王的稱呼。「還在睡覺嗎？」他說，「一位身負國家重任的君王，一個心中有這樣多事的人，不應該終宵睡眠。仔細聽我說，而且要知道這是宙斯要我來看你的；他雖然離你很遠，但很關心你，憐憫你。他要你準備長髮亞該亞人立刻就交戰，你佔領特洛伊的廣大城池的機會已經來到了；因爲住在奧林匹斯的衆神，對這事已不再爭執，赫拉的訴求已使他們大家一致，特洛伊人的命運已經爲宙斯所決定了。記住，醒來不要忘記。」

　　吩咐畢，夢便去了，撇下王心中對於未來有一幅錯誤的畫

面。他想像當天就能佔領普利安的城池，真傻瓜！他哪知宙斯的居心，也不知道未來的苦鬥中雙方都要有的痛苦和呻吟。睡醒時那神聖的語音，仍然縈繞他的耳際。他坐在床上，穿起柔軟的短裝，一件好看的新衣，上面加穿一件飄垂的斗篷。他把一雙結實的帶履綁在光亮的腳上，一柄嵌銀釘的寶劍佩在肩上，拿起那根不朽的傳國寶杖，走到船中間他的銅甲戰士睡覺的地方。

當黎明到達崇高的奧林匹斯，向宙斯和其他衆神宣布白晝的來臨時，阿加米農命他的嗓音嘹亮的宣報員們，喚長髮的亞該亞人集合。宣報員們高喊他們的命令，兵士們迅即成羣走來。首先他召集皇子會議，在派洛斯的君王奈斯特的船邊開會；各位顧問到齊後，他向他們宣布一個巧妙的計劃。

「朋友們，」他開始說道，「夜間天上的夢來到我的睡眠中，他的面貌、身材和風度跟我主奈斯特一模一樣。他站在我旁邊，叫出我的帝王稱呼。『還在睡覺嗎？』他說，『一位身負國家重任的君王，一個心中有這樣多事的人，不應該終宵睡眠。仔細聽我說，而且要知道是宙斯叫我來看你的；他雖然離你很遠，但很關心你，憐憫你。他要你準備你的長髮隊伍立刻就交戰，你佔領特洛伊的廣大城池的機會已經到了。因爲住在奧林匹斯的衆神，對這事已不再爭執，赫拉的訴求已使他們大家一致；特洛伊人的命運已經爲宙斯所注定了，記住我所說的話。』說完他飛去了，我也醒了過來。所以現在得採取步驟，準備部隊去交戰。可是首先我要說一番話，試探他們一下，這是應該的。我要請他們各自上裝備完善的船，開起來回家去。那時你們諸位必須從自己的崗位上，勸他們留下來。」

阿加米農王坐下去，多沙的派洛斯的國王奈斯特起立發言，他以忠實顧問的資格表示意見。「諸位朋友，」他說，「諸位阿果斯的官長和顧問，假如是別人告訴我們，他作了這樣一個夢，我們將認爲它是一個假夢，決不急於去照它行事。現在作這夢的是

我們的總指揮，因此我提議立即採取步驟，武裝我們的隊伍。」

奈斯特一說完，就離開席位，其他王子跟着這位年高德劭的領袖也離開了。這時正好部隊也來了，他們一個部落跟一個部落，走出寬廣海灘上的那些船和棚屋，成羣結隊向開會的地點行進，像一窩嗡嗡響的蜂，一羣一羣從一個岩洞飛出來，紛紛向左右散落在春天的花朵上。謠諑，宙斯的使者，像火一般在他們中間傳，驅使他們向前走，直到大家都聚在一起，這時會場是一片混亂。他們坐下時，地在他們身體下呻吟。在一片嘈雜聲中可以聽見九個宣報員的叫喊，他們用盡了力氣叫人們停止喧嚷，聽君王們講話。一陣忙亂後，他們終於坐在板櫈上，準備靜下來。這時阿加米農王站起來，手裏擎着寶杖，那是赫斐斯塔司親自製造的。赫斐斯塔司把它給了克魯諾斯的皇子宙斯，宙斯給了導引和斬阿加斯者赫耳墨斯。赫耳墨斯把它送給偉大的馬車戰士佩洛普斯，佩洛普斯傳給人民的牧者阿楚斯。阿楚斯死後，把它留給富有羊羣的塞耶斯特斯，他又把它傳給阿加米農；他之持有它，象徵他的帝國統轄許多島嶼和所有阿果斯人的土地，阿加米農就持着這根寶杖，向阿果斯人的部隊講話。

「諸位英勇的朋友和達南的戰士們，我得向你們宣布，克魯諾斯的偉大兒子宙斯，給了我一個壓倒的打擊。這位殘忍的神從前曾向我保證說，若不打垮伊利亞的城堡，決不應開船回家去。可是他現在改變了主意，他吩咐我在喪失一半人以後忍辱退回阿果斯，這真使我非常失望。看樣子，不可征服的全能宙斯已經這樣決定了——他過去曾弄垮許多城池的高聳堡壘，將來還會弄垮別的。但是像我們這樣壯大精良的軍隊跟一枝軟弱的敵軍拚鬥，竟然不見功效，打不出結果來，在我們後輩子孫聽來這是多醜啊！我說敵人比我們弱，因爲假如我們跟特洛伊人約定暫時休戰，雙方都點淸人數，敵人只算特洛伊本地人。我們亞該亞人以十人爲一班，假如我們的十人班都要一個特洛伊人斟酒，恐怕許

多班還沒有斟酒人呢。我相信，我們對特洛伊本城人的比例，就是這樣。不幸他們有許多配備精良的友軍，從許多城池來助戰，他們使我不能踏平伊利亞的偉大城堡。九個不幸的年頭已經過去了。我們船上的木頭已經腐朽了，裝備索具糜爛了。我們的妻子兒女坐在家裏，盼望我們回去。而我們當初來到這裏要完成的任務，依舊沒有完成，所以現在我要請你們大家跟我學。上船回家去！寬街潤衢的特洛伊城我們是打不下了。」

除掉那些參加皇子會議的人們以外，阿加米農的話，打動了羣衆裏面每個人的心。整個會場頓時沸沸揚揚，像東風從低垂的天空吹拂伊卡利安海的水面，掀起巨大的波浪，或像傾斜在田裏的玉蜀黍，經狂暴的西風猛襲，穗兒低垂，他們發出巨大的吼聲，一齊向船的方向奔。他們的脚步所蹴起的塵土高高地飛揚在頭上。他們互相喊叫着跑到船前，把船拉到友善的海上。他們廓清了航道，甚至開始移動下面的支柱；他們搶着開船時一片喧嘩聲冲到天上去。

赫拉向雅典娜說的話使阿果斯人停止這次未經預先注定的往家奔。「披乙巳斯的宙斯的不眠女兒，」她向她說，「現在的情況十分不妙。我們能讓這些人不顧阿果斯的海倫而開船往家逃嗎？她的國人中有許多爲了她離鄉背井，戰死在特洛伊的土地上，難道讓她留下來任憑普利安和特洛伊人誇口嗎？起來，去到那些披銅甲的亞該亞人中間，用妳的口才阻止他們，一個一個跟他們講，不要讓他們把彎船拉到海裏去。」

明眸的女神雅典娜沒有怠慢，她從奧林匹斯山巔猝然下降，迅速來到亞該亞人船邊，看見奧德修斯懷着神般的智慧屹立在那裏。他甚至碰也沒碰他的船，他的心碎了。明眸的雅典娜去到他跟前說道：「拉厄特斯的皇子，才思敏捷的奧德修斯，難道你們都像這樣逃，亂糟糟爬上船去往家趕，留下阿果斯的海倫不顧，教普利安和他的人誇口嗎？海倫的國人已有許多爲了她離鄉背

井,戰死在特洛伊的土地上。快別在這裏閑蕩,去走動在部隊中間,用你的口才竭力阻止他們,一個一個跟他們講,不要讓他們把彎船拉到海裏去。」

奧德修斯聽出是女神的口音,立刻就跑着去了,斗篷撂在地上,讓他的伊薩卡侍從歐呂貝特斯揀。他一直去到阿加米農王跟前,向他借來阿楚斯皇室不朽的寶杖。把寶杖擎在手裏,他到船隊和披銅甲的部隊中間,倘若遇見一位皇親貴戚,或高官大爵,他便到他身邊,客客氣氣阻止他,說道:「我覺得不該威脅你,先生,像一個老百姓一樣。不過我要請你切勿動搖,而且也穩住你的夥伴們,你並不知道阿加米農王心裏在想什麼。他只是在試探這些人;不久便要給他們苦頭吃。我們不是都聽見他在皇子會議上說了些什麼嗎?我恐怕他生隊伍的氣,並為這事懲罰他們。君主們是神聖的;他們有他們的尊嚴,他們的尊嚴有宙斯主宰支撐和寵愛着。」

對待士兵他另有一套。倘若遇見任何人在嚷叫,他便用寶杖敲他,嚴厲申斥道:「喂,你這個人,好好坐下,等待官長的命令,官長們比你強,不像你這樣的懦夫,無論在戰場或會場都沒有用處。我們不能大家都當君王,暴民統治是要不得的。讓我們只有一位指揮,一位君主,就是古怪的克魯諾斯的兒子宙斯給我們立的那位君主。」

這樣恢復秩序後,奧德修斯敎人們走回去;他們像一羣綿羊似的,離開船和棚屋向會場走,走動時,一片聲音像海濤,當海水沖擊着寬廣的海灘發出怒吼的時候。

他們都坐下,坐在板橙上,沒有聲息,只有一個人還在喋喋不休地講。這便是不可抑制的塞西特斯;他如想損他的主子們,總有些現成的挖苦人的話,這些話粗鄙下流,不錯,但確能引逗士兵發笑。他是來到伊利亞的人中間最醜的;拐脚,羅圈腿,圓圓的兩肩幾乎在胸前相接觸,肩膀上一顆卵形頭顱,長出幾根稀

疏的短髮。憎惡這人最甚的，莫過於阿基里斯和奧德修斯，他們
也是他最愛取笑的對象。現在他是在以尖銳的聲音，滔滔不絕地
詆譭高尙的阿加米農，利用惱火的士兵們正憤恨的時候。

「我的主，」他嘮嘮叨叨向君王叫喊道，「現在你又怎樣不
舒服？還想要什麼？你的棚屋裏堆滿了銅；每次打破一座城池，
總是你先挑選，所以你屋裏也有許多美女。也許你還想要黃金，
盼望一位特洛伊貴族帶着贖金，從城裏來贖他的兒子；那是我或
另一位士兵繳來的俘虜。也許你想再要一位少女，跟你睡覺，作
你的私產。不過，你身爲我們的將軍，不應像這樣帶領軍隊，陷
我們於困境。至於你們，朋友們，眞是些可憐蟲，你們都是亞該
亞女人，我不能稱你們是男子漢 。 讓我們不顧一切， 開船回家
去，留下這傢伙在這裏享用他的戰利品，他會發現他是多麼完全
仗恃他的士兵們。甚至在不久前他侮辱了阿基里斯，那人比他可
強多了。他奪了他的戰利品，據她爲已有。可是阿基里斯決不爲
這生氣，他處之泰然，無動於衷，不然的話，我的主，那次暴行
就是你最後一次。」

塞西特斯一停止誹謗總指揮阿加米農，便發現偉大的奧德修
斯站在他身邊，冷酷地瞪着他，奧德修斯着實申斥他一頓。「塞
西特斯，」他說道，「你的口才也許不錯，但是我已經聽夠了。
你這個胡說八道的混蛋，怎敢和君王們抗衡呢？我認爲，在所有
跟隨阿特瑞斯兄弟來到伊利亞的人們中，你是最下流的東西。像
你這樣人，嘴裏不配提君王的名字並誹謗他們，以求回家去。誰
也不確切知道這事將如何了結 ， 我們也許能凱旋歸去 ， 也許不
能。你只會坐在那兒，詬罵總指揮阿加米農王，無禮地列擧英勇
的領袖們對他的慷慨表示 。 你要牢記我這句話 ， 我可不空言恫
嚇。如果我再看見你發這樣傻瘋，我要是不把你的短裝、斗篷和
渾身衣服剝個精光 、 無情地鞭笞一頓 、 並拖出會場到船邊去哭
泣，就情願把頭割下來，並且不叫特勒馬卡斯是我的兒子。」

　　奧德修斯說完了，便用寶杖敲他的背和肩。塞西特斯畏縮着，放聲大哭。寶杖的金釘在他背上刮出了血痕，高高腫起來。他驚惶失措坐下去，忍着疼無望地向四週看一下，抹去一顆淚珠。其餘的人雖然不悅，但都在從心眼兒裏笑他。「打得好！」一個人喊道，看見旁人眼中的神情，說出了他們心中都想說的話。「奧德修斯作過許多椿好事，籌劃過良好計謀，戰場上表現過領袖才能，但向來沒有像這次封住這個饒舌鬼的嘴這樣令人痛快，我想塞西特斯大概不再急着詬罵君王們了吧。」

　　衆人就這樣在議論。這時奧德修斯，城池的刼掠者，站起來講話，寶杖擎在手裏。明眸的雅典娜幻化成一個宣報員，站在他身旁，叫衆人安靜下來，好讓離得最遠的亞該亞人像前排一樣，都能聽見他的話，懂得他的意思。奧德修斯在爲他們的利益盤算，他就是本着這種精神向他們說話的。「我主阿加米農，」他開始說道，「看樣子，亞該亞人已經決定把你，他們的君王，弄成受全世蔑視的對象，已不顧他們離開野有牧馬的阿果斯時對你作的諾言，那就是不夷平伊利亞的城堡誓不回家。現在請聽他們如何相對抽噎着要囘去！他們可算是小孩子或守寡的婦女。我並不是否認我們在這裏的作爲，是夠令人沮喪的了。一個海員在裝備完善的船上，遇到狂暴的多風和波濤洶湧的海水拘禁住他，雖只一個月光景不得見他的妻子，也會煩躁憤怒，而我們待在這裏已經九年了。所以無怪乎士兵們在船前抑鬱寡歡。可是旣然在這裏待了這麼久，而結果空着手囘去，那多麼可恥啊！忍耐着些，朋友們，再多待一會兒，讓我們看看克爾卡斯的預言能否應驗。你們都知道我在說什麼；事實上你們都親眼看見那件事，雖然自那以後，隊伍中死了許多人。那事發生在奧利斯，老實說，離現在並非太久，是當亞該亞艦隊在那裏取齊，準備前來攻打普利安和特洛伊人的時候。我們在一個祭壇上向衆神祭獻，祭壇在一棵美好的篠懸樹下，旁有一條閃爍的溪水在奔流，這時發生了一椿重

大的事。一條花紅蛇突然從祭壇下鑽出來；一個可怕的東西，定是宙斯自己把牠趕出穴洞的。牠一直爬上樹去。最高的枝頭有一窩小麻雀，一窩可憐的小東西，安適地掩蔽在樹葉下。牠們是八隻小鳥，連母雀一共九隻。小雀在可憐地唧唧叫，母雀繞着牠們飛，為她的幼雛哭泣，牠們都被蛇吃掉了，蛇也吃掉了母雀，牠盤捲起來，等她尖叫飛過牠身邊時，一口咬住她翅膀。等牠把老幼九隻麻雀都吞下後，那位使牠鑽出來的神改變了牠的形體，古怪的克魯諾斯的兒子把牠變成了石頭。我們都站在那兒，張着嘴注視那神蹟。這條不祥的蛇闖進我們的祭典，能有什麼意義呢？當時克爾卡斯解說了這個徵兆。『長髮飄拂的亞該亞人，』他說道，『你們為什麼張口結舌驚惶失色呢？思想者宙斯是為了我們才演出這場預言性的戲。我們等待它已經好久了，它的續幕尚須俟諸異日；但是今天這一幕，是永遠不會忘記的。有八隻小麻雀，連母雀一共九隻，都被蛇吃掉了。那就是說，我們須在特洛伊作戰九個年頭，到第十年特洛伊的寬廣街衢就是我們的了。』這是克爾卡斯的預言；他所說的現在都應驗了。兵士們和同胞們，請堅持下去，等我們攻進普利安的寬廣城池。」

　　他說完了，亞該亞人高聲叫喊，表示他們多麼喜歡神一般的奧德修斯的話，那叫喊使周圍的船發出陰沉的回聲。但是吉倫納斯的馬車戰士奈斯特也有話向他的國人說。「一點兒也不錯，」他說道，「聽你們談論的情形，你們好像是對戰爭毫無興趣的小孩子。我們的盟約和誓言現在怎樣了呢？你們的行為，好像表示我們共同擬定的戰爭計劃，我們以酒證實和以右手相矢的忠貞，都作廢了。現在我們所用的惟一武器就是空話；空話對我們一點兒用處也沒有，無論我們在這裏講多久。我主阿加米農，你要像過去一樣堅定決心，率領阿果斯人去交戰。假如我們中間有那麼一兩個賣國賊，陰謀要開船回家，而不去弄明白宙斯對我們說的到底是不是真話，就讓他們去自己消滅吧。無論如何，他們是不

會成功的。因為我相信，我們登上戰船來摧毀特洛伊人那天，克魯諾斯的萬能兒子向我們說了個『是』字。那天在我們右邊有電光閃亮；他是在說前去一切順利。因此現在不要搶着回去，將來你們個個都有一個特洛伊女人陪着睡覺，你們因海倫而忍受的辛勞和痛苦，都要得到補償。誰要是一定要回去，他只要碰一下黑船，就被殺死在衆人面前。

再說，我的主，你必須確實知道你自己的計劃是健全的，同時也要聽別人的意見。我的意思是這樣的：我知道這話不是對你白說的。阿加米農，把你的人按照宗族和部落分開來，這樣同族的人將會幫助同族的人，同部落的人支持同部落的人。這種佈置，假如部隊一律遵循，會向你顯示官長和士兵中誰是懦夫，誰是好漢。因為那時個個人都將和他的同胞兄弟並肩作戰，不久你就會發現你之所以不能打破特洛伊，到底是神的意旨呢，還是因為你的士兵畏縮不前，缺乏戰鬥力。」

阿加米農王盛讚奈斯特的講話，「我的可敬的主，」他說，「在這次辯論中，你的話又折服了衆人！啊，宙斯父，雅典娜，阿波羅，我若有十位這樣的顧問，普利安王的城池就會陷落，為亞該亞人所奪取和刼掠。可是克魯諾斯的兒子宙斯將折磨我，他把我糾纏在無謂的口角和爭吵中。看我跟阿基里斯竟為一個女子鬧起來，彼此互相詬罵，雖然是我先發脾氣的，只要我們兩人言歸於好，特洛伊人就不能多活一天。

可是第一，要大家飽餐一頓，然後再交戰。你們要磨利矛頭，整飭盾牌，給馬餵芻草，徹底檢查戰車，準備行動，準備一場殘酷的竟日鏖戰。交起戰來，將沒有休息，直到黑夜將我們分開。你們胸脯的汗水將濕透遮身盾牌的披帶；你們的手將無力握槍；拖車的馬將滿身大汗。倘若我發現有臨陣不前，逗留在鈎船旁邊的，那誰也救不了他的命；讓狗和鳥兒吃他的屍體。」

阿果斯人高聲呼喊，歡迎阿加米農的講話，那呼聲像海水撞

擊着高岸發出的訇隆聲，當強烈的南風把海浪投在一個岩岬上
——只要一起風，海浪總不讓那岩岬安寧。他們立時散會，紛紛
回到船邊去；各自在棚屋裏點起火，飽餐一頓。每人向他所愛的
神獻祭時，都祈禱着能安全無恙脫過這場考驗。阿加米農王宰了
一頭五歲的肥牛，奉獻給克魯諾斯的萬能兒子，並請亞該亞聯軍
的主要將領來參加：第一位是奈斯特，其次是愛多麥紐斯王，大
小埃傑克斯，泰杜斯的兒子廸奧麥德斯，第六位是奧德修斯，他
的思想像宙斯的一樣。他不需要請他的弟弟，那高聲吶喊的米奈
勞斯，他知道他的哥哥責任繁重，所以自己走過來。他們環繞那
犧牲站着，拿起祭穀，聽阿加米農王祈禱道：「最光榮的，萬能
的宙斯，黑雲神，上天之主，讓我在太陽下山，黑夜降臨前，踏
平普利安的宮殿，讓宮殿冒出濃煙，讓烈焰燃燒殿門，讓我的銅
矛刺破赫克特胸前的衣裳。讓他的許多朋友被殺死在他的身旁。」
阿加米農這樣祈禱了，宙斯可沒有打算償他的心願。他接受他的
奉獻，但賞給他的是加倍的災難。

　　禱告畢，撒了祭穀，他們把牛的頭往後搬，割斷喉管，剝去
皮，從牛腿上割下成片的肉，用肪脂捲起來，上面貼着生肉。他
們把這些肉放在無葉的柴上燒，也把內臟叉起來在火上烤。燒好
了牛腿，嚐過了內臟，他們把其餘的切成小塊串在籤上，徹底烤
過後都拿下來。

　　事情完畢，食物準備好了後，他們便大嚼起來。個個人都有
相等的一份兒，吃飽喝夠了，吉倫納斯的馬車戰士奈斯特首先說
道：「陛下，人的王阿加米農，我們不要再拉長這次會議的時
間，也不要稽延上帝要我們作的事。讓宣報員們和披銅甲的亞該
亞人，去到各船跟前喚出部隊來。那時我輩指揮官可一同去檢閱
全軍，鼓勵他們的戰鬥精神。」

　　阿加米農接受他的意見，立刻命令他的嗓音嘹亮的宣報員
們，去喚長髮的亞該亞人出來打仗。他們喊出這項命令，衆人迅

速排起隊來。王的參議會裏的皇家酋長們，忙着走來走去，調度
隊伍。明眸的雅典娜走在他們中間，穿着一件燦爛的斗篷，披着
永遠不朽的乙己斯①，那上面百絡金纓飄動，全都做得精巧美
麗，每絡值得一百頭牛。她渾身錦繡輝煌，在隊伍中間穿來穿
去，督促人們前進，並感動每個人要繼續戰爭無情斯殺的心。不
久人們便情願打仗，而不想開起空船囘家去了。

他們排隊時耀眼的銅光直射天空，那光景像是從遠處遙望火
焰的閃耀，當山巔一大片樹林被野火延燒的時候。

各部落成羣湧出，像無數羣飛鳥，像雁羣、鶴羣或長頸天鵝
羣，集合在亞細亞的草野，靠近凱斯特的溪流；牠們飛旋，魯莽
地振動翅膀，下落時整個草野充滿尖銳的鳴聲。就這樣，部落跟
着部落，從船艙和棚屋湧到斯卡曼德平原，當他們來到河邊的芳
草地上，多得像春天的葉和花；大地在人和馬的踐踏下發出陰沉
的響聲。

長髮的亞該亞士兵這樣來到平原，滿面殺氣和特洛伊人相
對；他們數目衆多，熙攘不休，宛如春天牛棚裏的無數飛蠅，當
桶裏盛滿牛乳的時候。

像牧羊人把混雜在牧場上的離羣之羊挑揀囘來那樣容易，各
隊隊長把他的隊伍排成戰爭序列；阿加米農王在他們中間走動，
頭和眼睛有如雷神宙斯，腰圍有如戰神，胸脯有如波塞多。像一
頭公牛，昂首站在牛羣中，顯然高出吃草的母牛之上，那天宙斯
使阿楚斯的兒子出人頭地，遮掩了其他王子。

① Aegis 的音譯，這主要是宙斯和雅典娜所披的一件胸裳，也可說是一件武器，
是赫斐斯塔司造的，像一件短衣穿在胸前和兩肩上，傳說是羊皮製的，上面有
毛有蘇，有金纓流蘇，用蛇緣邊；女怪麥杜薩的頭嵌在中心，看起來很駭人。
其實它的用處，就是駭嚇敵人的；拿下來在敵人面前一抖，敵人便眼花撩亂，
呆若木鷄。因為它穿在胸前像胸甲，也有保護作用，所以後來演出保護的意
義，甚至竟稱它是盾。

　　告訴我，妳們住在奧林匹斯的諸位繆斯，達南人的隊長和首
領是些什麼人；因爲妳們諸位女神親眼看見事情的發生，而我們
人只是聽說的。至於那些來到伊利亞的兵丁們，我縱有十根舌
頭，十張嘴，一個不會疲敝的嗓子和一顆銅打的心，也不能叫出
他們的名字，甚至數不清他們的數目，除非妳們諸位奧林匹斯女
神，披乙己斯的宙斯的女兒們，提醒我的記憶。下面是艦隊的各
位艦長和船隻②：

　　首先是博奧蒂亞人，領隊的是佩內流斯、勒塔斯、阿奇西勞
斯、普羅索諾和克洛尼斯。他們來自赫瑞和多石的奧利斯，來自
休納斯和斯科拉斯；來自有崇山峻嶺的埃條納斯；來自塞斯配亞
和格雷伊亞和綠野遼濶的邁卡勒薩斯。跟他們一起的是從哈瑪、
埃勒森和埃瑞斯雷來的人們。埃里昂、海爾和派蒂昂派了他們的
人來。奧克利亞、麥狄昂要塞、庫培和歐垂西斯，還有盛產鴇鴿
的西斯布也派了人來。還有些人來自科羅尼亞；來自綠草遍野的
海利阿塔斯、普來蒂亞、格利薩斯和下塞貝斯重鎮；來自神聖的
昂柴斯塔斯，那兒有波塞多的聖林；來自葡萄纍纍的阿奈；來自
米狄亞和神聖的尼莎和邊境上的安西敦。這些人分乘五十隻船，
每隻載博奧蒂亞青年百二十五人。

　　阿斯普勒敦和敏尼亞、奧考默納斯的人爲阿斯卡拉法斯和亞
爾麥納斯所統率，他們是戰神阿瑞斯的兒子，是阿斯突琦在阿祖
斯的兒子阿克特的後宮裏懷胎生的，那溫柔的少女私自去到樓上
和強有力的戰神同眠。他們率領了三十隻空船。

---

②　從下段起到本章末尾，像一冊目錄，開列亞該亞軍和特洛伊軍的構成部分：某
　　酋長或隊長率領某族人民，他們是從什麼地方來的，有多少人，分乘幾隻船
　　等，乾燥無味，毫無詩意；而且每句人名地名一大串，音譯出來，詰屈聱牙，
　　不堪卒讀，因爲這一部分對故事發展沒大關係，讀者如無耐心或興趣，可略過
　　不讀。

　　豁達的伊菲塔斯的兩個兒子，瑙博拉斯的孫子，謝德阿斯和埃皮斯綽法斯統率着弗西斯人。這些人住在塞伯里薩斯和多石的派索；住在神聖的克里薩，道利斯和潘諾普斯；住在安內莫雷亞，海安波利斯，明媚的塞菲薩斯河畔和塞菲薩斯河發源地勒雷亞。跟他們同來的有四十隻黑船，在他們兩人指揮下弗西斯人排起隊來，佔着博奧蒂亞人左邊的陣地。

　　統率着洛克里斯人的，是奧伊柳斯的捷足兒子小埃傑克斯；他不像特拉蒙埃傑克斯那樣，實在說相差很遠。他身材短小，穿一件亞麻緊身搭；但無論哪個赫拉斯人或亞該亞人，都比不上他的槍法。他的人係來自塞納斯、奧帕斯和克里阿拉斯；來自貝薩、斯卡弗和美麗的奧格艾；來自塔弗和斯隆寧和包格里阿斯河畔。四十隻黑船在他率領下出發，船上的洛克里斯人住在和神聖的歐博艾隔峽相對的地方。

　　歐博艾自己派來了火烈的阿班蒂人。他們是柴爾西斯人，埃雷垂亞人，和盛產葡萄的希斯下伊的人；是濱海的塞林薩斯的人和有堡壘高崎的廸阿斯的人；和那些家住在斯曲拉和克瑞斯塔斯的人。他們的隊長是埃勒分諾，戰神的旁支，勇敢的阿班蒂人領袖柴爾科敦的兒子。他的人步履迅速，頭髮披在背上；手持梣木槍，他們最得意的事，莫過於擲槍刺進敵人的胸膛。在埃勒分諾統率下有四十隻黑船。

　　其次是雅典人，是從豁達的埃雷可修斯的國度的輝煌城堡來的，埃雷可修斯為多產的大地所生；宙斯的女兒雅典娜把他扶養成人，扶植他在雅典城她自己的富麗的廟宇裏，雅典青年每年按節向他奉獻公牛公羊。這些人為佩特奧的兒子麥奈修斯所統率。關於調度兵馬，活着的人除了較他年長的奈斯特外，誰也比不上他，跟他同來的有五十隻黑船。

　　埃傑克斯從薩拉米斯帶來了十二隻船，在雅典人陣地附近紮營。

阿果斯人和城牆高峙的蒂倫斯的人，和環抱一個深水海灣的
赫米翁和阿西內兩城的人，那些來自楚任、埃昂內和遍地葡萄的
埃皮道拉斯的人，還有艾吉納和麥塞斯的亞該亞青年，爲高聲吶
喊的廸奧麥德斯和威名遠揚的克帕紐斯的兒子澤內拉斯所統率。
出身高貴的歐呂西拉斯，麥西斯圖斯王的兒子，塔勞斯的孫子，
同來爲第三指揮官。但善戰的廸奧麥德斯爲全軍統率，他麾下有
八十隻黑船。

來自偉大的重鎮邁錫尼的人；來自富庶的科林斯和艮善的城
鎮克里昂內的人；住在奧尼艾和美麗的阿賴訐雷的人；住在西塞
昻的人，那兒早年爲阿椎斯塔斯所統治；住在海帕西和陡峭的戈
諾薩的人；住在佩林和艾金的人；住在赫利斯沿岸的寬廣地面的
人——他們所乘一百隻船，爲阿楚斯的兒子阿加米農所統率。他
的部隊最精艮衆多。他是一個驕傲的人，當他站在部隊中間穿着
耀眼銅甲的時候；他也是一位最偉大的隊長，由於他的高位和他
身爲最大一枝軍隊的指揮官。

來自拉塞德芒的山陵地帶的人；來自費利斯、斯巴達和盛產
鵓鴿的麥斯的人；來自布呂塞艾和美麗的奧格艾的人；來自阿
姆克萊和海濱堡壘赫拉斯的人；來自歐曲拉斯和拉阿斯兩村的人
——他們爲王的弟弟高聲吶喊的米奈勞斯所統率。他們分乘六十
隻船，有自己的防地，米奈勞斯在他們中間闊步走動，充分相信
自己的勇氣，並催促他的人去交戰；因爲誰也不像他那樣，因海
倫給他的辛勞與痛苦而急於爲自己復仇。

其次是來自派洛斯和美麗的阿倫的人；來自位於阿爾弗斯河
的渡口斯呂昻的人；來自漂亮的艾培的人；來自塞帕里綏斯、安
菲金內亞、普特柳斯和赫拉斯的人；和來自多里昻的人，就是在
那裏諸繆斯遇見斯拉塞人宰麥里斯，當他離開歐柴利亞歐呂塔斯
的家出行的時候。宰麥里斯曾誇稱他能跟披乙已斯的宙斯的女兒
諸繆斯比賽唱歌，並贏她們。這使得諸女神大爲生氣。她們弄瞎

他的眼睛，奪去他神聖的歌唱才能，並使他忘掉他的豎琴。吉倫納斯的馬車戰士奈斯特指揮這些人。他部下有九十隻空船。

其次是阿卡廸亞人，他們是來自塞林山高峯揷天和艾普塔斯埋骨的地方，那裏的人長於交手戰。他們來自菲紐斯，來自盛產綿羊的奧考默納斯，來自呂普和斯垂蒂和多風的恩尼斯普；來自特吉和悅人的城鎮曼蒂尼亞和來自斯廷菲拉斯和帕海西。他們為安庫斯的兒子阿加潘諾王所統率，分乘六十隻船，每隻滿載訓練有素的阿卡廸亞戰士。人的王阿加米農自己把這些裝備完善的船送給阿加潘諾，讓他渡濃酒般陰暗的海，因為阿卡廸亞人對航海術一無所知。

來自為普拉森和赫曼、默西納斯、奧倫岩、阿利森等所環圍的那片埃利斯地面的人，為四人所統率，每人率船十隻，滿載埃利斯戰士。其中兩隊分別為克特塔斯的兒子安菲馬卡斯和歐呂塔斯的兒子宰爾庇阿斯所統率，二者都是阿克特家裏的人；第三隊為阿林修斯的兒子廸奧雷斯所率領；率領第四隊的是阿加西奈斯王的兒子，奧格阿斯的孫子，波律齊納斯。

那些來自杜利奇阿姆和離開埃利斯海岸神聖的埃奇尼亞羣島的人，為弗柳斯的兒子麥吉斯所統率；弗柳斯是宙斯鍾愛的馬車戰士，從前曾一怒之下離開他父親移居於杜利奇阿姆。麥吉斯部下有四十隻黑船。

其次是奧德修斯統率的驕傲的塞法倫尼亞人，他們是伊薩卡和當風的奈里頓的林密山巔的主人和來自克羅塞雷亞跟崎嶇不平的艾吉利普斯的人，來自有森林掩映的宰辛薩斯的人，和來自薩莫斯跟羣島對過的陸地上的人。這些是奧德修斯的部隊，他的智慧，可以跟宙斯的相比擬。他手下有十二隻船，船首漆着深紅色。

安椎芒的兒子佐阿斯統率着艾托利亞人，他們是來自普柳朗、奧倫納斯、派林、濱海的卡爾西斯和多石的克律敦的人；因為莊偉的歐紐斯的兒子們都死了，歐紐斯自己死了，承襲了全艾

托利亞王位的紅髮默利格也死了。佐阿斯手下有四十隻黑船。

　　著名的槍手愛多麥紐斯統率着克里特人：他們是來自克諾薩斯和有高牆的戈廷的人，來自律克塔斯、米勒塔斯、含白堊的律卡斯塔斯、費斯塔斯和呂森的人，這些都是良好的城市；他還統率着其他住在有百城的克里特的隊伍。所有這些人都爲偉大的槍手愛多麥紐斯和他的夥伴、殺人的戰神、麥里昂奈斯所統率。他們手下有八十隻黑船。

　　赫拉克勒斯的高大漂亮的兒子，勒波勒馬斯，從羅茨率來九隻滿載高傲的羅茨戰士的船；這些人分爲三個部落，住在島的三個地區：林達斯、伊呂薩斯和含白堊的克麥拉斯。這是著名槍手勒波勒馬斯的部隊，勒波勒馬斯的父親是大力士赫拉克勒斯，母親是阿斯濤奇亞。赫拉克勒斯從埃菲爾和塞勒斯河擄去了阿斯濤奇亞，打破了許多爲戰士首領把守的重鎮。勒波勒馬斯在宮中長大成人後，殺死了他父親的叔父利辛尼阿斯；利辛尼阿斯是戰神的旁支，那時已經是老人了。他迅速造成幾隻船，召集起來一大羣黨羽，逃往海外去了，因爲他受到大力士赫拉克勒斯的其他兒孫的威脅。這樣作爲一個流浪漢，經過許多艱難困苦後他到了羅茨。他的人按照他們的部落，定居在羅茨的三個地區，沐浴着神和人的王克魯諾斯的兒子宙斯的恩澤，他把他們的金庫裝滿了無數財貨。

　　其次是乃如斯從塞姆率來的三隻整齊的船；乃如斯是阿格萊亞和柴羅帕斯王的兒子，除了佩柳斯的毫無瑕疵的兒子以外，他是來到伊利亞的達南人中最漂亮的。可是他是弱者，部下人數很少。

　　來自尼西拉斯、克拉帕薩斯和克薩斯、科斯島、歐呂拍拉斯城和克律尼亞羣島的人，爲澤薩拉斯王的兩個兒子，赫拉克勒斯的孫子，菲狄帕斯和安蒂法斯所統率。他們部下有三十隻空船。

　　現在要講到住在佩拉斯基阿果斯、阿拉斯和阿魯普、楚哀奇

斯、弗西雅和以美女著稱的赫拉斯的人，他們的名稱為邁密登人
和赫拉斯人和亞該亞人。他們分乘五十隻船，為阿基里斯所統
率。可是他們現在對於戰爭的怒號，毫不理會。沒有人把他們排
成戰鬥序列，因為捷足的和偉大的阿基里斯躺在他的船裏，為淑
女布里塞斯傷心，他以血汗氣力打破了律奈薩斯城，突破了塞貝
的城牆，殺死了尤納斯王的兩個兒子，塞勒帕斯的孫子，壯健的
槍手麥恩斯和埃皮斯綽法斯才得到她。就是為這位女子他躺在那
兒衷心悲傷。但命運注定他不能長久躺着閑散。

　　住在弗拉斯和德麥特的聖所、遍地花草的普拉薩斯的人；住
在綿羊之母 伊頓的人 ；住在濱海的安創和水草 豐長的特柳斯的
人，為善戰的普羅特西勞斯所統率，當他活着的時候。可是現在
黑士把他納入它的懷抱。他是亞該亞人中第一個跳上岸去被達丹
尼亞敵人當場殺死的人，撇下一個愁傷滿面的妻子在弗拉斯和他
的只蓋好了一半的房子。他的部下為他們的領袖悲傷，但他們不
是沒有隊長。他們的指揮官是戰神的旁支、富有綿羊的伊菲克拉
斯的兒子，弗拉卡斯的孫子，波達西斯。波達西斯是豁達的普羅
特西勞斯的弟弟，豁達和善戰的普羅特西勞斯比他年長，也比他
強。因此他們的隊伍並不缺少領袖，不過他們仍然痛惜那勇敢的
烈士。在他統率下有四十隻黑船。

　　住在博布的博布湖畔非頓城的人，住在格拉非頓和美麗的伊
奧爾卡斯的人，分乘十一隻船，為阿德麥塔斯的兒子歐麥拉斯所
統率，歐麥拉斯是佩利亞斯的最美麗的女兒、有皇后風度的阿爾
塞斯蒂斯給阿德麥塔斯生的。

　　那些來自麥索尼、藻馬西、麥利博和崎嶇不平的奧利松的
人，為偉大的弓箭手菲洛克特蒂斯所統率。他們分乘七隻船，每
隻有槳手五十人，都是弓箭嫻熟的戰士。但是他們的指揮官躺在
美麗的倫諾斯島上受苦痛。亞該亞軍把他拋棄在那裏，因為他為
一毒蛇所嚙，身上中了毒。他躺在那兒，憔悴消瘦，可是守在船

邊的阿果斯人，不久就又要想起菲洛克特蒂斯王了。雖然他的隊伍目前失去了領袖，他們並非沒有長官。指揮他們是奧伊柳斯的私生子麥當，他是倫納給刼掠城池者奧伊柳斯生的。

　　來自屈斯的人，來自遍山梯田的伊索姆的人，和來自歐柴利亞歐呂塔斯王的城市歐柴利亞的人，爲阿斯克勒皮阿斯的兩個兒子、兩位令人欽佩的醫生、波達勒里阿斯和馬柴昂所統率。他們手下有五十隻黑船。

　　那些來自奧曼寧和海佩里亞泉的人，來自阿斯特里昂和蒂坦納斯的白塔的人，爲歐艾蒙的出身高貴的兒子歐呂拍拉斯所統率。他手下有四十隻黑船。

　　那些住在阿季薩和蓋爾通、奧瑟、赫隆和白城歐隆松的人，爲無畏的波律普特斯所指揮。他是佩里索斯的兒子，永生的宙斯的孫子。著名的希波德米亞受孕懷他的那天，正是佩里索斯向荒野的長毛人報仇的日子，他把他們逐出佩里昂，趕到艾齊斯人手裏去。跟波律普特斯共同指揮這些人的，是里昂圖斯，他是戰神的旁支、驕傲的科羅納斯的兒子、克紐斯的孫子，他們麾下有四十隻黑船。

　　來自塞弗斯的古紐斯帶來二十二隻船。他率領着恩尼因人和無畏的帕瑞比亞人，他們的房屋蓋在寒冷的多多納，並耕種悅人的蒂塔斜斯河畔的土地，可愛的蒂塔斜斯注入潘紐斯河，可是跟清澈的潘紐斯河水不相混合，而像油一般在潘紐斯河水之上奔流，因爲它是冥河的一部分。

　　坦玆瑞當的兒子普羅索斯，指揮着麥格奈特斯人，他們住在潘紐斯河畔和樹葉抖顫的佩里昂的山麓。這些人爲敏捷的普羅索斯所統率，他手下有四十隻黑船。

　　上面是達南人的部隊和指揮官。繆斯，現在告訴我，跟阿特瑞斯兄弟一起渡海來的人和馬，誰是首屈一指的。

　　馬中最好的，首推阿德麥塔斯的馬，爲他的兒子歐麥拉斯所

駕馭。他們快得像飛鳥，毛色相同，年齡相同，身高也相同。二者都是母馬，銀弓阿波羅在帕瑞亞養大牠們，以驚恐兵士。

人中最傑出的，當推特拉蒙埃傑克斯，那只是當阿基里斯發怒的時候，因爲佩柳斯的無與比倫的兒子，是人中之佼佼者，他駕馭着一對最好的馬，只是他這時躺在鳥嘴海船裏，念叨着他跟阿楚斯的兒子總指揮阿加米農的口角。同時他的人在海灘上射箭、擲鐵餅、擲標槍，以消遣時光；馬匹都關在那裏，每匹馬站在自己的車旁，嚼着溼地上的苜蓿和芹菱；牠們的主人們的戰車蓋起來停在棚屋裏；人們自己看不見他們善戰的首領，無目的地在營地漫步，不事戰爭。

但是其餘的人都在向前進，整片地面像是燃起了火焰。大地在他們脚下呻吟，像雷神宙斯發怒時抽打着據稱是泰菲阿斯長眠處阿里民時那樣。大地這樣回響着他們的脚步聲，當他們迅速越過平原的時候。

同時披乙已斯的宙斯差遣旋風腿愛瑞斯，去到特洛伊人那裏，向他們報告這可驚的消息。他們正好老老幼幼都聚在普利安王門口議事。捷足的愛瑞斯去到他們跟前，用普利安的兒子波來特斯的口音向他們說話──原來波來特斯受命守在老艾訏斯特的墓上，替特洛伊人瞭望，看見亞該亞人船上一有動靜，即連忙跑回家去。愛瑞斯向普利安說話時，她的形貌正像這個人。

「父王，」她說道，「我看你仍然喜歡無休止地談論，像和平時一樣，可是一場殊死戰就要臨到我們頭上。實在說，我曾參加過許多次戰役，可是向來沒有見過這樣一股龐大可怕的武力。他們像樹林中的樹葉，或海裏的沙一樣，遍地而來，要在城外交戰。赫克特，我特別要請你照我說的行事。普利安有許多友軍在這偉大的城裏。但這些外邦人說着不同的語言。讓每一邦的隊長照管他自己的國人，把他們排起隊來，率領着去交戰。」

赫克特認出了女神的口音，立刻解散了集會。他們迅卽武裝

起來，各門都大開着，全部隊伍連人帶馬，一片喧嘩聲從城裏湧出。

在城外，進入平原相當距離，有一高丘，四面有開濶地，人稱它是荆棘山，但衆神知道那是跳舞的麥倫的墓。特洛伊人和他們的友軍，就在這裏排列陣勢。

普利安的兒子，明盔的和偉大的赫克特統率着特洛伊人。他率領的是一枝最精銳最衆多的軍隊，個個人都是激烈的槍手。

達丹尼亞人爲安契西斯的可欽佩的兒子乙尼斯所統率，阿芙羅狄蒂在愛達山坡擁抱安契西斯的時候受孕而懷了乙尼斯。乙尼斯並非單獨指揮這枝軍隊，安蒂諾的兩個兒子阿奇洛卡斯和阿卡馬斯輔助他。二者嫻熟各種戰鬪。

住在愛達山最低的支脈下齊利亞並飲艾塞帕斯河的黑水的人，特洛伊人的一個富庶的支派，爲律康的著名兒子潘達拉斯所統率，他的箭法是阿波羅親自傳授的。

那些來自阿抓斯特亞和阿匹薩斯地面的人，和來自皮曲亞和特里亞的陡坡上的人爲派科特的麥羅普斯的兩個兒子阿抓斯塔斯和穿亞麻緊身褡的安非阿斯所統率；派科特的麥羅普斯是一位很高明預言家，他曾竭力勸他的兩個兒子不要冒生命危險去打伏。但他們不聽；黑的死神引他們走上命運的歸宿。

來自派科特和普拉克霞斯的人；來自塞斯塔斯、阿布杜斯、和神聖的阿里斯貝的人，爲赫塔卡斯的兒子阿西阿斯所統率。高傲的阿西阿斯是他的兩匹高大而潤澤的馬把他從阿里斯貝和塞勒斯河帶來的。

希波索斯率領着佩拉斯基部落的槍手，這些人住在土壤深厚的拉里薩，他們追隨着佩拉斯基的勒薩斯的兩個兒子，圖坦馬斯的孫子，希波索斯和戰神阿瑞斯的旁支派萊斯。

阿卡馬斯和高貴的佩羅斯率領着斯拉塞人，他們的土地爲水流湍急的赫勒斯麗特所環繞；同時楚任納斯王的兒子，塞阿斯的

孫子，歐菲馬斯率領着善戰的西科奈人。

　　普雷奇麥斯率領着持彎弓的派昂尼亞人。他們是從遠道來的，來自阿麥敦和寬闊的艾克祖斯河兩畔，這河的水是世界上最美的。

　　胸毛濃長的派萊麥內斯率領着巴弗拉戈尼亞人，他們是從產野騾的地方恩奈蒂來的。他們住在訐托拉斯、塞沙芒附近，住在巴齊尼亞斯河畔的宜人的田園、克朗納、艾吉阿拉斯和崇高的埃呂齊尼。

　　奧廸阿斯和埃皮綽法斯率領着阿利松人，他們來自產銀地遙遠的阿津貝。

　　默西亞人的領袖是克羅米斯和恩諾馬斯。恩諾馬斯是預言家，但是他的占卜術未能救他免於死的厄運。偉大的跑者阿基里斯把他殺死在河床上，當他趕殺特洛伊人和他們的友軍的時候。

　　弗綏斯和阿斯坎尼阿斯率領着弗呂吉亞人，他們來自遙遠的阿斯坎尼阿，急切要交戰。麥奧尼人爲塔萊麥內斯的兩個兒子麥斯萊斯和安蒂法斯所統率，他們的母親是古蓋湖。他們兩人率領着麥奧尼亞人，他們的出生地在蒂莫斯下面。

　　奈斯特斯率領着克里亞人，他們是說古怪話的人。他們擁有米勒塔斯，樹葉無數的弗齊爾斯山，麥安德河，和麥卡爾的尖峯。這些人是諾米昂的兩個高貴兒子安菲馬卡斯和奈斯特斯率領來的。安菲馬卡斯眞是個傻瓜！他打仗時像女子般戴着金飾，那並未救他免於一個可怕的下場。他被偉大的跑者阿基里斯殺死在河床上，善戰的阿基里斯拿去了他的金飾。

　　最後，薩佩敦和無與比倫的格勞卡斯率領着律西亞人，他們來自遙遠的律西亞和漩流的贊薩斯河。

三 休戰與決鬥

特洛伊人隊伍齊集後，每隊由自己的隊長率領，吶喊前進，那喊聲像一羣鳥的聒噪，他們使空中充滿喧鬧，像鶴羣逃避寒多冷雨，沙啞地鳴叫着飛越洋川，把死亡和毀滅帶給俾格米人，從晨曦的天空發動邪惡的攻擊①。但是亞該亞人默默前進，個個精神振奮，決心互相幫助。

他們迅速進入平原，脚步蹴起一團烟塵，濃密得像南風吹來瀰漫山巔的濃霧，那時一個人的視界不過是投石的距離，牧人心裏抱怨，賊盜倒滿心歡喜，他認為這勝過星夜。

兩軍將要交鋒時，像神一般的巴黎走出特洛伊軍陣前，向對方挑戰，要和敵人一個對一個拚鬥。他背披豹皮，一張彎弓和一把寶劍掛在兩肩上，揮動着兩根銅矛槍，向阿果斯的任何一位戰士挑戰決鬥，跟他拚個死活。

久經陣仗的米奈勞斯看見他大踏步向他走來，走到衆人面前，他快活得像一頭餓獅找到了一隻長脚鹿的龐大屍體，或一隻野羊，貪饞地吞食着，任那壯健的獵人和敏捷的獵狗百般設法搶牠走，牠都不加理會，米奈勞斯的眼睛看見巴黎皇子，就是這樣高興快活，因為他暗想，懲罰這個對不起他的人的機會來到了，

---

① 鶴羣每年來掠食俾格米人田中的玉蜀黍，俾格米人為保護他們的穀物，與鶴羣戰。

他立刻全副戎裝跳下戰車。

　　巴黎皇子看見是米奈勞斯前來應戰，滿心驚恐，爲了自己的性命，他縮囘到他的隊伍裏去，像一個人在林木掩映的山谷突然遇到一條蛇時，縮囘脚步，滿面失色，四肢抖顫向來的路上退去。巴黎皇子就是這樣害怕阿特瑞斯，逃囘高傲的特洛伊人中間。

　　赫克特看見他兄弟的光景，立刻數落他道：「巴黎，你這個虛有其表的童子，你這個誘拐女人的傢伙；爲什麼你活在人世呢？爲什麼不在結婚前就被殺死呢？是的，我願你死去，那比現在這樣丟我們大家的臉，遭人鄙視，要好得多，長髮的亞該亞人看見我們因爲一個皇子的美貌，就推他爲鬥士，而忘記他既無力氣，又無勇氣，他們將如何嘲笑啊！現在看着你，我要問：你可就是從前那個糾合一夥朋友，開起久經風浪的船，遠渡重洋，和外邦人論交，從一個遼遠的國度的一個善戰的家庭拐走一個美婦，爲他的父親、城市和全體人民所詛咒，使他的仇家稱快，使他自己羞得抬不起頭的人嗎？現在你竟膽怯得不敢對抗你所開罪的勇士嗎？不久你就會發現你所偷拐的美婦的丈夫，是什麼樣的戰士，等他把你打倒在塵埃時，你的七弦琴對你將毫無用處，還有阿芙羅狄蒂賜予你的本領，你頭上的鬈髮和你那姣好的模樣，也不能幫助你。特洛伊人太善和了，否則爲了你所做的事，他們早就用石頭砸死你了。」

　　「赫克特，你罵得有理，」高尙的巴黎答道，「你說的一點也不多餘，多麼像你那不屈的精神啊！你的不懈的精力，使我想到木匠手裏的斧頭，它給木匠以劈開木頭把木料造成船的能力，但是有一件你不能責備我，那便是金阿芙羅狄蒂賜予我的美好的稟賦，神不經人要求而賜予人的寶貴東西，是不可蔑視的，縱然人在有機會選擇時可能並不選擇那些東西，可是如果你一定要我決鬥，那麼讓隊伍坐地，讓我跟可畏的米奈勞斯在兩軍陣前相遇，爲海倫和她的財物而戰，贏的人或證明自己是二者中較優的

人，把海倫連人帶財帶回家去，其餘的人訂一和約，根據那和約我們留在土壤深厚的特洛伊，敵人開船回家去，回到野有牧馬的阿果斯，和美女衆多的亞該亞。」

這使赫克特滿心歡喜。他走到無人的地帶，手握長矛的正中，把特洛伊的陣線往後推，他們都坐在地上；可是長髮的亞該亞人，仍然張弓搭箭，把赫克特當作矢石的目標。這時阿加米農出來說話。「阿果斯人，住手！」他喊道。「衆位弟兄，休要放箭，明盔的赫克特想要說話呢。」

隊伍放棄了攻擊準備，人們頓時寂靜下來。接着赫克特站在兩軍中間講話。

「特洛伊人和武裝的亞該亞人，」他說道，「聽我說，惹出這場麻煩的巴黎，提出了什麼建議，他提議雙方隊伍都放下武器，讓他跟米奈勞斯戰士在兩軍中間爲海倫和她的財物決鬥一場，贏的人和證明自己是二者中較優的人，把海倫連人帶財帶回家去，其餘的人訂一和約。」

人們完全在沉寂中聽了赫克特所說的話，最後高聲吶喊的米奈勞斯出來發言。「現在聽我講，」他說道，「我是主要苦主，我想阿果斯人和特洛伊人可以和平分手，他們爲我自己和惹起這事的巴黎中間的仇恨，已經受夠了辛苦。我們二人中有一人必死，命運已經注定了他的死，可是其餘的人不久便可和解，請你們拿兩隻綿羊來，一隻白公羊和一隻黑母羊，以祭大地和太陽；我們也拿一隻羊來祭宙斯。把普利安王請到這裏來，讓他可以親自起誓；因爲他有幾位傲慢狂妄的兒子，我們不願看見一件莊嚴的條約爲奸詐的行爲所破壞，年輕人多半是不穩妥的，一位老人如參預這樣的事，他會思前想後，爲雙方謀最大的利益。」

特洛伊和亞該亞人都歡迎米奈勞斯的講話，認爲這可以使痛苦的戰爭暫停一下。馬車戰士退回到步兵線上，他們跳下車，解掉配備，放在地上，擺成一個一個相離不遠的堆兒。赫克特派兩

名宣報員火速回到城裏，去取兩隻羊，並請普利安來；阿加米農王派特爾西比斯去到空船上取一隻羔羊來。特爾西比斯連忙去執行他君主的命令。

這時愛瑞斯把這個消息報告給粉臂海倫；她自己幻化成海倫的小姑勞迪斯的模樣——勞迪斯是普利安最美的女兒，嫁給了安蒂諾的兒子赫利康。她看見海倫在宮裏，正在織一塊雙幅寬的花布，她把馴馬的特洛伊人和披銅甲的亞該亞人為她而戰鬥的許多場面織進去，脚步靈便的愛瑞斯走到她跟前說道：「親愛的姐姐，來看看特洛伊和亞該亞士兵的行徑多麼奇怪呀！不久以前，他們還在磨拳擦掌，要在平原上惡鬥一場，看樣子要打到至死方休。可是現在仗是不打了。他們靜靜地坐在那裏，身體倚靠着盾，長槍插在身邊地上，同時巴黎和勇敢的米奈勞斯將用長槍為妳決鬥，贏的人要妳做他的妻子。」

女神這個消息使海倫深切懷念她的前夫和她的父母和她所離開的城市。她把一塊白亞布面紗裹在頭上，眼淚順着面頰往下淌，走出了臥室；她不是一人獨走，有兩名侍女跟隨她，皮修斯的女兒艾斯爾和牛目女子克律麥內。不多一會兒她們來到斯坎門附近。

普利安正在城樓上同城裏的長老潘索斯和塞穆特斯、蘭帕斯和克律霞斯，戰神的旁支希湯斯和他的兩位聰明顧問烏克勒岡跟安蒂諾議論事情。老年終止了他們戰鬥的日子，可是這輩長老都是極善於說話的人，他們坐在城樓上像蟬落在林中的樹上一樣，快活地吱拉吱拉叫。看見海倫來到城樓上，他們的聲音放低了些，他們互相說：「誰能責備特洛伊人和帶甲的亞該亞人，說他們不該為這樣一個女子而忍受這樣久的痛苦呢？眞的，她活像一位長生的女神，雖然如此，雖然她很美麗，還是讓她乘船回家去吧，不要留在這裏為害我們和我們的兒女。」

這時普利安把海倫叫到身邊。「好孩子，」他說道，「過來

坐在我前面，好看看妳的前夫和妳的親戚朋友。我一點兒也不怨妳：我只怨衆位神祇。是他們把這場可怕的亞該亞戰爭加在我們頭上的，妳可以告訴我，那裏那個身材高大的人叫什麼名字。那位高個子漂亮的亞該亞人是誰？我見過別的較人高一頭的，但從來沒有見過這樣漂亮和這樣威嚴的人。他是一位十足的君王。」

「我很尊敬你，好爸爸，」和藹的海倫答道。「我多麼願望，當初曾憔悴死去，而沒有跟你兒子來到這家裏，抛棄了我的新聞，我的親戚族人，我的愛女和那些跟我一起長大的朋友們。但事實沒有像願望的那樣，我只有日夜悲泣而已。現在我來告訴你一切你要知道的。你剛才指的那人，是阿楚斯的兒子阿加米農王，一位好君王，也是一位有力的槍手。他是我前夫的哥哥，說起來我覺得自己沒有臉面——除非這一切只是一場夢。」

老人聽了後，艷美地注視着阿加米農。「啊，阿楚斯的幸運兒子，」他喊道，「有福的人，神的寵兒！原來你就是這些千千萬萬的亞該亞人所擁戴的人！我從前去過弗呂吉亞，那個遍地葡萄和馬見馳騁的國度。當我看見奧楚斯和麥格敦王的駐紮在桑加里斯河畔的軍隊時，我才知道弗呂吉亞的人口是如何衆多，那時我是他們的戰友，跟他們一起露營，那是當像男人一般搏鬥的亞馬孫女戰士要來進攻的時候。可是甚至那時的人，也沒有像現在這些明眸的亞該亞人這樣衆多。」

老人其次看見了奧德修斯，說道：「告訴我，好孩子，那個人是誰。他比阿加米農王低一個頭，但胸和肩寬些，他的盔甲棄置在地上，自己卻像一隻頭羊一樣，走來走去，檢查隊伍。他使我想起一隻長毛的公羊在一大羣白綿羊中間走動。」

宙斯的女兒海倫說：「那是拉厄特斯的兒子，機智的奧德修斯。他生長在伊薩卡，一個貧瘠的山國，可是爲人富有謀略。」

聰明的安蒂諾補充海倫關於奧德修斯的話說：「女士，我可以證實妳的話，因爲奧德修斯來過這裏，他跟米奈勞斯曾爲妳而

來，是我招待他們的。我在自己家裏款待他們。我不惟認識他們
的面貌，而且知道他們的想法，跟特洛伊人會晤時，大家都站
着，肩膀寬濶的米奈勞斯比衆人都高些；可是當兩人都坐下時，
奧德修斯便比較雄武。當衆發言時，米奈勞斯話說得流利，簡短
淸楚；他不是長篇大論的人，可是語語中肯，雖然他比較年輕。
機靈的奧德修斯正相反：他起立發言時，站在那裏低着頭看地；
他不前後擺動手杖，只緊緊握住它，像從未握過一樣，你會認爲
他是一個鬱鬱寡歡的人，或簡直是一個傻瓜。可是當洪亮的聲音
衝出他的胸腔，話像多天的雪片脫口而出的時候，活着的人誰也
比不上奧德修斯。那時我們看着他便不再以貌取人了」。

　　年老的君王看見並問及的第三個人是埃傑克斯。「那個卓越
挺直的人是誰？」他問道，「他比別人高一頭。」

　　「那是朋大的埃傑克斯，」着長衫而和靄的海倫說，「亞該
亞人中力氣最大的，再過去是愛多麥紐斯，站在克里特人中間像
一尊神，許多克里特軍官團繞着他。我主米奈勞斯常在我們家裏
款待他，當他從克里特來看望我們的時候。我已指出了所我認得
並叫得出名字的亞該亞人，另外還有兩位領袖我卻找不到：一位
是馭馬的克斯特，一位是偉大的拳師波律杜塞斯，兩位都是我的
同胞兄弟，也許他們沒有從美麗的拉塞德芒來參加軍隊，也許他
們雖和其他的人一樣渡海到這裏，但不願參加戰鬥，因爲怕聽見
人們提起我的醜名和加諸我的侮辱。」

　　她說這句話時，庶不知他們已在拉塞德芒，他們所愛的國
度，被生育萬物的大地收入懷抱了。

　　這時宣報員們穿城帶來和平條約所需要的東西，兩隻綿羊和
一個山羊皮酒囊，裏面裝滿了熟酒，那是土地的產物。宣報員愛
德阿斯拿着一只光亮的碗和幾只金杯，來到年老的君王跟前，請
他起身。「起來，我的主，」他說道，「特洛伊軍和亞該亞軍的
指揮官們，請你下去到平原上主持休戰。巴黎跟米奈勞斯戰士將

為海倫用長槍決鬥，贏的人將得到海倫和財物，其餘的人將訂一
和約，依照這和約，我們留在土壤深厚的特洛伊，敵人航海回家
去，回到野有牧馬的阿果斯和美女衆多的亞該亞。」

　　老人聽見這話，股慄起來；但仍吩咐他的人備車，他們立即
從命，普利安上車拉起韁繩，安蒂諾也登上那華麗的戰車，站在
他身旁。他們趕着一隊快馬出斯坎門馳向平原去了。

　　來到兩軍相遇處，他們步出戰車，站在滋育萬物的大地上，
走到一個介於特洛伊人和亞該亞人中間的地點。阿加米農王和巧
於計謀的奧德修斯立即站起身來。莊嚴的宣報員們將奉獻的祭品
聚攏起來，把酒和在碗裏，倒些水在王的手上，阿加米農王拔出
那把總是插在他的劍鞘旁邊的刀，從羊頭上割些毛下來。宣報員
們把這些羊毛分給特洛伊軍和亞該亞軍的隊長們。這時阿加米農
擧起雙手，高聲禱告，使大家都能聽見。「宙斯父，你從愛達山
統轄世界的神，最光榮的和最偉大的；還有你太陽神，世上任何
事物都逃不過你的耳目；你們衆河神和地神；還有你主宰陰間的
神，你使死人的靈魂為他們的僞誓而受懲罰；請你們共鑒我們的
信誓，使我們大家遵守這些誓言。假如巴黎殺死米奈勞斯，那就
讓他留住海倫和她的財物，我們將開起海船離去。可是假如紅髮
的米奈勞斯殺死了巴黎，特洛伊人必須交出海倫和她所有的財
物，並畀予阿果斯人以適當的賠償，賠償的規模，將是使未來若
干代人不會忘記的那樣。假如巴黎被殺死而普利安和他的兒子們
拒絕賠償，我將留在這裏為爭取賠償而戰，直到戰爭結束的時
候。」

　　接着阿加米農用無情的銅刀割斷兩隻羊的咽喉，把牠們丟在
地上喘氣，牠們彈掙幾下死了，銅刀結束了牠們的性命。這時他
用杯從碗裏舀出酒來；一面酹酒在地上，一面向那些從時間開始
便存在的神祇請願。凝目注視着的特洛伊人也向衆神祈禱，他們
的禱詞都是這樣：「宙斯，最榮耀和最偉大的，還有你們其他諸

位永生的神祇；任何一方如破壞這個條約，願他們腦漿塗地，有
如此酒，不惟他們如此，他們的子女也如此；願異邦人佔有他們
的妻室。」他們是這樣盼望和平，可是宙斯還沒有實現和平的意
思。

達丹尼亞人普利安現在發言。「特洛伊人和帶甲的亞該亞
人，」他說，「聽我說，我現在要回到多風的伊利亞去，因為我
不忍看着我的兒子跟可怕的米奈勞斯鬥。我所能想到的只是宙斯
和其他諸位永生的神定然已經知道二人中誰該絕命。」

這位可敬的君王說了些話後，把兩隻羊放在車上，自己跳上
車，挽起韁繩。安蒂諾也登上那華美的戰車，站在他身旁，二人
駕着同伊利亞去了。

普利安的兒子赫克特和可欽佩的奧德修斯量過了地，扔兩個
鬮在銅盔裏，以決定誰先投擲銅槍，凝目注視着的兩軍舉起雙
手，向衆神祈禱，他們的禱詞都是這樣：「宙斯父，你從愛達山
行使着統治，最榮耀的和最偉大的；讓那個帶給兩國人民以這樣
災難的人死，去到冥府；讓兩國中間奠定和平。」

他們祈禱後，偉大的和明盔的赫克特搖了鬮，眼睛轉向一
旁。一個鬮立即跳出來，那是巴黎的。

衆軍士成排坐地，各人靠近自己的高頭大馬，精製的武器堆
在地上。這時巴黎皇子，美髮海倫的丈夫，穿上美麗的盔甲，他
首先把一雙華美的脛甲綁在腿上，用銀夾使脛甲裹住足踝。其次
他穿上胸甲；這胸甲是他的兄弟律康的，需要調整一下。他把一
把銅劍佩在肩頭，劍柄上有銀的裝飾，肩上還掛着一面大而厚的
盾。他那結實的頭上戴一頂精製的盔，盔上的馬鬃纓倔強地點動
着。最後他拿起一根沉甸甸的槍，正好盈握在手。

善戰的米奈勞斯同樣也披掛起來；兩人都在自己陣線後準備
齊畢了便踱到兩軍中間，樣子看起來很可怕，馴馬的特洛伊人和
帶甲的亞該亞人都被鎮懾住了。兩人在量好的地上，各就各位，

相距不遠,彼此怒目相向,揮動着武器。巴黎首先擲出他的長影槍,投中了米奈勞斯的圓盾。那銅矛沒有刺穿,堅固的盾牌擋住了矛頭。現在該阿楚斯的兒子米奈勞斯使動他的長槍,同時他向宙斯父禱告:「宙斯王,請讓我向巴黎報仇,當初原是他對不起我。請用我的手打倒他,好讓我們的後世子孫每逢想到傷害一位慇勤招待他們的主人的事便股慄起來。」

　　說着他緊攥住長影槍投了出去。那沉重的武器擊中了普利安兒子的圓盾。它刺穿那明晃晃的盾,透過那美好的胸甲,刺破了巴黎腰窩處的短裝。可是巴黎使一個轉身,未被刺死。米奈勞斯立即拔出飾銀的寶劍,往後一掄,照定敵人的盔頂砍了下去。但是劍在盔上震斷了,斷成半打碎片,落在地上。米奈勞斯嘆息了一聲,仰望着天空。「宙斯父,」他喊道,「還有比你更惡狠的神嗎?我以爲我已懲治了巴黎的罪過,可是現在我手中的劍斷了,而且剛才投出的槍,也未傷害他!」

　　說着他撲向巴黎,一把抓住那馬鬃盔纓,扭轉他的身軀,拉他到亞該亞陣地去。巴黎的綉花盔帶勒住了他姣嫩的喉頭,勒得他透不過氣,那盔帶在他下巴下綁得太緊了。要不是宙斯的女兒阿芙羅狄蒂動作敏捷,米奈勞斯就會把他拖進陣去,贏得榮耀。阿芙羅狄蒂看見那情景,立刻替巴黎弄斷盔帶,雖然那是牛皮做成的,因此高貴的米奈勞斯的巨掌,只抓去了一頂空盔。他把空盔扔在亞該亞陣線內,他的侍從們把它揀了起來,他自己又向敵人撲去,希望能用他的銅矛槍結果他的性命,但是阿芙羅狄蒂又使出她的神力。她把巴黎藏在一團濃霧裏,迅速挾帶而去──對於女神這是很容易的──把他放在他自己的香氣氤氳的臥室裏。然後她親自去找海倫。

　　她在高的城樓找到了海倫,一羣特洛伊女人圍繞着她,阿芙羅狄蒂伸出手來拉她薰過香的長衫,幻化成她所喜愛的老嫗的模樣向她說話──那老嫗就是她以前在拉塞德芒時常替她做美麗毛

線的毛工。「來喲！」女神說，學着那老婦的口音。「巴黎要妳回家去會他。他在臥室裏，在那嵌花床上，服飾華麗，滿面春光，妳決不會相信他剛跟人打了一場決鬥回來，妳會想他是要去跳舞的，或剛跳舞回來現在坐下休息的。」

　　海倫惶惑地望着女神，她看見那美的頸項和乳峰和一雙晶瑩的眼眸，不禁懍然生畏，但是她並未假裝不認識她。「神秘的女郎，」她說道，「妳這樣改裝出現，目的何在呢？現在米奈勞斯打敗了巴黎，要把他那有過失的妻子帶回家去。妳可是在設法把我弄到一個更遠的城市去，弄到弗呂吉亞，或可愛的麥奧尼亞，給住在那裏的妳的另一個寵兒嗎？所以妳來到這裏，打算誘我回到巴黎身邊，我不去；妳自己去坐在他身邊好啦，忘掉妳自己是女神。不要回奧林匹斯，委身去服侍巴黎吧。好好縱容他，有一天妳會成爲他的妻子，不然就成爲他的奴隸。我不要回去和他睡一個床；人們的閒話將沒有休歇。假如我回去，特洛伊的女人將沒有一個不咒罵我，我已經有的苦頭已夠我受的了。」

　　阿芙羅狄蒂憤怒地責罵她。「冥頑的妮子！」她喊道，「別惹我生氣，否則我在氣頭上摒棄妳，衷心恨妳，像到現在爲止我愛妳一樣，並鼓動特洛伊人和亞該亞人一齊仇視妳，敎妳不得好死。」

　　海倫被嚇唬住了，雖然她是宙斯的孩子。她身穿白而有光澤的長衫，不作一聲走開了。那些特洛伊女人都沒看見她走去，有一位女神在引導她。

　　她們去到巴黎的美麗房子裏，衆侍女立即忙着去支應她的差事，海倫卻走進她那高潤的臥室。在那兒，愛笑的女神阿芙羅狄蒂親自搬一把椅子走到巴黎面前放下，讓海倫坐。佩乙巳斯的宙斯的女兒海倫坐在椅子上，眼睛轉向旁邊，開始排揎他的愛人：「你從戰場回來啦，我原希望你會死在那位曾是我丈夫的偉大戰士手裏！你常誇口說，你勝過強有力的米奈勞斯，是比他好的槍

手，兩膀臂力比他大，那麼，爲什麼不立刻再去向他挑戰呢？還用得着我警告你，在提議跟紅髮米奈勞斯對打前，要好好想一想嗎？不要造次從事吧，否則你可能會死在他的槍下。」

巴黎立卽答道：「我愛，不要罵着激我。米奈勞斯剛才藉雅典娜的幫助打敗了我。可是我也有神幫助我，下囘我會戰勝他。來，讓我們携手上床，去快活地愛一番。我對妳有一種從未有過的慾望，甚至從最初把妳從美麗的拉塞德芒帶到我的船上，在克蘭奈島上兩人擁抱著睡了一夜起，直到現在，我向來沒有這樣愛過妳，向來沒有對妳有過這樣甜蜜的慾望。」

說着他向床跟前移動，引着她同去。他的妻跟着他；兩人雙雙躺在那木床上。

這時米奈勞斯正像一頭野獸般，在隊伍中摸索着找巴黎皇子。但是特洛伊人或者他們著名的友軍，誰也不能指出他來給米奈勞斯戰士看，並不是有人看見但爲了愛護他而隱藏他；他們全都厭惡他，像厭惡死亡一樣。最後阿加米農王宣布說：「特洛伊人，達丹尼亞人和友軍人士，聽我說，偉大的米奈勞斯已經打贏了，這一點沒有爭辯的餘地。現在可交出阿果斯的海倫和她的財物，並給我以可爲未來的人們稱道的酬償。」

阿特瑞斯說完了，亞諉亞人同聲喝采。

四　潘達拉斯破壞休戰

　　現在衆神坐在金地廳裏跟宙斯會議。赫貝小姐，他們的端杯者，捧給他們神酒，他們用金杯喝着，互祝健康，一面遙望特洛伊城。

　　克魯諾斯的兒子開始用譏諷的語氣講話，以折磨赫拉。「有兩位女神，」他狡猾地說道，「在米奈勞斯一邊：阿果斯的赫拉和阿拉爾康米寧①、雅典娜。不過我看見她們兩位若無其事，坐在這兒旁觀；另一方面愛笑的阿芙羅狄蒂緊跟在巴黎身邊，給他遮擋災禍。不久以前她以爲他的生命快要完了，把他突然叼走了。雖然如此，勝利當然是屬於阿瑞斯所寵愛的米奈勞斯的。可是我們現在還須考慮下一步將怎樣，我們將再次挑起邪惡的搏鬥和戰爭的怒忿呢？還是使特洛伊人跟亞該亞人和解呢？假如你們同意兩下和解，那就是說普利安王的城池得免於難，米奈勞斯帶回去阿果斯的海倫。」

　　這片話引起雅典娜和赫拉咕噥抱怨，她們兩位坐在一起，在計謀陷害特洛伊人。雅典娜雖然不高興她父親宙斯，但不作一聲。她一肚子的憤怒，只是沒有答辯。赫拉就按捺不住怒火，她氣冲冲地說道：「克魯諾斯的可怕兒子，你所建議的眞是荒謬絕倫！你怎好意思，使我的努力、使我和我的馬爲糾合衆部族來攻

---

①　博奧蒂亞一城，爲雅典娜所鍾愛。

打普利安和他的諸子而用的血汗力氣，都歸於白費呢？你只管隨意行事好了，可是不要以爲我們大家都同意你的所作所爲。」

行雲者宙斯對這表示強烈的忿恨。「夫人，」他說，「普利安和他的諸子 怎樣得罪了妳， 使得妳亞欲洗刼美好 的特洛伊城呢？難道除掉攻破城門、踏平城牆、生啖普利安及其諸子和所有人民的肉以外，什麼都不能平息妳的怨恨嗎？不過妳隨便去做好了，我不願我倆中間的這點歧見，演成嚴重的破裂。可是我有一個條件，妳得記住，等輪到我要打破一座城池，而我選擇的是妳的朋友們居住的地方的時候，妳可不要想教我息怒，而要讓我隨心所欲。因爲這次我自動讓妳，雖然這極其違背我的心意。在人們於太陽和星空之下所居住的一切城市之中，神聖的伊利亞和普利安跟他的使白楊槍的人民，是我最鍾愛的。他們宴會的時候，我的祭壇向來沒有缺過我們認爲應有的酒肉供品。」

「我所最心愛的三座城池，」牛目天后說道，「是阿果斯、斯巴達和街道寬敞的邁錫尼。你可洗刼它們，假如有一天它們惹你厭惡，我不會因爲它們的毀滅而恨你，也不會起而維護它們。還有一點，即使我反對和干涉你的計畫，那也不能成就什麼，因爲你的力氣比我大多了。可是我的計畫像你的一樣，也不應遭受阻撓。因爲我也是神，我們是同父母所生。古怪的克魯諾斯的兒女中， 我居優先， 那是我生來的權利， 同時也因爲我是你的王后，而你是諸神之王。雖然如此，讓我們在這件事上互相退讓，我讓你， 你讓我， 其餘的永生之神都會跟隨我們。 我所求於你的，只不過是教雅典娜去到陣前設法使特洛伊人向勝利的亞該亞人做出侵略行爲，以破壞休戰。」

人和神的王沒有遲疑，立刻向雅典娜表明他的意思。「去到兩軍陣前，」他說，「設法使特洛伊人攻擊勝利的亞該亞人，以破壞休戰。」

雅典娜本就一心要行動，得到這樣鼓勵後，迅卽飛下奧林匹

斯峯巔，像宙斯爲警告水手或陸上的 大股軍隊而 投下的一顆流星，一道強光掠過天空迸出無數火花。帕拉斯雅典娜就這樣一閃來到地上，跳在人們中間。馴服的特洛伊人和帶甲的亞該亞人看見這景象，都驚愕不止。他們面面相覷問道：「這表示又要有可怖的戰爭嗎？或宙斯，戰爭的仲裁者，要使兩下和解嗎？」

正當亞該亞人和特洛伊人互相詢問這主何吉凶時，雅典娜變成一個男人的模樣，混進特洛伊人的行列，她的外貌正像一位茁壯的槍手 ， 名叫勞多卡斯，安蒂諾的兒子 。 她到處找律康的兒子，高大而可欽敬的潘達拉斯。她找到了他。潘達拉斯皇子正站在他所指揮的來自艾塞帕斯河的強悍持盾部隊旁邊。她去到他跟前，向他說明來意。「潘達拉斯，我的主，你肯動用機智，聽從我的一個主意嗎？假如你肯放一枝箭，射殺米奈勞斯，那你就會獲得無限榮耀，每個特洛伊人都將感謝妳，尤其是巴黎皇子。假如他看見阿楚斯的兒子被你一箭射死，躺在火葬的柴堆上，他將首先跑過來給你一件漂亮的禮物。來，對準正在耀武揚威的米奈勞斯射一箭；同時向你自己的律西亞神弓王阿波羅禱告。應許他等你回到神聖的齊利亞城你的家時，你將給他獻上輝煌的犧牲，頭生的羔羊。」

雅典娜的甜言蜜語，說動了這個傻瓜，他立即將他那光亮的弓掏出鞘來。這張弓是一隻野山羊的角製的，那山羊是他當胸一箭射死的。他伏在一個地方等那野獸，等牠從一石縫走出時，一箭射中牠胸腔，牠倒下又掉進石縫去。牠的兩隻角，每隻有十六手掌長，被一角骨匠接起來，整個兒擦得光滑明亮，並在尖端裝了一個金帽。潘達拉斯把弓斜按在地上，扣上弦，小心放下，同時他的慇勤的侍從們舉起盾來，在前面保護他，免得在他射殺阿楚斯的善戰兒子米奈勞斯以前，遭受兇殘的亞該亞人的襲擊。他揭開箭壺蓋兒，抽出一枝未曾用過的羽翎箭，那上面帶着無窮的痛苦。他靈敏地把箭搭在弦上，向自己的律西亞神弓王阿波羅禱

告，應許等他回到神聖的齊利亞他自己的家時，將給他獻上輝煌的犧牲，頭生的羔羊。接着他緊捏住箭鞘缺口處和牛腸弦，把它向懷裏拉，直到弦已拉到他的胸口，鐵鏃幾乎挨住了弓。他扯滿那張大弓，嗖的一聲射出；那枝鋒利的箭鑽進空中，直飛入敵軍行列。

可是永生的快樂神祇，並沒有忘掉你，米奈勞斯，尤其是宙斯的戰鬥女兒雅典娜，她將身站在你前面，撥開那鋒利的箭鏃，使它恰好擦過皮肉，像母親替熟睡的孩子趕蒼蠅一樣。她親自用手把箭引到金的帶鈎處盔甲重疊的地方。因此那鋒利的箭鏃命中了緊扣着的甲帶。它洞穿那有紋飾的帶，透過美麗的胸甲，刺破米奈勞斯所穿的作為防禦飛箭最後一層保障的圍帶。圍帶對他的救命之功，是其他一切所不及的；可是那箭鏃也刺透了它。結果造成一個淺傷，鮮血立即從傷口流出；像克利亞或麥奧尼亞婦女用以染象牙的殷紅染液，她們染紅象牙，作馬的頰飾，一件擺在店舖裏的可愛飾物。每個乘馬的人都想把它戴在自己的馬頭上，一天一位國王看上了它，買它去裝飾他的馬，並作為他的御者的榮譽章。米奈勞斯，鮮血就這樣順着你那漂亮的大腿、小腿和足踝往下淌。

阿加米農王看見殷紅的血從傷口流出，便戰慄起來。實在的，久經陣仗的米奈勞斯自己也嚇呆了；不過他看見箭鏃的纏線和倒鈎，沒有陷進去，就恢復了鎮靜。當他的人驚惶失措的時候，阿加米農王發出沉重的呻吟聲，並抓住他的手。「親愛的弟弟，」阿加米農哭道，「我誓守休戰，派你去替我們單獨戰特洛伊人，竟造成你的死，因為特洛伊人放箭射你，踐踏他們的莊嚴盟誓。可是一個曾經我們以右手認可並以酒和羊血鄭重作出的盟誓，不是這樣輕易可以取消了的。奧林匹斯的神祇可以延緩懲罰，但是到頭來總是要懲罰的。背盟的人將付出重大代價，他們將以生命作賠償，以他們的婦女孩子作賠償。將來有一天，在我

內心深處我知道總有這一天，神聖的伊利亞跟普利安，還有普利
安的使白楊槍的人民，都要毀滅。天上的克魯諾斯的兒子宙斯，
憤恨他們的假誓，將從天宮的座位上對他們抖動他那陰沉的乙已
斯。這是一定會發生的。可是米奈勞斯，假如你死，假如你的末
日真的到了，我將怎樣沉慟地哭你。我將來會多麼狼狽地返回乾
涸的阿果斯喲！因為亞該亞人將立刻就摒擋回家去啊！我們將不
得不留下阿果斯的海倫，讓普利安和他的人誇口，同時你壯志未
酬，長眠於特洛伊的地下，大地將腐朽你的屍骨。我已能聽見特
洛伊的好大言者，腳踏着傑出的米奈勞斯的墳墓說道：『願阿加
米農的一切口角，結局都是如此：一場無益的遠征，空船退回
去，留下優秀的米奈勞斯！』他們將來就是這樣談論，我多麼想
能鑽進地縫去啊！」

　　但是紅髮的米奈勞斯能夠安慰他。「拿出勇氣來，」他說，
「不要說令人志氣消沉的話。箭沒有傷到要害。甲帶的金屬，下
面的胸甲，圍帶跟帶上的銅擋住了箭，使它未能深入。」

　　「但願你說的對，親愛的弟弟！」阿加米農王喊道。「但是
應當請醫生來驗傷敷藥，減少疼痛。」

　　他轉面向他極好的侍從說道：「特爾西比斯，快去找馬柴昂
來。你認得他，他是大醫生阿斯克勒皮阿斯的兒子，請他來瞧瞧
我主米奈勞斯。一位善射的特洛伊人，或律西亞人，射了他一
箭，給他自己以榮耀，給我們以打擊。」

　　阿加米農的侍從馴順地去了。他穿行在披銅甲的亞該亞人行
伍當中，尋找我主馬柴昂。他看見他站在他的人中間，那是在他
指揮下的來自野有牧馬的屈斯的人，一枝強悍的持盾隊伍。他走
到他跟前，傳達他的信息。「快來，我主馬柴昂！阿加米農王請
你去瞧瞧我們的偉大隊長米奈勞斯。一位善射的特洛伊人，或律
西亞人，射了他一箭，給他自己以榮耀，給我們以打擊。」

　　馬柴昂聽了宣報員的信息，吃了一驚，他們一起出發，在**偉**

大的亞該亞軍的密集行列之間，揀空的起方走。他們來到紅髮米
奈勞斯躺着受傷的地方，所有的隊長們都在那裏圍住他，可欽敬
的馬柴昂穿過人圈兒，走到他跟前，立刻從那扣住的甲帶裏拔出
箭，可是當他拉出箭鏃時，那倒鈎斷掉了。他解開那閃閃發光的
甲帶和下面的銅甲和銅匠做的圍帶。他看見了尖銳的鏃頭刺入皮
肉的地方。他吮出傷口的血，從友善的契伊朗給他父親的藥物
中，取出一種止疼潤肌的藥膏，熟巧地敷在傷處。

　　正當他們服侍高聲吶喊的米奈勞斯的時候，特洛伊人的陣線
移向前來攻擊。因此亞該亞人又穿上盔甲，準備迎戰。

　　阿加米農這時抖擻精神，立刻警覺起來。他沒有絲毫驚惶失
措的樣子，他對於交戰毫不遲疑，一心要介入戰鬭，贏得榮耀。
他決定不用馬和他的嵌花戰車；讓他的侍從趕着那兩匹鼻孔噴氣
的馬去了。但是阿加米農也很小心，他告訴他的人普托勒姆的兒
子歐呂麥敦不要遠走，也許在他長久巡視部隊期間，有時會疲
乏。接着他徒步出發，走動在部隊中間。

　　看見愛馬的達南人正在磨拳擦掌準備廝殺的時候，他便停下
來勉勵他們。「阿果斯人，」他說，「你們的精神是對的：要好
好保持這種精神，宙斯父不會幫助假誓者。那些自食其言破壞休
戰的人，禿鷲將啄食他們光滑的皮肉，同時一旦打破他們的城
池，我們將擄來他們所愛的小孩和婦女，載在船上。」

　　另一方面，如看見有人畏縮不前，害怕戰鬭，他便惡言相
向，怒責一頓。「可恥的傢伙們，」他喊道，「只勇於使弓！阿
果斯人，難道你們不害羞嗎？為什麼站在那兒茫然迷惘，像一羣
馳過曠野跑得累了無精打采停了下來的鹿呢？你們看起來正是那
樣，站在那兒出神，而不去交戰。難道你們在等着特洛伊人打到
我們的停在海灘上的好船跟前，盼望宙斯那時會伸出手來保護你
們嗎？」

　　阿加米農這樣巡行着，把他的意志，灌輸給他手下的武士，

在檢閱密集隊伍的途中，他來到克里特人跟前，那是能幹的愛多麥紐斯所指揮的人。愛多麥紐斯自己站在前面，勇敢得像一頭野豬；麥里昂奈斯指揮後面的部隊。阿加米農王很高興看見他們，立刻稱讚他們的領袖。「愛多麥紐斯，」他說道，「在一切愛馬的達南人中間，我依賴最甚的莫過於你了。不僅在戰場如此，在戰場外也是如此。我會向你證明這一點，當我們坐下用餐，把閃耀發光的酒調和在碗裏，給我們的最勇武的人喝着的時候。當其餘的長髮亞該亞人都喝畢了他們的酒，你的杯像我的一樣，總是滿滿的，好盡情地喝。現在可交戰去吧，像你一向自誇的那樣，去勇敢地打鬪。」

「我主阿特瑞斯，」克里特王愛多麥紐斯說道，「你可以信得過我的忠實擁護，和這事開始時我給你的鄭重保證。去喚起其餘的長髮亞該亞人吧，那樣我們可立即交起戰來，因為特洛伊人已經破壞了他們的誓約。至於他們，他們只有死亡和遭殃的份兒，因為他們自食其言，破壞了休戰。」

阿特瑞斯聽了那答話，滿心歡喜，他繼續在人叢穿行，走到兩位埃傑克斯跟前。他們兩位正在武裝自己，他們身後的大羣隊伍，黑壓壓的像一個牧羊人從瞭望臺看見怒號的旋風催動一陣密雲，掠海而來。旋風驅雲從海上向前湧，遠處已顯出暗淡，最後變成漆黑一團。牧羊人見這情景，股慄起來，把羊羣趕到岩洞裏。兩位埃傑克斯背後的勇武青年就這樣以密集隊形赴戰，黑壓壓的像一片雲，盾和槍萬頭閃動。阿加米農王看見他們滿懷喜悅，對兩位埃傑克斯大加稱讚，稱他們是披銅甲的阿果斯人的領袖。「對你們，」他說，「我是沒有命令的，你們是用不着鼓勵的。你們自己的領導才幹，已足鼓舞你們的武士做出最好的戰鬪。宙斯父，雅典娜和阿波羅為我作證，我真想個個人都有這種精神。那時普利安王的城池不久就會陷落，陷落在亞該亞人手裏。」

　　阿加米農說了這些話後，離開他們，繼續前行，走到派洛斯的嗓音清亮的演說家奈斯特那裏。他看見奈斯特正在準備他的兵士去交戰，把他們分派在幾位官長，如壯健的佩拉岡、阿拉斯特和可羅米阿斯、希芒皇子和偉大的隊長比阿斯的統率之下。奈斯特把他的馬車戰士 跟馬和車放在前線 ；後面有大隊 精良步兵壓陣。他把劣弱部隊放在中間，逼得那些想逃的人也不得不戰。他首先指示他的馬車戰士，教他們按住馬不要捲入戰團。「不要以為，」他說，「一個馬車戰士的勇敢和技巧，使他可以突到陣前單獨戰特洛伊人 。 不要讓任何人落在後面 ， 因而削弱全體的力量。如一人在自己的戰車裏接近敵人的戰車，那是他應該投槍的時候了，這是最好的戰術。就是這種辦法和精神，使我們的祖先攻破有牆的城池。」

　　老人就這樣用他在許久以前的戰爭裏得到的經驗，激勵他的部隊。阿加米農王看見他這樣，心裏感覺溫暖，他把這種感覺告訴他。「我的可敬的主，」他說道，「假如除了可羨慕的精神之外，你兩膀還有膂力，假如你的力量沒有減損，那我將多麼快樂啊。可是年歲不饒人，這是誰也逃不掉的。眞願你能把年紀轉給別人，自己加入靑年的陣容！」

　　「我主阿特瑞斯，」吉倫納斯武士奈斯特說道，「我也衷心希望，我能是從前殺死偉大的厄魯薩林時的那個人。但是神們不一下子把所有的好處都給我們。那時我年輕；現在歲月逼人。卽使如此，我還要跟我的馬車戰士一起，指揮他們。他們的計畫和命令是從我這裏來的，這是老人的權利。不過投槍的事讓年輕些的人去作，他們有那樣事所需要的力氣。」

　　阿加米農對於他所看見的奈斯特的情形很滿意，於是繼續他的巡行。他看見的下一個人是佩特奧的兒子馴馬者麥奈修斯。這人和他的以吶喊著名的雅典部隊站在那兒無所事事；在他們旁邊的是才思敏捷的奧德修斯，他跟他的塞法倫尼亞人——一股重要

的武力──在一起，也沒有做什麼事。戰爭的號令還沒有傳進他們的耳鼓，因為特洛伊人和亞該亞人的部隊，只是剛開始行動。因此他們站在那兒，等着別的亞該亞團隊向前挺進，迎戰特洛伊人。阿加米農王看見這情形，嚴厲訓斥他們。「你，老兄，」他說道，「一位君王的兒子麥奈修斯；還有你，頭號詭謀家奧德修斯，你們總是佔便宜；為什麼這樣踟躕不前，只讓別人去挺進呢？你們應當站在前線，首當其衝地迎戰。我請各位主要隊長飲宴時，你們不是首先得到邀請嗎？在那個時候，你們很樂意飽餐烤肉和老酒。可是現在你們好像樂意袖手旁觀；已有十營亞該亞人向敵人撲了去，而你們還沒有行動。」

足智多謀的奧德修斯瞪了他一眼。「我主阿特瑞斯，」他答道，「這真是胡說八道。你能說在一場惡戰中我們會躲在後面閒蕩嗎？假如你擔心這個，那麼你將會賞心如意地看見特勒馬卡斯的父親跟馴馬的特洛伊人的前線戰士搏鬥。現在你是在信口雌黃。」

阿加米農王看見奧德修斯生氣，對他笑着賠罪道：「拉厄特斯的皇子，才思敏捷的奧德修斯；我不再責備你了，也不再催你前進。我知道在你心裏你對我很好，事實上我們是情投意合的。不過現在不多說了，將來我會為剛才言語冒犯你的地方向你賠罪，讓衆神把它一筆勾消吧。」

這樣說着，他離開他們去找別人去了。他走到泰杜斯的兒子寬宏大量的廸奧麥德斯跟前。廸奧麥德斯正站在他的完美的戰車裏，兩匹馬已套上車軛。克帕紐斯的兒子澤內拉斯貼身站在他旁邊。阿加米農王看着廸奧麥德斯，狠狠地數落他。

「這是什麼意思？」他問道，「無畏的馬車戰士泰杜斯的兒子躲避戰爭，在這裏看風頭嗎？泰杜斯向來不畏縮，總是跑到朋友們前面搏鬥。看見過他打鬥的人們是這樣說的。他們說他是高手。我不認識他，也沒見過他，雖然他曾到過邁錫尼一次。他去

不是爲了打鬥，而是作友好訪問，跟波律內塞斯皇子一起去謀求增援。那時正是他們征討聖城塞貝斯的時候。他們苦苦央求我們給以充足的奧援，我們答應了他們的一切要求。但是宙斯放出了一個凶兆，使我們改變了主意；結果他們離開了邁錫尼。當他們走了一段路程，到達艾索帕斯河畔的深草和蘆葦叢時，亞該亞的指揮官們派泰杜斯前去談判。他去到塞貝斯，看見一大羣塞貝斯人正在埃條可勒斯皇子宮中晚餐。一個外來人單獨在一大羣陌生人中間，即使是勇敢的泰杜斯，心中也可能有些嘀咕吧。但是他一點也不嘀咕。他向他們挑戰，跟他們作友誼的角力賽，由於雅典娜的大力協助，輕易地贏了他們每個人。這惹怒了趕馬的塞貝斯人。泰杜斯離去時，他們派四十人先在埋伏在路上；這隊人由兩個官長率領：一是赫芒的兒子麥昂，一個有地位的人，另一人是硬心腸的惡霸，名叫波律方特斯，他父親也是殺人者。但是泰杜斯對付了他們，給他們一個醜惡的下場，把他們全都結果了性命，只放一人回去。衆神給了他一個警告，他放了麥昂。

「老兄，那是艾托利亞人泰杜斯。你是他的兒子，但你不像他那樣會打鬥，你可能講話比他強。」

堅強的廸奧麥德斯對這一長篇話，沒有回答。他接受了他所敬畏的君主的訓誡。可是克帕紐斯的兒子不能忍住不出聲。「我的主，」他說道，「你知道事實眞相是怎樣，請不要歪曲事實。我認爲我們比 我們父親輩強多了。 我們確曾打破七城門的塞貝斯 。 我們以較弱兵力攻陷了 較他們所曾面對的 更堅固的防禦工事，因爲我們相信宙斯和衆神給我們的徵兆，而他們因自以爲是而遭到失敗。所以請不要把我們父親輩和我們相提並論。」

「住口，朋友，請聽我說，」廸奧麥德斯怒視着澤內拉斯挿口道。「我不打算因爲我 們的總指揮阿加米農 催他的部隊去戰鬥，而和他爭吵。假如亞該亞人打敗特洛伊人，攻佔神聖的伊利亞， 居功的將是他； 同時假如亞該亞人打敗了， 他的損失也最

大。來吧，現在是你我想想戰爭的時候了。」

說了這，他全身披掛跳下戰車。當這位皇子躍入戰團的時候，他胸前的銅甲發出可怕的響聲。最勇敢的人也會爲之心悸。

這時達南人一營跟一營，堅韌地撲入戰爭，像巨大的海浪，在西風吹拂下，一個推一個沖撞回響的海灘。在海裏很遠的地方，浪峯就開始露頭，接着滾滾而來以一聲巨響崩潰在海灘的卵石上，或拱起撞破在巖壁上，迸得水花紛飛。個個隊長都高聲喊叫，指揮他的部隊，兵士們則默默前進。他們不作一聲，服從他們的隊長，像一羣啞吧跟在他們背後。他們的銅甲對着每個人閃爍發光。

特洛伊人就不同了。他們像成千成萬的綿羊，站在一家富農院裏擠白色乳汁，同是不停地咩鳴，因爲牠們聽見牠們的羔羊在叫喚。大隊特洛伊步兵就發出這樣的喧闐，他們是來自許多地方的人，因爲沒有共同語言，所以有着不同的呼喚。

戰神阿瑞斯催促特洛伊部隊前進；明眸的雅典娜督促亞該亞人迎戰。恐怖和驚慌在那裏。鬥爭也在那裏，她是戰神的姐妹，幫他做血腥工作。她一旦開始，就停不下來。起頭時似乎很渺小，過不了多久，她的雙足雖仍然站在地上，可是頭已聳入雲天。這時她驟然降臨在特洛伊人和亞該亞人中間，把他們心裏裝滿相互的仇恨。她喜歡聽的是垂死人的呻吟。

最後兩枝軍隊遭遇了，盾和盾，矛和矛，銅甲戰士對銅甲戰士，互拚起來，盾心的浮雕相碰，發出巨大的怒吼。垂死者的慘鳴和殺人者的誇口相應和，鮮血洒在地上。像多天兩條水量充沛的澗溪，滙合起來注入深谷中的潭裏，牧人在遠處山上可以聽見它們的訇隆聲。兩枝軍隊互搏，就發生這樣的騷動和喧嘩。

第一個殺死人的是安蒂洛卡斯，他殺死了查律西阿斯的兒子埃奇波拉斯，埃奇波拉斯全副戎裝在特洛伊前線作戰。他第一次投槍，擊中這人的盔背。矛頭插入他前額，刺進頭骨，黑暗閉了

他的眼睛，他像一座傾頹的塔樣，在混亂中倒下去了。查爾科當的兒子，強悍的阿班蒂人的領袖埃勒分諾皇子立刻抓住他兩隻腳想快些把他拉開，脫下他的盔甲；但沒有成功，因為勇猛的阿吉諾看見他在拖這個死屍，用他的銅矛搠入他的脇下，埃勒分諾彎身下去時，脇下暴露着，沒有被盾遮住。他撞倒在地，特洛伊和亞該亞人對他的無生命的屍體展開一場無情的爭奪。他們像狼一般互相肉搏，人對人相拚。

這時候特拉蒙埃傑克斯殺死了安齊米昂的兒子西莫伊修斯。這個強壯小伙子的名字，是跟着西莫伊斯河起的，他就生在那河畔。那時他母親正從愛達山間來，她的父母帶她去那兒看他們的綿羊。他的生命太短了，不能報答父母養育之恩，因為偉大的埃傑克斯一槍結果了他的性命。他剛出場埃傑克斯就刺中他的右乳。銅矛貫穿肩窩，他倒在塵土裏，像大片草地裏一株苗條的白楊，因溪水滋潤，頂上枝葉茂密，但被一個造車工匠的明晃晃的斧頭砍倒了。將來他要用它給一輛美麗的戰車作車輪的邊緣；不過現在他棄它在河畔，讓它風乾。埃傑克斯就這樣砍倒了安齊米昂的兒子西莫伊修斯。

普利安的兒子，穿明亮胸甲的安蒂法斯，越過人羣向埃傑克斯自己投一銳矛。他沒有命中，但擊中奧德修斯的夥伴柳卡斯的小腹，當他正在拖走西莫伊修斯的屍體的時候。柳卡斯鬆手放下了屍體，自己也倒在那屍體上。奧德修斯看見柳卡斯被殺，憤怒極了，他閃耀着明亮的銅甲，衝出前線，直到敵人的陣線上；站在那兒四下一望，投出他那明晃晃的槍。特洛伊看見那槍飛來，都往後逃。但是奧德修斯的槍沒有落空。它擊中了普利安的私生子德莫孔，他從阿布杜斯的養馬場來到他父親這裏，適逢奧德修斯因夥伴死亡，怒擲一槍，竟被擊中。銅矛貫穿德莫孔的兩鬢，從一邊入，從另一邊出。黑夜閉了他的眼睛，他砰的倒地，盔甲嘡啷作聲。傑出的赫克特和特洛伊軍全線後退，阿果斯人乘勝吶

喊，拖回死屍，更往前推進。

這使得在派加馬斯觀戰的阿波羅大為憤怒，他向特洛伊人高聲喊道：「前進啊，特洛伊的馬車戰士！在戰爭中不要向阿果斯人低頭。他們不是鐵石做的，被擊中時，他們的肌肉擋不住深入的銅矛。不光是這樣，美髮的塞蒂斯的兒子阿基里斯，沒有在戰鬥，他在船前生氣。」可敬畏的阿波羅就這樣在城樓上鼓勵他們；同時宙斯的女兒雅典娜給亞該亞人壯膽，這位莊嚴的特瑞頓②女郎親自到行伍中間，看見落後的人就催他前進。

阿馬林修斯的兒子迪奧雷斯陷入命運的羅網中，一塊粗糙的石頭擊中他 右腿近足踝處 。 擲石的人是英布拉 薩斯的兒子佩羅斯。他是斯拉塞人隊長，來自艾納斯。那塊殘忍的石頭砸斷兩條筋和骨頭；迪奧雷斯仰身倒臥在塵土裏，向他的朋友伸手求援，吁吁地喘氣。可是那擊中他的人，佩羅斯，搶上去用槍刺進他的肚臍。肚腸流出塗在地上，黑夜閉了他的眼睛。

佩羅斯跳起身來轉去時，艾托利亞人佐阿斯以槍搠他的胸口乳下，銅矛刺進肺裏。佐阿斯走上去從他胸口拔出那沉重武器，再拔出自己的利劍，一下戳進他的肚腹。他結果佩羅斯的性命，但沒有得到他的盔甲。因為佩羅斯的兵士，那些頭上挽着頂髻的斯拉塞人，圍住了他。他們手裏緊握長矛，擋住佐阿斯不能近前，雖然他是個龐大、強壯、可怕的人。佐阿斯猶豫一下，退回去了。

這兩人，佩羅斯和迪奧雷斯，並肩躺在塵土裏。二者都是隊長：一是斯拉塞人隊長，一是披銅甲的埃利斯人隊長。被殺死的人不只他們兩人。 眞的， 這不是一場小戰。 新來的尚未受傷的人，很快就會發現是這樣，假如雅典娜替他遮擋一陣陣的標槍飛矢，牽住他手走進戰爭最激烈的地方。這一天許多特洛伊人和亞該亞人肝腦塗地，屍橫枕藉。

---

② 據赫羅多塔斯說，雅典娜是波塞冬和特瑞頓湖的女兒。

五 廸奧麥德斯跟神鬪

這時帕拉斯雅典娜給泰杜斯的兒子廸奧麥德斯灌注膽量和決心，使他可以凌駕戰友之上，為自己掙得榮耀。她使他的盾和盔射出強烈的光輝，像夏星剛在海洋浴罷升起，比其他星體更為明亮。她把他推進戰爭的核心時，就使他的頭和肩閃出這樣的亮光。

有一特洛伊人名叫達雷斯，一位富有資財和有聲譽的公民，是赫斐斯塔司的祭司。他有兩個兒子，菲吉阿斯和愛德阿斯，都是嫺熟各種打鬪的人。這兩人離開自已的隊伍，驅車向廸奧麥德斯逼來，廸奧麥德斯徒步迎上去。進入射程時菲吉阿斯首先擲出長影槍。矛頭掠過廸奧麥德斯左肩，沒有命中。這時輪廸奧麥德斯投擲，他的武器沒有落空，擊中了菲吉阿斯胸口正中，他倒下去，撞出那美好的戰車。這時阿德阿斯也拋棄戰車，從車後跳下去，不敢跨過他兄弟的屍體。黑的命運一定也會捉住他，要不是赫斐斯塔司來救他；他把他包在一團黑暗裏，留下他來好使他的年老的祭司不至於十分絕望悲傷。莊偉的廸奧麥德斯趕走他的馬，吩咐隨從把牠們趕回空船去。

特洛伊人看見達雷斯兩個兒子的下場，一個被殺死在車旁，一個逃跑了，都驚愕不止，儘管他們是勇敢的。不光是這樣，就在這時候，明眸的雅典娜走進來約束可怕的戰神。「阿瑞斯，」她喊道，「好殺的阿瑞斯，人的屠夫和城池的刼掠者；現在我們

不是應該讓特洛伊人和亞該亞人打出個究竟，看宙斯父想要誰贏嗎？讓我們兩個離開戰場，免得惹他生氣。」說着雅典娜領着魯莽的戰神走出戰團，使他坐在斯卡曼德河畔的草地上。

結果達南人把特洛伊人的陣線推了囘去；他們的隊長個個都殺死了敵人。 首先是人的王阿加米農把阿利松人的隊長打下戰車。奧迪阿斯是第一個逃跑的，正當他轉過身去，阿加米農用槍刺進他背上兩肩中間，矛頭透出前胸。他砰的倒下去，盔甲啷噹作聲。

其次愛多麥紐斯殺死麥昂人博拉斯的兒子費斯塔斯；費斯塔斯是從土地肥沃的塔恩來的。正當他上車時，這位偉大的槍手以長槍刺進他的右肩。費斯塔斯從車上撞到地上，可恨的黑夜吞沒了他。愛多麥紐斯的侍從剝下死者的盔甲。

這時阿楚斯的兒子米奈勞斯用鋒利的槍殺死斯特羅菲阿斯的兒子獵人斯卡曼椎阿斯。他是一位偉大的獵人，阿特米斯親自教他獵取山林中的任何野生鳥獸。可是女弓神阿特米斯現在已不能幫助他，那些使他出名的長投，對他也沒有用處。因爲當斯卡曼椎阿斯在前面逃跑時，阿楚斯的兒子，輝煌的槍手米奈勞斯，用長矛搠進他背上兩肩中間，矛頭透出前胸。他嘴啃地栽下去，盔甲啷噹作聲。

其次麥里昂奈斯殺死了特克頓的兒子菲雷克拉斯；特克頓是哈芒的兒子，是一位木匠，他能做出任何樣式的精工巧藝，也是帕拉斯雅典娜最寵愛的工匠。就是他給巴黎造了那些整齊漂亮的船，因而惹起這場麻煩，結果對全體特洛伊民族和他自己都是一場災禍， 因爲他不知道神諭說了什麼。 麥里昂奈斯從後面追上他，一槍刺中他右邊屁股，矛頭從骨頭下面穿過膀胱。他大叫一聲，跪在地上，死包裹起了他。

這時麥吉斯殺死了佩德阿斯；佩德阿斯是安蒂諾的私生子，通情達理的淑女澤阿諾爲討她丈夫歡喜，把他當作自己的兒子撫

養成人。強有力的槍手麥吉斯趕上他，用利矛刺他的腦杓。矛頭從嘴巴透出，斬斷他的舌頭。他倒在塵土裏，牙齒咬着冰冷的銅矛。

同時歐艾蒙的兒子，歐呂拍拉斯，殺死了驕傲的多洛皮昂的兒子顯貴的海普遜諾；多洛皮昂是斯卡曼德河神的祭司，特洛伊人民崇拜他。海普遜諾在前面跑，歐艾蒙的出身高貴的兒子趕上去，用劍劈他的肩膀。他的一隻臂被削去，倒在地上，血流不止。命運注定他的末日，死的黑影罩在他眼上。

達南人前線就是這樣在這次攻勢中恣意斬殺。至於廸奧麥德斯自己，你簡直不能說他是屬於哪邊軍隊的，特洛伊人的，還是亞該亞人的。他橫衝直撞，殺過平原，像多洪下來沖毀一切堤岸。對於這驟來的洪流，加以豪雨滂沱，無論是原來爲了阻水的堤岸，或圍繞葡萄園的石牆和它們的堅牢的樹木，什麼也阻擋不住。洪水任意氾濫，遠近的農夫，看見他們輝煌燦爛的成就只剩下殘骸遺迹。特洛伊人的密集行列，就這樣在泰杜斯的兒子前面望風披靡，人數雖然衆多，但不能堵擋他。

律康的兒子，顯貴的潘達拉斯，看見廸奧麥德斯在平原掩殺過來，追逐着一隊一隊的人，他立刻彎弓瞄準，當他往前奔時，射中他右肩胸甲的一個銅片，鋒利的箭鏃穿過銅片直入，鮮血流在胸甲上。潘達拉斯大聲喊出戰勝廸奧麥德斯的呼叫。「特洛伊人，」他喊道，「殺向前去啊！前進啊，馬車戰士們！他們最好的戰士已經受了重傷。他不會活多久了，假如阿波羅把我從律西亞送到這裏來時就是這樣打算的。」

潘達拉斯可以誇口，可是那枝厲害的箭，沒有射倒廸奧麥德斯。他往後退去，退到他的車和馬那裏，喊克帕紐斯的兒子澤內拉斯，「快來，親愛的澤內拉斯，下車來把這枝討厭的箭從我肩上拔出來。」

澤內拉斯從車上跳到地上，來到他跟前；他把箭拉穿他的肩膀。鮮血湧出，濕透他的編織的短裝。高聲吶喊的廸奧麥德斯向

雅典娜禱告道：「聽我說，披乙已斯的宙斯的不眠女兒。假如過去妳曾愛顧我們，在戰鬥方酣時保護我父親或我自己，請再次慈悲我，雅典娜。讓我殺死潘達拉斯。請把我帶到一個可以向射我的人投槍的地方。我沒有還手的機會。現在他告訴人說我等於已經死了。」

迪奧麥德斯的禱告，達到帕拉斯雅典娜的耳鼓，她把他弄成一個新人。她還來站在他身邊，跟他說幾句重要的話：「迪奧麥德斯，現在你可以無畏懼地去戰特洛伊人。我把你心裏裝滿了偉大的持盾馬車戰士你父親泰杜斯的膽氣。我還拭去了你眼上的霧，使你能分辨誰是神，誰是人。我現在告訴你，假如一位神來到這裏考驗你，你可不要跟永生的神鬥，只有一個例外。如果宙斯的女兒阿芙羅狄蒂來加入戰鬥，只管用你的利矛刺傷她。」

說完這，明眸的雅典娜不見了，泰杜斯的兒子又去到前線加入戰團。即使沒有雅典娜，他也決定要再跟敵人打。現在他比從前三倍大膽勇敢，像一頭雄獅跳進羊欄，被牧者打傷，但沒有擊斃。他惹起牠更大的憤怒；這時他不能趕牠出去，只好躲在棚裏，拋棄羊羣任牠們驚惶失措。牠們被刈倒在地，屍積成堆。最後那雄獅，仍然憤怒着，跳過高牆去了。強有力的迪奧麥德斯就是這樣滿腔怒忿，殺進特洛伊人的陣地。

他首先殺死阿斯曲諾斯跟一位隊長名叫海佩朗。他用銅矛刺中前者乳頭上面，用巨劍斬後者肩頭的頸骨，把肩膀砍掉，脫離了頭和背。他讓他們躺在那兒，去追逐歐呂達馬斯的兩個兒子阿巴斯和波律埃達斯。歐呂達馬斯是一位相信夢的老人，但是當這兩人出發赴前線時，他沒有向他們述說什麼夢；這時強有力的迪奧麥德斯把他們雙雙殺死。接着他去追菲諾普斯的兩個兒子贊薩斯和佐昂。這對小伙子的父親是年老多病的人，他沒有其他兒子可以承襲他的財富。迪奧麥德斯把他們一併殺死，使得他們的父親悲慟哀傷。他再也不能看見他們戰罷歸去。他們的堂兄弟承繼

了那產業。

　　其次死在廸奧麥德斯手下的是達丹尼亞人普利安的兩個兒子埃奇芒和可羅米阿斯，他們兩人同乘一輛車。像一頭獅子猛撲一羣在林間隙地吃草的牛，咬斷一隻公牛或母牛的喉嚨，泰杜斯的兒子連一句「對不起」也來不及說，粗魯地把他們打下車去，脫下他們的盔甲，把他們的馬交給他人趕回船去。

　　乙尼斯看見廸奧麥德斯給特洛伊陣線造成的混亂，他穿過混戰的人羣和一陣陣的標槍飛矢，去找潘達拉斯皇子。找到律康的這位高貴強壯的兒子時，他立即走到他跟前。「潘達拉斯，」他說，「你的弓箭在做啥子呢？你不是以善射着稱嗎？你不是律西亞最好的弓箭手，手段比特洛伊任何人都高嗎？看在上天的分上，請向宙斯祈禱一聲，對那邊廂那個傢伙射一箭。我不知道他是誰，但是他橫衝直撞，所向無敵，已經爲害我們不淺，戕殺了我們不少好漢。不過要當心些，他也許是一位神，因爲我們的祭儀缺了什麼而生氣。也許是一位憤怒的神在懲罰我們。」

　　律康的高貴兒子以對於一位特洛伊顧問應有的尊敬招呼乙尼斯。「你要是問我，」他說道，「那人就是廸奧麥德斯。看他的盾和盔上的面甲，就知道是他。我認得他那兩匹馬。可是我不能肯定說他不是一尊神。倘若他真的是可怕的廸奧麥德斯，我覺得他這樣瘋狂進攻，一定有天助。一定有神站在他身邊，隱藏在煙霧裏，當我射中他時使我的箭突然轉向。因爲我真的射中了他，中了他左肩，洞穿胸甲的銅片。那時我想已經送他到冥府去了。誰知沒有射死。所以也許他真的是一位憤怒的神。看我現在這樣子，沒有戰車，也沒有馬拉我。雖然我家裏卻有十一輛戰車，都是車匠新造的，車上舖着布，每輛跟前站着兩匹馬，嚼着大麥和黑麥。在我尚未離家來前線時，我父親律康，年老的槍手，在王宮裏一再吩咐我，我應當在二馬戰車上率領軍隊跟敵人交手。可是我沒有聽他的話——聽了倒好了。那時我在想，我的馬總是

有足夠的食物，生怕城裏人煙多，蒭草少。所以我徒步離家，來
到伊利亞，仗恃着弓箭。現在弓箭有什麼好呢。我已射中了他們
最傑出的兩個人，廸奧麥德斯和米奈勞斯，每次都有鮮血淌出，
那是沒有疑問的。可是那只是使他們更其勇敢罷了。眞的，那天
我帶着人離家來到你們這美麗的城市討赫克特皇子歡喜的時候，
不該從架上取下這張彎弓，那是件不吉利的事。要是有一天我回
到家裏，看見我的家鄉和妻子，跟我那座大房子的高房頂時，我
若不親自把這張弓砸得稀爛，扔在熊熊的火裏燒掉，情願讓人割
下我的頭來。這東西對我沒有用處。」

　　「不要那樣說，」特洛伊的指揮官乙尼斯說。「不過倒是眞
的沒法兒擋住那人，除非你我登上一輛戰車，用別的武器攻他。
來，上我的車來，看看特洛斯馬是什麼樣子，看牠們跑得多麼
快。無論往哪裏趕牠們，追逐或逃跑，都沒有什麼關係。要是宙
斯給泰杜斯的兒子廸奧麥德斯另一次勝利，我們可以指望這兩匹
馬把我們安全地拉回特洛伊城。來，拿起鞭子和韁繩，等時候來
到時，我下車跟他戰。要不然，我來照顧馬，你去抵擋他。」

　　「乙尼斯，你自己拿起韁繩，趕你自己的馬吧。」律康的高
貴兒子答道。「假如我們需要逃避泰杜斯的兒子，要是平時的御
者在牠們身後，牠們就拽得起勁些。如果聽不見你的聲音，牠們
可能驚恐躊躇，不肯把我們拉出戰場。那時一往無前的廸奧麥德
斯可能趕上來結果我們的性命，趕走我們的馬。所以，你該照管
自己的車和馬，等那人來時，我用槍對付他。」

　　這一點決定後，他們跳上那精工巧製的車，果敢地趕起兩匹
快馬，向廸奧麥德斯的方向馳去。克帕紐斯的高貴兒子澤內拉斯
看見他們，立卽警告泰杜斯的兒子。「我的主，」他說道，「最
親愛的廸奧麥德斯，這裏來了兩個壯漢，要跟你鬥，兩個着實可
怕的人。一個是弓箭手潘達拉斯，他自稱是律康的兒子。另一個
是乙尼斯，他的父親是安契西斯公，母親是阿芙羅狄蒂。快來，

我們要囬到車上去。求你不要再在前線亂闖，不然你可能會丟掉性命。」

偉大的廸奧麥德斯怒目瞪他一眼。「不要跟我講逃跑的話，」他說道。「我是不會聽你的。我生來不避戰，不臨陣脫逃。我身強力壯，像平常一樣，不用戰車，就這樣去迎敵。帕拉斯雅典娜敎我不要示弱。至於他們兩個，他們的馬可能快，但是救不了他們兩人的命，至多一人逃脫。現在聽我說，不要忘記我的話。假如雅典娜的睿智，讓我勝過這兩人，並殺死他們，你可撤下我們自己的馬，把韁繩拴在車欄上，專心去弄乙已斯的馬。捉住牠們，把牠們趕出特洛伊陣地，趕進我們自己的陣地。因爲我告訴你，牠們跟無所不見的宙斯，爲報答特洛斯獻上他的兒子，甘努麥德，而賞給他的馬，是同種。牠們是世上最好的馬。後來安契西斯皇子偷了這馬種。他未經洛麥敦同意將幾匹母馬跟牠們交配，母馬在廐裏生了六匹小駒，他自己留下四匹，養在槽頭，給乙尼斯兩匹作戰馬。若能捉住牠們，就會爲我們自己掙得榮耀。」

他們談論時，其他兩人趕一對良駒，馳到他們跟前。律康的高貴兒子，潘達拉斯，對面向他們叫道：「好個頑強的廸奧麥德斯，沒有被箭射死，要拚命幹到底。高傲的泰杜斯的兒子不是箭所能射殺的！好吧，這次我用槍來試試，看他有多大本事。」

說着他作好準備，投出他那長影槍，擊中了廸奧麥德斯的盾。銅矛刺透邪盾牌，觸及胸甲，「擊中了，」他喊道，「刺進了脇腹。你不能頂住多久。多謝你讓我得到多大的勝利啊！」

「沒有中！沒有碰住我，」強大的廸奧麥德斯說道，泰然自若。「不光是這樣，我想到頭來，你們二人中，有一個要倒下去，讓頑強的戰神飽飲他的鮮血。」

說着廸奧麥德斯投了出去。他的槍在雅典娜導引下擊中潘達拉斯眼旁鼻子處，穿過潔白的牙齒；無情的銅矛斬斷舌根，矛尖從頷下透出。他栽下車去，明晃晃的盔甲鄭噹作聲。那兩匹馬，

雖是良駒，驚恐起來。這便是潘達拉斯的下場。

乙尼斯持盾和長槍跳下車，深怕亞該亞人前來奪屍。他像一頭強有力的雄獅，跨立在屍體上，用槍和圓盾掩護他，決心格殺所有來犯的人，並發出可怕的喊聲。迪奧麥德斯撿起一塊巨石。即使舉起那塊石頭，也是現在兩個人的力氣所不能勝任的，可是迪奧麥德斯不費力拿了起來。他用石頭擊乙尼斯的臀部，擊中了髖關節，即人稱杯骨的地方。他砸斷了杯骨，還砸斷兩條筋，那粗糙的石頭劃破了皮膚。高貴的乙尼斯跪了下去，一隻巨掌按地撐着身體，眼前一片漆黑。真的，這位皇子本可當場畢命，要不是他的母親，宙斯的女兒阿芙羅狄蒂（她是在安契西斯牧牛時受孕而懷乙尼斯的）迅速來臨。看見那光景，她用粉臂環抱住她的愛子，拉起一褶閃爍的衣襟蓋住他，保護他，免得達南馬車戰士的標槍飛矢擊傷他的胸膛。

正當阿芙羅狄蒂狄拯救她兒子的時候，澤內拉斯沒有忘記高聲吶喊的迪奧麥德斯吩咐他的話，他把馬韁拴在車欄上，讓他的兩匹馬在離開戰鬥中心有相當距離的地方踢地，自己跑過去直取乙尼斯的一對長鬃馬。拉住後他把牠們趕出特洛伊陣地，進入亞該亞陣地，在那裏把牠們交給他的戰友德普拉斯；在他的同輩中他最愛德普拉斯，最信得過他，德普拉斯也往往證明他的忠貞可靠。吩咐他把馬趕回空船去後，勇敢的澤內拉斯跳上戰車，趕起自己兩匹強大的馬，飛奔去尋迪奧麥德斯，他急於要同他一起。

迪奧麥德斯自己則去無情地追逐塞浦里斯的阿芙羅狄蒂，因為他發現這是一位膽怯的女神，不像那些在人類戰爭中發生重要作用者如雅典娜或劫掠城池的恩紐那樣。在人羣中追了一長段時間後，勇敢的泰杜斯的兒子趕上了她，立刻就攻擊。他用利矛刺她的手腕。矛頭戳破幸福三女神給她製的不會毀壞的長衫，進入掌和腕交援的地方。神血冒了出來：那是神的血管中的靈液；快樂的神不吃麵包，不喝我們的閃耀的酒，沒有血液，叫做長生不

死的神。阿芙羅狄蒂一聲尖叫，丟下兒子，菲巴斯阿波羅抱他在
懷裏，用一朵烏雲罩住他，免得達南馬車戰士致命的飛矛擊傷他
的胸膛。

高聲吶喊的廸奧麥德斯高呼對阿芙羅狄蒂的勝利。「宙斯的
女兒，」他喊道，「離開戰場，不要管戰爭的事。光是誘擒纖弱
的婦女還不夠嗎？假如妳堅持要戰鬥，那就得給妳一番敎訓，敎
妳以後聽見戰爭的名字就哆嗦。」

懾於他的威脅，同時疼得發慌，阿芙羅狄蒂退去了。她那可
愛的肌膚玷染了血迹，創傷疼得厲害；但是旋風愛瑞斯來照顧
她，把她領出鏖戰的地帶。阿芙羅狄蒂看見狂暴的戰神在戰場左
方坐地，槍和快馬停在一朵雲上。她向她的兄弟跪了下去，求他
把他那兩匹戴着金轡的馬借給她。「親愛的兄弟，救救我，」她
說道，「把你的馬借給我，好讓我回到衆神居住的奧林匹斯。一
個凡人傷了我，疼得我難禁；他是泰杜斯的兒子，看他現在的情
形，他甚至敢跟宙斯父自己鬥。」

阿瑞斯把戴着金轡的馬借給她，阿芙羅狄蒂凄苦地上了戰
車。愛瑞斯也上車去站在她身旁，拿起韁繩，用馬鞭輕拂馬背，
催牠們走動。這對馴馬飛馳而去，一霎時就到了衆神居住的崇峻
的奧林匹斯。敏捷的旋風愛瑞斯停住馬，把牠們卸下車來，丟些
神芻在牠們身旁；同時美麗的阿芙羅狄蒂走到她母親廸昂內那
裏，雙膝跪了下去。廸昂內把女兒摟在懷裏，痴愛地撫摸着她說
道：「親愛的孩子，是哪位神這樣惡毒地傷害了妳，當妳是身有
烙印的罪犯。」

愛笑的阿芙羅狄蒂訴說她的故事：「泰杜斯的兒子，惡霸廸
奧麥德斯傷了我，因爲我在把我自己的愛子乙尼斯救出戰場。這
個戰爭已不再是特洛伊人和亞該亞人間的戰爭了：達南人現在正
跟衆神打鬥。」

仁慈的女神廸昂內答道：「忍耐，孩子，勇敢地正視妳的困

難，我們住在奧林匹斯的衆神，有許多因爲自相傾軋，都受過凡人的傷害。阿瑞斯就是一個。當阿洛尤斯的兩個兒子，奧塔斯和強大的埃菲阿爾特斯，把他打入縲紲的時候，他就得受折磨。有十三個月他被拘在一個銅缸裏。他的性命和他對於戰爭的胃口，可能就在那裏完結，要不是那兩位青年巨人的繼母，美麗的埃里博亞，把他們兩人所作的事告訴了赫耳墨斯。赫耳墨斯把他叼去的時候，阿瑞斯的氣力已經是不絕如縷了，那些鎖鏈使他實在吃不消。赫拉也吃過些苦頭。當安菲垂昂的兒子，強大的赫拉克勒斯①，用一個三倒鈎箭鏃射中她右乳時，她疼得難以忍受。可怖的冥王自己也受過箭傷。他在地獄門口一堆幽靈中，被披乙己斯的宙斯的兒子赫拉克勒斯①射中，被棄置在苦難裏，那時他也得像其餘的一樣忍受着。滿心煩惱和受着難忍的疼痛，冥王去到高峻的奧林匹新宙斯的宮殿裏。箭鏃陷入他肩頭的肌肉，正在消耗他的氣力。神醫派昂用止疼藥膏敷在傷處，治好了他，因爲他不是凡體。試想這人多麼膽大妄爲，野蠻成性，他毫不在意他的邪惡行徑，竟用弓箭折磨奧林匹斯的衆神！至於妳的困難，那是因爲明眸的雅典娜吩咐那人追趕妳。可是狄奧麥德斯是個傻瓜。他不知跟神鬥的人，生命是多麼短促。就拿他來說吧，他不會有戰罷歸去的日子，不會有小孩擠在他膝上，叫他爸爸。因此這位狄奧麥德斯雖然強悍，讓他當心點，不要有一個比妳可怕的人來鬥他，不要有一天阿抓斯塔斯的聰慧女兒，這位馴馬的狄奧麥德斯的美麗妻子艾吉麗亞，聽見她已喪失了丈夫，亞該亞人中最傑出的一個，因而她的哭聲將全家人從夢中驚醒。」

狄昂內說着用手抹去她女兒手上的靈液。創傷痊癒了，疼痛也止住了。

雅典娜和赫拉看得清清楚楚，她們藉這機會還報前者宙斯對

---

① 赫拉克勒斯是宙斯和阿爾克曼納所生，阿爾克曼納是安菲垂昂的妻子。

她們的諷嘲。明眸的女神雅典娜承擔這項任務。「宙斯父，」她說道，「我希望你不要誤會我要向你說的話的意思，我要說的是，你的塞浦里斯女兒一定又在引誘亞該亞婦女倒入她所深愛的特洛伊人的懷抱。其中一個女子顯然戴了一個金胸針，阿芙羅狄蒂撫弄她時，胸針扎破了她的纖纖細手。」

這話僅使人和神的父微笑了一下。他把阿芙羅狄蒂叫到跟前說道：「好孩子，打鬥不是妳的事。妳只掌管嫁娶和溫柔的愛情好了。讓富有冒險精神的戰神和雅典娜變理軍事。」

正當這談話在天上進行時，高聲吶喊的廸奧麥德斯又向乙尼斯撲去。他知道阿波羅親自在保護他，可是他甚至毫不理會這位偉大的神，一味要打殺乙尼斯，奪取他那光彩奪目的盔甲。他三次憤怒地向他猛撲，阿波羅三次擋回他那明亮的盾牌。第四次像惡魔般進攻時，弓王以可怕的吼聲制住他。「想一想，泰德斯②，讓開！別仰望跟神一樣。神跟地上的人是大不相同的。」

泰德斯聽了向後略退，以避弓神的怒鋒；阿波羅把乙尼斯從戰場移到神聖的派加馬斯堡樓。那裏有他的廟宇，在那寬敞的聖殿裏勒托和女弓神阿特米斯不僅醫好他的創傷，還把他整飭得較前輝煌燦爛。

同時銀弓神阿波羅創造一個幻象，看起來像乙尼斯一模一樣，穿着他的盔甲，特洛伊人跟勇敢的亞該亞人圍着這幻象向彼此的革盾對劈互砍——那些大而圓的盾，或遮胸的輕牌。這時菲巴斯阿波羅向狂暴的戰神呼籲道：「阿瑞斯，好殺的阿瑞斯，人的屠夫和城池的刼掠者，請你幫忙把這位泰德斯趕出戰場。他現在這樣子，簡直可跟宙斯父自己鬥。最初他逼迫阿芙羅狄蒂並傷了她的腕，後來又像惡魔般向我撲。」

阿波羅說罷，退回去坐在派加馬斯的高處，同時破壞者阿瑞

---

②　廸奧麥德斯的別名。

斯幻化成暴躁的 斯拉塞隊長阿 卡馬斯的模樣 ，混進特洛伊人中間，去鼓勵他們的勇氣。開始他激勵普利安的兒子們，喊道：「諸位皇子，你們要等亞該亞人屠殺你們的人到幾時？等他們攻打城門的時候嗎？請看驕傲的安契西修的兒子乙尼斯躺着的地方，我們仰望他像我主赫克特一樣。我們現在要打上去，把我們的英勇戰友從沸騰的混戰中救出來。」

這番話鼓舞起個個人的戰鬥精神。薩佩敦也幫助說，狠狠地排揎可欽敬的赫克特。「赫克特，」他說道，「你往日的精神哪裏去了。你說過用不着友軍憑你們自家兄弟和姊妹的丈夫們就可守得住城。可是他們都哪裏去了，我連一個也看不見。他們像獵狗碰上一頭雄獅，畏縮不前，而我們這些友軍卻在戰鬥。我是走了很遠很遠的路程來向你增援的。律西亞和漩流的贊薩斯河是離這裏很遙遠的地方，那裏有我的嬌妻幼子，還有一大份財產，許多窮鄰居覬覦得手癢癢。可是我卻教我的律西亞人殺上前去，我自己也勇於迎敵，雖然我在這裏一無所有，沒有可被亞該亞人刧去的牲畜或財貨。 同時你卻待在那兒不動， 甚至也不交待你的人，教他們守住陣地，爲他們的婦女而戰。當心些，你跟他們不要像陷在拖網裏的魚一樣落在敵人手裏，敵人是隨時可以打破你的漂亮城池的。你應當晝夜思維這一切，懇求你的光榮友軍的領袖們，下定決心與敵對壘。那應是你對於有關你的微詞的答覆。」

薩佩敦的數落，刺激了赫克特。他立即渾身戎裝跳下車來，手揮兩根利矛在他的隊伍中間到處行走，激勵他們的尙武精神，催促他們上前打鬥。結果特洛伊人轉身向亞該亞人對敵。亞該亞人也屹立不動。他們靠攏起來，絕不後退。眞的，當步卒又進入短兵相援的地步時 ， 戰車都轉來轉去向後移動。 馬蹄踢起的塵土，飛揚在銅色的天空，落在亞該亞人身上使他們蒙一層白，正像人們揚穀時棕髮的德麥特叫風分開糠和穀把糠吹過打穀場後落塵白了糠堆一樣。亞該亞人就這樣鎮定迎戰。

　　這時兇猛的戰神到處走動，用一層黑紗罩住戰爭，以幫助特洛伊人。他是在執行金劍阿波羅的命令。菲巴斯看見幫助達南人的帕拉斯雅典娜退出戰場，就吩咐戰神，把新的勇氣注入特洛伊人心裏。不但如此，菲巴斯自己還打發在他的富麗廟宇裏避難的乙已斯囘去，並給這位偉大隊長注滿新的勇氣。因此乙已斯囘到他的戰友中間，他們看見他活着囘來，而且四體強健，精神飽滿，都很高興。他們不發一問，因爲銀弓阿波羅和殺人者阿瑞斯和怒不可遏的鬥爭已把他們搞得太忙了。

　　另一方面，兩位埃傑克斯跟奧德修斯和廸奧麥德斯催着達南人向前交戰。他們並不需要鼓勵，特洛伊人的攻勢，不論多麼凌厲，都不能撼動他們。他們屹立在那兒，像在平靜的天氣，克魯諾斯的兒子用以罩住山頭的穩定不動的雲，當怒號的北風和他的咆哮的朋友們都在安眠，沒有狂風吹起黑雲飛騰的時候。達南人就這樣對抗特洛伊人，沒有退縮。阿加米農在隊伍中行走，百般激勵他們。「朋友們，」他說道，「拿出勇氣來，當個男子漢大丈夫。在戰場上什麼都不要怕，只怕在戰友眼裏丟臉。要是兵士們怕丟臉，得救的就多過被殺的。逃跑的既沒有光榮，也不能得救。」

　　說罷他迅卽擲出一根標槍，擊中了乙尼斯皇子營裏的一位軍官，派加薩斯的兒子德孔，這人因爲一向作戰英勇，身先士卒，特洛伊人敬重他像普利安的兒子一樣。阿加米農王擊中他的盾，那盾沒有格開武器。銅矛穿盾透帶，直入肚腹。他砰的倒下去，盔甲啷噹作聲。

　　乙尼斯還以顏色，殺死了達南方面兩位戰士，德奧克雷斯的兩個兒子克雷桑和奧西洛卡斯。德奧克雷斯住在一個美好的城池菲賴，很有些家財。他的祖宗是阿爾弗斯河神，阿爾弗斯河流經派洛斯，河面相當壯濶。第一位奧西洛卡斯，一位強悍的酋長；是這位河神的兒子。其次是大度的德奧克雷斯，他生了一對孿生

子克雷桑和奧西洛卡斯。他敎他們使用各樣武器。長大成人後他們開黑船跟阿果斯人一起到產馬的特洛伊，爲阿特瑞斯兄弟阿加米農和米奈勞斯出氣。但是結果死在那裏。像一對跟着母親長大在莽叢裏的雄獅掠食農家場院裏的牛羊，直到牠自己死在人的銅双下。這對兄弟遇到他們的尅星，被乙已斯像兩棵喬松般伐倒在地。

　　英勇的米奈勞斯看見他們的命運，心裏充滿憐憫，他閃耀着銅甲衝到前線上，手裏揮動着槍。阿瑞斯給他壯膽，因爲他最希望的莫過於看見他死在乙尼斯手裏。可是偉大的奈斯特的兒子安蒂洛卡斯看見米奈勞斯的行動，也跟住到了前線，深怕他們的領袖會遇到什麼災禍，致使全軍均感悲傷。米奈勞斯和乙尼斯已準備交手，即將以利矛相投，這時安蒂洛卡斯走上去，站在他的指揮官身邊。乙尼斯看見兩人這樣密切團結，覺得不能和他們抗衡，不管他過去表現過什麼樣的勇氣。因此米奈勞斯和安蒂洛卡斯把他們的死者拖進亞該亞陣地；把兩個不幸兄弟交給他們的人後，又回到前線作戰去了。

　　他們的次一犧牲者，是英勇的巴弗拉戈尼亞軍的指揮官，可怕的派萊麥內斯。他正站在那裏未動，阿楚斯的兒子，偉大的槍手米奈勞斯，向他投以標槍，擊中他的頸骨。同時安蒂洛卡斯攻擊他的侍從兼御者，阿特尼阿斯的勇敢兒子默敦，他正在變動兩匹強悍的馬的方向部位。他以一塊巨石擊中他的肘，有着乳白象牙裝飾的馬韁從他手上掉在塵土裏。安蒂洛卡斯搶上去用劍刺進那人的太陽穴。他喘一口氣，從那美好的戰車上一頭栽下去，連頭帶肩埋在塵土裏。有一會兒工夫他不能動彈，因爲那裏的沙土是很深的。他的馬把他踢下車去，使他平躺在地上。安蒂洛卡斯用鞭子輕拂一下，催那兩匹馬奔往亞該亞陣地去了。

　　赫克特隔着隊伍看見這兩人，他大喝一聲向他們奔來。一大羣特洛伊人跟住他；率領這羣人的是阿瑞斯自己和女神恩紐，還

有不害羞的恐慌。阿瑞斯手揮一根巨大的槍，有時走在赫克特前面，有時走在他後面。

　　高聲吶喊的廸奧麥德斯看見阿瑞斯，心裏充滿驚慌，像一個行路人長途跋步，越過平原，突然發現前有急湍的河川阻路，看了一眼那波浪翻騰的流勢，向原路退了回去。泰德斯就這樣向後退着，同時警告他的人道：「朋友們，無怪乎我主赫克特的槍法和膽量使我們衷心佩服，原來他總有一位神隨身保護他。看呀，阿瑞斯現正跟他一起，他幻化成人的模樣。向後退；但是要面對著敵人退。我們不要跟神戰。」

　　在他喊人們退後時，特洛伊人一擁而上。赫克特殺死兩人，米奈塞斯和安契拉斯，兩位同乘一輛車的老戰士，偉大的特拉蒙埃傑克斯看見兩人陣亡，心裏充滿憐憫。他據守靠近兩人的地方，擲出一根明晃晃的槍，擊中了塞拉加斯的兒子安菲阿斯。安菲阿斯富有資財，家住派薩斯，擁有許多穀田。但是命運敎他離開家業，來作普利安跟他兒子們的戰友。特拉蒙埃傑克斯擊中他的帶，長矛插進他肚腹，他砰的倒了下去。可是當傑出的埃傑克斯搶上前去剝他的盔甲時，特洛伊人的明晃晃的標槍驟雨般向他擲來，他用矛擋開許多。雖然如此，他仍脚踏住屍體，拔出他的銅槍來。只是他不能奪得那人自己的武器，也不能脫掉他身上的鎧甲，那些標槍實在不容易對付。而且他也怕急於事功的特洛伊人把他圍起來壓制住他，他們人數多得可怕，手裏的槍都準備投擲。因此他們竟然把他趕開了。埃傑克斯雖然偉岸、強壯、可怕，也震驚起來，結果後退了。

　　在戰事最激烈的地方，就是這樣打鬪着。這時，嚴厲的命運敎赫拉克勒斯的身材高大漂亮的兒子勒波勒馬斯跟像神模樣的薩佩敦交手。這兩人，一個是驅雲者宙斯的兒子，一個是他的孫子，彼此相撲起來。當他們進入射程以內勒波勒馬斯喝問道：「薩佩敦，律西亞的顧問，你為什麼來到這裏又躲藏起來？你不知

道戰爭是怎麼同事。他們不該叫你是披乙已斯的宙斯的兒子：你跟他從前的兒子相比，可以說不值一文。據各方人士所說，你跟強大的赫拉克勒斯，我的無所畏懼的，非常勇敢的父親，是多麼不同啊。有一次他只帶六隻船和一枝較我們的人數少的隊伍，來這裏求洛麥敦的母馬，仍然打破伊利亞並刦掠它的街市。可是你是個懦夫，你的軍隊在消逝着。即使你是強壯的人，你從律西亞遠道而來幫助特洛伊人，恐怕對他們沒有多大好處！你將死在我手裏，走進鬼門關去。」

「勒波勒馬斯，」律西亞的領袖薩佩敦答道。「你清楚知道赫拉克勒斯決不會打破神聖的伊利亞，要不是那傲慢的老頭子洛麥敦行事愚蠢：他對他的服務，報以侮辱，拒絕給他遠道來求的母馬。至於你，我說你現時現地就要命喪我手。你將死在我的槍下，把性命交給名馬冥府③，把榮耀給我。」

勒波勒馬斯對薩佩敦的答覆，是舉起梣木標槍，因而兩人的長矛同時脫手而出。薩佩敦命中勒波勒馬斯頸子正中。致命的矛頭穿頸而過，黑暗閉了他的眼睛。同時勒波勒馬斯的長矛擊中薩佩敦的左腿，矛頭猛烈刺入，直抵腿骨；可是他父親救了他的性命。

英勇的薩佩敦 被他的忠實隨 從抬出戰地 。 那長大的槍拖拉着，令他感覺沉重，因爲在匆忙中沒有人看見這種情形，或想起把梣木槍拔出來讓他可以用自己的腿。他們只顧在救他的性命。

另一方面，披銅甲的亞該亞人把勒波勒馬斯移出戰地。傑出的奧德修斯看見他陣亡，並不驚愕，實在的，那使他怒火中焚；不過他拿不定主意究竟要怎樣，有一會兒工夫他心裏在爭辯：應該去追逐雷神宙斯的兒子呢，還是繼續去殺律西亞人呢。命運沒打算敎宙斯的高大兒子死在勇敢的奧德修斯的利銅下，所以雅典

---

③　Hades of the Fabled Horse。不知有什麼典故。

娜把他的怒忿轉移到律西亞人身上，他當時就地殺死科蘭納斯，阿拉斯特跟普呂坦尼斯。實在的，高貴的奧修德斯將繼續斬殺律西亞人，要不是明盔的赫克特眼睛明快，看見這種情形，疾忙閃耀着銅甲的光輝來到前線，使達南人心中恐怖。宙斯的兒子對於他的來臨非常歡迎。他痛苦地向他訴請道：「赫克特皇子，救救我，不要讓我躺在這裏任達南人擺布。假如我必須死，我願安然死在你的城裏。很顯明的，我是不能再見我的國和家，不能給我的妻子幼兒以快樂了。」

明盔的赫克特沒有理他，快步從他身邊跑過。他第一件事是要把阿果斯人推回去，盡量斬殺他們。像神一般的薩佩敦被他的親信移置在一棵美好的橡樹下，那是披乙己斯的宙斯的聖樹，在那裏他自己的侍從高大的佩拉岡從他腿上拔出那梣木槍。他眼前一陣昏黑模糊，暈了過去，可是立時又復甦了，北風把他從暈厥中吹醒過來。

這時阿果斯人面對着阿瑞斯和披銅甲的赫克特，既不向黑船逃去，也不反攻，只一個勁兒向後退，因為他們曉得阿瑞斯在特洛伊人那邊。普利安的兒子赫克特跟猖狂的阿瑞斯首先殺死的和最後殺死的是什麼人呢？首先殺死的是圖斯拉斯皇子；其次是馴馬者奧雷斯特斯；屈卡斯，一個艾托利亞槍手；歐諾毛斯；歐諾普斯的兒子赫勒納斯；還有束着亮帶的奧雷斯比斯，他住在海爾的塞菲西斯湖畔，照管他富饒的產業，另有兩個博奧蒂亞人在這土地肥沃的鄉間與他為隣。

粉臂女神赫拉看見他們不住屠殺阿果斯人，忍不住向雅典娜說道：「披乙己斯的宙斯的不眠女兒，這不得了啊！我們若讓瘋狂的阿瑞斯這樣亂砍亂殺下去，那麼向米奈勞斯所作的諾言怎麼辦呢——我們告他說過，他將踏破特洛伊的城牆。來吧，現在是妳我投入戰爭的時候了。」

雅典娜衷心願意。於是赫拉，天上的皇后和強大的克魯諾斯

的女兒，出去將金的馬具套在馬上。同時赫貝熟練地把她的車準備停當：她將兩輪裝在鐵軸兩端，每個輪有八根輻條。輪輞是不可磨損的金做成的，邊上裝有銅的輪箍，一件奇妙的作品；跟鐵軸轉動的輪轂是銀的。車上有金銀帶密密編織的站臺，兩排欄杆圍住它。一根銀轅伸出車前，赫貝在轅的盡頭綁一個美的金軛，軛上有美好的金胸帶。急切投入戰爭的騷亂中的赫拉，策動她的一對套在軛下的快馬。

　　同時披乙已斯的宙斯的女兒雅典娜在她父親的門檻，脫掉她親手製的柔軟繡花長衫，換上一件短裝，用驅雲者宙斯的武器裝備自己，去參加可悲的戰爭。她肩披可怕的流蘇乙已斯，它的邊緣滿鑲着恐懼，上面有鬥爭、強力，和冷酷的夢魘追逐，還有可怖的戈兒岡頭，那是披乙已斯的宙斯的著名和可怕的標誌，她頭戴金盔，盔上有四冠和兩個羽脊，並飾以百城戰士。接着她登上火紅的戰車，握着長大的槍，當這位萬能之父的女兒生氣時，她就用這根槍打散高貴戰士的隊伍。

　　赫拉迅速用鞭子輕拂馬背，天門就訇隆訇隆自動敞開，把守天門的時間，他們是長天和奧林匹斯的管理員，他們的任務是關閉天門或滾開沉重的雲。兩位女神趕起馴順的馬馳出這些門。

　　她們看見克魯諾斯的兒子，遠離眾神，獨自坐在奧林匹斯眾多山峯中最高的一個峯上。粉臂女神赫拉把馬停下來，跟最高的主，克魯諾斯的兒子宙斯，講幾句話。「宙斯父，」她說道，「看見阿瑞斯的狂暴行為，和這些英勇的亞該亞人無緣無故被他屠殺，你不生氣嗎？我可不能看着不理會。可是你的塞浦里斯女兒跟銀弓阿波羅，看樣子很喜歡這樣。事實上放出這個不知法紀為何物的野蠻傢伙，正合他們的心意。宙斯父，假如我去痛揍他一頓，把他搊出戰場，你會生我的氣嗎？」

　　「不會的，妳快去幹吧！」行雲者說道。「讓我們的戰士雅典娜整治他，誰也不像她那樣會扭阿瑞斯的尾巴。」

　　粉臂女神赫拉對這不加分辯。她用鞭子輕拂馬背，那對馴馬
沿着天和地中間的路飛奔而去。神的馬蹄聲隆隆，牠們一躍的距
離，像一個人站在釀酒般陰暗的海上的眺望塔裏，向煙霧望去視
力所及的那樣遠，所以她們很快來到特洛伊和兩條高貴的河川跟
前。粉臂女神赫拉把馬停在西莫伊斯注入斯卡曼德的地方，把牠
們卸下軛，隱藏在一團濃霧裏。西莫伊斯河神使豐美的芻草長出
來，給牠們吃，兩位女神步行出發，像兩隻鵪鴿般搖擺走去，急
於去援助阿果斯人。

　　她們去到戰場的一個地方，正值亞該亞人的精㧑戰士集結在
馴馬者廸奧麥德斯周圍，像食肉的雄獅或可怕的野豬般負隅頑
抗。粉臂女神赫拉停在那裏，高聲喊叫，摹仿高貴的斯坦特的洪
亮聲音：他一人的喊聲抵得過五十人同時喊叫的聲音。「可恥
喲，阿果斯人！中看不中用的卑鄙東西們。偉大的阿基里斯出來
戰鬪的時候，特洛伊人不敢越過達丹尼亞門，他們害怕他那沉重
的槍。可是現在他們已遠離城垣，打到你們船前來了。」

　　她就這樣壯起他們的膽，抖擻起每個人的精神。同時明眸的
雅典娜一直走到泰杜斯的兒子廸奧麥德斯跟前。她看見這位皇子
靠近他的馬車，正在晾潘達拉斯給他的箭傷。在他的圓盾的寬濶
肩帶下，汗正在煩擾他。在這樣困苦中，同時兩臂的力氣已經衰
退，他提起肩帶正在拭去污血。這位女神把手放在馬軛上。「泰
杜斯有個兒子，」她說，「可是多麼不像他喲！泰杜斯是個小個
子，可是他是多麼偉大的戰士啊！甚至當我不准他戰鬪，不想要
他賣弄的時候，他還是戰鬪——甚至當他一人被遣往塞貝斯跟一
夥克德馬斯人談判的時候，那時我吩咐他坐下，安靜地在宮裏吃
晚餐，可是他卻像他一向那樣，勇敢地向那些精壯的克德馬斯人
挑戰。由於我給他的協助，輕易地將他們個個擊敗。他跟你多麼
不同啊！現在我在你身邊；保護你不受傷害；吩咐你去打特洛伊
人。可是你久戰後已筋疲力竭，抬不起一個指頭來！或者是懼怕

把你嚇呆了罷？若是那樣，我就不再認爲你是泰杜斯的兒子和勇敢的歐紐斯的孫子了。」

「我認得妳，女神，」高大的廸奧麥德斯說道。「妳是披乙已斯的宙斯的女兒。我可以無隱地向妳說。我不是害怕才這樣，也不是筋疲力竭。我只是在牢記着妳給我的限制。妳吩咐我不要跟有福的神鬥，除掉宙斯的女兒阿芙羅狄蒂以外。妳說假如她加入戰團，我可以用利矛刺傷她。可是我看見阿瑞斯所向披靡，所以退到這裏，並告訴其餘的人集結在我周圍。」

「親愛的廸奧麥德斯，你眞是泰杜斯的兒子！」明眸的雅典娜喊道。「我了解；不過有我在你背後，你不用害怕阿瑞斯或任何神。快些找他去！趕上前去，不要想『這是可怕的戰神』，逼到跟前，給他一下子。看那個瘋子呀！你知道嗎？前天這個傳瘟疫的，欺詐的壞蛋，還在向赫拉跟我保證，他將幫助阿果斯人打特洛伊人。可是現在他把他的話忘得一乾二淨，竟在替特洛伊人打仗。」

說着她伸手拉澤內拉斯，把他拉下車去：他正樂於下車。這位性急的女神，佔據他在車上的位置，站在高貴的廸奧麥德斯身邊，椈木輪軸負載着一位可怕的女神和一位強大的戰士，壓得格吱響。帕拉斯雅典娜抓起韁繩和鞭子，趕起兩匹馬，直往阿瑞斯的方向奔去。

這時阿瑞斯正在刣掠奧基修斯的高貴兒子偉岸的佩里法斯，艾托利亞人中的傑出人物。他渾身血污，正在脫下死者的盔甲；雅典娜把一頂隱形帽戴在頭上，不讓可怕的戰神看見她。可是這位屠夫阿瑞斯一眼看見泰杜斯的英勇兒子，他讓佩里法斯躺在他被殺死的地方，直奔馴馬者廸奧麥德斯。兩者接近時，阿瑞斯首先動手，施出他滿以爲可以致命的一擊。他用銅矛越過車軛和馬韁，直刺廸奧麥德斯。明眸的雅典娜用手接住槍桿，往車的上空一推，讓它的力量消耗在空中。這時高聲吶喊的廸奧麥德斯使起

他的槍來，帕拉斯雅典娜導它深入阿瑞斯的小腹，那裏他穿了一件圍裙纏住腰。矛頭擊中那裏，刺傷這位神，裂開他那白皙的皮肉。迪奧麥德斯拔出他的槍，聲音響亮的阿瑞斯大叫一聲，像九千或一萬戰士的喊聲那樣高。亞該亞人跟特洛伊人聽見這位無休止的好戰的神這樣駭人的叫聲，嚇得戰慄起來。接着泰杜斯的兒子迪奧麥德斯看見聲音宏亮的戰神在一團煙霧裏旋轉升空，像熱的空氣造成龍捲風時雲中射出的一道黑氣。

阿瑞斯迅速飛去，直到高聳的奧林匹斯衆神居住的地方。他沮喪地坐在克魯諾斯的兒子宙斯身邊，讓宙斯看他的神血從傷口淌出，用悲哀的聲音講說他的故事。「宙斯父，」他說道，「看見這樣殘暴情形，你不生氣嗎？看我們神衆每逢施恩於人類時，怎樣自相殘害，這都是你的錯，我們都不贊成你把你那個瘋狂的女兒生下來，爲虐世界，她總在想法搗蛋。我其們餘的，包括奧林匹斯的每位神，都順從你的意志，敬畏你。可是輪到她時，你總不以任何話或行動制止她；你讓她爲所欲爲，因爲她是你自已的孩子，生來是要搗蛋的，看她如何敎唆泰杜斯的蠻橫兒子迪奧麥德斯，亂砍亂傷永生的神。最初他攻擊阿芙羅狄蒂，刺傷她的腕；後來又像惡魔般向我猛撲，幸好我脚下快，給我逃掉了。否則我得在那些可怕的死人中間停留一段漫長痛苦的時間，要不然他的打擊會使我終身殘廢。」

行雲者宙斯瞪了阿瑞斯一眼。「你這個叛徒，」他說道，「不要來向我訴苦，你所最喜愛的，莫過於口角和打鬥，這是我恨你甚於奧林匹斯任何神的原因。你母親赫拉也有一股剛愎不馴的脾氣，我一向覺得光是用言語很難控制她。我猜想是她搞起這事，給你招來麻煩，無論如何，我不打算敎你繼續受苦，因爲你是我的親骨肉，你母親是我的妻。可是若是任何其他神生下像你這樣的小壞蛋，你早就被打入較烏蘭納斯的兒子們的更深的洞裏去了。」

　　說完了，宙斯敎派昂醫治他，派昂把滋潤的藥膏敷在創口，治好了他，因爲阿瑞斯不是凡體。眞的，他之治好可怕的戰神，像無花果漿攪入乳汁後那白液凝結的那樣快。赫貝沐浴他的身體，給他穿上美好的衣服；他坐在克魯諾斯的兒子宙斯身邊，恢復了往日的自尊。

　　同時兩位女神，阿果斯的赫拉和阿拉爾康米奈的雅典娜囘到萬能宙斯的宮裏，她們制止了那屠夫的嗜殺行徑。

六　赫克特與安助瑪琪

　　特洛伊人和亞該亞人就這樣從事殘酷的鬥爭，戰爭在平原上拉鋸般進行，在西莫伊斯與贊薩斯兩河中間，一陣一陣的銅矛標槍飛來飛去。

　　特拉蒙埃傑克斯，亞該亞人的堡壘，首先突破一個特洛伊陣營，給他的朋友們以新的希望；他殺死猶索魯斯的傑出兒子阿卡馬斯，斯拉塞人最卓越的戰士，埃傑克斯擲出一槍，擊中這人的羽盔頂脊，矛頭刺入他的額骨，黑夜閉了他的眼睛。

　　其次，高聲吶喊的迪奧麥德斯殺死圖斯拉納斯的兒子阿克訐拉斯，他是從一個宜人的城鎮阿里斯貝來的。他富有資財，住在路邊自己的房子裏，生活得很富裕，常常招待來客，頗有名聲。但是他的朋友現在沒有一人前來替他對付敵人，救他免於死難。迪奧麥德斯殺死他們兩個，他跟他的侍從兼御者克勒修斯；他們雙雙前往冥府去了。

　　歐呂亞拉斯殺死助艾薩斯和奧菲爾狄斯，進而追逐艾塞帕斯和佩達薩斯，後二者是水澤仙女阿巴巴里亞給無匹的布科艮生的，布科艮是高傲的洛麥敦的第一個兒子，是秘密愛情的產兒，他在牧羊時遇見這位仙女，躺在她愛的懷抱裏，她受孕了，替他生下一對雙生兒子，這兄弟二人現在死在麥西斯圖斯的兒子歐呂亞拉斯手下，他斬斷他們英勇有力的生命，並脫去他們身上的盔甲。

　　阿斯蒂亞拉斯死在堅毅的波律普特斯手下；派科特的皮德蒂斯被奧德修斯的銅矛刺死；高貴的阿勒塔昂被圖瑟殺死。奈斯特的兒子安蒂洛卡斯以明晃晃的長矛刺殺阿布勒拉斯；人的王阿加米農殺死埃拉塔斯，他住在美麗的塞蒂尼瓦水畔的山城佩達薩斯，高貴的勒塔斯殺死轉身逃跑的弗拉卡斯；歐呂拍拉斯結果了麥蘭修斯的性命。

　　同時高聲吶喊的米奈勞斯生擒阿抓斯塔斯。這人的馬車越過平原飛逃，撞在檉柳枝上，折斷轅桿交接車身彎曲的地方，兩匹馬脫韁而去，跟其餘的車馬一起向城的方面驚奔。牠們的主人被撂在車外，嘴啃地爬在車輪旁的塵土裏；忽然阿楚斯的兒子米奈勞斯手執長影槍站在他身旁。阿抓斯塔斯兩手抱住米奈勞斯雙膝祈求道：「我主阿特瑞斯，生擒我，你一定會得到豐厚的贖金。我父親富有資財，家有許多銅、金、熟鐵，假如他聽見我被生俘在亞該亞的船裏，他會給你華貴的贖金。」

　　這樣力求打動了俘擄他的人的慈悲心，實在米奈勞斯也正要吩咐他的隨從把他帶到亞該亞船上去，這時阿加米農跑過來告誡他的弟弟說：「親愛的米奈勞斯，為什麼這樣怯於殺人呢？特洛伊人在你家裏時，是這樣漂亮地對待你嗎？不是的，我們要殺得他們一人不留，甚至女人肚裏的嬰兒也不饒，他們也得死，全體人民都要消滅，不留一人去想念他們，為他們淌一滴眼淚。」

　　這段話改變了米奈勞斯的主意，他用手推開阿抓斯塔斯，阿加米農王趁勢刺他的脅腹。他倒在地上；阿加米農踏住他的胸膛，從傷口處拔出他的梣木槍。奈斯特高聲向阿果斯人叫道：「朋友們，達南人，諸位弟兄，現在不要搶東西！不要逗留在後面，想把大批東西弄到船上去！先殺人要緊，將來閑下來的時候，再脫死者的盔甲。」

　　這振奮起每人的精神；看樣子特洛伊人打敗了，已經沒有鬥志，勝利的亞該亞人可把他們推回伊利亞城裏去。但是正在這時

普利安的兒子赫勒納斯，特洛伊最好的占卜者，找到乙尼斯和赫
克特向他們呼籲道：「你們兩人是最高的指揮官，我們把你們放
在那個職位上，是因為無論在議事廳或在戰場，你們向來沒有教
我們失望過。現在請證明我們是對的。固守在這裏不要退。你們
須親自到戰地各處走走，不要讓士兵們往城門那裏跑，免得他們
驚慌得倒在自己女人懷裏，令敵人賞心樂意。恢復每營人的戰鬥
意志後，我們就堅守陣地跟達南人拚，雖然我們已經筋疲力竭
了——這事我們沒有選擇餘地。同時，赫克特，請你去到城裏跟
母親說，教她糾集年長的婦女，去到衞城上明眸的雅典娜的廟
裏，打開神殿門上的鎖。請她從宮裏選一件最美、最大，她自己
最珍愛的長衫，把它放在雅典娜的膝上，請她向她許個願：假如
她可憐這座城池跟特洛伊的婦孺，那麼請她使野蠻的迪奧麥德
斯，強大的恐慌製造者，不能到神聖的伊利亞跟前；就答應在她
廟裏奉獻十二頭未被刺棒碰過的周歲小母牛，因為我以為迪奧麥
德斯已成為我們最可怕的仇敵。甚至阿基里斯，雖然他是戰士的
皇子，據說還是女神的兒子，我們也沒有這樣害怕過。事實是迪
奧麥德斯現正瘋狂地亂砍亂殺，沒有人能制住他。」

　　赫克特立刻去按照他兄弟的建議行事，他渾身甲冑，跳下車
來，手揮一雙利矛，在他的人中間到處走動，督促他們不要逃
跑，鼓舞他們的戰鬥精神。結果特洛伊人轉身面對亞該亞人；亞
該亞人略向後退，不再打殺敵人了。實在特洛伊人的振奮精神，
使得阿果斯人感覺一定有神從星空降下，來幫助他們。赫克特向
他的部隊高聲喊叫道：「英勇的特洛伊人，光榮的友軍；顯出男
子漢的氣概，朋友們，要像過去一向那樣拿出勇氣來打鬥；現在
我要回到伊利亞去告訴我們的老年人和婦女，去乞求神靈保佑，
並向他們許願。」

　　說了後明盔的赫克特向城的方向走去。走動時他那有浮雕裝
飾的盾的黑皮邊，上下輕碰他，碰他的後頸和足踝。

　　這時希波洛卡斯的兒子格勞卡斯跟泰杜 斯的 兒子 廸奧 麥德斯，在兩軍陣前的空地，迎面走來，準備交手。走近時，高聲吶喊的廸奧麥德斯喝問道：「好先生，報上名來，假如你眞的是男子漢。因爲在爭取榮譽的戰場上，我從來沒有看見過你，可是在面對我手中的長影槍時，你顯出較你的朋友們更大的勇氣。那些有兒子碰在我的怒氣頭上的人們，大概是要哀泣的。但是，如果你是從天上下來的長生不老的神，那我可不是跟神鬪的人，甚至助亞斯的兒子，強悍的律克加斯，跟天上的神鬪爭後，也沒有活多久。他追趕狂亂的廸昂尼蘇斯的護士們，穿過神聖的努薩山；好殺的律克加斯用牛刺棒打他們，他們手上的神杖，一齊打落在地上，廸昂尼蘇斯逃在海水深處，塞蒂斯把他攔在懷裏，他被那人的毆打嚇得發抖，完全嚇倒了。但是長生不死的神，雖然馬馬虎虎，卻忿恨這種作爲，克魯諾斯的兒子打瞎他的雙目，從那以後，他沒有再活多久，因爲所有永生的神都反對他，所以輪到要跟神打鬪，你可千萬不要指望我。可是，如果你像我一樣，也是耕田種地的凡人，那就請過來早早受死。」

　　「我的英勇的主，泰德斯，」希波洛卡斯的高貴兒子答道，「我的門第跟你有什麼相干呢？一代一代的人像樹葉一樣，颳起風時，一年的樹葉散落在地上，但春天來時，樹又萌芽，綻出新葉。人也是這樣，一代長旺起來，另一代援近尾聲。可是如果你想知道我的家世，我願向你講述一番，大多數人已經知道了。在牧馬成羣的阿果斯的一個角落，有個地方叫埃菲拉，那裏有個人叫西塞法斯，一個狡猾無比的流氓；他的父親叫艾奧拉斯。西塞法斯有一兒子叫格勞卡斯；格勞卡斯是無匹的貝勒羅方的父親。貝勒羅方不幸生爲普羅塔斯的臣民，他的權勢比他大；二人間發生齟齬，普羅塔斯把他逐出阿果斯國。普羅塔斯的妻子，安特亞王后，愛上了這個漂亮青年，因爲他賦有一切的男子美。她求他暗地滿足她的情慾 ， 但貝勒羅方是有堅定原則的人 ， 他拒絕了

她。因此安特亞去到普羅塔斯王那裏，扯一個謊。『普羅塔斯，』
她說，『貝勒羅方要強污我，殺掉他，不然你自己死。』王聽了
這件不名譽的事，一時怒憤填膺，他沒有把貝勒羅方處死，那是
他不敢作的事，但打發他到律西亞去，帶着他的陰險的證書。他
給了他一個摺起來的書板，上面畫了許多圖形，其中含有狠毒的
意義，吩咐他把這遞給他的岳丈律西亞王，因此保證他自己將被
處死。貝勒羅方一路上有神照拂，一切完全順利，抵達律西亞和
贊薩斯河時，他受到這個幅員廣濶國度國王的盛大歡迎。他的東
主一連款待他九天，爲他宰了九頭牛，到第十天，當黎明射出第
一道玫瑰曙光，他盤問他一番，問他要他的女婿普羅塔斯交他帶
來的證書。

　　國王認出他女婿的惡毒心意後，第一步，他命貝勒羅方去殺
可怕的奇邁拉，這是神所加諸於人的一個怪獸。牠有獅頭、蛇
尾，和山羊身體，口吐一股一股可怕的烈焰。貝勒羅方聽從神的
調度，終於斬了牠。他的第二件使命是戰著名的索律米，他說這
是他所從事過的最可怕的戰鬭。他還殺死那些像男人一般打仗的
亞馬孫女戰士，這可算做他的第三次任務。但是國王想出一個新
花招，他定一巧計，在他這次戰罷歸來時中途捉他。他在律西亞
全境挑選若干頂尖的好漢，設下埋伏。結果沒有一人生還，無比
的貝勒羅方把他們完全殺光，最後國王認識他真是神的兒子。他
勸他在律西亞住下，把他的女兒許配他爲妻，並分一半國土給
他。同時律西亞人也贈給他良田美宅，包括充足的葡萄園和玉米
田，供他自己享用。

　　公主給勇猛的貝勒羅方生下三個孩子，愛桑德、希波洛卡
斯和勞達米亞。勞達米亞跟宙斯主宰睡覺，成爲着銅甲的薩佩敦
皇子的母親，後來貝勒羅方觸了衆神之怒，獨自漂泊在阿利安平
原，憂傷憔悴，避免跟人接觸。貪戰無饜的戰神阿瑞斯，在跟著
名的索律米打仗時，殺死了他的兒子愛桑德；金韁阿特米斯一怒

之下，殺死了勞達米亞，只剩下希波洛卡斯一人，我就是他的兒子。他送我到特洛伊來，並且常跟我說：『你的箴言應是「我領導。」要發奮上進，出人頭地。你的祖上都是埃菲拉和律西亞的佼佼者。不要玷辱他們的令名。』這便是我的家世。」

格勞卡斯這篇話使迪奧麥德斯滿心歡喜。他把槍插在多產的大地上，很客氣地跟這位律西亞皇子說：「無疑的，你家跟我家原來是舊交。我的高貴的祖父歐紐斯曾在他的王宮招待過貝勒羅方，留他住了二十天。分手時，他們交換輝煌的贈品，那些是客主互相餽送的東西。歐紐斯送他朋友一條鮮艷的紫帶；貝勒羅方送歐紐斯一只兩耳金杯，我這次出來，把它留在家裏。至於我父親泰杜斯，我不記得他。他跟亞該亞人出去遠征，死在塞貝斯時，我只是一個嬰兒。不過這些話已足夠表示，現在我是你在阿果斯人中間的朋友，你是我在律西亞人中間的朋友，假如將來有一天，我去到那個國家。所以讓我們在這次混亂中，互相避免彼此的矛鋒。因為有足夠的特洛伊人和他們的著名友軍給我殺，假如我運氣好並跑得快，能捉住他們；也有足夠的亞該亞人給你殺，假如你能殺的話。讓我們交換盔甲，好使人人知道，由於我們祖父輩的交情，我們自己也成為朋友。」

他們不再多說，各自跳下車，彼此握手以友愛相矢。克魯諾斯的兒子一定弄昏了格勞卡斯的頭腦，因為他以價值一百頭牛的金甲，換取迪奧麥德斯的九頭牛的銅甲。

這時赫克特已走到斯坎門的橡樹下，立刻有一羣特洛伊婦女圍住他，探聽她們的兒子和兄弟、丈夫和朋友的情況。他建議大家向眾神禱告，一個一個打發她們，但仍有許多人聽得傷心的消息。他繼而向普利安的王宮走去。這座宏偉的建築，前面有一排大理石柱廊，後面的正房有五十套相連的磨石房間，普利安的兒子及其妻子們睡在這裏。他的女兒們的住處，在庭院的另一邊，在那裏為她們蓋了十二間相連的、有屋頂的磨石臥室。普利安的

女婿及其愛妻們睡在那裏。

　　赫克特在王宮裏看見他的慈母，她正跟她的最美的女兒勞廸斯一同走進來。「赫克特，」她叫道，把手放在他手裏。「兒啊，現在戰爭最劇烈的時候，你回來做什麼？那些可怕的亞該亞人眞的耗盡了我們的精力，正在攻城嗎？神感動你，敎你進來舉手向衞城上的宙斯禱告，不過你可暫等一下，等我去給你拿點兒老酒，你可先向宙斯和其他永生的神酹祭一番，然後，假如你願意，自己喝一點兒。酒對疲乏的人是一大安慰；你這樣爲親人拚命打仗，一定是筋疲力竭的了。」

　　明盔的和偉大的赫克特答道：「我的母后，不要給我拿酒。酒會使我兩腿發軟，渾身虛弱無力。我也不想以這雙未洗乾淨的手，向宙斯獻閃耀的酒。滿身血汚的人，不可向克魯諾斯的兒子，黑雲之主禱告。必須禱告的倒是妳。妳可糾集一班年老婦女，去到雅典娜戰士的廟裏，向她獻祭。帶一件長衫去，家中最美的，最大的，也是妳所最珍愛的，去放在雅典娜膝上。請向她許個願：假如她可憐這座城池跟特洛伊的婦孺，請她使泰杜斯的兒子，野蠻的槍手，強大的恐慌製造者，不能到神聖的伊利亞跟前；就應許在她廟裏奉獻十二頭未被刺棒碰過的周歲小母牛。去吧，妳去到雅典娜戰士的廟裏，我去找巴黎，敎他出去；不過我不敢肯定他是否聽我的話。實在說，我但願大地張開嘴把他吞下去。衆神把他養大成人，只爲讓他是特洛伊人和父王跟他兒子們肉裏的一根刺。假如看見他一命歸陰，那倒是可喜的事。」

　　赫克特的母親往宮裏去吩咐她的侍女們。她們去糾合城裏的老年婦女時，她去到保存綉花長衫的香氣氤氳的貯藏室裏。這些衣服是西頓女工的作品，巴黎皇子船載高貴的海倫回家時，也把這些女工運了來。赫丘巴從衣櫥裏挑一件最長、最華麗的送給雅典娜。它原本壓在其他衣服下面，現在閃耀得像一顆星。她拿着這件衣服出發，許多老婦急忙來走在她身邊。

　　她們到達衙城裏雅典娜的廟宇時，西修斯的女兒，馬車戰士安蒂諾的妻子，漂亮臉龐的澤亞諾給她們開了門；特洛伊人請她作雅典娜的女祭司。這些女人舉起兩手，一齊向雅典娜哭叫一聲，同時漂亮臉龐的澤亞諾向萬能宙斯的女兒祈禱道：「雅典娜，偉大的女神，城池的保衛者；請折斷廸奧麥德斯的槍，讓他砸倒在斯坎門前。假如妳可憐這座城池和特洛伊的婦孺，我們現在就在妳廟裏向妳奉獻十二頭未被刺棒碰過的周歲小母牛。」澤亞諾這樣祈禱，可是帕拉斯雅典娜的答覆是搖搖頭。

　　這些婦女向萬能宙斯的女兒祈禱時，赫克特往巴黎住的華麗房子那裏走去。這座房子是巴黎自己請特洛伊的膏腴之鄉最好的工匠給他蓋的，內有臥室、大廳和庭院，靠近衙城內普利安和赫克特的房子。赫克特皇子走進門去。他手持一根十一腕尺的長槍，銅的矛頭在前面閃閃發光，槍桿頂尖有一金環。

　　他看見巴黎在臥室檢點那美好的盔甲、盾牌和胸甲，並審視他的彎弓；阿果斯的海倫和侍女們坐在他身旁，她在監督她們的刺繡。看見巴黎時，赫克特厲聲嚷道：「先生，我們的人在城的四周，甚至在城牆邊，紛紛戰死，你卻在這裏繃着臉生氣，真不害羞。都是因爲你，這座城才慘遭戰禍，任何人如在戰場畏縮不前，應該是你首先責備他，現在趕快出去，趁我們的城尚未被焚燬。」

　　「赫克特，你罵得有理，」巴黎說，「我承認，但聽我說。我必須告訴你我不是在生氣。我對特洛伊人沒有怨言，只是囘來坐在房裏懊惱一會兒罷了。剛才我的妻子還在合理地催我囘前線去。我想她說得很對。一個人不能囘囘打贏。所以請給我一會兒工夫，讓我披掛起來。要不然，你先走一步，我隨後就來。我很快就能趕上你。」

　　明盔的赫克特沒有囘答他，這時海倫謙和地撫慰赫克特道：「兄弟啊，我眞是個沒有羞恥的、壞心腸的、可怕的人。哎呀，

我多麼願望，在我母親生我那天，風魔把我颳在深山裏或怒海裏，在這一切未發生之前，海浪就吞沒了我。其次，既然衆神注定事情演到這個壞下場，我希望我所找到的是個較好的丈夫，一個對同儕的責備和蔑視有點兒感覺的人。可是我現在這個丈夫，意志不堅定，將來也永遠不會堅定；有一天他會吃這個虧的，假如我看的不錯。無論如何，現在請進來，親愛的兄弟，請坐在這張椅子上，特洛伊人誰也不像你擔着這樣重大的責任。這都是因為我自己的無恥跟巴黎的罪惡。上天折磨我們這對不幸的夫妻，使我們成爲後世人歌唱的對象。」

「海倫，妳好和氣，」偉大的和明盔的赫克特說道，「別叫我坐下，我只能謝謝你，因爲我已經晚了。我急於要回去幫助特洛伊人，我離開他們後，他們好想我回去，妳可以催這個人快些出去，他最好能動作迅速些，那樣可以在我出城前就趕上我，因爲我要到自己家裏看看我的僕人們，我的妻子和幼兒。不知道我是否還能再回到他們跟前，也許我注定今天就死在亞該亞人手裏。」

說了這，明盔的赫克特告辭而去，不久就走到他自己的蓋得很好的房子裏。他發現他的粉臂妻子安助瑪琪不在家，她帶着孩子和一名侍女，爬到城牆上去了，刻正站在那兒啜泣憂戚。赫克特在家裏找不到妻子，去到門口問女僕們。「侍女們，」他說道，「告訴我發生了什麼事，安助瑪琪夫人往哪裏去了？她可是去探望我的哪位姊妹或哪位兄弟的妻子去了？或者她去到雅典娜的廟裏，跟其餘的特洛伊婦女一起向那位莊嚴的女神求情去了？」

「赫克特，」一個忙着作事的女僕說道，「既然你要知道眞相，她不是在探望你的姊妹或你兄弟的妻子，也沒有去到雅典娜廟裏跟其餘的婦女一起向那位莊嚴的女神祈禱。她爬到偉大的伊利亞城樓上去了。她聽說我們的隊伍很疲憊，亞該亞人贏得一個偉大的勝利。因此她急忙跑到城牆上，像發瘋了一樣，乳母抱着

孩子跟在後面。」

赫克特聽了後，急忙離家回到造得完善的街道上。他穿過這座偉大的城池，走到斯坎門跟前，正要出門到平原上，他的妝奩豐厚的妻子安助瑪琪向他迎面跑來。安助瑪琪是西利西亞王慷慨的埃厄森的女兒，埃厄森住在「普拉卡斯下的塞貝」，生滿樹木的普拉卡斯山的山腳下。她跑上來迎接她的身穿銅甲的丈夫，一個女僕抱着一個男孩，那是他們的幼子，赫克特的寵兒，可愛得像一顆星，赫克特叫他斯卡曼椎阿斯，別人叫他「阿斯蒂亞納克斯①」，因爲他的父親是伊利亞的保衛者。

赫克特看着他的兒子微笑，沒有說什麼。安助瑪琪突然哭起來，上前去把手放在他手裏。「赫克特，」他說，「你瘋啦。你的勇敢就是你致命的根由，你不想一想你的幼子跟你那愁苦的妻子，不久你就要使我成爲寡婦。有一天亞該亞人大擧進攻，會殺死你。我要是失去你，只好自己也死算了。你如有三長兩短，我還有什麼慰藉，只有哀愁罷了，我現在已經無父無母。我父死在偉大的阿基里斯手裏，那是在他打破我們那可愛的城池，高門的西利西亞塞貝的時候，阿基里斯雖殺死埃厄森，卻頗有騎士氣概，沒有搶刼他，他焚化他的穿着華麗盔甲的軀體，在他上面堆起一個墳坵。披乙己斯的宙斯的女兒山地仙女們在他墳墓四周栽了些楡樹。我家裏還有兄弟七人，一天之內都到冥府去了。偉大的疾行者阿基里斯把他們全殺死在他們那蹒跚的牛羣和白色的羊羣裏。至於我母親，她是普拉卡斯樹林下面塞貝的王后，阿基里斯把她像其他俘虜一樣，帶到這裏，後來接受一份高貴的贖金，釋放了她。她在她父親家裏爲女弓神阿特米斯所殺。

所以你，赫克特，不光是我所愛的丈夫，同時也是我的父母和兄弟。求你可憐可憐我吧，待在這城樓上，不要使你兒子成爲

① 意卽陛下，「赫克特」的意思是君王。

孤兒，使你妻子成爲寡婦。把特洛伊人集結在無花果樹跟前，那裏城牆最容易爬，是全城最易攻的地方。他們的精兵，在兩位埃克傑斯和著名的埃多麥德斯，阿特瑞斯兄弟，和可怕的迪奧麥德斯率領下，曾三次攻打那裏，想突破進來。一定有知道神諭的人把它的歷史告訴了他們，不然就是他們自己有理由攻打那個地方。」

　　「我愛，」偉大的和明盔的赫克特說道，「所有那些，當然是我所關心的。可是如果我像一個懦夫，躲起來不去打仗，我有何顏面去見特洛伊人和穿拖服的特洛伊仕女！再說這跟我的性格也大相悖謬。我一向自我訓練，成爲良好的戰士，到前線爲我父親和我自己贏得榮耀。在我內心深處，我知道神聖的伊利亞就要毀滅了；普利安和他的使梣木槍的人民，也要跟住死亡了。可是想着特洛伊人，或赫丘巴自己、或普利安王、或被敵人打倒在塵埃裏我的英勇兄弟們所將忍受的痛苦，都沒有像想着妳滿面淚痕被亞該亞戰士拉去爲奴時，那樣使我心疼。我看見妳在阿果斯爲一個坐在織機前的女人辛苦工作，或從一個異國井裏汲水，一種不由自主、無可奈何的勞役。人們看見妳在流淚，會說道：『那就是赫克特的妻子，他是伊利亞圍城戰時馴馬的特洛伊人的頭號戰士』。每次聽見他們這樣說，妳會感覺一陣新的悲痛，慟悼妳失去了的惟一可使妳自由的人。啊，願一層厚土蓋住我的軀體，使我不要聽見人家拉妳去時妳的尖叫！」

　　光榮的赫克特說完了話，伸手去抱他的兒子。但是那孩子哭了一聲，縮回到他的束腰帶的乳母的胸上，害怕他父親的形狀。他看見銅盔和馬尾盔纓可怕地向他點動，就驚恐起來。他父親和母親不禁失笑。高貴的赫克特急忙取下頭盔，把那耀眼的東西放在地上。然後吻他的兒子，抱他在臂上播弄，並向宙斯和其他諸神祈禱道：「宙斯，還有你們其他諸神，請讓我這個兒子跟我一樣，成爲特洛伊的佼佼者；像我一樣強壯、勇敢；讓他成爲伊利

亞的一位強大的國王。遇到他打仗歸來時，讓人們說：『他比他父親強。』讓他把他所殺死的敵人的血污盔甲帶回家來，使他母親快樂。」

赫克特把孩子遞給他妻子，她抱他靠在她芬芳的胸上；淚眼擠出一個微笑。她丈夫看見這情形，受了感動，用手撫摸她，說道：「我愛，求妳不要過於傷心。假如我的時辰未到，誰也不能送我到冥府去。凡是女人所生的人，不論是懦夫或英雄，誰也逃不掉命運。現在請回家去吧，做妳自己的事，織布、紡線；同時務使衆僕婦也做她們的工作。打仗是男兒的事；這場戰爭是伊利亞個個男人的事，尤其是我的事。」

光榮的赫克特說着，揀起他的有馬尾纓的頭盔；他的妻開始往家走，淌着大的淚珠，一面頻頻回顧。不久她回到家裏，在殺人者赫克特的宮室裏找到幾個女僕，教她們一同放聲大哭。就這樣她們在赫克特家裏哭赫克特，雖然他還活着，心想他不能逃過亞該亞人的殘暴和怒忿而從戰場上生還。

巴黎也很迅速，沒有稽留在他的高房華屋裏。他立即穿上銅飾的輝煌盔甲，匆匆忙忙越城飛奔，像一匹拴在槽頭餵養的雄馬，脫韁而去，勝利地奔過田野，去到美的河川他慣常洗浴的地方。他昂起頭來，鬃毛順著肩膀往後飛飄；他知道自己多麼漂亮；疾步掠過地面，去到母馬常去的牧場。巴黎，普利安的兒子，就這樣匆忙地從派加馬斯堡樓飛馳而下，他的盔甲輝煌得像耀眼的陽光，一面走着，一面笑着。

霎時間他趕上他那高貴的兄弟赫克特，那是正當他要離開他與妻子談話的地方。赫克特尚未開言，巴黎皇子便開始道歉。「親愛的兄弟，」他說，「恐怕我過於從容了，在你想要走開的時候累你等我。我不像你所希望的那樣守時。」

「先生，」明盔的赫克特說，「沒有一個通情達理的人會小覷你在戰場上的功績；你有充分的勇氣。但是你太容易鬆懈，懶

於作戰。聽見特洛伊人咒罵你，原是你把他們弄到這步田地的，我覺得蒙了恥辱。不過現在讓我們去吧。我若說錯了什麼，將來再賠情；假如有一天宙斯讓我們把亞該亞人逐出我們的土地，我們在王宮向天上永生的神奠以酒漿，慶祝我們的解救。」

七 埃傑克斯戰赫克特

赫克特皇子不再說什麼，跟他的兄弟巴黎匆忙走出城去，兩人都急於戰鬥；正在盼望他們的特洛伊人，歡迎他們的來臨，像使用光滑的松木槳拍擊海水，累得腿和臂麻木了的水手，歡迎天上吹來的一陣微風一樣。

兩人都立刻有所斬獲。巴黎殺死了麥內修斯，他家住阿奈，是鐵杖將阿雷索斯王和牛目女弗洛麥達薩的兒子。赫克特用利矛刺埃奧紐斯的頸，刺中頭盔銅邊下面，把他撥倒在地。同時律西亞隊長希波洛卡斯的兒子格勞卡斯擲槍掠過人羣擊中德克齊亞斯的兒子伊菲諾斯的肩頭，正當他要上快馬車的時候。他撞下車去，彎曲在地上。

明眸的女神雅典娜看見他們在這場攻勢中屠殺阿果斯人，急忙從奧林匹斯山巔到神聖的伊利亞。可是希望特洛伊人勝利的阿波羅從派加馬斯看見，出來截住她。他們在橡樹跟前相遇，宙斯的兒子阿波羅王立刻向雅典娜說道：「萬能宙斯的女兒，妳爲什麼匆匆忙忙從奧林匹斯來到這裏？心裏在打算着什麼？既然妳對於特洛伊人的毀滅，完全無動於衷，我認爲妳來到這裏是爲了幫助達南人打贏。可是妳且聽我說，我有一個較好的計劃。讓我們暫時停止這場戰鬥。改一天他們可以再戰，一直打到他們攻破伊利亞，因爲不夷平這座城池，妳們兩位女神是不會甘心的。」

「好吧，弓王，」明眸的雅典娜說道。「我從奧林匹斯來到

戰場，也正是為了這個。可是你打算用什麼辦法，停止這些人的戰鬥呢？」

宙斯的兒子阿波羅王答道：「我們可以鼓動馴馬的赫克特的精神，使他要求達南方面派一人跟他決鬥。這樣會激勵披銅甲的亞該亞人推出一位戰士，跟赫克特皇子戰。」這便是阿波羅的計劃，明眸的女神雅典娜未加反對。

普利安的兒子赫勒納斯，能夠猜測這兩位神已經商定了什麼，他直接去到他兄弟赫克特跟前。「赫克特皇子，」他說道，「你肯不肯放聰明些，聽你兄弟的話？我建議你去叫特洛伊人和亞該亞人一律坐地，要求一位阿果斯戰士，出來跟你決鬥。你不必害怕，你的時刻還未到。這是永生的神們告訴我的。」

赫克特很高興。他走到無人地帶，手握長矛中段，把特洛伊人陣線往後推，他們一律坐下去，阿加米農王叫亞該亞士兵也坐地。雅典娜和銀弓阿波羅變成兩隻禿鷲，棲在一棵高大的橡樹上，那是披乙已斯的宙斯的聖樹。他們很高興看着所有特洛伊和亞該亞戰士都坐在平地上，密密層層，盾牌、頭盔和槍矛萬點閃動，像西風吹起的波紋綻開在黑暗的海面上。

赫克特站在兩軍中間說道：「特洛伊和亞該亞戰士們，請聽我提議。天上寶座裏的宙斯，沒有讓我們的休戰持續下去。顯然他的意思是要我們繼續忍受痛苦，直到將來有一天你們打垮特洛伊的城樓，或你們自已在那曾經遠航的艦隊的旁邊死在我們手裏。你們中間現有全亞該亞最優良的戰士，有沒有人願意跟我交手呢？假如有，請他出來，作為代表你們跟赫克特皇子決鬥的戰士。現在聽我提議決鬥的條件，有宙斯作見證：假如你們的戰士用長槍刺殺我，他可以脫下我的盔甲帶回空船上；可是他一定要讓他們把我的屍體搬回去，好讓特洛伊人跟他們的婦女好好焚化它。假如阿波羅讓我刺殺你們的人，我將脫下他的盔甲，把它帶到神聖的伊利亞，把它掛在弓神廟的牆上；但是我將把他的屍體

送回你們的裝備完善的船上，好讓長髮的亞該亞人依照禮俗埋葬他，在遼闊的赫勒斯龐特給他造一墳坵。未來的旅客乘船渡過釀酒般陰黑的海，有一天會說：『這是從前傑出的赫克特在一次決鬥中殺死的一位戰士的墓。』這樣我的聲名可以永垂不朽。」

赫克特的敵人聽了他的話，不作一聲。他們害臊，不好意思拒絕他的挑戰，但又不敢接受。米奈勞斯經過多時內心衝突，最後站起來狠狠地責備他們道：「你們這是什麼意思？你們這些亞該亞女人，我不能叫你們是男子漢，你們平日動輒大言恫嚇，現在竟沒有一個達南人願跟赫克特交手嗎？這真丟臉，真是絕對的醜事。好吧，你們都坐在那裏腐朽吧，你們大夥兒都一樣，個個都是不要臉的懦夫。我要披掛起來，親自跟他戰，死活讓天上的神去決定。」

他不再多說，開始穿起他那輝煌的盔甲。米奈勞斯，那可能是你的末日，你可能死在赫克特手裏，因為他比你強得多，假如不是幾位亞該亞王子跳起來拉住你，假如不是阿特瑞斯自己，阿加米農王，抓住你右手制住你。「你瘋啦，我主米奈勞斯。」他叫道，「你不必這麼傻。退下來，不管那是多麼屈辱的事。不要讓野心驅使你戰一個比你強的人。看見普利安的兒子赫克特皇子膽怯畏縮的，不只你一人。甚至阿基里斯在戰場遇到他也害怕，而阿基里斯比你強多了。所以回去坐在你的人中間吧；亞該亞人將另找一人跟此人戰。赫克特可能勇猛善鬥，可是我想假如他能脫過他所要求的這場嚴峻的考驗不死，甚至他也會學乖些。」

聽了他兄長這番聰明的規勸，米奈勞斯依從了他；他的侍從們鬆了一口氣，脫去他的盔甲。這時奈斯特站起來向阿果斯人講話。「這足夠使亞該亞哭泣了。」他說道，「老馬車戰士佩柳斯將多麼傷心啊！那位偉大的演說家和邁密登指揮官佩柳斯，當我在他那裏的時候，總是喜歡向我問每個阿果斯人的父母家世。他要是聽見就是這班人現在一齊在赫克特面前打哆嗦，他會舉起雙

手，轉告神靈們讓他的神魂離開肉體，去到冥府。啊，宙斯父、雅典娜和阿波羅，我眞想能像以前在派洛斯軍隊於急流的塞拉當河畔、亞丹納斯溪邊、菲亞牆下，戰阿卡廸亞的槍手時那樣年輕！那時他們最好的戰士埃魯查梁向我們挑戰。他像一尊神，身穿阿雷索斯王的盔甲，偉大的阿雷索斯，他的國人和他們的束腰帶的婦女稱他是鐵杖將，因爲他向來不用弓箭或長矛打仗，而常用一根鐵杖打散敵人的行列。律克加斯殺死了他，那不是用力勝，而是用智取。他跟他遭遇在一個狹道裏，在那兒他的鐵杖不能救他的命。他還來不及施展鐵杖，律克加斯已經逼在身上，用槍刺他的腰部，他仰面朝天倒在地上。他剝下猖狂的阿瑞斯給他的那副盔甲，以後打仗時便自己穿起來。後來律克加斯在他的宮裏老了，便讓他的侍從埃魯查梁穿，因此埃魯查梁穿着阿雷索斯的盔甲，向我們挑戰。沒有人敢去應戰；他們都非常怕他。可是我鼓起冒險犯難的精神，魯莽地接受他的挑戰，雖然我是他們中最年輕的。我們交起手來，雅典娜給了我勝利。他是我所斬殺的人中最高的和最強有力的，四肢伸開躺在地上，像一個巨人。啊，我眞希望像從前那樣年輕力壯！那樣很快就有人跟明盔的赫克特決鬥。可是現在我看見全亞該亞最優秀的戰士都在我面前，但沒有一人願戰赫克特！」

　　老人的責備使九個人站起身來。首先站起的是阿加米農王。其次是泰杜斯的兒子廸奧麥德斯，其次是兩位富有勇武精神的埃傑克斯，再次是愛多麥紐斯和他的侍從麥里昂奈斯，後者像殺人的戰神一般。在他們之後站起來的是歐艾蒙的高貴兒子歐呂拍拉斯。安椎芒的兒子佐阿斯也站了起來，最後還有艮好的奧德修斯。這些人都自告奮勇，要和赫克特交手，吉倫納斯武士奈斯特又站起來說道：「你們必須拈鬮決定誰應有此殊榮，因爲當選的人不惟替亞該亞軍打仗，而且自己也得到豐富的報償，假如他能脫過這場嚴峻的考驗而生還的話。」

他們每人在自己的鬮上作一記號，投在阿楚斯的兒子阿加米農的頭盔裏，同時全軍士兵都舉起雙手向神靈禱告「宙斯父，」他們說道，眼望着天空。「願中選的是埃傑克斯，或廸奧麥德斯，或金邁錫尼王自己。」

禱告畢，吉倫納斯馬車戰士奈斯特搖動頭盔，埃傑克斯的鬮跳了出來；這正是他們所希望的。一位勤務員拿着鬮，由左向右沿着圈兒走，給每位亞該亞隊長看。每人看見不是自己所作的記號都否認。最後持鬮的勤務員，來到那個在鬮上作了記號並把它投入頭盔的人，傑出的埃傑克斯自己跟前。埃傑克斯伸出手來，勤務員上前把鬮放在他手裏。埃傑克斯認得自己所作的記號，高興極了。他把鬮扔在脚旁的地上說道：「朋友們，鬮是我的，我很高興，因爲我想我將打敗赫克特皇子。在我披掛時，請你們向克魯諾斯的皇子宙斯禱告。把祈禱聲放低些，別讓特洛伊人聽見。要不然就高聲禱告吧！我們什麼人也不怕，誰也不能支配我或使我跑，無論是用強力或用巧計。究竟說起來，我希望我也可以戰鬥，而不是生長在薩拉米斯的一個蠢漢。」

因此他們就向克魯諾斯的兒子宙斯王祈禱。他們仰面望天說道：「宙斯父，你從愛達山統治一切，最榮耀的和最偉大的，請給埃傑克斯一個光榮的勝利。但如果你也愛赫克特，並願他平安，那就讓兩人都不失敗，打個平手。」

他們祈禱時，埃傑克斯穿上他的耀眼的銅甲。披掛已畢，他昂然走出，像可怕的阿瑞斯去參加兩枝經克魯諾斯的兒子的唆使而作殊死戰的軍隊。偉岸的埃傑克斯，亞該亞的堡壘，就這樣起來去參加戰鬥，他的倔強的臉上掛着微笑，走動時手裏揮動着長矛。阿果斯人看見他非常高興，特洛伊人沒有一個不兩腿發抖。甚至赫克特的心也跳個不休。但這時已來不及逃遁，並溜囘他的人中間，因爲他是挑戰的人。埃傑克斯走上前去，手持一面像塔樣的盾，那是用一層銅板和七層皮革做成的。住在海爾的製革師

泰奇阿斯，用七張大公牛皮加上一層銅板給他做成這面明晃晃的
盾。特拉蒙埃傑克斯用這面盾擋在胸前，一直走到赫克特跟前，
向他挑戰。「赫克特，」他說道，「你就要在決鬥中發現達南人
手下有些什麼樣的戰士，甚至在他們不能指望慓悍的煞星阿基里
斯的時候。目前他正躺在鳥嘴海船裏，生我們總指揮阿加米農的
氣。不管怎樣，我們有的是能夠對抗你的人，是的，我們有很多
這樣的人。現在就請你先擲，開始戰鬥。」

　　明盔的和偉大的赫克特答道：「特拉蒙王的皇儲，埃傑克斯
皇子，不要打算嚇唬我，當我是對戰爭一無所知的懦童或婦人。
打仗殺人，對於我是家常便飯。我很知道怎樣左右揮動堅固的牛
革盾──在我看這是久經陣仗的戰士的標記。我知道當戰車走動
時怎樣搶着跳上去；打交手戰時我知道『神仙跳』的一切步法。
可是算了吧，看你人還不錯，我不願暗算你。請看槍，願一擲中
的！」

　　說着他準備好長影槍，便擲了出去。他擊中埃傑克斯的可佈
的七層盾的銅面，也就是外面的第八層。那有力的銅矛穿透了六
層，被第七層擋住。接着該埃傑克斯擲他的長影槍。那沉重的武
器擊中普利安兒子的圓盾。它刺透那閃亮的盾，穿過華美的胸
甲，一直刺破赫克特脇下的短懷。可是他閃了一下，得免於死。
這時兩人都拔起長槍，像兩頭食肉的雄獅，或兩頭力量不可輕侮
的野豬，互相搏鬥起來。赫克特用長槍刺埃傑克斯盾牌的中央。
那銅矛沒有進去，堅固的盾牌捲了矛尖。埃傑克斯跳上去刺赫克
特的盾。赫克特被突然制住，槍頭透過盾牌，刺破他的頸子，殷
紅的血流了出來。即使這樣，明盔的赫克特還不肯罷休。他退後
一步，用他的巨手從地上揀起一大塊黑而粗糙的石頭，向埃傑克
斯的可怕的七層盾投去，擊中盾面中央的浮雕，把銅面撞得叮噹
一聲。埃傑克斯揀起一塊更大的石頭，狠力向赫克特擲去；那巨
石擊破他的盾牌，把他打倒在地。赫克特被壓在盾下，仰面躺在

地上。可是阿波羅很快把他扶起；這時他們定然會用寶劍相劈相砍，要不是亞該亞的宣報員特爾西比斯和特洛伊的宣報員愛德阿斯，宙斯和人的使者，見機上前制止他們。他們在兩個交戰者中間舉起權杖，富有經驗的愛德阿斯為發言人，說道：「親愛的孩子們，停止戰鬥吧。行雲者宙斯愛你們兩個，你們都是優良的槍手，這個我們都知道。而且現在天快黑了，這是另一個停止戰鬥的理由。」

「愛德阿斯，」特拉蒙埃傑克斯答道，「是赫克特要求這次決鬥的：告訴他取消戰鬥。假如他首先停戰，我也從命。」

「埃傑克斯，」偉大的和明盔的赫克特答道，「你是朋大、強壯、能幹的槍手，你是最優秀的！承認了這一點，我現在建議，就此停止今天的戰鬥，因為我們隨時可以再見，繼續戰到天上的神決定誰勝誰敗的時候。再說天已經黑起來了，我們應當適時而止。亞該亞人將很高興看見你回到船上，尤其是你自己的朋友和侍從；同時我在普利安王的城裏，也會受到那些集合起來為我感謝神靈的特洛伊人和穿拖服的特洛伊仕女的熱烈歡迎。可是首先讓我們交換贈物，那樣特洛伊人和亞該亞人都可以說我們兩人曾互相搏鬥，現在和好了，成為朋友。」

說着他把他那嵌銀釘的寶劍給了埃傑克斯，連劍鞘和美好的披帶一併遞了過去；埃傑克斯把他那絢爛的紫帶給了赫克特。這樣兩人便分手了。埃傑克斯回到亞該亞人的陣地，赫克特回到特洛伊人的部隊去。他的人很高興看見他平安歸來，看見他安全脫過埃傑克斯的怒忿和不可征服的雙手。他們陪他回到城裏，像他是被人們認為已經死了的人一樣。同時亞該亞戰士也帶埃傑克斯到阿加米農王跟前，阿加米農因他的勝利而洋洋得意。

到達阿加米農王的棚屋後，王用一頭五歲小公牛替他們祭祀克魯諾斯的萬能兒子，他們剝去牛皮，剖開屍體，熟練地把牛肉切成小塊，用叉串起肉塊在火上小心烤，烤好拿下來。一切停當

便開始吃，每人都有相同的一份兒。阿楚斯的高尚兒子，阿加米農王，把長條脊肉給了埃傑克斯，以示尊寵。吃飽喝夠了，老人奈斯特展開討論，他要向他們提議一件事。他是他們的忠實顧問，過去的策議屢次證明他的睿智；他現在本着這種精神站起來向他們講話。「我主阿特瑞斯，還有你們長髮的亞該亞其他諸位隊長，我們的死傷很慘重。殘忍的戰神用我們死者的血染紅了斯卡曼德兩岸，死者的靈魂到冥府去了。因此我建議天明時你宣布休戰。讓我們大夥兒一起用牛和騾把所有屍體搬到這裏，在離船不遠的地方焚化，讓每個死者的朋友收起骨灰，等將來返鄉時，帶回去給他的子女。讓我們用這個平原所供給的材料，在焚化屍體的所在，給他們造一公墓。就從這墳坵起，迅速築一堵高牆，以保護船和我們自己。牆上要造幾道結實的門，留下車路讓戰車通過。讓我們在牆外不遠處，挖一條和牆平行的深溝，以阻擋戰車和步兵，怕將來有一天特洛伊人來勢過猛，緊緊壓迫我們。」這便是奈斯特的計劃，各位王子都表同意。

　　同時在伊利亞衛城內普利安皇宮門外，特洛伊人也在集會，不過他們的會由於一陣感情爆發，而弄得不順利。掀起這場風波的是能幹的安蒂諾。「特洛伊人、達丹尼亞人、諸位友軍，」他說道，「請聽我提出一個我覺得必須提出的建議。讓我們就此作罷，把阿果斯的海倫跟她所有的財產，還給阿特瑞斯兄弟。我們要像現在這樣繼續打下去，那就犯了偽誓罪。我看那樣結果不會有什麼好。我們別無他法，非照我說的去做不可。」

　　安蒂諾說畢坐下，海倫夫人的丈夫巴黎皇子跳起身來。他對那人毫不客氣。「安蒂諾，」他說道，「我不贊成你剛才所說的話。你不該那樣說。假如你真的那樣想，認真那樣主張，那一定是因為神們弄昏了你的頭腦；那麼我必須立刻讓豪俠的特洛伊人知道我有何感受。我要直截了當地說，我決不放棄我的妻子。不過，我情願把我從阿果斯帶回來的一切財物，加上我自己的一些

東西，都還給他們。」

巴黎說畢坐下。次一發言人是達丹尼亞的普利安；他像神一般聰明，並慈祥地說道：「特洛伊人、達丹尼亞人、諸位友軍，請聽我說。現在請你們像平常一樣，在城內晚餐，但不要忘記設崗警衞，人人要保持警覺。天明時讓愛德阿斯去到空船上，向我主阿加米農和米奈勞斯傳達巴黎適才提出的建議──原是他惹起這場爭執的。愛德阿斯還可作另一件有用的事。他可以問阿特瑞斯兄弟，看他們願不願暫停戰鬥，讓我們焚化死者，將來我們可以再戰，直到天上的神決定誰勝誰敗的時候。」

王的意見大家都贊成；他們就按照他所說的去行事。兵士們分別在食堂用過晚餐；天明時愛德阿斯去到空船那裏，看見達南的隊長們正在阿加米農的船尾集會。他去到他們中間，用宣報員的清晰口齒傳達他的信息。「我主阿特瑞斯，亞該亞聯軍的其他皇子，普利安和其他特洛伊王子吩咐我向你們提出巴黎的建議，原是他惹起這場仇殺的。他的空船所帶走的一切財物──只恨他沒有先死了去──他願意歸還，另外還賠上些他自己的東西，可是他說他不想放棄我主米奈勞斯的妻子，雖然特洛伊人催促他放棄。還有一件，我奉命請問你們願不願暫停戰鬥，好讓我們焚化死者。將來可以再戰，直到天上的神決定誰勝誰敗的時候。」

亞該亞隊長們聽了這建議，默無一言。最後高聲吶喊的廸奧麥德斯說道：「到現在這個階段，我們不要考慮接受巴黎的任何東西，也不要接受海倫。任何笨蛋都可看出特洛伊的命運已經注定了。」

亞該亞隊長一致贊成馴馬者廸奧麥德斯的話。阿加米農王遂向宣報員說道：「愛德阿斯，你自己聽見了亞該亞人是如何想法。你已經有了他們的答覆，我同意他們的意見。焚化屍體是另一回事。我對這事不表反對。人死後不應當不把他們快些焚化。那麼就暫時休戰吧；讓赫拉的丈夫雷神宙斯作見證。」

　　說着他舉起權杖，讓衆神都能看見。這時愛德阿斯退下，囘到神聖的伊利亞。特洛伊人和達丹尼亞人在那兒聚在一起，坐着開會，等待宣報員囘來。愛德阿斯去到會衆中間，報告他出使的結果。接着他們立刻就準備兩件事，有的去抬囘死者，有的去拿木柴。另一方面，有若干隊阿果斯人也從他們裝備完善的船上被派出去作同樣事情。

　　當特洛伊人和亞該亞人相遇時，太陽已從深而靜的洋川升入天空。卽使是這樣，他們仍難辨認他們的死者，必須用水洗去凝固的血塊才行。他們把死者抬到車上時，熱淚奪眶而出。普利安王不許他的人大聲哭。所以他們凄然無聲地把死屍堆在柴堆上，焚化畢便囘到神聖的伊利亞。亞該亞戰士也懷着沉重的心情，把他們的死者堆在柴堆上。焚化畢囘到自己的空船上。

　　次日天還未明，黑夜和白晝仍在鬪爭時，一隊亞該亞兵士去到化屍場開始工作。他們用平原所供給的材料作一墳坵。從墳坵起，築一堵高牆，以保護船和他們自己，牆上開幾道結實的門，供戰車出入。他們在牆外挖一深溝，和牆平行，沿着這條深而寬的溝栽了一排椿柱。

　　長髮的亞該亞人辛勞地作此工作時，被衆神看見。他們跟閃電神宙斯坐在一起，驚奇地注視着這班銅甲戰士的偉大工程。是震地者波塞多首先說出他的感覺。「宙斯父，」他說道，「難道世上已經沒有一個人還有禮貌告訴我們他打算幹什麼嗎？你看見沒有，長髮的亞該亞人築了一堵牆，圍住他們的船，並沿牆挖了一道溝，而沒有向衆神提供正當的犧牲？凡是晨曦照到的地方，人們都將談論這堵牆，而我跟菲巴斯阿波羅辛勞地爲洛麥敦所築的牆，將被忘記了。」

　　驅雲者宙斯聽了很生氣。「偉大的震地者，」他說道，「你的憂慮眞荒唐無稽。讓那些不如你強大果敢的神，去害怕這種新玩藝兒吧；請放心，無論晨曦照到什麼地方，你的名將被尊敬。

再說，一旦長髮的亞該亞人開船回家去，有誰能擋住你呢？那時你何不拆毀這堵牆，把它散播在海裏，再用沙蓋住這條漫長海灘呢？那樣你可以感覺偉大的亞該亞工程已經磨滅了。」

　　眾神談論時，太陽已經下落，亞該亞人完成了他們的工作，在棚屋裏殺了幾頭牛，吃過晚飯。有幾隻船從倫諾斯來帶了一批酒；酒是從歐紐斯那裏來的，他就是海普西派爾給偉大的艦長階森生的兒子。他特地裝了一千加侖送給阿特瑞斯兄弟阿加米農和米奈勞斯。長髮的亞該亞人就從這裏買他們的酒：有的用銅換，有的用明晃晃的鐵換，還有人用皮革或活牛換，也有人用奴隸換。他們吃了一餐盛饌，長髮的亞該亞人徹夜飲宴，城裏的特洛伊人和他們的友軍也是如此，可是思想者宙斯竟夜在想壞主意，捉弄他們，並不時響起不祥的霹靂。他們害怕得面色蒼白，把杯裏的酒酹在地上，個個人都是先向克魯諾斯的萬能兒子奠祭後，才敢自己喝。最後他們躺下去睡着了。

八 特洛伊人打到圍牆前

　　紅色曙光普照大地，喜歡霹靂的宙斯召集眾神在奧林匹斯的高峯聚會。他在會上首先發言，眾神都注意聽。「聽我說，」他喊道，「諸位神和諸位女神，我要告訴你們我已決定了什麼。我已決定把這事趕快結束。就是爲了這個目的，我現在有一裁定，任何神或女神都必須接受這裁定，不得違抗：你們個個如此。假如我發見任何神獨立行動，去幫助特洛伊人或達南人，他將會挨到無情的鞭打，被趕回奧林匹斯。不然我就一把抓住，把他擲在好遠好遠冥府的牢獄裏，那裏有地下最深的窟窿，那裏鐵門窗戶跟冥府有天地懸隔。那就會給他一頓敎訓，敎他知道我的權柄如何超乎諸神之上。你們可要試驗我一番才甘心嗎？那麼就從天上吊一條金索下去，你們大夥兒一齊去拉下面一端，只管盡力拉，但決不會把宙斯主宰① 從天上拉到地上。可是假如我從上頭認眞拉一把，可以把你們諸位連地帶海通統拎起來。那時我可把金索拴在奧林匹斯的一個尖峯上，讓一切懸掛在半空。我的力量就超過神和人這麼多。」

　　宙斯講說已畢，大家不作一聲。他的話說得非常有力，眾神聽了驚訝得發呆。最後明眸女神雅典娜說道：「我們的父，克魯諾斯的兒子，至高無上的君主，我們都知道你是無敵的。可是我

---

①　High Counsellor, 直譯應爲高級顧問。

們還是替達南槍手難過,因為他們勢將遭遇毀滅和悲慘的命運。不過我們將照你所說的,不參加戰鬥,而只向阿果斯人貢獻有用的意見,讓他們不致因為你的憤怒而一律遭難。」

行雲者向她微笑答道:「不要害怕,屈托女,我愛,我不是真的這樣,不是要對妳兇。」

宙斯接着把他的兩匹金鬃飄動的銅蹄快馬套在車上。他自己身穿金服,揀起華美的金鞭,跳上車,用鞭輕拂,策馬走起來。兩匹甘心樂意的馬沿着星空和大地中間的路飛去,把他帶到加加拉斯。那是多泉的愛達山的一峯,野獸的母親,那兒有他一個站頭和一個香氣氤氳的祭壇。人和神的父到那裏勒韁停車,卸下馬來,把牠們裹在一團濃霧裏。他坐在峯巔上,榮耀威風,滿心歡喜,眺望着特洛伊城池和亞該亞船隊。

長髮的亞該亞人在他們棚屋裏匆匆吃過早飯,立即披掛起來。另一方面,城裏的特洛伊人也在準備出戰。他們人數較少,但仍然急於和敵人交手,因為他們必須為妻子兒女而戰。所有的城門都敞開;他們的軍隊,步兵和騎兵,一陣喧嚷,傾巢而出。

兩枝相遇的軍隊,又槍對槍,盾對盾,銅甲戰士對銅甲戰士斯拚起來。盾心的浮雕互撞,發出巨大的訇鳴。垂死者的慘叫和着打殺他們者的自豪自誇,血在地上流動。

在日光逐漸增強的整個清晨,一陣一陣標槍飛矢,擲來擲往,人們不斷倒地死亡。日中時天父掏出他的金秤,兩個秤盤放兩顆命運,一個是馴馬的特洛伊人的,一個是披銅甲的亞該亞人的。他提起秤的正中,亞該亞人的一端低了下去,注定這是他們遭殃的日子。他們的命運落在多產的大地上,特洛伊人的則翹到空中。宙斯從愛達山發出雷鳴,把一道電光擲到亞該亞人隊伍中間;頓時他們驚惶失措,恐怖消除了每人臉上的紅潤。

無論是愛多麥紐斯或阿加米農,都沒有膽量守住陣地。兩位埃傑克斯,雖然是阿瑞斯的親信,也站不住脚。吉倫納斯的奈斯

特，亞該亞的族長，是惟一落後的人：那不是由於他自願如此，而是因為他的第三匹馬有了麻煩。巴黎皇子，海倫的丈夫，一箭射中牠頭頂開始生鬃毛的地方，那是要害之處。那馬疼痛難忍，豎起前蹄，因為箭鏃透入牠的大腦。一馬中箭扭動着身體，另兩馬也慌亂起來。奈斯特急忙持劍去斬斷韁繩，這時赫克特的馬穿過混戰的人羣，飛馳而來，赫克特自己，一位傑出的馬車戰士，就站在馬後。要不是久經陣仗的廸奧麥德斯眼快，那老人可能就在那裏丟掉生命。廸奧麥德斯看見這幕險象，高聲向奧德修斯呼救。「奧德修斯，」他喊道，「我的高尚的和足智多謀的主公，你背後拖着盾像人羣中的一個懦夫，是要往哪裏逃啊？小心點吧，不然你正逃的時候有人會照你腰窩給你一槍。看在老天的分上，請幫我協助那邊的老漢，堵擋那個野人。」

　　但是耐苦耐勞的和高貴的奧德修斯沒有聽見。他飛馳而過，向亞該亞空船的方向奔去。剩下自己無依無助，廸奧麥德斯還是策馬到酣戰的地方。他停在奈斯特車前，使年老的國王放心。「我的主，」他說道，「這些壯年戰士，不是像你這樣年紀的所能應付的；你年邁力衰，侍從沒有用處，馬也太慢了。請來到我的車上，看看特洛斯的馬如何，看牠們跑得多麼快，不論是逃或追逐都一樣。這兩匹善戰的良駒，是我前天才從乙尼斯手裏奪來的。讓我們的侍從照管你的馬，你跟我駕御我這對馬，去對抗特洛伊的馬車戰士，敎赫克特知道我手中也有一根激動着的槍。」

　　吉倫納斯武士奈斯特欣然從命。他們二人的英勇侍從，澤內拉斯和溫文的歐呂麥敦，接管奈斯特的馬，他跟廸奧麥德斯則跳上後者的戰車。奈斯特拿起光亮的韁繩，揮鞭催馬啟行。他們很快進入可以擲擊的距離。泰杜斯的兒子趁戰車向前衝時，一槍擲過去，但沒有命中。他擊中赫克特的侍從兼御者，驕傲的塞博斯的兒子恩紐普斯。矛頭刺入他胸間乳頭，他雙手還握着馬韁。他一頭撞下車，倒地死亡，使得他的馬驚恐退縮。

　　他的御者的死，刺痛赫克特的心，可是雖然爲戰友哀傷，他卻任他躺在那裏不顧，去尋覓一個衝勁充足的馬車戰士。他的兩匹快馬不久就又有一位御者。他立即找到伊菲塔斯的兒子勇敢的阿奇托勒馬斯，敎他站在馬後，把韁繩遞給他。

　　特洛伊人遭遇到無可挽救的禍殃，他們可能像羊羣被趕進圈裏一樣被趕進伊利亞城，要不是人和神的父眼疾手快，動作迅速。咔嚓一聲他擲出一個耀眼的霹靂，投在地上廸奧麥德斯馬前。強烈的硫黃燃燒的氣息，瀰漫空中，兩馬駭得後退。奈斯特手中的馬韁掉落，他驚恐地轉面向廸奧麥德斯說道：「我主泰德斯，掉轉馬頭逃吧。你沒看見宙斯不會幫助我們嗎？現在克魯諾斯的兒子讓赫克特所向披靡。不過那只是今天如此而已。改一天該是我們的日子，假如他是仁慈的。一個人無論如何大膽，不能違背宙斯的意志，他比我們強大得多。」

　　「你說的不錯，先生，」高聲吶喊的廸奧麥德斯說道。「可是想到赫克特將來誇口時，我總覺得很憤氣，他會滔滔不絕地跟特洛伊人說：『泰德斯見我就逃，一口氣跑到船前。』他一定會這樣吹牛的。那時願有個地縫讓我鑽進去！」

　　「你這是什麼話，老弟，虧你是勇敢的泰杜斯的兒子！」吉倫納斯的奈斯特說道。「赫克特可以叫你是懦夫，沒有骨頭，讓他去叫好啦。可是特洛伊人和達丹尼亞人不會信他，那些被你殺死的驕傲槍手的妻子們也不會信他。」

　　他不再多說，掉轉馬頭趕起來在一片潰軍中飛逃。赫克特跟特洛伊人發喊在後追，陣陣致命的標槍飛矢向他們射來。偉大的和明盔的赫克特高聲向廸奧麥德斯叫罵：「泰德斯，達南騎士總是敬奉你，給你最好的餐位，給你頭刀肉，使你樽中酒常滿。今天他們可不再景仰你了。究其實，你不比一個女人強，快給我滾，你這可憐的傢伙。我可不讓你爬上牆把我們的女人擄到船上去。我要先送你到冥府走走。」

泰德斯聽見他叫罵，很想掉轉馬頭面對赫克特。他三次要這樣，宙斯主宰三次從愛達山發出響雷，向特洛伊人顯示他是在幫助他們取得勝利。赫克特高聲向他的人喊道：「特洛伊人，律西亞人，愛打交手戰的達丹尼亞人！勇敢呀，朋友們，拿出勇氣來。我相信宙斯是在我們這邊。他向我保證，給我們勝利，給達南人禍殃。他們這些笨蛋造出這些脆弱無用的牆，一點兒也擋不住我們。他們挖的壕溝，我們的馬很容易跳過。一旦打到那些空船中間，可不要忘卻那個「火」字。我要看見一片烈焰焚燬那些船，看見阿果斯人隱在黑煙裏倒下去死在船殼旁。」

赫克特接着跟他的馬說話，一個一個喚牠們的名字。「贊薩斯，還有你，波達加斯；艾桑，高貴的蘭帕斯；現在該報答安助琪瑪對於你們的寵愛了。她是一位偉大的國王的女兒，總是在伺候我——愛她的丈夫——以前，急忙將蜜拌麥片放在你們面前，給你們和好酒漿，讓你們盡量喝。現在要直追那些在前面飛奔的，讓我們奪得奈斯特的盾，據說那牌和柄都是純金的，連天上的神都交口讚譽；或從馴馬的廸奧麥德斯肩上扯下赫斐斯塔司給他造的嵌花胸甲。假如我能得到這兩件，我想亞該亞人今天夜裏就會退回到船上去。」

赫克特自負的話，赫拉聽了很不高興。她在寶座裏不耐煩地扭動一下，巍峨的奧林匹斯就震動起來。她轉面向偉大的神波塞多說道：「偉大堂皇的震地者，看見連你對於達南人的潰敗都毫無憐憫之情，我心裏眞難過。可是他們曾在赫利斯和艾蓋給你上過許多稱心滿意的供奉。難道你不能希望他們勝利嗎？只要我們這些站在他們一邊的，決心使無所不見的宙斯不加干涉，並把特洛伊人推回去，看他獨自坐在愛達山巔會成爲一位怎樣可憐的神！」

「赫拉，」震地神很憤怒地答道，「這些話即使是妳那油嘴滑舌說出來的，也眞算是胡言亂語了。我才不慫同其他的神去跟

克魯諾斯的兒子宙斯鬪呢，他比我們大家強大得多了！」

　　他們兩位交談的時候，從圍牆外的壕溝到船邊的整個空間，充滿了亂嘈嘈的戰車和武裝士兵；普利安的兒子，形同魯莽戰神的赫克特，把他們像羊羣般逼在欄裏，因爲現在宙斯使他佔了上風。實在的，他本要把那些整齊漂亮的船付之一炬，要不是赫拉女感動了阿加米農，使他及時起而重整亞該亞的隊伍。他的巨手握着一件大紫斗篷，走過若干棚屋和船隻，爬到列船中央奧德修斯船凸出的黑殼上，讓列船兩端的人都可聽見他的聲音：那兩端一是特拉蒙埃傑克斯的棚屋，一是阿基里斯的棚屋，他們兩位自信有勇有力，可以捍衞列船兩翼。阿加米農從這裏向全體達南軍講話。「可恥喲，阿果斯人，」他說道，「不要臉的東西們，中看不中用啊！從前我們自信是世上最優良的軍隊，而今那種信心哪裏去了？從前在倫諾斯，你們啖着直角牛的肉、喝着大碗酒時，誇下的海口，現在怎麼樣了？你們說交起戰來你們一人可敵一百，不，二百特洛伊人；而今我們全軍敵不過赫克特一人；眼看他就要把船燒個精光。宙斯父，過去可曾有過這一個偉大的國王，像我這樣受你愚弄並被剝奪一切榮耀嗎？我可以說在我乘戰船來此的不幸航程中，我從未錯過你的任何一個美好的祭壇。爲了急於打破特洛伊城，我在每個祭壇上燔炙公牛的肥肉和大腿。啊，宙斯，至少也要答應我現在的要求。假如不給我別的，讓我們逃得性命吧，別讓特洛伊人像這樣壓倒我們。」

　　阿加米農禱告過，天父爲他的眼淚所感動。他點一點頭，允許拯救他的軍旅；同時他遣出一隻老鷹，最佳的預示鳥，兩爪抓着一隻幼鹿。那老鷹把幼鹿投在宙斯輝煌的祭壇旁，那是亞該亞人常向神諭之父獻祭的地方。當他們想到這鳥是宙斯派來的，他們便以更堅定的意志向特洛伊人衝去，又想到戰爭的歡欣。

　　在許多達南馬車戰士中，誰也不能誇口說他搶在廸奧麥德斯前面衝向壕溝去和敵人交手。廸奧麥德斯是首先刺殺一個特洛伊

武士的，被殺的是弗賴德芒的兒子阿吉勞斯。他正要掉轉馬頭逃走，剛轉過身迪奧麥德斯從背後一槍刺中他兩肩中間，矛頭穿過前胸。他撞下車去，盔甲唧噹作聲。

跟在迪奧麥德斯背後的，是阿特瑞斯兄弟阿加米農和米奈勞斯；跟在他二人背後的，是兩位無畏的和果敢的埃傑克斯；跟在他二人背後的，是愛多麥紐斯和他的侍從、可與殺人的戰神相比的麥里昂奈斯；跟在他二人背後的，是歐艾蒙的高貴兒子歐呂拍拉斯。第九位是彎弓出擊的圖瑟；像往常一樣他躲在特拉蒙的兒子埃傑克斯的盾後。埃傑克斯將盾慢慢移開，圖瑟便向人羣瞭望，認定一個目標就一箭射去。那人倒下死亡時，圖瑟像小孩子跑去鑽在母親裙子裏一樣，又躲在埃傑克斯的盾後，埃傑克斯用他那明晃晃的盾掩護他。

特洛伊人中首先被無比的圖瑟射死的是誰呢？是奧西洛卡斯；其次是奧麥納斯和奧菲勒斯特斯，達特和羅米阿斯和像神模樣的律科方特斯；再次是阿莫龐，波萊昂的兒子，和麥蘭尼帕斯。這些人迅速地一個跟一個被射倒在多產的大地上。人的王阿加米農滿心歡喜，看見圖瑟用強弓在特洛伊隊伍中造成的混亂。他走上前去跟他說：「特拉蒙的兒子圖瑟，親愛的皇子，就像你現在這樣繼續射吧，你可能會拯救達南人並給你父親掙得榮譽。雖然你是私生子，可是他把你收在家裏教養成人。現在你要以榮譽報答他，雖然他離此很遼遠；同時我也要告訴你我在作何打算。如果有一天披乙已斯的宙斯和雅典娜讓我們打破特洛伊這座可愛的城池，我將把除了我的獎品之外最好的獎品給你：一個鼎，一對馬和車，或一個女人跟你睡覺。」

「我的尊貴的主阿特瑞斯，」可欽佩的圖瑟說道，「為什麼鞭策一匹自願奔馳的馬呢？我已在不停地盡力而為。自從把他們向城的方向推囘去的時候起，我就在找機會用弓射殺他們的人。我已射出八枝長桿鈎箭，每枝都刺進那邊一個青年戰士的皮肉。

可是這隻瘋狗我射不中。」

　　說着他對準赫克特射了一箭，很想把他射倒在地。他沒有命中，但射中了普利安的一個高尚的兒子，無匹的戈兒古祥的胸膛——他的母親就是美麗的卡斯俠奈拉，她有着女神般身材，從艾訐默來跟國王結婚。戈兒古祥的頭禁不住盔的壓力，垂在一邊像園中罌粟的頭禁不住自己的種子和春雨的重量而低垂下去。

　　圖瑟因為急於要殺死赫克特，又對他射了一箭。這次又沒射中，因為阿波羅把他的箭撥向一旁，但他射中了赫克特的大膽御者阿奇托勒馬斯的乳頭，當他正馳入戰團的時候。他一頭栽下車去，使馬吃了一驚，死在他倒下去的地方。

　　這御者的死使赫克特非常傷心。他雖然為戰友的死而悲慟，但棄他不顧；他喊他的兄弟塞布里昂斯來執鞭，他碰巧就在附近。塞布里昂斯聽見呼喚，立即從命。赫克特自己大喊一聲，跳下那美麗的戰車，從地上揀起一塊巨石，直奔圖瑟，主意要打死他。圖瑟剛從箭壺裏抽出一枝利箭，搭在弦上，當他拉開弓對他瞄準時，明盔的赫克特用那塊糙石猛擊他肩頭最脆弱的點，即鎖骨通向頸和胸的地方。弓弦斷了，他的指和腕麻木了；他跪在地上，弓從手裏掉出去。埃傑克斯很關注他兄弟的倒下，他跑上去跨立在圖瑟身上，用盾遮蓋他。他的兩個可靠的人麥西斯圖斯，埃奇阿斯的兒子，和高尚的阿拉斯特抬起他向空船走去，他大聲呻吟着。

　　奧林匹斯的宙斯這時給特洛伊人以新的勇氣，他們把亞該亞人趕到他們自己的深溝前。不可抵抗的和滿心歡欣的赫克特一車當先。像一頭獵狗咆哮着追逐一頭雄獅或一頭野豬，猛咬牠的脇或臀，緊隨牠左旋右轉，他緊跟在長髮的亞該亞人背後，打殺那些落後的，當他們在前面逃跑的時候。他們越過柵欄和壕溝，從特洛伊人手中受到慘重的死傷，一直跑到船前才停下來。停下後他們相互呼救；個個舉手向一切神祇祈禱。赫克特在那裏催動他

的長鬃馬，轉來轉去，用戈兒岡的眼睛或殺人的戰神的眼睛瞪着他們。

　　粉臂女神赫拉看見他們的狼狽情形，為他們傷心，她向雅典娜訴說她的苦楚。「披乙已斯的宙斯的女兒，」她說道，「達南人將被消滅，而且消滅得很可憐，被一個人砍殺。看赫克特已經打死了多少人！沒有人能制止他的瘋狂屠殺。」

　　「最使我開心的，」明眸的雅典娜說道，「莫過於看見他的瘋狂屠殺被制止住，看見阿果斯人把他殺死在他的本土上。可是我父這時態度很壞，他這個頑固的老不正經總是跟我搗蛋。他全不念有許多次我去拯救他的兒子赫拉克勒斯，當他不能達成歐呂修斯派給他的任務的時候。赫拉克勒斯只需望空嗚咽一聲，宙斯便差我迅速下去救難。當歐呂修斯派他到冥府守門者那裏把冥犬帶來的時候，我的有先見的心如看到現在這一切，他就不會再渡過冥河的湍流。可是現在宙斯恨我，而順從塞蒂斯，因為她吻他的膝，用手撫摩他的下巴，求他支持城池的刦掠者阿基里斯。不過，總有一天他會再稱我是他的明眸姣兒。現在可否請妳去準備我們的馬？同時我去到披乙已斯的宙斯的宮裏披掛起來。我要看看當我們兩個出現在陣前時，普利安這個兒子明盔的赫克特有多麼高興。現在輪到特洛伊人死在亞該亞船邊，讓他們的脂肪和肉餵飽狗和鷹。」

　　粉臂女神聽了沒有遲疑。因此赫拉，天上的皇后，強大的克魯諾斯的女兒，去把馬套上金轡，同時披乙已斯的宙斯的女兒雅典娜，在她父親的門檻下脫下她親手製作的柔軟繡衫，換上一件短裝，拿起行雲者宙斯的武器，準備去參加令人痛惜的戰爭。她踏上那明亮的車，握着一根長大的槍：當這位萬能之父的女兒生氣時，她就用這根槍擊潰高尚戰士的隊伍。她一上車赫拉就揮鞭策馬出發。

　　天門訇隆一聲，自動為她們敞開。把守天門的是諸位時間，

他們是天空和奧林匹斯的看管者，他們的任務是關閉天門，或挪開重雲。兩位女神驅策她們的馴馬走出天門。

宙斯父從愛達山看見她們。他勃然大怒，立卽告訴金翅愛瑞斯給她們送個信息。「立刻去，愛瑞斯，越快越好！」他說道。「敎她們轉囘去。別讓她們跟我照面：跟宙斯鬪對於她們將是一件可怕的事。告訴她們我要說的話。我不是空言恫嚇，我將打斷她們的馬腿，把她們扔下車去，並砸碎那車。她們在十年內不會養好我的霹靂所給她們的創傷。那將敎訓明眸女讓她知道違抗她父親是怎麼囘事。至於赫拉，我倒不那麼痛心她和生她的氣，因爲違抗我是她的本能。」

旋風脚愛瑞斯立卽從愛達山巔去到巍峨的奧林匹斯；在奧林匹斯的崎嶇頂脊天門那裏，遇見兩位女神。她止住她們，向她們傳達宙斯的信息。「上哪裏去？」她說道，「這次瘋狂出行所爲何來？ 克魯諾斯的兒子不准妳們去幫助阿果斯人。 請聽他的威脅，妳們知道宙斯是言出必行的。他要打斷妳們的馬腿，把妳們兩位扔下車去，並砸碎妳們的車。妳們在十年內不會養好他的霹靂所給妳們的創傷。那將敎訓妳，明眸女，讓妳知道違背妳父親是怎麼囘事。赫拉倒不怎麼使他痛心和生氣，她一向總是違抗他的命令的，使他痛心和生氣的是妳和妳的無義無禮，假如妳眞敢向宙斯施展妳的長槍。」

傳達她的信息後，捷足的愛瑞斯告別而去。赫拉驚慌地看着雅典娜。「披乙已斯的宙斯的女兒，」她說道，「我已經改變了主意。我們不要爲了人跟宙斯爭鬪。讓機會決定誰死誰活吧。宙斯自己必須在特洛伊人和達南人中間有所決定，本來是應當如此的。」

說着她掉轉車頭。衆時間替她們卸下長鬃馬，把牠們拴在盛有美食的槽頭，把車斜靠在天門旁光亮的牆上。同時兩位女神頹然囘到衆神中間，坐在金椅上。

這時宙斯父離開愛達，趕着他的快馬車回到奧林匹斯。他到達衆神之家時也得到服侍。傑出的震地神卸下他的馬，把車放在架上，用布蓋住。無所不見的宙斯坐在他的金寶座上，偉大的奧林匹斯在他脚下震撼。

雅典娜和赫拉兩個坐在一起，離宙斯很遠；她們沒有跟他說一句話，沒有問他一件事。但是他知道她們心裏在想什麼。他說道：「雅典娜跟赫拉，妳們兩個爲什麼愁眉苦臉？當然不是因爲在光榮的戰爭中殺了這樣多妳們所厭惡的特洛伊人而筋疲力盡了吧？奧林匹斯所有的神都不能強我改弦易轍，我的這雙不可征服的手，有着這樣大的力量。可是妳們兩個甚至還沒有看見戰場和戰爭的恐怖，四肢就哆嗦起來。讓我告訴妳們，假如妳們沒有改變主意會有什事發生吧：我的霹靂會毀掉妳們；假如妳們還能回到奧林匹斯來，那將是乘別的神的車回來的。」

這段辛辣的話，使得雅典娜和赫拉低聲咕噥抱怨；她兩個坐在一起，仍在想辦法跟特洛伊人爲難。雅典娜不作一聲，儘管她父親宙斯給了她許多煩惱 。 她嘴裏沒有吭氣 ， 憤怒卻在心裏沸騰。赫拉就忍不住她的怒忿，她突然叫嚷道：「克魯諾斯的可怕兒子，這是不堪忍受的！我們和其他諸神一樣，也知道你的權柄是不容蔑視的。不過我們不禁爲達南槍手悲哀，因爲他們將難逃毀滅和悲慘的命運。可是呢，如果你願意的話，我們可以不參加戰鬥，而只給阿果斯人貢獻健全的意見，這樣他們也許不至於因爲你的憤怒而同歸於盡。」

驅雲者宙斯答道：「赫拉，我的牛目皇后，明天清晨妳有機會看見克魯諾斯的萬能兒子甚至要殺死更多的阿果斯槍手。因爲我告訴妳，強大的赫克特將不會放鬆他的敵人，直到雙方在船尾爭奪派楚克拉斯的屍體、戰況緊急、敏捷的阿基里斯又出現船前的時候。 這是上天注定的。 至於妳自己 ， 妳的煩惱使我無動於衷。無論妳怎樣，都與我無關。妳可以掉進無底深阱，去會合耶

皮塔斯和克魯諾斯，他們正在塔塔拉斯②的最低層，既不能享受日神海佩朗的陽光，也不能享受和風。妳可以沉淪到那樣景地，而妳的憤怒仍不能打動我的心。妳的無恥是沒有邊際的。」

這次那位粉臂女神沒有出聲。同時太陽的明燈已掉進海洋，引領黑夜覆蓋多產的大地。特洛伊人不願見白日的盡頭，但是對於渴望有一喘息機會的亞該亞人，黑夜的來臨，乃是對於他們的祈禱的遲遲其來的答覆。

傑出的赫克特命令特洛伊人離船後退，在漩流的河水旁沒有死屍的地方集會；他們跳下車聽這位皇子有什麼話要說。他手握一根十一肘尺的槍，槍的銅矛在他面前閃爍；槍桿的頂端有一金箍。他向部隊講話時，身體倚着槍。「特洛伊人，達丹尼亞人，友軍人士，聽我說，」他說道，「我原希望在回到多風的伊利亞家裏以前，就毀掉那些船和所有亞該亞人；只是天黑得太早了。救下阿果斯人和海邊的船隻的，不是別的，就是黑夜。我們現在只能作夜間的打算，並準備晚餐。卸下你們的長鬃馬，給牠們餵上葦草。趕快進城去牽來牛和肥羊，從家裏取來老酒和麵包。還多弄些木柴來，我們好徹夜燒火，照亮整個天空，怕的是長髮的亞該亞人不顧黑暗，出海拚命往家逃。我們當然不讓他們悠閑自在地開船離去，讓我們給這些傢伙們一點兒什麼帶回家去作紀念。趁他們跳上船時，背後射他一箭或刺他一槍，好教訓他們，同時也教訓別人，在攻擊馴馬的特洛伊人以前，要好好想戰爭的痛苦。在特洛伊城內，讓為神所愛的宣報員喊所有青年和斑白的老人，露宿在神為我們築的城牆上，同時讓家家婦女燃一支大火炬。此外還須派正規崗哨，注意不要讓敵人趁我們的軍隊在城外時偷進城去。英勇的特洛伊人，這就是我的命令；把它們執行出來。

---

②　冥府的地獄。

「關於今天的話到此爲止：我覺得可以說一切順利。明天早晨我再宣布如何部署部隊。我希望，並向宙斯和其他衆神祈禱，我能趕走命運三女神用黑船載來的這些惡魔。現在是夜間，我們自己也要派出崗哨。可是一旦天色微明，我們就武裝起來，在空船邊猛烈攻擊。那時我將看見究竟是泰杜斯的兒子偉大的廸奧麥德斯把我從船邊趕回城牆呢，還是我以鋒利的銅矛刺死他並奪得他血污的盔甲。明天早晨他就知道他有沒有本領抵敵我的槍。太陽升起時，他大概躺在戰場流血，他的部隊半數死在他四週。我多麼願意確切知道我能像雅典娜和阿波羅那樣享受長生和榮耀，像我現在確切知道明天阿果斯人要遭殃一樣。」

特洛伊人對赫克特這篇話鼓掌喝采。他們卸下出汗的馬，用皮韁把牠們拴在車上。他們迅卽回到城裏牽來牛和肥羊，從家裏取來老酒和麵包。他們還弄來許多木柴，頃刻間微風把烤牛肉的香味吹入高空。

他們徹夜在戰地打坐，心裏想着許多事，凝視着熊熊的火焰。有些夜霄漢無風，天上的繁星圍着一輪皓月，分外光明；萬里晴空無雲，每個山頭，山岬，和深谷都清晰可見；顆顆星歷歷在望，牧人滿心歡欣：特洛伊人的營火就像這樣，在伊利亞城前、船和贊薩斯河中間閃爍發亮。這片平地有千堆火在燃燒，每堆火旁有五十人圍坐，他們的馬站在車旁，嚼着大麥和黑麥；等待黎明升入她的金寶座。

九 向阿基里斯提議

有特洛伊人就近監視，亞該亞人在潰敗後的恐慌中戰慄抖顫。他們的隊長都知道失望的苦楚。他們的心波動激盪，像從斯拉塞吹來的北風和西風，交替呼嘯，拍擊為魚所喜愛的海水，黑浪滾滾，捲起峯脊，把海藻堆在沙灘上。

阿加米農無目的地踱着，悲傷得心情激動；他吩咐聲音嘹亮的宣報員，召集每個人來聚會，但不要高聲呼喊；他自己也忙着去叫人。他們很難過地坐在會場裏；阿加米農起身向他們講話，不禁失聲嗚咽，眼淚從臉上淌下，像一道泉水順着巉岩往下流。「朋友們，」他說道，「阿果斯隊長們和顧問們，克魯諾斯的偉大兒子宙斯給了我一記沉重打擊。這位殘忍的神從前曾向我鄭重保證，讓我在離開此間以前，攻破伊利亞；可是現在他改變了主意，要我在喪失半數人以後，忍辱退回阿果斯。這真使我非常失望。不可征服的宙斯過去曾打破許多城池，將來還會打破別的，他顯已秉着他那無限權力，作了這樣決定。所以你們大家都要跟我走。上船回家去，我說！寬街潤衢的特洛伊，我們是打不下了。」

亞該亞全軍看着阿加米農的感情激動，未作一聲。許久許久他們無言而沮喪地坐在那裏；最後高聲吶喊的廸奧麥德斯站起身來。「我主阿特瑞斯，」他說，「我最反對的就是你和你的這種愚蠢。我反對你是公開的；陛下你知道我們有這種權利，所以請你不要生氣。前天你當着部隊責備我，說我是懦夫，沒有骨氣，

阿果斯無論老幼，個個都聽見。可是聰明的宙斯在給你稟賦時，不是扣下了一樣嗎？他給你君權及他人對你的効忠，但是沒有給你勇氣，而勇氣正是權力的奧秘。先生，你當眞相信亞該亞人是些懦夫和膽小鬼嗎？你如決定要走，爲什麼不走呢？沒人攔你的路，你的船都在海上，把你從邁錫尼載來的整個艦隊都在那裏。可是其餘的長髮亞該亞人都將留下，至打破特洛伊爲止。不錯，他們也可像你一樣開船急忙往家逃；而我和澤內拉斯兩個將繼續戰鬥，以達到我們來伊利亞的目的，我們來這裏是秉承上天的意志。」

亞該亞人聽了馴馬者廸奧麥德斯的話，都很高興。他們高呼贊成，這時馬車戰士奈斯特起立發言。「泰德斯，」他說道，「你是偉大的戰士，在辯論時，你的同輩無人能比得上你。這裏沒有人能挑剔你的話，或指責其中某個字眼。不過你停得太早了。事實是，雖然你對阿果斯君王所說的話，都有道理，你也應該說剛才所說的話，只是你還年輕，實在說，你可以算是我的最年幼的兒子，我比你年長這麼多，現在該我闡釋你的話的意義，說得更詳細些。我希望個個人都將支持我的話，甚至阿加米農王也是如此；因爲一個人如欣賞內爭的苦味，他必然是他的國家、部族、和他的家室的仇敵。這一點且不多說。讓我們作夜間該作的事，並準備晚餐，在牆外沿壕溝每隔相當距離，必須設崗。這種責任讓年輕人去負擔。其次，你，阿特瑞斯，我們的君主，必須起帶頭作用。邀請年長資深的去參加宴會。這是該你作的事，對你也不傷大雅。亞該亞船成天從斯拉塞給你運酒，你的棚屋裏堆得滿滿的，作爲這個偉大民族的君主，你該請請大家。把大家召集到你棚屋裏後，你必須聆聽能向你提出最好主意的人。上帝知道我們亞該亞人現在需要最好的，最巧妙的主意，因爲敵人的營火已迫在船旁。誰也不認爲這些營火是好看的。今天就是這次遠征成敗的關鍵。」

人們同意奈斯特的話，立即遵行。武裝崗哨迅卽被派出去。指揮這些崗哨的是奈斯特的兒子斯拉塞麥德斯，戰神的兩個兒子阿斯卡拉法斯和亞爾麥納斯、麥里昻奈斯、阿法留斯、德普拉斯，和克雷昻的兒子高尙的律康麥德斯。一共是七位隊長，每位率領靑年哨兵一百人，個個手持長槍。他們的崗位介于牆與壕溝中間，每隊都燃起火來，個個人給自己做飯。

同時阿特瑞斯引領全體高級指揮官，去到他的棚屋裏，盛饌招待他們。他們自已取用擺在面前的美食，酒醉飯飽後奈斯特老人起立發言。他在爲他們的利益着想，這不是惟一的一次大家信服他的智慧。「陛下，阿楚斯的兒子阿加米農，人的王，」他說道，「我的話自你始，也自你終。你是一個偉大民族的君王，宙斯授你以妥善治理這個民族的權柄，把法律交在你手裏。所以首先你該表示你的意見，同時也應聽取別人的意見。不僅這樣，還應該實行別人爲了你的利益覺得不得不提出的建議。無論如何，不管他們想出什麼主意，居功的都是你。現在我要告訴你我的一個最好的主意頭兒，相信沒有任何人可以想出一個更好的辦法。許久以前我就在這樣想，至今沒有改變；事實上，陛下，從你奪得布里塞斯女惹怒阿基里斯的時刻起，我就沒有改變我的想法。我們大家都反對你的行徑，我就曾竭力勸你不要那樣作。但是你忍不住那傲慢的脾氣，奪去他的戰利品，據爲已有，因而侮辱了一個最傑出，連諸位神祇都尊敬的人。我要說的是這樣：卽使現在，我們仍可採取步驟接近他，向他修好道歉，以平息他的怒忿。」

「我的可敬的主，」，人的王阿加米農答道，「你所說的我的愚蠢，是完全對的，我那時眞是瞎了眼睛，我自己不否認。像阿基里斯這樣爲宙斯所寵愛和尊崇的人，他甚至不惜爲他而毀滅亞該亞人，可以抵得過一枝軍旅。可是旣然我忍不住一時可悲的衝動，而鑄成了錯誤，現在我情願倒囘去以豐富的賠償撫慰他，現在當着大家擧出我要送給他的輝煌禮物：七個未曾爲火燎黑的三

腳鼎；十泰倫金；二十只明晃晃的銅鍋；和十二匹強壯的、贏獎
的賽跑馬，不說別的，單憑牠們已經給我贏得的獎品，一個人就
算得小有資財，不缺寶貴的黃金。此外我還給他七名巧於女紅的
勒斯博斯女子，這些都是當他打破勒斯博斯城時我選出來作爲我
自己的戰利品的絕色女子。這些我都送給他，同時還把從他手中
奪得的女子布里修斯的女兒還給他。而且我還鄭重發誓，我沒有
跟她同過床，沒有跟她有過男女之事。所有這些贈品立刻就可交
在他手裏。將來如衆神讓我們打破普利安的偉大城池，我們分戰
利品的時候，讓他用船盡意裝載金和銅，給他自己挑選二十名特
洛伊女子，除阿果斯的海倫以外最漂亮的二十名美女。還有將來
我們如同到亞該亞人的阿果斯，世上最富饒的國度，他可以作我
的女婿，我將待他像我的愛子奧雷斯特斯一樣，他是在溫柔富貴
中長大的。我有三個女兒在我的王宮裏，克來索齊米斯、勞廸
斯，和伊菲安納莎。他可在這三人中挑選一個他最喜愛的，把
她帶回佩柳斯家裏，不必守俗禮納聘。實在說，我將給他一副妝
奩，一副豐美的妝奩，大得爲任何人的所不及。不僅如此，我還
給他七座美好的城鎮：卡達姆爾、埃諾魯和多草的希勒；神聖
的菲賴和牧草豐長的安齊亞；美麗的艾派亞和盛產葡萄的佩達薩
斯。這些城鎮都近海，毗連多沙的派洛斯。它們的居民饒有牲
畜。他們將效忠於他，向他納貢，尊他爲神明；承認他的君權，
在他的父性統治下安享榮華。只要他回心轉意，這些我都給他，
讓他屈服吧。我之所以憎恨冥王哈得斯甚於任何其他神，不是因
爲他如此強硬不屈嗎？是的，讓他來向我低頭吧，作爲人和君，
我都大過他好多。」

　　「陛下，阿楚斯的兒子阿加米農，人的王，」吉倫納斯的馬
車戰士奈斯特答道，「誰也不能說現在你要奉獻給阿基里斯皇子
的，不夠豐厚。那麼就這樣好啦，讓我們派一代表團，疾速去到
佩柳斯的兒子的棚屋裏，我現在就親自指派人，誰也不得推諉。

首先是年高德劭的菲尼克斯，他可以先去；其次是大埃傑克斯和
高貴的奧德修斯。跟他們同去的兩名宣報員是奧廸阿斯和歐呂貝
特斯。但首先讓人拿水來，我們好淨手默禱，祈求克魯諾斯的兒
子宙斯給我們恩惠。」

　　個個人對奈斯特的安排都很滿意。宣報員們急忙倒水在他們
手上，他們的侍從把調和碗裝滿了酒；先在每人杯裏澆奠少許，
然後斟給大家喝，澆奠畢酒喝得滿足時，兩位使者聽取吉倫納斯
的馬車戰士奈斯特的全部指示後，即離開阿楚斯的兒子阿加米農
的棚屋出發。奈斯特激勵他們，務必盡力撫慰無匹的阿基里斯，
同時眼睛從一人身上瞟到另一人身上，但是多半時間在盯着奧德
修斯。

　　埃傑克斯和奧德修斯一起沿着滔滔的海水岸邊走，多次向圍
繞世界的海神祈禱，希望他們的軟化阿基里斯的硬心傲骨的任
務，不至於太難達成。他們走到邁密登人的棚屋和船跟前，看見
那位皇子正在作樂消遣。他在歌唱著名人物的故事，彈着悅耳的
豎琴伴奏。那是一個裝璜華麗的樂器，有銀質橫杆，是打破埃厄
森的城池① 從戰利品中選出的。室內沒有別人，只有派楚克拉斯
坐在他對面，眼睛注視着阿基里斯，靜靜地等他停止歌唱。兩位
使者向他跟前走，高貴的奧德修斯在前，到他面前停住。阿基里
斯吃驚地跳起來，手裏還拿着豎琴，離開他坐的椅子向前行，派
楚克拉斯看見他們時，也站起身來。偉大的跑者作手勢招呼，並
說道：「歡迎，歡迎兩位親密的朋友！該是有人來看我的時候
了。雖然我仍在生氣，可是我所最愛的亞該亞人沒有甚於你們兩
位的了。」

　　高貴的阿基里斯說着，領他們步進棚屋，讓他們坐在裝紫套

---

① 阿基里斯打破塞貝時殺死國王埃厄森跟他的七個兒子，埃厄森的女兒就是赫克
　特的妻子安助瑪琪。克萊西易斯那時適在塞貝，遂一同被擄。

的椅子上。他迅即轉面向站在身邊的派楚克拉斯說：「我主派楚克拉斯，拿一大碗來，酒裏少攙水，給每人一只酒杯，現在是兩位最親密的朋友來到我的棚屋裏。」

派楚克拉斯執行了他戰友的命令，他搬一條大板凳，放在火爐房，板凳上放一腔綿羊，一腔肥山羊，和一條大肥豬，奧托麥敦按住牠們，讓阿基里斯割成大塊，再切成片叉起來。這時派楚克拉斯，麥諾俠斯的皇子，把火燒得旺旺的。火焰熄後他撥開餘燼，先將鹽撒在叉着的肉上，然後將叉放在火爐內架上讓餘燼烤。烤熟後堆在大盤裏。派楚克拉斯拿來麵包，放在漂亮籃子裏擺在桌上。阿基里斯把肉分好，自己坐在靠牆的椅子上，面對着奧德修斯王，並教他的朋友派楚克拉斯向衆神獻祭。派楚克拉斯把祭肉扔在火上；這時大家都自己取用擺在面前的美食。酒醉肉飽了，埃傑克斯向菲尼克斯點頭示意。但是奧德修斯看見這個信號；他滿斟一杯酒向阿基里斯喝着說道：

「祝你健康，阿基里斯！有着這樣美食盛饌給我們享用，無論在我主阿加米農的棚屋裏，或在你這裏，我們對自己的口糧都不能有何抱怨。不過在目前這個當口兒，口腹之慾絕對不在我們心上。我們現在有大禍臨頭，殿下，它的嚴重性使我們驚心喪膽。要是你不奮起參戰，不知能不能救下我們的豪華堂皇的船。野蠻的特洛伊人和他們著名的友軍，刻正靠近船和牆的地方露營。營地裏一片火光，照得通明。他們相信現在可以一往無阻，猛撲我們的黑船。克魯諾斯的兒子宙斯在右方發出閃電，鼓勵他們。赫克特殺氣騰騰，耀武揚威。他信任宙斯，瘋狂暴躁，人和神他都不怕。他的惟一願望，就是願爽亮的黎明早早來臨，因爲他急切要削去我們船尾的高旗，縱火燒船，把我們燻出船去，一個個殺死在船邊。實在說，我眞怕衆神讓他實現這威脅，讓他把我們殺死在這裏，殺死在這個距離野有牧馬的阿果斯很遠的地方。現在時間已經不早了，假如你想拯救疲乏的隊伍，免遭特洛

伊人的荼毒，你應奮袂而起。要是你不起而相助，日後將後悔莫及，因為一旦釀成災害，便沒有挽救的餘地。起來吧，不要等到那個地步，起來拯救達南人脫過這場浩刦吧。

「我的好朋友，你父親佩柳斯從弗西雅送你參加阿加米農的軍隊時，不是告誡過你嗎？他說：『我兒，假如雅典娜和赫拉眷顧你，她們將使你強大有力。但你自己必須節制你那傲氣；因為一顆溫柔的心，勝過驕傲。口角之爭，傷神致命。爭後應立即和解。這樣所有阿果斯人，無論老幼，都將更尊重你。』這些都是老人的教誨，你都忘懷了，即使如此，現在你如忍讓，為時尚不過晚，放棄這痛苦的仇恨吧。阿加米農準備在你回心轉意時，給你充分的補償，如果你要聽，我就向你舉出他的棚屋裏所有的準備送給你的禮物，七個未曾被火燎黑的三腳鼎；十泰倫金；二十個明晃晃的銅鍋；和十二匹強壯的，贏獎的賽跑馬。他說不說別的，單憑牠們已經給他贏得的獎品，一個人就算得小有資財，不缺寶貴的黃金。此外他還給你七名巧於女紅的勒斯博斯女子，這些都是當你打破勒斯博斯城時他選出來作為他自己的戰利品的美女。這些他都送給你，同時還把從你手裏奪去的女子布里修斯的女兒還給你。而且他還向你鄭重發誓，他沒有跟她同過床，殿下，沒有跟她有過男女之事。所有這些贈品立刻就可交在你手裏。將來如神讓我們打破普利安的偉大城池，在我們分戰利品的時候，你必須用船盡意裝載金和銅，給你自己挑選二十名特洛伊女子，除阿果斯的海倫以外最漂亮的二十名美女。還有將來我們如回到亞該亞人的阿果斯，世上最富饒的國度，你可以作他的女婿。他將待你像他的愛子奧雷斯特斯一樣，他是在溫柔富貴中長大的。他有三個女兒在他的王宮裏，克來索齊米斯、勞廸斯，和伊菲安納莎。你可在這三人中挑選一個你最喜愛的，把她帶回佩柳斯家裏，不必守俗禮納聘。實在說，他將給你一副妝奩，一副豐美的妝奩，大得為任何人的所不及。不僅如此，他還給你七座

美好的城鎮：卡達姆耳、埃諾普和多草的希勒；神聖的菲賴和牧
草豐長的安齊亞；美麗的艾派亞和盛產葡萄的佩達薩斯。這些城
鎮都近海，毗連多沙的派洛斯。它們的居民饒有牲畜。他們將效
忠於你，向你納貢，尊你為神明；承認你的君權，在你的父性治
理下安享榮華。只要你回心轉意，他把這些都給你。可是假如你
對阿特瑞斯的仇恨，連同他的一切禮物在內，超過任何其他考
慮，那就請你可憐其餘在營地受壓迫的亞該亞聯軍，他們將尊你
如神明。實在的，你可以贏得他們的崇敬，因為現在是你可以殺
死赫克特的時候。他在幻想，乘船來的達南人中已無他的敵手，
由於他的無理智的憤怒，他可能殺到你跟前來。」

　　「拉厄特斯的皇子，機敏的奧德修斯，」偉大的跑者阿基里
斯答道，「為了免得你們坐在那兒輪流哄勸我，我最好直截了當
告訴你們我如何感覺，和我將如何作法。我憎恨一個口是心非的
人，像憎恨地獄之門一樣；所以現在就告訴你們我的決定。你們
可以認定無論是我主阿加米農，或其他達南人，都不能改變我的
心腸，因為日復一日跟敵人鬥爭的人，似乎得不到感謝。一個人
無論坐在家裏，或拚命打仗，他所得的那一份兒，都是一樣。懦
夫和勇敢的人，同樣為人尊重；一個無所事事的人，跟一個辛苦
工作的人，到頭來都不免一死。我經常打仗，出生入死，忍受痛
苦，結果並不比別人強。我一向像一隻鳥一樣，把牠覓得的每一
口可吃的東西，都帶回來餵牠的羽毛未豐的幼雛，無論那對牠是
多麼困難。我曾度過許多不眠之夜，和經過許多次竟月血戰，戰
那些像我們一樣為保護自己的婦女而戰的人們。我曾出海打破十
二座城鎮，另外在陸地上，在特洛伊的深厚土層領域內，打破了
十一座城鎮，每次我都搶得許多輝煌的戰利品，每次都把全部戰
利品帶回來，交給阿楚斯的兒子我主阿加米農；他總是留下來待
在船跟前，我把戰利品交給他以後，他總是分一丁點兒給別人，
大部分自己留下。分給其他皇子和國王以酬答他們戰功的東西，

他們都可牢守無恙，獨有我的被他搶了去。他並非沒有妻。他有一個，是他自己選的，讓他跟她睡覺快活吧。

「說起來，阿果斯人為什麼跟特洛伊人打仗？阿特瑞斯為什麼募集一枝軍隊帶到這裏來？不是為了美髮的海倫嗎？世界上只有阿特瑞斯兄弟愛他們的妻子嗎？每個體面的和心理正常的人，不都像我誠心誠意愛護那個女子一樣（雖然她是我搶來的）愛護他的女人嗎？可是他從我懷裏奪去了那女子。他騙了我，不要讓他再向我玩一套玩藝兒。他的為人我知道得太清楚了。他不會成功的。

「不，奧德修斯，假如他要拯救那些船免被焚燬，他必須向你和其他王子求助。沒有我他也作出了令人驚奇的事。我看見他築了一堵牆，順牆挖了一道溝，一道寬闊的溝，還有柵欄。可是這樣也擋不住嗜殺的赫克特！從前我跟達南人一起作戰時，赫克特怎麼也不敢帶他的人離開城牆。至多他只敢到斯坎門和橡樹跟前；有一次他在那兒跟我交手，算他幸運，竟得活着逃回去。可是現在不同了。現在我不要跟我主赫克特戰。明天我就要祭祀宙斯和其他諸神，祭後裝船離去。明天一早，假如你瞭望，你可以看見我的船向游魚來往的赫勒斯龐特前進，我的人在艙內竭力搖槳。三天內，假如偉大的海神給我順風，我就可腳踏弗西雅的深層土壤。那裏我有一個富裕的家，可是前者不幸我離開它而來到這裏；現在我要帶回去許多東西，增加它的財富：我要帶回金、紅銅、束腰帶的女子，和我所得到的灰鐵。一切都帶回去，除了我的榮譽戰利品，那是一個人先給了我，後來又無禮地奪去了的。他就是阿楚斯的兒子阿加米農王陛下。

「回去告訴他我說的一切，當着衆人跟他說，好讓他們將來看見他這個總是處心積慮算計別人的人，再打算哄騙一位達南皇子時，將會皺眉搖頭，不以為然。可是儘管他這麼厚顏無恥，他不敢正視我。不，我不要幫助他，既不向他提供意見，也不到前

線替他打仗。因爲他騙了我，對不起我：無論他說什麼，我再也不上他的當了。關於他，我說到這裏爲止。讓他靜靜地沉淪下去吧。聰明的宙斯已弄昏了他的頭腦。

　　「至於他的贈品，我不稀罕它們，正像不喜歡他的爲人一樣。即使他給我十倍或二十倍於他所有的，或能從別處得到的，即使他把奧考默納斯或埃及的塞貝斯的全部歲入都給我（塞貝斯的房子堆滿寶藏，它有一百道城門，從每道城門可湧出戰車戰士二百名）；即使他的贈品多得像沙粒塵屑，也不能改變我的心腸。首先他必須償還我的無情的恥辱債。

　　「而且我也不要阿楚斯的兒子阿加米農的任何女兒爲妻。她可以美得像金阿芙羅狄蒂，巧得像明眸的雅典娜，可是我不要娶她。他可以挑選另一個亞該亞人，一個比我高貴的，能配得上她的。倘若衆神准我平安返家，佩柳斯不難爲我娶得一房妻室。赫拉斯和弗西雅境內有許多亞該亞女子，那些雄據堡壘的貴族人家的女兒。我只須挑選一個，娶來爲妻就夠了。從前在家時，我時常想我的最大野心，就是娶一個門當戶對的女子，坐享我的老父佩柳斯置的產業。因爲我覺得無論是輝煌的伊利亞在亞該亞人來以前承平時期的著名財富，或弓王阿波羅的大理石門後派索寺內堆集的一切財寶，都抵不過我的生命。茁壯的牛羊，可以取得；三腳鼎和栗色馬，可以買到。但是一個人一旦嚥氣，就不能偷回或買回他的生命。我的神母，銀足塞蒂斯，說命運注定我這一生有兩條路可走。我若待在這裏，盡一分力量攻特洛伊，將不能生還，可是將名垂不朽。如果我回家去，我雖無赫赫之名，但可以長壽，不至於早死。

　　「還有一點，我勸你們大家都啓碇回家去，因爲你們永遠不能達到踏上伊利亞的高陟街衢的目的。無所不見的宙斯，已用他那寵愛的手遮住這座城，城裏居民已經鼓起了勇氣。所以你們現在回去，可在公開集會裏報告亞該亞王子們，你們身爲長老是有

權如此的：他們必須另想辦法，來救船和船邊的隊伍，向我提出
的意見，是完全被拒絕了。不過菲尼克斯可留在這裏過夜，明天
他可同我一起上船回家去，那是說假如他願意，我不勉強他。」

　　阿基里斯說完了。他的直截了當的拒絕使他們瞠目結舌，不
知所措；室內好久沒有聲息，最後年老的馬車戰士菲尼克斯打破
了沉寂。他深爲亞該亞人的船恐惶，突然哭了起來。「我的高貴
的主，阿基里斯，」他說道，「你如眞的要開船回家去，滿懷憤
恨，不肯救那些雄偉的船免遭火災，那麼親愛的孩子，沒有了
你，我將怎麼樣呢？我怎能獨自留在這裏呢？年老的馬車戰士佩
柳斯把你從弗西雅送到阿加米農那裏時，不是叫我當你的保護人
嗎？那時你只是一個孩子，沒有經驗過危險的戰爭，和使自己出
名的辯論。他叫我陪你來，就是爲教你這些事情，教你成爲演說
家和戰士。我怎也不能讓你單獨去，而自己留下來，即使上帝親
自使我返老還童，回到當初我離開美女衆多的赫拉斯的時候。那
時我離家出走，是因爲我跟我父親，奧麥納斯的兒子阿曼托，發
生了齟齬；我們兩人互不相容的理由是這樣的：他戀愛一名美貌
妓女，而不顧他的妻子，我的母親。我母苦苦求我阻撓他，她求
我先去跟那女人睡覺，藉以使她不再傾心於老人。我答應了母
親，照計去行。我父親立刻知道這事，他鄭重祈求復仇三女神，
使他永遠不須把我的兒子放在他的膝上。後來事實證明，陰間的
宙斯② 和威嚴的普西芬尼實現了他的詛咒。我當時怒忿填膺；我
的第一個念頭，就是用劍刺殺他。可是有一位神制止了我。他使
我想想衆人的議論指責，和被國人呼爲弑父者的可怕。不過我再
也不能再在我生氣的父親家裏住下去了。同情我的親戚朋友，自
然堅持要我留在家裏。他們不住地宰肥羊，殺彎角牛，把許多頭
肥豬架在火上燎毛燒烤；把老人的熟酒喝了許多罎。一連九夜他

② 卽冥王哈得斯。

們在我身邊宿營，輪流守夜，燃着兩堆火，一堆在圍牆院內的柱廊下，一堆在臥房門外的前院裏。可是到了第十夜，那夜一片漆黑，我撬開臥房的重門逃走了。我很容易地翻過院牆，守夜的人和女僕，沒有一個看見我。我拚命逃，穿過赫拉斯和它的遼濶的草場，到綿羊之母、土壤深厚的弗西雅，去投靠國王佩柳斯。他親熱地接待我，愛我像一個父親愛他的獨子，他所珍愛的承襲他的大片產業的後嗣。他要我治理一個富庶的區域，使我成為富有的人；我定居在弗西雅的邊區，成為多洛派斯的國王。

「從那以後，最可崇敬的阿基里斯，我專心致志敎調你，你可記得除我以外，你不肯與任何人一起到外面吃飯，或在家裏吃？你可記得我總是把你放在我膝上撫愛，把我盤裏的肉切下小塊餵你吃，拿起我的杯子放在你唇邊餵你喝？從你那小笨嘴裏常滴下酒漿，濕透我短裝的前襟。是的，為了你我費盡心血，勞苦工作。我覺得既然上天不給我一個兒子，我最好把你當作我的兒子。最可崇敬的阿基里斯，希望將來有一天你可拯救我免於一個悲慘的結局。

「壓抑你的自傲，阿基里斯，你沒有權利這樣執拗。甚至具有更大美德、尊嚴和權柄的神也有被感動的時候。當惡人和罪人跪下祈求時，神也會由於他們的獻祭，誠心禱告、奠酒和炙肉而改弦易轍。你不知道禱告都是萬能宙斯的女兒嗎？她們渾身皺皮，步態蹣跚，眼睛下視；她們的職務就是跟隨罪惡。罪惡強而有力，行動迅速，把祈禱撇在後面。罪惡領先走遍世界，給人類帶來苦難。禱告跟踪而至，解救苦難。宙斯的這些女兒來時，凡是虛心接待她們的人，她們都給他以很大的福祉，給予他自己所請求的。若是他硬起心腸，拒絕她們，她們便去禱告克魯諾斯的兒子宙斯，要那人遭到罪惡的襲擊，因墮落而受懲罰。你也難逃此例，阿基里斯。你必須公平對待宙斯的這些女兒，讓她們撫慰你，像她們撫慰一切高尚的人一樣。假如我主阿加米農沒有提議

現在先給你這麼多東西，並答應將來還要多給些，而仍然懷恨在
心，那我決不會求你把你的怒忿拋到九霄雲外，而去幫助阿果斯
人，雖然他們有很大的需要。可是現在情形不是這樣。他不惟提
議現在就給你這麼多東西，而且保證將來還要給更多，此外還請
全軍中最傑出的人，你自己在阿果斯人中最好的朋友，代表他向
你求情。他們的說合，和他們親自來走一趟，不可等閒視之，雖
然誰也不會因為你迄今為止感覺的憤怒而責備你。

　　「我們常聽講說，古時也有高尚人物大發脾氣，但終能受禮
息怒，聽從勸說。記得許多年前，有這樣一回事。在座的都是朋
友，我可以向你們講述這個故事。庫雷特人在克律敦城跟善戰的
艾托利亞人對戰。雙方死傷都很慘重。艾托利亞人在捍衛他們可
愛的城池克律敦，庫雷特人則百般設計打破它。事情的發生，是
由於金寶座阿特米斯生氣，派一隻怪獸去克律敦，因為歐紐斯王
沒有在他莊園內的聖丘上，向她貢獻收穫。所有其他神祇都享受
了豐盛的祭品，惟有萬能宙斯的這位女兒沒有得到供奉。也許他
忘記了她，也許他數錯了；無論如何，他鑄成了不幸的錯誤。因
為這位神弓女一怒之下，派一怪物，一頭貪婪的、有明晃晃獠牙
的野豬，到他那裏住下去，蹂躪皇家的田園。牠把高大的果樹連
根拔起，扔得遍地都是，樹的小枝上還開著花。但是最後歐紐斯
的兒子默利格殺死了牠。他需要糾集許多城市的獵人和獵犬來，
因為這頭怪獸力氣很大，不是寥寥數人所能應付的；牠還咬死了
好幾個人。即使在怪獸被殺後，阿特米斯還挑起一場惡爭。她使
庫雷特人和自負的艾托利亞人為搶怪獸的頭跟毛皮而打起來[3]。

　　「在那以後的戰鬥中，只要可怕的默利格出戰，庫雷特人便
難於招架，他們不能安穩地包圍那城池，雖然他們人數很多。很

---

③　默利格把這些東西給了阿塔蘭塔，他的舅父不服氣，跟他爭少，他殺死了他。
　　他母親因而詛咒他，所以他也像阿基里斯一樣憋了一肚子氣。

多明白人，有時爲熱情所轄制，默利格這時就是這樣。他生他母
親阿爾塞亞的氣，躺在家裏不動，跟他妻子一起。他的妻子是
纖踝瑪派莎的美貌女兒克麗歐帕楚阿，瑪派莎自己是尤納斯的女
兒。克麗歐帕楚阿的父親愛達斯，是當時世上力氣最大的人，實
際上爲了他的妻美踝瑪派莎，他曾以弓箭對抗菲巴斯阿波羅④。
後來在家裏克麗歐帕楚阿的父母給她起了一個暱名叫小翠鳥，以
紀念她母親一度是翠鳥，和她被弓神阿波羅叙去時的哀鳴。

「默利格跟他妻子一起躺在床上生悶氣。他母親的咀咒使他憤
怒。他殺死了她的兄弟，她滿心悲哀，乞求衆神殺死她的兒子；
她跪在地上，眼淚濕透衣襟，兩拳搥着多產的大地，呼籲冥王和
威嚴的普西芬尼。行走在陰暗中並有着無情思想的復仇女神看見
了她。

「不久庫雷特人便攻打城門。人們可以聽見撞擊城牆的聲
音。這時艾托利亞的長老們設法勸默利格出來救城。他們派幾位
有地位的祭司爲代表去看他，答應給他豐厚的奉獻。他們說可以
在美麗的克律敦平原最富饒的區域，選一塊五十畝地的莊園歸他
自己用，一半是葡萄園，一半是耕地。年老的馬車戰士歐紐斯也
隨着衆人央求。他站在默利格的高大臥室門口推搖厚重的門，哀
求他的兒子。他的姐妹們和他的母親也向他苦苦懇求（不過她們
使他更固執），他的戰友們和最親愛的朋友們也是如此。這些他
都不聽，直到最後庫雷特人爬上城牆，縱火燒城，矢石像冰雹般
落在他的房子上。這時默利格的美貌妻子含淚來到他跟前。她描
繪城陷後人們所忍受的痛苦，男人悉被殺戮，全城燒成灰燼，敵
人擄去小孩子和束腰帶的婦女。她的苦訴打動了他的心，他出來
穿上明晃晃的盔甲。就這樣由於良心的驅使，他拯救了艾托利亞

---

④　阿波羅叙去瑪派莎，愛達斯跟他打。後來宙斯出面制止他們，並教瑪派莎選擇
　　二者之一。瑪派莎選了愛達斯。

人免於災難。可是他們沒有像所答應的那樣給他任何東西。他救了他們，但沒有得到什麼。

「朋友，不要像他那樣想，不要學他的榜樣。船一着火便很難營救。不要那樣；出來吧，當有禮物可拿，當亞該亞人待你像待神一樣的時候。假如沒有這些禮物你就冒生命危險參加戰爭，即使你轉敗為勝，他們也不會這樣敬重你。」

菲尼克斯說完了。偉大的跑者阿基里斯答道：「我主菲尼克斯，親愛的老友，我用不着亞該亞人的好評。宙斯的認可，已使我心滿意足；有了他的認可，只要我一息尚存，只要我四肢尚可使用，我就牢守在這些鳥嘴船旁。還有一層，我想要你知道，我反對你試圖用動感情的話亂我心意，以邀寵於我主阿加米農。當心你怎樣把心交給那人，否則你將把我愛你的心，變成恨你的心。你應當敵視那個敵視我的人。我已經決定了，他們兩位可以告訴他去。我寧願把我的王國給你一半，也不願悔改。現在請你自己留下來，這裏有安適的床供你睡覺；明朝天亮時我們再決定要不要回家去。」

阿基里斯說完後，溫和地以目示意教派楚克拉斯給菲尼克斯舖床，好讓其他兩位想着早些辭去。首先動作的是特拉蒙的皇子埃傑克斯，他面向拉厄特斯的兒子說道：「我的主，機敏的奧德修斯，我們走吧；看樣子我們的使命注定要失敗，至少這次是不能完成的了。消息誠然是壞消息，可是我們必須立刻報告給達南人，無疑的，他們現正坐在那裏等我們。不過我不禁同想阿基里斯所表現的怨恨、傲慢和無情無義。對待他的戰友沒有一絲的溫情，原是他們把他當作營裏的偶像啊！真是不近人情！歸根究底說，即使在謀殺案中人們也常常為被殺的兄弟或兒子接受血錢。殺人者甚至不需要離開家鄉，假如他以重金賠償死者的近親，以撫慰他的自尊心和傷害感。可是你，阿基里斯——上帝知道為什麼——只為一個女子竟迸發不能緩和的暴怒。而我們來到這裏，

提議給你七名最出色的女子，還有許多別的東西。你可以比較克
已一些，不要忘記你是我們的東主。我們此刻是在你家裏。我們
是被全體達南軍選派來的；我們最希望的莫過於繼續是你在一切
亞該亞人中最親蜜的朋友。」

　　「殿下，埃傑克斯，特拉蒙的皇子，」偉大的跑者阿基里斯
答道，「你的話很有道理。可是當我想起過去發生的事情，想起
阿特瑞斯如何當衆侮辱我，當我是骯髒的流浪漢，我全身血液便
沸騰起來。現在請囘吧，囘去報告我的決定。我不要再想流血和
戰爭的事，直到聰明的普利安的兒子，赫克特皇子，一路殺着阿
果斯人，燒着艦隊，到達邁密登人的棚屋和船前的時候。我有一
個感覺，覺得赫克特的攻擊，無論多麼猛烈，將停止在我的棚屋
和黑船前面。」

　　阿基里斯講完話，他的客人每人拿起一只雙耳杯奠酒後，順
着列船往囘走，奧德修斯走在前頭。派楚克拉斯告訴他的男女佣
人，快給菲尼克斯收拾一個安適的舖位。女僕們把絨氈毛毯和亞
麻被單舖在床上，老人便躺下去等待天明。阿基里斯睡在蓋得完
善的棚屋的一角，他從勒斯博斯擄來的一個女子，弗巴斯的女
兒，美容的廸奧麥德，睡在他身邊。派楚克拉斯睡在對過的一
角。他的伴侶，穿長衫束腰帶的伊菲斯，是高尚的阿基里斯打破
恩紐斯城塞羅斯堡壘時，擄來送給他的。

　　兩位使者來到阿加米農的棚屋，他們一進門，亞該亞的貴胄
們都站起來，從四面八方舉金杯向他們祝酒，並連聲發問。阿加
米農王是問得最急迫的。「傑出的奧德修斯，亞該亞騎士道之
花，」他說道，「快些告訴我們。他會救船免被焚燬嗎？或者那
驕傲的人仍然沒有息怒嗎？」

　　堅貞不拔和傑出的奧德修斯答道：「陛下，阿楚斯的兒子阿
加米農，人的王，那人沒有和緩的意思。事實上他比過去更刻
毒。他斷絕跟你的關係，拒絕你的禮物。他說你毋須朋友幫助，

自己就可設法拯救船和人。同時他聲言天明時他將開起自己的彎船離開。他說他勸我們大家都啓碇回家去。『你們永遠不能達到踏上伊利亞高陛街衢的目的，』他說，『無所不見的宙斯已用他寵愛的手遮住這座城，城裏居民已鼓起了勇氣。』這是他說的話。和我同去的埃傑克斯和兩位宣報員現在可爲我作見證，他們都是可靠的人。菲尼克斯老人刻正睡在他那裏。阿基里斯勸他留下，假如他願意，明天早晨可同他一起登船回家去，不過他說他不勉強他。」

　　奧德修斯說完，大家不作一聲。他的消息和直率的報告，使得亞該亞貴胄們目瞪口呆。室內好久是一片陰鬱的寂靜，最後高聲吶喊的廸奧麥德斯打破沉寂說道：「陛下，阿楚斯的兒子阿加米農，人的王，真不幸你屈身求助於我主阿基里斯，並提議送給他這樣多華貴的東西。他一向是驕傲的人，現在你使得他更加驕傲。無論他是否開船回家，由他去吧。等他良心發現被感動時，他會來參加戰爭的。現在我希望你們大家都聽我說。目前上床睡覺去，你們都用夠了爲保持體力和勇氣所需要的酒和肉。明朝天一亮，陛下，你必須採取行動。把步兵和騎兵部署在船前，激勵士氣，鼓起他們的鬥志，同時你自己身先士卒，奮勇作戰。」

　　衆王子都表示贊成高聲吶喊的廸奧麥德斯的意見。他們奠酒後，都各自回到自己的棚屋裏，躺下去享受甜蜜的睡眠。

一〇 夜曲

在那夜其餘的時間內，亞該亞聯軍的隊長們在船邊安眠。可是他們的總指揮，阿楚斯的兒子阿加米農，心事重重，不能入睡。從他內心深處，發出一陣陣的呻吟。恐懼刺透他的心，像閃電刺入天空，當赫拉的夫君在醞釀一場冰雹、暴雨或一場覆蓋田野的大雪，或即將使某一不幸國家發生戰爭的時候。他放眼眺望特洛伊平原，伊利亞城前的無數火光，長笛聲和簧管聲和隊伍的嘈雜聲，使他驚惶失措。囬頭再看看船和自己的軍隊，他拔下頭上的頭髮給天上的宙斯看，他的驕傲的心，幾乎要破碎了。最後他想不出任何辦法，只好去找奈柳斯的兒子奈斯特，希望兩人一起可以想出一條可靠的、挽救遠征軍的計策。因此他起來坐在床上，穿起短裝，把一雙結實的帶履綁在光亮的腳上，肩上披一張有光澤的黃褐色獅皮，獅皮下垂到足踝，並拿起他的槍。

米奈勞斯像他兄長一樣，也難於成眠。他也爲阿果斯人焦急；爲了他的緣故，他們才拔劍相助，遠渡重洋，來到特洛伊。他把一張斑豹皮披在寬濶的肩上，拿起銅盔戴在頭上，一隻巨手揀起一桿長槍，起身去喚他的兄長，爲人民所崇拜的阿果斯君王。他看見他在船尾，正在穿盔甲。阿加米農看見他很高興，卻是高聲吶喊的米奈勞斯首先說話。「親愛的兄長，」他說，「現在穿盔甲幹什麼？你可曾想過派人去偵察特洛伊人嗎？我恐怕你找不到一個情願接受這任務的人。需要一個膽大的，單獨進入這

神秘的黑夜,去偵探敵營。」

　　「米奈勞斯,我的主,」阿加米農王說道,「你跟我必須動腦筋,想法解除阿果斯人所受的壓力,拯救我們的船,因爲宙斯在跟我們作對。顯然他喜歡赫克特的奉獻勝過我們的。我向來沒有見過或聽說過,一個人──他還不是神的兒子──能在一日之間,造成這樣大的損害,像赫克特對我們的軍隊造成的那樣。事實是他給我們的打擊,即使到很遠的將來,我們仍將大受其苦。可是現在我要你去到埃傑克斯和愛多麥紐斯的船上喊他們,同時我去喊傑出的奈斯特起來。他可以到各地哨崗走一趟,這些都是很重要的,並吩咐他們應該如何如何。他們都很聽他的話,因爲他的兒子跟愛多麥紐斯的侍從麥里昻奈斯是哨兵的指揮官。我們派他們兩人指揮整個哨兵隊。」

　　「好吧,」高聲吶喊的米奈勞斯說道,「可是我呢?你要我做什麼?跟他們一起等你呢?還是傳達命令後跑囘來跟你一起?」

　　「跟他們一起,」人的王阿加米農說,「否則你我會在路上錯過,這片營地有許多小徑。每到一處,高聲喊他起來,要叫出他父親的名字, 和應有的稱呼。 讓大家都有光彩, 自己不要驕傲。我們自己也得工作。眞的,從我們出生以來,宙斯就認定要給我們蔴煩。」

　　阿加米農謹愼吩咐他兄弟已畢,打發他去了。他自己去找人民的牧者奈斯特,看見他躺在自己的黑船和棚屋旁柔軟的床上。放在他身邊的是他那精艮的武器,一面盾,兩桿長槍和一頂光亮的頭盔;還有一條絢麗耀目的腰帶,每逢他率領人去打伐時,總要束上這條腰帶;無論什麼樣危險,他是不顧他的年紀的。奈斯特抬起頭來,用肘支住身軀,向着阿特瑞斯喊問道:「誰在那裏走,半夜三更人們都在睡覺,你卻獨自在船旁游蕩?你是在尋找一匹迷失的騾子或一個朋友嗎?說呀,否則不要再向着我走來。你來這裏幹什麼?」

　人的王阿加米農答道：「奈柳斯的兒子奈斯特，亞該亞騎士道之花，你總認得阿楚斯的兒子阿加米農吧，只要他一息尚存，尚能使用他的四肢，宙斯認定要迫害他。你可以看見我靜不下去，因為我擔心戰爭和亞該亞的處境，所以不能入睡片刻。我非常憂慮我的人民，已經到了不能掌握自己的地步。我是在痛苦的折磨中。我的心在砰砰跳，像是要迸出胸口似的；我的兩膝在打哆嗦。我看見你跟我一樣，也不能好好睡。假如你想做點兒什麼事，請跟我一同到各處哨崗走走，教他們不要困乏得睡着了，忘卻他們的責任。敵人近在咫尺，不知道他們的計劃如何。他們甚至會發動夜襲。」

　「阿特瑞斯陛下，人的王阿加米農，」吉倫納斯武士奈斯特答道，「我相信宙斯主宰不會讓赫克特實現他現在的遠大希望。相反的，假如阿基里斯一旦息怒，我想他就有較前更多的顧慮。我當然要跟你一同去。可是我們也得要叫醒別人，像英勇的迪奧麥德斯跟奧德修斯，跑者埃傑克斯，和壯大的麥吉斯。最好有人去喊特拉蒙埃傑克斯和愛多麥紐斯王，他的船在列船盡頭，有相當距離。可是米奈勞斯怎麼樣呢？我喜歡他，敬重他，不過我要責備他，即使惹你生氣也不管，因為在這樣關頭他還在睡覺，留下一切事給你做。事到如今，他應當跟所有的高級官長一起，央求他們盡力而為。現在情勢非常危殆。」

　「先生，」阿加米農王說道，「有時候看見你責備他，我真高興。他時常無所事事，聽其自然，這並不是因為他懶惰或沒有頭腦，而是因為他總是指望我，靠我帶頭。可是今天夜裏，他先我起床，來到我的臥室。我已經派他去喊你剛才說的兩位去了。所以現在我們走吧。我們可以看見他們在門外和哨兵們一起，我告訴他們跟他們會合。」

　「假如他能這樣匣勉從事，」吉倫納斯的馬車戰士奈斯特說道，「誰也不會有怨言，或不服他的領導。」

說着他穿上短裝，把一雙美好的帶履綁在光亮的脚上。他繼而披上一件紫斗篷，用一扣針扣住。那是一件夾氅，有深厚絨毛，他把毛拍平後披上。最後他拿起一桿槍，上有鋒利銅矛，順着帶銅甲的亞該亞人的船走去。

吉倫納斯的馬車戰士喚醒的第一人，是奧德修斯，他的想法跟宙斯的一樣。他喊他，他立刻醒來。奧德修斯走出棚屋，問他的客人道，「深更半夜，你一人為什麼在這些棚屋和船中間游蕩？你來這裏做啥？一定有嚴重事情。」

「拉厄特斯的皇子，機智的奧德修斯，」吉倫納斯的馬車戰士奈斯特答道，「請別生我的氣。亞該亞人的麻煩可大啦。但請跟我們一起去喚醒其他的人，我們大家該商量一下，再決定或打或逃。」

機智的奧德修斯聽見這話後，回到他的棚屋裏，把精美的盔甲披在背上，跟他們一起走去。他們去到泰杜斯的兒子廸奧麥德斯那裏，看見他在棚屋外露宿，盔甲放在身旁。他的人頭枕盔甲，睡在他四周。他們槍插在地上，槍桿的尖頭入土，銅的矛頭從遠處看，閃爍發亮，像宙斯父的閃電一樣。這位皇子正在酣睡，他睡在一張牛皮上，頭枕一條光華的毛毯。吉倫納斯的馬車戰士奈斯特走到他跟前，用脚輕輕踢醒他，罵着叫他起來。「醒一醒，泰德斯，」他說，「為什麼徹夜酣睡呢？你沒看見特洛伊人就坐在我們上面的平原上，離船只有投石的距離嗎？」

廸奧麥德斯醒來，立即跳起，動情地答道：「你是個結實的老頭兒，先生，一會兒也不休息。軍中沒有年輕些的人去喚醒各位王子嗎？我的可敬的主，什麼也不能抑制住你。」

「朋友，」吉倫納斯的騎士奈斯特說道，「我承認你說的對。我有很好的兒子，也有很多部屬，足可去喚醒人們。不過我們現在處境危急。我們的命運正值千鈞一髮的當兒，要麼是亞該亞全軍覆沒，要麼是得救。可是假如你憐邮我，你年紀確比我

輕，那麼請你自己去喚醒麥吉斯跟跑者埃傑克斯。」

迪奧麥德斯把一張光澤的獅皮披在肩上，獅皮下垂觸及他腳背；他拿起槍出去了。他去到那兩人的棚屋喚醒他們，帶他們回來。

一行人就去到各處崗哨走動，沒有看見任何守夜官兵在睡覺。他們都手握武器，坐在那裏警戒，像狗在農場旁守護羊羣，不再想睡眠；因為牠們聽見有野獸穿過山崗的樹林而來，後面有人和獵犬追逐的喊聲。各處哨崗就像這樣終夜守望，眼睛不敢打盹，時常向平原眺望，企圖發見特洛伊人的第一個動靜。

老戰士巡視各處崗哨後很高興，並鼓勵他們道：「孩子們，這樣很好。要好好警戒，不要打瞌睡，否則敵人就會把我們吞下去。」

接着他迅卽跨過壕溝。跟在他後面的是那些被喚來商議事情的阿果斯王子和麥里昂奈斯和奈斯特的高貴兒子，他們請他來幫助他們的會議。離開壕溝，他們坐在一片沒有死屍的空曠地方。就是在這裏可怕的赫克特停止殺戮阿果斯人，因為黑夜已籠罩住戰場，所以他轉回去了。他們坐下交換意見，過了些時間，吉倫納斯的馬車戰士奈斯特請大家安靜。「諸位朋友，」他說，「在座諸位中，誰有膽量和自信，敢去探望一下這些驕傲自大的特洛伊人？他也許會捉得敵方的一個散兵；甚至會聽見敵人在談論他們的計劃，因而探悉他們是打算守住近船的前進陣地呢？抑或於取得勝利後回城去？假如他能得到這種消息，安全歸來，世上沒有一個人不要聆聽他的功績。他也將得到豐厚的酬償。遠征軍的領袖們每人都將給他一隻黑母羊和牠的羔羊，以表示尊崇，並請他參加一切宴會。」

奈斯特說完了，大家都默不作聲。惟有高聲吶喊的迪奧麥德斯說道：「奈斯特，我對這差事有興趣。特洛伊人的營地離這裏很近，我要去走一趟。但是我願有人跟我一道兒去。那樣我覺得

安適些，也更情願冒這趟險。兩人一起能利用一人所不能利用的機會；一個人即使看出機會，容易猶豫不定，犯愚蠢的錯誤。」

　　有好幾個人自告奮勇，要跟廸奧麥德斯一道兒去。阿瑞斯的親信兩位埃傑克斯要去。麥里昂奈斯也要去；奈斯特的兒子很熱心。著名的槍手阿楚斯的兒子米奈勞斯也自告奮勇；奧德修斯，吃苦耐勞的奧德修斯，也說他想偷進特洛伊人的營地，他一向是愛冒險的。

　　阿加米農，人的王，也盡一份力量。「泰杜斯的兒子廸奧麥德斯，最親愛的朋友，」他說，「你喜歡誰同你去就選誰，在這許多自告奮勇者之中，憑你選一個最傑出的，千萬不要因為對於某些人的尊敬，結果選了較差的，而沒有選較好的。不要為一個人的家世所影響，即使他比被你選的人出身高貴，也不去管他。」

　　他說這話，是因為怕選他的紅髮弟弟米奈勞斯。但是高聲吶喊的廸奧麥德斯不久便作了決定：「假如你真的要我選擇我自己的夥伴，那麼我怎能忽略神一般的奧德修斯呢？他是帕拉斯雅典娜的寵兒，英勇敏捷，長於臨機應變。有他在一起，我可以赴湯蹈火，平安歸來。他是我所認識的人中心思最敏捷的。」

　　「我主廸奧麥德斯，」無畏的和傑出的奧德修斯說道，「你甭誇獎我，或批評我，因為在座諸位都是知道我的。我們現在就走吧。夜已深，黎明即將來臨。眾星已過天頂，夜已去了三分之二，只剩三分之一給我們守。」

　　他們不再多說，各自揹起可怕的武器。久經陣仗的斯拉塞麥德斯給泰德斯一把雙叉劍，和一面盾，他自己的劍留在船邊。他把一頂沒有尖頂或羽飾的牛皮盔戴在他頭上；這種盔名叫「便帽」，年輕的時髦人物用以保護頭腦。麥里昂奈斯給奧德修斯一張弓，一壺箭和一把劍，並把一頂皮盔戴在他頭上。這盔裏有一層皮條編織的襯裏，襯裏下墊了一層絨布。頭盔外緣兩邊，巧妙地飾以兩排白而發亮的野猪獠牙。這頂盔原是從埃里昂來的，奧

托律卡斯在那裏闖進奧麥納斯的兒子阿敏特的牢固房子，偷了它來。奧托律卡斯請塞瑟拉的安菲德馬斯把它帶到斯坎德；安菲德馬斯把它送給莫拉斯，以答謝他的盛意款待。莫拉斯把它送給他的兒子麥里昂奈斯戴，現在它在保護奧德修斯的頭。

兩人這樣披掛畢，告別衆首領而去。帕拉斯雅典娜給他們一個吉兆，一隻蒼鷺緊靠他們右邊飛。黑暗中他們看不見，但能聽見牠的鳴聲。奧德修斯鑒於這個吉兆，滿心喜悅，遂向雅典娜禱告道：「請聽我禱告，披乙已斯的宙斯的女兒，我每次冒險出動，都有妳在我身邊，眞的，我一動妳就看見我。今夜晚，雅典娜，請妳特別照顧我，讓我們挫敵立功，安然歸來。」

高聲吶喊的廸奧麥德斯接着也禱告道：「宙斯的女兒，屈托女，也聽我禱告。請妳和我同在，像過去妳和我高尙的父親泰杜斯同在一樣：從前有一次他作爲亞該亞的使者，去到塞貝斯，把軍隊留在艾索帕斯河畔。他去到那裏向塞貝斯人通好，在他囘程途上，女神，由於妳的堅定支持，他做了一椿轟轟烈烈的事。現在請妳支持我，以同樣熱心照顧我；爲了答謝妳，我將奉獻一頭周歲的寬額小母牛，沒有套在軛下試用過的。牠將角掛金箔祭祀妳。」

他們這樣禱告了，帕拉斯雅典娜聽見了他們。向萬能宙斯的女兒請願畢，他們便像一對雄獅般，趁着黑夜踏入殺場，在死屍和血污的武器中間，擇路前行。

高貴的特洛伊人也沒有得到好多時間睡眠。赫克特不讓他們睡。他召集起來特洛伊的領導人物，隊長們和顧問們，把他們糾集在他跟前，告他們說他有一個主意。「有件事該作，」他說，「誰願自告奮勇？我擔保建這場功勞的將得到豐美獎賞。誰要敢到船前偵察一番，看是不是像平常一樣，有人在保衞艦隊，或者他們由於敗在我們手裏，已在討論要不要逃跑，是不是已經完全筋疲力竭，顧不得派人守夜；偵察歸來，不僅他自已得到榮譽，

我將給他以亞該亞營中最好的戰車和一對良駒。」

　　對於赫克特的要求,最初完全沒有人應聲。在場的特洛伊人中有一人名叫多朗,富有金銅,他是像神一般的宣報員歐麥德斯的兒子。不錯,他為人相貌不揚,但腳下很快;他是獨子,有姊妹五人。這人此時走上來,向會眾發言。

　　「赫克特,」他說,「我對這事有興趣,我自告奮勇,替你到船前偵察。不過首先你肯不肯舉起這根寶杖賭咒,說你將把無匹的阿基里斯的那對馬和嵌花戰車給我?我答應你,我不是無用的偵探,不會辜負你的期望。因為我要一直穿過營地,去到阿加米農船前,相信高級官員們將在那裏決定或退走,或繼續作戰。」

　　赫克特的答覆,是舉起寶杖向多朗賭咒:「讓赫拉的夫主,雷雲之神宙斯自已聽我發誓,任何其他特洛伊人都不得御那對馬,只有你可以終身享受牠們。」

　　後來的事態,給赫克特的這項承諾扭了一股他所未曾料到的勁兒,不過這已足使他上路去。他立即把彎弓揹在肩上;披一張灰狼皮,戴一頂雪貂帽,揀一根利矛,離營向船的方向走去。命運注定他不會回來向赫克特報告消息。可是一旦離開人和馬擁擠的營地後,他就快速行進。

　　奧德修斯看見他迎面走來,向他的夥伴說:「那兒有敵人來,迪奧麥德斯。他大概是來偵察我們的船的,不然就是來脫死人的盔甲的。不知到底是為哪一樣。我們要不要放他走過去一點兒?那時可跳起來猛撲他。假如他跑得快,你必須聲言要投槍以威嚇他;時時刻刻趕他背着營地向船的方向跑,使他不得溜回城去。」

　　這樣決定後,他們藏在路旁的死屍堆裏。多朗毫不知情,跑步經過他們。當他離開他們相當騾子一天內犂出的壟溝的距離時(騾子深犂休耕地比牛強),兩人便追上來。多朗聽見後面有腳

步聲，停了下來，以爲是朋友們從特洛伊方面來叫他轉回去的，因爲赫克特收回了他的差命。但是等他們進入擲槍的距離或甚至更近些時，他知道他們是敵人，不禁拔腿就跑。他們立刻在後追。泰德斯和刼掠城池者奧德修斯無情地追逐那人，像兩個牙齒銳利的獵狗緊追着在林中飛奔並尖叫的鹿或兔。時時刻刻他們擋開他，使他不得回到自己的人們那裏。事實上多朗因爲是向船的方向奔，幾乎跑到崗哨那裏。這時雅典娜給泰德斯力量，使他格外猛衝一下，因此那些披銅甲的亞該亞人誰也不能誇口，說他先廸奧麥德斯刺殺了多朗。強大的廸奧麥德斯持槍搶上去大喝道：「停住，不然我就給你一槍，一下子就可刺死你。」

說着他投出一槍，故意沒有命中。明晃晃的矛頭掠過他右肩，插在地上。多朗停住脚步，驚慌萬狀。他的臉嚇得蒼白，嘴裏結結巴巴，牙齒直打哆嗦。兩個追他的人喘着氣上前去抓住他兩隻胳膊。他突然哭着說道：「別殺我，我將贖我自己。我家有銅有金，還有熟鐵，我父親將樂於用這些財貨贖我，假如他知道我被生擒並押在亞該亞船裏。」

「別害怕，夥計，」狡黠的奧德修斯說道，「別怕我們殺你，但是要回答我幾個問題，小心要說實話。半夜三更人們都在睡覺，你爲什麼獨自離開營地到船邊來？是要剝死人的盔甲嗎？是赫克特派你來偵察空船嗎？還是你自己來的？」

多朗兩腿發抖說道：「我本不要來，可是赫克特引誘我，答應把光榮的阿基里斯的駿馬和嵌花戰車給我。他敎我乘夜進入敵人陣地，看看是不是像平常一樣有人在保護艦隊，或者他們由於敗在我們手裏，已在討論要不要逃跑，是不是已經完全筋疲力竭顧不得派人守夜。」

才思敏捷的奧德修斯笑着對那人說道：「你想要那位勇敢皇子阿基里斯的馬嗎？那是很好的獎品，當然啦！可是牠們很難制服，不是容易駕馭的，至少凡人很難駕馭，或者說只有阿基里斯

才能駕馭，因為他的母親是女神。喂，我要問你，你得說實話。
你剛才來的時候，你們的總指揮赫克特在哪裏？他的裝備在哪
裏？馬在哪裏？特洛伊的崗哨設在什麼地方？其餘的人睡在什麼
地方？他們下一步計劃是什麼？他們打算守在近船的優勢陣地
呢？還是在重創亞該亞人後才打算退回城裏去？」

　　「我將誠實地回答你的問題。」歐麥德斯的兒子多朗說。「
第一，赫克特在伊拉斯王的墳塚旁，跟他的顧問們商議事情，離
一切嘈雜聲音遠遠的。其次，我的主，你問我們的崗哨，我們沒
有特為看守營盤或瞭望而設的崗哨。每家有自己的火。被派守夜
的人不睡，有時互相打招呼，以保持警覺。至於從各地來的友
軍，他們在睡覺。他們把守夜的事讓給我們作，因為他們的婦孺
不跟他們在一起。」

　　但是精明的奧德修斯沒有滿足。「你是什麼意思？」他問
道。「各地友軍跟特洛伊馬車戰士睡在一處呢？還是睡在另外的
地方？說清楚些，我要知道。」

　　「我仍將誠實地回答你的問話。」歐麥德斯的兒子多朗說。
「克利亞人和揹彎弓的派昂尼亞人睡在近海的地方，和他們一起
的還有勤里吉斯人，考孔人，和優秀的佩拉斯塞人，律西亞人，
偉岸的默西亞人；馴馬的弗呂吉亞人和麥奧尼亞的馬車戰士則分
配在通往辛布拉的地方。可是為什麼要我一一細說呢？要是你們
想偷襲我們的陣地，為什麼不偷襲新來的斯拉塞人？他們在陣線
的盡頭；他們的王埃奧紐斯的兒子雷薩斯也在那裏。那人的馬又
漂亮，又高大，是我所見過的最好的馬。牠們比雪還白，跑起來
像風一樣。他的戰車鑲金嵌銀，富麗堂皇；他還帶來幾大件金盔
金甲，看起來難以令人相信。凡人實不應穿這些東西，只有長生
的神才配穿。好了，你們是把我帶到船上去呢？還是把我捆綁起
來放在這裏，同時你們自己去看看我說的對不對？你們立刻就可
查明我說的是不是實話。」

　　強大的迪奧麥德斯板起面孔瞪住他。「多朗，」他說，「你給我們講了很好的消息，但是你既已落在我們手裏，休想逃命。假如今夜我們放了你，你會又來到亞該亞船前，或偵探，或跟我們作戰。可是假如我宰了你，你就不會再爲害阿果斯人了。」

　　多朗舉起一隻大手，正要去撫摸他的俘擄者的下巴，求他饒命，迪奧麥德斯一劍下去，砍在他脖子上。他劈開他的筋肉，多朗的話尚未說完，頭已落地。他們摘下他頭上的雪貂頭，剝下他的狼皮，取了他的彎弓和長槍。這時高尙的奧德修斯，舉起這些勝利品，給勝利品的女神雅典娜看，並向她禱告：「讓這些東西喜悅妳的心，女神，因爲妳是奧林匹斯衆神中我們首先求援的。請繼續幫助我們，偷襲睡夢中的斯拉塞人和他們的馬。」

　　禱告畢，他把那包東西舉過頭頂擱在一個檉柳叢裏。他揀一把蘆葦和靑柳枝蓋在上頭作一記號，以便在黑夜間來時，不致錯過。接着他兩人繼續前進，在玷染血迹的武器中穿行，不一時便來到斯拉塞人的營地。那裏人們勞頓疲乏，都在睡覺；他們的精美裝備，在身旁整整齊齊擺了三行。每人身旁有一對馬站着。雷薩斯睡在中央，他的一對快馬站在他身邊，韁繩拴在車欄杆的盡頭。奧德修斯先看見他，指着給迪奧麥德斯看。「那就是我們的人，迪奧麥德斯，」他說，「那就是多朗被我們殺死前所說的那兩匹馬。好了，現在該使出你渾身力氣。別站在那裏不知所措。快！解開那兩匹馬。不然你殺人我來弄馬。」

　　迪奧麥德斯被明眸的雅典娜裝滿怒忿，用劍向四面八方亂殺亂砍。垂死的人發出可怕的哼聲，鮮血洒在地上。泰杜斯的兒子斬殺斯拉塞人，像一頭雄獅發見一羣沒有牧人照顧的綿羊或山羊，便滿腔殺氣猛撲過去。他連殺十二個人，每殺一人，神思敏捷的奧德修斯便從他身後上來，拉住死者的脚把他拖開，目的是要給那對長鬃馬開闢一條乾淨路，因爲牠們不習慣於新主人，踩在死人身上，可能驚恐起來。泰德斯要殺的第十三人是雷薩斯

王。當他結果他的甜蜜生命時，他正在酣睡。他在作一個惡夢，
由於雅典娜的支使，那夜他夢見的正是泰杜斯的兒子廸奧麥德
斯。

　　無畏的奧德修斯從車上解下那兩匹頓足的馬，把兩馬的皮韁
結在一起，用弓碰一兩下，趕牠們離開那片擁擠的地方，因爲他
沒有想從那華麗的車上揀起那光亮的馬鞭。一切齊畢後他吹一聲
口哨，讓廸奧麥德斯王知道。

　　但是廸奧麥德斯不在着急。事實上他在想怎樣才是他能作出
的最慘酷的事，是拉住那戰車的轅桿把它拖出或舉起來扛走呢（
車上擺着裝璜華麗的盔甲）？還是再多殺些斯拉塞人？高尚的廸
奧麥德斯正在猶豫不決，雅典娜到他身旁警告他。「勇敢的泰杜
斯的兒子，」她說，「最好是想着回到船上去，不然你可能需要
跑着回去。別的神可能會喊醒特洛伊人。」

　　廸奧麥德斯聽見這話，認出是女神的口音，立刻騎上馬；奧
德修斯用弓一觸，兩馬向亞該亞船飛奔而去。

　　銀弓阿波羅的眼睛也在睜着，而且沒有白睜。他看見雅典娜
如何照顧泰德斯，很生她的氣；他降落在偉大的特洛伊軍營地，
喚醒一位斯拉塞領袖希波孔，雷薩斯的皇親。這人猛然醒來，急
忙起身，看見先前兩馬站的地方是兩片空地，成堆垂死的人，只
有奄奄一息。他哼了一聲，喊他朋友的名字。這使特洛伊人蜂擁
而來，發出可怕的叫嚷聲。他們看見那兩人在逃回空船以前所作
的可怕的事情，都愣住了。

　　奧德修斯跟廸奧麥德斯到達他們殺死赫克特的偵探的地方
時，奧德修斯王勒住慢跑的馬，泰德斯跳下馬去，揀起那些沾血
的武器遞給奧德修斯。他又騎上馬，輕拂一下，便向空船奔去，
急於到達行程的終點。

　　奈斯特是首先聽見遠處聲音的人。「朋友們，」他說，「阿
果斯的隊長們和顧問們，是我聽錯了，還是聽對了？無論如何，

我可賭咒，我聽見馬跑的聲音。想一想，倘若看見奧德修斯跟強大的迪奧麥德斯騎着兩匹駿馬，從特洛伊營地跑回來，那將多麼高興啊！可是我很怕是特洛伊人在作戰爭行動，我們的兩名最好的戰士現在有麻煩。」

他最後一句話尚未出口，兩人已到跟前。他們跳下馬，朋友們上來迎接，跟他們握手言歡。吉倫納斯的馬車戰士奈斯特最急於要聽他們的故事。「告訴我，」他說，「傑出的奧德修斯，亞該亞騎士道之花，你們是怎樣得到這兩匹馬的？是從特洛伊營地得來的呢？還是路上遇見某位神，他送給你們的？牠們閃爍發亮，像陽光一樣。我常跟特洛伊人相遇——事實上我可以說我雖然年老，但從未守在船前——可是向來沒有見過或想像過有這樣兩匹馬。我想是你們遇見了一位神，他給你們的，是不是？行雲者宙斯很喜歡你們兩個，他的女兒明眸的雅典娜也喜歡你們。」

「奈柳斯的兒子奈斯特，亞該亞人所敬愛的，」才思敏捷的奧德修斯答道，「神的力量比人大；假如有一位神要送給我們一對馬，他很容易拿出一對更好的。現在回答你的問題，我的主；這兩匹馬是斯拉塞人的，是剛來到的。傑出的迪奧麥德斯殺死了牠們的主人和他周圍最好的十二個人。我們一共殺死十四人，因為在離船不遠處捉得一名奸細，他是赫克特和其餘的傲慢特洛伊人派來偵察我們的營地的。」

說着他牽這對純種兵駒，越過壕溝，一面笑着；其他亞該亞人喜氣洋洋跟隨他。來到泰德斯的舒適棚屋裏，他們用皮韁把馬拴在槽頭，迪奧麥德斯自己的兩匹快馬，正站在那兒咀嚼甜大麥。奧德修斯把多朗的血污裝備放在船尾，以待將來可向雅典娜獻祭的時候。接着他們跳到海裏，洗去大腿、小腿和脖子上的汗漬。渾身洗乾淨後，他們覺得恢復了精神，又在自己的浴盆裏沐浴一番。沐浴已畢，遍身擦過橄欖油，便坐下吃晚飯，從滿滿的調和碗裏舀出熟酒祭奠雅典娜。

一一 阿基里斯看見了

　　當黎明起身離開她夫君泰索納斯的床，把光明帶給神和人時，宙斯派惡魔鬥爭手持戰旗，去到亞該亞船前。她站在奧德修斯的船凸出的黑殼上；這船在列船正中，在那裏一聲喊叫，兩端棚屋的人都可聽見：那兩端棚屋一端是特拉蒙埃傑克斯的，另一端是阿基里斯的，他們二人自信有足夠勇氣和力氣，可以捍衛列船兩翼。這位女神站在那兒高聲作戰爭吶喊，以鼓舞每個亞該亞人決心無情地去戰鬥。霎時間他們一心向戰，不再想開起空船回家去了。

　　阿特瑞斯高聲命令他的部隊，作戰爭準備，他自己穿上明亮的銅甲。首先他把一對光華的脛甲綁在兩腿上，脛甲有銀夾兒鉗住兩踝。其次他將從前辛伊拉斯贈給他的胸甲穿在胸前。辛伊拉斯在遼遠的塞浦拉斯聽說偉大的亞該亞艦隊要駛往特洛伊，特地將這副胸甲作為禮物，送給國王。這是用平行的十根深藍琺瑯條、十二根金條和二十根錫條編成的。兩邊各有三條蛇，盤身抬頭，指向頸項。彩色的琺瑯看起來像克魯諾斯的兒子掛在雲端給人間作預兆的彩虹。其次阿加米農把寶劍掛在肩上，劍把上的金星，閃爍發光；劍鞘是銀的，繫着金的肩帶。接着他拿起巨大結實的盾，一件裝飾高貴的東西：上面有十個同心銅環，二十個錫球排成一個白圓，圍着琺瑯質盾心浮雕。中間是可憎的戈兒岡頭，兩隻眼睛令人畏懼，她的兩旁是恐慌和潰逃。盾的肩帶是銀

的，一條藍琺瑯蛇纒在帶上，扭捲着從一個脖子生出三個頭。阿加米農把盔戴在頭上，盔有四板，雙冠，馬尾纓在上高傲地點動着；最後他揀起兩根粗壯的、有尖銳銅矛的槍。他的銅甲的亮光，射入遼濶的天空，雅典娜和赫拉響起霹靂，向金邁錫尼王致敬。

衆馬車戰士把戰車交給御者，吩咐他們把車排在壕溝前，他們自已則全副武裝，跑步前進，熙熙攘攘的聲音，侵入晨空，結果他們先御者在壕溝前排成陣勢，御者的行列，在他們背後不遠。克魯諾斯的兒子煽起每個人的戰爭熱，從上空降下血雨，決心要把許多英勇的戰士送入冥府。

另一方面，特洛伊人也集合起來，他們在平原的高地，圍着偉大的赫克特、無匹的波律達馬斯、乙尼斯，特洛伊人敬他如神明，跟安蒂諾的三個兒子：波律巴斯、高貴的阿吉諾，和年輕而像神一般的阿卡馬斯。赫克特手持圓盾，在這些戰士中是出人頭地的。像一顆不吉祥的星，有時從一朶烏雲背後發出皎潔的光芒，一會兒又隱在雲霧裏，赫克特有時出現在士卒前面，一會兒又在後面催促他們前進。他的銅甲銅胄閃耀着亮光，像披乙巳斯的宙斯父的閃電。

這時像兩隊刈禾者，分別從富人田地的兩端開始，割下一抱一抱的大麥小麥，直到他們的刈幅連接起來的時候，特洛伊人和亞該亞人互相猛撲，互相殘殺。他們數目相等，恐慌是不可思議的，他們像狼一般相拚，碎心者鬪爭看見他們滿心歡喜。因爲恰好她是神中惟一親睹這場戰鬪的，其餘的不在戰場，都在家裏納福，個個躲在他的建在奧林匹斯山坳處的漂亮房子裏。他們都跟克魯諾斯的兒子黑雲神不睦，因爲他想把勝利給特洛伊人。但是天父對這毫不在意。他悄悄離開他們，獨自坐在那兒，得意於他自己的權力，同時向下眺望特洛伊城和亞該亞艦隊，光芒四射的銅甲銅胄，殺人者和被殺者。

整個早晨，當陽光的強度逐漸增加的時候，陣陣標槍流矢，飛來飛往，人們不斷倒下死亡。但是大約相當一個在山谷砍伐巨樹的樵夫、砍得兩臂疲倦、覺得事情已經作了不少、想吃點兒東西並給自己造飯的時候，全線達南人呼朋喚友，抖擻精神，突破敵人陣線。阿加米農衝上去，身先士卒，先殺死特洛伊隊長比恩諾，繼又殺死他的戰友兼御者奧伊柳斯。奧伊柳斯已跳下戰車來對抗他，當他上來攻擊時，阿加米農用利矛刺中他前額。那沉重的銅盔，沒有擋住矛鋒，因為他刺透銅盔和頭骨，使腦漿迸流到盔內。奧伊柳斯和他的攻擊到此為止。

人的王阿加米農脫下他們的短裝，把兩具屍體棄在那裏，他們的胸脯在太陽裏閃着微光；他進而殺死伊薩斯和安蒂法斯，他們都是普利安的兒子，一個是私生子，一個是婚生子，兩人乘一輛車。私生子伊薩斯是御者，高貴的安蒂法斯是他身旁的戰士。他們兩人從前在愛達山的山嘴放牧畜羣時，曾被阿基里斯捉住。他用柔韌的柳條，把他們捆起來，後來接受贖金釋放了他們。現在他們碰到阿楚斯的兒子阿加米農王。他用長矛刺中伊薩斯胸間乳頭上面，用劍劈安蒂法斯耳旁，使他撞出戰車。他迅即脫下兩人燦爛的盔甲，脫時才認得是他們，因為從前當偉大的跑者阿基里斯從愛達山帶回他們時，他在自己的快船上看見過他們。這一切對阿加米農都很容易，他像一頭雄獅，闖進捷足母鹿的窩，攫住她的尚未斷奶的幼雛，用強有力的上下顎咬住牠們，奪去牠們幼稚的生命。縱使母鹿近在咫尺，她也不能幫助牠們。她自己也驚惶失措，拔腿飛跑，衝撞大樹下層的叢木，急急忙忙跑得渾身汗流，以逃脫那可怕野獸的爪牙。那兩人也是如此。特洛伊人中沒有一人救他們免於死難。真的，他們在阿果斯人前潰敗逃竄。

阿加米農接着攻擊佩桑德和壯大的希波洛卡斯。他們是安蒂馬卡斯的兒子，這位精明的貴族覬覦巴黎的財富，他希望得到重金賄賂，所以特別出力辯難，擊敗一切主張將海倫還給紅髮米奈

勞斯的提議。現在他的兩個兒子被阿加米農王捉住。他們同乘一車，兩人都企圖控制他們的精神飽滿的馬。但是因爲光亮的馬韁，從御者手中滑落，兩馬陷於混亂中。阿特瑞斯像頭雄獅，向他們猛撲；他們甚至沒有下車，便央求饒命：「生俘我們，阿加米農王，你可得到充分的贖金。我們父親安蒂馬卡斯富有資財，家裏有許多寶物，銅金和熟鐵。假如他聽說我們被擒，押在亞該亞船上，他會給你貴重的贖金。」

他們這樣流淚向王呼籲；語氣是巴結討好，但得到的囘答，卻不是如此。「假如你們是安蒂馬卡斯的兒子，」阿加米農說，「就是他前當米奈勞斯跟奧德修斯王出使那裏時，在特洛伊議會大膽主張將米奈勞斯當場殺死，不放他囘亞該亞；那麼你們兩人應爲爾等父親的重罪，付出代價。」

他的話剛說完，便一槍刺進佩桑德的胸膛，把他挑下車去，仰臥在地。希波洛卡斯跳下車，被殺死在地上。他用劍斬去他的頭和兩臂，使他的身軀像一塊圓石般滾進人叢。

阿加米農離開兩人，向戰鬥最激烈的地方衝，其餘披銅甲的亞該亞人跟在後面。步卒追殺步卒，馬車戰士槍刺馬車戰士，同時眾馬奔騰，踢起塵土飛揚。阿加米農王喊着阿果斯人，不停地窮追趕殺。像在一片處女林裏，旋風吹動野火，四外延燒，烈熖到處，叢樹就被摧毀，阿楚斯的兒子阿加米農就這樣追殺潰逃的特洛伊人。許多對馬曳着空車，在戰地昂首奔馳，失去戰士們的指導；而這些戰士，伸着四肢，躺在地上，頗能引起禿鷲的食慾，不大能引起他們妻子的興趣了。

宙斯使赫克特離開標槍飛矢，離開塵土與屠殺，離開流血與混亂，剩下阿特瑞斯所向無阻。他的人跟着他奮勇殺敵，日中時，潰逃的特洛伊人急於往城裏奔、已越過達丹納斯的兒子伊拉斯的墳塚，越過野生的無花果樹，跑過平原的一半。阿特瑞斯仍然吶喊趕殺，鮮血濺污他無敵的手。但是他們跑到斯坎門跟橡樹

前，停了下來，給那些跑得慢的朋友們一個趕上的機會。因爲有些仍在平原上驚竄，阿特瑞斯在後緊追。他趕着他們像羊羣，刺殺落在最後面的，像一頭雄獅驚起羣獸狂奔，突然咬死一頭孤零的母牛：牠咬住她的脖子，用強有力的上下顎撕破皮肉，安然吞食血和臟腑。阿加米農王就這樣對他待們，把許多馬車戰士刺下車去，仰面朝天或嘴啃地而亡，他那憤怒的槍，逢人便戳。

他們幾乎到達高峻的城牆跟前時，人和神的父從天上下來，手握一個霹靂，坐在多泉的愛達山頂峯。他派金翅愛瑞斯作他的使者，「去，愛瑞斯，越快越好，」他說道，「替我送個信息給赫克特。只要他看見阿加米農王在前線衝殺特洛伊人的隊伍，讓他後退，不過要命令他的人跟敵人纏鬥不放。可是一旦王受了槍傷或箭傷，回到車上去，我就給赫克特力氣去斬殺，直到他殺到裝備完善的船跟前、跟太陽落西、賜福的黑夜降臨的時候。」

旋風腿愛瑞斯沒有怠慢，立卽從愛達頂峯飛到神聖的伊利亞；她在那裏看見赫克特皇子，聰明的普利安的兒子，站在馬和戰車中間。她去到他跟前，呼喚他的名跟他的皇子稱呼。「宙斯父，」她說，「派我來向們傳話。只要你看見阿加米農王在前線衝殺特洛伊人的隊伍，你得往後退，不過要命令你的人跟敵人纏鬥不放。可是一旦王受了槍傷或箭傷，回到車上去，宙斯就給你力量去斬殺，直等你殺到裝備完善的船跟前、跟太陽落西、賜福的黑夜降臨的時候。」

傳了話以後，捷足的愛瑞斯抽身轉去。赫克特立卽渾身甲冑，跳下戰車，手揮兩桿利矛，在他的隊伍中間到處走動，教他們停下來抵抗，激勵他們的尚武精神。結果特洛伊人轉身面對亞該亞人。但是亞該亞人也充實了他們的隊伍。這樣來兩軍相向，交起戰來。阿加米農急於身先士卒，領頭向敵人發動攻擊。

告訴我，住在奧林匹斯的諸位繆斯，是誰第一個跟阿加米農王交手？是一位特洛伊人呢？還是一位著名的友軍？

他是安蒂諾的兒子，高大漂亮的伊菲達馬斯。這人是在綿羊之母、肥沃的斯拉塞長大的。他的母親和美貌的澤阿諾的父親西塞斯自幼把他撫養在他的宮裏，等伊菲達馬斯長大成人後，把他的女兒嫁給他，企圖羈絆住他在家。伊菲達馬斯跟她成婚後，聽見亞該亞人遠征的消息，立刻就離開新婦的懷抱。他帶領十二隻鳥嘴船出發，後來把那隊整齊漂亮的船留在派科特港，自己徒步到達伊利亞。現在就是這人跟阿楚斯的兒子阿加米農交手。

兩人接近時，阿特瑞斯首先擲出，但沒有命中。其次輪到伊菲達馬斯，他刺中阿加米農胸甲下面的甲帶。雖然他攥住槍桿用盡力氣戳，可是不能穿透那光亮的甲帶；因爲矛頭觸及銀帶時，槍尖像鉛樣捲了起來。阿加米農抓住那人的槍桿，像一頭雄獅般往自己懷裏拉，把槍桿拉出那人的手。接着他用劍劈他的脖子，把他斬倒在地。伊菲達馬斯就這樣倒了下去，倒下去長眠不寤。不幸的人！他爲國家而戰，遠離新婚的妻子；未能享受妻子的恩愛，雖然花了許多聘禮才娶得她來：他立時付出一百頭牛，答應再從他那無數的牲畜中，揀付山羊綿羊混合羣共一千頭。阿楚斯的兒子阿加米農剝下他輝煌的鎧甲，帶進亞該亞人的行伍中去了。

安蒂諾的長子可欽敬的科昂看見這景象，兩眼模糊，爲他陣亡的兄弟悲傷；他乘阿加米農不備，持槍從斜刺裏殺來。他刺中他前臂正中，明晃晃的矛頭深入皮肉。人的王阿加米農打一個寒顫，但沒有放棄戰鬥，退下陣去，反而揮舞那吃風的長槍，直取科昂。科昂已抓住伊菲達馬斯一隻腳，急着把他兄弟拉進人叢，並喊他最好的人來幫助他拖。正在這時，阿加米農用銅矛刺在他的浮雕盾心後面，把他戳倒在地。他隨即跑上去，在伊菲達馬斯屍身上空割下他的首級。安蒂諾的兩個兒子，就這樣在阿特瑞斯王手裏應驗他們的命運，同往冥府去了。

只要他的傷口有熱血淌出，阿加米農總繼續用槍劍巨石，打

擊敵人。一旦血流停止，傷口開始乾燥，他便感覺一種刺痛，像女人生產時那種劇痛——赫拉的女兒分娩女神埃勒蘇亞所加諸於產婦的劇烈陣痛。阿特瑞斯疼痛難禁，跳上戰車，教御者馳回空船去；並在極端痛苦中高聲向達南人喊道：「朋友們，阿果斯的諸位隊長和顧問們；現在要靠你們拯救航海船隻，免於戰爭的怒焰，因為宙斯不讓我竟日戰特洛伊人。」

阿加米農不再說什麼，他的御者策動長鬃馬，開始向空船馳去。那對馬一心飛奔，牠們胸前涎沫斑斑，腹下塵土飛濺，拉着受傷的國王離開戰場。

赫克特看見阿加米農退下，他高聲喊特洛伊人和律西亞人道：「特洛伊人跟律西亞人，還有你們善戰的達丹尼亞人，勇敢呀，朋友們，拿出你們的勇武精神來。他們的最傑出的人已經去了，克魯諾斯的兒子宙斯已經給我一次大捷。驅車直追這些強大的達南人，贏得更偉大的勝利呀！」

這樣他鼓舞他們，喚起每個人的勇氣。像獵人嗾使咆哮的獵犬，去攻擊一頭野蠻的野猪或雄獅，普利安的兒子赫克特，像嗜殺的戰神那樣堅強，策勵驕傲的特洛伊人攻擊亞該亞人。他自己身先士卒，滿懷希望，投身於戰爭，像一陣暴風自高空向下猛撲，打擊蔚藍的海水。

既然宙斯把勝利給予普利安的兒子赫克特，是誰最先和最後死在他手裏呢？第一是阿塞尤斯、奧托諾斯和奧皮蒂斯；克律霞斯的兒子多洛普斯、奧菲爾狹斯和阿吉勞斯；艾辛納斯、奧拉斯和堅定的希波諾斯。這些都是他所殺死的達南領袖。繼而他撲殺兵卒羣，像一陣猛烈的西風吹散南風所排列的朵朵白雲；當巨浪開始跳動，泡沫隨風飛濺。這樣多敵人，就這樣死在赫克特的攻勢下。

不可挽救的災禍就要降臨在亞該亞人頭上，他們潰散奔逃，不久就要到達船前，死在那裏，要不是奧德修斯高聲喊泰杜斯的

兒子廸奧麥德斯道：「泰德斯，我們是怎麼搞的？我們的決心哪裏去了？好朋友，看在上帝的分上，來同我並肩堵擋一陣。想一想，假如明盔的赫克特奪了船，那多麼丟臉！」

「我眞的要站住抵抗，」強大的廸奧麥德斯答道。「但是我們的朋友，不能因此而有好久的好處。行雲者宙斯已決定讓特洛伊人勝，不讓我們勝。」

說着他把槍擲向辛布勞斯，擊中他左胸，把他打下車去；奧德修斯也結果了這位皇子的高貴侍從莫利昂；他們不再有戰爭的份兒了。丟下這兩人，他們殺進人叢，左衝右突；像一對憤怒的野豬反撲追逐牠們的獵犬。就這樣，他們反擊特洛伊人，毀滅他們的攻擊者，給逃避傑出的赫克特的亞該亞人一個歡迎的喘息機會。

一輛戰車上的兩位隊長，立刻死在他們手下。他們的父親是派科特的麥羅普斯，當時最能幹的預言者。他曾告誡這兩個兒子，不要去赴戰，以免枉送性命。但是死神的黑手，在召喚他們，他們不聽父親的話。現在泰杜斯的兒子，著名的槍手廸奧麥德斯，取了他們的性命，剝去他們輝煌的甲冑；同時奧德修斯殺死希波德馬斯和海佩羅查斯，也脫去他們的盔甲。

克魯諾斯的兒子從愛達向下俯瞰，穩住戰局，一時間雙方互有殺傷。泰德斯擲出一槍，擊中派昂的兒子阿格斯綽法斯的髖關節。這人無法逃脫，因為他的車不在跟前。他的致命錯誤，是不該把戰車留在後面，交給他的侍從，自己徒步衝上前線。因此他丟了性命。這時赫克特掃視一下他的隊伍，看見弱點在什麼地方，隨卽大喝一聲，直奔廸奧麥德斯和奧德修斯而來，特洛伊隊伍跟在他後面。甚至高聲吶喊的廸奧麥德斯看見他，也不禁股慄。他立卽轉面向靠近他的奧德修斯說道：「我們兩人難免有麻煩。可怕的赫克特來了。不要動，就在這裏堵擋他並趕走他。」

說着他把長影槍向後一抽，投擲出去。他瞄準赫克特的頭，

投個正中：他擊中頭盔的脊冠。但是他的銅矛被赫克特的銅盔擋住，不能進入皮肉：不能刺透菲巴斯阿波羅給他的那頂三層銅板帶臉甲的頭盔。赫克特立即跑回去好遠，藏在他的人中間。他跪在地上一隻巨掌按地支住身軀，眼前一片漆黑，像夜間一樣。泰德斯追踪他的槍路，穿過前線，去到他所看見的武器降落的地點。因此赫克特有時間蘇醒過來。蘇醒後，他立即跳上戰車，駛進人叢去了。他倖免一死；偉大的廸奧麥德斯持槍跑上去，望住他罵道：「你這個狗東西，又給你逃掉了。但也只這一次。菲巴斯阿波羅又在照顧你：無疑的，在你來到標槍所及的範圍以前，你是向他禱告過了的。可是我們還有見面的時候，那時我再結果你，如果我也能找到一位神幫助我。目前我要找別人試試運氣去。」

廸奧麥德斯回頭去剝阿格斯綽法斯的甲胄，他就是他剛才殺死的那個槍手。這時美髮海倫的丈夫巴黎對準偉大的隊長泰德斯開弓，他隱藏在從前人們爲其首領達丹納斯的兒子亞拉斯所造的墳塚的柱子後面。廸奧麥德斯正在脫阿格斯綽法斯光亮的盔甲，摘他肩上的盾和頭上的重盔，巴黎扯滿弓射了一箭。那枝箭沒有虛發。它射中泰德斯右腳腳掌，穿透過去插在地上。巴黎一聲歡笑，跳出隱身的地方，幸災樂禍盯住廸奧麥德斯。「你中箭了，」他叫道，「我的箭沒有白費。只恨沒有射中你肚皮，一下子把你射死。那時怕你怕得像羊羔在雄獅面前發抖的特洛伊人會比較好過些。」

強大的廸奧麥德斯不動聲色答道：「你這個用箭的和吹牛的，你這個頭有美好鬊髮、眼睛喜看女人的傢伙，要是你跟我以真的武器相見，你就會發現你那一張弓和一壺箭保護不了你。現在呢，你是在恭維自己。你只不過劃破了我的腳掌罷了。這個我不理，只當是一個女人或頑童擊中我一樣。懦夫的箭沒有關係，我的武器可厲害多了。只要碰一下人就死，他的妻就愁眉苦

臉，他的子女就是孤兒孤女；他就血染塵埃，躺在地上腐臭，身邊女子少，禿鷲多。」

迪奧麥德斯講話時，著名的槍手奧德修斯走來掩護他。迪奧麥德斯坐在他朋友身後，從脚上拔出利箭。疼痛刺入他的肌肉，在極端痛苦中他爬上戰車，吩咐御者駛回空船去。

現在剩下奧德修斯一人，沒有一個阿果斯人在他身邊幫助他；因為個個人都驚慌得不得了。甚至著名的奧德修斯也感覺不安，自己在心裏盤算。他呻吟着自問道：「我將怎麼辦？怕敵人衆多就逃跑，那是不名譽的事；可是被人捉住，就更不好過，因為宙斯已使所有達南人一律逃跑了。現在為什麼討論這個？難道我不知道嗎？膽小的離開崗位，自稱是領袖的人，職責所在，必須屹立不動，殺敵或被殺。」

正當奧德修斯在自我辯論時，持盾的特洛伊羣衆，衝上來圍住他。可是他們包圍的是一個勁敵。那時正像一羣年輕力壯的獵人，領着獵犬鬪一頭野猪。牠從穴窩的深處出來，乳白的獠牙磨擦着彎曲的雙顎。他們從四面八方向牠衝，聽見咬牙切齒的聲音。牠雖然可怕，他們仍堅持不退。包圍的特洛伊人，就這樣困擾奧德修斯王。但是他一開始就很得手。他撲上去以利矛刺高貴的奧德皮特斯，從上向下刺傷他的肩膀。接着他殺死佐昂跟恩諾馬斯；又殺死從車上跳下來的徹西達馬斯。他的長槍伸到浮雕盾心背後刺中的肚臍，徹西達馬斯倒在塵埃，手抓着地。丟下這些人在他們倒下的地方，奧德修斯用槍刺希帕薩斯的兒子查羅普斯。查羅普斯的兄弟是富有資財的索卡斯，一個勇武高貴的人，他急忙上來救助他，抵抗奧德修斯。「傑出的奧德修斯，」索卡斯向他說，「大謀略家，大冒險家，今天你要麼戰勝希帕薩斯的兩個兒子，並誇口你殺死和刼掠一對雄武兄弟，要麼死在我槍下。」

說着他擲槍擊中奧德修斯的圓盾。那沉重的槍尖透明晃晃的盾，進入華麗的胸甲，划破奧德修斯脇下的皮肉，不過帕拉斯雅

典娜沒有讓它深入內腑。奧德修斯知道沒有傷及要害，後退一下
向索卡斯說：「不幸的朋友，你的命運已經注定了。你可能使我
不能再戰特洛伊人，可是我告訴你，你的死就在眼前。你將死在
我槍下，把性命給名馬冥府，把榮耀給我。」

　　索卡斯轉身想逃，他剛掉轉車頭，奧德修斯向他背上刺了一
槍，刺中兩肩當中，矛頭透過胸前。他砰的倒下去，偉大的奧德
修斯高興地喊道：「啊，索卡斯，勇猛的馬車戰士希帕薩斯的兒
子！終久死來得太快啦，你沒有逃得及。可憐的傢伙，你的父親
和母親不能來替你合上眼皮，烏鴉將圍着你拍動翅膀，啄食你的
屍體。我麼，我死時，我的高貴的國人將給我哀榮。」

　　說着他把勇猛的索卡斯的沉重的槍，拔出他自己的傷處跟有
浮雕裝飾的盾。槍頭拔出時，鮮血向外湧，奧德修斯非常痛苦。
英勇的特洛伊人看見他流血了，大家互相呼喚，一齊上來攻擊。
奧德修斯往後退，高呼他的朋友們前來救助。他高叫三聲，英勇
的米奈勞斯聽見三次，他轉面向恰好離他不遠的埃傑克斯說：「
我主埃傑克斯，特拉蒙的皇子，我聽見無畏的奧德修斯在呼救。
聽起來像是特洛伊人在激戰中圍住並壓住了他。你我兩人最好衝
進去救他。否則恐怕他沒有好下場。這樣一位優良戰士，如不幸
陣亡，那將是達南人多大的損失啊！」

　　說着他帶路前面走，像神一般的埃傑克斯跟隨他。他們立刻
看見奧德修斯王被特洛伊人四面圍攻。接下去的一幕，像一羣褐
豺圍攻一頭長角鹿的光景一樣。鹿被獵人的箭射傷，只要熱血流
着，牠的腿還跑得動，獵人就趕不上牠。可是當箭傷耗盡牠的力
氣時，山豺羣在黃昏的林中捉住牠；牠們正在撕食牠的時候，忽
然來了一頭饑餓的雄獅。豺羣四散走開，輪到雄獅去撕食了。就
像這樣，當特洛伊的騎士圍攻足智多謀的奧德修斯，英勇的奧德
修斯使動長槍衞護自己的性命時，手持高大盾牌的埃傑克斯走上
來遮蔽他。特洛伊人四散走開。阿瑞斯的寵兒米奈勞斯挽住奧德

修斯的胳膊，架住他走出人羣，一直走到他自己的車前——是他
的侍從把車趕上來的。

　　埃傑克斯闖進特洛伊人叢，殺死了普利安的私生子多里克拉
斯；傷了潘多卡斯和律桑德、派拉薩斯和派拉特斯。像多雨漲滿
河川，山洪暴發，沖到平地，掃蕩枯橡死松，把許多淤塞物捲到
海裏，傑出的埃傑克斯衝到平原，猛撲敵人，殺死人和馬。

　　赫克特全然不知道這裏的情形。他在極左翼斯卡曼德河畔活
躍。那裏戰況最激烈，圍繞着偉大的奈斯特和兇猛的愛多麥紐斯
發生一場鏖戰。赫克特在這裏忙着斯殺。他的戰車和標槍使得出
奇，刈倒許多亞該亞青年。卽使如此，勇敢的亞該亞人還是不肯
讓步，要不是海倫的丈夫巴黎用一枝三鉤箭射中當其衝的偉大
隊長馬柴昂的右肩。亞該亞人正戰得性起，這時未免憂傷焦慮。
他們想戰爭拉來拉去，他可能被俘；所以愛多麥紐斯立刻向高貴
的奈斯特喊道：「快點兒，我主奈斯特，亞該亞騎士道之花！上
車去，拉起馬柴昂，趕快把他帶到船上去。一位能取出箭鏃用藥
醫好箭傷的外科醫生，抵得過一團人。」

　　吉倫納斯的武士奈斯特沒有遲疑。他立刻上車，名醫阿斯克
勒皮阿斯的兒子馬柴昂也上去站在他身邊。奈斯特揚鞭催馬，那
對樂意的馬便向空船那裏奔去。那正是牠們要去的地方。

　　赫克特的御者塞布里昂斯看見另一翼的特洛伊人敗退下去，
特請赫克特注意。「我們在這裏，戰爭的邊緣，跟達南人對戰，
」他說，「我們的部隊，人和馬，在另一翼被打得落花流水。特
拉蒙埃傑克斯在趕殺他們：只要看他肩上寬大的盾，就很容易認
出。讓我們趕過去參加，那裏的馬車戰士和步卒打得最激烈，人
們互相砍殺，戰爭的吼聲永不停止。」

　　塞布里昂斯用鞭子抽他的長鬃馬，牠們一聽見鞭嘯聲，便立
卽拉起戰車向交 戰的特洛伊和 亞該亞人奔去 ， 脚踏着死屍和盾
牌，因而馬蹄和 車輪拋起的血 ， 濺在車底的軸 幹和周圍的扶手

上。赫克特急着進入戰鬥的人叢，跳進去分開人衆。他的來，使
達南人慌亂，他也絕不吝用他的標槍，可是他避免跟特拉蒙的兒
子埃傑克斯交手，而用槍、劍、滾石向別處攻擊。

　　最後是坐在寶座上的宙斯父自己，使得埃傑克斯敗退。埃傑
克斯失掉勇氣，停了下來。他焦急地瞥見周圍的許多敵人，把他
那七重盾掄在背上，轉身後退，一步一步地，像野獸一般，還頻
頻回顧。他像一頭黃褐雄獅，被農人的助手和狗逐出牛欄，他們
徹夜不睡，生怕最肥的母牛被牠吞掉。雄獅饞不可耐，撲向前
去，但是沒有用處。強有力的胳膊，把陣陣飛矢火把向牠投來，
無論牠多麼迫切要得食，也未免望而生畏，所以到黎明時，牠失
望地溜走了。埃傑克斯就是這樣，無可奈何地在特洛伊人面前後
退，他非常不情願這樣，而且明知這對於亞該亞船的危險。卽使
如此，他頑強的像一匹不聽主人吩咐的驢子，經過一片田地時，
走進去吃莊稼。許多根棍棒打斷在牠背上，但那些無力的抽打，
牠卻毫不在意。最後人們費了好多氣力，才把牠趕到田外，那時
牠已經吃飽了。就是這樣，驕傲的特洛伊人和他們著名的友軍，
緊跟在偉大的特拉蒙埃傑克斯後面，用他們的槍戳他盾的中心。
有時埃傑克斯一陣憤怒，回頭堵擊馴馬的特洛伊人；一會兒又轉
過去繼續後退。就這樣，他設法擋開一枝威脅船的軍隊，在特洛
伊人和亞該亞人中間的地方，獨自向四面八方亂殺亂戰。有膂力
的胳膊投來的槍，有許多很想再往前進，被他的盾擋住了；另有
許多落在他面前，插在地上，想吃但沒嘗到他那白皙的肌肉。

　　歐艾蒙的高貴兒子歐呂拍拉斯，看見埃傑克斯在標槍飛矢下
苦戰，跑過去支援他。他擲出一根明晃晃的標，擊中弗西阿斯的
兒子阿皮莎昂隊長的下腹，進入肝內，使他立即倒在地上。他搶
上去想脫掉他肩上的甲，正要脫時巴黎皇子看見了他。他迅卽對
他開弓，一箭射中他右腿。右腿拖着一枝斷箭的歐呂拍拉斯，鑽
進他自己部隊中間，才免於死難。他向達南人高聲喊道：「朋友

們，阿果斯的隊長們和顧問們，不要跑了；站住抵抗一陣，救救埃傑克斯的性命吧。這樣多敵人向他投射，不知他怎樣才能脫身。讓我們振奮精神，跟着特拉蒙的兒子埃傑克斯應戰！」

受傷的歐呂拍拉斯喊叫後，人們圍住他聚攏起來，個個低頭彎腰，躲在斜盾後面，舉槍準備投擲。埃傑克斯向他走來，一旦來到朋友中間，便轉身站住抵抗。

戰爭就這樣進行着，像一團不能熄滅的火焰。這時奈柳斯所育的一對母馬，跑得渾身是汗，正把奈斯特拉出戰地，跟他一起的是人民的牧者馬柴昂。碰巧偉大的捷足阿基里斯，正在他那大船的尾梢觀看戰爭的危機和可悲的潰敗，看見了他。他立即喊他的朋友派楚克拉斯，從船上大聲叫。派楚克拉斯在棚屋裏聽見他，走了出來，像戰神一般；他的末日就在那時注定了。阿基里斯還沒有來得及解釋，他就說道：「叫我幹什麼，阿基里斯？你要我做啥事？」偉大的跑者阿基里斯說道：「我的皇子，我所心愛的，亞該亞人就要來爬在我膝下向我低頭了，因爲他們已陷入無望的境地。現在我要請你作的事，我主派楚克拉斯，是去問問奈斯特，他從戰地帶下來的受傷者是誰。從後面看，他正像阿斯克勒皮阿斯的兒子馬柴昂，不過馬掠過我身邊時跑得很快，沒有看見他的面孔。」派楚克拉斯聽他朋友的話，立即順着亞該亞人的棚屋和船跑過去。

奈斯特和馬柴昂到達奈斯特的棚屋時，他們下車站在多產的地上，這位年老的國王的侍從歐呂麥敦卸下馬來。他們站在海邊讓風吹乾短裝的汗，然後走進棚屋，坐在安樂椅上。赫卡米德女給他們做了一碗蓉湯；赫卡米德是阿基里斯打破特內多斯時老人得到的。她是豁達大度的阿西諾斯的女兒，亞該亞人把她分給他，表示對他們的最能幹的顧問的敬意。一開始她把一張光亮的有彩漆腿的桌子，擺在他們的跟前，把一個銅盤放在桌上，盤裏放一個洋蔥，用以調和飲料，和一些黃蜜和敬神用的大麥片；在

這些旁邊，她放下一只華麗鑲金大杯，這是老人從家裏帶來的。杯有四耳，每耳下有兩腿，上有一雙金鴿相對啄食。杯裝滿時，任何人移動它都嫌吃力，可是奈斯特，雖然年事已高，卻很容易地端起它。他們的漂亮侍女，把湯調和普蘭寧酒傾在這杯裏，加些山羊乳酪，用一枝銅箸攪勻，上面撒些白大麥片，請他們喝，他們都喝了。

消解了乾渴後，他們從事友好的談話，這時派楚克拉斯忽然出現在門口，像一尊神。老人望見了他，離開他光亮的椅子，牽住他的手向前，請他坐下。可是派楚克拉斯不願進裏面去，他解釋道：「我的可敬的主，我沒有工夫坐下，恕我不能從命。我所敬畏的主人差我來打聽一個消息，就是問他被你帶回來的受傷者是誰。現在我看見原來是我主馬柴昂，我要立刻回去報告阿基里斯。因為你很知道，我的可敬的主，他是多麼難伺候的人，很可能無緣無故找人的紕漏。」

「我不能明白，」吉倫納斯的武士奈斯特答道，「阿基里斯為什麼關心個別的受傷者，而不管全軍遭遇的災難。我們最傑出的戰士們，躺在船邊，不是受了箭傷，就是受了槍傷。泰杜斯的兒子迪奧麥德斯中了箭；偉大的槍手奧德修斯受傷了；阿加米農也受傷了；歐呂拍拉斯大腿上中了箭；這裏還有一位中了箭，我剛從戰地撤下來。可是阿基里斯，雖然他也是戰士，對於達南人毫不關心或憐憫。他是在等着看，無論我們如何奮戰、我們豪華的船將在海邊焚燬、我們的軍隊將被逐漸消滅嗎？我不能代替他。現在我的四肢已經不那麼和軟，老勁已經沒有了。啊，真想像從前那麼年輕力壯！想當年我跟埃利斯人為了偷牛的事鬪毆起來，我殺死了一個埃利斯人，海佩羅查斯的英勇兒子伊曲莫紐斯。我在對他的牛羣進行報復性襲擊，他領頭保護牛，我手擲標槍把他打倒在地。他的鄉下兵四散驚奔；我們的戰利品多麼豐富啊：五十羣牛，同樣多的綿羊，同樣多的猪，同樣多的山羊，還

有一百五十匹栗色馬，都是母馬，很多都有小駒在身旁。我們連
夜把這些趕回奈柳斯的派洛斯城，奈柳斯看見像我這樣一個羽毛
未豐的戰士，竟有這樣好運氣，很是高興。天明時，我們的街頭
宣報員們，召集起來那些有債權在埃利斯的人，派洛斯的頭腦人
物，開一個會，分了那些戰利品。這些東西來得正好，因為埃利
斯人欠我們許多人債。實在的，我們派洛斯人那時情況很壞，在
強大的赫拉克勒斯前年來踐躪後，我們剩下的為數無多，好的人
都被殺掉了。卓越的奈柳斯原有十二個兒子，這時只剩我一個
人，其餘的都死了。結果埃利斯兵蠻橫得令人不能容忍；他們蔑
視我們，可恥地壓迫我們。可是現在老王奈柳斯從我的戰利品
中，得到一羣牛和大羣綿羊——他給他自己挑選三百頭跟牠們的
牧者——這算是賠償他在戾好的埃利斯地面所遭受的慘重損失。
因為從前他派四匹賽跑馬跟一輛車去那裏，參加三脚祭壇獎的競
賽，奧吉斯王沒收了他的馬，遣回御者，一個悲慘的無馬的人，
並給他捎了一個侮辱的信息。奈斯特既憤恨這個信息，也憤恨國
王的強橫。所以現在任意撫取戰利品，剩下的讓人們分，每人都
分得他應得的一份兒。

第三天我們剛分畢戰利品，正在城內許多地點祭神時，埃利
斯人傾巢而來，騎兵和步兵，激烈地向我們攻擊；莫利昂兄弟也
跟着來了，他們那時只是年輕孩子，沒有戰爭經驗。

多沙的派洛斯邊界上，有一個外圍要塞，叫斯呂烏薩，建在
一個俯瞰阿爾弗斯河的陡峻山頭上。他們的目的是要毀掉這個地
方。他們包圍了它，橫行於四周的平地。但夜間雅典娜從奧林匹
斯疾馳而來，警告我們快武裝起來。她發現我們個個情願。事實
上，她在派洛斯集合起來的軍隊，全體磨拳擦掌，準備廝殺。但
是奈柳斯不想讓我參加。他覺得我對當真的戰爭知道得太少了。
他把我的馬藏起來；那也沒有關係。雖然我徒步去，但是由於雅
典娜的安排，我的表現甚至在我們自已的馬車戰士之上。

有一條河叫敏尼阿斯,在阿倫附近入海。派洛斯的騎兵,就停在這裏等待天明,同時步兵也跟着開上來。我們從那裏,以戰爭序列,急行軍前進,中午時分已到達神聖的阿爾弗斯河。我們在那裏祭過萬能的宙斯,向河神和波塞多各獻一公牛,向明眸的雅典娜獻一小母牛。各營分別用過晚膳,就在河畔過夜,個個人衣不解甲。

這時埃利斯人正在包圍要塞,有充分信心和決心攻下它。他們想不到不但不能攻下 , 反而要受打擊。 太陽剛在天際線上露面,我們便禱告宙斯和雅典娜,開始攻擊。兩軍交手後,我奪了我所殺死的第一個敵人的一對絕好的馬。他是一個名叫繆利阿斯的槍手,是奧吉斯的女婿,娶的是他的長女,棕髮的阿格米德,她稔知世上一切有特殊效能的藥草。他向我走來時,我用銅矛刺他,他一頭撞在塵土裏。我跳在他車裏,佔住車前的位置;驕傲的埃利斯人看見他們的戰車隊長,他們最卓越的戰士,被打倒在地,都四散奔逃。但是我像一陣夾有黑雲的狂風般追逐他們。我俘獲五十輛戰車,每俘一輛就將兩人刺死在地。事實上,我本可也殺死阿克特家的莫利昂攣生兄弟,要不是他們的父親偉大的震地者波塞多藏他們在一團濃霧裏,把他們救出戰地。是的,宙斯給我們一次偉大的勝利。我們越過開濶地追逐他們,逢人便殺,奪取他們輝煌的武器,直到我們的戰車駛入巴普雷興的穀田,到達奧倫岩和一個名叫阿利森山的地方。在那個地方,雅典娜敎我們囘師,我在那裏殺死我所殺死的最後一個人。我們的戰車隊退出巴普雷興,開囘派洛斯,人人把榮耀給神中的宙斯和人中的奈斯特。

就這樣,當年我在同儕中有所表現,一點兒也不含糊。現在看看阿基里斯。他是個勇敢人。可是除了他自己以外,他的勇氣對誰有好處呢?請記住我這句話:軍隊覆滅後,他也會流淚的,流懊悔的眼淚。朋友,你可記得,那天你父親麥諾俠斯遣你從弗

西雅去參加阿加米農的軍隊，他跟你說了什麼話？我跟奧德修斯
王都在場，句句我們都聽見了。那時我們在肥沃的亞該亞地面，
招募人馬，來到佩柳斯的輝煌宅第，看見麥諾俠斯主公和你，阿
基里斯跟你在一起。老年的馬車戰士佩柳斯，正在馬院炙燔肥牛
腿敬雷神宙斯。他手持一只金杯，一面燒祭肉，一面澆奠閃耀的
酒，你二人在準備肉。正在那時，奧德修斯跟我出現在門口。阿
基里斯驚異地跳起來，拉住我們手帶進屋去。他給我們椅子坐，
慇勤款待，勸進飲食，像往日一樣。吃飽喝夠了，我說明來意，
請你和阿基里斯參軍。你們兩人非常情願，你們的父親也很同
意。老人佩柳斯勉勵他的孩子阿基里斯，要時時努力向上，樣樣
做在同儕的前頭；同時阿克特的兒子麥諾俠斯也在指點你。我還
記得他說：『兒呀，阿基里斯出身比你高貴，力氣也比你大得
多。但是你比他年長。你應當向他勸善規過，自己以身作則帶領
他，他將學你的榜樣，改進自己。』這是你老父的教誨，現在你
都忘懷了。即使如此，你還來得及向他提及此事。他也許會聽你
說，誰知道呢？朋友的勸告，往往是很有效的，碰運氣你也許會
引得他採取行動。可是假如是某種預言，或他的母親告訴他宙斯
說過的什麼話，嚇住了他，那麼讓他至少許你率領邁密登人部
隊，到戰場去，那樣也許會解救達南的厄難。讓他把他那輝煌的
盔甲借給你穿，那樣特洛伊人也許誤認你為他，而掉頭跑掉。這
可以給我們疲勞的軍隊一個喘息的機會；一會兒的喘息工夫，可
使戰況有重大的差別。特洛伊人自己已戰到筋疲力盡的地步，你
的生力軍可能把他們從船跟棚屋這裏趕回城去。」

　　派楚克拉斯深深地為奈斯特的話所感動。他立即順着列船跑
回去，報告他的皇子主人。他一口氣跑到奧德修斯王的船跟前，
那裏是他們集合議事和設壇祭神的地方。在那裏他看見歐艾蒙的
高貴兒子歐呂拍拉斯，一顚一跛從戰地退下來，大腿上有一箭
傷。他滿頭和兩肩汗流如注，疼痛的創傷淌着黑血，不過他的心

還沒有受到影響。英勇的派楚克拉斯被這光景感動了惻隱之心，他在爲歐呂拍拉斯悲傷時，幻想着所有達南隊長和顧問遠離親人故土，以他們的皮肉餵特洛伊的靈活的狗。他求問歐呂拍拉斯道：「我的高貴的主公，有沒有希望擋住可怕的赫克特？今天他會把達南人殺光嗎？」

「我主派楚克拉斯，」受傷的歐呂拍拉斯答道，「現在達南人沒得指望了；他們將死在自己的黑船旁邊。所有我們過去的戰將，都已經躺在那裏，不是爲特洛伊人的槍所傷，便是爲箭所傷；而敵人一直在愈戰愈強。但是至少你可以救救我，把我平安扶到黑船上。我想請你把我大腿上這枝箭剜出來，用溫水洗去血漬，用鎮靜藥膏敷在傷處。聽說你有絕好的藥方，是從阿基里斯那裏學來的，他是那個受敎化的馬人奇隆敎給他的。我不能求助於我們的外科醫生波達勒里阿斯和馬柴昂，聽說其中一個已受傷躺在營地，自己也需要一個好醫生，另一個還在戰地跟特洛伊人激戰。」

「這眞是不能忍受！」麥諾俠斯的英勇兒子喊道。「我主歐呂拍拉斯，我們將怎麼辦呢？我正要囘到那聰明的主人阿基里斯那裏，向他報告亞該亞長官吉倫納斯奈斯特給他的信息。雖然如此，我不能棄你在厄難中不顧，你已經筋疲力竭了。」

說着他用胳膊圈住這位偉大隊長的腰，把他攙到他的棚屋裏。歐呂拍拉斯的侍從看見他們來，攤幾張獸皮在地上，派楚克拉斯把他放倒在獸皮上，用刀剜出大腿上的箭鏃，用溫水洗去傷處的黑血。接着他把一種辛味藥草的根在手裏揉搓一下，敷在傷處。那是一種鎮靜劑，能止一切疼痛。傷處開始乾燥，血也不流了。

一二 赫克特猛攻圍牆

英勇的派楚克拉斯在棚屋裏給歐呂拍拉斯裹傷時，阿果斯人和特洛伊人在繼續鏖戰，雙方都把所有兵力投入戰團。看樣子，達南人的壕溝和溝後的厚牆，不會支持多久。他們為護船而築這堵牆和挖這道溝時，沒有遵儀祭神，給他們的艦隊和大批掠奪物提供一個安全的圍場。這堵牆的建築，沒有得到上天的好感，所以不能持久。在赫克特還活着、阿基里斯還慍怒的時候，事實上只要普利安王的城池還沒有打破，偉大的亞該亞牆總屹立在那裏。但後來特洛伊人中最優秀的都死了，阿果斯人中，有許多也死了，雖有幾個人還活着；普利安的城池在圍城戰第十個年頭打破了，阿果斯遠征軍回家了，那時波塞多和阿波羅決定把所有從愛達山脈流入海的河川的水，滙合起來，以冲毀這堵牆。雷薩斯、赫普泰波拉斯、克勒薩斯和羅廸阿斯；格蘭尼卡斯和艾塞帕斯；美麗可愛的斯卡曼德和西莫伊斯：在那個英雄時代，它們岸上有許許多多盾牌和頭盔落地，許許多多戰士倒在塵土裏死了——所有這些河的水，菲巴斯阿波羅把它們滙成一股，九天九夜他把這股水對住牆冲，同時宙斯下雨不停，要快些把它淹沒在水裏。震地者手執三叉戟，親自導引洪流，把亞該亞人辛苦擺下去作為牆基的木石，統統冲到海裏，把水流湍急的赫勒斯龐特岸畔，夷為平地。牆消逝後，他把那廣濶的海濱又蓋上沙，把水倒轉回去，納入從前各河的清流所用的河床。

　　所有這些，都是波塞多和阿波羅將來要作的。眼下這堵牆屹立無恙，乃是一場喧嘩的戰爭發生的場所，它的碉堡的木材，回應着敵人標槍飛矢的聲音。因為阿果斯人為宙斯的鞭笞所嚇倒，因害怕赫克特而侷促在空船旁邊：赫克特，偉大的恐慌製造者，正在像狂風般猖獗。他像一頭野豬或雄獅，在獵犬和獵人中間左折右轉，恃強逞能。他們密密集結起來，連成一道牆，堵在他面前，用陣陣標槍攻擊他。但是他那無所畏懼的心，一點兒也不害怕，沒有逃跑的念頭；他的勇氣就是他致死的根由。他一再轉而攻擊新的人叢；無論他攻擊哪裏，那裏的人就讓開。

　　赫克特就這樣在他的隊伍中間奔來奔去，驅使馬車戰士越過壕溝。但是一旦到了要越過時，他自己的快馬也跼躅不前。牠們懾於壕溝的寬遠，停在溝邊尖聲嘶鳴。實在的，這條溝不容易跳過，甚至絕不可能跳過。溝的兩岸很陡，亞該亞兵士在岸上密密地栽了一排堅實的尖頭木樁，以防禦敵人。在這樣地方，馬不能曳車跳過去。可是步卒卻急欲越過；波律達馬斯懷着這個念頭，去見勇敢的赫克特，向他和其他特洛伊跟友軍指揮官作一建議：「乘車越過這樣壕溝，」他說，「將是很傻的事。岸上的柵欄使它幾乎是不可能越過的。壕溝離亞該亞牆很近，馬車戰士沒有隙地下車作戰，事實上，那條空地太窄了，我可以斷言，過去的一定會倒楣。假如雷神宙斯真的在我們這一邊，真的要把達南人完全消滅，那好極了，我所最盼望的，莫過於看見他們現時現地消滅在這裏，遠離阿果斯，沒有人再記起他們。可是假如他們反擊我們，那將怎麼辦呢？假如他們重整陣勢，把我們從船邊趕回來，而我們糾纏在壕溝裏，我想那時恐怕不會有一個人能逃回特洛伊報信去。我有一個比較好的辦法，希望你們採納。讓侍從們勒住馬在壕溝邊，我們大夥兒全副武裝，跟隨着赫克特。假如亞該亞人的死期真的已經來到，他們不敢抵抗我們。」

　　赫克特認為波律達馬斯這個辦法絕妙。他立即全副戎裝跳下

戰車，所有其他特洛伊人看見赫克特皇子下車，一齊放棄戰車隊形。下車後他們告訴自已的御者，把馬在壕溝邊準備停當，隨卽離開壕溝站着，把自已編成五隊，每隊由一隊長率領。

其中最好和最大的一隊，是赫克特和無比的波律達馬斯所指揮的。他們最急於突破圍牆，在空船旁邊戰鬭。塞布里昂斯是這隊的第三指揮官，赫克特特地留下一個不如他的人，替他看管戰車。 第二隊為巴黎、 阿爾克佐斯和阿吉諾所率領 ；第三隊的領袖是普利安的兩個兒子赫勒納斯和像神模樣的德弗巴斯，這隊的第三指揮官是赫塔卡斯的兒子高貴的阿西阿斯，他是幾匹高頭亮馬把他從阿里斯貝和塞勒斯河帶來的。安契西斯的漂亮兒子乙尼斯率領第四隊，他的兩個助手是安蒂諾的兩個兒子，阿奇洛卡斯和阿卡馬斯，他們嫻熟各種打鬭。薩佩敦指揮光榮的友軍，他指定格勞卡斯和善戰的阿斯特羅佩阿斯為他的屬下，認為除他自已以外，這兩人無疑是友軍中最優秀的，他自已則是他們中間的翹楚。就這樣，他們編組起來，牛皮盾連成一片，果敢堅定地向達南人進逼，充分相信現在可以無阻地飛撲到黑船上去。

所有特洛伊人和他們的著名友軍，除掉赫塔卡斯的兒子阿西阿斯以外 ， 都採取了可欽佩的波律達馬斯建議的策略 。 阿西阿斯，一位在位的王子，反對把戰車留給侍從看管，他決定把戰車連同全副裝備一直馳到船前。他是個傻瓜。命運注定他不能脫過死刼，而勝利地把他的車和馬從船邊趕囘多風的伊利亞。可怕的厄運，在杜克利昂的兒子偉大的愛多麥紐斯的槍上等着呑噬他。因為他確曾向列船的左側駛去，亞該亞人在那裏有一個堤道，是為他們自己從平原轉來用的，阿西阿斯驅車順着這條堤道上去，走到門口，發見門還沒有關，也沒有上閂。守軍把門開着，是為了使從戰地逃囘的落伍者，有個到達船上的機會。阿西阿斯駕着車直奔這門，他的隊伍跟在後面，尖聲吶喊。這些傻瓜們想着，現在亞該亞人擋不住他們，他們可一直到黑船上去。可是在門口

他們遇見兩個善戰的人，二者都是善戰的拉皮茨族驕傲的後裔：一個是佩里索斯的兒子偉岸的波律普特斯，一個是可與好戰的戰神相比的里昂圖斯。這兩人站在門口，像山上兩棵高大的橡樹，根深蒂固，永遠抵抗風雨。兩人靠自己結實的胳膊，等着偉大的阿西阿斯的攻擊，而且屹立不動。特洛伊人集結在阿西阿斯王、亞默納斯、奧雷斯特斯、阿西阿斯的兒子阿達馬斯、佐昂和歐諾毛斯的周圍，舉起皮盾，大喝一聲，直向圍牆奔去。

　　兩位拉皮茨人原來在牆後鼓勵達南武裝戰士在那裏為船而戰。等他們看見特洛伊人來攻牆，聽見牆後的達南人驚恐慌亂時，他們立卽出去在門外戰，像山上一對野猪，面對着一簇喧嚷的人和狗，就向他們側面攻去，獠牙可嚓可嚓折毀並拔起周遭的下層叢木，直到最後身中標槍被殺死為止。就這樣，兩位拉皮茨人胸前明晃晃的銅甲，受到敵人的打擊，發出響聲。因為他們在進行一場激烈的保衞戰，相信自己的力氣，也信相牆頭上他們的朋友，他們在造得完善的牆上拋擲石頭，為自己的生命和營地和豪華的船而奮鬥。特洛伊人也投擲石塊，雙方擲出的石塊，連續猛打在地上，像大風雪中的雪片一般，當風捲黑雲，多產的大地為雪覆蓋的時候。這些巨石擊中頭盔和有浮雕裝飾的盾時，發出刺耳的聲音。

　　赫塔卡斯的兒子阿西阿斯大失所望。他呻吟着，手拍着大腿，喊道：「哎呀，宙斯父，我不知道你也是愛說謊的。我絕沒有想到，這些大膽的亞該亞人能經得住我們的怒忿：我幻想我們是不可抗拒的。可是現在看看我們，這兩個人在門口力戰，寧死也不肯離去，像在巖洞築巢的柔韌黃蜂或蜜蜂，拒絕被掏出家去，為了牠們兒女的緣故，寧願跟獵人週旋到底。」

　　這一陣感情的迸發，對於宙斯沒有影響，他已經決定讓赫克特得到榮耀。這時特洛伊其他各隊，在攻擊其他各門。我怎能把個個都描繪出來呢？需要一位神才能講述全部故事。沿着整堵石

牆，爆發了激烈戰爭，被緊緊進逼的阿果斯人正被迫為衞船而掙扎。所有支持他們的神，一致悲傷。

但在這裏，現在是兩位拉皮茨人在攻擊。佩里索斯的兒子波律普特斯，投槍擊中達馬薩斯的銅邊頭盔。盔上的銅擋不住槍的銅。矛頭刺破銅盔，進入頭骨，把那人的腦漿塗在頭盔裏。達馬薩斯跟他的攻擊，到此完全結束。其次普律普特斯打殺了派朗和奧麥納斯。這時阿瑞斯的旁支里昂圖斯，向安蒂馬卡斯的兒子希波馬卡斯投一槍，刺入他的甲帶。接着他拔出利劍衝進人叢，他遭遇的第一人是安蒂費特斯。他逼上前去用劍劈，把他劈倒在地，仰面朝天。接着他很快地一連斬殺麥農、亞默納斯和奧雷斯特斯，使們他更親近仁慈的塵土。

兩位拉皮茨人剝去這些人的華美鎧甲的時候，波律達馬斯和赫克特率領的年輕戰士，仍然站在壕溝邊，遲疑不前，他們原是最精銳和最大的一隊，而且最急於破牆而入，縱火燒船。正當他們要過溝時，一個不祥之兆，向他們顯現了。一隻老鷹在他們左方高空飛，兩爪抓着一條血紅蛇。那蟒蛇還在活着喘氣，仍有掙扎的模樣。牠彎住頭在老鷹頸旁胸上咬了一口。老鷹疼痛難禁，兩爪一鬆，讓蛇掉在隊伍中間，自己一聲尖鳴，順風飛去了。

特洛伊人大驚失色，看見蛇躺在他們中間，發着微光，表示着披乙巳斯的宙斯的意旨。波律達馬斯直接走到無畏的赫克特跟前。「赫克特，」他說，「在會議席上，你總是反對我的忠告。你認為一個平民，不論是在會議室或在戰場，都不該跟你鬧彆扭，你的權威，必須永遠受到尊重。可是現在我又要直言無隱，說出我心裏要說的話。我們不應當往前進，跟敵人爭船。我知道將會發生什麼事，假如這個朕兆不說謊的話。正當我們要過溝時，空中出現一隻老鷹，在我們左方飛，兩爪抓着一條巨大的血紅蛇。蛇還活着，老鷹還沒有飛到巢窩，就不得不丟掉牠，牠不能把牠帶到家餵牠的幼雛。同樣的，即使我們能夠以最大努力，打破亞

該亞的門和牆，迫敵人後退；將來我們循原路離船退下來時，恐怕會發生很慘的事。亞該亞人將爲衞船而力戰。他們將會殺死我們很多人，我們將不得不放棄死者不顧。眞正瞭解這個朕兆並深得軍中信任的預言者，將這樣解釋這個現象。」

　　明盔的赫克特瞪了他一眼。「波律達馬斯，」他說，「我倒眞恨你不該多嘴。你知道你是不該如此說的。假如你眞的相信你所說的，那一定是衆神弄得你昏頭昏腦的了。雷神宙斯親自鄭重答應我若干事。現在你要我忘掉這些諾言，反而根據鳥的飛行去行事。我對這些飛禽完全不感興趣，事實上無論是牠們向右迎著朝陽飛，或向左飛入西方的朦朧暮色，我都毫不介意。讓我們把信心放在萬能宙斯的諭令上，他統治着全人類和一切神。爲你的國家而戰吧，那是最佳的，也是唯一的預兆。爲什麼你臨陣畏縮呢？卽使其餘的人都被殺死在阿果斯船前，你也用不着爲自己的安全而恐懼，因爲你是不會戰到底的。可是要是你眞的逃避，或勸任何人避戰，我將毫不遲疑，一槍刺死你。」

　　說着赫克特發出前進的信號，他的人大喝一聲，跟在他後面。歡喜使雷的宙斯，從愛達山放出一陣大風，捲起塵土，直吹到船上，使亞該亞人迷惘，給赫克特和特洛伊人以優勢。他們相信神的這項善意表示，現在以決定的努力，突破偉大的亞該亞牆，摧毀堡壘的女牆，掘出亞該亞人栽在地下以支持堡壘的扶壁支柱，希望這樣可以把牆弄倒。可是雖然他們這般努力，亞該亞人總是不放他們進去。他們用牛革封住一切空隙，從雉堞背後連續猛烈打擊牆下的敵人。

　　兩位埃傑克斯在牆上到處奔走，指揮防務，激勵亞該亞人。有些人他們只輕言指責一句卽可，可是對那些已經放棄抵抗的人，他們卻厲言厲色相向。他們知道軍中分子複雜，良莠不齊，所以不僅號召他們所挑選的人，而且也號召那些只有中等能力的人和劣等士兵。「朋友們，阿果斯人，」他們說，「今天你們大

家都有事要作。這是你們自己清楚知道的。大家都不要聽特洛伊人的恫嚇，而轉身往船上跑。反而要向前去迎擊敵人，大家互相鼓勵，並相信雷電的主宰，奧林匹斯的宙斯，會讓我們反擊這次攻擊，把他們趕回城去。」就這樣，兩位埃傑克斯激勵士卒，穩住亞該亞人的陣線。

這時落在地上的石頭，已厚得像多日的雪片，當思想者宙斯開始下雪，向人類顯示他武備中的標槍；當他息止了風，不停地落雪，直到雪覆蓋了高的山巔和陡峻的海岬、苜蓿草地和農人的禾田；直至灰海的岸和港灣全埋在雪下，只有滾滾的浪頭擋住了它——其他一切都為宙斯手裏撒下的大雪所掩蓋。就這樣，亞該亞人用石頭猛擊特洛伊人，特洛伊人也猛擊亞該亞人，陣陣石塊向兩個方向交相飛，聲音像雷鳴般響徹牆的全長。

即使傑出的赫克特和他的特洛伊人，這時也不能突破牆門和長閂，要不是宙斯主宰感動了他的兒子薩佩敦，像雄獅撲牛般向阿果斯人撲去。薩佩敦把他的圓盾舉在面前——這是銅匠打成的絢綺的熟銅盾，背面綴着一層一層的皮革，用金線徹圈兒縫在一起。盾在面前並揮動兩桿槍，他撲上去像一頭山獅長久沒有吃肉，傲然襲擊一家人家的牆，並探索畜欄。縱然他發現那裏有牧主持槍伴狗，在守衛羊羣，也無意不進羊欄，就被搗走：牠要麼跳進去攫取一隻，要麼讓手快的人擲一標槍，把牠刺倒在地。就這樣，像神一般的薩佩敦，感覺他不得不攻牆並突破雉堞。他轉面望着希波洛卡斯的兒子格勞卡斯。「格勞卡斯，」他說，「為什麼律西亞人在家特別優遇你和我，筵席上讓我們坐上座，給我們頭刀肉，和永遠斟滿的酒杯？為什麼大家都看待我們像神一般？為什麼他們把我們封作贊薩斯河畔、那座有可愛果園和絢爛麥田的田莊的主人？這些不都使我們現在義不容辭作律西亞人前驅，投身於戰火中嗎？只有如此，才能使律西亞戰士，將來談論他們的國王時，這樣說我們：『他們享受他們所統治的土地的膏粱，

喝醇熟的老酒，但是他們的榮譽也抵得過他們的享受了。他們是最偉大的戰士，律西亞有戰爭時，你總看見他們身先士卒。』

「啊，朋友，假如在度過這次戰爭後，我們能長生不死，那我就不置身於前線，也不遣你到戰場去贏得榮耀。但事情並不是這樣。我們腳下有死神設下的成千陷阱；誰也不能騙過他，救自己於不死。所以讓我們殺進去，不是給別人以榮耀，便是自己贏得榮耀。」

格勞卡斯對於薩佩敦的號召，沒有置若罔聞，兩人走上前去，偉大的律西亞部隊跟在他們背後。佩特奧的兒子麥內修斯看見他們上來，不禁渾身發抖，因為他們的威脅，正對準他所把守的一段亞該亞防禦牆。他順着牆望一下，看有沒有哪位指揮官能救他的部隊於厄難：他看見兩位埃傑克斯，兩位酷愛戰鬥的人，站在相當近的地方；跟他們一起的還有圖瑟，他是剛從棚屋裏走來的。可是叫喊是無用的；那時噪聲太大，不能使他們聽見。天空充滿了盾和羽頂頭盔被撞擊的聲音，還不說打門的聲音，因為所有的門已關閉，特洛伊人已經上來準備破門而入。麥內修斯很快就決定怎麼辦，他派宣報員佐蒂斯去給特拉蒙埃傑克斯送個信息。「好佐蒂斯，」他說，「請你去辦點兒事。跑過去喊埃傑克斯來，或者喊他們兩個都來。那樣是最好不過的。因為我們這裏眼看就會被消滅了。兩位律西亞隊長直奔我們而來；我們知道這些律西亞人搏鬥起來，是多麼兇狠啊。假如他們那裏像我們這裏一樣吃緊，那麼至少讓勇猛的特拉蒙埃傑克斯來，告訴他帶來偉大的弓箭手圖瑟。」

宣報員立即出發，去辦他的事，他沿着亞該亞牆跑去，來到兩位埃傑克斯跟前，立刻向他們說道：「兩位主公和指揮，我的高尚的主人麥內修斯請你們過去，那怕只是一會兒工夫，助他一臂之力，最好你們兩位都去，那是他最盼望的。因為我們那裏眼看就會被消滅了。兩位律西亞隊長直奔我們的防地而來；我們都

知道這些律西亞人搏鬥起來，是多麼兇狠啊。假如你們這裏也很吃緊，他希望英勇的主公，特拉蒙的兒子，可以過去，並請帶來偉大的弓箭手圖瑟。」

偉大的特拉蒙埃傑克斯沒有拒予奧援。他轉面望着奧伊柳斯的兒子，仔細吩咐他。「埃傑克斯，」他說，「我想請你和偉岸的律康麥德斯留在這裏，指揮我們的部隊，跟敵人周旋，我去那裏堵擋一陣，很快就轉來，救了我們的朋友後，立刻返回。」

吩咐已畢，特拉蒙埃傑克斯偕同他的兄弟圖瑟，他父親的兒子，一同出發，潘狄昂揹着圖瑟的彎弓，跟在他身旁。因為他們要去的地方，戰事相當吃緊，所以他們沿着牆內走去，走到偉大的麥內修斯所防守的區域。他們發現律西亞人的可怕先鋒和隊長，像黑暗中的颶風，在攻打雉堞。他們即向敵人撲去，喧嘩混亂較前越發屬害了。

特拉蒙埃傑克斯是首先殺死人的，被殺的是薩佩敦的戰友，慷慨的埃皮口斯。他從牆內雉堞旁一個石堆上，揀起一大塊糙石投擊他。那塊巨石，現代最強壯的小伙子也很難兩手抱起，埃傑克斯卻把它高舉過頂，掄將出去，撞在那人的四稜盔上，把頭骨砸得粉碎。埃皮口斯像跳水者，從高堡栽了下去，魂靈兒離開了他的骨骼。這時希波洛卡斯的偉岸兒子，格勞卡斯，被圖瑟解決了。當他進攻時，圖瑟看見他的胳膊是赤裸的，從牆上一箭射中他胳膊，結束了格勞卡斯的戰鬥。他迅即悄悄地離牆退囘去，免得亞該亞人見他受傷，都幸災樂禍盯住看他。薩佩敦看見格勞卡斯去了，心裏非常痛苦。可是他的勇氣並未受到影響。他用槍往上刺澤斯特的兒子阿爾克馬昂，刺中了他，並企圖拔出武器。那人被拉，一頭栽下牆去，他的美麗的銅甲叮噹作聲。薩佩敦的兩隻有力的手，抓住雉堞。他一拉把整段胸牆拉了下去，暴露出牆頂。他弄破了一個大得夠一隊人進去的缺口。

他仍然需要同時對付埃傑克斯和圖瑟二人。圖瑟一枝箭射中

他那條橫過胸前支持遮身盾的明亮肩帶。雖然宙斯救他免於死難，因為他不想讓他的兒子死在船尾，但是這時埃傑克斯也向他撲來，擊中他的盾。這次武器又沒有刺進去，只頓挫了他的攻勢，他不得不離開雉堞，退後少許。即使是這樣，薩佩敦並沒有直接退回去。他仍然滿懷掙得榮耀的希望，轉過身去向像神一般的律西亞人喊道：「律西亞人，為什麼讓我們的決心，像這樣消逝淨盡？我雖然強壯有力，但不能單獨突破牆，打開一條通船的道路。你們大家跟我來，越多越好！」

　　律西亞人聽見國王的斥責，耿耿於懷，他們集結在皇家領袖兩旁，加倍努力攻戰。阿果斯人也在牆後增加兵力，所以在繼起的鬥爭中，雙方都要拚個你死我活。偉岸的律西亞人，不能突破達南牆，打開一條通船的道路；一旦律西亞人在牆上得一立足點，達南槍手也不能把他們推回去。雙方隔着雉堞相鬥，像兩人隔着兩家田地中間的一道籬笆相爭吵，各人手執碼尺，為爭取一條窄地中他的應有部分而奮鬥。他們隔着胸牆對準彼此的革盾互相劈砍——那些大圓盾或橫在胸前的小圓盾。無情的銅矛，刺進了許多戰士的皮肉，不僅是在一人轉過身去光着背的時候，它往往也乾脆穿盾而入。全牆的堡壘和雉堞，浸透了特洛伊人和亞該亞人的混合血液。可是特洛伊人仍然不能使敵人潰敗奔逃。亞該亞人屹立不移，戰爭呈平衡態勢，像一個誠實的女工用來稱羊毛的天秤，她把羊毛跟砝碼平衡起來，以確定她為她的子女所掙得的微薄收入。戰爭就那樣相持不下，直到後來宙斯把勝利給予普利安的兒子赫克特，他是第一個跳進亞該亞牆的人。

　　他高聲叫喊，聲音響徹特洛伊人的隊伍。「前進啊，特洛伊的馬車戰士！」他叫道。「推倒阿果斯牆，把船焚燬一空。」特洛伊人中沒有一個沒有聽見這動人心弦的號召。他們集結起來，向防禦牆猛撲，手執利矛，開始攀登胸牆。這時赫克特拿起門前的一塊石頭。這塊石頭底寬頂尖，現代城中兩個最強有力的人，

如要把它從地上抬起放在車上，都嫌吃力。可是赫克特一人不費力氣拿了起來──宙斯替他減輕了重量。像牧者一隻手拎起一隻羊的毛，一點兒也不覺沉重，他很容易揀起這塊石頭，去撞那門框中間的兩扇高門，門背後有兩條滑梢閂着，兩條滑梢由一個挿銷挿着。他去到門前，兩腿分開，站穩腳步，以確定能作有力的一擲；他擲將出去，擊中兩扇門正中，打斷兩邊的鉸鏈。石頭自己的衝擊力把它帶進門去，同時把兩扇門打得粉碎，門閂也被折斷，發出巨大的訇隆聲。榮耀的赫克特跳進門去，臉上一團黑氣。他手持兩根槍，身上的銅甲閃着不祥的亮光。他跳進時，除了神以外，任何人不能擋住他。這時他兩眼冒火，囘過頭去呼喚特洛伊人越牆而入。他的人立刻響應他。有些蜂擁爬過牆去；其他則從門裏源源湧入。驚惶失措的達南人向空船中間竄逃，頓呈一片混亂。

一三 船前的厮殺

　　宙斯把赫克特和特洛伊人帶到船前，就放他們在那裏，含辛茹苦跟敵人長時鏖戰；他放開明亮的眼睛，向遠處瞭望育馬的斯拉塞人的土地，和打交手仗的默西亞人，飲馬乳且氣宇軒昂的希派莫吉人，以及世上最守法的阿比人的土地。對於特洛伊人他不再看一眼。他決沒有料到有哪位神這時會下來幫助特洛伊人或達南人。

　　但是波塞多主公在他的崗位密切注視着。他也坐在林木葱鬱的薩莫斯拉斯的最高峰，出神地凝視戰況。他從海裏出來，找到這個地方，因爲從這裏可以一眼望見全部愛達山，和普利安的城池跟亞該亞人的船。他看見亞該亞人戰敗的光景，頓起憐憫的情緒，同時很生宙斯的氣。

　　他站起身來，走下岩石的山坡。山頂和林地在這位永生之神的腳下震顫着。他邁了三步，第四步便到他的目的地艾蓋，他的著名的絢爛金宮，就在那裏的環礁湖裏，並將永遠立在那裏。在那兒，他將兩匹銅蹄的和金鬃飄拂的快馬套在車上。自己身着金裝，揀起一根完美的金鞭，跳上車策馬破浪而去。海裏的水怪，都認得牠們的君王。牠們從兩邊岩穴出來，看見他來，都歡喜跳躍。海自己也高興爲他開路，所以他的跳躍的馬，飛一般奔騰。當牠們把他帶到亞該亞艦隊時，車下的銅軸仍是乾的。

　　在特內多斯和崎嶇的英布羅斯中間的海水深處，有一大岩

穴。**震**地者波塞多在這裏解下馬，扔一把神葯在牠們身旁，用**金繩綁**住馬腿，使牠們不能掙斷，也不能擺脫，以保證牠們守在那兒，等待主人轉來。接着他向亞該亞人營地走去。

這裏大隊特洛伊人，像一陣疾風，或一團烈火般，跟隨普利安的兒子，憤怒的赫克特，捲上前去，一面連聲吶喊，滿心希望這時能佔領船，把最好的亞該亞人都殺死在船旁。正在這時，**震**地神和**箍**地神波塞多從海裏出來，給阿果斯人以新的勇氣。他借用克爾卡斯的形貌和持久不倦的說話聲，首先走上前去跟兩位埃傑克斯招呼，發現他們不需要打氣鼓勵。「我的主，」他說，「你們兩位可以拯救亞該亞軍，假如你們鼓足勇氣，不驚惶失措。已有大隊特洛伊人爬過牆來，雖然他們看樣子好像勢不可擋，可是我對別處並不擔心，別處的銅甲亞該亞人可以抵禦他們。我所憂的是這裏；那個瘋子赫克特，自稱他父親是萬能宙斯，在這裏領頭攻擊，像一團烈火。假如有哪位神能使你們明白，你們應在這裏堅守拒敵，並重整隊伍，振作精神，那麼不論他如何暴戾，不論奧林匹斯神自己給他多少鼓勵，你們仍然可以擋住他，不讓他援近豪華的船。」

說完這些話，**震**地神和**箍**地神用杖輕觸他們，使他們充滿**無**畏的決心，把他們變成兩個新人。接着像悍鷹從岩崖的高頂飛掠而下，追捕地上小鳥那樣快，震地神波塞多一幌就不見了。在兩位埃傑克斯中，是奧伊柳斯的兒子跑者埃傑克斯首先認出他是一位神。他立即面對特拉蒙的兒子說道：「剛才是奧林匹斯的一位神催促我們在船邊力戰。他幻化成預言者的模樣，可是他不是我們的預言者克爾卡斯。我一看他臨去時的腳掌和腿彎兒就知道，認出一位神不是難事。不僅這樣，我還覺得心裏完全不同了。我比從前加倍想打戰。我的手和腳想戰想得癢癢的。」

「我也是這樣感覺，」特拉蒙埃傑克斯說。「我這強有力的手握住槍發癢；我的精神振奮起來了，腳急着要去。我很想單**獨**

去會普利安的兒子暴戾的赫克特。」

　　正當兩位埃傑克斯在交談，並品味神所注入他們心中的戰爭喜悅時，箍地神卻在鼓舞後防亞該亞人的精神，這些人試圖在船旁恢復他們的元氣。他們不僅由於筋疲力竭，而失掉勇武氣概，而且看見特洛伊人這麼眾多，蜂擁越牆而來，未免有些氣餒。一見這些人，他們眼中便滿含淚水，覺得沒有得救的希望。可是震地神去到他們中間，很容易就鼓起他們的勇氣。他首先看見並鼓舞的是圖瑟，跟勒塔斯、佩內流斯大人、佐阿斯、德普拉斯與麥里昂奈斯和安蒂洛卡斯；一班製造混亂的人。他用刺心的話，鼓舞他們新的戰鬥精神。「阿果斯人啊，可恥喲！你們都是新兵嗎？你們可是我所指望的以勇武精神救船的人嗎？假如你因為戰爭劇烈而放棄一切，那麼特洛伊人征服我們的日子，可真的來到了。啊，現在我眼見的是何等景象啊，這是向來沒有夢想過的可怕事情：特洛伊人竟打到我們船邊！從前他們像膽怯的母鹿，無力地和無目的地在林中快步走着，是豺狼黑豹的獵物，自己沒有戰鬥能力。特洛伊人一向就是這樣，總是不跟我們交手硬拚。現在他們竟然遠離自己的城池，來到空船旁邊厮殺，這都是因為我們的總指揮無能，和部隊懶散怠惰所致，他們厭惡他們的領袖，寧願死在船旁，也不肯捍衛他們。可是縱然我們的主上阿加米農，阿楚斯的兒子，因為侮辱了偉大的跑者阿基里斯，應當負全部咎責，而我們絕沒有放棄鬥爭的理由。勇敢的人都能彌補過失：讓我們趕快彌補自己的過失吧。譬如說，你們諸位都是軍中的佼佼者，看着你們這樣鬆懈，可真不像樣子。弱者放棄戰爭，我可以原諒。但是你們不同，跟你們我是要認真計較的。朋友們，你們這樣懶散，會引起更大的禍事。難道你們沒有想想，在目前這樣危機中，當偉大的赫克特已破門直入，他的吶喊聲已響徹列船的時候，你們的這種行為所將招致的恥辱和醜名嗎？」

　　箍地神用這些動心的話，有效地重振阿果斯人的精神，他們

集結在兩位埃傑克斯的周圍，形成一股龐大的力量，卽使戰神自
己，或調度師干的雅典娜，也望而卻步。那裏站着一隊軍中的精
英，等待着赫克特皇子和特洛伊人，他們形成一道不可侵犯的長
槍和斜盾的藩籬，盾挨盾，盔挨盔，人挨人。他們擠得很緊：他
們頭動時，那羽翎盔閃耀的盔纓便互相摩擦；他們堅強的手向前
揮動長槍時，長槍便互相交搭。他們凝視着前方，急於和敵人交
手。

　　特洛人蜂擁而上，赫克特領頭掩殺，像滾石順着山的岩坡跳
蹦着滾將下來，當多雨漲滿的河水冲去了石頭的支承，把那無情
的東西推過山頂。它高高地跳在空中，猛撞下去，穿過發出響聲
的樹林，一路無阻，一直滾到平地，到平地上停止滾動，還好大
個不高興。就這樣，赫克特有個時候大有穿過亞該亞人棚屋和
船，一路掩殺，很容易到達海邊的模樣。及至來到那堆人跟前，
他停住了。面對住他的亞該亞人，用劍和兩頭尖的槍向他猛冲猛
刺，把他向後推。赫克特打了個寒顫，退了下去。但是他高聲向
他的兵士喊道：「跟我協力頂住呀，特洛伊人，律西亞人，還有
你們喜歡打交手戰的達丹尼亞人。亞該亞人雖然密密層層，排在
一起，像一堵石牆，但也不能擋住我多久。我的槍到處，將迫他
們後退，假如眞的是最高的神，雷神和赫拉的夫君，把我帶到這
裏。」

　　他的振奮人心的號召，鼓起了每個人的精神，他的兄弟德弗
巴斯滿懷信心，從他們中間走出來，他的圓盾在面前揮動。他躲
在盾後，以輕盈步伐前進，麥里昂奈斯擲出的明晃晃的標槍，向
他飛來。他沒有錯過目標，擊中他的圓牛皮盾。但槍桿沒有穿
過，矛頭折斷了。德弗巴斯把革盾伸出面前一臂的距離，很有理
由害怕勇猛的麥里昂奈斯投來的標槍。高尙的麥里昂奈斯轉回身
去，藏在他朋友中間。他一則因爲失去一桿長槍，一則因爲沒有
贏得榮耀，所以心裏憤怒；他立卽去到亞該亞營地和船前，去取

一根留在棚屋裏的長槍。

　　但是其餘的人繼續廝殺，喧嚷的聲音，充滿空中。特拉蒙的兒子圖瑟，是首先有所斬獲的，被殺的是育馬者蒙托爾的兒子槍手英布里阿斯。在亞該亞遠征軍來以前，他住在佩達阿姆，娶普利安的私生女兒麥德西卡斯特爲妻。達南人乘搖滾的船來到後，他回到伊利亞來，深爲伊利亞人所敬重；他跟普利安住在一起，普利安待他像自己的孩子一樣。圖瑟用長槍刺中這人的耳根下，隨卽把槍拔出。英布里阿斯倒下去，像一棵巍然站在高山頂的白楊，被斧頭砍倒，嫩葉掃在地上。就這樣，英布里阿斯倒地死亡，他的精美銅甲叮噹作聲。

　　圖瑟跑上去，急着要脫掉他的鎧甲，正在這時，赫克特擲一明晃晃的標槍，向他飛來。圖瑟已經看見，他急忙閃避，結果那武器只一髮之差，沒有中的，而擊中了阿克特家克特塔斯的兒子安菲馬卡斯的胸膛，正當他衝進戰團的時候。他砰的一聲倒地，鎧甲叮噹作聲。赫克特衝上去，要從英勇的安菲卡馬斯的兩鬢，摘下緊箍着的頭盔，這時埃傑克斯對準他擲出一根明晃晃的槍。但是他身上沒有暴露的地方，他完全包裹在一層銅甲裏面，埃傑克斯所擊中的，只是他盾心的浮雕罷了。不過這一擊力量很大，赫克特不得不後退，留下兩個死人給亞該亞人搶去。安菲馬卡斯有兩位雅典隊長，斯蒂琦阿斯和麥內修斯皇子，把他抬回自己陣裏，兩位不怕一切危險的埃傑克斯則抓住英布里阿斯的屍體。像兩頭雄獅，在牧人的咆哮獵犬面前攫取一隻山羊，嚙住牠離地穿過下層林叢跑去，兩位戴頭盔的埃傑克斯把英布里阿斯高高擧起，剝去他的盔甲。奧伊柳斯的兒子因憤安菲馬卡斯的死，斬下英布里阿斯的首級，只一掄擺將出去，像一個團團轉的球，越過人叢，落在赫克特腳前的塵土裏。

　　波塞多看見他的孫子安菲馬卡斯戰死，心裏非常悲傷，他去到亞該亞的棚屋和船跟前，鼓動人們，替特洛伊人製造麻煩。他

遇見著名的槍手愛多麥紐斯。愛多麥紐斯跟他的一個隊員在一起，這人剛從前線下來，腿後中了一槍。他的戰友把他抬囘來，愛多麥紐斯吩咐了外科醫生，正要囘到自己棚屋裏，一心準備去加入戰團。這時高貴的震地者跟他打招呼，模仿安椎芒的兒子佐阿斯的口音，佐阿斯是全普柳隆和多山的克律敦的君王，很爲他統治下的艾托利亞人所崇敬。「愛多麥紐斯，」他說，「克里特人的總指揮，我們亞該亞人一向對特洛伊人所作的威脅，現在怎麼樣了呢？」

「佐阿斯，」克里特的君王愛多麥紐斯說，「據我看，這不是任何人的錯。我們都是久經陣仗的人。誰也沒有害怕，或臨陣恐慌逃走。我只能想這一定是克魯諾斯的偉大兒子，要亞該亞人在這個離阿果斯很遠的地方，遇到一個可恥的結局。但是佐阿斯，你一向堅毅不屈，看見別人意志消沈時，善於給人打氣。現在你可不要鬆懈。去激勵人們的鬥志去。」

「愛多麥紐斯，」震地者波塞多答道，「今天誰要是不盡力作戰，願他不得離開特洛伊囘家，讓他死在這裏餵狗！來，拿起武器跟我來。假如我們兩個要中什麼用，我們必須一起奮力厮殺。甚至兩個最蹩脚的戰士，要是並肩搏戰，也會變成勇敢的人。你我總是跟最勇武的人戰。」

這位神說完後，又進入戰團，愛多麥紐斯去到他那蓋得完善的棚屋裏，穿上輝煌的鎧甲，拿起兩桿槍，走出來看着像克魯諾斯的兒子手中的閃電，當他要給人間送一個信息，就從閃爍的奧林匹斯峰巔擲出這樣一道電光，照耀遠處的天空。就這樣，愛多麥紐斯向前奔時，他胸前的銅甲閃閃發光。

剛出棚屋，就遇見他那傑出的侍從麥里昂奈斯，他是來拿銅槍的。「親愛的戰友，我的兄弟的兒子，捷足的麥里昂奈斯！」偉大的愛多麥紐斯喊道，「爲什麼從戰場上下來？受傷了嗎？是受了箭傷，疼得筋疲力竭了吧？不然就是來給我送信兒的吧？我

可以向你保證，我決不想坐在棚屋裏，我急着要去拚鬥。」

「我的主公和指揮官，」麥里昂奈斯答道，他很懂得他，「我是來取槍的，希望能在我的棚屋裏找到一根。我那桿槍擊中傲慢的德弗巴斯的盾折斷了。」

「假如你要的是一桿槍，」克里特主帥愛多麥紐斯說，「你可以看見有二十桿靠在近棚屋門口光亮的牆上。那些都是特洛伊人的槍，是從我所殺死的人們得來的。我不歡喜從遠處投擊敵人，因此收集了這些槍和有浮雕裝飾的盾、頭盔和明晃晃的胸甲。」

「我也有許多特洛伊武器，」麥里昂奈斯很快地答道，「在我的棚屋和黑船裏，但不是在可以立刻拿到的地方。而且我覺得我和你一樣，也沒有失職之處。在贏得榮譽的戰場上，只要有戰爭，我總是站在前線。我寧願別的銅甲亞該亞人不知道我的勇敢，但是你不應不知道，你是親眼見過的。」

「現在不必多說這個，」克里特君主愛多麥紐斯說，「我知道你的勇氣；假如我們這班貴胄被派在船邊設伏，那就可證明誰有勇氣，誰沒有勇氣。埋伏的時候，最容易顯出一個人的本色，最容易看出誰膽怯，誰勇敢。膽怯的臉色常變；他心神不寧，不能靜坐不動；他要蹲下去，一會兒蹲在左脚後跟上，一會兒蹲在右脚後跟上；他想着各種不同的死法，心砰砰亂跳，可以聽見他的牙齒在打顫。但是勇敢的人，從他跟別人一起埋伏的時候起，臉色不變，也不過分不安。他所祈禱的是快些跟敵人交手。在這樣場合，沒有人會輕視你的勇氣和力氣。交戰時，你如被一枝箭或一桿槍擊中，被擊中的地方，將不是你的背和頸，而是你的胸膛和肚腹，當你衝上去和其他的人並立在前線的時候。但是讓我們不要像童子般在這裏饒舌，不然有人要說閑話了。到我棚屋裏，給你自己拿一根沈重的槍去。」

像戰神一樣大膽的麥里昂奈斯，從棚屋裏揀一桿銅槍，出來跟在愛多麥紐斯後面走，一心嚮往戰爭。兩人像殺人者阿瑞斯和

他的兒子一樣（這個兒子就是可怕的而且不屈不撓的「恐慌製造者」，最堅定的戰士看見他也要逃），當他們離開斯拉塞去參加戰鬥的時候。他們可以加入埃非拉人一邊，或高傲的弗勒吉亞人一邊，把勝利給予一方，對另一方的祈禱置若罔聞。就這樣，這兩位領袖，麥里昂奈斯和愛多麥紐斯，渾身燦爛的銅甲投入戰爭了。

「我的主，」麥里昂奈斯向他的夥伴說，「你打算在哪裏加入戰團？在右翼、中間或左翼？我想亞該亞防線的左翼，大概要被突破。」克里特指揮官愛多麥紐斯答道：「有人在照顧中間的船。兩位埃傑克斯在那裏，還有圖瑟，我們最佳的弓箭手，他也精於散兵戰。他們足夠我主赫克特招架的了，雖然他是可怕的。實在說，儘管他怒不可遏，他會發現打垮這些人，消磨他們的不可抵禦的力氣，不是容易的，而必須這樣才能放火燒船，除非克魯諾斯的兒子幫助他，向船中間扔一根着火的木柴。偉大的特拉蒙埃傑克斯，永不向任何一個吃大地生產的麵包長大、並可被銅槍刺死或被石塊砸死的凡人退讓。埃傑克斯甚至也不讓阿基里斯，戰線突破者，至少打立定戰是如此，不過不論他或任何人都不像阿基里斯跑得那樣快。所以讓我們到左翼去；不久我們就可發現是我們贏別人呢，還是別人贏我們。」

麥里昂奈斯像戰神一般，急切地率先向他長官所指示的方向走去，兩人一直到達前線。特洛伊人看見愛多麥紐斯上來，兒得像一團火焰，他的侍從跟住他，兩人都穿着華美的鎧甲，於是互相呼喊，一擁而上，向他進攻。在船尾頓時掀起一場激戰：雙方軍隊踴躍殺奔前去，像疾風颳起路上深厚的塵土，捲起一團大而密的塵雲。在這片混戰中，每人的目的就是刺殺鄰近的人。戰地上刺人的槍，密密層層，交相揮動；一片閃爍的銅盔，光亮的胸甲和燦爛的盾牌，耀眼眩目。除了最麻木的人以外，任何人看見這景象，都不能無動於衷。

就這樣，克魯諾斯兩個偉大兒子，各自幫一邊，給英勇的戰士帶來災害。宙斯一心要把勝利給予特洛伊人和赫克特，意在抬舉捷足阿基里斯。不過他沒有打算讓亞該亞軍完全覆滅在伊利亞城前；他是在哄哄塞蒂斯和她執拗的兒子。另一面，波塞多偷偷地離開灰色的海水，來到阿果斯人中間鼓勵他們。看着他們被特洛伊人打敗，他心裏難受，而且他也生宙斯的氣。這兩位神是同父同母所生，宙斯年長，也比較聰明。為了這個緣故，波塞多得小心着些，不敢公開幫助阿果斯人。他幻化成人的模樣，走來走去，鼓勵士氣。就這樣，兩位神時時注意他們為這場勢均力敵的拚死拔河戰而結的繩子，兩頭都繃得緊緊的。繩子是不會斷的，也沒有人能解開繩結；可是它倒解決了許多人的性命。

愛多麥紐斯雖然已不再是年輕小伙子，可是他對他的部隊大喊一聲，投進戰團。他殺死奧斯呂昂紐斯，一位從克比薩斯來助戰的友軍，使得特洛伊人驚惶失措。這人聽見戰爭的消息，新近才來到特洛伊；他向普利安求卡珊德拉為妻，這是他女兒中最漂亮的。他沒有聘禮給普利安，但答應為他作出一番驚人的事，把亞該亞人逐出他的海岸。老王接受他的提議；答應把他女兒許配給他。奧斯呂昂紐斯參加戰爭，就是根據這個諒解。現在愛多麥紐斯向他投擲一桿明晃晃的槍，正值他昂首闊步走上來的時候擊中了他。他身上穿的銅甲沒有發生作用：矛頭刺中他肚腹正中，他砰的倒在地上。愛多麥紐斯嘲弄他說：「奧斯呂昂紐斯，恭喜你跟普利安的女兒訂婚，那自然要看你能否實踐你的承諾啲。我們能否照樣也跟你打個交道？假如你幫助我們打破偉大的伊利亞城，我們就派人去阿果斯取來阿特瑞斯最美的女兒給你為妻。請跟我一同去到海船上，我們可商定你的婚事。你將發現我們嫁女要價並不太昂。」

這樣揶揄他一頓，愛多麥紐斯大人抓住他的腳，開始把他拉出人叢，這時阿西阿斯來拯救他。他徒步站在車前，他的御者把

車貼近他身邊，馬的呼吸總是吹在他肩上。阿西阿斯使盡招數，想結果愛多麥紐斯，但是愛多麥紐斯太快了。他用槍擱進他的咽喉，矛頭一直穿透。阿西阿斯像一棵橡樹，或一棵白楊，或一棵喬松，被伐木人在山裏用快斧砍倒，用作造船的木材。就這樣，他躺在他的馬車前，呻吟着手抓染血的塵土。他的御者被嚇昏了頭腦，甚至沒有想到掉轉馬頭溜出敵人的掌握，而被冷靜的安蒂洛卡斯一槍刺中他身體中部。他所穿的銅鎧沒有用處：矛頭深入他肚腹中。他氣吁吁地一頭栽出那造得完善的戰車，同時高貴的奈斯特的兒子安蒂洛卡斯把他的馬趕出特洛伊陣線，趕進亞該亞陣地。

　　德弗巴斯對阿西阿斯的死很悲傷，他走近愛多麥紐斯向他投出一根明晃晃的標槍。愛多麥紐斯看見他，急忙躲在他手中的圓盾後，閃過那銅矛槍。他的盾是許多層牛革和銅的同心圓做在兩根交叉的杆上。他縮在盾後，銅槍從頭上掠過，擦住盾邊發出深沉的響聲。但是德弗巴斯結實的胳膊投出的長槍，沒有落空。它擊中希帕薩斯的兒子海普遜諾隊長中腹下的肝臟；使他立刻倒地而亡。德弗巴斯對他的勝利，非常高興，大聲喊道：「現在已經給阿西阿斯報了仇！在他去見偉大的守門者哈得斯的時候，我覺得他在路上一定很高興，因爲我給他送了一個同伴。」

　　阿果斯人聽見這樣誇口，心裏憎惡，尤其生氣的是勇猛的安蒂洛卡斯；他在痛苦中不忘他的戰友，跑過去跨在他身上，用盾遮蓋他。他的兩個可靠的人，埃奇阿斯的兒子麥西斯圖斯和可敬的阿拉斯特，把他抬起來，他一面大聲呻吟着被抬往空船那裏去了。

　　但是怒憤填膺的愛多麥紐斯，沒有片刻稍停。他的惟一念頭，就是要黑夜罩住特洛伊人眼睛，不然就是自己在拯救亞該亞人時戰死。他的下一個犧牲者，是皇親艾訏斯特的高貴兒子阿爾克佐斯。阿爾克佐斯是安契西斯的女婿，他的妻子希波德米亞是

他的長女。這位女士，年幼時深爲父母所鍾愛。眞的，她的同輩中沒有人能比上她的美貌、技巧和智慧。無怪乎娶他爲妻的，是全特洛伊領域內最傑出的人物：就是由於波塞多的幫助，現在被愛多麥紐斯殺死的這個人。這位神用符咒鎮住阿爾克佐斯明亮的眼睛，拖住他的腿，使他不能逃到後面，也不能跳到旁邊，而直挺挺站在那裏，像一個碑，或一棵高大的枝葉滿頂的樹，當愛多麥紐斯大人的槍擊中他的時候。矛頭搠進他的胸膛，刺入他所穿的銅鎧：這銅鎧一向保護他的身體，這次卻被矛頭刺破，發出尖銳的響聲。阿爾克佐斯砰的倒了下去。槍挿在他心裏，那心還在繼續跳，搖動着整個槍。直到最後戰爭之神沉重的手，停止了它的跳動。

勝利的愛多麥紐斯高聲喊道：「德弗巴斯，現在我殺了三個，你只殺了一個還那麼誇口！我想我可以承認彼此不相上下。可是朋友，爲什麼不跟我較量較量，看看身臨貴地的宙斯的一位後裔的本領如何。因爲我們的世系是宙斯開始的。他使他的兒子米諾斯成爲克里特的君王；無比的杜克利昻是米諾斯的兒子，我是杜克利昻的兒子。我繼他爲我們這個幅員廣濶的島國的一個偉大民族的君主。我的船已把我帶到這裏，成爲你和你父親和特洛伊個個人的剋星。」

愛多麥紐斯的挑戰，使得德弗巴斯有兩條路可走：他可以退回去找一位英勇的國人幫助他，也可以單獨應戰。最後決定最好是找人幫助，他去找乙尼斯，看見他站在人叢背後無事。乙尼斯一向怨恨普利安王，因爲他看不起他，雖然他並不亞於任何人。德弗巴斯走上去求他，當他是特洛伊的一位領袖。「乙尼斯，」他說，「現在急切需要你幫忙，去拯救你姐夫阿爾克佐斯。假如你關心你的家，來幫助拯救你姐姐的丈夫，他從前住在你家，你小的時候他照管你。他剛才死在偉大的愛多麥紐斯的槍下。」

乙尼斯怒從心頭起，暴躁地向着愛多麥紐斯走去。愛多麥紐

斯不會像小孩子般被他嚇倒。他滿懷自信在等着他,像一頭山地
野猪,被一簇獵人圍在一個僻靜地點,以硬鬃的脊背和冒火的眼
睛,對着一片叫喊喧嚷聲,磨利獠牙,急切要接鬥一切上來攻擊
的獵狗或獵人。就這樣,這位著名的槍手愛多麥紐斯,在等待乙
尼斯的猛攻。但是他也曾想要別人的支助,特別指望的是阿斯卡
拉法斯、阿法留斯和德普拉斯,以及麥里昂奈斯和安蒂洛卡斯。
他向這班久經陣仗的人發出緊急呼籲。「朋友們,」他喊道,「
來助我一臂之力。我現在勢單力薄,害怕敏捷的乙尼斯的攻擊,
他現在正向我走來。我知道戰鬥起來,他是個有力的煞星,而且
年輕力壯,勝過我很多。假如我們年齡相當,像我們現在的鬥志
一樣,那我們二人不久就可見出高低。」

　　他們一齊過來,集結在愛多麥紐斯周圍,低頭彎腰,躲在斜
面的盾牌後面。但是乙尼斯也請求他的朋友們的幫助,他找到德
弗巴斯、巴黎和卓越的阿吉諾,這些都是特洛伊軍的指揮官,他
的同僚。不僅如此,部隊也跟在他背後,像牧場上的羊羣,跟隨
頭羊到溪邊飲水。乙尼斯看見大隊人跟在他身後,心裏很高興,
像牧人看見他的羊羣一樣。

　　陣陣槍在阿爾克佐斯屍體上空來往短飛,雙方隔着人叢相互
投擲,他們胸間的銅鎧,發出可怖的聲音。但是有兩位戰士,阿
瑞斯的同僚乙尼斯和愛多麥紐斯,急於以無情的銅矛互相刺殺的
心情,勝過其他一切人。乙尼斯首先向愛多麥紐斯擲出。愛多麥
紐斯看見了他,躲過他的武器,那槍掠過他身邊,戰巍巍插在地
上。它徒然飛出那堅強的手,沒有發生作用。其次該愛多麥紐斯
投擲。他擊中歐諾毛斯的肚腹,刺破胸甲,矛頭把肝腸挖了出
來。歐諾毛斯倒在塵土裏,手抓住地。愛多麥紐斯從屍體上拔出
長影槍,但一時標槍飛矢,向他密集投來,他不能摘去那人的輝
煌武器,脫去他肩上的鎧甲。他已不像從前那樣敏捷靈活,不能
猛衝上去,追隨自己投出的武器,或躲避別人的武器。因為脚下

慢， 不能跑步逃命， 所以他總是堅守陣地奮戰， 使敵人不得接
近。現在當他緩緩向後移動時，德弗巴斯擲出一根明晃晃的槍，
向他飛來，他對他的叫罵，仍然懷恨在心。這次他又沒有命中愛
多麥紐斯，但擊中了戰神的一個兒子阿斯卡拉法斯。那沉重的武
器，穿透他的肩膀， 他倒在塵土裏， 手抓住地。 他的強大的父
親，聲音響亮的阿瑞斯，只是後來才知道他已經陣亡。當時他正
坐在奧林匹斯山上朵朵金雲下面，跟其他諸神一起受命於宙斯不
得過問戰爭。

現在他們打着交手戰，爭奪阿斯卡拉法斯。德弗巴斯剛摘下
那明晃晃的頭盔，像戰神一般敏捷的麥里昂奈斯，跳上去用槍刺
他近肩膀處的胳膊。那有沉重面甲的頭盔，從他手裏叮噹掉在地
上； 麥里昂奈斯像禿鷲般又撲上去， 從他胳膊上拔出 那沉重的
槍，又退回去躲在他朋友中間。德弗巴斯的兄弟波來特斯，用胳
膊圈住他的腰，扶他走出那一片混亂，來到他的快馬跟前，他的
御者和馬和彩畫的戰車，正在戰地後面一個僻靜地點等他。他們
把他拉回城去，他一面高聲呻吟，疼痛難忍，因爲鮮血從他胳膊
上的傷口湧出。

但是其餘的人 在繼續厮殺， 喊聲益發劇烈。 乙尼斯撲上前
去，以利矛刺卡勒托的兒子阿法留斯的咽喉，碰巧他正轉過面來
迎住他。那人頭歪在一邊，身體彎曲在盾和盔下面，吞噬靈魂的
死吞沒了他。同時安蒂洛卡斯趁佐昂的背朝住他，跳上去就戳。
他斬斷一條自背至頸的血管。佐昂倒下去，仰臥在塵土裏，向他
的戰友們伸出雙手。安蒂洛卡斯搶上去，開始脫他的鎧甲，同時
密切注意周圍，因爲特洛伊人從四面八方向他攻來。他們戳他寬
潤發亮的盾，但不能戳到盾後，也不能以無情的銅矛劃破安蒂洛
卡斯頸上滑潤的皮膚。因爲奈斯特的這個兒子，甚至在這樣陣陣
飛箭飛槍中， 仍然爲震地者波 塞多所保護。 他既然不能擺脫敵
人，只好面對着他們：一會兒面對這邊，一會兒面對那邊。他的

槍沒有片刻靜息，總是在手裏任意揮舞，不是要遠擲，便是要近刺。

　　他正要把槍擲向人叢，阿西阿斯的兒子亞達馬斯跳上去，用利槍刺他盾的中心，他正在等待這樣一個機會。但是黑髮的波塞多，雅不願安蒂洛卡斯喪命，他使這一擊不能成功，結果半截槍插在盾上，像一段燒焦了的木棍①，另半截落在地上。亞達馬斯打算退回到他的人中間，以保全性命。當他後退時，麥里昂奈斯跟上去，一槍刺中他肚臍和生殖器中間，那是一個不幸的士兵可被打擊的最疼痛的地方。那武器刺得很深，亞達馬斯倒下去，曲捲在槍上，像一頭公牛曲捲起身體，當牛仔在山上用繩索逮住牠、強把牠拖回的時候。就這樣，這位被擊中的戰士曲捲起來，可是為時並不久，直到麥里昂奈斯大人上來從他身上拔出槍的時候。那時黑夜已罩住他的眼睛。

　　赫勒納斯逼近德普拉斯，用他的大斯拉塞劍劈他的太陽穴，把他的頭盔削去。掉在地上的頭盔，在戰士們腳下滾動，被一個亞該亞人拾起。死的醜惡黑夜，罩住德普拉斯的眼睛。

　　阿楚斯的兒子，高聲吶喊的米奈勞斯，看見這情形很傷心。他大喝一聲，直奔赫勒納斯皇子，揮動着一桿利槍。赫勒納斯還以顏色，扯弓在手。兩人準備同時投射，一個要投出利槍，一個要射出利箭。普利安的兒子赫勒納斯，以利箭射中米奈勞斯的胸腔，觸及胸甲的銅片。但箭被彈了回去。像黑豆或鷹嘴豆，在廣濶的打穀場上蹦跳，當揚穀者用平鏟揚起它們，同時呼嘯的風吹着它們的時候，那枝惡狠的箭，從傑出的米奈勞斯的胸甲上碰返去，落在很遠的地方。阿楚斯的兒子，高聲吶喊的米奈勞斯，勝他一籌。他擊中赫勒納斯那隻握着亮弓的手，銅矛穿過手，透進弓去。赫勒納斯驚懼恐慌，退回到朋友中間，手垂在身邊，拖

---

　　① 一條插在地上的木棍，入土的部分被燒焦，以免腐蝕。

着那桿梣木槍走。高貴的阿季諾從他傷處拔出那槍，用細毛帶把手包裹起來。其實那是一根彈弓帶，是阿季諾大人的侍從借給他的。

這時佩桑德直奔傑出的米奈勞斯。惡運引他走上這條路，路的盡頭是死。米奈勞斯，他是來跟你交手而戰死的。兩人攏近後，阿特瑞斯首先出手；但沒有命中，他的槍落在一旁。佩桑德略勝一籌：他擊中傑出的米奈勞斯的盾，但是沒有足夠的力量穿透它。那寬濶的盾擋住了槍，槍頭折斷了。佩桑德暗自歡喜，相信他能贏得勝利。但是阿特瑞斯掣出他的嵌銀寶劍，直撲過去。佩桑德從他盾下抽出一把美好的銅斧，斧有長而光滑的橄欖木柄。兩人短兵相接，佩桑德擊中那人頭盔尖頂馬尾纓下面。米奈勞斯趁佩桑德走近，劈他額頭鼻根上面。頭骨劈開了，兩顆血淋淋的眼珠掉在他脚前的塵土裏。他搖搖幌幌倒下去。米奈勞斯脚踏住他胸膛，脫去他的鎧甲，勝利地向他誇口道：「這是你最攏近愛馬的達南人的地方，你們傲慢的特洛伊人，總是想殺人流血。你們並非沒有其他臭名和其他罪孽。看看你們使我蒙受的恥辱，狗東西，你們破壞作客的規範，激起制定這些規範的雷神宙斯的怒忿，不久他就要把你們的城池夷為平地。你們偸拐我的妻子，當她是你們女東主的時候，並歡歡喜喜帶着她和我的一半財富揚帆而去。現在你們一定要火燒我們的海船、殺戮我們的人民才甘心。可是不論你們多麼暴戾，你們是將被制止的。啊，宙斯父，人家說你比任何人或神都聰明，可是這都是你所作的事！你為什麼這樣縱容這些特洛伊惡覇？他們熱愛殺傷破壞，愛對陣激戰，希望能永遠戰爭下去。人們對一切事都會厭倦的，甚至睡覺、戀愛、好音樂和美妙的舞蹈，那些遠較戰爭需要更多時間才能使人喊『夠了』的事情。可是這些特洛伊人不是正常人，他們是嗜殺好戰之徒。」

無比的米奈勞斯一面說着，一面從死者身上剝去血污的鎧

甲，遞給他的人。接着他離開這裏，回到前線去了。一到前線，就受到派萊麥內斯王的兒子哈帕利昂的攻擊，哈帕利昂跟他父親一起來參加特洛伊戰爭，是不會返回本國去的了。他接近阿特瑞斯後，以槍刺他盾的中心，但是因爲沒有刺透，他想悄悄溜回自己隊伍中間，以保全性命，同時四下張望，看有沒有武器向他飛來。當他後退時，麥里昂奈斯向他射一銅鏃箭，射中他右邊屁股。那箭穿透他的膀胱，從骨頭下面露出。哈帕利昂立即垮下去，在朋友們懷裏斷了氣，躺在地上像一條蟲；殷紅的血從他身上淌出，浸濕了塵土。英勇的巴弗拉戈尼亞人聚攏在他周圍，把他抱起放在車上，懷着沉痛的心情驅車送他回神聖的伊利亞，他的哭泣着的父親② 同他一起回城，無人爲他兒子報仇。

　　哈帕利昂的被殺惹起巴黎的怒火，因爲這位巴弗拉戈尼亞人是他的客人。他射出一箭，爲他的朋友報仇。有一個亞該亞人名叫歐奇諾，他是預言者波律埃達斯的兒子；波律埃達斯是名門出身，頗有貲財，家住科林斯。歐奇諾出發來特洛伊時，他已經知道有一個悲慘下場在等待他。因爲他老父，好波律埃達斯，常跟他說，他將來不是在自己床上死於一種痛苦的疾病，便是隨同亞該亞人遠征，被殺死在特洛伊。結果他來到特洛伊，省下一筆倘使不來他必須繳納的數目很大的罰金，同時避免一場可厭的疾病和他所不想忍受的痛苦。現在巴黎的箭射中他嘴巴和耳朵下面。因此他沒有久病纏綿地死去，而被醜惡的黑暗吞沒了。

　　這裏斯殺繼續進行，像一團不能撲滅的火焰。但是赫克特皇子因爲沒人通知他，完全不知道列船左端的敵人正在這樣屠殺他的人。實在的，阿果斯人幾乎佔了上風，震地神和摵地神的鼓勵，發生了這樣效力；同時他自己也出力支助他們。因此赫克特在他那一部分前線仍然取得攻勢，那裏是他衝散持盾的達南隊伍

---

②　按：他的父親派萊麥內斯在第五章已爲米奈勞斯所殺，在這裏又出現了。

並突破門與牆的地方，埃傑克斯的和普羅特西勞斯的被拉出灰色
海水的船，都在那裏的岸上。那裏的防禦牆較他處爲低，達南的
步兵和戰車，在那裏展開最激烈的保衞戰。

那裏的部隊，博奧蒂亞人、着長裝的愛奧尼亞人、洛克里斯
人、弗西雅人和輝煌的埃利斯人，只能十分勉強堵住赫克特皇子
對船的攻擊，無力把他推回去：他像一團火焰般上來。雅典的精
艮部隊在這裏作戰，領隊的是佩特奧的兒子麥內修斯，另有菲德
斯、斯蒂琦阿斯和勇敢的比阿斯支助他；指揮埃利斯人的，是弗
柳斯的兒子麥吉斯、安菲昂和椎俠斯；指揮弗西雅人的，是麥當
和堅毅不拔的波達西斯。麥當是奧伊柳斯王的私生子，因此是
埃傑克斯的兄弟。他因犯了殺人罪被放逐在外，住在弗拉斯；他
所殺的是奧伊柳斯的妻子，他的繼母，埃里奧皮斯的親族。另一
人波達西斯是弗拉卡斯的兒子伊菲克拉斯的兒子。這兩人全身披
掛，率領豪爽的弗西雅人跟博奧蒂亞人並肩作戰，保衞船隻。奧
伊柳斯的兒子跑者埃傑克斯，跟特拉蒙的兒子埃傑克斯，沒有片
刻分開過。他們令人想到一對褐牛在犁一片休耕地，兩個在同樣
竭力工作。汗水從牠們角根淌出，牠們中間只有一條磨得光亮的
軛，牠們努力沿着犁溝前進，一直進到田地盡頭的高埝。就這
樣，兩人形影不離，相依相靠。但是二者間有這樣一個區別：特
拉蒙的兒子背後有一隊堅強的、訓練有素的侍從支助他，他覺得
熱或疲倦時，他們總是援過他的盾去；而奧伊柳斯的英勇兒子沒
有他的洛克里斯部隊跟隨他，他們沒有打交手仗的興趣，沒有常
用的武器，像一頂有羽飾的銅盔，一個圓盾和幾桿桦木槍。他們
相信弓箭和細毛彈弓帶，就是帶着這兩種武器，跟隨他們的首領
來到伊利亞；有時特洛伊隊伍確曾被他們的彈丸打得七零八落。
因此現在使重武器的部隊，在前抵禦特洛伊人和披銅甲的赫克
特，而洛克里斯人卻在後面遠處的安全地帶，不斷射擊他們，直
到特洛伊人被箭射得混亂起來，開始喪失戰鬥的興趣。

　　事實上，他們必須離開船和棚屋，潰亂地冂到多風的伊利
亞，要不是波律達馬斯又到可怕的赫克特跟前說道：「赫克特，
你是個執拗的人，不肯聽人的忠告。只因上天使你成爲偉大的戰
士，你就想在策劃戰爭方面，你也比人強。但是你不可能樣樣都
親自操作。人的才能各有不同：一個人會打仗，另一人會跳舞，
或彈琴唱歌；還有人從無所不見的宙斯那裏得到一個好頭腦，常
常嘉惠於他的朋友們，因爲他比他們聰明，所以一再救他們脫過
災難。不管怎樣，我要說出我心裏想說的話：戰爭已經環繞住
你，成一包圍圈。我們的英勇戰士，誠然已經突破了牆，可是從
那以後，他們不是游手懶散，便是分散在船中間以寡敵衆。我建
議脫離戰鬥，把所有精銳集合起來。那時我們可商量一下，解決
整個問題：那就是要不要攻打那些裝備完善的船，希望一個決定
性勝利，如果不能，那就全軍完好撤退。怕的是亞該亞人可能會
報昨天的仇。他們有一人刻正躺在船中不動，他是個善戰的傢
伙，我不信他會完全不過問戰爭。」

　　赫克特認爲這個主意不錯，毫不遲疑地答道：「待在這裏，
波律達馬斯，敎最好的人守在你周圍，我去那邊看看情況。等把
那邊的人安排妥當後，立刻就囘來。」

　　說畢他疾忙離去，像一個白雪蓋頂的山峯，晶瑩發光；當他
在特洛伊人和友軍隊伍中間奔跑時，他高聲喊他的人。他們聽見
赫克特的聲音，都跑來集結在潘索斯的兒子、和藹可親的波律達
馬斯周圍。赫克特則去到前線，到處找德弗巴斯、偉岸的赫勒納
斯皇子、阿西阿斯的兒子阿達馬斯，和赫塔卡斯的兒子阿西阿斯
自己。不久他發現他所尋找的這些人，現在非死卽傷。其中有兩
個爲阿果斯人所殺，躺在船尾；其餘的不是受槍傷，就是受箭
傷，已送囘城裏去了。他很快在左翼找到一人，那兒是特洛伊人
損失慘重的地方；那人是高貴的巴黎，美髮海倫的丈夫。巴黎在
鼓勵他的部隊，催促他們去交戰，赫克特到他跟前，狠狠地罵他

道：「巴黎，漂亮的小伙子，哄女人的騙子，我問你，德弗巴斯
和偉大的赫勒納斯皇子，阿西阿斯的兒子阿達馬斯和赫塔卡斯的
兒子阿西阿斯自己──這些人都哪裏去了？你把奧斯呂昂紐斯弄
到哪裏去了？這眞是伊利亞的末日啊！它的高樓已倒。現在什麼
都沒有了，惟有死而已。」

　　「赫克特，」巴黎回嘴道，「你在盛怒之下責罵一個無辜的
人。假如我過去有過畏戰不前的事，今天可沒有。我也可以說，
我並非生來就是完全懦夫；從你命令向船進攻的時刻起，我們便
守住這裏的陣地，跟達南人不懈地纏鬥。你剛才問及的那些朋友
們都死了，惟有德弗巴斯和偉大的赫勒納斯皇子例外，他們被撤
下去了。兩人都是胳膊受槍傷，幸而還都活着。現在請你率領我
們到你想去的地方吧。我們將堅定地跟隨你，我可以說，我們也
不缺乏勇氣，只要還有力氣。一個人沒有力氣，就不能搏鬥，不
論他多麼想。」

　　巴黎這樣安慰了他的兄弟，他們一同投入戰爭的核心。這時
的戰爭，圍繞着塞布里昂斯和可欽佩的波律達馬斯、法爾塞斯、
奧塞尤斯、神一般的波律菲特斯、帕爾米斯和希波欣的兩個兒子
阿斯坎尼阿斯跟莫呂斯，他們兩人是先一天早晨才從土層深厚的
阿斯坎尼亞來作爲援軍，現在被迫加入戰爭。特洛伊人上來，像
一陣憤怒的暴風，從雷聲隆隆的天空疾掠而下，猛撲海面，給嗚
咽的海水帶來無法形容的混亂，巨浪嘶嘶，拱起泡沫的浪脊形成
永無盡頭的行列。就這樣，特洛伊人跟隨他們的長官湧上來，密
密層層，銅光閃耀，普利安的兒子赫克特身先士卒，像好殺的戰
神一般。他的圓盾舉在身前，盾上有結實的層層皮革，表面是一
層厚的熟銅；明晃晃的頭盔在兩鬢搖擺。

　　赫克特好幾次猛衝上去，試探敵人陣線的許多點，希望在盾
的掩護下，衝過去突破敵線。但是他不能動搖亞該亞人的決心。
有個亞該亞人，埃傑克斯，大踏步走出陣前，向他挑戰。「喂，

你，」他喊赫克特道，「過來，不要再枉費氣力，企圖趕阿果斯人逃跑。關於戰爭我們也略知一二；假如我們遭受打擊，那是宙斯鞭笞我們。大概你在想要毀掉我們的船，是嗎？可是我們也有手，準備爲護船而搏鬪；恐怕在你碰到船以前，我們早已打破並洗刼了你的美好城池。至於你，我說在不久的將來，因爲要急忙救自己的性命，你會祈禱宙斯和其他諸神，當你的長鬃馬拉你一溜煙向特洛伊飛奔時，使牠們跑得比獵鷹還快些。」

　　一個吉兆，一隻老鷹在右手高空飛翔，使埃傑克斯這些話顯得突出。亞該亞部隊看見這景象，精神一振，高聲歡呼起來。可是傑出的赫克特不因此而閉口無言。「埃傑克斯，」他說，「一個老粗的話，只能是一派胡說；但是你今天的表現，較已往更甚。有件事我確實相信，像我確信我願是披乙己斯的宙斯和赫拉女的兒子，享受着雅典娜和阿波羅的榮耀一樣，那便是整個阿果斯軍今天大難當頭，你將跟其他的人們同被殺死；假如你敢來試試我的長槍，它將撕破你那雪白的皮膚。是的，你將死在自己船前，你的血肉將給特洛伊的狗吃鳥啄。」

　　說着赫克特領頭攻擊，他的兵士跟在後面，呼嘯聲震耳欲聾；他們後面的整個隊伍捷着也吼叫起來。阿果斯人亦高聲吶喊以應，鼓足勇氣，等待特洛伊精氓部隊的攻擊。兩枝軍隊的喧嚷聲上達霄漢，震動上界的明燈。

一四 宙斯上當了

　　正在棚屋裏喝酒的奈斯特，聽見了喊殺聲。他驚慌地望着阿斯克勒皮阿斯的兒子說：「我主馬柴昂，我們得想想怎麼辦才行。戰爭的聲音越來離船越近了。請你暫時坐在這兒，喝點兒閃耀的酒，赫卡米德女在燒水給你洗去傷處的血塊。我要疾忙去找個地方瞭望一下，看看情形怎樣。」

　　說着他在棚屋裏揀起一面完善的閃光銅盾，這是他的兒子馴馬者斯拉塞麥德斯的，他的兒子在用他的盾。他還拿起一桿結實的、銅矛鋒利的槍。一走出棚屋，就看見一幅悽慘的景象。他的朋友們完全潰敗下來，傲慢的特洛伊人緊跟在後面追殺。亞該亞防禦牆倒了。

　　有時候，一個無聲的波浪，使海水呈現陰沉黑暗。它意識到，一陣大風即將到來；但是它所知道的，只此而已，浪頭還不能開始向這邊或那邊奔騰，要等到風無論從哪個方向固定颳來才行。就這樣，老人心裏有兩條路難以決定：他在猶豫着究竟應當加入愛馬的達南人一同戰鬥呢，還是去找他的總指揮阿楚斯的兒子阿加米農。最後他決定最好去找阿加米農。這時戰鬥和廝殺在繼續進行，當寶劍和兩頭尖的槍刺中人身時，那堅硬的銅發出響聲。

　　奈斯特在路上遇見那幾位受傷的王子，廸奧麥德斯、奧德修斯和阿楚斯的兒子阿加米農。他們是從自己船上來的，那些船排

列在灰海的岸上，離現在的戰事還相當遠，它們是第一排拉到岸
上來的，靠近圍牆的船離海遠些。那裏海灘雖寬，但不能容納所
有的船，亞該亞人因爲地狹人衆，把船分層排列在海灘上，蓋滿
了整個漫長海灣的濱水地區。因此爲了看一看戰爭的情況，這幾
位王子一同往內陸走，用他們的槍作手杖，心裏懊悔不樂。看見
奈斯特老人時，他們情緒低落，阿加米農王立刻問他道：「奈柳
斯的兒子奈斯特，亞該亞騎士道之花，你爲什麼離開戰鬥來到這
兒？恐怕可怕的赫克特要做到他從前所說的話：有一天向他的人
講話時，他發誓如不燒掉我們的船、殺戮我們的人，他就永不返
回伊利亞去。那是他向他們所作的諾言，現在這些話卽將實現
了。我有一種不快的感覺，覺得全軍都像阿基里斯一樣，不忠於
我，假如他們不在船的外線堅守抵抗。」

　　「類此的災禍，一定會降臨到我們頭上，」吉倫納斯的武士
奈斯特說，「雷神宙斯自已也不能擋開它。我們原以爲那堵牆是
一道堅不可摧的防禦物，可以保護船和我們自已。牆現在被攻破
了，我們的人必須在豪華的船前，從事長久無望的搏鬥。你可以
仔細觀看，但是看不出亞該亞人所受的壓力是從前面來的，還是
從後面來的，目前只是一場大混戰，一片震耳的喊殺聲。我們必
須在一起商量一下，想出個最好的辦法，假如思想能有所幫助的
話。只有一件我不主張，那就是把我們自已投入戰爭。受傷的人
是不能打鬥的。」

　　「奈斯特，」人的王阿加米農說，「旣然戰爭已經打到船的
外線，那堅固的牆和我們費盡心力所挖的壕溝，都沒有用處，雖
然我們曾指望它們是堅不可摧的防禦物，足以保護我們的船隊和
我們自已。旣然如此，我必須認爲這是萬能的宙斯要亞該亞人死
在這裏，被消滅在離阿果斯很遠的地方。當他誠心誠意幫助達南
人時，我就有這種感覺，現在我更相信是這樣。因爲現在他把特
洛伊人提拔到快樂神祇的地位，而把我們壓低到無能爲力的地

步。眼下已經無計可施，你們都必須照我的話行事。讓我們把近水的船推下水去，繫泊在離岸有相當距離的海裏，到了友好的夜間，再把其餘的船也推下海去，除非特洛伊人一直打到夜間還不停。在夜間逃難避禍，並沒有可恥的地方。跑着逃命勝似被人捉住。」

「我的主，」才思敏捷的奧德修斯說，怒目瞪着阿加米農，「這眞是荒謬，多麼要命的領導！你應當指揮一夥懦夫，不應當領導像我們這樣的人，我們自幼至老，都是要把戰爭進行到底，直至死到最後一人爲止。你提議就這樣告別寬街闊衢的特洛伊城，我們曾爲它忍受這樣多的辛苦啊！你最好閉住你那嘴，不然人們會風聞一些你的這樣想法。稍有頭腦的人，誰也不會說出這樣的話，像你這樣擁有一枝大軍的國王，更不會這樣說了。所以你所提出的這樣提議，表示你簡直毫無頭腦。你敎我們在正激戰中間，把船推下海去，使得已經擊敗我們的特洛伊人，更能隨心所欲，處置我們，消滅整個遠征軍。你想當推船下海時，我們的人還能保持一個穩定的戰線嗎？他們將只顧往後望，絲毫無心打仗了。我的總指揮，你的戰術將產生這樣災禍重大的後果。」

「一番嚴厲的反駁，奧德修斯，」人的王阿加米農說，「但是我承認你這番話的力量。好吧，我不敎人們違背心願，把船推下海去。不過你們現在必須提出一個較我所說的更好的辦法。不拘長幼，我一律聆聽你們的意見。」

這句話壯起了高聲吶喊的迪奧麥德斯說話的膽量。「我們所需要的人，就近在咫尺。」他說，「我們不必遠求，假如你們聽我說，不因我是你們中間最年輕的而嫌棄我。畢竟我也是貴胄的後裔。我的父親是泰杜斯，他的骸骨刻仍埋在塞貝斯的一個墳塚裏。他的祖上是波修斯。波修斯有三個兒子，住在普柳隆和崎嶇的克律敦；他們是阿格里阿斯、麥拉斯和馬車戰士歐紐斯，最後一個是我父親的父親，是他們中間最勇武的。歐紐斯沒有離開他

的老家，但是宙斯和其他諸神，一定爲我父親泰杜斯設計了一種
不同的生活。他遷到阿果斯，在那裏娶阿椎斯塔斯的一個女兒爲
妻，生活富饒，擁有一所房子，若干艮好穀田，許多果園和成羣
的牲畜。沒有一個亞該亞人的槍法，可以跟他的相比。這些你們
都聽說過，知道是眞的。所以你們不能因爲我出身微賤而反對我
的提議，假如我提出的是一個好的意見。現在我要建議的是我們
囘到戰場去；眞的，雖然我們已經受傷，可是我們必須囘去。囘
去後，可不必參加戰鬥，只停留在射程外，不然也許有人會二次
受傷。我們所能作的，是督促別人上去斯殺，我是說那些心懷某
種怨懟不介入戰團的人。」

　　其他諸位隊長認爲廸奧麥德斯的建議不錯，都加以接受。人
的王阿加米農領頭，他們都跟着去了。

　　所有這一切，都沒有逃過偉大的震地神機警的眼睛。他幻化
成一個老人的模樣，去到他們跟前，拉住阿加米農王右手，像熟
人一般跟他說道：「我的主，無疑的，阿基里斯看見亞該亞人潰
逃被殺，他那黑心一定在私自歡喜；傻東西，一點兒也不遙情
理。希望他的愚蠢會摧殘他的性命，上天將譴責他。至於你，我
的主，你不要以爲快樂的神對你只有一片惡意。相反的，將來有
一天特洛伊的隊長們和指揮官們，會使那廣濶的平原塵土瀰漫，
你可以親眼看見他們離開你的船和棚屋奔囘城去。」

　　波塞多說完，大喝一聲向平原奔去，那聲音大得像九千或一
萬戰士的喊殺聲。偉大的震地神喉嚨裏發出這樣大的怒吼，鼓起
每個亞該亞人抵抗敵人繼續戰鬥的精神。

　　這時金寶座的赫拉，從她站立的奧林匹斯山巓眺望，立卽看
見兩樁事。她看見她的兄弟兼小叔波塞多在戰場活躍，心裏很歡
喜。但是她也看見宙斯坐在多泉的愛達山頂峯，這使牛目女赫拉
頓時感覺厭惡。她開始想怎樣才能哄騙披乙巳斯的宙斯；決定最
好的辦法是這樣：她將自已打扮得漂漂亮亮，去到那山上會他。

假如他看見她的美麗，忍不住要把她摟在懷裏，他大概是會的，
她將使他頭腦懵懂，眼睛合閉，沉入安靜和忘掉一切的睡鄉。因
此她去到她兒子赫斐斯塔司給她蓋的臥室裏；他把兩扇門裝在門
框裏時，裝了一個暗鎖，其他任何神都不會開。赫拉走進臥室，
關上光亮的門。她先用香液洗去她柔麗軀體上的污垢，再用芬
芳的和經久不斷的橄欖油，膏沐全身。這油裏攙有香料，只須在
銅地宮殿裏一攪動，它的香氣就可瀰漫上天下地。她用這油擦遍
她嫽好的皮膚；再梳好頭髮，親手把她那光亮的綹髮結成若干髮
辮，讓這些具有神聖美的辮子從她那不朽的頭向下垂掛。其次
她穿上一件芳香的和材料細緻的長衫，這是靈巧的雅典娜給她做
的，上面繡了許多花紋。她用若干金針把長衫扣在胸前，腰間束
一條圍帶，帶上有成百的流蘇飄垂。她的兩個穿孔的耳朵戴了一
對耳環，每個耳環有三個墜子，晶瑩閃亮。她頭束一條美的新頭
巾，亮得像太陽一樣；最後這位女神把一雙美好的帶履綁在她那
光亮的腳上。

　　梳洗畢她走出臥室，招呼阿芙羅狄蒂離開其他諸神，跟她說
句體已話。「親愛的孩子，」她說，「不知道妳肯不肯幫我個
忙；也許妳不肯，因為我幫達南人，妳幫特洛伊人，妳會對我感
覺不快。」宙斯的女兒阿芙羅蒂答道：「赫拉，天上的皇后和偉
大的克魯諾斯的女兒，告訴我妳想要什麼，我將樂於給妳，假使
我能夠而且那不是不可能的話。」

　　赫拉皇后的答話是在故意欺騙。「給我性愛和慾望。」她
說，「妳自已制服神和人的兩種力量。我要到多產大地的盡頭，
去探望諸神的鼻祖奧欣和神母特齊斯。他們從前待我真好，帶我
離開雷亞到他們家，把我撫養長大，那時無所不見的宙斯正把克
魯諾斯拘禁在地和荒海下面。我要去看望他們，止住他們兩者間
無休止的口角。他們反目已經好久了，現在互相厭恨，已經多日
沒有睡在一起。假如跟他們談談這事，我能撮合他們，**使他們重**

新相愛共眠，那我將永遠得到他們的恩寵和敬重。」

　　「拒絕陪伴天王睡覺者的請求，是不對的，也是不可能的。」愛笑的阿芙羅狄蒂答道。她從胸間掏出一條錦綉腰帶，所有她的魔法、性愛、慾望和那些可把聰明人變成傻瓜的甜言蜜語，都裝在那裏面。「拿這個去，」她說，把那東西遞給她，「把這條腰帶放在妳胸間。」她一面指着那奇怪的針脚給她看，一面又說道：「所有我的魔力，都在裏面，我不憂妳會不能完成使命。」

　　牛目女赫拉向她微笑；把腰帶塞在胸間，又笑了一下。宙斯的女兒阿芙羅狄蒂回家去，赫拉也疾忙離開奧林匹斯山巔。她掠過皮埃倫山脈和美麗的埃馬齊亞；迅速經過育馬的斯拉塞人雪山上空，掃過最高的峯頂，但脚不點地。她從阿佐斯越過起泡沫的海面，來到佐阿斯王的城池倫諾斯，在那裏找到死神的兄弟睡神。她拉住他的手，告訴他她的需要。「睡神，」她說，「一切神和一切人的主宰；過去你曾聽從過我的祈求，現在請你再聽從一次，我將永遠承你的情。等我躺在宙斯可愛的懷抱時，請你合上他明亮的眼睛，教他入睡；我將好好酬謝你，教我那手藝奇巧的瘸腿兒子赫斐斯塔司給你作一張漂亮的永不磨損的金椅，椅下一個脚凳，吃飯時可把你那漂亮的脚放在上面。」

　　甜蜜的睡神答道：「赫拉，天上的皇后，偉大的克魯諾斯的女兒，我覺得哄任何其他永生神祇入睡，都算不了什麼大事，甚至諸神的鼻祖奧欣自己也是這樣；但是我不敢近克魯諾斯的兒子宙斯，不敢哄他入睡，除非他自己求我。從前有一次妳支使我作事，我已得到過敎訓。那次是他的驕傲自大的兒子赫拉克勒斯 [1]

---

[1]　赫拉克勒斯為懲罰普利安的父親洛麥敦王的失信，而打破伊利亞城。赫拉一向　　仇視赫拉克勒斯，她勸睡神哄宙斯入睡，自己卻颳起海風打擊赫拉克勒斯。　　（見本書第十五章）

打破特洛伊人的城池後，揚帆囘家去，妳一心一意要跟他搗蛋。
在我親切護理下，披乙已斯的宙斯被哄得睡着了，妳卻在海上掀
起一陣颶風，把赫拉克勒斯吹到離他朋友很遠，有人煙的科斯島
上。宙斯醒來，怒不可遏。他在殿裏亂打諸神，到處找我，認爲
我是元惡。要不是同樣支配神和人的夜神救我，我一定會被投在
海裏，永不能出頭。夜神藏起我，宙斯無論多麼憤怒，必須再思
而行。不敢輕易開罪夜神。現在妳又來向我提出一個不可能的請
求！」

　　「睡神，」牛目女赫拉說，「你爲什麼老講這事危險？你覺
得無所不見的宙斯，在幫助特洛伊人這件事上，會像他自已的
兒子赫拉克勒斯被刼持時那樣大發脾氣嗎？來吧，照我的心意去
做，我將把三青年女神②之一給你。她將是睡神的妻子。」

　　「好吧，」睡神說，爲她的提議所吸引。「現在請妳指着冥
河不可褻瀆的水賭個咒，請妳一手抓住多產的大地，一手抓住閃
爍的海水，好讓下面跟克魯諾斯一起的所有神祇，都作我的見
證，答應妳將把三青年女神之一帕西齊亞給我，我有生以來都在
愛着她。」

　　粉臂女神赫拉答應他，照他所說的那樣賭個咒，說出塔塔拉
斯一切神的名字，他們叫泰坦神。起誓畢，他們兩個隱在一個濃
霧裏出發，迅速離開倫諾斯和英布羅斯。他們在勒克頓去海就
陸，腳到處，樹梢都搖曳不定；從勒克頓他們去到多泉的愛達
山，野獸的母親。爲了避免被宙斯看見，睡神停下來爬在一棵喬
松上，那是愛達最高的樹，樹梢聳入雲霄。他變做一個鳴鳥，藏
在枝葉間，這種鳥神叫牠銅膝，人叫牠夜鶯。

　　赫拉很快地去到崇高的愛達山的最高峯加加拉斯。驅雲者宙
斯看見她，一見就慾火燒身，像當初他倆初戀時，瞞着父母一同

───────────
　　② 她們是賜人美麗和歡樂的三位女神。

上床時那樣。他站起身來迎她並說道：「赫拉，妳不在奧林匹斯，來這裏有什麼事？爲什麼沒有馬，也沒有車？」

赫拉騙他說：「我要到多產的大地盡頭，去探望諸神的鼻祖奧欣和神母特齊斯，他們從前待我眞好，把我收在他們家裏撫養長大。我要去看看他們，止住他們中間無休止的口角。他們反目已經好久了，現在互相厭恨，已經多日沒有睡在一起。我的馬在多泉的愛達山山脚等我，準備帶我越水越陸。現在我從奧林匹斯來到這裏，是特地來看你的，生怕不跟你說一聲就去看望奧欣，你將來會生氣啊。」

「赫拉，」行雲者宙斯說，「妳可等將來再去探望他們。今天讓我們享受愛的快樂。任何女神或女人，向來沒有在我心裏燃起像現在這樣的慾火。我從前愛過伊克祥的妻子，她生派里索斯，聰明智慧可與衆神相比；又愛過阿克里西阿斯的女兒纖踝的達內，她生下柏修斯，當世最偉大的英雄；又愛過菲尼克斯的聲名遠播的女兒，她給我生下米諾斯和神一般的拉達曼薩斯；又愛過塞麥勒和塞貝斯的阿爾克曼納，後者的兒子是勇武的赫拉克勒斯，前者生下廸昂尼蘇斯把快樂帶給人間；又愛過美髮皇后德麥特和無可比倫的勒托；我也愛過妳自己——但向來沒有感覺過像現在妳在我心裏引起的愛和甜蜜的情慾。」

「克魯諾斯的可怕兒子，你眞使我吃驚，」赫拉女說，仍在裝腔作勢。「假如像你所說的，我們互相摟抱，躺在愛達的頂峯，這裏沒有任何遮蔽，一旦有哪位永生的神看見我們睡在一起，跑過去告訴其他諸神，那豈不難爲情嗎？當然我雅不願從這樣床上起來，囘到你的宮殿裏。想想這將會引起的流言蜚語。不要這樣；假如你眞的想做那事，你有一個队室，那是你自已的兒子赫斐斯塔司給你蓋的，他把門做很結結實實。讓我們去躺在那裏，假如你要那樣。」

「赫拉，」驅雲者宙斯說，「妳不必害怕有任何神或人會看

見我們。我將把妳隱藏在一朵濃密的金雲裏，誰也看不透。甚至太陽也不能透過那雲霧看見我們，雖然他的光線給他以世界上最敏銳的視力。」

克魯諾斯的兒子說着，把他老婆摟在懷裏；通情的大地，在他們身下生出新鮮的草、帶露的芙蓉和紅花，跟一床柔軟稠密的風信子，撑住他們。二者就躺在那兒，一團美麗的金雲罩住他們，從雲中滴下晶瑩閃光的露珠。

宙斯父摟着老婆，安靜地躺在加加拉斯峯頂，爲睡眠和愛所征服，溫柔的睡神飛到亞該亞船前，向震地者報告這個消息。他去到箍地者跟前，向他傾出他的秘密。「波塞多，」他說，「現在你可以盡情幫助達南人，使他們佔上風，那怕只是一會兒工夫，到宙斯醒來的時候。赫拉使計，哄他躺在她懷抱裏，我使他進入深沉溫柔的睡鄉。」

睡神說着，自去向各國人民幹他的正經事去了，剩下波塞多更加熱心支持達南人。他跳到前排的前面，向他們發號施令。「阿果斯人，」他喊道，「我們這次又將把勝利留給普利安的兒子赫克特，讓他奪取艦隊贏得榮耀嗎？他說他要；他這樣誇口的惟一理由，是因爲阿基里斯坐在空船裏嘔氣。不過如果我們大家都能振起精神，堅固團結，那麼沒有阿基里斯，也不要緊。大家聽我說，我有一個計劃，請你們實行。我們要用營中最好和最大的盾，要戴耀眼的頭盔，要用我們所能找到的最長的槍去打仗。我自己任指揮，我想赫克特皇子，無論多麼憤怒，頂不了多久。凡是善於打鬥但一向只用小盾的人，讓他把小盾遞給一個較弱的人，自己用一個較大的盾。」

他們欣然聽從波塞多的話。那幾位王子像泰德斯、奧德修斯和阿楚斯的兒子阿加米農，雖然受了傷，但仍準備他們的兵卒，去從事打鬥。他們去到隊伍中間，調換他們的武器，教最好的兵把他們的窳楛武器換給弱劣的兵，自己可有最好的配備。各人都

穿好鮮明的銅甲，他們便出發，震地者波塞多領頭，手裏拿着一把長而可怕的劍。這把劍像一道閃電，戰場上誰也不可碰它，人見它就畏縮恐懼。

另一方面，傑出的赫克特把特洛伊人佈成戰鬥序列。現在黑髮的波塞多和光榮的赫克特，一個為阿果斯人戰，一個領着特洛伊人前進，要發動一場最駭人的搏鬥。兩軍相遇時，發出震耳欲聾的喊聲，同時海水沖擊着阿果斯人的船和棚屋。但無論是北風吹着海濤，沖着沙岸時的雷鳴，或火焰延燒山谷林木時的怒吼，或風吹橡樹梢時的尖嘯，都不像特洛伊人和亞該亞人肉搏時所發出的喊殺聲那樣高。

傑出的赫克特面對着埃傑克斯，他首先向他擲一槍。他沒有偏失，但他擊中的正是埃傑克斯的盾帶和嵌銀劍的劍帶在胸前交叉的地方，二者保護了他柔嫩的皮膚。赫克特看見他投出的一記有力的槍擊，竟沒有產生效果，很生氣，又去躲在他的隊伍中間，以保全自己的性命。當他後退時，特拉蒙埃傑克斯揀起一塊巨石，那是用來支船但滾到戰士們腳邊的許多石頭之一，擲擊赫克特，正好命中他頸下胸口盾邊上面，打得他團團轉，像一只陀螺。就這樣，英勇的赫克特被突然一擊，打倒在塵土裏，像宙斯父連根拔起一棵橡樹一樣，那霹靂的暴響和駭人的硫磺煙臭，使得附近的人張惶失措。赫克特的第二桿槍從手裏掉出來，他曲捲在盾和頭盔下面，鎧甲的銅飾發出響聲。

亞該亞戰士發出勝利的呼喊，向他蜂擁而來，希望把他拖過去，同時向他擲一陣標槍。但無論是標槍或飛矢，都不能傷損這位總指揮；他的英勇官佐波律達馬斯、乙尼斯和高尚的阿吉諾、律西亞國王薩佩敦和可欽佩的格勞卡斯，立即圍起他來。其餘的人，沒有一個不關心他的指揮官。他們一齊把自己的圓盾舉起遮住他。接着他們把胳膊伸在他身下，把他抬起，抬出戰團，去到他的快馬跟前；他的馬正在戰地背後一個僻靜所在，跟御者和彩

畫的戰車等着他，現在拉着他向城的方向去，他一面大聲呻吟。到達漩流的贊薩斯河的津口時（這河的高貴河神的父親就是永生的宙斯），赫克特的人把他抬出戰車，放在地上，用水噴他。赫克特醒來睜開眼睛。他蹲在脚跟上，口吐黑血。接着他又倒在地上，眼前又是一片漆黑，像黑夜一樣。他還沒有完全甦醒。

阿果斯人看見赫克特退下去，抖擻精神向特洛伊人襲擊。第一個殺人見血的是奧伊柳斯的兒子埃傑克斯，著名的槍手和跑者。他衝上去，用鋒利的長矛搠薩蒂紐斯，薩蒂紐斯是無瑕的仙女給埃諾普斯生的，當他在薩蒂尼瓦河畔放牧的時候。埃傑克斯跳上前去刺他的脅下，薩蒂紐斯倒下去；緊接着在他周圍展開一場劇烈的戰鬥。潘索斯的兒子，槍手波律達馬斯上來救他，他擊中阿瑞律卡斯的兒子普羅索諾的右肩。那沉重的長矛穿透他的肩膀，他倒在塵土裏手抓住地。波律達馬斯在他上面高呼勝利。他喊道：「那是潘索斯的驕傲兒子，用有膂力的胳膊，投出的另一記不偏不倚進入阿果斯人皮肉的槍擊。他在走向冥府時可用它作手杖。」

阿果斯人聽見他的歡欣，滿心厭惡，憎恨得最甚的莫過於特拉蒙的勇猛兒子埃傑克斯，他離普羅索諾陣亡的地方最近。他趁波律達馬斯後退時，忙用他那明晃晃的槍向他投去。波律達馬斯跳在一邊，自己躲過死運。承受那槍的是安蒂諾的兒子阿奇洛卡斯。衆神注定要他死，他被擊中在頭跟脖子間第一節脊骨所在的地方。兩者的筋都被斬斷，他倒下去，前額和嘴鼻比腿和膝先着地。現在該埃傑克斯高聲喊了。他向無匹的波律達馬斯呼喚道：「想想看，波律達馬斯，坦白地告訴我，這人的死能否抵得過普羅索諾。看他的面貌決不像個膽小鬼，也不像是出身微賤的人，倒像我主安蒂諾的兄弟或兒子，面貌很相似。」

埃傑克斯說這些話時，很知道他所殺的是誰；特洛伊人悲傷痛心。阿卡馬斯跨在他兄弟阿奇洛卡斯身上，一個名叫普羅馬卡斯的博奧蒂亞人，試圖從他兩腿中間拉走那屍體，他一槍刺死

他。於是他傲慢地和勝利地叫喊道：「你們阿果斯人，只勇於使弓，動輒恫嚇；不要以爲只是我們有困難和災禍。我們有我們的損失，你們的還在後頭呢。看看你們的普羅馬卡斯，我一槍送他歸陰，立刻報我兄弟被殺之仇。這正是一個聰明人所祈求的——死後有親人替他報仇。」

這些誇口的話使得阿果斯人生氣。特別是勇武的佩內流斯被激得採取行動。他直奔阿卡馬斯，但阿卡馬斯不跟他鬥，結果他殺死了伊利紐斯。伊利紐斯是擁有羊羣的弗巴斯的兒子，弗巴斯是赫耳墨斯神在特洛伊的寵兒，他使他成爲巨富。伊利紐斯的母親只有他這個孩子，現在被佩內流斯擊中他眉下眼窩。矛頭把他的眼珠剜掉，直進眼窩從頸後透出。他垮下去伸開兩手。佩內流斯拔出劍，斬斷他脖子，他的頭帶盔滾在地上。那沉重的槍仍然插在他眼窩裏，他舉起他的頭，像一個罌粟桃給特洛伊人看，得意洋洋向敵人們喊道：「特洛伊人，請費心告訴我主伊利紐斯的父母，在家開始舉哀。這是天公地道的事，因爲當我們亞該亞人離開特洛伊回家時，阿勒吉諾的兒子普羅馬卡斯的妻子，也沒有再見他的福氣。」這話使一切特洛伊人股慄起來，每人都四下瞭望，看有沒有地方可以躲起來免得突然被殺死。

現在請告訴我，妳們住在奧林匹斯的九位繆斯，旣然光榮的震地者已經扭轉戰局，成爲對亞該亞人有利的情勢，那麼是誰首先從敵人那裏奪得一副沾血的鎧甲呢？是特拉蒙埃傑克斯，他首先殺死蓋爾俠斯的兒子赫爾休斯，勇武的默西亞人的領袖。其次安蒂洛卡斯殺死法爾西斯和默默拉；麥里昂奈斯殺死莫瑞斯和希波森；圖瑟殺死普羅松和佩里菲特斯。其次阿特瑞斯擊中偉大的隊長赫帕倫諾的脅下。矛頭刺入他肚腹，內臟流了出來；他的靈魂兒不禁從傷口飛出，黑暗罩住他眼睛。但是斬獲最多的是奧伊柳斯的快速兒子埃傑克斯；因爲當對方潰敗時，誰也不能跑得像他那樣快，去追殺奔逃的人。

一五 亞該亞人作困獸鬥

逃命的特洛伊人退出圍牆和壕溝，着實受了亞該亞人的打擊，一口氣跑到他們戰車跟前。他們在那裏停下來，完全潰不成軍，嚇得面色蒼白。這時仍然躺在愛達山頂金寶座赫拉身邊的宙斯已睡醒，並跳起身來觀察戰局。他看見特洛伊人被逐回，達南人在趕殺；波塞多在幫助達南人追奔逐北；赫克特躺在地上，他的戰友們圍住他坐地。

赫克特呼吸困難，口吐鮮血，他還沒有完全甦醒；這也難怪，因為打擊他的人，決不是亞該亞軍中最衰弱的。人和神的父看見，滿心憐憫。他轉面瞪住赫拉，以可怖的聲音責備她。「赫拉，」他說，「妳真不可救藥：我想沒有問題，這一定是妳幹的。由於妳的詭計，赫克特皇子被停止戰鬥，他的隊伍被擊潰。我真想給妳一霹靂，讓妳是第一個嘗到妳那肆無忌憚的奸計的果實。妳不記得那次我把妳吊起來，兩腳繫兩個鐵砧，用一條妳不能弄斷的金鏈捆住妳兩手嗎？妳被高高吊在空中，吊在雲裏，奧林匹斯山衆神雖然憤怒地團結在妳周圍，但是他們不能解救妳。因為誰要來救妳，我就抓住把他扔出門去，等他掉在地上，他已弱得不能動彈了。甚至那樣，也不能稍舒現在我仍對似神的赫拉克勒斯感覺的心疼；妳唆使風神支助妳的邪惡計謀，一陣北風把他吹起，掠過荒蕪的海面。最後妳把他吹到有人煙的科斯島；我從科斯救起他，經過許多艱難困苦，使他平安同到野有牧馬的阿

果斯。我向妳重提這事，是要妳停止妳的陰謀，讓妳知道，妳從奧林匹斯來到這裏，誘我倒入妳的懷抱時，妳那愛的擁抱對妳沒有多少用處啊。」

牛目女聽了不禁股慄起來，她急忙向他保證說：「現在我要請上天下地，給我作證，請冥河的流水，給我作證，那是幸福的神所能起的最鄭重的誓，我還請你神聖的頭和我們自己的喜床作證，我永遠不敢指着我們的喜床作偽誓——震地者波塞多加害於赫克特和特洛伊人，幫助另一方，不是由於我的慫恿。我想當他看見亞該亞人被逼到船前，他心裏不忍，所以自動行事。說實話，我已準備數落他一頓，打發他走路。你只須告訴我說，你要他到哪裏去，黑雲神。」

這使得人和神的父莞爾而笑，他以比較溫和的口吻答道：「赫拉，我的牛目皇后，假如從今以後，在神的會議裏，我能指望住妳對我的支持，那麼波塞多立時就會轉過來同意我們的主張，不管他心裏多麼不高興。要是妳說的是實話，那就請妳回到衆神那裏叫愛瑞斯跟弓神阿波羅來。我想叫愛瑞斯去到披銅甲的亞該亞人那裏，告訴波塞多主公停止戰鬥回家去；叫菲巴斯阿波羅去給赫克特以新的勇氣，使他忘掉令他氣餒的痛苦，好把他再投入戰爭裏去。菲巴斯必須驚破亞該亞人的膽，使他們潰逃。他們將退到佩柳斯的兒子阿基里斯的裝備完善的船前；阿基里斯將派他的朋友派楚克拉斯去參戰。派楚克拉斯先殺死若干偉岸的敵人，其中包括我自己的高貴兒子薩佩敦，然後在伊利亞城前死於卓越的赫克特的槍下。阿基里斯皇子，由於他的死而狂怒，將親自殺死赫克特。從那以後，我將使戰爭的潮流逐漸離開船，直到一天亞該亞人由於雅典娜的計謀，佔領伊利亞的崇高城樓。不過目前我仍然敵視達南人，在尚未滿足阿基里斯的願望以前，我不准任何神下來幫助他們。這是我答應過他的，那天神聖的塞蒂斯抱住我的雙膝，求我爲她的兒子，城池的刼掠者，報仇，我已曾點頭

應允。」

宙斯說完了，粉臂女神赫拉沒有怠慢，立即離開愛達山，往崇高的奧林匹斯去；她以幻想的速度飛行，像一個旅遊廣遠，見過許多地方的人，只須瞑目自思說「我要到那裏」，於是他便在那裏。

到達奧林匹斯山巔後，赫拉去見諸位永生的神，他們正聚在宙斯的宮殿裏。看見她時，他們立刻跳起身來，舉杯相迎。她別的不顧，只接過了美顏的塞米斯的杯，她是第一個跑上來迎她的，並不住問她道：「赫拉，妳看起來很激動，是怎麼來着的？像是克魯諾斯的兒子嚇壞了妳，雖然他是妳的丈夫。」「塞米斯女，請妳不要問這個，」粉臂女神赫拉說道，「妳自己知道，有時他會多麼嚴厲和執拗。如果妳能帶領衆神在廳裏餐桌入座，妳跟其餘諸神便都可聽我說宙斯刻正計劃的惡作劇。假如還有誰在想當他坐下晚餐時，世界上一切平安無事，我可向他保證，這則消息不會使奧林匹斯的神，或世上的人，個個喜悅。」

說完這些話，天后入席就座，宙斯廳裏上上下下，衆神滿懷驚恐，因為雖然赫拉唇上掛着微笑，她的額頭和幽暗的眉頭，卻毫無笑意。眞的，那是一位憤怒的女神在向他們講話。「我們多麼傻啊！我們發瘋啦，竟敢跟宙斯爭！可是現在我們又在想法治他和制止他，口說不行，還想動武；而他卻坐在那兒，不動神色，只向我們彈彈指頭。也該他如此，因為他知道以力氣論，沒有問題，他是神中第一，這也是你們心甘情願聽他擺佈的上好理由！這使我想起一椿事。阿瑞斯，假如我記得不錯，已經分得了他的懲處。他的一個愛子阿斯卡拉法斯戰死了。我主戰神不是自認是他父親嗎？」

阿瑞斯聽了怒不可遏，兩手拍着他那堅實的大腿。「奧林匹斯的諸位神，」他喊道，「現在你們可不能責備我，假如我去到亞該亞船那裏，爲我那被殺的兒子報仇，縱然我命該被宙斯的霹

霹靂斃，躺在死人堆的血泊和塵土裏。」他吩咐恐怖和驚慌備
馬，自己穿上燦爛的鎧甲。

在宙斯和眾神中間，將會發生另一次口角，一次較上回更厲
害更慘痛的口角，要不是雅典娜因為對全體神心懷恐懼，從她的
座位跳起來，跑出門廊去追阿瑞斯。她抓下他頭上的盔和肩上的
盾，擺去他那堅實的手中握着的銅槍；把銅槍擱在一旁，教訓那
魯莽的戰神一頓。「傻瓜，瘋子！」她喊道，「你會被消滅得乾
乾淨淨。你沒有耳朵聽嗎？沒有腦筋，不能自制嗎？你沒有聽見
剛從奧林匹斯宙斯那裏來的粉臂女神赫拉跟我們所說的話嗎？你
要自己去被痛揍一頓，然後兩腿夾住尾巴被搢回奧林匹斯，同時
讓我們都在你攪起的漩渦裏打滾嗎？因為我告訴你，宙斯會立即
離開英勇的特洛伊人和亞該亞人，一直來到奧林匹斯整治我們，
不分有罪無罪，把我們個個捉起來。聽我說吧，不要打算為你兒
子報仇了。過去有多少比他好比他強壯的人都被殺死了，將來還
有更多的被殺死。我們很難跟踪世上每個人的世系。」

雅典娜說着，把魯莽的戰神領回到他的座位上。這時赫拉教
阿波羅和在眾神中間傳送消息的愛瑞斯，同她一起走出門外，在
那兒照實傳遞她的口信。「宙斯，」她向他們說道，「要你們兩
位火速去到愛達山。到那裏看見他後，你們可以執行他給你們的
命令。」

赫拉女回去坐在她的寶座上，這時他倆飛去當差去了。到達
綿羊之母和多泉的愛達山後，他們看見克魯諾斯的無所不見的兒
子坐在加加拉斯峯上，包圍在一團芬芳氳氳的雲霧裏。他們去到
驅雲者宙斯面前，等待他的吩咐。宙斯看見他們來，知道他們迅
速執行了他的皇后的命令，沒有可以指責的地方，便開始指示愛
瑞斯。「愛瑞斯，」他說，「快去傳我的話，說給我主波塞多聽，
不要說錯。告他說，教他停止戰鬥，退出戰場，去會合其他諸
神，或退回他自己的聖海去。假如他故意不聽我的明白吩咐，讓

他自己想一想,看他雖然有力,敢不敢面對我一次攻擊,我比他力氣大得多,也比他年長。他並不因此就對我甘拜下風,雖然其他諸神都怕我。」

捷足如風的愛瑞斯,立卽遵從這些吩咐,離開愛達山,往神聖的伊利亞去,她急忙落下去,像風暴從寒冷的北方吹來時,雪花和冰雹從雲中落下一樣。她一直去到偉大的震地者跟前說道:「箍地者,黑髮神,我來傳達披乙巳斯的宙斯給你的一個口信兒。他吩咐你停止戰鬥,退出戰場,去會合其他諸神,或退回你自己的聖海去。倘使你不聽他的明白吩咐,他就要親自來到這裏,跟你較量。他警告你,不要跟他交手,他說他比你力氣大得多,也比你年長。他還說你並不因此就對他甘拜下風,雖然其他諸神都怕他。」

偉大的震地者怒憤填膺。「這眞是不能忍受!」他喊道,「宙斯可能力氣很大,但是我的權柄和他相同,他所說的強迫我曲承他的意思,乃是無禮咆哮。我們本是三兄弟,都是克魯諾斯和雷亞的兒子:宙斯、我自己和冥王哈得斯。當初把世界分成三份兒時,三兄弟各得一份兒。我們拈鬮決定。我得到灰海,成為我的不可剝奪的領域。哈得斯拈得黑暗的陰間,宙斯分得廣濶的天空和上界雲裏的一個家。但地是我們三者所共有,高聳的奧林匹斯也是如此。所以我不能讓宙斯任意捉弄我。他雖然力氣很大,讓他安守他的三分之一世界好了。讓他不要打算以武力恫嚇我,當我是個大懦夫。他有氣最好使在他兒女身上。他是他們的父親老子,他要是吩咐他們什麼,他們得聽他的。」

「箍地者,黑髮神,」捷足如風的愛瑞斯說,「你眞的要我把這種倔強的和高傲的答話傳給宙斯嗎?你不願改變主意嗎?溫和寬厚是一種美德;你知道復仇三女神總是支持做哥哥的。」

「愛瑞斯女,」震地者波塞多說,「妳說的很對。一位使節能這樣懂事,眞是難能可貴啊!命運已經判定,我應和他在同等

地位掌理世界，現在他竟欺凌我，責斥我，真使我惱火痛心。說是這樣說，我情願忍讓，不過心裏不能沒有憤恨。讓我說出我自己的感覺以警告他。假如宙斯違背我的意願和雅典娜戰士、赫拉、赫耳墨斯，和我主赫斐斯塔司的意願，保全伊利亞城，不讓它被洗刼，不給阿果斯人以巨大勝利，那麼讓他知道，我們二者間將有不可彌補的裂痕。」

說着震地者離開亞該亞軍，回到海裏去，那些英勇的人大為懊喪。

行雲者宙斯其次吩咐阿波羅道：「親愛的菲巴斯，請你去找穿銅甲的赫克特。震地者和箍地者這時已同歸聖海，以免攖我的怒忿。實在的，假如我們動起拳腳來，個個都會聽得見，甚至和克魯諾斯一起住在下界的諸神，也不例外。雖然他很生氣，他竟不跟我較量，就屈服於我，這對我們兩個都好得很，否則在我們達到一個解決辦法之前，一定要大費周折。現在你可把我的流蘇乙己斯拿在手裏，去對住亞該亞隊長們狠命抖，使他們驚恐失措。你要特別照顧傑出的赫克特，我主弓神。把他心裏注滿不顧一切的勇氣，直到亞該亞人潰退到船前和赫勒斯麗特的時候。那時我再決定怎樣休歇對他們的懲罰。」

宙斯吩咐畢，阿波羅牢記他父親的話，猝然飛離愛達山，像捕捉鵓鴿的蒼鷹那樣迅速，那是禽鳥中飛得最快的。他看見聰明的普利安的兒子赫克特皇子時，他已不再臥在地上，已經坐起身來。他剛才恢復知覺，認得周遭的朋友，從披乙己斯的宙斯要他復原的時刻時，他就不再氣喘出汗了。弓神阿波羅去到他跟前說道：「赫克特皇子，為什麼不跟你的部隊在一起，這樣可憐兮兮坐在這裏呢？你受傷了嗎？」

「你是什麼神，我的主，你問我做甚？」明盔的赫克特有氣無力地說道，「你知道嗎？我在列船前面一線屠殺高聲吶喊的埃傑克斯的人時，他用一塊巨石砸住我的胸脯？我已不能再戰鬪了。

眞的，我覺得今天就是我嚥最後一口氣，命歸冥府的日子。」

「拿出勇氣來！」弓王阿波羅說。「你得相信克魯諾斯的兒子從愛達派來，替他在你身邊保護你的戰友，就是我，金劍菲巴斯阿波羅，他在過去不僅保護了你的性命，也保護了你的城池。現在站起來吧！率領你的許多馬車戰士，長驅奔馳，向那些空船衝去，我將走在他們前面，爲他們的馬平路，使亞該亞貴冑們望風逃竄。」

阿波羅說着，把氣力吹進這位特洛伊指揮官的身體，他立即四肢靈活敏捷地奔馳而去。他像一匹脫韁的雄馬，離開人們餵肥牠的食槽，勝利地奔過田野，去到牠平常沐浴的可愛的河裏。牠昂起頭來，頸鬃順著兩肩向後飄拂；牠知道自己多麼美麗；牠飛奔而去，奔向母馬羣慣常出沒的牧場。就這樣，赫克特聽見那位神說了後，疾馳而去，率領他的馬車戰士投入戰圈。

直到這個時候，達南人以密集隊形，堅定地向前推移。他們的劍和兩頭尖的槍，發揮了相當大的威力。但是現在他們卻像一羣鄉下人領着一羣獵犬，在追逐一頭長角鹿或一隻野羊，獵物消失在一片幽暗的樹林或某種岩穴石縫裏，看不見了，忽然間一頭長鬚雄獅爲他們的喊聲所驚起，出現在他們面前，使他們全體都急忙退縮，不想再往前追逐。就這樣，達南人看見赫克特又在指揮他的隊伍，都滿心恐慌沮喪。

在這個當口兒，安椎芒的兒子佐阿斯出來領導達南人。他是艾托利亞人中的英傑，善使標槍，也是打交手仗的能手。而且當年輕的演說者互相辯論爭雄時，達南人中很少有能勝過他的。這時他出來盡力幫助他的朋友們。「一個奇蹟！」他喊道，「也是我們最不歡迎的奇蹟！赫克特死而復活了。我們在想特拉蒙埃傑克斯已結果了他的性命，但某位神拾起他來，使他還陽了，像是他還沒有殺夠我們的人似的，他還要再殺些呢。赫克特不會回到前線，像這樣威脅我們，要是雷神宙斯沒有把他放在那裏。那

麼我想，我們現在應該這樣，希望你們都同意我的策略。讓我們
的主力，退到船跟前去，我們這些自命是軍中精英的人，守在這
裏，手執槍，希望能頂住赫克特的初步攻擊。他當然要使盡招數
攻戰，不過我覺得，在動我們的主力之前，他會再思而行。」

這種戰術立刻被採取了。他們挑選最好的戰士，來對抗赫克
特和他的特洛伊人，把他們集結在埃傑克斯、愛多麥紐斯王、圖
瑟、麥里昂奈斯，和那位亞賽戰神的麥吉斯的周圍。主力在他們
後面，退到亞該亞船跟前。

特洛伊人以密集隊形湧來，赫克特身先士卒。在他前面走着
菲巴斯阿波羅，兩肩隱在雲霧裏；他手裏拿着那無敵的乙巳斯，
上面的流蘇邊緣，可怖但光輝燦爛。這乙巳斯是鐵工聖手赫斐斯
塔司造的，他給了宙斯，用以驚駭世人。阿波羅拿着它，率領特
洛伊隊伍前進。

但是阿果斯人正集結在一起，等待他們。雙方發出震耳欲聾
的喊聲。這時箭已離弦飛出；結實的胳膊投出的槍，有許多擊中
青年戰士的身體，也有許多沒有嚐到白皙的皮肉，便落下去插在
地上，不得享受它們所渴望的盛饌。

只要菲巴斯阿波羅手握乙巳斯不動，雙方互相投擲，各有死
傷。但是後來他瞪視着愛馬的達南人的臉，向他們抖動乙巳斯，
並高聲吶喊。那時他們的心融成了水，勇氣完全消逝了。像一羣
牛或一大羣羊，黑暗中突然遭受攻擊，牧主又不在跟前，被兩頭
野獸驚得四散奔竄，亞該亞人喪失了勇氣，並潰逃了。是阿波羅
自己把他們變成懦夫，把勝利給了赫克特和他的特洛伊人。

特洛伊人擊破亞該亞人的隊形後，便逐個刺殺起來。赫克特
殺死了阿塞西勞斯和斯蒂琦阿斯，前者是披銅甲的博奧蒂亞人的
領袖，後者是勇敢的麥內修斯的忠實侍從。乙尼斯殺死了麥當和
亞薩斯。麥當是奧伊柳斯的私生子，所以也是埃傑克斯的兄弟，
他因犯了殺人罪被逐在外，住在弗拉斯，他殺的是他的繼母即奧

伊柳斯的妻子埃里奧皮斯的一位親屬。亞薩斯是一位雅典軍官，他父親是巴科拉斯的兒子斯菲拉斯。波律達馬斯殺死了麥西斯圖斯；埃奇阿斯一交手即爲波利特所殺；高貴的阿吉諾殺死了克洛尼斯。迪奧卡斯跟隨其他領袖一同奔逃時，巴黎從後擊中的肩窩，矛頭穿透了身體。

勝利者剝去死者的鎧甲時，亞該亞人奔囘壕溝和柵欄，完全潰不成軍。甚至還必須躲在圍牆背後。赫克特看見這種情形，高聲喊特洛伊人不要動血污的鎧甲，而打到船上去。「要是我看見任何落後的人，」他又說道，「要是任何人不跟我向前，我便把他當場處死。這還不算，他將不得爲家人和妻女所埋葬。他的屍體將棄在特洛伊城外餵狗吃。」說着他胳膊往後揚，策動他的馬，向特洛伊隊伍吶一聲喊。他的馬車戰士們也吶喊響應；他們一起呼吼前進，馬和車跟住他。菲巴斯阿波羅走在前面，很容易就蹴倒壕溝的堤岸，填在溝當中，弄成一條廣濶的堤道，寬得像一個人試擲標槍所能擲及的距離。阿波羅手持輝煌的乙己斯，率領他們一隊一隊蜂擁而過。接着這位神又很容易地推倒亞該亞圍牆，像一個幼童在海邊玩沙嬉戲，堆成一座城堡，再用手和脚好玩地摧毀它。阿波羅主公，你就是這樣摧毀了阿果斯人的工事，使那些曾辛苦構築這項工事的人驚惶失措。

亞該亞人又囘到船前停住脚。他們在那裏互相呼喚，個個伸起手，向所有神祇祈求禱告。禱告得最熱情的，是族長吉倫納斯的奈斯特，他伸出雙臂，向涵育衆生的天空呼喊道：「宙斯父，我們中間如有人曾在阿果斯的麥田爲你燔炙肥的牛腿或羊腿，祈求平安歸去，你也曾點頭應允，那麼請你現在記起，奧林匹斯神；請你救他脫過今天的浩刼，不要讓特洛伊人把我們完全消滅。」奈斯特這樣哀求，思想者宙斯聽見奈柳斯的年老兒子的祈禱，他響了一聲霹靂。

特洛伊人聽見披乙己斯的宙斯的霹靂，鬪志益發昂揚，較前

兇狠地向阿果斯人撲去。他們大吼一聲，越過圍牆，像海上一個
巨浪，被風吹着滾捲向前，沖撞着一隻船的舷牆。他們把馬趕了
過去；霎時間雙方在船前交起手來。特洛伊人從車上用兩頭尖的
長槍，亞該亞人那時已爬到黑的船尾上，用特製的長桿槍戰；那
種槍是幾節接起來的長竿，尖端有銅矛，放在船上專供海戰用。

　　只要亞該亞人和特洛伊人在牆外搏鬪，離船還有相當距離，
派楚克拉斯便同和藹可親的歐呂拍拉斯一起，坐在他的棚屋裏，
跟他談話消遣，敷藥在他的傷口，以緩和劇烈的疼痛。但是一旦
看見特洛伊人蜂擁越過牆來，聽見達南人嚎着逃着，他便哀聲嘆
氣，兩手拍腿。「歐呂拍拉斯，」他苦惱地喊道，「雖然你很需
要我，可是我不能再待在你這裏了。現在危機已臨到我們頭上。
你的侍從必須伺候你，我要跑回阿基里斯那裏去，設法教他出
戰。誰知道呢，朋友的意見，可能發生效力；倘使運氣好，我可
能哄他採取行動。」他話還沒有說完，腳已經動了。

　　這時亞該亞人堅定地堵塞特洛伊人前進的路。他們人數超過
他們，但沒有力量把他們推轉回去。特洛伊人也不能突破達南人
的陣線，進入船和棚屋中間。戰爭呈膠着平衡狀態，戰線成一條
直線，像一位受業於雅典娜的靈巧木匠，為測量一條船骨而拉的
一根直線一樣。

　　赫克特的隊伍，一羣一羣去攻打別的船，赫克特自己直奔傑
出的埃傑克斯，二人為爭奪一隻船而搏鬪起來。赫克特竭力趕埃
傑克斯離開船，他好放火燒它，但不能成功；埃傑克斯也不能把
赫克特趕走，一旦神把他帶到那裏。雖然如此，傑出的埃傑克斯
殺死了克律霞斯的兒子卡勒托。卡勒托正要縱火燒船，埃傑克斯
用槍搠進他的胸膛。卡勒托砰的倒下去，手一鬆丟掉了火種。赫
克特看見他的表兄弟倒在黑船前的塵土裏，便高聲呼喊特洛伊人
和律西亞人：「特洛伊人，律西亞人，還有你們喜愛肉搏的達丹
尼亞人，不要讓出我們這個吃緊角落的一吋土地。救回卡勒托，

否則他躺在船中間，亞該亞人將剝去他的鎧甲。」

　　說着他向埃傑克斯擲出一根明晃晃的長槍，但誤中了馬斯托的兒子律科弗朗；律科弗朗是埃傑克斯的一位塞瑟拉人侍從，在神聖的塞瑟拉殺了人，跑來跟埃傑克斯住。赫克特的鋒利銅矛擊中他頭部眼睛上面時，他正站在埃傑克斯身邊。他往後倒下去，從船尾撞在地上，在塵土中喪失了生命。埃傑克斯打個寒顫，喊他的兄弟道：「親愛的圖瑟，我們喪失了一位忠實的朋友，馬斯托的兒子律科弗朗，他從塞瑟拉來跟我們住，我們待他像自己的父母一樣。偉大的赫克特剛殺死了他。你的殺人箭和菲巴斯阿波羅給你的那張弓在那裏？」

　　圖瑟領會他的意思，急忙帶着彎弓和滿滿一壺箭來到他身邊，開始向特洛伊人射擊。射中的第一個是佩遜諾的高貴兒子克勒塔斯，他是潘索斯的兒子驕傲的波律達馬斯的侍從。圖瑟射中他時，他手裏正拉着馬韁。他的馬在給他麻煩，他在給赫克特和特洛伊人做好事，把車趕進一隊亂糟糟的步兵中間。他的死來得很快，任何熱心朋友也不能救他的性命，因為那枝致命的箭從他頸後射入，使他栽下車去。他的馬驚恐倒退，拉着空車跑去；牠們的主人波律達馬斯是第一個看見這情形的，他把身子站在車前，才止住了馬。他把牠們交給普羅蒂亞昂的兒子阿斯曲諾斯，吩咐那人注意他的行動，把馬停在近他的地方。接着他回到前線去了。

　　圖瑟的下一枝箭對準了赫克特和他的銅甲。要是在赫克特耀武揚威時，他一箭射死他，那就可終止亞該亞船邊的戰爭。但宙斯是小心謹慎的，不會有未提防的閃失，他在照顧赫克特，注視着特拉蒙圖瑟。當他在瞄準他的人時，他弄斷他的弓弦，奪了他的勝利。那枝箭和銅鏃亂飛一陣，弓也掉在地上。圖瑟打一個寒顫，轉過臉向他兄弟發誓道：「什麼鬼今天在跟我們搗亂！把我的弓打掉在地上，弄斷了一根新弦，今天早晨才繫上的，打算射

出許多枝箭。」

「好了，朋友，」偉大的特拉蒙埃傑克斯說，「你不如放下弓箭，有一位神在嗔怪我們，弄得弓箭沒有用處。拿起一桿長槍，掛一面盾在肩上，這樣率領我的人去迎擊敵人。特洛伊人也許打敗了我們，但我們至少可以再向他們表示我們能怎樣戰鬥，使他們對裝備完善的船付出高昂的代價。」

圖瑟聽見這些話，去把弓放在棚屋裏，掛一面四層皮革的盾在肩上，把一頂結實的盔戴在他結實的頭上。盔上有馬尾纓和戰巍巍的羽飾。他揀起一桿結實的有尖銳銅矛的長槍，跑步出去，霎時間去到埃傑克斯身邊。

赫克特看見圖瑟的弓箭不靈光，高聲對特洛伊和律西亞部隊喊道：「特洛伊人和律西亞人，還有你們喜歡打交手仗的達丹尼亞人，勇敢呀，朋友們，在這些空船邊要使出本領呀！我親眼看見宙斯使他們的一個最傑出的人不能再射箭了。宙斯的幫助是沒有錯的。他使他將給予勝利的一方和他將丟棄不顧的一方，都看得明明白白。看他怎樣支持我們，打破阿果斯人的抵抗。所以讓我們聯合起來，向船進攻。要是你們中間有人中箭中槍，不幸陣亡，那就讓他死好了。他是為國捐軀，並非不光榮的死。一旦這些亞該亞人揚帆回家去，他的妻子兒女便沒有性命之憂，他的房屋和土地便永遠安全。」

赫克特就這樣鼓勵他的戰士，給每個人打氣；同時埃傑克斯也在這樣做。他向他的隊伍喊道：「阿果斯人，別忘你們的責任！今天我們不是死在這裏，便是救船圖存。除此以外，別無他途可尋。你們想，假如明盔的赫克特得到這些船，你們將徒步走回去嗎？他急於要把船燒掉，你們沒有聽見他把全部軍隊都使出來了嗎？請相信我，他不是請他們來跳舞的，他是率領他們來打仗的。我們必須決定現在別無辦法，惟有人對人、手對手，來對付他們。不論是死是活，一勞永逸解決這椿事，勝似現在這樣有氣

無力在船邊長期搏鬪，被一個劣勢敵人漸漸壓死。」

　　埃傑克斯的激勵，給他的人以新的活力。接着赫克特殺死了佩里麥德斯的兒子謝德阿斯，一位弗西斯隊長；埃傑克斯殺死了安蒂諾的高貴兒子勞達馬斯，一位步兵指揮官；波律達馬斯殺死了塞林的奧塔斯，他是驕傲的埃利斯人的領袖，也是弗柳斯的兒子麥吉斯的朋友。麥吉斯看見他朋友被殺，搶上去攻擊波律達馬斯，但波律達馬斯彎身躲過他的攻擊，阿波羅不讓潘索斯的兒子陣亡，麥吉斯的矛誤中克魯斯馬斯的胸膛。克魯斯馬斯砰的倒下去，麥吉斯開始剝他肩上的鎧甲。正在這時，多洛普斯，一位嫻熟的槍手，上來攻擊他。這人是蘭帕斯的兒子，洛麥敦的孫子，也是蘭帕斯兒子中最出色的，一位能征慣戰的武士。他在近距離下手，他的矛刺中麥吉斯盾的中心。但是麥吉斯穿的一件有金屬片的結實貼身胸甲救了他。這件胸甲是他父親弗柳斯從埃菲拉跟塞勒斯河帶回來的，在那兒款待他的尤菲蒂斯王將這件胸甲送給他，讓他穿上打伙，以保護身體。現在它有着額外的功用，救了他兒子的性命。

　　麥吉斯用利矛回敬他，擊中多洛普斯銅盔的羽項，削去了馬尾盔纓。那整個閃耀着新鮮的紫色光輝的頂飾，掉在塵土裏。但是多洛普斯沒有氣餒，他繼續頂在那裏戰鬪，盼望贏得勝利。他沒有看見可怕的米奈勞斯持矛來幫助麥吉斯，偸偸來到他近側。米奈勞斯從背後用力搠他的肩膀，矛頭直透過身體，從前胸露出。多洛普斯一頭向前栽下去，米奈勞斯和麥吉斯搶上去剝他肩上的銅裝備。

　　赫克特喊他的族人振作精神。他向他們全體呼籲，特別提名責備希斯坦的兒子偉岸的麥蘭尼帕斯。這人在達南人入侵之前，原住在派科特，在那裏養牧蹒跚的牛羣；達南人乘着搖提的船來到時，他囘到伊利亞來，在特洛伊人中間贏得一個光榮的地位；他住在普利安家，他待他像自己的兒女一樣。「麥蘭尼帕斯，」

赫克特生氣地喊他，「我們就這樣聽其自然嗎？他們殺死了你表兄弟多普洛斯，難道你不關心嗎？你沒看見他們在剝他的鎧甲嗎？跟我來，我們不能再延宕了。我們必須跟這些阿果斯人拚命，直到我們毀滅他們，或他們打破伊利亞，屠殺城裏所有的男人。」說着赫克特領先攻擊，麥蘭尼帕斯跟隨他，像他過去那樣英勇。

這時偉大的特拉蒙埃傑克斯在督促阿果斯人。「朋友們，」他喊道，「勇敢呵！想想你們的名譽。在戰場上不怕別的，只怕互相看着丟臉。士兵們要是怕失體面，得救的就多過被殺的。逃跑的既沒有榮譽，也不能得救。」阿果斯人並不需要他這樣鼓勵，才去自衞，不過他們仍然聽他的話，形成一道銅牆圍住船。可是宙斯依舊督促特洛伊人攻擊。

米奈勞斯向安蒂洛卡斯建議一樁大膽的事。「安蒂洛卡斯，」他說，「我們中間你最年輕，腳下最快，也最勇於戰鬥。爲什麼不出擊一下，看能不能打倒一個特洛伊人？」米奈勞斯說了，立即退回去，但是他的話已足夠激勵安蒂洛卡斯了。他跳在戰線前面，很快地四下一望，擲出他那明晃晃的長槍。特洛伊人看見他擲槍出手，都往後退。他的槍沒有虛擲，擊中了希斯坦的驕傲兒子麥蘭尼帕斯胸間乳旁，正當他走上來加入戰團的時候。麥蘭尼帕斯砰的倒下去，黑夜罩住他的眼睛。安蒂洛卡斯猛的搶上去，像一隻獵犬猛撲一頭被射殺的幼鹿，當幼鹿正要離開穴窩時，獵人僥倖一箭射中牠。麥蘭尼帕斯，無畏的安蒂洛卡斯就這樣搶到你跟前，脫去你的鎧甲。高尚的赫克特看見這情形，他穿過混亂的人羣，跑上來對抗他。安蒂洛卡斯，無論他多麼英勇，沒有等他來到，拔腿就跑，像一頭野獸犯了咬死一條狗或一個照管牛羣的牧人的大罪，逃之夭夭，惟恐成羣的人從後面趕來。奈斯特的兒子就這樣逃跑了，特洛伊人和赫克特在後面追，高聲喊叫，投來一陣致命的標槍飛矢。他回到自己隊伍裏，就轉過身站住。

這時特洛伊人向船進攻，像一羣吃肉的雄獅一般；他們是在做宙斯吩咐的事。宙斯繼續增他們的怒忿，滅阿果斯人的志氣，處處不讓他們成功，並壯敵人的膽。他在設法使赫克特皇子佔上風，好讓他把那些鳥嘴船點起火來。設計者宙斯想，這樣就能使他完全滿足塞蒂斯的奢侈要求。所以他是正在等着看見有船着火。從那時起，他打算讓特洛伊人被推回去，讓達南人勝利。所有這些，都在他心裏盤算，當他督促普利安的兒子赫克特進攻空船的時候。並不是赫克特缺少必要的熱情。他惱怒得像手握長矛的戰神一般，或像山上的一團野火，延燒林木深處。他嘴裏冒着泡沫，皺着眉頭，眼睛射出亮光。甚至作戰時，他頭盔向兩鬢擺動，也是一種威脅。宙斯自己是他在天空的夥伴，他從一大堆人中選出他來給以殊榮，因爲他的有生之日已經不多了。帕拉斯雅典娜已在策劃，使他死於佩柳斯的偉大兒子之手的那個命定日子，早早來到。

赫克特的目的，是要突破敵人的陣線，所以他看哪裏人最多，哪裏有最好的戰士，他便向那裏去。但是不論他多麼勇敢攻擊，都不能突破。他們堅定地站在一起，像牆裏的石頭一般；像一堵偉大的懸崖，一任狂風襲擊，驚濤拍岸，面對着灰色的海水，絲毫不爲所動。達南人就這樣抵禦特洛伊人，把逃跑的念頭拋在九霄雲外。

最後赫克特自頂至踵，渾身燃燒着怒火，衝到他們中間去。請想像，有一陣疾風，掀起一個海浪，在陣陣飛雲下，向前翻滾，最後撞住一隻英勇的船，撞得浪花飛濺。這時船身籠罩在泡沫裏，帆篷張滿了怒號的風；船員們頃刻間便有生命危險，只落得渾身哆嗦，面面相覷。赫克特就是這樣襲擊亞該亞人，嚇得他們膽戰心驚。

他們四散驚奔起來，像一羣成百的牛在一片水草地吃草，被一頭兇獅找到時那樣。牧人不習武事，不能應付食牛的野獸，只

能顧到前後，一任獅子攻擊牛羣中心，吞食牠咬死的牛。就這樣，他們全軍被赫克特和宙斯父驅散，但說也奇怪，赫克特只殺死了一個達南人。

被殺的是一個邁錫尼人，科普留斯的兒子佩里菲特斯。科普留斯曾受雇於歐呂修斯王，傳達他給偉大的赫拉克勒斯的命令。佩里菲特斯勝過他那無用的父親多多。他樣樣本事都出人頭地：他跑得快，是一個優良戰士，也是邁錫尼一個最能幹的人。這人的價值，增加征服他的人的光榮。他正要轉身逃跑，腳絆住了盾邊，他所披的那面防禦標槍飛矢的盾，恰好滑落在他腳上。身體失了平衡，他仰面朝天躺在地上；倒下去的時候，他的頭盔在兩鬢發出很大響聲，立刻引起赫克特的注意。赫克特跑到他身邊，用槍搠進他胸膛，當他朋友們的面殺死他。他的朋友們看見他被殺，個個惶恐失措，愛莫能助，因為高貴的赫克特也驚破了他們的膽。

阿果斯人很快就退到船中間，讓第一排船的上層建築保護他們。但是特洛伊人跟着一擁而入，阿果斯人被迫從第一線退到毗連的棚屋裏。在那裏他們停止後退，沒有四散在營地各處，而由於一種廉恥和恐懼感，經過互相責備後，團結在一起。激勵他們最力的，莫過於族長吉倫納斯的奈斯特。他向個個人呼籲，叫出他們父母的名字。「勇敢呀，朋友們。」他說道，「想想你們在世上的名譽。也想想你們的妻子兒女，你們的家產和父母，不管他們還在世與否。為了你們遠處的親人起見，我求你們堅守在這裏，不要轉身逃跑。」

奈斯特的呼籲，給每個人以新的勇氣；同時雅典娜也除掉迷濛他們眼睛的薄霧。他們可向兩個方向，看得清清楚楚：在他們背後是其餘的船；在他們面前，戰爭的勝負尚未決定。他們都能看見高聲吶喊的赫克特和他的人，包括那些站在後防閑散的，和那些在雄偉的船邊作戰的。

　　驕傲的埃傑克斯，沒有想着要參加那些臨陣脫逃的亞該亞人行列。他在船甲板上，大踏步走來走去，揮動着一根二十二腕尺長的竿，這竿是幾節接起來的，原來爲作海戰之用。他像一位特技騎士，趕着四匹精良的馬，從鄉間跑進一個大城市的熱鬧街上；在那裏當四匹馬飛奔時，他在馬背上不斷跳上跳下，許多男男女女都讚美他的本領。就這樣，埃傑克斯不斷大踏步從一船的甲板，到另一船的甲板。他高聲激勵達南人保衞他們的船和棚尾，他的喊聲響徹雲霄。

　　赫克特也不情願在人羣中踟躕，滯留在他的特洛伊戰士中間。像一隻黃褐老鷹飛撲一羣在河邊覓食的鳥、雁、鶴和長頸天鵝，赫克特奔到前面，直向一艘藍色的船頭跑去。宙斯以他的巨掌從後推他，策勵他的人隨他前進。

　　因此船邊的戰鬥，又激烈起來。你會想他們都是生力軍，剛加入戰團，因爲他們毫無倦容，急於交手。但是他們在爭戰時，各自的心情是不同的。亞該亞人覺得有大禍臨頭，他們看見自己將全被毀滅；而每個特洛伊人都滿心希望焚燬那些船，殺死亞該亞人的貴胄。這是他們將交手時雙方的感覺。

　　赫克特最後攀住一艘海船的船尾。這是一艘快艇，它曾把普羅特西勞斯載到特洛伊，但永不能載他回家去①。亞該亞人和特洛伊人就圍着這隻船肉搏起來。就亞該亞人說，現在已經不是從遠處勇敢地面對一陣飛矢標槍。他們同心協力，密密的互相貼近，用利斧長劍和兩頭尖的槍應戰。這樣搏鬥時，有許多把黑柄劍從戰士手裏掉在地上，還有許多從他們肩頭削去。地上流着殷紅的血。

　　赫克特一旦攀住船，便死也不放；他兩手抓住船尾的福神，向特洛伊人喊道：「拿火來呀，大家一齊高聲吶喊呀。宙斯今天

────────

①　他是阿果斯艦隊初到特洛伊時第一個跳到岸上，也是第一個被殺死的人。

在報答我們，以補償過去的一切；這些船是我們的。它們來到這裏，是違背衆神意志的，是它們給我們帶來這許多麻煩。那也是由於我們的長老們的膽怯。我原要把戰爭帶到船上來，他們止住我，扣住軍隊。很顯然的，無所不見的宙斯，那時矇蔽了我們的眼睛，今天卻支持我們，催動我們前進。」

這使得他們更兇猛地進襲阿果斯人。埃傑克斯自己頂不住標槍飛矢的壓迫，已不能再守在那裏。為了保全自己的性命，他只得向後略退，從船尾退到船中的七呎橋樓上。他站在那裏，時時刻刻警惕，任何特洛伊人如手持火把到來，他便用長竿撥開他，使他不得近船。他還不斷以可怖的聲音號召達南人繼續奮鬥。「朋友們，勇敢的達南人，阿瑞斯的臣僕，」他喊道，「勇敢呀，使出過去的本領呀！你們想我們後面有盟軍嗎？還有一堵更堅固的牆足以擋住災禍嗎？這裏沒有一座有牆的城池和生力軍，以挽救今天的危難。我們是在特洛伊平原上，整個特洛伊城都已武裝起來；海水在我們背後；我們的家鄉離這裏遠得很。那就是說，我們必須戰鬥，還不只是有氣無力地招架而已，假如我們要保全自己的性命。」

說着他繼續用尖頭的長竿，猛力搠刺。每當一個特洛伊人手持火炬走近空船，希望滿足那位催促他們上前的赫克特的願望時，埃傑克斯便用他那長槍戳他。他在船前刺傷十二人，沒有丟**掉武器**。

一六 派楚克拉斯出戰和陣亡

這場戰爭在裝備完善的船前激烈進行時，派楚克拉斯走到他主公身邊，熱淚順臉往下淌，像泉水從陰暗的岩層滴出，順着峭壁流。出身高貴的捷足阿基里斯看見他朋友這樣，不禁感覺悽楚，立刻問什麼事使他傷心。「派楚克拉斯，爲什麼你淚流滿面？」他問道，「像一個小女孩在她母親身邊小跑，央求母親抱起她，拉住裙子要她止步，淚眼汪汪仰面望着她，直到最後她抱起她來。派楚克拉斯，你看着就是那樣，淚珠兒順往兩頰流。你有什麼事要告訴邁密登人或我嗎？弗西雅有什麼消息只是你一人知道嗎？假如你的父親或我的父親去世了，那誠然是應當悲傷的；但是我知道你的父親，阿克特的兒子麥諾俠斯，還活在人世；艾卡斯的兒子佩柳斯無疑的也活在邁密登人中間。也許你是在爲阿果斯人哭嗎？他們正在空船旁被屠殺，爲他們自己的過惡付出代價。快些說出來！不要把事憋在心裏，說出來讓我也知道。」

派楚克拉斯武士對這怎樣說呢？他長嘆一聲答道：「我主阿基里斯，亞該亞人中最高尚的；不要埋怨這些眼淚。我們的軍隊實在已陷入可怕的困難中。從前的卓越戰士，現在都躺在他們的船旁，不是受箭傷，便是受槍傷。泰杜斯的兒子偉大的廸奧麥德斯受了傷，偉大的槍手奧德修斯和阿加米農也受了傷，還有歐呂帕拉斯大腿中了一箭。諸位外科醫生在盡力醫治他們。他們都在

養傷，阿基里斯，你卻仍然倔強不屈。願上天垂憐，不要讓我有
你心裏的怨恨，它迫使一個高尚的人，去追求可恥的目的。假如
你不去拯救阿果斯人於危難之中，那麼未來的人有什麼可以稱謝
你的地方？你是沒有惻隱之心的人，你不是塞蒂斯和英勇的佩柳
斯的兒子。只有灰色的海和皺眉的巉崖，才能生出一個這樣硬心
腸的怪物。也許是你聽見某種預言，而不敢出頭，也許是你的母
親告訴了你宙斯所說的什麼話，是不是？那麼至少讓我立刻帶領
邁密登人投入戰場，我可能拯救達南人免於厄難。把你的鎧甲借
給我，我穿在身上，特洛伊人可能把我當成你，見了就逃，那將
給我們疲憊的部隊一點兒喘息的時間。打仗時甚至一個短促的喘
息機會，也可產生很大的區別。特洛伊人自己已經打得筋疲力
竭，我們是生力軍，可能把他們從船同棚屋這裏趕回城去。」

　　派楚克拉斯這樣提出了呼籲。他多麼單純啊！哪知道他所乞
求的，竟是他自己的厄運和不幸的死。

　　這時他確實使偉大的跑者阿基里斯惱火。他向他喊道：「預
言，我主派楚克拉斯？你在胡說些什麼？假如我真的知道什麼預
言，它也不會影響我的行為。我也沒有從我母親那裏聽見過宙斯
所說的什麼話。使我傷心的是，一個並不比我強的傢伙，只因為
他有較大權柄，竟要刼掠我，奪去我所贏得的戰利品。在我經歷
戰爭的艱難困苦後，那是我所不能忍受的。那個女子是兵士們特
地給了我的；我攻陷了一座有牆的城池，用我自己的槍贏得了
她。現在阿楚斯的兒子阿加米農王，從我懷抱裏奪了她去，把我
當作一個沒臉沒恥的流浪漢看待。

　　但是過去的事不能挽回啦。從前我以為一人能永遠心懷怨
恨，我錯了，不過我確曾想把這項仇恨，維持到戰亂到達我們自
己船邊的時候。那麼現在你就去穿上我的輝煌鎧甲，率領喜愛戰
爭的邁密登人進入戰場吧，因為這時勝利的特洛伊人，正像一團
黑雲般繞着船旋動，阿果斯人被逼在一個狹窄地帶內，背後就是

海灘。整個特洛伊城似乎已經鼓起勇氣,傾城出來對抗我們。這也難怪,因為他們看不見我頭盔的面甲,在陣前閃耀發光。假如阿加米農王把我當做朋友看待,那不久他們就會拔腿逃跑,他們的死者將填滿溝渠。可是像現在這樣,他們已打到我們的營地來了。泰杜斯的兒子妲奧麥德斯,已不能用手握槍,以拯救達南人免遭毀滅;我還沒有聽見阿加米農的可恨的聲音。我耳內聽見的,是嗜殺的赫克特的叫喊,他在驅策呼嘯的特洛伊人遍地而來,現正打敗亞該亞人。雖然如此,派楚克拉斯,你必須救船去。你要全力進攻,以免他們放火焚船,使我們不能回家。但是你要聽我告訴你應該到什麼時候停止,以期引起全體達南軍給我以應有的重視和尊敬,把那位美貌女子送還我,連同充分的補償。等你把特洛伊人從船邊攆走後,立刻就回來。即使雷神宙斯給你一個為自己贏得榮耀的機會,也不要眛它。沒有我在場,你千萬不要跟這些好鬥的特洛伊人打,因為那樣將使我丟面子。不要帶領人乘勝去打特洛伊城,沿途宰殺特洛伊人,怕的是奧林匹斯的某位永生的神會碰見你,弓王阿波羅就很愛特洛伊人。安定了船邊的局勢就回來,讓其他的人打到平原去。啊,宙斯父、雅典娜、阿波羅,我將多麼快樂呀,假如沒有一個特洛伊人活着回去,也沒有一個阿果斯人活着,戰後只剩我們兩人去推倒特洛伊的神聖城堡!」

　　阿基里斯和派楚克拉斯交談時,埃傑克斯已經不能再固守原地了。宙斯的意志征服了他,勝利的特洛伊人投來的標槍飛矢壓倒了他。他的明晃晃的頭盔,是他們經常射擊的目標,一枝又一枝箭射中兩邊結實的面甲,在他兩鬢發出可怕的響聲。他的左肩,因長時揮動盾牌,已經筋疲力盡了。即使如此,一陣一陣的槍箭,仍未能把他打垮下去。他幾乎喘不過氣來,四肢汗流淋漓。他連一點兒鬆散的工夫都沒有。無論往哪個方向望,他的困難時時在增加。

　　請告訴我，妳們住在奧林匹斯的繆斯，亞該亞人的船，最後
是怎樣着火的。赫克特逕向埃傑克斯走去，用他那巨大的劍，砍
他的桴木槍，一劍把他矛頭削去，剩下截短的槍柄，還可笑地在
特拉蒙埃傑克斯手裏搖提，那銅矛飛了開去，叮噹落在地上。埃
傑克斯打一個寒顫，在他那高尚的心裏，他知道有神在支使調
遣，雷神宙斯因爲一心要使特洛伊人獲勝，在使他的一切奮鬥不
生效力。因此他退出射程；特洛伊人把熊熊的火炬投到那莊麗的
船上，登時她便包圍在不能熄滅的烈焰中。

　　火焰在船尾燃燒時，阿基里斯拍着大腿，轉面看派楚克拉
斯。「快些兒呀，」他喊道，「我主派楚克拉斯，馴馬者！我看
見船上起火；船已經燒着了。但願他們不要奪去了船，斷絕我們
的歸路！快些兒，穿上你的鎧甲，我去集合隊伍。」

　　派楚克拉斯穿上那明晃晃的銅甲。一開始他把輝煌的脛甲綁
在腿上，足踝有銀夾兒紮住。其次他把阿基里斯的美麗胸甲穿在
胸前，閃耀燦爛像明星。他把一個銅劍揹在肩上，劍柄嵌有銀
釘；接着他拿起一面大而厚的盾。一頂完美的頭盔戴在他那結實
的頭上。盔上有馬尾纓，頂上的羽飾顫巍巍點動着。最後他揀起
兩根強大合手的槍。無匹的阿基里斯的武器中唯一他沒有拿的，
是那根又重又長的可怕的槍。除阿基里斯外，亞該亞人中誰也不
能揮動它，只有他知道怎樣使。它是用佩里昂山頂峯上的一棵桴
樹的木頭做的，奇隆把它送給他父親佩柳斯，用以刺殺他的高貴
的敵人。

　　派楚克拉斯選擇奧托麥敦給他御馬，並吩咐他快些備車。除
衝鋒陷陣的阿基里斯外，他是他最敬重的人，因爲他發現在打仗
時，他是最可靠的御者，總是待在喊得應的距離內。奧托麥敦把
阿基里斯的兩匹追風馬贊薩斯和巴利阿斯套在車上，這兩匹馬是
旋風駒波達吉在洋川河畔草地吃草時，西風來跟牠交配生的。他
把駃駒佩達薩斯也套上，作爲轅外馬，佩達薩斯是阿基里斯打破

埃厄森的城池時搶來的。牠是凡馬，但能跟得上這一對神駒。

　　這時阿基里斯已走遍各處棚屋，使所有邁密登人都武裝起來。他們集合時，像食肉的狼，野性十足，像一羣狼在山上咬死一頭有角的雄鹿，撕食牠的皮肉，直到牠們的嘴染一圈兒鮮血，然後成羣去到一個深水潭邊，用細長的舌頭舐潭面的水，打嗝兒還打出血來；肚子雖然吃飽了，但仍是不可屈服的兇野。邁密登的隊長和指揮官們，就這樣跑到他們崗位上，圍着佩柳斯的捷足兒子的英勇侍從。阿基里斯自己像神一般，也在那裏調度馬車和持盾的步兵。

　　阿基里斯皇子帶到特洛伊來的五十艘快船，每艘有五十名水手。他自己是最高統帥，手下有五位指揮官。指揮第一隊的是穿明亮胸甲的米奈修斯，他是河神斯派基阿斯和佩柳斯的女兒美麗的波律多拉的兒子。因此他是一個女人和「不倦河」斯派基阿斯河神的愛情結晶。後有一個名叫博拉斯的人，派瑞耶的兒子，出來以厚奩娶他的母親爲妻，因此他也被稱是博拉斯的兒子。

　　指揮第二隊的歐多拉斯。他的母親，菲拉斯的女兒波律米爾，也是未婚女子。她是一位美麗的舞女，和行獵女神金弓阿特米斯的歌舞隊一起演出時，那位斬殺巨人的偉大神赫耳墨斯看見她，立刻愛上了她。溫柔的赫耳墨斯偷偷地把她帶到她的臥室，跟她睡覺，使她成爲一個傑出的兒子的母親；這個兒子，歐多拉斯，注定是偉大的跑者和戰士，到了月數後，分娩女神埃勒齊亞把他接到這個世界。他睜眼看見陽光時，一位有勢力的酋長，阿克特的兒子伊奇克勒斯，以厚奩娶他母親爲妻，把她帶回家去；撇下歐多拉斯歸他的老年祖父菲拉斯照管撫養；老年人對他愛護備至，待他像待自己的親生兒子一樣。

　　指揮第三隊的是麥馬拉斯的兒子英勇的佩桑德，除阿基里斯的侍從派楚克拉斯外，他是所有邁密登人中最好的槍手。年老的馬車戰士菲尼克斯率領第四隊，拉厄西斯的高尚兒子阿爾西默敦

指揮第五隊。

阿基里斯把他們集合起來，官佐和士兵各就崗位後，向他們發表一篇有力的演說。「邁密登人，」，他說，「你們都不要忘記，在我生氣期間，我把你們留在船邊，你們威脅着要如何如何對付特洛伊人。你們中間沒有一人沒有詬罵你們的皇子。你們叫我是畜生，因爲我不顧你們的意志，着你們在這裏閒散。我是一種怪物，是吃膽汁長大的，不是吃母親奶水長大的。『阿基里斯，』你們說，『脾氣這樣壞，我們不如揚帆回家去吧。』我知道你們時常在一起這樣評論我。

「好了，現在有真正的工作給你們做，正是你們一向渴望的戰鬥。那麼就請你們出發，像勇敢的人一樣，猛擊特洛伊人。」

他的話壯起個個人的膽，隊伍聽他們皇子講話時，擠得更緊些。他們的頭盔和有浮雕裝飾的盾，緊緊地互相挨着，像一個泥水匠築一座高房子的牆，把石塊擠得嚴密合縫，希望風不能透進去。他們站在那裏人擠人，盾擠盾，盔擠盔，頭動時，彼此的羽盔閃耀的盔頂，互相磨擦。在整個隊伍前面的，是派楚克拉斯和奧托麥敦；他們兩人有一個共同的願望，在邁密登人前面作戰。

阿基里斯去到他的棚屋裏，打開一個美麗的嵌花箱，那是銀足塞蒂斯放在他船上，讓他帶到路上用的，裏面裝的是短裝，擋風的斗篷和厚毯。他有一只美好的杯，收在這箱裏，他不讓任何人用它飲閃耀的酒，只用它奠酒祭宙斯父，但不用它祭其他的神。他把它取出，用硫磺燻過，在清水溪裏洗濯乾淨，再自己洗手倒些酒在杯裏，他去到前院正中禱告，用酒澆奠，仰面望天，雷神宙斯時時在注視他。「宙斯主公，」他開始道，「多多納的，佩拉斯基克宙斯，你住在很遠的地方，統治着嚴寒的多多納，你的代言人，不洗腳睡在地上的赫利人，圍繞着你；過去我向你禱告，你都聽從了我，你給亞該亞軍一記沉重的打擊，那是你對我的照顧。請准許我另一願望。我自己仍將停留在船間，但是派我

的戰友,帶領許多邁密登人去參加戰爭。無所不見的宙斯,請給他勝利,壯起他的膽,好讓赫克特自己看看我的侍從能否獨立作戰,或只有當我跟他一起時,他的手才是無敵的。一旦他把船邊的混亂或爭鬥掃清後,讓他安全健康、衣甲齊全,跟他的戰友們回到這裏我的船上來。」

宙斯主宰聽見阿基里斯的禱告,他答應了一半,另一半沒有答應。他答應敎派楚克拉斯驅逐特洛伊人離開船,但沒有答應敎他從戰場平安歸來。阿基里斯向宙斯父祭奠禱告畢,回到棚屋去,把杯放回箱裏。他又走出來站在屋前,因爲他的興趣還正濃厚,他要看看特洛伊人和亞該亞人間的爭鬥。

這時英勇的派楚克拉斯所率領的武裝隊伍,已經開拔,直走到他們能以滿腔怒火攻擊特洛伊人的地方。

試想想一窩黃蜂從路旁全窩飛出。牠們常受小孩子的挑逗,因爲那些小傻瓜每次走過牠們路旁的巢窩,總招惹牠們。結果是大家受害。一旦一個過路人無意間觸動牠們,牠們便立刻傾巢而出,戰鬥着保護牠們的幼蜂。邁密登人正是以這種精神,從船後蜂擁湧出,發出一片不能形容的喧嚷聲。在這片鬧哄哄的聲音中,還聽見派楚克拉斯在高聲激勵他的部隊。「邁密登人,」他喊道,「阿基里斯皇子的兵士們,勇敢呀,朋友們,使出你們的膽量來,給佩柳斯的兒子贏得榮耀,他是阿果斯營中的翹楚,他所指揮的是最精銳的部隊。給阿加米膿陛下一個敎訓,敎他知道當他渺視亞該亞人中的英傑時,他是多麼大的傻瓜。」

派楚克拉斯鼓起了個個人的勇氣。他們一擁而上,攻擊特洛伊人,亞該亞人的喊殺聲,響徹所有船隻。

特洛伊人看見麥諾俠斯的偉岸兒子跟他身邊的侍從奧托麥敦,都穿着耀眼的銅甲,他們的鬥志,頓時消沉,陣線也開始動搖。他們想,捷足的阿基里斯,一定是已經放棄了那使他守在船上的怨恨,而與阿加米農言歸於好。因此個個人急忙四下瞭望,

要找個避免驟死的去處。

　　派楚克拉斯首先擲出一根明晃晃的鎗，直向一大羣聚在偉大的普羅特西勞斯的船尾的人們投去，擊中了普賴奇默斯，他從阿麥敦和寬濶的艾克祖斯河河畔，把他的戴羽盔的派昂內的人帶來。他擊中他的右肩。普賴奇默斯哼一聲，往後倒在塵土裏，派昂內部隊看見他們的隊長和最優良的戰士被殺死。個個驚惶失措，拔腿就跑。派楚克拉斯攆他們離船後，熄滅普羅特西勞斯船上的火，那船已燒毀一半。這時特洛伊人已經逃竄起來。他們退下去時，完全是一片混亂；達南人從空船中間以震耳欲聾的吼聲，大隊衝出，向他們襲擊。

　　達南人就這樣救下他們的船免遭焚毀，有一個時刻的自由呼吸的機會。這時正像掣電神宙斯把一團濃霧移開一座高山，露出無限深遠的晴空，每個山峯、岬角和谷壑都歷歷可見。但是英勇的亞該亞人還需要戰鬥。特洛伊人被迫離開了黑船，但還沒有完全潰敗。他們仍然在頑抗。

　　這時混亂的一堆，已經散開，亞該亞人開始個別打擊特洛伊領袖。勇敢的派楚克拉斯首先以利槍刺中阿雷律卡斯的大腿，正當他轉過身去的時候。銅矛穿透肌肉，斬斷腿骨；那人一頭栽在地上。阿瑞斯的寵兒米奈勞斯擊中佐阿斯的胸膛，正是露在盾上頭的部分，把他打倒在地。安菲克拉斯襲擊麥吉斯，可是麥吉斯在看着他，先下手槍刺他大腿根，那是肉最厚的地方。槍頭穿透肌肉，黑暗籠罩住安菲克拉斯的眼睛。奈斯特的一個兒子，安蒂洛卡斯，以利槍刺中阿特尼阿斯，把銅矛搠入他的脇下。阿特尼阿斯砰的向前倒下去。但是馬里昂看見他兄弟的死，立時心頭怒起，直向安蒂洛卡斯撲去，持槍搶到屍體前面。他還來不及傷害他的時候，奈斯特的另一個兒子，像神一般的斯拉塞麥德斯，向他猛衝，刺中他的肩膀，正是他瞄準的地方。槍矛搠進肩頭，斬斷靱帶，把骨頭扭了出來。馬里昂砰的倒下去，黑暗籠罩住他的

眼睛。就這樣兩人被兩兄弟殺死，雙雙赴暗界去了。他們是薩佩敦部隊中的得力槍手，他們的父親所豢養的怪獸奇邁拉①，傷害過許多人。

　　奧伊柳斯的兒子埃傑克斯衝進戰團，恰值克里奧巴拉斯有困難，他活捉住他。可是他立刻就殺死他，用利劍劈他的脖子，熱血暖溫了整個劍身。命運在他身上蓋了印，紫的死籠罩住他的眼睛。

　　其次佩內流斯和律孔交起手來。兩人互投一槍，都沒有命中，立時他們便拔劍相拚。律孔擊中那人羽盔的尖頂，他的劍身斷掉了，只剩劍柄在手。佩內流斯擊中律孔的耳後，劍身穿透脖子。只有一塊皮還沒有斷掉，他的頭搭拉下去，身子倒在地上。

　　麥里昂奈斯竭力跑上去追上阿卡馬斯，正當他要上車時，搠傷他的右肩。阿卡馬斯栽下車去，一層薄霧矇住他的眼睛。同時愛多麥紐斯以他那無情的銅矛，刺中埃呂馬斯的嘴巴。矛尖透過大腦下頭顱的下部，戳破白的頭骨。他的牙齒被砸碎了，兩眼充滿血，鼻孔和咧開的嘴都噴着血。不久死的黑雲籠罩住他。

　　達南的隊長們，個個都有所斬獲。他們驅逐特洛伊人，像掠奪成性的狼攫小綿羊或山羊一樣，從母羊身下攫去牠們，當牧羊人不當心，牠們流落在山上，羣狼乘機個別攫取那些膽怯的動物。特洛伊人已經沒有再戰的志趣，凌亂地敗退下去。

　　偉大的特拉蒙埃傑克斯的唯一願望，就是向披銅甲的赫克特投一槍。可是赫克特不是沒有經驗的戰士。他用牛革盾保護他寬潤的肩膀，他豎起耳朵，聽標槍飛矢的嘯聲。他很知道敵軍的增援部隊已贏得勝利，即使如此，他仍然繼續作戰，企圖拯救他的英勇戰士。

　　這時特洛伊人從船邊的撤退，已變成喧嘩的潰逃，狂亂得像奧

① 一個獅頭羊身蛇尾的吐火怪獸，後為貝勒羅方所殺。

林匹斯和它上面的風雲掠過天空,當宙斯發動狂風暴雨的時候。他
們兩腿夾住尾巴越過亞該亞工事。至於赫克特,他全副戎裝乘馬
車飛奔而去,拋下他的掉在壕溝裏不能自拔的人,全然不顧。許
多對飛快的戰馬在壕溝裏折斷車轅,把牠們主人的車丟在後面。

派楚克拉斯滿懷殺氣,追逐他們,無情地催促達南人前進;
同時特洛伊人的隊形,已經凌亂不堪,他們遍地喧叫潰逃。他們
的強健的馬撇下船和棚屋,以高速向城垣跑去,馬蹄蹴起的塵
土,滾滾湧進雲裏。派楚克拉斯看見前面哪裏人最多,便高聲呼
嘯,向那裏趕去。人們栽下車,掉在軸干下面,他們的車軲隆翻
一個身。但是他自己所驅策的是一對神馬,是衆神給佩柳斯的輝
煌禮物,牠們馳驅無阻,一躍便越過壕溝,急忙把他帶到可以擲
擊赫克特的距離,因爲他急忙要殺死的是赫克特。可是赫克特也
有快馬,載他飛逃而去。

秋天有些日子,當宙斯以傾盆大雨懲罰人世的時候,整個田
野在陰雨天空的壓迫下,黯淡無光。他發怒是因爲人們不顧上天
的忌慮,濫用權力,在公開會場,作出不義的裁判,把正義拋諸
腦後。結果河川暴漲,山坡被大雨剝蝕,河水冲毀農田,以巨大
吼聲從山上瀉入濁海。特洛伊馬奔時,就是這樣喧嘩嘈雜。

派楚克拉斯這時已截斷最近處的部隊,趕他們往船的方向
奔。他挫阻他們要逃回城的一切努力,把他們逼在船跟河與高牆
中間,盡情打擊殺戮,爲已死的亞該亞人報仇。普羅諾斯是第一
個被殺的。他用一根明晃晃的槍,刺中他盾上頭露出胸脯的地
方,使他砰的倒下去。其次他攻擊埃諾普斯的兒子澤斯特,他正
彎身坐在他那明淨的車裏。這人完全嚇得發呆,手裏的馬韁也落
掉了。派楚克拉斯到他身邊,搊他的右顎,使力將槍矛在他牙齒
中間穿過。接着他用槍桿將他挑過車欄,像漁人坐在一塊突出的
岩石上,用線和光亮的鈎從海裏拉出一條大魚。就這樣,派楚克
拉斯從車裏挑出他那咧嘴露牙的捕獲物,把他擺在地上摔死。其

次當埃呂勞斯向他奔來時，他用一塊岩石，砸在他頭上。那人的
腦殼在沉重的盔內分裂爲兩半；他嘴啃地爬下去，吞食靈魂的死
吞沒了他。然後派楚克拉斯接二連三，迅速地結果了埃呂馬斯、
安弗特拉斯和埃帕爾特斯；達馬斯托的兒子勒波勒馬斯，埃奇阿
斯和派瑞斯；伊弗斯、歐易帕斯和阿季斯的兒子波律麥拉斯，使
他們都較已往更親近仁慈的土地。

　　薩佩斯看見他的無帶的律西亞人，一個一個死在麥諾俠斯的
兒子派楚克拉斯手裏，他告訴他的士兵們他對他們有什麼感想。
「丟臉喲，律西亞人！」他喊道，「你們跑得這樣快，要跑到哪
裏去？等我去會一會那裏的那個傢伙。我說要看看是誰在如入無
人之境，戕害特洛伊這樣厲害，殺死這樣多我們的優良戰士。」

　　說着他全副戎裝，跳下馬車，另一方面派楚克拉斯看見他，
也跳下車。接着兩人便互相叫罵，肉搏起來，像兩隻禿鷲在岩崖
頂上，用曲爪鈎嘴相搏鬥，鬥着還叫着。

　　古怪的克魯諾斯的兒子看見將要發生的事，心裏很悽愴。他
嘆息一聲，跟他的姐姐兼妻子赫拉說：「命運對我不仁，我所
寵愛的薩佩敦注定要被麥諾俠斯的兒子派楚克拉斯殺死。不知道
——我現在三心兩意。要不要刁走他，活放他在肥沃的律西亞土
地上，遠離戰爭和戰爭的苦惱？或者今天就讓他死在麥諾俠斯的
兒子手裏？」

　　「克魯諾斯的可怕兒子，你眞使我吃驚！」牛目皇后答道。
「你是要延遲一個命運早已注定了的凡人的死期嗎？隨 你 便 好
了，可不要期望其餘的神都喝采贊成。還有一點你應牢記在心。
假如你讓薩佩敦活着回家去，那麼誰能擋住其他的神不救他們的
兒子離開戰爭呢？特洛伊有許多戰士是神的兒子，這些神將極其
憤恨你這種行動。不要這樣，假如你寵愛和憐憫薩佩敦，讓他戰
死在派楚克拉斯手裏。當他嚥了最後一口氣，讓死神和甜蜜的睡
神帶他到地面寬潤的律西亞，在那裏他的親人和家臣好埋葬他，

給他造一個墳塚，立一個碑，那是死人應有的權利。」

　　人和神的父沒有表示反對。但是他降了一陣血雨在地上，作為對他愛子的一番敬意，派楚克拉斯就要殺死他在特洛伊的土壤深厚的地面上，離自己的家鄉遠遠的。

　　兩人進入射程後，派楚克拉斯首先投擲。他擊中薩佩敦王的高尚侍從著名的斯拉塞麥拉斯的小腹，把他打倒在地。其次薩佩敦擲出他那明晃晃的槍，他沒有命中派楚克拉斯，但擊中他的馬佩達薩斯的右肩。那馬發出垂死的哀鳴，倒在塵土裏長叫一聲氣絕了。另外兩匹馬分向兩旁跳，把轅桿扯得吱吱呀呀響，牠們的韁繩和地上那匹馬的絞在一起。可是偉大的奧托麥敦立刻想出辦法。他從粗壯的大腿旁拔出長劍，跳下車去，靈巧地斬斷死馬的韁繩。另兩馬立定身軀，扯正了革韁挽套，同時兩人恢復了他們的殊死決鬥。

　　薩佩敦投出一根明晃晃的槍，但沒有命中；矛頭從派楚克拉斯左肩上空掠過，沒造成傷害。派楚克拉斯二次投擲，他的武器沒有白白出手，擊中他腹膜上接心房的地方；像人們在山中用利斧砍伐一棵橡樹、或一棵白楊、或一棵喬松，為造船之用，薩佩敦倒在地上。律西亞戰士的隊長，一面用血污的手抓着塵土。直挺挺死在他的車馬前面。甚至在他把性命輸給派楚克拉斯時，他仍然說出倔強的話，像一頭驕傲的黃褐公牛被一頭來襲的雄獅咬死在一羣蹣跚的母牛中間，當獅子咬死牠時，牠還發出吼叫。

　　「格勞卡斯，」薩佩敦喊道，喚他好朋友的名字。「親愛的格勞卡斯，人中之人！現在是你一顯身手和膽量的時候了。現在是你鍾愛邪惡戰爭的時候了，假如你還有任何勇氣和本領。跑到各處去喊我們的隊長們來，集結在薩佩敦週遭。用你們的銅槍保衞我。假如你們讓亞該亞人在他們的船邊我戰死的地方，剝去我的鎧甲，那你們有生之日，每次想起我，就會低頭含羞。你們要用全副力量抵抗，把個個人都投入戰團。」

　　薩佩敦不再說什麼，死已經籠罩住他的眼睛，遮斷他的呼吸。派楚克拉斯腳踏住他胸脯；從他身上拔出來長槍。那人的橫膈膜跟着帶出；矛頭和他的靈魂同時被拔了出來。邁密登人在近旁抓住薩佩敦的馬；現在牠們的車已經沒了主人，牠們顯出驚惶失措的樣子。

　　格勞卡斯聽見薩佩敦的呼喚，異常激動。他無力幫助他，因而心如刀絞；他一手緊握住自己受傷的胳膊，圖瑟給他的箭傷使他疼痛難忍：當他攻亞該亞牆時，圖瑟為了保衛他的戰友們的性命，射了他一箭。接着他向弓神阿波羅禱告：「主啊，聽我祈禱，無論你是在肥沃的律西亞，或在特洛伊；因為當一個人在苦難時，像我現在這樣，無論在什麼地方，你都可聽見他。請你看看我這嚴重的傷勢。我的胳膊疼極了，血總是流個不停，我的肩膀已經癱瘓了，我已不能握槍去戰敵人。現在我們最優秀的人，宙斯的兒子薩佩敦，戰死了。可是宙斯連一個指頭也不肯抬，甚至為他的兒子也不動一動。阿波羅主公，我現在要求你，治療我這殘酷的箭傷，緩和疼痛，給我力量，好讓我糾集戰友們去保衛我們已死君王的屍體。」

　　菲巴斯阿波羅聽見他的禱告，立時止住他的疼痛，使那殘酷的箭傷不再淌血，使他心裏充滿力量。格勞卡斯體會到所得到的幫助，很高興這位神這樣快就聽從他的祈禱。他立刻去找律西亞隊長們，敎他們集結在薩佩敦周圍。接着他還去找幾位特洛伊隊長們。他找到潘索斯的兒子波律達馬斯和高尚的阿吉諾。他也找到乙巳斯和披銅甲的赫克特。他走上前去請求他們援助。「赫克特，」他說，「你完全忘掉了你的友軍，他們遠離親人和家鄉，來為你捐軀。無論如何，你沒有顯出幫助他們的熱心。律西亞戰士的領袖薩佩敦已經陣亡了。他是律西亞國土的公正和堅強的保護者，猖狂的戰神，已借派楚克拉斯的槍把他殺死了。朋友們，去到他身邊抵抗一陣吧！想一想，假如邁密登人為我們在豪華的

船邊殺死的許多達南人復仇，竟剝去薩佩敦的鎧甲，褻瀆他的屍體，那該多麼可恥啊！」

這消息使特洛伊人為之心碎：這是不堪忍受的。薩佩敦雖是外邦人，但一向是他們城池的支柱，也是他帶來的那枝偉大軍隊中最出色的戰士。他們的悲慟無涯。他們急於為他復仇，一直向達南人奔去，赫克特走在前面，薩佩敦的死，使他滿心憤怒。

這時麥諾俠斯的兒子，胸毛粗濃的派楚克拉斯，催促亞該亞人前進。他從兩位埃傑克斯開始，雖然這兩人用不着他催促。「我的主公們，」他說：「讓這則消息提起你們的戰鬥興趣，使你們兩位表演得像往常那樣，甚至更精采些。薩佩敦已經死了。他是第一個爬過亞該亞牆的人。讓我們去看看能不能奪得並糟踏他的屍體，剝去他背上的鎧甲，斬殺那些保護他的朋友們。」

甚至在派楚克拉斯講話之前，他們已經摩拳擦掌，準備廝殺。現在特洛伊人和律西亞人一邊，跟邁密登人和亞該亞人一邊，都有生力軍加入，兩方的軍隊發一聲高喊，為爭奪薩佩敦的屍體肉搏起來。人們身上的鎧甲發出大的響聲，宙斯用可怕的黑夜籠罩戰場，使得爭奪他愛子屍體的戰爭，更為可怖。

起初特洛伊人還能抵住明眸的亞該亞人，他們殺死邁密登軍中一位英傑，慷慨的阿加克勒斯的兒子高尚的厄佩久斯。有個時期他曾是一座美好城市布德昂的統治者，但因殺了一位出身高貴的族人，逃到佩柳斯和銀足塞蒂斯那裏，他們敎他跟殺人者阿基里斯一同到良馬之鄉伊利亞跟特洛伊人打仗。這人手剛摸到屍體，傑出的赫克特便用一塊石頭砸他的頭。他的腦殼在沉重的盔裏裂為兩半；他臉朝下栽在屍體上，吞食靈魂的死把他裹起來。派楚克拉斯看見他戰友死，極為傷心，他飛步穿過前線，快得像一隻獵鷹追逐寒鴉和燕八哥。馴馬者派楚克拉斯就這樣因為戰友被殺，滿心憤怒，飛撲律西亞人和特洛伊人。他用一塊巨石擊中伊宰默內斯的兒子澤內勞斯的脖子，打斷了筋。在他衝擊下，

特洛伊人前線和光榮的赫克特自己都往後退。

他們在亞該亞人壓迫下，僅退到一人在比賽時，或在敵人要取他性命時，他極力投擲標槍的距離。律西亞的帶盾隊長格勞卡斯是首先停跑的。他轉過面殺死查爾康的兒子拜塞克勒斯，他在赫拉斯有一所房子，是邁密登最富裕的人之一。拜塞克勒斯正要趕上格勞卡斯，格勞卡斯突然回頭攻擊追他的人，用槍刺他胸膛當中，把他砰的戳倒在地。這位英彥的死，是對亞該亞人的一個沉重打擊；可是特洛伊人卻滿心歡喜，並集結在屍體周圍。

不過亞該亞人的動力並沒有衰竭，他們以全部兵力向敵人壓迫。這時麥里昂奈斯殺死一個特洛伊戰士，奧納托的英勇兒子勞戈納斯，奧納托是愛達宙斯的祭司，很得人民的敬愛。麥里昂奈斯擊中他嘴跟耳朵下面。他不是慢慢死去的，醜陋的黑暗吞沒了他。乙尼斯想還以顏色，向麥里昂奈斯投一槍，希望當他在盾的遮掩下前進時擊中他。麥里昂奈斯在提防着，他躲過那銅槍。槍落在他身後插進地去，長的槍桿顫動着，直到戰神用沉重的手止住。乙尼斯滿腔怒火，向麥里昂奈斯喊道：「你可能很會跳，可是如果我的槍擊中你，那就永遠止住你了。」著名的槍手麥里昂奈斯答道：「乙尼斯，你雖然強大有力，但不能盼望把你所遇到的人都打死。你自己也是血肉之軀，像我們一樣，我也可以說假如我的利槍刺中你的肚腹，你將立時將性命給名馬冥府，把榮耀給我，雖然你有力氣，並相信你的體力。」

偉大的派楚克拉斯聽見他的話，並責備他。「麥里昂奈斯，」他說，「你是優艮戰士，不應說這樣無聊的話。相信我，朋友，幾句惡言語，不能搋走特洛伊人丟下薩佩敦的屍體不顧。在把他們搋走之前得有些死人才行。勝利是靠行動贏得的，會議室才是講話的所在。所以現在讓我們打一陣子，不要再說話了。」說着他在前領路，麥里昂奈斯跟住他，看着像一尊神。

他們的銅和皮革和結實的盾遮擋劍和兩頭尖的槍發出的撞擊

聲，和被踐踏的大地發出的響聲，像遠處山中的錚錚伐木聲，當伐木人在林中工作的時候。最犀利的眼睛，也不能辨認可欽佩的薩佩敦的屍體，因為他從頭到腳，全身是血污、塵土和槍箭。他們集結在屍體周圍，像春天某日牛欄裏的乳桶盛滿牛乳，蒼蠅在周遭嗡嗡飛一樣。他們集結在薩佩敦身邊時，宙斯的眼睛沒有片刻離開那場地，他一直注視那鬥爭的人羣，在打量什麼時候殺死派楚克拉斯。許久以來，他心裏在轉兩個念頭：要不要就在現在爭奪像神一般的薩佩敦的屍體時，讓他死在赫克特皇子的槍下，讓赫克特剝下他肩上的鎧甲；或者讓派楚克拉斯再殺死些敵人。最後宙斯決定出身高貴的阿基里斯的英勇侍從，應把特洛伊人和披銅甲的赫克特撑回城去，殺死更多人。因此他首先使赫克特喪失勇氣。

赫克特跳上他的馬車，掉頭準備逃，同時喊其他特洛伊人也逃跑，他知道宙斯的神聖天秤不利於他。甚至勇敢的律西亞人也站立不住，全體潰奔起來。他們不是看見他們的君王胸間中槍躺在死人堆裏嗎？因為在克魯諾斯的兒子所排演的這場惡戰中，許多人死，倒在薩佩敦身上。

就這樣亞該亞人得剝去薩佩敦肩上明亮的銅甲。麥諾俠斯的偉岸兒子把它遞給他的人，敎他們送到空船上去。但是行雲者宙斯還有話說。他轉面對阿波羅說：「親愛的菲巴斯，快去把薩佩敦移出射程外，抹去他身上的黑血，把他帶到一個遠遠的地方，用活水洗濯他，用香料塗沐他，給他穿上一件不朽的長衫。把他放在睡和死兩孿生兄弟手中，他們將迅即把他弄到律西亞的寬濶肥沃的土地上，把他放下。在那裏他的親人和家臣將埋葬他，給他造一個墳塚，立一個碑，那是對死人的正當敬意。」

阿波羅聽見他父親的話，沒有怠慢，他飛下愛達山，去到喧鬧的戰場上，立刻從一堆箭和槍中揀起高尙的薩佩敦，把他帶到一個遠遠的地方，用活水洗濯，用香料塗沐他，給他穿上一件不

朽的長衫。他把他放在睡和死兩孿生兄弟手中，他們迅即把他弄
到律西亞的寬濶肥沃的土地上，把他放下。

　　這時派楚克拉斯高聲呼喚奧托麥敦和他的馬，隨即去追趕特
洛伊人和律西亞人。他是個傻瓜，犯了一個致命的錯誤。假如他
聽從阿基里斯的吩咐，他本可救自己一命，不致陷於死的黑夜
中。但是宙斯的思想，勝過人的思想。在頃刻之間，神能使勇敢
的人敗陣逃跑；第二天又催他去交戰。現在他使派楚克拉斯過於
膽大了。

　　當衆神喚你赴死時，派楚克拉斯，你首先殺了什麼人？最後
殺的又是什麼人？首先殺的是阿抓斯塔斯，和奧托諾斯跟埃奇克
拉斯；麥加斯的兒子派里馬斯，和埃皮斯托跟麥蘭尼帕斯；其次
是厄拉薩斯和穆里阿斯和派拉特斯。所有這些人都被派楚克拉斯
殺死，可是其餘的逃跑了。他的槍銳不可當，碰住就死，高門的
特洛伊城，這時本可為派楚克拉斯和亞該亞軍攻陷，要不是菲巴
斯阿波羅因急於幫助特洛伊人，堅守牢固的城牆，給他的戰績一
個不幸的結局。派楚克拉斯三次爬上高牆，阿波羅三次把他推下
去，用他那不朽的手推他明亮的盾。等他第四次爬上去，像精靈
一般，阿波羅以可怕的聲音喝住他。「囘去，」他喊道，「我主
派楚克拉斯！高傲的特洛伊人的城池，命運注定不該由你攻陷，
甚至也不該由阿基里斯攻陷，而他比你強得多了。」派楚克拉斯
聽見這話立刻退後許多，以免觸怒弓神阿波羅。

　　赫克特在斯坎門勒住奔馳的馬。在那裏他心裏盤算，要不要
衝進潰亂的隊伍中，繼續戰鬥，或命令他的隊伍全體退囘城去。
他正在依違兩可，阿波羅出現在他身邊，裝作偉岸的和腰幹兒挺
直阿西阿斯的模樣。阿西阿斯是馴馬者赫克特的舅父，是赫丘巴
的兄弟；他的父親是杜馬斯，住在呂弗吉亞的桑加里阿斯河畔。
宙斯的兒子阿波羅幻化成這人的模樣，向他說話。「赫克特，」
他問道，「為什麼停止戰爭，疏忽你的職責？我眞想比你強得像

你比我強那樣！我要你得到一個痛苦的敎訓：避戰是無益的。趕快去吧，用你這對輝煌的馬追派楚克拉斯去。有阿波羅的善意幫助，你能趕得上他。」

這位神說了這些話後囘到戰爭的人羣裏，傑出的赫克特告訴勇猛的塞布里昂斯，策馬進入戰團。阿波羅進入人羣，使阿果斯人陷入混亂，使赫克特和特洛伊人佔上風。但是赫克特他不理會達南人，他一個也不殺他們，只驅策他那強大的馬，直奔派楚克拉斯。派楚克拉斯則跳下車，左手握着槍，用右手檢起一塊粗糙但發亮光的石頭，正好一把盈握，毫無畏懼地全力向赫克特擲去。他可沒有白擲，因爲那有稜角的石頭，擊中赫克特的御者普利安王的私生子塞布里昂斯的前額，他手裏還握着馬韁。它擊破他兩個眉頭，進入頭骨，兩個眼睛掉出來，落在他腳邊的塵土裏。他像潛水者一樣，躍出那造得完美的馬車，把性命交了出來。

派楚克拉斯調侃他道：「哈！我看你身手倒不錯，根據你那優美的躍姿！一個人能從馬車上這樣乾淨俐落，頭朝下跳，一定能在任何天氣，從船上跳下海去撈蠔，撈得足夠大快朵頤。我還不知道特洛伊人中有這樣潛水的好手。」他憤怒地向高貴的塞布里昂斯撲去，像一頭衝出畜欄而胸部受傷的雄獅，因自己大膽魯莽而遭到犧牲。派楚克拉斯，你就是那樣猛衝塞布里昂斯。

赫克特從馬車另一邊跳下地，兩人便對塞布里昂斯展開爭奪戰，像高山上兩頭饑餓奮勇的雄獅爭奪一隻鹿的屍體。就這樣，這兩位戰匠，派楚克拉斯和傑出的赫克特，隔着塞布里昂斯企圖以無情的銅槍互相刺殺。

赫克特抱住塞布里昂斯的頭不放，派楚克拉斯則拉住他的腳；其他的特洛伊人和達南人蜂擁上來，釀成一場混戰，像東風和南風在一片山谷裏相撞，撞折高大的樹木，使毛櫸、榹樹和茱萸的長枝互相磨擦，發出巨大響聲和支裂聲。就這樣特洛伊人和亞該亞人相撲相殺。雙方都沒有懼怕和逃跑的意思。塞布里昂斯

周遭的地上，密密落滿了利槍和跳出弓弦的羽矢；許多塊巨石砸在那些在他周遭戰鬥者的盾上，可是他卻躺在那兒的塵土漩渦裏，甚至仍然顯得那樣朋大，已不再思念馬車戰士的樂趣了。

只要太陽還高高在天空，一陣一陣來去的標槍飛矢都能擊中目的，人們不斷倒下死亡。但是當太陽落下去和犁地者卸下牛的時候，亞該亞人騙了命運，證明他們是優勝者。他們從槍箭和叫喊的特洛伊人手中，拉過來高貴的塞布里昂斯，剝去他背上的鎧甲。

但是派楚克拉斯還要繼續斬殺，並衝進敵人當中。他三次高聲叫喊，衝殺上去，像猖狂的戰神一般，每次都殺死九人。他第四次像一個精靈一樣，跳上前去。哎呀，派楚克拉斯！末日便來到了。正值惡戰的時候，菲巴斯出現在他跟前，最可怕的菲巴斯。派楚克拉斯沒有看見他穿過敗軍走來，這位神隱身在一團濃霧裏，來作這次不友好的遭遇。一時間阿波羅站在他背後，用手掌平擊他寬濶的肩和背，打得他眼花撩亂，擊落那有面甲的盔。頭盔卡嗒滾在馬蹄下，羽纓沾着血和土。當神聖的阿基里斯戴着這頂羽盔時，誰也不能把它打落在塵土裏，現在它落在赫克特手中，宙斯讓他暫戴一時，因爲他的末日也快到了。

這還不算，派楚克拉斯的長影槍，那大而重的銅矛，在他手裏斷碎了；那有肩帶的流蘇盾，從他肩上掉在地上；宙神的兒子阿波羅還脫掉他的胸甲。派楚克拉斯驚得目瞪口呆，不知所措；他那粗壯的腿不能移動一步；正當他站在那兒茫茫然不知如何是好的時候，一個名叫歐弗巴斯的達丹尼亞人，來到他背後用利槍刺他兩膀中間。這位歐弗巴斯是潘索斯的一個兒子，是他同輩中最好的槍手、跑者和騎士；在這次戰爭中，他第一次作爲馬車戰士參加，學習戰爭技術，已經把二十個人從車上打倒在地上。他是第一個向派楚克拉斯武士擲槍的人。但是他沒有結果他的性命；把梣木槍從他背上拔出後，他立時跑囘人羣中去，他才不待

在那裏跟派楚克拉斯交手呢，雖然他那時是赤身裸體，一絲不掛
的。這時的派楚克拉斯，由於神的打擊和歐弗巴斯的槍刺，已經
崩潰了，他企圖退回友好的邁密登人當中，以避免死的厄運。

　　赫克特看見偉大的派楚克拉斯受了傷，在地上匍匐，他穿過
行伍來到他跟前，用槍刺他下腹，銅矛透過身體。派楚克拉斯砰
的倒下去，全體亞該亞軍為之驚愕不止。像一頭雄獅在山上一條
小溪旁，經過一番憤怒的惡鬥，征服了一頭不可屈服的野豬，二
者都要在溪中飲水。雄獅力大戰勝，牠的氣喘吁吁的仇敵被壓倒
了。同樣的，麥諾俠斯的勇敢兒子，自己殺死許多人後，死於普
利安的兒子赫克特的一次短擲之下。赫克特這時以征服者向他說
道：「派楚克拉斯，你以為你將打破我的城池，把特洛伊婦女當
作奴隸載回你自己的國家。你是個傻瓜！為了保衛她們，赫克特
的快馬急忙跑到戰場，赫克特自己也是這樣；我赫克特，善戰的
特洛伊人中最好的槍手，就站在她們和淪為奴隸的日子中間。所
以現在禿鷲將吃掉你。好可憐的傢伙，甚至阿基里斯的強有力的
膀臂，也救不了你。我可以想像，當他派你出來，但自己卻躲在
後防時，他跟你說了什麼話。『派楚克拉斯，策馬的好手，你要
是不刺破殺人者赫克特胸口的短裝，不浸透他的血，就不要回到
這些空船上來。』他一定跟你說過這樣的話，像瘋子一樣你就信
了他。」

　　派楚克拉斯對這說了什麼呢？「赫克特，」他聲音微弱地說
道，「趁你可以誇口時，你就誇口吧。勝利是屬於你的，這是克
魯諾斯的兒子宙斯和阿波羅給你的禮物。是他們征服了我。這對
他們是很容易的，他們脫掉我身上的鎧甲。不然的話，縱有二十
個赫克特對抗我，他們會全都死在我的槍下。是可憎的命運和勒
托的兒子殺了我，還有一人叫歐弗巴斯，你是第三個。但是聽我
說，仔細想想我的話。我可以發誓，你自己也沒有好久可活了。
命運的主宰和死，不久就要臨到你的頭上，你將死在佩柳**斯的無**

匹兒子阿基里斯手中。」

　　死截斷了派楚克拉斯的話頭，他的脫離軀壳的靈魂，飛往冥府去了，哭着他的命運和他撇下的青春少壯。傑出的赫克特又向他說，雖然他已經死了。「派楚克拉斯，爲什麼一定要說我早死呢？誰知道呢？美髮塞蒂斯的兒子阿基里斯，也許會搶在我前頭，死在我槍下。」

　　赫克特脚踏住派楚克拉斯從傷處拔出銅槍，用脚猛推他的屍體，直到他離槍仰臥在地上。他提着那槍立刻去找佩柳斯的捷足兒子的高尚侍從奧托麥敦。他急於要抓住他。但是奧托麥敦的一對飛速神駒，佩柳斯從天上得來的輝煌禮物，已載他離開了是非場。

一七　派楚克拉斯屍體的爭奪戰

阿楚斯的兒子米奈勞斯，阿瑞斯的寵兒，立即看見派楚克拉斯被特洛伊人殺死。閃耀着銅甲的光輝，他急忙穿過行伍，將身跨在他的屍體上，像一頭煩惱的母牛騎在她生產的第一頭小犢身上。就這樣，紅髮的米奈勞斯騎住派楚克拉斯，用他的槍和圓盾遮掩他，準備刺殺一切上來的人。但是潘索斯的兒子歐弗巴斯對無匹的派楚克拉斯的屍體也有興趣。他走上來向善戰的米奈勞斯說道：「我的主，阿楚斯的兒子米奈勞斯王，請退下去，離開這個死人和他的血污的戎裝。在這場戰爭裏，我是特洛伊人和他們的著名友軍中第一個槍刺派楚克拉斯的人。讓我享受這次勝利的光榮吧，不然我就要擲槍取你寶貴的性命。」

紅髮的米奈勞斯對這人非常惱怒。「宙斯父，」他喊道，「你見過這樣傲慢氣焰嗎？我知道虎豹和兇殘野猪的勇氣，牠們是一切野獸中最猛烈和自恃的，但牠們比起潘索斯的兩個兒子和他們的著名梣木槍來，似乎算不了什麼！馴馬者赫帕倫諾侮辱我和對抗我以後，沒有活多久去欣賞春青的樂趣。他說我是達南戰士中最卑鄙的。可是我彷彿記得他不是自己走着回家去娛悅愛他的妻子和父母的。假如你上來對抗我，我也割下你的頭來，像割下他的一樣。回去吧，回到那一羣烏合之衆去，不要對抗我，不然你就要遭遇不幸的下場。事後聰明是最大的愚蠢。」

但是歐弗巴斯沒有給他嚇唬住。「米奈勞斯王，」他答道，

「今天就是你給我兄弟償命的日子，你殺死了他還誇口，使他的
妻子在新閨中獨孤悽凉地守寡，使他父母流無窮的眼淚，受說不
出的痛苦。可是我仍能安慰這兩位不幸的人兒，假如我把你的頭
和甲冑帶回去，繳在潘索斯和弗朗蒂斯手裏。我們的問題不要多
久就可解決。迅速一戰，就可決定誰死誰活。」

　　說着他槍擊米奈勞斯的圓盾。那銅矛沒有刺透，堅實的盾曲
捲了矛尖。接着阿楚斯的兒子米奈勞斯使起他的槍，同時向宙斯
禱告。正當歐弗巴斯後退時，他刺中他的咽喉，盡力一搠，手還
攥着槍桿，槍頭穿過那人脖子的軟肉。他砰的倒下去，鎧甲叮噹
作聲。他的頭髮原本美得像美麗三女神的那樣，他常用金縷銀
線，紮成一朵一朵的髮卷。現在一切都浸在血裏；他躺在那兒，
像一棵倒地的樹苗。一個園丁把一棵橄欖樹苗栽在可以吸取充足
水分的地方。它長成一棵漂亮的幼樹，迎風搖曳，開出白花。有
一天狂風突起，將它連根拔出，擱在地上。就這樣，潘索斯的兒
子，使梣木槍的歐弗巴斯，平臥在地，殺他的人阿楚斯的兒子米
奈勞斯扒下他的甲冑。

　　沒有一個特洛伊人敢近傑出的米奈勞斯。他像一頭山獅，相
信自已的力氣，猛抓吃草的牛羣中最好的小母牛。牠用強有力的
嘴巴咬破她的脖子，撕碎她，飲她的血，吞食她的臟腑；牧人跟
他們的狗在牠周圍鼓譟，但離得遠遠的。他們眞的害怕，什麼也
不能使他們近牠。阿特瑞斯本可容易地脫去歐弗巴斯的鎧甲，要
不是菲巴斯阿波羅因爲不願他得到那輝煌的甲冑，所以敎赫克特
像狂暴的戰神般去攻擊他。阿波羅幻化成西科奈人領袖曼特斯的
模樣，去向赫克特說道：「赫克特，爲什麼你一心要捉阿基里斯
的馬呢？　牠們很難駕馭，除阿基里斯外，任何凡人都難使動牠
們，因爲阿基里斯的母親是一位女神啊。你在這裏捕捉鬼火，而
可怕的米奈勞斯卻跨立在派楚克拉斯身上，已經殺死了特洛伊的
英傑，潘索斯的兒子歐弗巴斯永遠不能再戰鬪了。」

這位神說完話又 回到戰團的核心， 赫克特的內 心痛苦得厲害。他立即隔着行伍遙望，果然看見他們兩人，米奈勞斯在脫那輝煌的甲冑，歐弗巴斯躺在地上，血從傷口流個不停。赫克特大喝一聲，走出前線，渾身銅甲鮮明，像鐵匠大師①爐中的火焰。米奈勞斯認出他的喊聲。他一面驚愕，一面在他那不屈不撓的心裏盤算。「怎麼辦呢？」他苦惱地自己問自己，「假如我放棄這些美好的甲冑和派楚克拉斯的屍體，他原是爲了替我伸寃報仇才在這裏戰死的，我將爲任何看見我的達南人所不齒。但是假如爲了維護榮譽，我單獨迎戰赫克特和特洛伊人，我大概會被隔絕起來，爲多數所壓倒，因爲明盔的赫克特有全體特洛伊人跟在他身後。現在爲什麼辯論這個呢？一個未得神愛的人，如決定戰一個得到神愛的人，他將遭遇到一場災禍。任何達南人如看見我向有神助的赫克特退讓，他不會責備我。我很想知道偉大的埃傑克斯在哪裏；卽使上天跟我們作對，我們兩個也許能抵擋一陣，試圖爲我主阿基里斯救出派楚克拉斯的屍體，無論如何那總是好的。」

他心裏尙在辯論時，特洛伊人隨着赫克特向他衝來。米奈勞斯放棄屍體，轉身後退，但他不時囘顧，像一頭鬍腮雄獅的勇敢的心裏感覺恐懼的寒冷，當牧人用槍跟他們的狗大聲鼓譟，把牠掏出畜欄，牠很不樂意地離開農家園地。就這樣，紅髮的米奈勞斯放棄派楚克拉斯的屍體退下來。到了隊伍中間他轉身站定，到處瞭望，要找偉大的特拉蒙埃傑克斯。他立時看見他在左翼激勵和督促他的人，菲巴斯阿波羅把他心裏裝滿不可思議的恐懼。米奈勞斯跑步過去，立刻到他身邊。「埃傑克斯，朋友」他說道，「快跟我到那裏，讓我們兩人一起保護陣亡的派楚克拉斯。我們可能爲阿基里斯救下那屍體，雖然那是赤條條的。我們不能救囘甲冑，赫克特已經拿去了。」 勇敢的埃傑克斯聽了他的話很激

① 指赫斐斯塔司。

動，他跟紅髮的米奈勞斯一同出發，穿過前線。

　　赫克特正在拖派楚克拉斯的屍體。他已脫下那高貴的鎧甲，正要用利劍斬下他的首級，把軀幹拉去餵特洛伊的狗吃。當埃傑克斯掛着高大的盾來到時，赫克特鬼鬼祟祟溜開了，走到他隊伍中間，跳上車去。他把那美麗的甲冑交給幾個特洛伊人，敎他們帶進城去，希望這戰利品將增加他的榮譽。這時埃傑克斯用他那寬盾遮住派楚克拉斯，不讓敵人捱近，像一頭雄獅領一窩幼獅在林中走，突然遭遇獵人，牠挺身站在那些無助的小東西前面，準備抵抗，還皺起眉頭以遮蔽眼睛。就這樣，埃傑克斯站在派楚克拉斯一邊；阿楚斯的兒子米奈勞斯，阿瑞斯的寵兒，站在另一邊。他的悲憤在一直增加。

　　希波洛卡斯的兒子格勞卡斯，律西亞軍的領袖，不高興赫克特。他瞪他一眼，並排揎道。「赫克特，你在遊行時好看，在戰場卻無用。你空有顯赫的名望，其實只是個懦夫。你問問自己，假如沒有人幫助你，只有本地特洛伊人，你怎樣拯救你的城池和城堡呢。律西亞人中將沒有人出去跟達南人打仗，以保衞特洛伊，因爲他們已經領敎過了，他們不分晝夜，跟敵人苦鬥，結果沒有功勞。薩佩敦是你的客人和戰友，你竟無情地棄他不顧，任憑阿果斯人擺佈，那麼一個普通士兵遭遇危難時，他能指望你來援救嗎？他活着時，對你和你的城池貢獻很多；你卻沒有勇氣救他免遭狗吃。所以我說，我對律西亞人如有什麼影響力，我們就回家去。那就是說，特洛伊要完蛋了。爲什麼，特洛伊人如有眞正勇氣，如有那些捍衞國家與敵人作殊死戰的人們所具有的大無畏精神，我們早就應當把派楚克拉斯拖進伊利亞城去。如能把這人的屍體，從戰地搬進普利安王的偉大城池裏，阿果斯人立刻就會送還薩佩敦的輝煌甲冑，我們也可把他的屍體運進伊利亞。問題在於這個死人的階級：派楚克拉斯是阿果斯營中最偉大戰士的侍從，他所指揮的都是精銳部隊。但是你沒有幫助我們。敵人的

吶喊聲灌進你的耳朵時，你不敢對抗勇敢的埃傑克斯，不敢正眼看他，跟他拚個死活。因為他比你強。」

明盔的赫克特狠狠地瞅他一眼。「格勞卡斯，」他說，「像你這樣的人，竟這樣厚顏無恥，真使我驚愕。我一向認為你是土壤深厚的律西亞最聰明的人；但是你現在這樣講話，說我不敢對抗身軀高大的埃傑克斯，破壞了我對你的判斷力的信心。請相信我，戰爭和戰車的嘈雜聲，嚇不住我。可是我們都是披乙已斯的宙斯手中的傀儡。宙斯在頃刻間可使勇敢的人敗陣逃竄，第二天又催他前去戰鬥。請耐心些，朋友；站在我身邊，看看我能有什麼能耐：看你說的對不對，我是否終日都是懦夫；看我能不能制止若干達南人，雖然他們是兇惡的，使他們不再為派楚克拉斯的屍體戰鬥。」

接着他高聲命令他的部隊。「特洛伊人，」他喊道，「律西亞人，還有你們打交手戰的達丹尼亞人，勇敢呀，朋友們，拿出你們的全副力量來。現在我要去穿起無匹的阿基里斯的盔甲，就是我殺死偉大的派楚克拉斯後從他身上脫下的輝煌甲冑。」

明盔的赫克特說着離開戰場，去追那些把佩柳斯的兒子的盔甲送往城裏去的人們。不久就追上他們，因為他們還沒有走多遠，而他跑得很快。他在一個尚未被可悲的戰爭波及的地點，換他的裝備，吩咐他的善戰的特洛伊人，把他自己的盔甲送回神聖的伊利亞城，自己穿上阿基里斯的不朽盔甲。天上的衆神，把這副盔甲送給他父親佩柳斯，佩柳斯老了，把它傳給他。但命運注定他不能把父親的盔甲一直用到老。

驅雲者宙斯從遠處看見赫克特在穿神聖的阿基里斯的盔甲，他搖搖頭，自言自語道：「不幸的人！不知道你是多麼接近死啊！現在你穿上一位偉大戰士的不朽盔甲，別人在他面前都畏縮股慄。你殺死他的戰友，勇敢和可愛的派楚克拉斯，粗魯地剝去他頭上和肩上的甲冑。好了，眼前你有着偉大的能力，但你必須

付出代價。你不能從戰場生還，安助瑪琪永遠不能從你手上接過阿基里斯的光榮鎧甲。」克魯諾斯的兒子點點黑眉頭，證實他的想法，並使那盔甲適合赫克特的身體。

可怕的戰神的兇猛精神，這時注入赫克特的心中，勁頭兒和新的活力充滿他的四肢。他發出一聲刺耳的吶喊，去找幾位著名的友軍領袖，閃耀着勇敢的阿基里斯的甲胄的燦爛光輝，出現在他們面前。爲要鼓起他們的精神，他找出若干人，跟他們個個講話。他找出麥斯勒斯和格勞卡斯；麥當和塞西洛卡斯；阿斯特羅佩阿斯、德遜諾和希波索斯；弗綏斯和可羅米阿斯和占卜者恩諾馬斯。他發表演說，激勵他們。他說：「諸位友軍和隣居，你們大家聽我說。當初請大家從你們自己的城池來到這裏，我所要求的不是人數衆多，而是欣然前來抵禦兇猛的亞該亞人、以保衛特洛伊婦孺的人們。原是爲了那個目的，我才花費自己人民的錢財；他們免費供應諸位給養，以維持你們高昂的士氣。所以你們個個都要直接去打擊敵人，不是活，便是死！那是軍人的本分。誰要能打退埃傑克斯，把派楚克拉斯拉到特洛伊陣線內，雖然他是死的，我就把鹵獲物分給他一半，自己留下一半，好讓他和我平分榮耀。」

他們的反應是舉起槍以全力衝擊達南人，滿心希望從特拉蒙埃傑克斯那裏奪得屍體。他們不該聽他的話，埃傑克斯將殺死許多人，以保護派楚克拉斯。不過這時他轉面對高聲吶喊的米奈勞斯說道：「朋友，宙斯的姣兒米奈勞斯，我在開始想，你跟我不會度過這次戰爭，平安歸去，這屍體更不用說了。事實上我所關心的，不是派楚克拉斯，他不久就會被特洛伊的狗和鳥兒吃掉，而是你和我的危險境地。赫克特已準備像一團黑雲似的吞沒我們。死就在眼前。快些喊達南隊長們！也許有人會聽得見。」

高聲吶喊的米奈勞斯聽從他，以刺耳的聲音呼喚達南人。「朋友們，」他喊道，「阿果斯的隊長們和顧問們，諸位和阿特瑞

斯兄弟阿加米農跟米奈勞斯同席喝公家的酒，你們都是高級指揮官，你們的頭銜和權利都得自宙斯，在現在戰爭的混亂中，我不能叫出每位的名字。請你們個個前來就是。試想想，如讓伊利亞的狗玩弄派楚克拉斯，那多醜！」

奧伊柳斯的兒子，跑者埃傑克斯，個個字都聽見了，他是第一個穿過人羣跑到米奈勞斯跟前的。隨後來的有愛多麥紐斯和他的侍從麥里昂奈斯，殺人的戰神的同儕。至於其餘的跑來增援亞該亞陣線的人，誰能記得他們的名字呢？

特洛伊人在赫克特率領下，蜂擁前來，他們的吼聲像一個巨浪遇到一條漲水的河川入海處的水流時、兩岸岩岬擋回入侵海水的轟隆聲。但是亞該亞人一心一德，對抗他們，同銅盾在派楚克拉斯周圍排成一道圍牆。克魯諾斯的兒子還用一團濃霧，籠罩住他們明亮的頭盔。派楚克拉斯活着是阿基里斯的侍從時，他跟他沒有爭執，他也雅不願他成爲可供敵城特洛伊的狗吃的腐屍。因此現在他壯起他的戰友們的膽量，去從事保衛他的戰爭。

最初特洛伊人把明眸的亞該亞人推回去，他們放棄屍體後退。卽使如此，高傲的特洛伊人並沒有用槍殺死他們任何人，雖然他們是很想的。特洛伊人確曾開始拖那屍體，可是亞該亞人不會讓他們長久據有它。他們立卽集結在埃傑克斯周圍，除了佩柳斯的無匹的兒子外，他是所有達南人中最美貌的，也是打仗最勇敢的。他跑過前線，兇狠得像一頭野猪在山上困鬪，向前一衝，使獵狗和高大的獵人紛紛向林間隙地飛奔。就這樣，特拉蒙的高傲兒子，傑出的埃傑克斯，衝進特洛伊人的行伍驅散那一羣聚在派楚克拉斯周圍、決心要把他拖進特洛伊城、以贏得榮耀的人們。

派萊斯勒薩斯的高貴兒子，希波索斯，已經用他的肩帶綁住派楚克拉斯的脚脖兒，正拉着他的脚，穿過鏖戰的人羣。他希望給赫克特和特洛伊人做好事，結果給自己做了壞事，因爲不久他

就陷於困難中，他的朋友們對他愛莫能助。特拉蒙的兒子急忙穿過人叢，刺他的有銅面甲的頭盔，沉重的槍和有勁的手戳透羽盔，那人的血和腦漿從傷處湧出面甲。希波索斯垮了下去，讓偉大的派楚克拉斯的脚從他手裏掉在地上，自己也跟着臉朝下向前趴在那屍體上。埃傑克斯的槍斬斷他的生命時，他離開土壤深厚的拉里薩遠遠的。他的命太短了，不能報答父母的劬勞。

赫克特也向埃傑克斯投一根明晃晃的長矛。埃傑克斯看見他，恰好躲過，那銅矛擊中一個名叫謝德阿斯的人，他是伊菲塔斯的兒子，也是弗西斯人中的俊傑，一位強有力的皇子，家住在著名的潘諾普斯城。赫克特擊中他頸骨中間的下面，銅矛穿透肩下。他砰的倒下去，鎧甲叮噹作響。埃傑克斯也擊中費諾普斯的勇敢兒子弗綏斯的肚腹，刺透他的胸甲，正當他跨立在希波索斯身上的時候。矛頭使他的臟腑流出，他倒在塵土裏手抓住地。特洛伊人前線和光榮的赫克特自己向後退卻，同時阿果斯人發出勝利的呼喊，拖走弗綏斯和希波索斯的屍體，扒下他們肩上的鎧甲。

特洛伊人戰敗了，喪失了勇氣，勝利的亞該亞人這時本可把他們逐回伊利亞，憑他們自己的勇武和努力，贏得比宙斯所計劃的更大的榮耀，要不是阿波羅去喚起乙尼斯的勇氣。那位神幻化成一位勤務員的模樣，他是埃普塔斯的兒子佩里法斯；埃普塔斯對乙尼斯很友好，因為他曾是他老父的勤務員，直到他自己年老的時候。宙斯的兒子阿波羅裝成這人的模樣，向乙尼斯說道：「乙尼斯，假如上天眞的反對你，你怎能希望拯救伊利亞的城堡呢？我知道有些人不管宙斯怎樣，單憑自己強有力的胳膊，自己的勇氣和人數衆多，救下了他們的城池。可是宙斯現在是在我們這邊啊！他要我們擊敗達南人，而你卻害怕得不知所措，拒絕去戰鬥。」

乙尼斯凝視他的臉，知道他是弓王阿波羅。「赫克特，」他

喊道，「還有你們諸位特洛伊指揮官和盟軍指揮官，讓勝利的阿果斯人把我們像懦夫一樣攆回特洛伊，是一件可恥的事。有一位神剛才來告訴我說，主宰宙斯現在仍然幫助我們。所以讓我們直接去攻達南人，不要讓他們輕易就把派楚克拉斯的屍體搬回船去。」

說着他跳將出去，站在最前戰士的前面。結果特洛伊人轉身面對着亞該亞人。這時乙尼斯投出一槍，擊中阿里斯巴斯的兒子勒奧克瑞塔斯。這人是律康麥德斯的英勇追隨者，勇敢的律康麥德斯看見他倒下去，很是悲傷。他跑上去站在他身邊，擲出明晃晃的長矛，擊中一位隊長的中腹下肝部，立刻將他打倒在地。他是希帕薩斯的兒子阿皮薩昂，也是從肥沃的派昂尼亞來的。事實上，他是那兒最優艮的戰士，僅次於戰神的同儕阿斯特羅佩阿斯；阿斯特羅佩阿斯看見他倒下去，很是悲哀，自己向達南人猛烈衝擊。但是這時他已不能有什麼作爲了。他們已用密密排列的盾、跟平端着的槍，圍住派楚克拉斯。魁梧的埃傑克斯已給他們個個人下了嚴格命令；誰也不准離開屍體後退，或向前戰鬥。他們得緊擠在派楚克拉斯身邊。

由於埃傑克斯這種戰術的結果，地被血染得殷紅。特洛伊人的和他們的高傲友軍的屍體跟達南人的交叉堆在一起。達南人方面不是沒有死傷，只是人數少得多了。他們牢記着互相扶助的義務，在騷亂當中朋友們互相救護。

因此戰爭像一團火狂烈地延燒着。你會想日月已不在射出光輝，因爲有一團霧，籠罩着戰場中那一羣優艮戰士爭奪派楚克拉斯屍體的地方。可是在別處，特洛伊和亞該亞戰士，卻安然在晴空下戰鬥。個個人頭上都是光天化日，平原和山地上空沒有一片雲。戰鬥是散漫雜亂的；雙方中間保持着距離，以防對方的槍擊。只有在核心作戰的亞該亞人，亞該亞人中最精艮的，才受到雲霧、敵人和銅槍投擊的苦楚。有兩個人，一對著名的兄弟，

斯拉塞麥德斯和安蒂洛卡斯，甚至還不知道無匹的派楚克拉斯已
被殺死了。 他們以爲他還活着， 在兩軍陣前戰特洛伊人呢。 所
以他們守在自己那一部分戰場，留心看着自己的士兵有沒有死傷
和驚惶模樣， 像他們離開黑船去交戰時， 奈斯特吩咐他們的那
樣。

　　但是爭奪捷足阿基里斯的高貴侍從的殘酷搏鬥，整天沒有鬆
弛；在那期間，那些參加爭奪的人們膝上、腿上、脚上，甚至手
和眼睛，都汗流不止。雙方在一個狹小地段，把屍體拉來拉去，
像人們給製革者揆一張大公牛的浸了油的皮革。他們拿起牛皮，
站成一個圓圈兒，許多隻手緊緊向外拉，直到每一部分都繃緊展
平，水分滲出，油分浸入。雙方都抱了很大希望：特洛伊人希望
把派楚克拉斯拉進伊利亞，亞該亞人希望把他帶回空船去。結果
是一場混亂的爭奪戰，甚至戰爭販子，阿瑞斯或雅典娜，在最嗜
鬥的時候，看見這場戰爭，也不會覺得不滿意。這就是那天爭奪
派楚克拉斯的屍體時宙斯分配給人和馬的辛苦。

　　出身高貴的阿基里斯，一點兒也不知道派楚克拉斯的死。戰
爭在特洛伊城邊進行，距離豪華的船有一長段路，他永遠沒想到
派楚克拉斯會被殺死。他想他攆他們到城門外，然後平安歸來。
因爲他絕對沒有料想，他自己不在那裏他會攻破城，即使他在那
裏也不能攻破。他常聽他母親說將來不是這樣的，他母親常把萬
能宙斯的計劃暗地告訴他。可是她沒有告他說過現在已經發生的
可怕的事，和他的最親密的朋友的死。

　　這時其他的人爲爭奪這個死人，進行着無休止的戰鬥，用鋒
利的槍互相刺殺。披銅甲的亞該亞人覺得如退到空船上去，那眞
是一種恥辱。「朋友們，」他們跟自己說，「我們如讓馴馬的特
洛伊人把這個屍體勝利地拖進城去，那最好讓這黑的大地在這裏
把我們吞下去。」另一方面，英勇的特洛伊人也這樣感覺。「戰
友們」 ，其中一人說，「即使命運注定要 我們都死在這屍體跟

前，仍然是誰也不要後退。」他們就如此感覺，互相勉勵。戰爭
這樣繼續着，金屬的撞擊聲，一直響徹銅色的天空。

在離開戰爭很遠的地方，阿基里斯的兩匹馬，從得知牠們的
御者已被嗜殺的赫克特殺死的時刻起，已在哭泣着。迪奧雷斯的
偉岸兒子奧托麥敦對牠們使盡了一切方法：他用呼嘯的鞭子一再
抽打牠們，用好言好語哄騙牠們，並順口咒罵牠們；但是牠們既
不回到船前和寬濶的赫勒斯龐特，也不隨亞該亞人到戰場去。堅
定得像一個死人墳上的墓碑一樣，牠們站在那美麗的車前，一動
不動，頭低下去一直挨住地。牠們哭已死的御者，熱淚從眼裏滴
到地上，淚水在車軛兩旁從軛墊往下淌，沾濕了牠們豐長的鬃
毛。克魯諾斯的兒子看見牠們悲傷，替牠們難過。他搖搖頭自言
自語道：「可憐的畜生們！你們是長生不老的，爲什麼我們把你
們送給注定要死的佩柳斯王呢？是要你們分嘗不幸人類的苦況
嗎？因爲在所有在大地上呼吸和蠕動的動物中，沒有像人這樣痛
苦的了。有一件我是不准的：我不准赫克特皇子駕御你們的豪華
的車。那一副甲冑和它們帶給他的暫時喜悅，還不夠嗎？不，我
要給你們的腿以活力，把你們的心裝滿勇氣，那樣你們至少可以
救下奧托麥敦，把他從戰地帶回空船去。因爲我打算敎特洛伊人
復得優勢，沉重地打擊阿果斯人，直到他們打到裝備完善的船
前、太陽落西、幸福的黑夜降臨的時候。」

宙斯說着，吹口氣給兩馬以新的力氣。牠們抖掉鬃上的塵
土，拉着車飛快跑去參加特洛伊人和亞該亞人的戰鬥。奧托麥敦
站在牠們身後戰士的位置上，很想念他的戰友，像禿鷲捕雁一般
驅車加入戰團。馬的速度使他容易避免糾纏，也容易衝進人叢追
逐敵人。但是他不能殺掉他所追趕的人。一個人在那輛神聖的車
裏他發現無法一面控制兩匹快馬，一面使槍。最後有一個同營的
朋友，拉厄西斯的兒子阿爾西默敦，看見他的窘境，從車後趕上
來跟他說：「奧托麥敦，是哪位神弄昏了你的頭腦，給你這樣一

個餿主意？單獨去對抗前線的特洛伊人，是什麼意思呢？你不知道你的戰士已被殺死，赫克特自已現正趾高氣揚穿着阿基里斯的盔甲嗎？」

「阿爾亞默敦，」迪奧雷斯的兒子奧托麥敦說，「除掉派楚克拉斯以外，誰也不能像你那樣馴馭這兩匹神馬；派楚克拉斯活着時，他從天上學得馴馭術。現在他死了。所以請你上來執鞭握韁，我好下去戰鬥。」說着奧托麥敦下車去，阿爾西麥敦跳上那飛奔的戰車，抓住馬鞭和韁繩。

傑出的赫克特看見他們。他轉面向恰好近他的乙尼斯說：「乙尼斯，披銅甲的特洛伊人的顧問，我看見我主阿基里斯的兩匹馬，跟兩個低能的馬車戰士，來到戰場。我想假如你肯跟我一起上去，我們可以擄獲牠們。要是我們進攻，那兩人決不會站起來迎戰。」

安契西斯的勇敢兒子一心願意；他們向前進發，鞣靱和鑲銅的牛革盾保護肩頭。可羅米阿斯和像神模樣的阿瑞塔斯跟着他們；他們滿心希望能殺死那兩人，趕走那兩匹高頭大馬。他們在自已騙自已，不流血牠們是不會離開奧托麥敦的。

這時奧托麥敦已向宙斯禱告過，在他那激動的心裏，已沒有怯弱或恐懼。他轉身看着他的摯友阿爾西麥敦，跟他說道：「阿爾西麥敦，讓兩馬靠近我，讓我的背可以感覺到牠們的呼吸。要是赫克特自已不死在前線，我怕沒有誰能轄制住這個瘋狂的人，最後他會殺死我們兩個，跳上車來站在阿基里斯的兩匹長鬃馬背後，把阿果斯隊伍打得四散奔逃。」

接着他喊兩位埃傑克斯和米奈勞斯：「你們兩位埃傑克斯，阿果斯的指揮官，還有你，米奈勞斯，請你們來幫幫我們，着幾個最能幹的人跨立在屍體上抵禦敵人。我們還活着的人，在這可怕的戰鬥核心也有性命危險，因為特洛伊軍中兩個最傑出的人，赫克特和乙尼斯，刻正全力向我們攻擊。既然一人永遠不知道自

已的運氣如何，我想去投一槍試試看。其餘的交給宙斯了。」

　　說着他一揮那長影槍便投了出去。那銅矛擊中阿瑞塔斯的圓盾，盾沒有止住它。它穿盾透帶，進入肚腹；他向前一跳，然後仰臥在背上，像農家莊園裏的一頭牛，先跳起來然後撞倒在地，當一個有勁的人用一把利斧猛劈牠角後的脖頸，斬斷牠的筋肉的時候。他死後那鋒利的槍還挿在他肚腹內顫動着。

　　接着赫克特用他那明晃晃的槍投擊奧托麥敦。奧托麥敦正在提防着，他彎身向前，躲過銅槍。那長槍落在他身後，挿在地上，槍桿顫動着，直到戰神用他沉重的手止住它。這時兩人勢將拔劍相拚，要不是兩位埃傑克斯聽見他們戰友的呼喚，急忙穿過人叢上來，正值他們盛怒的時候隔開他們。赫克特、乙尼斯和高貴的可羅米阿斯看見這樣兩人，驚恐後退，撇下被殺死的阿瑞塔斯躺在那裏不顧。奧托麥敦像阿瑞斯一般，跳下去剝掉他的鎧甲，還口頭發抒他的滿足。「這樣麼，」他說，「可以稍微安慰我一下，多少抵償我主派楚克拉斯的死，雖然他勝過我所殺死的這個人。」他拎起血污的鎧甲放在車上，自己也上車去，手上脚上都有血，像一頭雄獅剛吃了一頭公牛。

　　戰爭又在環繞着派楚克拉斯進行，這次卻兇猛殘酷，因為它是雅典娜鼓動起來的。由於無所不見的宙斯的吩咐，她從天上下來，鼓勵達南人，宙斯已經改變了主意。她隱藏在一團灰霧裏，像宙斯把一個暗淡的虹掛在天空，以警告世人將有戰爭，或寒冷的風暴，來停止田間的工作，並給羊羣以困苦，她墜落在亞該亞軍隊中間，給個個人以新的勇氣。阿楚斯的兒子偉岸的米奈勞斯恰好離她最近，他便是她第一個招呼並激勵的人。她借用菲尼克斯的形貌和不倦的嗓子說道：「米奈勞斯，倘使讓敏捷的狗，在特洛伊城下，傷害驕傲的阿基里斯的朋友，那將是你的過錯和恥辱。所以你要堅忍不屈，支持下去，催促你所有的人，一齊奮鬥。」

「菲尼克斯，我的可敬的主公和老友，」高聲呐喊的米奈勞斯說道，「我眞希望雅典娜能給我力量，擋開這些標槍飛矢。那時我將樂於投入戰鬥，以保護派楚克拉斯，他的死眞使我傷心。但是赫克特的怒忿，像火焰般在燃燒，他的槍是摧毀一切的。宙斯要他贏。」

明眸的雅典娜看見米奈勞斯不顧一切其他的神，而先向她祈禱，滿心歡喜。她給他的兩膀和兩膝增加力量，將蒼蠅的膽量，放在他胸中：蒼蠅嗜食人血，不管人幾次把牠從臉上拂去，牠總是回來繼續攻擊。那位女神把他心裏裝滿這樣無畏的精神後，他守住派楚克拉斯身邊的崗位，投出他那明晃晃的槍。

有個特洛伊人名叫波德斯。他是埃厄森的兒子，有財富、有教養，是特洛伊人中赫克特最鍾愛的，他們兩人已經成爲酒樽前的朋友。紅髮的米奈勞斯的槍，擊中這人的帶，正當他開始要逃跑的時候。那槍直穿透他，他砰的撞倒在地；阿楚斯的兒子米奈勞斯，把他的屍體從特洛伊人中拉過來，交給他的人。

這時阿波羅促使赫克特加入戰團。他去到他跟前，幻化成阿西阿斯的兒子菲諾普斯的模樣；菲諾普斯是從阿布杜斯來的，是友軍中最爲赫克特所器重的。「赫克特，」他向他說，「將來還有什麼亞該亞人會怕你呢？假如你自已倒怕起米奈勞斯來，他一向並非什麼了不起的戰士，不過他剛才確曾跑到我們陣線內拖去一個死人。他殺死的是你的朋友，埃厄森的兒子波德斯，我們的一位最傑出的人。」

這消息對於赫克特是一個致命傷，不過他仍然跑到前線外，閃耀着銅甲的光輝。正在這個時候，一直把愛達隱在雲霧裏的宙斯掣一個閃電，響起一個霹靂，拿起他那閃耀的流蘇乙已斯抖動起來，把勝利給特洛伊人，使亞該亞人膽戰心驚。

博奧蒂亞人佩內流斯，是第一個轉身逃跑的。他一直堅定地面對敵人，直到波律達馬斯上來進入短距離內，向他投了一槍，

擊中他的肩頭。那槍滑過去了，但是矛頭擦傷了骨頭。接着赫克特也在短距離內，刺傷勇敢的阿勒克垂楊的兒子勒塔斯的手腕，使他失卻行動能力 。 勒塔斯知道他再 也不能拿起槍 跟敵人打鬪了，四下一望，拔腿就跑。赫克特在後追，這時杜克利昂的兒子愛多麥紐斯擊中他胸甲靠近乳房的地方。但是那長桿槍的矛頭折斷了，特洛伊人發一聲喊。赫克特囘擲愛多麥紐斯，這時愛多麥紐斯已經上車了。他只差一點兒沒有擊中他，但卻擊中了麥里昂奈斯的侍從兼御者科蘭納斯，他是跟他一起從律克塔斯城來參戰的。愛多麥紐斯那天是徒步離開整齊的列船的，要不是這位科蘭納斯驅策他的快馬來救他 ， 他就會將勝利奉送給敵人 。 神使鬼遣 ， 他來救了愛多麥紐斯的性命 ， 殺人者赫克特卻取了他的性命。他的槍矛刺進他嘴巴和耳朵下面，敲碎他滿口牙齒，把他的舌頭斬掉一半。科蘭納斯撞下車去，韁繩掉在地上，麥里昂奈斯彎身用手從地上拾起韁繩，向愛多麥紐斯說道：「躺在車上，囘船上去，用不着我告訴你，我們今天敗了。」愛多麥紐斯鞭抽那對長鬃馬，趕囘空船去。他是個飽受驚恐的人。

　　米奈勞斯和勇敢的埃傑克斯，也知道宙斯在用力使特洛伊人獲勝。偉大的特拉蒙埃傑克斯無可奈何地向米奈勞斯表示感嘆。「任何傻瓜，」他說，「都能看出宙斯父在幫助特洛伊人。他們擲出的槍，囘囘中的。無論是笨蛋或神槍手擲出的，宙斯都讓它擊中目標；而我們擲出的，都輕輕落在地上，不傷害任何人。因此我們不能指望他 ； 我們必須自己設法把死者搬走 ， 自己安全歸去，以告慰於後防的朋友們。他們必然在焦急地望着我們，在想能不能擋住無敵的和憤怒的赫克特，使他不致猛撲到黑船跟前。我眞想有人跑去給阿基里斯送個信兒，相信他還沒有聽見他朋友死的可怕消息。只是我看不見能作這事的人，人和馬都消失在霧中。啊，宙斯父，請散開這場霧，給我們青天白日，讓我們可以看見一切。假如一定要我們死，讓我們死在光天化日之下。」

宙斯父為這番啼泣的抗議所感動，很快驅散雲霧和黑暗。陽光照在他們身上，整個戰地都清楚現在眼前。埃傑克斯向高聲吶喊的米奈勞斯說：「請你望一望，米奈勞斯王，看能不能找到我主奈斯特的兒子安蒂洛卡斯。倘使他還活着，敎他趕快跑去告訴偉大的阿基里斯他的好朋友已經死了。」

高聲吶喊的米奈勞斯沒有怠慢，他不情願地去了。他像一頭雄獅，退出一家農夫的莊院，因為牠和一夥人跟狗對抗得身體疲倦了，他們徹夜不睡，以保護一頭最肥的小母牛免被牠吃掉。牠為饑餓所迫，曾向他們進攻，但沒有成功。陣陣的箭和有力的胳膊投來的燃燒着的木柴，把牠嚇走了，無論牠怎樣心急；天明時牠失望溜去。高聲吶喊的米奈勞斯就是這樣離開了派楚克拉斯的屍體。他本不想走，深恐亞該亞人在驚恐之下，可能把它送給敵人。不過他盡了最大能力、鼓起他留下的人們的勇氣。「你們兩位埃傑克斯，阿果斯人的指揮官，還有你，麥里昂奈斯，」他說，「現在是記起派楚克拉斯是多麼可愛的時候了，他活着時，對我們每個人都和藹可親。現在死和命運要去了他。」

紅髮的米奈勞斯說着去了。他縱目四望，像一隻老鷹，據說老鷹在一切飛禽中眼睛最犀利，雖然高高在天空，可是蹲伏在葉叢下的捷足野兔，騙不過牠，牠飛撲下來，抓住弄死牠。就這樣，米奈勞斯王，你那明亮的眼睛，在你的兵士中四下瞭望，看奈斯特的兒子安蒂洛卡斯是否還活着。

紅髮的米奈勞斯很快看見他，他在戰團的極左邊，正在鼓勵他的部隊，督促他們前進。他走過去叫他。「安蒂洛卡斯皇子，」他喊道，「過來我有一件可怕的事要告訴你，我願上帝沒有讓這事發生。你自已也一定看出來，上天降禍給達南軍，把勝利給特洛伊人。我們最出色的戰士派楚克拉斯已陣亡了，這是每個達南人都感受到的打擊。可否請你立刻跑囘去告訴阿基里斯，請他快來把屍體平安搬囘去？屍體上已一無所有，明盔的赫克特得到

了他的盔甲。」

安蒂洛卡斯聽了這消息很震驚。有一會兒工夫，他不能說話，眼裏噙着淚水，要說的話哽塞在喉嚨裏。但是他聽從米奈勞斯的吩咐，把武器交付他的得力侍從勞多卡斯——他總是趕着馬在身邊來回走——跑步出發。安蒂洛卡斯匆匆忙忙離開戰地，去向佩柳斯的兒子阿基里斯報告這項壞消息時，不禁哭了。

米奈勞斯王可是不打算待在那裏幫助安蒂洛卡斯留下的疲憊的派洛斯人，雖然他們極需要他們的領袖。他敎高貴的斯拉塞麥德斯指揮他們，自己卻囘到派楚克拉斯身邊的崗位上。跑步去到兩位埃傑克斯跟前，他立刻報告道：「我已經打發人到船上給阿基里斯送個信兒。可是我不敢希望他立刻來，無論他多麼恨赫克特，他不能赤手空拳戰特洛伊人。我們必須善自努力，看怎樣才能把屍體搬走，同時救出我們自己的性命，免被這些叫喊的特洛伊人傷害。」

偉大的特拉蒙埃傑克斯答道：「你說的很對，我的高貴的主公米奈勞斯。可不可請你跟麥里昂奈斯把胳膊放在屍體下面，儘快把它搬出這片混亂地，同時我們兩人留下來，應付赫克特皇子和特洛伊人？埃傑克斯和我同名，我們也有同樣的精神。這並不是我們第一次在危急中並肩作戰。」

兩人把派楚克拉斯從地上抬起，猛使力把他舉在頭頂上。特洛伊人看見亞該亞人把屍體抬起走，吶一聲喊衝上來，像一羣獵狗在青年獵人之前攻擊一頭受傷的野猪，他們緊追不捨，像是要把牠撕成碎片，可是一旦野猪囘頭攻擊，在牠們中間橫衝直撞起來，牠們便四散奔逃。就這樣，特洛伊人成羣追趕一陣子，用劍和兩頭尖的槍刺擊。可是當兩位埃傑克斯轉身站定時，他們面色變了，沒有一個敢衝上去奪屍。

米奈勞斯和麥里昂奈斯盡力舉着派楚克拉斯的屍體，從戰地向空船的方向走，戰爭在他們周遭進行，熾烈得像一團燃起的火

焰延燒一個城鎮，把房屋燒成一片火海，像呼號的風助長火勢一
樣，戰鬪的人和馬發生無休止的喧鬧聒噪他們。他們抬着屍體掙
扎前行，像兩匹騾子用盡力氣從山上拉一棵截斷的樹，或一段用
以造船的巨大木材，順着一條石徑往下走，累得心力交瘁，汗流
浹背。兩位埃傑克斯在他們身後堵擋敵人，像一道穿過田野的防
洪林堤，甚至在大河猛漲時也能擋住洪水，引導它向低處流去。
就這樣，兩位埃傑克斯一直在抵禦從後面來攻的特洛伊人。有兩
人特別困擾他們：就是安契西斯的兒子乙尼斯和傑出的赫克特。
像一羣燕八哥或寒鴉，看見一隻捕殺小鳥的獵鷹撲來，便起飛驚
鳴，亞該亞戰士在乙尼斯和赫克特前驚叫逃竄，無心戀戰；飛奔
的達南人把許多精良武器，拋棄在壕溝前後，敵人不給他們一個
喘息的機會。

一八 阿基里斯的新盔甲

　　戰爭繼續進行，像一團不可撲滅的火焰。這時安蒂洛卡斯匆匆忙忙跑去給阿基里斯送信兒，在他的鳥嘴船前看見他。阿基里斯預感到已經發生的事情，正在痛苦地暗自思索。他嘆息一聲，自己問自己道：「爲什麼長髮的亞該亞人又跑過平原逃到船前呢？願上天保佑，不要讓我忍受我的心所預感的——那就是我母親的預言。有一次她告訴我，我還活着的時候，邁密登人中一位英傑將死在特洛伊人手中，離開陽世。我想麥諾俠斯的英武兒子，現在一定死了。蠻幹的傢伙！我不是敎他救下船免遭火焚就回來，不要跟赫克特拚個死活嗎？」

　　這些思想正在他心裏盤算的時候，奈斯特王的兒子停在他面前，熱淚順着兩頰流，向他報告那可悲的消息：「哎呀，我主阿基里斯皇子！有件可怕的事要告訴你——我眞想這是不確實的。派楚克拉斯陣亡了。他們在圍着他赤裸的屍體纏鬪，明盔的赫克特得到了你的盔甲。」

　　阿基里斯聽見這消息，立刻沉入絕望的深淵裏。他兩手抓兩把黑土，撒在頭上；用泥土塗污自己漂亮的臉龐兒，那骯髒的塵土，沾在他薰香的短裝上。他爬在地上，躺在那兒，像一個倒下的巨人，用手亂抓並撕掉頭髮。他和派楚克拉斯所擄來的那些女僕們看見他那樣，都跑着叫着，湧出門外。他們捶胸嚎啕，匍匐在地，爬在她們君主身邊。另一方面，痛哭流涕的安蒂洛卡斯一

面啜泣，一面拉住阿基里斯的手，怕他拔刀割斷自已的咽喉。

　　阿基里斯突然發出高而可怕的叫聲，他的母親坐在海水深處她老父身邊，聽見了他。她自已也慟哭起來，海中所有的女神和仙女，都聚在她周遭。格勞斯在那兒，還有莎雷亞和訏莫多斯；內塞亞、斯佩奧、索伊和牛目哈麗；訏莫索、阿克特和林諾瑞亞；默萊特、伊艾拉、安菲索和阿高；多托、普羅托、弗魯薩和杜納曼；德莎曼、安菲諾姆和卡利亞內拉；多瑞斯、潘諾普和聲名遠揚的蓋拉蒂；奈默蒂斯、阿普修德斯和蓋利安納。克律曼也來啦，跟伊安內拉、伊安納薩、邁拉、奧瑞蘇亞、美髮的阿瑪塞亞和海水深處的其他女神。銀洞裏擠滿了山林水澤的仙女。她們一致捶胸悲痛，塞蒂斯領頭慟哭：「請聽我說，諸位姊妹仙女：我要妳們個個知道我心中的悲哀。我眞苦啊，一位英雄的不幸的母親！我生下一個美好無瑕的孩子，一位出類拔萃的偉大英雄。我撫養他，像一人培育園中的一棵樹苗，他就像樹苗一樣長大起來。我送他帶領鳥嘴船去跟特洛伊人打仗，再也不能歡迎他回到佩柳斯的家裏來了。可是他只要一天活着，看見陽光，還得要忍受痛苦；我去到他身邊，也不能幫助他。而我還是要去的，去看看我的姣兒，聽他說說什麼事使他傷心，雖然他已經不參加戰鬥了。」

　　說着她離開洞。其餘的跟住她去，一面哭着，海水在她們兩邊分開。她們到達土壤深厚的特洛伊地面，一個個出來到海灘上邁密登船環繞着捷足阿基里斯的地方。阿基里斯躺在那兒，悲痛呻吟，他的母親去到他身邊，一聲尖叫，用手捧住他的頭，憐憫地跟他說着話。「兒啊，」她問道，「爲什麼流淚？什麼事使你傷心？告訴我，不要把煩惱悶在自已心裏。你舉手向宙斯祈求的，至少有一部分已經做到了。亞該亞人因爲沒有了你，已經被堵在船裏，忍受着可怕的痛苦。」

　　捷足的阿基里斯長嘆一聲。「母親，」他說，「不錯，宙斯

確曾爲我作了那樣多。可是我能從那裏得到什麼滿足呢？因爲我的最親愛的朋友派楚克拉斯已經死了，他是我的人中最寶貴的，我愛他像我自己的性命一樣。我已經喪失了派楚克拉斯。赫克特殺了他，並奪去我的輝煌的盔甲，就是衆神把妳嫁給一個凡人那天，他們送給佩柳斯作爲賀禮的那副碩大奇妙的甲冑。啊，我深願當初妳待在海裏，陪伴那些永生的仙女，而佩柳斯娶了一個凡人爲妻！但是妳成爲我的母親；現在妳的痛苦也要加倍，妳將失去妳的兒子，再也不能歡迎他回家去了。因爲我不願久活於人世，除非是首先爲了用槍刺死赫克特，敎他爲殺死麥諾俠斯的兒子付出代價。」

　　塞蒂斯哭了。她說：「倘使那樣，我兒，你也沒有多少日子好活；因爲赫克特死後，你也很快就要死了。」

　　「那就讓我立刻死好了，」阿基里斯激憤地說道，「因爲我未能拯救朋友於死難。他死在離家鄉很遠的地方，臨終未能得到我的援助。所以旣然我再也不能看見自己的家，旣然我對於派楚克拉斯和其他被赫克特皇子殺死的戰友，都算是一個不可靠的人，只在這裏獨坐船側，無所事事，我，亞該亞軍中最能幹的，在戰場最能幹，只有說話不如人⋯⋯啊，我多麼願意神和人的世界，能排除傾軋，也排除憤怒，憤怒陰毒得像一滴一滴的蜜，使最聰明的人突然發脾氣，像火煙一樣滲透全身，像阿加米農王那天在我心裏燃起的那樣！可是過去的事，最好不要再去管它了，雖然我猶有餘恨。我們必須節制自己的心。現在我就去找赫克特，那殺害我最親密的朋友的人。至於我的死，當宙斯和其他永生的神指定了死的時刻，我就死好了。甚至偉大的赫拉克勒斯，克魯諾斯的皇子宙斯的寵兒，也不能逃過最後關頭，而被命運和赫拉的仇恨所整倒。假如同樣的命運在等着我，我死後亦將倒下去。可是在目前，榮耀是我的目的。我要使這些特洛伊婦女和達丹納斯的高胸女兒們，一面唱着輓歌，一面雙手抹去她們姣嫩臉

龐上的淚珠，讓她們知道我雖已好久沒有參加戰鬪，現在卻回來
了。可是妳，母親，旣然妳愛我，請不要拒我於戰場之外。現在
妳已不能改變我的主意了。」

「眞的，我兒，」銀足塞蒂斯說，「拯救你疲憊的戰友免於
毀滅，不算是壞事，但是你那美麗而燦爛的盔甲，現已落在特洛
伊人手中。明盔的赫克特自己現正穿着它，昂首濶步，自鳴得
意。他不會享受太久，因爲他已援近死期了。所以在你下次在這
裏見我之前，不要去參加戰鬪，明天日出時我就回來，帶一副赫
斐斯塔司主公所作的輝煌盔甲給你。」

說着她轉過身去，向她的姊妹仙女們說話，敎她們回到廣濶
的海水中，回到她的父親海的老人家裏。「把一切都告訴他，」
她說，「我自己要去崇高的奧林匹斯，問鐵匠大師赫斐斯塔司肯
不肯給我兒子造一副輝煌絢爛的盔甲。」

衆仙女離開那裏，進入波濤翻騰的海水中，神聖的銀足塞蒂
斯出發去奧林匹斯，爲她的兒子弄一副燦爛的甲冑。

正當她向奧林匹斯行進時，亞該亞戰士驚呼逃竄，以避開殺
人的赫克特，到達了船邊和赫勒斯龐特。他們幾乎不能把阿基里
斯的侍從派楚克拉斯的屍體搬出射程。特洛伊的步卒、馬車和
普利安的兒子赫克特，狂烈得像一團火，又趕上它。傑出的赫克
特三次從後面上來，喊他的人來幫助他，抓住屍體的兩脚往後
拉，兩位埃傑克斯三次把他甩掉，像着魔似的戰鬪着。可是赫克
特的決心，不爲他們所動搖。自己如非投進人叢，就是屹立不
動，高聲呼喚他的戰士，永不後退。兩位穿銅甲的埃傑克斯，不
能嚇得赫克特皇子不去攫奪派楚克拉斯的屍體，正像田野的牧人
不能驅逐一頭餓獅放棄牠所咬死的獵物。事實上，赫克特本可奪
去屍體，給自己掙得榮耀，要不是旋風脚愛瑞斯急忙從奧林匹斯
跑來，告訴阿基里斯準備參戰。她是赫拉派來的，赫拉沒有跟宙
斯及其他諸神商量。愛瑞斯去到阿基里斯跟前，向他傳達她的信

息。「起來，我主阿基里斯，最可敬畏的人。起來去保衛派楚克拉斯，他們正在爲他拚命戰鬥，在船邊廝殺：亞該亞人要保護他的屍體，特洛伊人想把它拉到多風的伊利亞。赫克特皇子尤其決心要把派楚克拉斯拖走。他想從他那柔軟的脖子上，割下他的頭掛在柵欄上。所以你要起來呀，不要再躺在這裏閑散了。一想起派楚克拉斯可能成爲伊利亞狗的玩物，應該震駭你才是。要是屍體到你手中時已經汙損了，那將是你的恥辱。」

可欽敬的快速阿基里斯用一個問話回答她。「愛瑞斯女，我可否問妳是哪位神派妳來送這個信息的？」

「是赫拉，宙斯的可敬的皇后，派我來的。」旋風腳愛瑞斯答道。「她沒有告訴克魯諾斯的偉大兒子和住在白雪皚皚的奧林匹斯的其他諸神。」

「但是我怎能去參加戰鬥呢？」偉大的跑者阿基里斯說，「我的盔甲已落在敵人手裏，我母親不准我武裝起來去打仗，直到在這裏再看見她的時候。她去到赫斐斯塔司那裏，給我弄一副輝煌的盔甲去了。我不知道有誰的盔甲我能穿，除掉也許我可用特拉蒙埃傑克斯的盾。至於他，我想他正在前線作戰，用他的槍保護派楚克拉斯的屍體。」

「我們神很知道你的光榮的盔甲已被敵人奪去了，」風快的愛瑞斯說。「不過你可以像現在這樣，去到壕溝那裏，給特洛伊人看看。他們可能會被你駭住了，因而停止戰鬥，給疲勞的亞該亞人一個喘息的機會。在戰時，一個短暫的喘息時間都是有價值的。」

捷足的愛瑞斯辭去了，宙斯的寵兒阿基里斯跳起身來。雅典娜把她的流蘇乙已斯披在他結實的肩膀上；那偉大的女神還用一團金霧籠罩住他的頭，使他的身體閃耀着光芒。像遠處一個被圍攻的島，人們成天在城牆上從事無望的戰鬥，火煙一直升到天上；但是一旦太陽下山，一行指路燈標點起，亮光射入天空，警

告鄰近的島民要他們駕船來援救，阿基里斯頭上的光芒，就這樣
射到天上。

他去到牆外，站在壕溝前；但是記住他母親的嚴格吩咐，沒
有加入亞該亞的行伍。他站在那兒，高聲喊叫，同時雅典娜在遠
處也高聲吶喊。特洛伊人駭得驚慌失措，惶惑混亂。阿基里斯的
喊聲，震耳欲聾，像一座城池被嗜殺的敵人圍攻時響起的號角那
樣刺耳。他們聽見那響亮的聲音，心都軟了。甚至那些長鬃馬也
感覺空氣中有某種不祥的朕兆，拉着牠們的車直打轉。馬車的御
者看見佩柳斯的勇敢兒子頭上，由於明眸雅典娜的助力，一直不
斷射出的可怕光芒，嚇得目瞪口呆。偉大的阿基里斯三次在壕溝
上高聲吶喊，特洛伊人和他們的著名友軍三次陷於混亂中。他們
有成打最好的戰士當場死在那裏，有的被自己的車輾死，有的被
特洛伊槍刺死。

同時亞該亞人心懷感謝的情意，把派楚克拉斯拖出射程。他
們把他放在一個擔架上，他自己的人便圍攏着他哭將起來。偉大
的跑者阿基里斯也跟他們同哭；他看見他的忠實朋友躺在擔架
上，遍體槍傷，熱淚順着他兩頰往下淌。他派他乘自己的戰車去
打仗，但永遠不能歡迎他生還。

這時牛目天后赫拉吩咐不倦的太陽落到洋川裏去。太陽本要
徘徊些時候，最後還是落了下去，勇敢的亞該亞人，這時才得暫
時擺脫殘酷的戰鬥掙扎，而有一個喘息的機會。另一方面，特洛
伊人斷絕跟敵人的接觸，從車上卸下馬，在吃晚飯前先聚在一起
從事辯論。沒有人敢坐下，他們都站着開會，因為大家被久不上
陣而重新出現的阿基里斯嚇住了。他們的討論，由潘索斯的兒子
聰明的波律達馬斯開頭，他是他們中間唯一能知過去與未來的
人。他是赫克特的戰友，跟他同夜生；赫克特長於戰鬥，他長於
辯論。他很關心他的國人的安全，他說：「仔細想想，朋友們。
我認為這裏離城太遠，我們應當退回城去，不要待在這靠近船的

曠野，等候天明。只要阿基里斯跟阿加米農王不睦，亞該亞人總
比較容易對付，我自己就樂於在船邊過夜，希望能擄獲他們的搖
摵的船。可是現在我被這人駭壞了。他那種火烈的脾氣，決不以
止於平原爲滿足：我們跟亞該亞人通常以平等條件在中途相遇，
可是他的目的，是要奪得我們的城池和婦女。所以我勸你們退回
特洛伊去。不然的話，我知道將會發生什麼事情。在目前，有福
的黑夜，止住了快捷的阿基里斯。假如明天早晨，他全副武裝出
來，看見我們在這兒，哼，你們就會發現他是不難認識的。能夠
脫過他的手、回到神聖的伊利亞的人，可感謝他的命運；因爲狗
和禿鷲將大啖人肉，我說的是大啖特洛伊人的肉；願上天不要讓
我聽見這樣的事！要是你們聽從我的忠告，雖然忠言是逆耳的，
我們將在市場露營，以節省力量，同時我們的城池將被城牆、崇
樓和高大木門安全地保護着。天明的時候，我們可披掛起來，排
列在雉堞後面；倘使阿基里斯要離開船來攻城，那他就糟糕了。
當他驅車在城下來回跑，把馬跑得疲倦的時候，他得趕牠們回
去。他不敢攻進城來。他永遠攻不破城。還沒有攻破時，敏捷的
狗就把他吃掉了。」

　　但是明盔的赫克特，對這種想法，皺眉蹙額，表示不悅。「
波律達馬斯，」他說，「敎我們退回去把自己關在城裏的人，已
經不再跟我情投意合了。你不是不耐煩被關在城裏嗎？我知道有
個時候，全世的人都在談論普利安城池的財富、金和銅。但那已
成過去了。我們的房屋，現在已經沒有藝術品了。我們的寶藏，
大部分都賣給弗 呂吉亞和美麗的 麥奧尼亞了；我們曾惹宙斯生
氣。可是現在是那位偉大的神，讓我們在船邊得勝，把亞該亞人
推下海去的時候，你卻像個傻瓜一樣，勸我們回去保衛城池。我
不准你把這樣念頭放在人們的腦海裏。也不會有任何特洛伊人追
隨你的領導，我不讓他追隨。

　　現在我要求你們大家都聽我的話。讓全軍分組吃晚飯，別忘

記放出警衛哨，個個人都要保持警覺。同時我勸那些過於憂慮自己財產的特洛伊人，把他們的財產收集起來，交給國家作爲公用，讓人民享用勝於讓亞該亞人享用。天明時我們披掛起來，兇狠地攻擊空船。倘使偉大的阿基里斯決定離開營地來參戰，那將怎麼好呢？你自已說過，倘使那樣，他便糟糕了。我決不避戰，見他就跑。我將跟他拚鬥一番，看誰將贏得勝利。戰神沒有特別寵愛的人，他曾殺死過自以爲要殺人的人。」

赫克特說完了話，蠢愚的特洛伊人高呼贊成。帕拉斯雅典娜破壞了他們的判斷力。波律達馬斯的戰略是健全的，沒有一個人贊成他；而赫克特的窩囊主意，他們都喝采。接着全軍都去吃晚飯去了。

亞該亞人徹夜哭派楚克拉斯。佩柳斯的兒子領頭兒哭。他把他那殺人的手，放在戰友的胸上，發出可憐的呻吟，像一頭頷下有毛的雄獅、外出歸來、發現獵人從樹叢裏偷去了牠的幼獅，隨卽追踪獵人的足踪，穿過一片一片的林隙，希望能找到他，因爲牠心裏很悲傷。阿基里斯就這樣在他的邁密登人中哀慟悲泣。想起從前在家時，有一天爲使派楚克拉斯的辜父放心，他說過的一句話，他感覺一陣劇痛。「我告訴麥諾俠斯，」他說，「洗刼伊利亞後，就把他的兒子帶囘奧帕斯來，渾身榮耀，滿載他分得的掠奪物。但是宙斯破壞人的計劃，現在我們兩人，注定要以自已的血，染紅特洛伊的一塊土地。因爲我也不能再見我的家鄉了，年邁的馬車戰士佩柳斯和我的母親塞蒂斯，不能再在家裏歡迎我了，我將被我現在站立的土地吞下去。所以，派楚克拉斯，既然我也要隨你於地下，現在暫不埋葬你，直等我帶囘赫克特的盔甲和頭顱，他是殺你的人，我的高尙的朋友。我將在你的靈前，宰殺十二名特洛伊名門青年，以洩我心頭的憤恨。在那以前，你將躺在這兒的鳥嘴船邊，從前我們親手用長槍打破富庶城池時，辛苦擄來的特洛 伊女子和達丹納 斯的高胸女兒 ，將日夜不停地哭

你。」

阿基里斯皇子接着告訴他的隨從，放一個大三脚鍋在火上，趕快洗去派楚克拉斯身上凝結的血塊。他們把一個大鍋放在一堆火上，裏面盛滿了水，拿些木柴在鍋下燒。火焰開始燎鍋底，水慢慢熱起來。水在光亮的銅鍋內燒滾後，他們洗乾淨屍體，塗以橄欖油，用九年的陳油膏填平傷口。然後把屍體放在屍架上，用一張柔軟的床單從頭到脚蓋起來，床單上再蓋一層白布。直到天明邁密登人和偉大的跑者阿基里斯都在哭派楚克拉斯。

宙斯正在跟他的姐姐兼妻子凝視着，他向她說道：「這回妳又達到目的啦，我的牛目皇后，妳激怒了敏捷的阿基里斯。誰都會以為長髮的亞該亞人，都是妳自己的兒孫。」牛目皇后赫拉答道：「克魯諾斯的可怕的兒子，我有什麼不對嗎？甚至一個人，一個沒有像我們的這樣智慧的凡人，也為他的朋友採取行動。那麼我，自命是天上的皇后，這是我生來的權利，也因為我是你的公認的配偶，而你是衆神的君王——我怎能不跟我的特洛伊敵人搗亂呢？」

他們兩個正在對話時，銀足塞蒂斯去到赫斐斯塔司的宮殿裏，這是這位瘸脚神親手用不朽的銅建造的。它像一顆星樣發着亮光，在衆神的房屋中顯得突出。她看見赫斐斯塔司正在汗淋淋地工作，在他的鍛工車間的風箱跟前忙碌着。他在製造一套二十張三腿桌，將來靠牆擺在他那建築完美的庭堂裏。他把桌腿都裝上金輪，那些桌子可自動跑到衆神開會的地方，而且使衆神驚愕的是，它們可跑回家來。他還沒有完全做成，還需要裝上作為裝飾的手把；他正在裝這些東西，並在裝造鉚釘。

赫斐斯塔司正在從事這項需要他的一切技能的工作，銀足女神塞蒂斯來到了。契瑞斯，這位傑出的瘸脚神的美貌妻子，戴着閃耀的頭巾，從房裏出來看見她。她拉住她的手說道：「穿長衫的塞蒂斯！什麼事使妳來到我們家？妳是光榮的、受歡迎的賓

客，可是過去妳來得太稀少了。跟我到房裏去，我請妳吃點心。

說着這位謙和文雅的女神把她引進房屋，請她坐在一張美麗的、有銀飾、下有脚凳的椅子上。然後她喊那位鐵匠大師：「赫斐斯塔司！來這裏喲。塞蒂斯要向你求個情。」「塞蒂斯來啦嗎？」傑出的瘸腿神喊著，「她是我所尊敬的女神，因爲在我從天上摔下去的痛苦時刻，是她拯救了我；那時我那惡毒的母親正想消滅掉我，因爲我是瘸子啊！我該是多麼痛苦呀，要不是塞蒂斯摟我在她懷裏，塞蒂斯跟歐呂諾姆，繞地洋川的女兒。我跟她們一起住了九年，做些銅的飾物，帶扣和螺旋手鐲，玫瑰花飾和項鍊，在那裏她們的拱頂岩洞，被無盡的洋川拍擊着，泡沫迸濺。無論地上和天上，誰也不知道這個秘密，除了拯救我的歐呂諾姆和塞蒂斯。我一定要報答這位施恩於我的女神。好好款待她。我要收拾風箱和工具去。」

赫斐斯塔司的龐大的軀體，離開了鐵砧。他一顛一跛地走，但是那兩條細弱的腿倒還敏捷。他從火上挪開風箱，收集用過的工具，放在一個銀櫃裏。然後他用海綿洗臉洗手，洗他結實的脖子和有茸毛的胸脯，穿上短裝，揀起一根粗杖，一顛一跛走出鍛工車間。兩名金女僕急忙來幫助她們的主人。她們看起來像眞的女子，不僅會說話和運用四肢，且還賦有理性，永生的衆神教過她們學習手工。赫斐斯塔司主公由他的辛勤侍者攙扶着，笨笨地走到塞蒂斯坐的地方；他自己坐在一張明亮的椅子上，拉住她的手跟她打招呼。「穿長衫的塞蒂斯，」他說，「什麼事使妳來到我們家？妳是光榮的、受歡迎的賓客，可是在過去妳來得太稀少了。告訴我妳想要我做什麼。要是能幫忙，我很樂意幫妳忙，假如那不是不可能作到的事。」

塞蒂斯哭了起來。「赫斐斯塔司，」她說，「在所有奧林匹斯女神中，有誰像我這樣受着克魯諾斯的兒子的折磨呢？讓我從頭說起吧。我是海裏的仙女，他偏偏要我嫁給一個凡人，艾卡斯

的兒子佩柳斯；我得很不情願地跟一個凡人丈夫過活，他現在年邁力衰，臥床不起。這還不算。宙斯讓我生下並養大一個兒子，命運注定他要出類拔萃，勝過他的同儕。我從小撫養他，像照顧園中一棵樹苗，他迅速長成一棵小樹。我送他帶領鳥嘴船到伊利亞，跟特洛伊人打仗；可是我再也不能歡迎他回到佩柳斯的家裏來了。即便如此，他活着一天，望見陽光一天，還要忍受痛苦。我去到他身邊，對他也沒有好處。現在阿加米農王從他懷裏奪去了一個女子，那是亞該亞軍當作光榮的戰利品給他的。他非常想念她，傷心得鎮日精神恍惚。結果特洛伊人把亞該亞人趕回船上去，不讓他們出來。阿果斯人派使節去向阿基里斯求告，向他提出輝煌的貢獻。但是他拒不接受：他自己決不出力去拯救他們免遭災難。可是他把他的盔甲借給派楚克拉斯，派他率領一支強大武力去參加戰爭。他們鎮日在斯坎門前斯殺；本可在天黑前攻開特洛伊，要不是當派楚克拉斯擊潰特洛伊軍後，阿波羅敎赫克特在前線殺死派楚克拉斯，從而讓赫克特佔上風。因此，我現在特地來屈身在你膝下懇求，求你給我那不久就要死的兒子一面盾，一頂盔，一對精美的扣在脚脖上的脛甲和一件胸甲。他自己的那副盔甲，當特洛伊人打翻他的好友時被奪去了。阿基里斯此刻正躺在地上哀傷不已。」

「別傷心，」傑出的瘸腿神答道。「妳可以把這一切交給我。事實上，我只希望當他的末日來臨時，我能容易地救他免於死的痛苦，像我能給他一副令見者驚訝不置的輝煌盔甲一樣。」

赫斐斯塔司說着離開她，回到鍛工車間裏，開動風箱工作起來。那一共二十個風箱吹着熔爐，燃起不同熱力的火焰，這熱力遇必要時可以增減，視赫斐斯塔司的需要和工作到達的階段而定。他把不磨滅的銅投入火中，還投入一些錫和貴重的金和銀。然後把一個鐵砧放在架上，一手握一堅實的鐵錘，另一手拿着一把鉗子。

　　首先他造一面大而結實的盾，上面滿是裝璜點綴，緣邊是三圈兒明亮的金屬，外繫一根銀質肩帶。盾有五層，正面有五個精工巧製的圖案：首先是大地、天空和海洋、不倦的太陽和一輪皓月和天上的星座：昂宿星團、畢宿星團、偉大的獵戶座，還有綽號北斗的大熊星，只有這個星座永不沉落在洋川裏，它總是在同一地方運行，用謹慎警惕的眼睛，遙望着獵戶星座。

　　其次是兩座人煙稠密的美麗城池。在一個城裏，多起婚禮和宴會正在進行。人們在引導新娘離家沿街行走，賀婚曲的樂聲嘹亮，熊熊的火把在燃燒着。青年男女於長笛和豎琴伴奏下，在街中間轉盤旋，手舞足蹈，女人們跑到自己家門口，觀看熱鬧。但是男人們都向市場湧去，那裏有兩人為了賠償一個被殺害者的事，起了爭訟。被告稱他有權付全部賠償費，向人們說他正打算償付；但是對方否認他這種權利，拒絕接受任何賠償。雙方都堅持這事應由一公證人解決，他們都得到圍觀的人羣中同情支持者的喝采。宣報官則企圖鎮壓圍觀的羣衆。長老們坐在神聖的長凳上，那是一條半圓形①的光滑石板；每人依次從聲音清晰的宣報官手裏，接過發言權杖，走到前面來宣布他的裁判。兩枚金幣放在中央，作為把法律解釋得最好的長老的報酬。

　　另一城被兩支軍隊包圍着，他們有光亮的裝備。圍城者不能同意究竟應該直接洗刼這座美麗的城鎮呢，還是與居民分掉城內所有的動產。但是城裏的居民還沒有停止抵抗：他們在暗地準備一次伏擊。他們留下婦孺老弱，去捍衞城牆，自己卻團結在阿瑞斯和帕拉斯雅典娜的領導下。他們兩個渾身金盔金甲，高大美麗，像神們應該的那樣；他們站在隊伍中間，出人頭地，隊伍比

---

①　被殺害者的親屬，可拒不接受賠償，要求償命或放逐，被放逐的人，任何人可得而殺之。雙方各提出理由，可由律師幫助，有時沒有律師幫助，最後由會衆決定。

他們矮小得多。他們在一個河床上找到埋伏的地方，那是一切牲畜前來喝水之處，他們全副光亮的銅盔銅甲，坐在那裏。同時派出兩個偵探，到遠處瞭望有沒有捲角的牛羊前來。不久牛羊果然出現了，在兩個牧人照管下；牧人們吹着笛子，不疑有什麼災禍。埋伏者看見他們，跳出來立刻把牛羣和良好的白羊羣搶走，殺死兩個牧人。圍城者還坐着辯論，他們聽見搶刧牛羊羣引起的騷動，立刻跳上戰車，催趲快馬，向出事地點飛奔，很快便到達那裏。一場激戰隨卽在河畔發生，陣陣銅槍，互相投擲。鬪爭和驚慌在那裏工作，可怕的死神手摸一個新受傷但仍活着的人，和另外一個尚未受傷的人，還拉着一個死人的脚，把他拖出人叢。她肩頭的斗篷被人血染紅；雙方兵士碰在一起搏鬪，互相拖拉對方的死者，像眞人一樣。

　　其次他繪出一大片柔軟肥沃的休耕地，正在第三次被犂。有若干犂地者趕着畜隊來回工作。犂到田邊需要掉頭時，有人走上來遞給他們一杯老酒。然後他們掉轉頭，辛苦地犂着深厚的土壤向另一端去。田地是金的，但犂地者背後的土地都變成黑色，像剛犂過的那樣。藝術家造成了一個奇蹟。

　　他還繪出國王的田莊，雇來的收割工人們，手持鋒利的鐮刀，在那裏工作。成抱的穀物順着犂溝成排倒下去，捆穗者用草繩捆紮穀物。三個這樣的人站在那兒，跟在他們背後拾穗的孩子們，時常跑上來抱着一捆，供給他們。國王自己也在他們中間，拿着手杖，站在刈下的莊稼旁邊，默默的心意滿足。他的侍從在遠處一棵橡樹下，準備一頓盛宴。他們在燒一頭已殺死的大牛，女人們在把大麥片撒在肉上，作爲工人們的晚餐。

　　次一景是一個葡萄園，枝上葡萄纍纍。全幅景面是金的，精緻美觀，但枝子是黑的，枝竿是銀的。園的四週是一道藍色的琺瑯溝渠，溝外有一堵錫圍牆。只有一條小徑，可供摘萄葡者在收穫季節用；甜美的葡萄，正在由歡樂的青年男女一筐一筐扛走。

一個男孩在他自已的和諧豎琴的優美音樂伴奏下，以高音歌唱利
納斯②的美妙歌曲。他們都跟他打着拍子，以跳動的脚步隨着音
樂和字句。

　　他還造出一羣直角牛，牛身是金的和錫的。牠們一面哞鳴，
一面匆匆忙忙離開牛欄，去到有菖蒲搖曳的活水溪畔吃草。四個
金牧人跟着牛羣，九隻狗在旁隨着小跑。但是在牛羣的前頭，有
一對野蠻的雄獅，抓着一頭吼鳴的公牛，獅子把牠拖起走，公牛
高聲號叫。年輕的男人和狗跑上去搭救。但是兩頭雄獅已撕開大
公牛的皮，正在舐食黑血和臟腑。牧人慫恿和催趕他們的狗，但
沒有用處，牠們無意去咬獅子。牠們小心避開，只站在膽敢貼近
的地方吠叫。

　　除了這幅畫面之外，傑出的瘸腿神添造一大片白毛羊羣的牧
場；那是一塊美麗的谷地，裏面有農田、畜欄和屋頂完好的茅
舍。

　　其次他繪出一個舞場，像德達拉斯在寬大的克諾薩斯城、給
美髮的阿里亞內設計的那個一樣。青年男子和婚齡少女，手拉手
在那裏跳舞。女子穿細緻的麻紗，頭戴美麗的花冠，男子穿密織
的短裝，略玷些油漬，腰帶上掛着金匕首。他們輕移曼趨，嫻熟
的脚步使他們繞着圈兒轉，像陶工的旋盤，當他坐下用手觸動一
下，看它是否旋轉的時候。他們成直線跑在一起相遇。一大羣人
站着，圍觀那可喜的跳舞，其中有一位神聖的吟游詩人，彈着豎
琴歌唱，還有兩位雜技表現員在人叢中來往翻筋斗。

　　最後他把偉大的洋川放在這面奇妙盾牌的邊緣。

　　這面大而結實的盾牌造成後，他給阿基里斯造一件比火焰還
要燦爛的胸甲。然後他造了一頂厚重的適合他兩鬢的頭盔，雕鏤
精美，頂上有金質盔冠。他還造了一對軟錫脛甲。

────────────

　　② 希臘神話中的音樂家，是赫拉克勒斯和俄耳甫斯的音樂教師。

　　這位著名的瘸脚神做成了各件後，便把它們收集起來，擺在阿基里斯母親面前。她拿起這副明晃晃的盔甲，離開赫斐斯塔司，像一隻獵鷹一樣，猝然飛下白雪皚皚的奧林匹斯。

一九 釋怨

當黎明披着橘黃氅從洋川昇起、把白晝帶給神和人時，塞蒂斯手捧神的禮物，來到船邊。她看見她的兒子，阿基里斯，俯臥在地，兩手抱着派楚克拉斯。他在哀慟哭泣，他的人中有許多站在四周哭。這位仁慈的女神，走到他們跟前，拉住她兒子的手，向他說道：「兒呀，躺在這兒的這個人，他的死是出於天意，無論我們怎樣悲哀，也不能改變那個事實，所以讓他去好了。現在請你接收我從赫斐斯塔司那兒給你弄來的這副光輝燦爛的盔甲，它比任何人穿過的盔甲都要美麗。」

說着這位女神把這副精工巧製的美麗甲冑，攤在他面前。它們叮噹響了一聲，所有邁密登人都敬畏不置。他們向後退，不敢正視。但是阿基里斯越看越興奮，他的眼睛從眼皮下射出火焰般的光芒，他揀起神的這份光輝燦爛的禮物，喜悅地撫弄着。欣賞了它的美以後，他轉面向塞蒂斯說：「母親，神的這副盔甲，眞是只有天上才能製造出來的精品；任何人都不能造出這樣東西。我現在就要穿上打仗去。只是怕我走後，蒼蠅會在派楚克拉斯的傷口產蛆，敗壞他的屍體。他已沒了生命，肉體會腐爛。」

「兒呀，」神聖的銀足塞蒂斯說，「不要憂慮那方面的任何事。我會設法擋住蒼蠅，使那些貪食戰死者的害蟲，不致損害他。他可以一年四季躺在那兒，肉體不會腐爛；實在說，可能比現在更鮮淨些。所以你現在可去召集起來亞該亞隊伍，跟總指揮

阿加米農釋怨和好，然後披掛起來，準備使出你所有的力氣。」

　　說着她把一往無前的勇氣，吹入她兒子的身體。為使派楚克拉斯的肉體不腐，她用神的芳香飲料和紅的神酒處理它，把這兩樣從鼻孔灌進去。這時阿基里斯皇子順著海灘走去，高聲召喚亞該亞隊伍。結果甚至那些一向不大離船的人，那些留在船上當服務員和分配食用物的掌管駕駛的舵手，也來參加集會，因為阿基里斯好久未見陣仗之後現在又出現了。阿瑞斯的兩位僕從，堅定的泰德斯和卓越的奧德修斯 ，一顛一拐走進來 ；他們用槍當拐杖，傷還沒有痊癒。他們坐在第一排；最後走進來人的王阿加米農。 他也受了傷 ，是安蒂諾的兒子科昂在 混戰時用銅矛刺傷他的。

　　所有亞該亞人都集合起來後，偉大的跑者阿基里斯站起來講話。「我主阿特瑞斯，」 他開始說道， 「 我們兩人曾經白双相向。但是為了一個女子而結下這樣極深的仇恨，對你對我有什麼好處嗎？我只願那天我洗刼律奈薩斯後選她為己有時，阿特米斯一箭射死她在船上，要是那樣，就不會有這麼多亞該亞人命染塵埃，在我坐在一旁生氣時被敵人殺死。我們的口角只便宜了赫克特和特洛伊人；亞該亞人有理由常把這事記在心裏。但是過去的事，無論怎樣可恨，我們必須讓它過去，並用力控制自己的心，我的寃仇到此為止，我提議請你立即召集長髮的亞該亞人，起來赴戰，倘使敵人決定在我們船邊露營，我可再跟他們較量一下。我保證，任何特洛伊人如能從我槍下逃得性命，那在他坐下休息時，他將自認是個幸運的人。」

　　亞該亞戰士聽見佩柳斯的高尚兒子這樣宣布釋怨，都高興得歡呼起來。現在該阿加米農王講話了。他站起身，可是沒有走到中央，只在他站的地方講。

　　「朋友們，達南戰士，阿瑞斯的僕從們。」他開始說道，「當一人起立講話時，禮貌上應當洗耳恭聽，不要打斷他的話頭。

最好的演說家也很難應付混亂的場面。如果大家都喧鬧不休，淹沒最高的話聲，誰還能講話或聽講呢？我現在是向我主阿基里斯講，但希望其餘的人都聽見並記住我要說的話。

亞該亞人常責備我，指出你開始講話時所指出的那一點。但是我是不應當受過的。那天在會議場我行使權力，沒收阿基里斯的戰利品，那是因爲宙斯、命運和夜行的復仇女神蒙蔽了我的判斷力。我能夠怎樣呢？在這樣當口兒，有一種力量完全控制了我，那就是宙斯的長女艾特遮蔽了我們大家的眼睛；她是個可詛咒的精靈，她那輕柔的脚步，向來不挨地，只在人們的腦海裏穿來穿去，敗壞他們，弄垮這個，弄垮那個。甚至宙斯有一次也被她蒙蔽了，大家都知道，他是在神和人之上的。當阿爾克曼納在高城的塞貝斯快要生偉大的赫拉克勒斯那天，赫拉以她那女性的奸詐，使宙斯上個當。他向集合起來的衆神作一鄭重宣告。『諸位男女神衆，聽我說，』他說道，『我要你們知道，今天掌分娩的女神埃勒齊亞，將幫助生下一個凡人的孩子，他身內有我的血液，他將統治所有的鄰邦。』赫拉女接住說話，她擺下一個圈套，敦宙斯上當。『你那是謊話，』她說，『將來時間會證明，你的預言不會實現。來，奧林匹斯神，請你鄭重聲稱，今天從一個女人的子宮生出的孩子，體內有你的血液，將統治他所有的鄰邦。』宙斯覺得這並沒有什麼不對，於是鄭重宣一個誓，他完全被蒙在鼓裏。赫拉立刻離開奧林匹斯山巓，急忙去到亞該亞人的阿果斯，她知道在那兒柏修斯的兒子澤內拉斯的高貴妻子，也將要生一個孩子，只是那胎兒只有七個月。赫拉使這個孩子早生，同時她不讓分娩女神去照顧阿爾克曼納，因而延遲了她的產期。然後她去見克魯諾斯的兒子宙斯，親自報告那個消息。『宙斯父，』她說，『閃電的主宰，我急忙來通知你，今天有個高貴的孩子誕生了，他將是阿果斯人的君王。他們給他取名叫歐呂修斯，他父親是柏修斯的兒子澤內拉斯。因此他是你的後裔，理應

治理阿果斯人。』宙斯窘極了。他盛怒之下，抓住艾特的光滑頭
髮，狠狠地賭咒說，這個蠱惑人心的大憲，永遠不得再涉足於奧
林匹斯和繁星的天空，他把她繞頭掄一轉，從天上和星羣拋將下
去。艾特立時掉在人間。但是宙斯每次想起她就傷心，當他看見
他的愛子赫拉克勒斯辛苦地從事歐呂修斯指定給他的污濁和艱巨
任務的時候。我也是這樣。當偉大的和明盔的赫克特又在船尾屠
殺阿果斯人時，我不能忘記那天蒙蔽我眼睛的艾特。可是既然我
的眼睛被蒙蔽了，宙斯奪去了我的心智，我情願賠罪，給你以充
分的賠償。因此現在就請你披掛起來，率領全軍出發。至於那些
餽贈，我準備現在向你提出我主奧德修斯昨天在你棚屋裏答應給
你的一切東西。假如你願意，你可在戰鬥前等一下，雖然我知道
你多麼急於去打仗，待我的僕從到船上把贈品拿給你，那時你自
已就放心，它們都是精美的。」

　　捷足的阿基里斯答道：「陛下，阿特瑞斯，人的王阿加米
農，贈品可以等。假如你願意，等你方便時再拿出來；或者你就
留住它們吧。現在我們應想着戰爭，不要再遲延了。我們當前有
一項偉大任務，不應當在這兒空言辯論，蹧蹋時間。阿基里斯必
須再上前線，以銅槍殺戮特洛伊人隊伍。你們個個人跟敵人交手
時，請想着他。」

　　這使得聰明的奧德修斯提出規勸。「最可敬的阿基里斯，」
他說，「人們還沒有吃飯，你自己固然英勇，但務必不要命他們
進軍特洛伊，就這樣把他們投向敵人那裏去。一旦兩軍交起手
來，他們的戰鬥精神振奮起來後，戰爭是不會迅速停止的。現在
不如催促人們在船上吃點兒東西、喝點兒酒，有了營養，他們才
有勇氣和力氣。一個人不進飲食，就不可能整天對抗敵人，直到
日落。他雖然一心向戰，可是他會不知不覺筋疲力盡的；饑渴交
迫，兩腿就沒有力氣。可是一個人如在一次竟日戰役前吃得酒足
飯飽，他能勇敢地和不懈地打仗，直打到戰役停止的時候。所以

我請你解散隊伍，敎他們準備一餐飯。至於那些贈品，讓阿加米農王把它們擺在會衆面前，讓大家都能親眼看見，心滿意足。還有一層，讓他在全軍面前，向你鄭重宣誓，說他向來沒有上過那女子的床，沒有跟她睡過覺。另一方面，你也必須表示一種寬恕的精神。然後讓他作爲一種和好的姿態，請你到他棚屋裏招待你一頓盛宴，這樣就完全補償了你所受的委屈。同時我可否向你進一忠告，我主阿特瑞斯？請你將來應人處事，要比較謹愼些。一個國王有了過失，如能挺出身來贖他的愆尤，那並沒有什麼可恥之處。」

　　「我主奧德修斯，」阿加米農王說，「你說的話，我非常歡迎。樣樣事你都顧到了，沒有漏掉一件。我不僅準備像你所說的賭個咒，而且急於要如此。我將不賭假咒。但是現在讓阿基里斯在這兒等着，雖然我知道他是急於要打伏去的。讓其餘的都待在原處，等到從我的棚屋裏拿來那些贈品，同時我們訂一正式契約。奧德修斯，你是我拜託擔負這項任務的人。請你挑選幾位優秀的青年，全軍中最傑出的年輕人，去到我船上搬運我們昨天答應給阿基里斯的那些贈品，不要忘了那些女子們。讓特爾西比斯趕快給我預備一頭公猪，我好當着這支龐大的亞該亞軍向宙斯和太陽獻祭。」

　　可是偉大的跑者阿基里斯又站了起來。「陛下，阿特瑞斯，人的王阿加米農，」他說，「你所採取的是正當的步驟，但不如等到將來戰事平靜下去，我的血不像現在這樣沸騰的時候再說。我們的朋友被赫克特在勝利時刻所殺死的，此刻正血肉模糊，躺在平原上，而你和奧德修斯卻要在這個時候宣布吃飯！我的辦法是不同的。我想敎人們現在空着肚子去打伏，等到太陽落，我們雪恥後，再給他們飽餐一頓。我的朋友現正躺在棚屋裏，鋒利的銅槍戳得他遍體創傷，他的脚朝着門，戰友們圍住他哭，因此我自己不能讓茶飯入口。想到這個，我所要的不是你的或任何人的

辦法，而是殺人流血和垂死者的呻吟。」

「佩柳斯的兒子阿基里斯，亞該亞騎士道之花，」才思敏捷的奧德修斯答道，「你的力氣比我大，使起槍來比我強；可是我比你年長，經驗比你多，所以我自認判斷力比你高；因此你必須克制自己，聽我的話。對陣鏖戰，最容易令人筋疲力竭，因為在戰爭時，刀劍像鐮刀，刈下的禾草遍地，但只有很少的穀粒，當收割完畢，戰爭的主宰者宙斯決定勝負的時候。你想敎隊伍枵腹從事，以表示他們對於一個人的死的悲哀。那是不可能的事。天天都有成百成千人死去，這種情形，沒有休止的時候。我們必須硬起心腸，把死的埋掉，哭一天就夠了。所有倖免於難的人，必須注意自己的飲食，假如我們要繼續武裝，把戰爭進行到底。所以誰都不得踟躕不前，等待第二次號召。這就是號召你們的命令，任何人如逗留在船上，他是會有麻煩的。我們要催促個個人向前，把我們整個兵力向馴馬的特洛伊人投去。」

奧德修斯不再說什麼，他挑選人去執行指定給他的任務；奈斯特的兩個兒子，弗柳斯的兒子麥吉斯、佐阿斯、麥里昂奈斯，克瑞昂的兒子律康麥得斯和麥蘭尼帕斯——他們出發向阿加米農王的棚屋走去。到了那裏後，幾聲清晰的吩咐，事情便妥當了。他們從棚屋裏拿走他答應給阿基里斯的三個三脚鼎，二十個明亮的銅鍋和十二匹馬；緊接着他們領出七名巧於女紅的女子，連美容的布里塞斯共是八名。然後奧德修斯捧出十泰倫金，便領頭囘去，那幾名亞該亞青年貴族拿着禮物，跟在後面。他們把禮物放在會場中央，阿加米農站起身來。聲音嘹亮的特爾西比斯站在王的身邊，兩手按着一頭公猪。阿特瑞斯拔出常常掛在他的巨劍旁邊的短刀，開始舉行一個儀式：他割掉公猪頭上的一撮毛，舉手向宙斯祈禱；阿果斯人按照規矩，靜靜地坐在那兒聽他們國王禱告。他仰望廣濶的天空祈禱說：「首先我要請求最高和最好的神宙斯，其次請求大地、太陽和懲罰人間起假誓的復仇三女神，

給我作見證，證明我向來沒有碰過這個女子布里塞斯，沒有拉她到我床上過，也沒有爲任何其他目的碰過她。她在我棚屋的整個期間，是清白無玷的。我若有一句虛言，願諸位神祇用一切懲罰那些舉他們的名作假誓的辦法懲治我。」

禱告畢，他用那無情的銅刀，割斷公猪的咽喉。特爾西比斯拎起那被宰殺的猪，搖擺一下，把牠扔在灰色的海水裏餵魚吃。這時阿基里斯起身向阿果斯戰士講話。「一個人，」他說，「能夠多麼完全地被宙斯父蒙蔽啊！我不能想像我主阿加米農會惹起我這樣長久的怨恨，或這樣無理地強奪我的女子，要不是宙斯在計劃大規模屠殺亞該亞人。但是現在你們先去吃飯，然後打仗去！」

隊伍很快接受這項解散命令，各人囘到自己船上；高傲的邁密登人接過禮物，搬到阿基里斯皇子的住處放下來，把女子們留在他的棚屋裏。高貴的侍從們把二十匹馬趕到他自己的馬羣裏。

布里塞斯就這樣囘來了，美得像金阿芙羅狄蒂一般。當她看見派楚克拉斯躺在那兒，渾身是鋒利銅矛戳的創傷，她尖叫一聲，倒在他的屍體上，用手撕她的胸和柔嫩的頸和姣好的臉蛋兒。她悲哀時像一位女神般美麗，她哭道：「哎呀派楚克拉斯，我心愛的！哎呀我好苦啊！我去的時候，你在這棚屋裏好生生活着；現在我囘來了，我的皇子啊，你卻死了。我的生命就是這樣啊，是一連串無盡止的痛苦啊！我親眼看見我的父母給我擇配的丈夫躺在他的城前，被無情的銅矛戳得血肉模糊；我還看見我的三個兄弟，親愛的一母同胞，都被殺死。但是你呀，當敏捷的阿基里斯殺了我的親人，洗刦麥恩斯王的城池時，你甚至不讓我哭泣；你說你將使我成爲阿基里斯皇子的合法妻子，把我放在船上載囘弗西雅，在邁密登人中擺設結婚筵席。你總是這般溫柔待我，敎我怎能停止哭你呢！」

布里塞斯這樣哭着，其他的女子也跟着哭，表面上是在哭派

楚克拉斯，但各人心裏都有自己的苦處。至於阿基里斯，亞該亞隊長們聚在他周圍，勸他略進飲食。他哼了一聲，拒絕他們。「仁愛的朋友們，」他說，「假如你們尊重我的願望，請不要在我非常傷心的時候勸我吃喝。我打算無論如何支持到日落。」

這足夠使人們走開了，可是兩位阿特瑞斯兄弟沒有走，還有可欽敬的奧德修斯，跟奈斯特、愛多麥紐斯和年老的馬車戰士菲尼克斯。他們試圖安慰他，減輕他的痛苦。但是任何安慰都不能打動他的心，直到他投身於戰爭的血口的時候。想起過去的種種記憶，他又啜泣起來。「我的最不幸的和最親愛的朋友，有多少次你在這棚屋裏，親自把一餐精美的食物迅速擺在我面前，當一切準備停當要向馴馬的特洛伊人進攻的時候！現在你渾身創傷，躺在這兒，我卻在齋戒禁食。這棚屋裏仍有充足的食物，可是我一點兒也不想吃，我就是這麼想你啊！實在的，對於我，沒有任何打擊比這更殘酷了，甚至我父親去世的消息，也不過如此，我敢說，他此刻正在弗西雅為我，他的已喪失了的愛子，淌着眼淚，而我卻在一個外邦，為了可憐的海倫的緣故，跟特洛伊人打仗；甚至如有人告訴我，說我的兒子，此刻在塞羅斯長大的高貴的內奧普托勒馬斯，已經死了，那也不是比這更殘酷的打擊。也許他眞的死了。可是我卻喜歡想只有我自己是要死的，死在離開野有牧馬的阿果斯很遠的特洛伊地面，而你卻能回到弗西雅家裏，用一隻快速黑船，去塞羅斯接回我的兒子，給他看一切東西，看我所有的財物，我的僕從，我的高屋頂的大房子。因為我猜想佩柳斯即使現在還沒有死，也是半生不活的，年紀老得站不起來了，天天等待我自己已經死了的可怕消息。」

阿基里斯哭着說着，那些隊長們咕唧着表示同情，每人都在想自己撇在家裏的一切。克魯諾斯的兒子注視着他們的痛苦，替他們可憐。他立即轉面向雅典娜說道：「孩兒，妳捨棄妳的寵兒了嗎？妳心裏不再疼愛阿基里斯了嗎？他此刻正坐在他的高頭鳥

嘴船前，哭他最好的朋友；別人都吃飯去了，他卻在禁食，茶飯不入口。快跑去把些神的飲食滴入他胸中，免得他饑餓。」

得到宙斯的這項鼓勵後，原不需要鼓勵的雅典娜猝然離開天庭，穿飛高空，像一隻尖鳴的長翼猛禽。正當全營亞該亞軍都在披掛的時候，她把神的飲食，滴入阿基里斯胸中，使他不感覺饑餓。事畢後回到她萬能父親的宮殿裏，這時隊伍從那些豪華的船中源源湧出。

輝煌燦爛的頭盔，有浮雕裝飾的盾，銅片胸甲和梣木槍從船中蜂擁傾出，密密層層，像從北風吹來的雲中飛飄下來的雪片一般。盔甲的光輝照亮了天空，銅的閃光像笑聲一般在平原波動，大地回應着進軍的腳步聲。

可欽敬的阿基里斯，在這些中間穿上他的鎧甲。不可忍受的憤怒佔有了他，他咬牙切齒，眼睛冒出火一般的光芒，他一面穿着赫斐斯塔司給他的神聖贈品，一心一意要屠殺特洛伊人。首先他把一對光輝的有銀質踝夾兒的脛甲，裹在腿上，再把胸甲穿在胸前，把有銀飾劍柄的銅劍揹在肩上。然後拿起那大而厚的盾，盾的光芒像月亮的光輝，照射到遠處，或像水手們在海上望見高地一座孤獨的農田射出的火光，當逆風吹他們順着魚的大道離開家鄉的時候。阿基里斯的華麗盾牌映入天空的光芒，就是這樣。他拿起那頂巨盔戴在頭上。它像一顆星閃耀發亮，赫斐斯塔司在盔頂裝的許多金羽，戰巍巍跳躍着。阿基里斯皇子試穿那鎧甲，看它是不是合適，能不能讓他那粗壯的四肢有自由活動的餘地。鎧甲輕得像兩個翅膀，把他從地上提起來。最後他從匣中拿起他父親的槍，那桿沉重的長而可怕的槍，除他以外，任何亞該亞人都不能使動它。它是用佩里昂山的一棵梣樹的木頭做的，奇隆把它送給他父親佩柳斯用以刺殺他的高貴的仇敵。

這時奧托麥敦和阿爾西馬斯把馬套在車上。他們把胸帶套在馬的胸前，嚼鐵放在嘴裏，韁繩拉回到完美的車裏。然後奧托麥

敦拿起光亮的馬鞭，跳上車站在兩馬身後。阿基里斯披掛停當，準備戰爭，也跳上車去，閃耀着盔甲的光輝，像耀眼的日光一樣。他用可怕的聲音，責備他父親的馬！「贊薩斯和巴利阿斯，波達吉的名駒，你們這回要表現得好些，當戰爭結束時，把戰士活着帶回來見他的朋友們，不要把他的屍體棄在戰地，像派楚克拉斯那樣。」

捷足的贊薩斯從軛下囬答他，粉臂女神赫拉賦牠以說話的能力。贊薩斯低下頭去，牠的鬃毛從軛邊的墊上一古腦兒翻滾下去掃住地。牠說：「實在的，可敬畏的主人，我們今天又要帶你安全回來。可是你的死期已快到了；造成你的死因的，不是我們，而是一位偉大的神和命運的鐵掌。也不是由於我們的懶惰或跑得不快，特洛伊人才從派楚克拉斯肩上脫下盔甲。是那位最傑出的神，美髮的勒托的兒子，在前線殺死派楚克拉斯，讓赫克特取得榮耀。雖然我們可以像西風般飛快地跑，世上沒有比我們再快的了，可是命運注定你自己也要在戰場上死在一位神和一個人的手裏。」

說到這裏復仇三女神奪去牠說話的能力。捷足的阿基里斯很生氣，並答道：「贊薩斯，你大可不必預言我的死。我知道得很清楚，命運注定我將死在這裏，離我親愛的父母遠遠的。可是我決不停止，我要使特洛伊人飽嘗戰爭的滋味。」

說着他吶聲一喊，把兩匹強大的馬趕上前線去。

二〇 衆神參加戰爭了

就這樣，亞該亞人在鳥嘴船邊，聚攏在佩柳斯的不屈不撓的兒子周圍，準備作戰；另一方面，特洛伊人也在平原的高地上集合起來。同時宙斯命令塞米斯向奧林匹斯的崎嶇峯巔，召集衆神集會，她去到各處請他們到他的殿裏。除掉奧欣納斯以外，沒有一位河神沒來，所有那些常出沒於可愛的樹林、川溪的源頭和多草的水澤的仙女們都來了。他們來到驅雲者家裏，在偉大的建築師赫斐斯塔司給他父親宙斯蓋的石廊裏坐下。

大家在殿裏聚齊後，波塞多問宙斯，他的目的何在。他是聽見那女神的呼喚，從海裏出來坐在衆神中間。「閃電的主宰，」他說，「你命令衆神集合，是爲了什麼？你是在爲特洛伊人和亞該亞人擔心嗎？他們現在又要搏鬪了。」

「震地者主公，」驅雲者宙斯答道，「你問的深得我心，知道我爲什麼召集這會。我確乎關心他們，甚至在他們毀滅的時候。不過我要留在這裏，坐在奧林匹斯的一個幽靜去處，享受這次奇觀。我准許你們諸位去跟特洛伊人或亞該亞人一起，按照你們的同情所在，給任何一方以援助。因爲假如讓阿基里斯無所阻撓地去戰特洛伊人，他們一會兒也擋不住這位烈火般的人物。甚至在從前，他們看見他就顫慄逃逸；現在他因爲朋友的死，滿腔憤恨，我怕他騙過命運，攻開特洛伊城。」

克魯諾斯的兒子的這番話，放出了一羣戰狗。衆神立卽分成

兩個敵對的羣，向戰地進發。赫拉和帕拉斯雅典娜向亞該亞艦隊
那裏走去。同往那裏去的還有箍地者波塞多和賜給幸福者兼最伶
俐的創造奇蹟者赫耳墨斯。赫斐斯塔司也跟他們去了，他爲自己
的強大力氣喜悅，他雖然瘸着脚，兩條細腿卻夠靈活。去到特洛
伊人那邊的有明盔的阿瑞斯、飄髮的菲巴斯、女弓神阿特米斯、
勒托、贊薩斯河神和愛笑的阿芙羅狄蒂。

　　衆神未到人中間時，亞該亞人所向披靡。許久未來前線的阿
基里斯又出現了，所有的特洛伊人看見佩柳斯的捷足兒子明盔亮
甲，兇惡得像戰神一樣，都嚇得兩腿打哆嗦。但是當奧林匹斯的
神來到戰地，偉大的戰役製造者鬪爭堅強地參戰後，情形就變
了。雅典娜高聲吶喊，有時站在牆外的壕溝邊，有時向着有回聲
的海岸叫；在另一方面，阿瑞斯狂怒得像一陣烏雲颷，他沿着克
利科隆山坡跑，一會兒在城堡頂上，一會兒在西莫伊斯河畔，以
尖銳的叫聲策勵特洛伊人。

　　就這樣，諸位有福的神使這兩支軍隊對拚；他們自己的陣營
也呈現嚴重分裂。人和神的父在高空響起有兆頭的霹靂，在地
上，波塞多使廣大的世界和崇高的山頂震動。多泉的愛達山的每
個山脚和峯頂搖撼着。特洛伊城和亞該亞人的船震顫了；冥王哈
得斯一陣驚恐，大叫一聲從他的寶座上跳起來。他怕波塞多和他
的地震可能把他頭上的地殼裂開，使得衆神自己看見都害怕的那
些可憎的腐爛洞穴，暴露在人和神眼前。

　　神的戰爭開始時，就是這樣一片混亂。這也難怪，因爲波塞
多主公在對抗使飛箭的菲巴斯阿波羅；明眸的雅典娜在對抗阿瑞
斯；赫拉在對抗阿波羅的姐妹女獵神金箭阿特米斯；勒托在對抗
賜給幸運者可怕的赫耳墨斯；赫斐斯塔司在對抗那壯大漩轉的河
神，神叫他贊薩斯，人叫他斯卡曼德。

　　就這樣，他們參加了戰爭，神跟神對壘。至於阿基里斯，他
最希望的莫過於在人叢中遭遇普利安的兒子赫克特。赫克特的血

是他極欲用以饜足頑強戰神的慾望的。但是燮理軍旅的阿波羅立
即介入，他使乙尼斯充滿勇武精神，着他去對抗佩柳斯的兒子。
這位偉大的神幻化成普利安的一個兒子律康的模樣，模仿他的口
音跟他說道：「乙尼斯，特洛伊人的顧問，你的一切海口大言，
都哪裏去了？你在跟特洛伊皇子們一起飲宴時，不是向他們說過
你要單獨跟佩柳斯的兒子決鬥嗎？」

　　「律康，」乙尼斯答道，「爲什麼你逼我去對抗佩柳斯的高
傲兒子呢？我雅不願作這樣想法，因爲這將不是我第一次對抗迅
速敏捷的阿基里斯。從前有一次他持槍把我趕下愛達山，當他搶
劫我們的畜羣並打破律奈薩斯和佩達薩斯的時候。那次宙斯救了
我的命，他給我力量，使我能夠跑快，否則我就會死在阿基里斯
和雅典娜手裏。因爲雅典娜在他前面開路，慫恿他向前去用槍刺
殺勒里吉斯人和特洛伊人。這使我覺得任何人都不能跟阿基里斯
抗衡。他總有一位神在身邊保護他。這還不算，他的槍總是直線
飛去，不進人的血肉之軀不止。雖是這樣說，假如衆神決定要我
們兩人中間有一場公平比賽，他不會輕易就贏我，雖然他自以爲
自己是銅鑄的。」

　　「我的主，」宙斯的兒子阿波羅王說道，「你自己爲什麼不
乞靈於永生的神呢？你不是宙斯的女兒阿芙羅狄蒂的兒子嗎？阿
基里斯的母親雖然也是女神，可是階級比較低，她的父親是海的
老人，而你母親的父親是宙斯。所以你要一直跑上去，用堅硬的
銅槍刺他！不要讓他的威脅和侮辱嚇唬住你。」

　　阿波羅說着，把勇氣吹進乙尼斯皇子心裏，於是他步出前
線，閃耀着銅盔銅甲的光輝。但是粉臂女神赫拉並非沒有防到這
一招兒，她看見安契西斯的兒子穿過人叢，來攻佩柳斯的兒子，
她召喚兩個朋友到她身邊說道：「波塞多跟雅典娜，我指望你們
兩位處置這件事。現在乙尼斯來攻阿基里斯，他閃耀着銅盔銅甲
的光輝，並有菲巴斯阿波羅爲他的後盾。來，讓我們立即送他向

後轉。不然就注意對方的意向，我們得有一個站在阿基里斯身旁，增加他的力量。一定得讓他感覺，最卓越的永生不死的神是愛他的，那些到現在為止使特洛伊未遭慘敗的神，是無足輕重的。我們都是從奧林匹斯下來參加這次戰役，好使阿基里斯今天不致在特洛伊人手中受到傷害，雖然將來他必須忍受從他離娘胎起，命運即以第一根生命線給他織成的結局。所有這些消息，若非由天上親自傳遞給他，那當他發現他是在對抗一位神時，他就會驚惶失措。任何人如公開面對神，都覺得難於應付。」

　　但是震地者波塞多攔住了她。「赫拉，」他說，「妳必須克制自己，不要這樣一味進取。我就不急於使衆神自相火拚，我建議我們離開這裏，讓人們戰鬥，我們坐在一個方便的地方觀看。當然啦，假如阿瑞斯或阿波羅開始戰鬥，或者他們動手止住阿基里斯，使他不能行動，那我們自己立即介入。我想那也不會太久。我們的仇敵不久就會退出戰團，回到奧林匹斯衆神那裏去，純粹是被我們的力量所壓倒。」

　　這位黑髮神說着，把他的同伴們領到一圈兒高牆那裏，從前特洛伊人和帕拉斯雅典娜為英雄的赫拉克勒斯築起這堵牆，讓他在這裏躲避那龐大的海怪，當牠從海裏跑到陸地上攻擊他的時候。波塞多和其他的神在那兒坐地，佈出一團不能穿透的霧，圍繞住他們的肩頭。對方諸神在克利科隆山頂，圍着菲巴斯阿波羅和刼掠城池者阿瑞斯，也坐了下來。就這樣，雙方各自坐在自己營地，暗自盤算；但都不敢首先投入可怕的戰爭。宙斯仍能從高處的座位控制一切。

　　同時平原上充滿人的戰士，閃耀着人和馬的銅飾。兩枝軍隊相衝擊時，大地在他們脚下震顫。在兩軍陣前的空地上，他們的偉大戰士安契西斯的兒子乙尼斯和像神一般的阿基里斯來到一起，準備單獨決鬥。乙尼斯首先上前，擺出挑戰的姿態。他的碩大頭盔在頭上點動着；他把一面華麗的盾擋在身前；手裏揮舞着

一枝銅槍。佩柳斯的兒子從另一方面跳出，和他相遇。他像一頭
雄獅，因為踐躪了地面，全村的人都出來要毀掉牠。首先雄獅只
管走自己的路，以鄙視的態度，看待他們；但是一個比較勇敢的
青年一槍擊中牠，牠便踡縮起肢體，咆哮一聲，嘴裏起着白沫，
憤怒得發出吼鳴；用尾巴抽打自己的肋骨和兩脅，逐漸激起戰鬥
的怒忿，然後眼睛裏射出火焰，衝將上去，決定在這第一撲就拚
個死活。就這樣，阿基里斯在怒忿和傲心驅使下，進襲壯偉的乙
尼斯。他們進入射程後，偉大的跑者阿基里斯首先開言。「乙尼
斯，」他說，「你為什麼離開行伍，跑這麼遠來跟我交手？你希
望這樣將來就可以承繼普利安的王位，作馴馬的特洛伊人的君主
嗎？即使你殺死我，普利安也不會讓位給你。他有他自己的兒
子，他的健康情形很好，他也不是笨伯。也許特洛伊人說，你如
殺死我，他們將給你一塊良田，內有豐富的葡萄園和玉米田，供
你自己享用，是不是？那麼，我想你會發現那是件困難的事。我
似乎記得，從前有一次你從我槍下逃掉了。你不記得那次就是你
一個人，我趕你放棄牛羣，匆匆忙忙順住愛達山的山坡往下逃
嗎？那回你跑的可真快，連回頭看一下的工夫都沒有，結果你逃
掉了。你跑去躲在律奈薩斯，我跟踪到那裏，由於雅典娜和宙斯
父的幫助，打破那城池，擄掠那兒的婦女，收為奴隸。不過你自
己，由於宙斯和其他諸神的救助，我沒有找到。這一次我想他不
會保護你了，像你天真的希望的那樣。實在說，我勸你現在回
去，加入那堆烏合之衆去，不要跟我對敵，不然你就要遭到不
幸。事後聰明是無比的愚蠢。」

「我主阿基里斯，」乙尼斯答道，「你不要以為你可以大言
恫嚇，當我是小孩子；因為要是罵起人來，我倒可以奉陪。你我
都知道自己和對方的家世，也都知道對方的父母；雖然你沒見過
我的父母，我也沒見過你的父母，可是他們的名字是家喻戶曉、
盡人皆知的。誰都知道，你是可欽敬的佩柳斯和海的女兒美髮的

塞蒂斯的兒子；而我的父親是壯偉的安契西斯，我的母親是阿芙
羅狄蒂。這兩對夫妻中，今天一定有一對要哭他們死去的兒子，
因為我確乎知道，你和我不會只像現在這樣在戰場隨便談談就分
手。但是假如你要知道我家的整個故事，那是很著名的，請聽我
講來：我先從達丹納斯講起，他是雲的主宰宙斯的兒子。達丹納
斯建立達丹尼亞城時，神聖的伊利亞城尚未建立起來以保護平原
上的居民，人們仍然住在多泉的愛達山的山坡上。達丹納斯有個
兒子，埃雷可桑尼阿斯王，他是世上最富的人。他有三千匹母馬
跟牠們的小駒在澤地放牧。一天牠們在那裏吃草，北風自己為牠
們的美麗所動，變成一匹黑色雄馬，跟牠們交配，到時候牠們生出
十二匹小駒。這些小馬在陸地嬉戲時，可在玉米田的穗梢奔馳，
而不傷損它們；在滾滾的海上玩耍時，牠們能掠過白的泡沫，
在浪脊上飛奔。埃雷可桑尼阿斯有個兒子叫特洛斯，他是特洛伊
人的君王；特洛斯自己有三個出眾的兒子，伊拉斯、阿薩拉卡斯
和象神一般的甘努麥德。甘努麥德長成了世界上最漂亮的青年，
因為他貌美，神們拐了他去，給宙斯捧杯，跟永生的神們住在一
起。伊拉斯的兒子是高貴的洛麥敦，洛麥敦的兒子是泰索納斯、
普利安、蘭帕斯、克律霞斯和阿瑞斯的旁支希斯塔昂。阿薩拉卡
斯的兒子是克帕斯，克帕斯的兒子就是我父親安契西斯；而赫克
特是普利安的兒子。先生，這便是我的世系，我的血統。

　　至於說打仗的勇氣，那是萬能宙斯的賜予；宙斯按照他的心
意，賦予人以或多或少的勇武精神。但是我們不要在戰役當中，
站在這裏像糊塗的男孩子般瞎說。我們可互相詬罵，罵得足夠沉
一隻商船。舌頭是一個圓滑的東西，如有足夠的字眼供它用，它
可用任何方式表達思想；不過一般說來，一人以什麼言語對人，
人也以什麼言語對他。你跟我為什麼站在這裏惡言相向，像兩個
發脾氣的嘮叨女人，去到街當中互相謾罵，全然不顧在盛怒之下
說的話是真是假呢？無論如何，我要打仗，不管你說什麼，我都

不肯罷休，直到我們站起來用槍打出分曉來。好了！讓我們嚐嚐
彼此銅槍的滋味吧。」

乙尼斯說着，將他那沉重的槍 對準阿基里斯 的可怕的盾擲
去。槍頭在那非人間製造的盾上，擊得叮噹聲響；阿基里斯在驚
恐之下，忙用他那強有力的手把盾推向前去，想着豁達的乙尼斯
的長影槍一定會刺透它。他的恐懼是可笑的：他忘記神的輝煌贈
品是不會有閃失的，凡人的手攻擊它時，它不會崩潰。現在它已
對他發生很大效力，甚至勇猛的乙尼斯的沉重的槍，也不能穿透
它，而被赫斐斯塔司在盾內 放的一層金擋住了 。 它只穿透了兩
層，還有三層，因爲瘸腳公一共放了五層： 兩層銅，裏面兩層
錫，中間一層金。就是這層金擋住了那梣木槍。

現在輪阿基里斯擲他的長影槍 。 他擊中乙尼斯的 圓盾 的邊
緣，那是銅面革裏最薄的地方。那佩里昂梣木槍桿咔嚓一聲洞穿
過去。乙尼斯將身一閃，嚇得將那遮體的盾高舉過頂；那槍扯去
銅質上的皮革，掠過他的背，最後插在地上。 它沒有觸及乙尼
斯，但是離他近得把他嚇壞了，因而他站在那兒目瞪口呆，狼狽
透頂。阿基里斯拔出利劍，大吼一聲，向他撲去。乙尼斯揀起一
塊石頭。甚至拿起那塊石頭，都是現在兩個人所不能爲的，他一
人不費力地做到了。當阿基里斯上來時，要不是波塞多眼快，乙
尼斯可能用那巨石砸碎他的盔或盾，那盾已經救了他的命；同時
阿基里斯亦可能奔到乙尼斯跟前，用劍殺死他。震地者正在注視
他們，在這當口兒他轉面看他身邊的諸神，很關切地說道：「我
不禁爲豁達的乙尼斯難過。一會兒他就要死在阿基里斯手裏，命
歸冥府去，因爲像個傻瓜一樣，他聽信阿波羅的話，好像弓王將
救他的命似的！這個無辜的人，一向總是慷慨祭祀天上的神祇，
只因他牽涉在別人的麻煩中，就要他無故受害嗎？讓我們現在採
取行動，救他一命。假如阿基里斯殺死乙尼斯，甚至克魯諾斯的
兒子也會生氣的；因爲命運注定要乙尼斯免於死難，以延續達丹

納斯家的宗祧，這家的始祖是女人 給宙斯生的孩子 中他最鍾愛
的。普利安的一支已失去克魯諾斯的兒子的愛心，偉大的乙尼斯
將成爲特洛伊的君王，他的子孫將世世繼承王位。」

「震地者，」牛目皇后赫拉說道，「你必須自己決定要不要
拯救乙尼斯。帕拉斯雅典娜跟我一再當着衆神賭咒，永不拯救任
何特洛伊人於死難，甚至將來有一天亞該亞人縱火燒毀全城時，
也是如此。」

震地神波塞多聽她說完後，立卽將身撲入混戰和槍雨中，去
到乙尼斯和 佩柳斯的著名兒 子交手的地方。一到那兒，他第一
步，先在阿基里斯眼前佈一團霧，然後拔出那繮在高貴的乙尼斯
的盾上的梣木槍，將它放在阿基里斯脚前，並把乙尼斯騰空升
起。這位神的手，用力將乙尼斯一推，乙尼斯便躍過許多步卒和
馬車陣線，落在戰場的邊緣上，考孔人正在那裏準備加入戰團。
震地神波塞多趕到他那裏排揎他。「乙尼斯，」他說，「你這樣
魯莽是什麼意思？是哪位神敎你跟驕傲的阿基里斯對抗的？他不
僅比你善戰，而且更爲諸神所鍾愛。你如再遇見這人，要立刻退
去，不然你就會提早命歸冥府。等他死後，你可大膽在前線施展
你的能耐，那時亞該亞方面沒有一個人能殺你。」

波塞多解釋了一大片後，撇下乙尼斯在那裏，自已疾忙囘到
阿基里斯跟前，移去他眼前的霧。這使得阿基里斯莫明其妙：他
用力觀望，心想他看見了一個奇蹟，因爲他的槍擺在地上，他要
殺的那個人已經無影無踪了。他無可奈何地感嘆着。「永生的
神，」他想，「一定也很喜歡乙尼斯，雖然我覺得他所誇稱的那
些事情，沒有多少是真的。好，讓他去吧。這囘逃出命去，他一
定很感謝，不會再急於跟我交手了。現在我要鼓起達南人的勇
氣，跟別的特洛伊人試試看。」

阿基里斯急忙沿着行伍走去，對個個人都勉勵一番。「高貴
的亞該亞人，」他說，「不要站在那兒等特洛伊人，每人都挑選

一個敵人，用心打鬥。我可能很強壯，但不能單獨鬥這樣多的戰
士。即使永生的神，像阿瑞斯或雅典娜，來戰這麼多的人，他們
也不能有多少殺傷。並不是我要安逸，決不是的。我現在就要直
接進入他們的陣線，我不羨慕任何近我槍的特洛伊人。」

就這樣，阿基里斯鼓勵他的人。另一方面，傑出的赫克特也
在催促特洛伊人。他甚至說要攻擊阿基里斯。「英武的特洛伊
人，」他喊道，「不要害怕佩柳斯的兒子。我也可以跟神們自己
鬥口，不過跟他們鬥槍就比較困難，他們太強大了。阿基里斯的
話不能句句都做得到。他可做到某種程度，到了限度就得停止。
我現在就要去跟他碰頭，雖然他的手像火，是的，他的手像火，
他的心像光亮的鋼。」

特洛伊人聽見赫克特這番鼓勵，便端起槍來作戰鬥準備，於
是兩枝軍隊互相火拚，吶喊的聲音也響起來了。菲巴斯阿波羅去
到赫克特跟前，告他說千萬不要去找阿基里斯。「你只跟其餘的
人一起，」他說，「讓他在人叢裏找你。不然他會擲槍刺死你，
或到你跟前用劍劈你。」這個警告使赫克特縮回到行伍裏去：神
的話使他疑慮不安。

阿基里斯心裏卻毫無恐懼，他發出驚人的吶喊，向特洛伊人
撲去。他殺死的第一個人是伊菲欣，奧春徒斯的英武兒子和一大
枝軍隊的領袖。他的母親是維雅德，在海德的沃野特莫拉斯雪山
下給刼掠城池者奧春徒斯生出他。這人向他走來時，偉大的阿基
里斯一槍刺中他的頭，把腦殼分成兩半。他砰的倒下去，阿基里
斯調侃他道：「你爬下去起不來啦，奧春徒斯的兒子，最可怕的
人兒。這裏就是你死的地方，雖然你生在古蓋湖你父親的田莊
上，靠近兩條滋生魚類的淵漩河川，赫瑪斯和海拉斯。」

當阿基里斯感覺勝利的喜悅時，死的黑暗罩住伊菲欣的眼
睛。他撇下這人在兩軍相接的地方，讓亞該亞的車輪扯碎他，自
己進而殺死德莫利昂，他是安蒂諾的兒子之一，一位堅定和久經

陣仗的戰士。他擊中他的太陽穴，穿透頭盔的銅面甲，盔的銅片
擋不住急切的槍。矛頭透入頭骨，腦漿塗在盔裏面。德莫利昂的
熱情熄滅了。下一個是希波德馬斯。他已跳下戰車，在阿基里斯
面前飛逃。阿基里斯用槍刺他的背，他吼了一聲死去，像一頭公
牛的哞鳴，當青年人把牠拖到赫利孔公①的祭壇前的時候——震
地者喜歡這個儀式。希波德馬斯的吼聲就是這樣，當他驕傲的靈
魂離開骨肉的時候。阿基里斯現在準備槍擊波律多拉斯。這位皇
子是普利安的兒子之一，是其中跑得最快的。他父親本不准他去
打仗，因為他是他最寵愛的，也是最年幼的孩子。但是這傻孩子
要趁這機會表演他的快跑，他在前線人叢中猛衝，直到被殺死為
止。因為阿基里斯也是腳下很快的，當那青年奔過時，他飛起一
槍擊中他的背心，正中盔帶的金扣和盔甲重叠的地方。矛頭穿透
身體，從肚臍露出。他哼一聲跪了下去，眼前一片漆黑；垮下去
時手捧着肚腸。赫克特看見他的弟弟波律多拉斯倒在地上，手捧
着臟腑，淚水迷糊了他的眼睛。他覺得不能再遠遠離開了，因而
像一團怒火般向阿基里斯走去，揮舞着鋒利的槍。阿基里斯立即
看見他，跳上去和他相遇，心裏暗喜道：「這人曾給我以最殘酷
的打擊，當他殺死我最親密的朋友的時候。我們已不再在戰場互
相躲避了。」他瞪了赫克特皇子一眼，跟他說道：「快上來，早
早來送死。」

　　「我主阿基里斯，」明盔的赫克特泰然答道，「不要以為你
能大言恫嚇，當我是小孩子，因為要罵起人來，我可以跟你針鋒
相對。我知道你是善戰的人，比我強得多。但是這樣事是由神們
決定的，我雖不像你那樣強大有力，神們也許決定讓我擲出的槍
刺死你，直到現在為止，我的槍總是極鋒利的。」

_____

① 赫利孔，或赫利斯，係亞該亞一城，城內有波塞冬的廟，因此波塞冬被稱為赫
　利孔公。

說着他擺好架勢，投出一槍。雅典娜只神秘地輕輕一吹，那槍便離開傑出的阿基里斯，回去掉在赫克特脚前。阿基里斯急於要殺赫克特，大喝一聲衝上去。但是阿波羅把赫克特皇子藏在一團濃霧裏，把他叼走了——對於神這是容易的事。高貴的和敏捷的阿基里斯三次用銅槍猛衝進去，三次都戳住一團空霧。像惡魔一般他第四次衝上去，以可怕的聲音罵赫克特。「你這條狗！」他喊道，「又給你逃了性命；但也只是暫時的。菲巴斯阿波羅又在照顧你；無疑的，你來到可以聽見槍聲的地方以前，曾向他禱告過。但是我們還有再見的時候，那時我再結果你的性命，假如我也能找到一位神幫助我。現在我要找別人試試看。」

說着他用槍刺椎奧普斯的脖頸。椎奧普斯砰的撞倒在他脚前。阿基里斯撇他在那裏，擲擊菲勒托的高大漂亮的兒子德馬卡斯。他擊中他的膝蓋，使他倒下去，又用長劍結果他的性命。接着他攻擊比阿斯的兩個兒子勞岡納斯和達丹納斯，把他們從車上打到地上，一個是擲槍刺死的，一個是凑近用劍劈死的。下一個是阿拉斯特的兒子綽斯。這人跑上來抱住阿基里斯的雙膝，希望他不殺一個跟他同年齡的人，擄他作戰俘，再放他生還。那年青的傻瓜，也許已經知道他的祈禱是注定要失敗的。阿基里斯不是善良的或心腸軟的人，而是脾氣暴躁的人。綽斯雙手抱住他雙膝哀求饒命時，他用劍刺他的肝。那肝流出肚來，殷紅的血沾濕他的雙膝。他昏倒下去，黑暗罩住他的眼睛。阿基里斯進而到穆里阿斯跟前，用槍刺他的耳朵，因為用力猛，那銅矛從另一耳朵透出。下一個是阿吉諾的兒子埃奇克拉斯。阿基里斯用劍搠他的頭，熱血暖溫了整個劍身。命運在埃奇克拉斯身上蓋了印，死的陰影落在他眼上。下一個是杜克利昻。阿基里斯用銅矛刺他的前臂，正中肘的筋肉連接的地方。杜克利昻一隻臂壓在槍下在等他，知道要死了。阿基里斯用劍斬他的脖頸，使他的頭帶盔飛了出去。骨髓從脊椎冒出，屍體躺在地上。阿基里斯殺死的下一個

人是佩羅斯的高 貴兒子呂格馬斯 ， 他是從土壤深 厚的斯拉塞來
的。他向他擲出一槍，正擊中他。銅矛透入肺腑，他一頭撞下車
去。然後阿基里斯用利劍刺呂格馬斯的侍從阿雷索斯的背。阿雷
索斯正在掉轉馬頭；他也撞倒在車下，他的馬脫韁奔去。

　　就這樣，阿基里斯用槍亂刺亂殺，像一陣狂風捲着火焰，到
這裏，又到那裏，當一片大火延燒太陽晒乾了的山坡、高大的樹
木被燒光的時候。他以惡魔的憤怒趕殺他的受害者，血把地染得
殷紅。阿基里斯的兩匹馬，順着牠們專橫主人的意志；用巨大的
蹄不經意地踐踏死人和盾牌，像一個農人套上兩頭寬額的牛，在
打穀場上踐踏白大麥，那哞鳴的公牛踩得麥粒分開來。馬蹄和車
輪翻起的血，濺在下面的車軸和周圍的欄杆上。佩柳斯的兒子努
力向前去尋找榮耀，他那兩隻不可征服的手遍染血污。

二一 阿基里斯戰河神

　　當他們到達漩流的贊薩斯河渡口時（這河的高貴河神是永生的宙斯的兒子），阿基里斯把特洛伊軍截爲兩部分。一部分他趕着越過田野向城的方向跑，那裏正是前一天傑出的赫克特亂砍亂殺時亞該亞人倉惶被逐回的地方。這部分特洛伊人在散漫無秩序地亂奔；赫拉在他們面前興起濃霧，阻撓他們逃命的去路。

　　其餘的被趕進河灣裏，那是銀漩渦的贊薩斯水深的地方。他們撲通撲通跳在水裏，河床回應着那聲音；他們漂浮着在漩渦裏打轉，河的兩岸回盪着他們的喊叫聲。像是一羣蝗蟲被突然燃起的一片烈火趕到河邊，都爭先恐後擠下水去，逃避火焰。但是阿基里斯是在這裏驅逐的力量，他使一團亂糟糟的人和馬，塞在河的中流，使贊薩斯又吼叫起來。

　　這位皇子把槍靠在河畔一棵檉柳上，只拿一把劍，惡魔般跳下水去，心裏只想着要殺人，向前後左右亂刺亂砍。被刺住的發出可怕的叫聲，河水被血染紅。特洛伊人躲在這可怕的河的懸岸下打哆嗦，像一羣小魚在一條大海豚前驚惶逃逸，擠在一個上有掩蔽的小灣的角落，知道被逮住就是被吃掉。阿基里斯到殺得胳膊疲倦了的時候，挑選十二個青年從河裏活捉出來，預備替派楚克拉斯公償命。他趕他們到岸上，頭昏眼花像一羣小鹿，用他們那織成的短裝所配備的結實皮條，把他們手綁在背後。然後把他們交給從人帶到空船上去，他自己因急於廝殺，又向敵人撲去。

　　他遭遇的第一人是律康，達丹尼亞人普利安的兒子之一，他
正要從河裏逃出來。從前他曾碰到過這人，有一次夜間在他父親
的葡萄園裏俘獲他 ； 那時律康正在 用一把快刀砍無 花果樹的嫩
枝 ， 作戰車欄杆之用 ， 阿基里斯像晴天霹靂般忽然出現在他跟
前。那次阿基里斯把他放在船上，賣他到倫諾斯城，買他的人是
階森的兒子。他的朋友英布羅斯的埃厄森，以重價把他從倫諾斯
贖回，送他到神聖的阿里斯貝；從那裏他偷偷溜走，離開他的保
護者，輾轉回到特洛伊家裏。他從倫諾斯回家來與朋友輩歡聚，
只不過十一天的工夫 ， 到第十二天命運又教他 碰在阿基里斯手
裏，這回他要送他到冥府去走一遭，不管他願不願意。敏捷的和
卓越的阿基里斯很容易認出他：他沒有什麼武裝，沒有盔和盾，
也沒有槍；裝備已棄在地上，他筋疲力竭蹣跚地掙扎着從河裏逃
出來。阿基里斯叫了一聲，又生氣，又驚奇。「怪事永遠沒個
完，」他心裏想「我所殺死的特洛伊人，將來個個都要復活起來
對抗我，假如他們都像這傢伙一樣，這個逃跑了的奴隸：他被賣
到神聖的倫諾斯，現在又出現了，好像汪洋大海一點兒也擋不住
要行路的人。好吧，這回可不比上回；我要教他吃我一槍，嚐嚐
滋味。這回把他送到一個新的去處，我想看看他能不能像上回那
樣，很容易就從那裏返來，或者多產的大地將押他在地下，她已
在管押許多強有力的人物。」

　　阿基里斯站在那裏躊躇時，律康向他走來，打算到他膝前，
恐懼使他沒了主意；他惟一的欲念，就是躲開最後的命運，逃避
可怕的死 。 偉大的阿基里斯舉起長槍，對準他投去；律康躲開
了，跑上來抱住他雙膝，同時槍從他頭上掠過，到他背後插在地
上，仍然想嘗人的血肉。律康一手抱住阿基里斯雙膝，一手抓住
槍不放，向他哀求。「阿基里斯，」他說，「我現在匍匐在你膝
前，求你可憐我，饒我一死。我有理由向你求情，我的皇子，你
是第一個我曾款待過的亞該亞人，當你在我們美麗的葡萄園逮住

我的時候；你把我帶走，離開我父親和我的朋友，把我賣到神聖的倫諾斯。我給你弄來很好的價錢；但後來有人以三倍的價錢贖囘我，經過許多磨難，我於十二日前囘到伊利亞。可是該倒霉，現在又碰在你手裏；宙斯父一定很恨我，所以讓我第二次成為你的俘虜！我是勞索的兒子（似乎是短命的），她是善戰的勒里吉斯人的君王、年老的阿爾特斯的女兒，住在薩蒂尼瓦河畔佩達薩斯的崇高堡壘裏。普利安娶了阿爾特斯的這個女兒，作為他的許多妻房之一，她生了兩個兒子，都要給你殺死，因為高貴的波律多拉斯已在前線死於你的利槍下，現在我在這裏正等待不幸的結局。旣然上帝把我交在你手裏，我沒有逃脫的希望了。不過另外還有一個理由，證明你應當饒我的命，請你不要忽視。我跟赫克特不是一母所生，是他殺死了你的勇敢高貴的朋友。」

就這樣，普利安的高貴兒子，向阿基里斯求情。但是在阿基里斯囘答他的語氣裏，沒有慈悲的意思。「你這個蠢材，」他聽見阿基里斯說，「不要跟我講贖金，我不要聽你講話。在派楚克拉斯死前，我並非不願饒特洛伊人的命；我活捉過許多人，把他們賣到外邦去。可是現在，凡是上帝在伊利亞城前送在我手裏的人，沒有一個得活命；個個特洛伊人都得死，尤其是普利安的兒子們。是的，朋友，你也得死。為什麼要多說呢？甚至派楚克拉斯都死了，他比你強得多呢。你來看看我，我不是高大漂亮嗎？我的父親是一位偉人，我的母親是一位女神。可是死神和命運之神，也在等着我。將來有一天早晨，也許是晚間或中午，有人在戰爭時亦將一槍刺死我，或一箭射死我。」

律康聽見這話，嚇得魂飛魄喪，垮了下去。他放鬆了槍，坐下去兩手伸着。阿基里斯拔出利劍，砍他頸旁的鎖骨，雙双劍插在他肉裏；他往下一栽，爬到地上，殷紅的血流出來，浸濕土地。阿基里斯拎住他一隻脚，把他扔在河裏，奚落幾句作為送別。「去躺在魚中間吧，」他說，「牠們可以自在地舔去你傷口

的血。你的母親不會放你在靈床上哭你，漩流的斯卡曼德將把你沖到大海裏，那兒許多魚將穿水而上，到波動的海面吃律康的白肉。你們得一律毀滅，在我們到達神聖的伊利亞城堡之前，你們在前面潰逃，我在後面追殺。什麼也救不了你們，甚至美麗的、有銀漩渦的斯卡曼德，也不能救你們，雖然許多年來你們用公牛祭他，把活馬投在他的漩渦裏。你們還是得一個一個引頸就戮，為你們所殺死的派楚克拉斯，和我不在時你們在豪華的船前殺死的亞該亞人償命。」

　　河神原已不大高興，聽見他這樣說，便惱怒起來，開始想法終止阿基里斯皇子的業績，拯救特洛伊人於死難。這時佩柳斯的滿腔殺氣的兒子，手持長影槍向阿斯特羅佩阿斯奔去。這人是佩拉岡的兒子，佩拉岡自己是阿塞薩默納斯的長女派瑞博亞的私生子，他的父親是漩流的和寬潤的艾可祖斯河河神。當阿基里斯攻他時，阿斯特羅佩阿斯剛從水裏鑽出來，兩手持兩桿槍，站在他面前；贊薩斯給他壯起膽來，因為他不高興阿基里斯沿河身上下無情地屠殺青年。當他走到阿斯特羅佩阿斯跟前時，迅速和卓越的阿基里斯向他挑戰。「你是誰？」他問道，「竟敢來對抗阿基里斯？你的人民是什麼人？膽敢攖我怒忿的人，他的父親大概是要慟哭的。」

　　「佩柳斯的儲君，」高貴的阿斯特羅佩阿斯說，「為什麼問我的家世？我是十一天前，從遼遠的土壤深厚的派昂尼亞，率領派昂尼亞人長槍隊來到伊利亞的。我是寬潤的艾克祖斯河河神的後裔。艾克祖斯是著名的槍手佩拉岡的父親，人們說我就是佩拉岡的兒子。但是不要多說！讓我們動起手來，我主阿基里斯。」

　　他以挑戰的神氣說着，阿基里斯皇子舉起他的佩里昂梣木槍。但是勇敢的和左右手都善使槍的阿斯特羅佩阿斯，立即把雙槍一齊投出。一槍擊中阿基里斯的盾，沒有穿透，矛頭被那位神在他的贈品裏放的一層金擋住了。另一枝槍擦傷阿基里斯的右

肘，使得鮮血迸流；但是那槍掠過他的頭插在地上，仍在想嗜人的血肉。現在輪阿基里斯擲，他把那直紋的梣木槍狠命向阿斯特羅佩阿斯投去，沒有命中，那槍插在高的岸坡上，因爲用力猛，一半槍桿插進土裏。佩柳斯的兒子拔出身邊的劍，向阿斯特羅佩阿斯撲去，阿斯特羅佩阿斯用他的巨手，試圖從岸坡上拔出那梣木槍桿，但沒有成功。他三次試着拔，每次只能稍微動它一下，不得不放棄。他又試一次，這次他打算把槍桿折斷，但尚未折斷時，阿基里斯已到他跟前，用劍刺死他。他刺中他的肚臍，內臟都流到地上。他躺下去透不過氣，黑夜罩住他的眼睛。阿基里斯踩住他的胸，脫下他的鎧甲，露出勝利的喜悅。「躺在那兒，」他說，「想想看，一位河神的子孫，要戰萬能宙斯的後裔，是多麼困難啊！你說你是一位高貴的河神的後代，可是我的祖上可以追溯到宙斯自己。人口眾庶的邁密登的君王、艾卡斯的兒子佩柳斯，是我的父親，艾卡斯是宙斯的兒子；宙斯的後裔比一位河神的子孫大，正如宙斯自己比一切汩汩入海的河都偉大。看看現在流經你身邊的這條河。他很壯大，假如他能幫助你，他一定會幫助。但是誰也不能戰克魯諾斯的兒子宙斯。甚至萬河之王阿奇洛斯也不是宙斯的對手。甚至深而有力的洋川，世上一切河海泉井的源頭，也是如此；他也怕萬能宙斯從天上擲下的霹靂和他的可怕的雷轟。」

阿基里斯從岸坡上拔出銅槍，撇下他所殺死的人躺在沙灘上，讓黑暗的河水拍打他，鱔和魚忙着吃他的腎和脂肪。接着他去攻擊那些戴羽盔的派昂尼亞人，這些人看見他們的領袖在戰爭中被佩柳斯的兒子一劍刺死，在漩流河的河畔驚惶失措。塞西洛卡斯、麥敦和阿斯蒂皮拉斯；姆內薩斯、斯拉西阿斯、乙尼阿斯和奧菲勒斯特斯——這些人他都殺死了。實在的，敏捷的阿基里斯可以殺死更多的派昂尼亞人，要不是那心懷怨憤的漩流河幻化成人形，從一個深水漩渦裏說出話來。「阿基里斯，」他說，

「你的力氣和殘暴行徑，迥非常人可比。神們總是在你身邊。但是假如克魯諾斯的兒子真的要你殺盡特洛伊人，我求你至少趕他們離開我，到平地上去幹你的勾當。我的美麗水道已塞滿了死人的屍體。我被死屍堵塞得不能把水注入神聖的海裏，而你仍在恣意屠殺。住手吧，我主！你嚇壞我了。」

「宙斯的兒子斯卡曼德，」偉大的跑者阿基里斯答道，「你說的我可以從命。但是我要繼續殺戮這些驕傲自大的特洛伊人，直到把他們逼進城去，跟赫克特較量一番，看我們兩人誰勝誰被殺。」

說着他又像惡魔般去趕殺特洛伊人。這時深漩渦的斯卡曼德向菲巴斯阿波羅呼籲。「真可恥，」他喊道，「銀弓神和宙斯的兒子！你就是這樣服從你父親的命令嗎？他不是多少次告訴你說，你應支持特洛伊人，保護他們，直到暮色籠罩住豐產的田地嗎？」

偉大的槍手阿基里斯聽見這話，從岸上一跳，撲向河的中心。斯卡曼德急忙以大水向他冲去。他把所有的水道都充滿起泡沫的急流；像公牛般吼叫一聲，把阿基里斯所殺死的並堵塞他水道的無數人的屍體，攝到乾地上去，同時保護那些還活着的人，把他們藏在那些美化河身的許多深水漩渦裏。憤怒的水漲高起來，在阿基里斯周圍沸騰；急流冲擊他的盾，並冲倒他自己。一時站不住腳，他抓住一棵已長大的榆樹。那樹連根倒下，把岸坡的土鬆開，倒在河心，像橋一般架在兩岸上，枝葉阻塞着水流。阿基里斯掙扎出主流，一陣恐慌，急忙向岸上爬，希望到岸上後，他的快跑，可以救他的性命。但是那偉大的河神，還不肯放過阿基里斯皇子，他要終止他的業績，拯救特洛伊人於死難。他升高水面，以一堵黑的水牆威脅他。佩柳斯的兒子飛奔而逃，搶先了一段像一次擲槍的距離，他逃得像黑鷹飛的那樣快，那偉大的獵禽是飛鳥中最有力和最快的。他背着壓頂的浪頭奔逃，銅甲

在他肩上響起可怕的聲音，滾滾追來的斯卡曼德發出怒吼。

阿基里斯是偉大的跑者，但神比人更偉大，那洪水的前鋒一再趕上他，像一個灌漑園地的園丁，在他的種植物中間挖一水溝，引進新鮮的泉水。他手裏拿着鶴嘴鋤，清除溝裏的障礙物；水開始注入，掃除水道上的石子；一會兒順住斜坡淙淙流去，超過它的導引者。

有時候，迅速卓越的阿基里斯試圖立定下來，看看是不是天上個個神都在追他。可是每次他停住腳步，從那發源於天上的河來的巨浪，便冲擊他的肩頭。他一陣惱怒，掙扎着站起來。那水仍然瘋狂地奔騰，緊夾住他的兩膝，冲鬆他腳下的泥土。佩柳斯的兒子高聲嘆息，眼望廣濶的天空叫道：「噢，宙斯公，難道沒有一位神動一下惻隱之心，出頭來救我脫離河的困擾嗎？除這以外，任何其他的命運我都歡迎。我責備天上其他的神，不如我自己母親之甚，她的錯誤的預言騙了我。她說我將在迎戰的特洛伊人的城下，被阿波羅飛箭射死。啊，爲什麼赫克特不殺死我呢？他是特洛伊最優秀的戰士，殺人者應與被殺者同樣高貴。但是現在看樣子，我將死一可恥的死，淹沒在大河裏，像一條猪，當牠試圖徒涉一條山溪時被洪水冲去。」

波塞多和雅典娜迅速響應他的呼籲，走來站在他身邊。他們幻化成人形，握住他的手，說出使他安心的話，波塞多先說。「拿出勇氣來，」他說，「我主阿基里斯，你沒有理由過分驚恐，因爲你有像我自己跟帕拉斯雅典娜這樣的盟友，秉承宙斯的意志下來幫助你。相信我，命運沒有注定敎你淹死在任何河裏。這河水不久就消退，你自己會看見。我有一句忠言告訴你，你最好聽我的話。無論有什麼危險，不要停止戰鬭，直到你把每個逃掉的特洛伊人都逼進著名的伊利亞城去。不殺死赫克特不要囘到你的船上去。我們答應你這次勝利。」

兩位神達到目的後，就離開他囘到永生的衆神中間。阿基里

斯得到天上來的這種鼓勵，精神爲之一振，他繼續去越過田野。
這時田野完全淹在水裏，精良的盔甲和被殺者的屍體，飄浮在水
上。阿基里斯大踏步往上游掙扎，雅典娜給他增加力氣，使氾濫
的洪流不阻擋他的前進。並不是斯卡曼德的怒忿已經減退了。實
在的，這時他對佩柳斯的兒子更加憤怒，他興起一個巨浪，浪脊
高高捲起，同時高聲呼喚西莫伊斯道：「親愛的兄弟，讓我們合
力制服這個人，他不久就要打破普利安的皇城，沒有一個特洛伊
人起來應戰。快來幫助我。把你的水道裝滿泉水，一切山溪都添
滿，興起一股洪流送下來，挾帶着木材滾石，使我們能夠制止這
個所向無前的野蠻人。他以爲他自己可以是神的對手，但我已決
定不讓他的力氣和美貌拯救他的性命。那身輝煌燦爛的盔甲，也
不能救他。它將埋在水下的軟泥深處；至於他，我將把他滾在沙
裏，把卵石高高堆在他身上。我將把他深深地埋在淤泥裏，使亞
該亞人不知道往那裏找他的骨骸。他的墳墓已經給他造好了，他
們給他舉哀時，勿須再造一個。」

　　說完後，那發源於天的河興起巨浪，挾着泡沫和血和屍體，
憤怒地向阿基里斯沖去。一個黑浪高高地懸在佩柳斯的兒子的頭
上，有勢將吞沒他的模樣。赫拉爲阿基里斯吃驚，她以爲漩流的
河會把他捲去，因而驚叫一聲，急忙轉身對她兒子赫斐斯塔司講
話。「準備戰鬥，我兒，瘸脚神！」她叫道。「這一伙，我指望
你去對付贊薩斯。快些去救命，施展火焰；同時我去喚起西風和
明快的南風，從海上猛力吹來，把火焰展延開去，將已死的特洛
伊人的屍體和盔甲燒個精光。你自己必須燒掉贊薩斯河畔的樹
木，把河水也燃燒起來。他將低心下氣，求你慈悲，但不要停
止；不要息怒，直到你聽見我大聲喊叫的時候。那時你可熄滅猛
烈的火焰。」

　　赫斐斯塔司以一片極可怕的火焰，響應他母親的號召。那火
自平原燒起，燒光了散佈在那裏的許多被阿基里斯殺死者的屍

體。閃爍的洪流被堵住了，整個平原燒乾了，像北風在秋天吹乾
剛洒濕的打穀場，正爲農人所喜悅。赫斐斯塔司這樣燒乾平原並
燒光死屍後，進而以耀眼的火焰，攻擊河身。榆樹、柳樹、檉
柳，一齊着火；在那美麗河畔長得很茂盛的蓮和燈心草與高莎
草，都燒掉了。魚和鱔原來在那些漩渦中，牠們那美好的家裏，
翻滾嬉樂，現在也受到這位工匠大師的熾熱氣息的折磨。河神自
己也被燙傷了。「赫斐斯塔司，」他叫道，「任何神都不是你的
對手。我受不了你這種白熱。戰鬥就此停止。讓偉大的阿基里斯
去把特洛伊人趕出他們的城池吧。我何必介入別人家的爭執？」

　　正在他說話時，火焰把他吞沒了。他的清澈的水已在起泡，
像燒化了的肥猪的脂肪，當乾柴烈火把整鍋燒得沸騰的時候。就
這樣，美麗的贊薩斯被火燒盡，眼看自己的水化爲蒸氣。被偉大
工匠的火征服後，他垂頭喪氣，停止流動。在苦難中他呼喊赫
拉，乞求慈悲。「赫拉，」他叫道，「爲什麼妳的兒子單拿我的
河殘害呢？跟其他替特洛伊人作戰的相比，我這點微力不值得這
樣。雖然如此，要是妳要我停止，我就停止。但是赫斐斯塔司也
得停止。我不再爲他們盡力了：我發誓決不再出力救特洛伊人免
於死難，甚至在亞該亞戰士點起摧殘的火、把他們全城燒得精光
時，也是如此。」

　　粉臂女神赫拉聽見贊薩斯的叫聲，立卽喊她的兒子道：「夠
了，我的高貴的兒子赫斐斯塔司！我們不要只爲幫助一個人，就
這樣嚴厲對待一位神。」赫斐斯塔司聽見這話，熄滅了火，那河
水又在美麗的兩岸中間奔流着。

　　贊薩斯挫敗後，他們兩個就不再打鬥了，赫拉雖仍然心懷怨
憤，但她制止了他們。可是其他諸神，原來各爲其熱情所驅使，
分成兩個對立的陣營，現在他們中間的嫌隙發作成公開的武力對
抗；他們互相搏鬥着，同時發出的可怕吼聲可上聞天庭，整個世
界又呻吟起來。坐在奧林匹斯上的宙斯聽見這喧鬧聲。他看見諸

神互相肉搏，心裏笑着，暗自歡喜。因爲他們沒有浪費時間，立刻就交起手來。破盾者阿瑞斯開始打鬪，他手持銅槍，向雅典娜走去，高聲辱罵她。他痛斥她不該是一個多管閑事的刁婦，因爲她的無限冒失和高壓手段的干涉，使得衆神自相火拚；他還提起有一次她慫恿泰杜斯的兒子廸奧麥德斯刺傷他。「妳沒有遮掩那事，」他叫道。「妳把他的槍搶在自己手裏，直接向我刺來，刺破我的肌肉。現在我要敎妳賠償那次給我吃的苦頭。」

　　說着他槍刺雅典娜的流蘇乙已斯。那有魔力的、可以經得住宙斯的霹靂的外衣，承受了好殺的戰神的槍擊。雅典娜向後略退，用她的巨掌從地上揀起一塊石頭，一塊大而粗糙，從前人們用作地界的滾石。她扔出這塊巨石，擊中狂暴戰神的脖子，把他打倒在地。他的鎧甲叮噹一聲，他躺在那裏，佔地九個路得①，頭髮滾在塵土裏。帕拉斯雅典娜笑着詬罵他。「你這個蠢材！」她說，「在動手前，可曾想到過我的力氣比你大？你現在可以算是應驗了你母親赫拉的詛咒。她希望你倒霉，自從你背棄亞該亞人，替傲慢的特洛伊人作戰，惹她生氣以後。」

　　雅典娜說畢，把她那明亮的眼睛轉望別處。宙斯的女兒阿芙羅狄蒂來攙起阿瑞斯一隻胳膊，把他領出戰地，他還沒有甦醒，一直在呻吟。粉臂女神赫拉看見阿芙羅狄蒂這一舉動，她激動地呼喚雅典娜。「看呀，」她喊道，「披乙已斯的宙斯的不眼女兒！那蕩婦又來了，在扶着屠戶阿瑞斯穿過人叢，離開戰場。快些趕上揍她去！」

　　雅典娜的心跳了起來。她趕快去追阿芙羅狄蒂，追上後當胸給她一拳。阿芙羅狄蒂沒有還手，立卽垮下去，她跟阿瑞斯躺在那豐裕的大地上，雅典娜洋洋得意誇口道：「願每個幫助特洛伊人對抗阿果斯戰士的，都像這兩個一樣，並像阿芙羅狄蒂那樣大

---

　　① 每路得約當四分之一英畝。

膽果斷，當她竟敢攖我之怒跑到阿瑞斯身邊的時候！那樣我們就可很快結束戰爭，打破美麗的特洛伊城。」

粉臂女神赫拉對雅典娜這次出擊，莞爾微笑。現在震地神波塞多向阿波羅挑戰。「菲巴斯，」他向他說，「為什麼我們兩個在這裏無所事事呢？別的都已動了手，我們兩個該這樣嗎？要是不打一仗就回奧林匹斯和宙斯的銅殿裏，那多麼難為情啊。來，你先擲，因為你是晚輩；我比你年長，經驗多，要是我先擲，那就不公平了。可是你是什麼樣的傻瓜啊，你的記憶好短啊！你似乎已經忘記你跟我在伊利亞城所吃的一切苦頭，當宙斯在眾神中單挑我們兩個去為傲慢的洛麥敦服役一年的時候。他答應付我們工資，我們聽他使喚。我的任務是為特洛伊人築一道城牆，一道牢固壯麗的牆，使它成為一座堅不可摧的城池；同時你，菲巴斯，在多峯的愛達山林木掩映的山麓，看管彎角的蹣跚牛羣。我們服役期滿，等領取工資的快樂時刻來到時，那沒良心的洛麥敦竟悍然拒絕給我們工資，並攆走我們，威脅着要把我們手腳捆起來，賣到一個遠處的島上去。他甚至還說要割掉我們的耳朵。因此我們狼狽逃回家來，對於洛麥敦答應給我們工資而不給，非常惱火。你現在竟然熱心幫助這人的子民，而不來跟我們一起務求把這些無禮的特洛伊人完全消滅，連同他們的兒女和可愛的妻子。」

「地震的主宰，」弓王阿波羅答道，「你會認為我沒有什麼見識，假如我為了人的緣故跟你打仗，因為人是些可憐的動物，他們像樹葉一般，由於大地的恩惠茂盛一時，炫耀他們的光輝，但一霎間便枯萎凋謝。不，讓我們及時罷戰，讓這些人打他們自己的仗。」

阿波羅說着轉身走去。他認為跟他的叔父動拳腳是不對的。可是現在他得聽聽他的姊妹，野獸的女主和女獵者，阿特米斯的冷言冷語，她跟他說話是不矯揉造作的。「哼，偉大的弓手逃掉

了，」她說，「把勝利捧上去送給波塞多，也是一次無價的勝利啊！你揹着弓不用，是什麼意思，蠢材？在父親家裏常聽你對衆神誇口說，你將對抗波塞多。以後不要再向我說這樣的話了。」

弓王沒有反駁他姊妹的話。可是宙斯的皇后赫拉對於女弓王大發脾氣，把她大罵一頓。「無恥的蕩婦，」她怒喊道，「妳打算對抗我嗎？我知道妳的弓箭，也知道妳對於女人是什麼樣的母獅子，宙斯准許妳任意殺傷她們。可是要跟我交起手來，妳是會後悔的。妳將會知道，比較好的運動是在山裏射殺野鹿，而不是跟妳的上級爭鬥。但是既然妳膽敢對抗我，要跟我見個高低，讓這敎訓妳，我比妳強得多。」

赫拉不再說下去，她左手抓住阿特米斯兩個手脖兒，右手把她肩上的弓箭掃下去。然後用她自己的武器打她幾個耳光，笑着看被打者扭着身軀，箭從壺裏掉出去。阿特米斯突然哭起來，飛奔逃去，像一隻鵓鴿被獵鷹追着，幸能活着逃掉，逃到一個石縫或山洞裏。就這樣，這位女神哭着逃跑了，撇下她的弓箭在地上。導引者和斬巨人者赫耳墨斯安慰她的母親勒托，使她放心。他喊她跟她說道：「別怕，勒托，我不跟你鬥。那些跟驅雲者宙斯的配偶交手的，似乎總有些困難。不，妳可以隨意誇口，告訴衆神妳用強力制服了我。」

因此勒托揀起彎弓和散亂地掉在塵土漩渦裏的箭，抱着她女兒的武器退去。這時那女郎自己已到奧林匹斯的銅殿裏，坐在她父親的膝上啜泣，她那神的長衫在她胸上顫動。克魯諾斯的兒子把女兒摟在懷裏，笑着問她：「是那位神這樣錯待了我的姣兒？」美冠的女獵者答道：「父親，是你的老婆粉臂赫拉打了我。永生的神們中間的吵鬧，都是她搞起來的。」

這兩位在交談時，菲巴斯阿波羅去到神聖的伊利亞。他對城牆不放心，怕亞該亞人在命運注定的日子前，就打破那座輝煌的城池。其餘的永生神祇，有的愁眉不展，有的歡天喜地，都囘到

奧林匹斯跟天父、黑雲的主宰，坐在一起。

阿基里斯繼續在摧毀一切。人和壯馬他一齊屠殺。他給特洛伊人帶來災禍，像那些憤怒的神們點火燒一座城池時，濃煙騰入天空，使全城人陷於苦難，許多人哀痛。

年老的普利安王爬上波塞多所造的城堡之一，看見碩大的阿基里斯和他所追逐的驚惶失措的特洛伊人，完全喪失了戰鬥力。他驚叫一聲，爬下城堡，給那些可靠的看守城門的人發出新的命令。「開開城門，」他說，「等我們的敗軍跑進來。阿基里斯緊跟在他們後面，我恐怕有一場大屠殺。等他們進城來能夠喘一口氣時，立即關上門。我深怕把那個野人關在城內。」

人們拉開門，推開門橝。門大開着，有希望拯救隊伍。這時阿波羅衝出去迎接部隊，以防止一場屠殺。他們一直向着城和高的城牆奔，越過平原，跑得唇焦舌敝，滿身塵土；阿基里斯持槍跟踵而來，立意要贏得榮耀，仍然滿腔怒火。實在的，高門的特洛伊城這時已可為亞該亞的兒孫攻破，要不是菲巴斯阿波羅介入，並激動安蒂諾的兒子阿吉諾，一位卓越和強大的戰士。這位神把膽氣吹進他心裏，自己靠住一棵橡樹，隱在一團濃霧裏，站在他身邊救護他，使他不致落在死神沉重的手裏。緊接着，阿吉諾看見刼掠城池者阿基里斯來近，他站起來等，不過當他慘然審度一下自己的處境時，他的高貴的心裏有許多陰沉的疑慮。他想道：「假如我在偉大的阿基里斯面前奔逃，加入全體驚奔的羣衆，他仍會捉住我，割斷我這懦夫的咽喉。另一方面，我可讓佩柳斯的兒子去追那烏合之衆，自己徒步離開城牆，從另一條路溜到伊雷安平原。到了愛達山麓，可藏在樹林裏，在河裏沐浴一番，洗去身上的汗漬，夜裏再走回伊利亞來。不對，為什麼考慮這樣一條途徑呢？阿基里斯一定會看見我偷偷離城，進入開濶的田野；他會全力追來趕上我。那時必死無疑，因為他比我強得太多了，他比世上任何人都強得多。那麼只有一條路可走：就是在這城前跟

他相見。究竟他也是血肉之身，也只有一條命，沒有人相信他是神，即使克魯諾斯的兒子宙斯讓他所向無敵。」

事情就這樣解決了。阿吉諾一旦決心跟他單獨決鬥，就打起精神，毫不畏懼地等待阿基里斯。就這樣，一隻雌豹走出林中的穴窩，面對獵人，牠聽見獵犬吠鳴，不感覺恐懼，也沒有顯出害怕的神色。即使獵人先擲槍刺入牠的皮肉，牠的勇氣並不捨棄牠，牠仍然跟他鬥，或在鬥的過程中死去。就這樣，卓越的安蒂諾的兒子，可欽敬的阿吉諾，拒絕逃跑，要與佩柳斯的兒子決一勝負。他把圓盾擋在身前，槍對準阿基里斯，大膽地向他挑戰。「我主阿基里斯，」他喊道，「無疑的，你以為今天你就可攻破驕傲的特洛伊城。那是一個可笑的錯誤。特洛伊將屹立下去，還要看見許多艱苦的戰鬥呢。只要我們還在那裏，她就有足夠的偉岸兒子，在他們父母妻兒親見之下替她打仗。倒是你在向你的最後命運衝，雖然你是可怕的和無所畏懼的。」

說着他那沉重的手投出一桿鋒利的槍，真的，他擊中阿基里斯膝下的脛，使他那新的錫脛甲在腿上發出可怖的聲音。神的作品經得住這打擊，那銅的矛頭彈回去了；它擊中他，但沒刺傷。現在該佩柳斯的兒子攻擊像神一般的阿吉諾。可是阿波羅沒有讓他贏這次決鬥。他把阿吉諾藏在一團濃霧裏，把他帶走，安全地放在戰場外。弓王然後向佩柳斯的兒子施一詭計，引他離開其餘的特洛伊軍。他自己幻化成完全像阿吉諾的模樣，出現在阿基里斯前面。阿基里斯開始急追，趕那神越過麥田，向深漩渦的斯卡曼德奔去。阿波羅只在前面不遠，總是讓阿基里斯想，要是跑得稍快一點就可以追上。這時其餘的特洛伊人全到了城邊，他們懷着喜悅的心情湧進城去。他們甚至無心在城外等候一下，看看誰逃得性命，誰已戰死；大家都匆匆忙忙往城裏擠，就是說，所有那些兩腿跑得快的人。

二二　赫克特的死

特洛伊人像一羣受驚的鹿，擠進城去，他們抹去身上的汗，倚靠着厚實的城垛喝東西解渴；這時亞該亞人已進逼城下，他們的盾斜掛着。但是命運爲了她自己的邪惡目的，留赫克特在城外斯坎門前。

這時菲巴斯阿波羅向佩柳斯的兒子阿基里斯露出他的面目。「我的主，」他說，「你追我做甚？你是人，我是永生的神；要不是你心裏有事，你可能是會知道的。特洛伊人已經被你擊潰，你現在不是在忽略你跟他們的公幹嗎？你走錯路來到這裏，沒有看見他們已經把自己關到城裏去了嗎？你決不能殺我，我是不會死的。」

捷足的阿基里斯滿腔怒火。他反擊弓王，稱他是最會調皮搗蛋的神。「你使我成爲一個傻瓜，」他喊道，「誘我離開城牆來到這裏。想想所有那些可能命喪塵埃，不能囘到伊利亞的特洛伊人！你救了他們的命，就是奪了我的一次偉大的勝利。對你這是件容易事，你沒有懲罰可怕。我倒很想報復你一下，假如我有那樣能力。」

阿基里斯不再說什麼，他在想重大的事功，遂向城的方向飛奔，跑得像一場馬賽中的勝利者那樣快和那樣容易，當牠最後衝刺跑完的時候。普利安老王是第一個看見他越過田野向他們衝來的人，跑時他胸間的銅，閃出光芒，像那顆秋天出現的星，在黃

昏的天空比一切星都更明亮——人們稱它為豺狼星。雖然它是一
切星中最明亮的，但並非吉兆，給我輩可憐的世人帶來許多熱
病。老人呻吟了一聲，舉起兩手，用手敲打自己的頭。他以充滿
恐怖的聲音，懇求他的兒子，他已下定決心，在城門前跟阿基里
斯決一死戰。

　　「赫克特！」老人叫道，他伸出兩臂，苦苦哀求。「好兒
子，我求你，不要一人跟他打，沒人幫助。你是在自取失敗，向
他討死。他力氣比你大得多，且是個野蠻人。狗和禿鷲不久就要
吃他的屍首（那將從我心上釋去何等的重負啊！），假如眾神都
像我這樣恨他：他這個人奪去我這麼多的傑出兒子，殺死他們，
或賣他們到遠處島上為奴。甚至今天，我在退進城裏的部隊中，
還找不到兩個兒子，律康和波律多拉斯，勞索公主給我生的。倘
使敵人把他們俘據了去，我們立刻就會拿銅和金贖他們，她有很
多這些東西，因為那可敬的老人給他女兒一份財產。可是假如他
們已經死去，現已命歸冥府，那我跟他們的母親又多一場哀慟，
我們是他們的生身父母啊！不過伊利亞其他人的哀慟，不會持續
長久，除非你也跟他們去，死在阿基里斯手裏。所以兒呀，進城
來，進來拯救特洛伊城和特洛伊人，不要虛擲你的寶貴性命，給
佩柳斯的兒子一場勝利。也可憐可憐我，你的可憐的父親，我仍
然還能感覺。想想宙斯父給我的老年安排下的可怕的命運，我死
前還必須看見的恐怖場面，兒子們被殺光，女兒們被毆打，她們
的臥室被搶劫，嬰兒們被野蠻的敵人摔死在地上，兒媳婦們被亞
該亞人污濁的手拉去。最後我也將死在利銅下，當我被槍或劍殺
死後，貪食的狗將在我自己家門口把我撕得稀爛。那些我在飯桌
上餵養的狗和我訓練出來替我守門的狗，將在我門前懶散閑蕩，
瘋狂地啜我的血。啊，要是一個青年戰死，傷痕斑斑躺在那裏，
那看着還沒有什麼，死所暴露出來的沒有不是美麗的。但是一個
老人被殺死後，狗褻瀆他白髮蒼蒼的頭、他的花白鬍鬚和他的陰

私，那是人類最醜惡的景象。」

　　普利安說畢，手拉住並拔下頭上的白髮，但是沒有搖動赫克特的決心。現在他的母親來開始哭求。她敞開懷裏的衣襟，露出一乳，用一手捧着，滿面流淚，向他哀告。「赫克特，我兒，」她哭道，「想想這個，可憐可憐我。我曾多少次用這個乳餵你並撫慰你！想想那些日子，好兒子。來到城牆裏面，應付敵人，不要在城外跟那人單獨決鬪。他是個野蠻人，不要想假如他殺死你，我將把你停在靈床上哭你，我親生的親愛的兒子；你的富有妝奩的妻子也不能那樣；你將離我們遠遠的，在阿果斯人船邊被敏捷的狗吃掉。」

　　就這樣，他們流著淚向愛子哀求。但是所有的懇求都是徒然，赫克特堅守在那裏，讓龐然可怕的阿基里斯向他走來。像一條山蛇吃了毒草，瘋狂起來，盤捲在穴窩裏，讓人走近牠，並以眼裏的邪惡光輝注視他，赫克特堅定地站在那裏，毫不畏縮，他的閃光的盾，靠在牆外的工事上。雖然如此，他仍是害怕；他憂慮自己的處境，因而跟他那不屈不撓的靈魂盤算一下。他想道：「要是我退進城去，波律達馬斯將首先笑罵我，因為昨夜失利和偉大的阿基里斯又出現時，我沒有聽他的話，把隊伍撤回城去，當然是應當撤回的。因為我自己的剛愎自用，現在已經犧牲了軍隊，我有何顏面去見國人和穿拖裙的特洛伊貴婦們。要是聽見一個庶人說：『赫克特仗恃自己的右臂，喪失了一枝軍隊。』那我可受不了，總是會有人這樣說的。那時我就會知道，決不如現在跟阿基里斯對打一仗，不是殺死他生還，便是自己光榮地戰死在特洛伊城前。當然我可以放下有浮雕裝飾的盾和沉重的頭盔，把槍靠住牆，主動地走上去向阿基里斯提個和議。我可以答應把海倫跟她所有的財產交給阿特瑞斯兄弟，就是當巴黎播下這次亞該亞戰爭的種子時，用他的空船載回特洛伊的一切東西。我還可答應跟敵人平分我們的其他財物，然後勸國人在議會宣誓，說他們

將毫無隱匿，把這座美麗城市中的一切動產分成相等的兩份兒。
哦不對，我為什麼考慮這樣一個途徑呢？我有一切理由害怕，要
是我走近阿基里斯，他將對我毫不憐恤，毫不顧念，而立刻像殺
死一個婦人般，殺死我這個已經卸除武裝的人。不對，到了現在
這個時刻，我不能想像阿基里斯跟我會是一對幽會的愛人，像一
個小伙子跟一個少女，在一起卿卿我我，交頸接吻。最好不要躭
誤時間，交起手來。那時便知道奧林匹斯神要將勝利交給我們中
間的哪一個。」

　　赫克特站在那裏心中凝思和盤算時，阿基里斯走近他，頭戴
明亮的銅盔，像戰神一般，準備戰鬥。他在右肩上空，揮動一枝
佩里昂梣木槍，身上的銅甲閃着火焰或旭日般的亮光。赫克特往
上一望，看見他，便戰慄起來。他已不再有堅定不移的勇氣；離
開城門，心驚膽怕，奔逃而去。佩柳斯的兒子伏恃自己腳下快，
一霎時急起直追。輕靈得像山中的獵鷹，那是飛禽中最快的，當
牠飛撲一隻膽怯的鵓鴿，緊跟在後面尖鳴，一再猛衝上去，要抓
住牠，阿基里斯開始追逐；赫克特像那隻鵓鴿在敵前飛逃一樣，
順着特洛伊城牆在阿基里斯前面用盡力氣奔馳。他們經過眺望處
和當風的無花果樹，保持離城牆的相當距離，順著車道跑，這樣
就到兩個可愛的井泉跟前，這是斯卡曼德漩流溪水的兩個源頭。
從其中一個冒出的是熱水，上面蒸氣騰騰，像火焰上面的煙。從
另一個冒出的水，甚至在夏天，冷冽像冰雹霜雪。在兩泉近處，
有幾個寬而美的石槽，在亞該亞人來以前的和平日子裏，特洛伊
的漂亮婦女們，常來這裏洗濯她們光亮的衣服。他們跑過這裏，
赫克特在前，阿基里斯在後；前面跑的是英傑，但後面追的勝過
他多多。他們的速度是瘋狂的。這不是一場尋常的賽跑，只是為
了贏得一頭上祭的畜牲，或一面華盾的獎品。他們在競爭馴馬的
赫克特的性命；兩人以飛快的腳步，繞着普利安的城跑了三圈
兒，像兩匹強大的賽跑馬，飛速馳過轉向標桿，全力爭取為一個

戰士的殯葬競技所設的獎品，一只三脚鼎，或一位女子。

　　所有的神都默不作聲，注視他們，後來人和神的父面對其他
的神，嘆息一聲說道：「我心裏好喜愛這個在我們眼前被追得繞
特洛伊城跑的人。我爲赫克特悲傷。他曾在愛達山的崎嶇巖頂，
和特洛伊的崇高城樓，給我燔炙過許多牛腿。現在偉大的阿基里
斯正以最高速度，繞着普利安的城追他。想一想，諸位神，幫我
決定我們要麼搭救這人的性命，要麼讓一個好人今天就死在佩柳
斯的兒子阿里斯手裏。」

　　「父親！」明眸的雅典娜驚喊道，「你在說什麼啊？你，明
亮電光和黑雲的主宰，是在提議救這個命運早已決定了的人免受
死的痛苦嗎？你隨便好了，但不要指望我們大家都喝采贊成。」

　　「放心好了，屈托女，我的兒，」驅雲神宙斯說，「我不是眞
的要饒他的命。妳可以信賴過我對妳的愛顧。妳去看着辦好了，
可是要立卽行動起來。」雅典娜原已巴不得要發揮她的作用，得
到宙斯的鼓勵後，便疾速離開奧林匹斯頂點。

　　這時捷足的阿基里斯繼續無情地窮追赫克特。像一隻獵狗驚
起山中鹿窩裏的一個幼鹿，追牠穿過峽谷和林隙，甚至當牠藏在
灌木叢中時，仍然跑上去追尋氣味，找到牠的獵物，捷足的阿基
里斯不讓赫克特的任何技倆，弄得他失掉那氣息。赫克特一再向
達丹尼亞門猛衝，希望溜到那牆下面後，上面的弓箭手可以救他
擺脫追他的人；但是阿基里斯總是跑內線，每次都攔住他，趕他
離牆向開濶的田野跑。可是他仍然趕不上他，正如赫克特不能擺
脫他一樣，像是在一場惡夢裏的追逐似的，追的人跟被追的人都
不能動彈一下手脚。

　　你也許問，死已迫在赫克特的眉睫，他如何能逃呢？他之所
以還能逃，只是因爲阿波羅的介入；這是他最後一次到他跟前給
他新的力氣，使他能夠跑快。再者阿基里斯曾以頭示意，敎他的
兵士不要射他所追逐的人，因怕有人搶在他前，一箭射死赫克

特,贏得聲譽。當他們第四次跑到雙泉時,天父拿出他的金秤,
把死刑放在兩邊秤盤上,一邊是阿基里斯的,一邊是馴馬的赫克
特的。他提起秤桿的中央,赫克特的一邊沉了下去,表示他的命
運已定。他是一個死人了。菲巳斯阿波羅捨棄了他;明眸的女神
雅典娜去到阿基里斯跟前,向他說出重要的話。「傑出的阿基里
斯,宙斯的寵兒,」她說,「現在我們把亞該亞軍的偉大勝利帶
囘船上的時機來到了。赫克特將戰鬪到底,你跟我將殺死他。這
囘他逃不掉了,雖然弓王阿波羅已盡了許多努力,並匍匐在他父
親穿乙巳斯的宙斯膝前求情。你站在這兒別動,稍微喘息一下,
我去勸赫克特跟你戰。」

阿基里斯很樂意,照她吩咐的做了。他站在那裏倚着自己的
銅矛槍;那時雅典娜走過去跟赫克特講話,借用德弗巴斯的形貌
和不倦的語音。「親愛的兄弟,」她跟赫克特說,「捷足的阿基
里斯一定把你累壞了,那樣快追你繞城跑。讓我們在這裏停住,
共同抵抗他。」

「德弗巴斯,」偉大的明盔赫克特說,「我一向愛你勝過赫
丘巴和普利安給我的一切兄弟。從現在起,我甚至更加疼愛你,
因爲你看見我的困苦境地,有勇氣出城來幫助我,其他的人都躲
在城裏不敢出頭。」

「親愛的兄弟,」明眸的雅典娜說,「我可以向你保證,我
們的父母,個個懇求我待在城裏,不要出來。我的人也是如此,
他們都害怕阿基里斯,怕得厲害。但是我因爲替你着急,所以很
痛苦。讓我們大膽攻擊他,不要吝惜槍。不久我們就知道,不是
阿基里斯殺死我們兩個,把我們的血污盔甲帶囘船去,便是他自
己死在你的槍下。」雅典娜的詭計得逞,引着他前進,赫克特和
阿基里斯相遇了。

偉大的明盔赫克特首先說話:「我主阿基里斯,你追我繞普
利安的偉大城池,跑了三圈兒,我不敢停下來讓你近我。可是現

在我不再跑了。我已決心跟你決鬥，不是我殺死你，就是你殺死我。但是首先讓我們訂一協議，你請你的神作見證，我請我的神作見證，一個協議沒有比這更好的保障了。要是宙斯讓我活，我殺了你，我決不出乎尋常地糟踏你的身體。我要作的，阿基里斯，只是脫下你那光輝絢爛的盔甲，把你的屍體送還亞該亞人。你能同樣待我嗎？」

　　捷足的阿基里斯冷酷無情地看着他答道：「赫克特，你一定是瘋了，竟跟我講什麼協議。獅子不跟人協議，狼跟羊也不會同意，牠們都是死敵。你跟我也是如此。我們中間不能有友誼，我們的仇恨不能罷休，直到有一個戰死，以他的血餵飽頑強的戰神。所以你要鼓起你可能有的勇氣。現在是你施展槍法和膽量的時候；誰也不能救你了，帕拉斯雅典娜正在等着用我的槍殺死你。你的槍曾殺死我許多朋友，給我以無窮痛苦，現在是你為這付出全部代價的時刻。」

　　說着阿基里斯作好準備，投出他的長影槍。傑出的赫克特在看着他，且閃過了。他蹲下身去，眼睛看着那武器，它掠過他的頭插在地上。帕拉斯雅典娜拔起那槍，送還給阿基里斯。

　　偉大的隊長赫克特沒有看見那個動作，他向佩柳斯的無匹的兒子喊道：「像神一般的阿基里斯，沒有擊中啊！似乎宙斯跟你說錯了我死的日子！你的自信心太強了。你還油嘴滑舌，花言巧語，打算嚇唬我，消耗我的力氣。無論如何，我不再跑了，你也不能從背後槍刺我。當我向你撲去時，你如有機會，可刺透我的胸脯。但是你得先躲過這一槍。願上天保佑，所有它的銅矛都插在你的肉裏！你是特洛伊人最大的剋星，你死後，這場戰爭對他們就容易多了。」

　　說着他一揮長影槍，擲了出去。一點也不錯，他擊中阿基里斯的盾的中央，但是那槍彈了回去。赫克特很生氣，因為這樣好的一擲，竟沒有產生效果，只好站在那裏，心慌意亂，手裏沒有

第二根槍。他高聲喊使白盾的德弗巴斯，給他一根長槍，但德弗巴斯不在跟前。赫克特這時了解已經發生了什麼事，因喊道：「哎呀！神們確曾召喚我走上死路！我以為好德弗巴斯在我身旁，原來他還在城裏，雅典娜騙了我。死已不再是遙遠的事了。他在瞪住眼看我的臉，沒法逃避他。宙斯跟他的弓手兒子，一定在很久前就這樣決定了，雖然他們待我好，給我幫助。現在就是我死的時候。可是至少讓我貴賣我的性命，讓我有一個並非不光榮的結局，死前幹出些戰績，供後世人傳誦。」

赫克特身邊佩着一把長而沉重的利劍。他拔出這劍來，抖擻精神，猛撲上去，像一隻高飛的鷹，猝然飛穿黑雲下地，抓一隻溫柔的羔羊，或一隻蹲縮的野兔。就這樣，赫克特手揮利劍，攻擊上去。阿基里斯跳上前迎他，燃燒着野蠻的怒火。他用那裝璜華麗的盾遮護前身；頭動時，那閃光的盔和盔上的四面銅片，搖搖揌揌，使赫斐斯塔司在盔頂所裝的許許多多輝煌燦爛的金羽飾，在頭頂顫巍巍跳動；他那槍的鋒利矛頭閃耀着，明亮得像天空最可愛的寶石，金星，當夜間它跟其他星體一起出現的時候。他用右手把槍持平，一心要殺赫克特，並在找一個最合適的地方，好刺進他的皮肉。

阿基里斯看見赫克特渾身被他從偉大的派楚克拉斯身上脫下的那副精美銅盔甲遮蔽得很嚴密，只咽喉有一小孔，那是鎖骨從肩膀通至頸項的地方，也是最容易殺死一個人的地方。赫克特向前衝時，阿基里斯皇子就把槍在這個地方插進去；矛頭一直刺入赫克特頸項的軟肉裏，不過那沉重的銅矛沒有割斷他的氣管，他還能向殺他的人說話。赫克特倒在塵土裏，偉大的阿基里斯戰勝了他。「赫克特，」他說，「無疑的，你脫下派楚克拉斯的盔甲時，幻想你將是安全的。你永遠沒有想到我，我那時太遙遠了，你這蠢材！在那些空船旁有一後備員，比派楚克拉斯強得多，就是他現在戳倒了你。當亞該亞人埋殯派楚克拉斯的時候，狗和食

肉鳥將撕吃你。」

「我懇求你，」明盔的赫克特聲音微弱地說，「我指着你的雙膝，你自己的生命，和你的父母，求你不要把我的屍體扔給亞該亞船邊的狗吃，而接受一筆贖我的贖金。我的父母將給你許多銅和金。請放棄我的屍體，讓他們把我帶回家去，好讓特洛伊人和他們的妻女舉行火葬，給我哀榮。」

敏捷的阿基里斯怒目瞪他。「你這個狗東西，」他說，「不要跟我說雙膝的話，也不要在你的禱告中提起我父母。我只希望割碎你，有胃口生啖你的肉，以洩我的憤恨。至少有一件是確定了的，誰也不能攆開狗，甚至特洛伊人送來十倍或二十倍於你的價值的贖金，答應將來還要再多送些；甚至達丹尼亞的普利安教他們送來等於你的體重的黃金——甚至這樣，你母親也不能放你在靈床上哭她親生的兒子，而狗和食肉鳥將吃掉你。」

明盔的赫克特在垂死時又向他說道：「我很知道，並能猜透你的心！你的心腸像鐵一般硬，我是在白費唇舌。雖是這樣說，還請你再思而行，也許憤怒的神們將來會記起你怎樣對待我，等輪到你的時候，等你在斯坎門耀武揚威而被巴黎和阿波羅殺死的時候。」

死截斷他的話，他的沒有形體的靈魂飛到冥府，哀悼他的命運和他撇下的青春和壯年。但是阿基里斯皇子又向他說話，雖然他已經死了。「死吧！」他說，「至於我自己的死，等宙斯和其他永生的神決定的時候，讓它來好啦。」

然後他從屍體上拔出長槍，放在地上。他從赫克特肩上脫下那血淋淋的甲冑，其他亞該亞戰士跑上來圍住看。他們驚奇着赫克特的龐大軀體和美貌。所有那些圍觀的人臨走時沒有一個不給他添一個傷的。每人戳那屍體時總望着他的朋友說句俏皮話：「現在的赫克特，比他放火燒船時容易對付些。」

迅速和卓越的阿基里斯剝去赫克特的盔甲，站起來向亞該亞

人講話。「朋友們，」他說，「阿果斯人的隊長們和顧問們，這個
人所造成的傷害，比所有其他的人加起來都多，現在既然衆神敎
我們戰勝他，讓我們武裝繞城偵察一番，看特洛伊人下一步將如
何。看他們是不是要放棄城堡，因爲他們的冠軍戰士已經死了，
或者決定沒有赫克特的幫助也要守下去。哦，不對，我是在說什麼
啊？我怎能想別的事、而忘掉死者派楚克拉斯呢？他現正躺在船
旁，沒有埋葬，也無人哭他。只要我一天活着，能在地上走，便
永不會忘掉他，我自己的親密夥伴，甚至在冥殿裏，死者忘掉他
們的死者，我也會記起他。所以亞該亞的戰士們，讓我們現在回
到空船上去，帶着這屍體，唱着勝利歌曲：我們已贏得偉大的光
榮。我們已殺死高貴的赫克特，在特洛伊，人們奉他爲神明。」

　　阿基里斯的下一步，是對這位戰死的皇子施以可恥的暴行。
他割開他兩脚背後從脚後跟到足踝的筋，穿兩根皮條進去，把皮
條綁在他車上，讓他的頭拖地。然後他拎起那副著名的盔甲，放
在車上，自己上車去，鞭梢一動，催馬前進，兩馬便欣然馳去。
赫克特在車後拖，掃起一陣塵煙，他的黑髮向兩邊飄拂，一層厚
土落在他頭上，那頭一度曾這樣標緻，現在宙斯讓他的敵人在他
自己家鄉糟蹋他。

　　就這樣，赫克特的頭在土裏打滾。他母親看見他這樣情形，
她撕開頭髮，從頭上摘下明亮的面紗，高聲慘叫丟開它去。他父
親痛苦地呻吟着，周圍的人跟着慟哭起來，全城都陷於絕望中。
卽使是伊利亞被大火延燒，從崇高的城樓燒到低下的街衢，他們
的哭聲也不會比這再高些。在戰慄恐怖中的年老國王，向達丹尼
亞門走去，他一心一意要出城。他的人民費了很大周折才止住了
他，他爬在糞土裏，哀求他們，叫出個個人的名字。「朋友們，
別管我，」他說，「你們太過於當心我了。讓我一人出城，到亞
該亞船上去。我要向這個無人性的怪物求情，他可能會因爲赫克
特的年幼而感到羞愧，也可能會憐憫我的年老。畢竟他也有個像

我這樣年紀的父親，佩柳斯，他生他養他，成為一切特洛伊人的剋星。但是誰也沒有我在這人的手中受的痛苦這樣多，我的許多個兒子，都在年富力強的時期被他宰殺了。我雖然一律哀悼他們，但其中有一個我哭得更慟，對於他的悲哀，將送掉我的命；他就是赫克特。哎呀，假如他死在我的懷抱中啊！那時我們可盡情哭他，我跟他母親！她生他到人世，只落得悲哀。」

　　普利安就這樣哭着。特洛伊的居民也跟着嗚咽悲嘆。現在赫丘巴領着特洛伊婦女們傷心地慟哭起來。「我的兒呀，」她哭道，「啊，我好苦呀！既然你死了，我還活着受苦為什麼？在特洛伊，無閒日夜你是我的驕傲，你是城裏每個人的救星，他們奉你若神明。實在的，活着的時候，你是他們最大的光榮。現在死神和命運神帶你去了。」

　　就這樣，赫丘巴嚎咷慟哭着。赫克特的妻還沒有聽見這個消息。事實上沒人去告訴她說她的丈夫仍在城外。她在那高大屋宇的一個角落，做一面雙幅紫色織錦，正在給它裝飾一個花型。因為她全不知情，她剛才喊家裏的侍女們，放一個大鍋在火上，等赫克特打仗囘來可以洗個熱水澡；萬沒有想到他已躺在那裏，死於阿基里斯和明眸的雅典娜之手，離一切沐浴遠得很呢。可是現在聽見城上的嚎哭和嗚咽，她渾身一怔，織梭掉在地上。她又叫她的侍女們說：「跟我來，妳們兩個：我一定要去看看發生了什麼事。我聽見我丈夫的高貴母親的聲音；至於我，我現在提心吊膽，兩腿動彈不得。普利安家將要發生什麼可怕的事情。願上天保佑，不要讓我聽見這樣的消息，可是我非常害怕那偉大的阿基里斯在城外單獨碰見我那英勇的丈夫，把他趕到開濶地去；實在的，他也許已經消滅了赫克特的熱情：他的任性的傲氣。因為赫克特決不肯跟大羣人一起，躲在後頭；他總是跑在一切人前面，不讓任何人像他一樣勇敢。」

　　說畢，安助瑪琪憂心怔忡，像一個瘋狂女人一般衝出房屋，

她的僕婦跟在後面。她們到達城牆上，那兒有一羣人，她爬上城
垛，放眼搜索平原，看見他們正在城前拖她的丈夫，兩匹高大的
馬曳着他向亞該亞船慢跑而去。整個世界在安助瑪琪眼前變成漆
黑一片。 她撞倒在地， 失去知覺， 頭上鮮艷的裝飾品都掉在地
上，那花冠，那頭巾，那編織的束髮帶，還有當明盔的赫克特送
過富麗堂皇的妝奩後，到埃厄森家去迎娶她那天金阿芙羅狄蒂給
她的那張面紗。她躺在那兒，不省人事，她丈夫的姊妹們和他兄
弟們的媳婦們，都圍在她跟前攙扶她。最後她甦醒過來，突然嗚
嗚咽咽向特洛伊婦女們哭訴起來。

　　「哎呀，赫克特，我好命苦啊！」她哭道，「你跟我生來同
樣不幸，你生在這裏普利安家，我生在塞貝林木叢生的普拉卡斯
山下埃厄森家裏。他是個不幸的父親，但有個更不幸的女兒，她
現在情願從頭沒有來到世上過，因爲你現在正要去到冥府，地下
的一個不可知的世界，撇下我悲慘痛苦，是你家的寡婦。還有你
的兒子，只不過是個孩提，他是你我的兒子，我們這對不幸的父
母。赫克特呀，現在你死了，你不再能使他快樂，他也不能使你
快樂。卽使他逃過亞該亞戰爭的恐怖，他的前途沒有別的，只有
艱難困苦，陌生人將侵蝕他的產業。一個無父無母的孤兒，就沒
有玩伴。他總是垂頭喪氣，淚流滿面，在迫不得已的時候，去到
他父親的朋友輩的集會裏望望，拉拉這人的斗篷，那人的短裝，
直到有人動了惻隱之心，伸一只酒杯在他嘴邊，也只是一會兒工
夫，只夠濕濕兩唇，嘴還是乾渴的。這時另一男孩來，他的父母
都活着，他用拳頭揍他，攢他離開筵席，並揶揄他：『滾出去，』
他喝斥道 ： 『 你沒有父母在這裏吃 。』 於是那孩子流着眼淚跑
開，跑到他寡母跟前。小阿斯蒂亞納克斯總是坐在父親膝上，吃
的不外是滋養品和肥羊，玩得夠了疲倦的時候，便睡在床上，溫
柔地摟在保姆懷裏，歡歡喜喜的。可是現在呀，他父親去了，不
幸的事一齊堆在他身上；特洛伊人稱他是特洛伊的保衞者，因爲

他們認爲你是惟一能夠保衞他們的長城和城門的人。可是你呀，在那些鳥嘴船前，離你父母遠遠的，狗吃剩下後，蠕動的蟲將吃你，光着身子躺在那裏，縱然家裏有你自己的女人們替你做的精緻漂亮的衣服 。所有這些我都要燒成灰燼 。它們對你已沒有用處，你不能再穿它們了。可是特洛伊的男人和女人，將給你最後的哀榮。」

就這樣安助瑪琪滿面流淚泣訴着，那些女人們跟她同聲哭。

二三　火葬與競技

　　特洛伊人縱情哀哭的時候，亞該亞人退到赫勒斯龐特；到達船前，他們散隊，各回各船。只有善戰的邁密登人還沒有解散。阿基里斯留他的部隊跟他一起，向他們講話。「邁密登人，」他說，「快馬的愛好者，我的可靠的隊伍；暫時不要卸馬，趁我們還在車上，趕到派楚克拉斯那裏哭他去，像我們應該哭一個死人那樣。哭過並從眼淚中得到慰藉後，可卸下馬來，在這裏吃晚飯。」

　　邁密登人同聲哭起來。阿基里斯領頭，帶着哭的人趕長鬃馬繞死者三圈，同時塞蒂斯激動所有的人無拘無束地盡情慟哭。沙地濕潤了，戰士們的甲胄上淚痕斑斑，對於這樣偉大的一位恐慌製造者，這是一種適當的敬意。佩柳斯的兒子把他那殺人的手放在他戰友胸上，領他的人唱一首悲哀的輓歌：「高興起來啊，派楚克拉斯，甚至在冥殿裏。我正在實踐對你所作的一切諾言。我已把赫克特的屍體拉到這兒餵狗吃；在你的火葬堆上，我將宰殺十二名特洛伊高貴青年，以洩我心頭因你的死而生的怒恨。」

　　阿基里斯唱畢，又想起一種可以施諸赫克斯皇子的侮辱。他使他嘴啃地，爬在麥諾俠斯的兒子靈床前的塵土裏，他的兵士們然後脫下明晃晃的銅配備，卸下嘶鳴的馬，成百成千的坐在佩柳斯的敏捷兒子的船旁，他給他們備下一頓美味的喪宴。許多頭白牛在鐵刀下喪命，許多隻綿羊和咩咩叫的山羊被宰殺，還有許多

絛肥豬架在火上燔炙。繞着屍體倒了許多杯鮮血。

　　阿基里斯皇子，佩柳斯的快速兒子，被亞該亞君王們請去，同阿加米農公一起用膳，他們費了很大勁才請得他去，他仍在哀悼他的戰友。到達阿加米農的棚屋後，他們叫聲音響亮的宣報員放一只大三脚鍋在火上，希望能勸阿基里斯洗去身上的血污。但是他堅持不肯。他甚至起誓說：「請宙斯作證，他是神中最偉大的，要是讓水近我的頭，那將是褻瀆神靈罪，直到我焚化派楚克拉斯，給他作一墳塚，並剪下我的頭髮的時候；因爲我將來決不再忍受現在所忍受的痛苦，無論我還能活多久。只是在目前，雖然我恨食物，但屈於必然的需要，所以要吃。到天明時，也許阿加米農王陛下會派人去採集木柴，備下爲一個死人走上西方暗界的旅程所需要的一切東西，好使派楚克拉斯能及早焚化，等他去後，人們好恢復正常工作。」

　　他們立即同意，並開始準備晚餐，每人都有一份相同的東西。他們吃得津津有味，吃飽喝夠了，各人回到自己棚屋過夜。但是佩柳斯的兒子，躺在浪聲濤濤的海岸上他的許多邁密登人中間，疲倦地呻吟着，那兒是一片開濶地，浪花濺在海灘上。他的強壯的四肢，因爲在多風的伊利亞城外追赫克特而跑得勞累了；可是他一旦入睡，讓睡眠安慰他，擁抱他，忘掉一切憂慮，便夢見可憐的派楚克拉斯；他的音容宛如活的時候一樣，同樣漂亮的眼睛，穿着平常愛穿的衣服。

　　他停在他頭旁向他說道：「你在睡覺；你忘掉了我，阿基里斯。現在我死了，你不當心我；我活着時，你永遠沒有這樣過。快些埋葬我，我好過鬼門關。死者的無形體的靈魂，拒我於門外，他們不讓我過河參加他們，撇下我在敞開的門外邊，孤獨悽涼地來囘踱着。讓我拉你的手，我求你；一旦經過火化後，我便永遠不能再從冥府囘來了。你我永遠不會再一起坐在大地上我們的人聽覺所不及的地方，商定計劃。因爲我已經被可怕的命運吞

沒了，這命運一定是我出生時就注定了的。你的命運，最可敬愛的阿基里斯，也注定你將死在富庶的特洛伊城下。我還有個請求。別讓他們把我的骨骸跟你的分開埋葬，阿基里斯。讓我們兩人埋在一起，正像我們同在你家長大一樣。麥諾俠斯把我從奧帕斯帶到你家時，我只是一個小孩子，因爲我跟安菲德馬斯的兒子玩蹠骨遊戲時發生口角，無意中打死了他，因而不幸犯了殺人罪。有騎士風的佩柳斯歡迎我到他宮殿裏，慈愛地照顧我，把我撫養成人。後來他派我作你的侍從。所以讓我們兩人的骨頭裝在一個罎裏，就裝在你母親給你的那個金瓶裏。」

「親愛的，」快速的阿塞里斯說，「你哪裏需要來教我料理這些事呢？我當然會顧到一切，完全照你的願望作。請你過來靠近我，我們好互相擁抱，卽使只是片刻工夫，並從眼淚中得到安慰。」

阿基里斯說着，伸出兩臂扣那魂靈，但那只是徒然。它像一縷青烟消逝，呢呢喃喃鑽到地下去了。阿基里斯驚異得跳起來。他拍着手黯然哭道：「哎呀，眞的啊，人死後眞的還有魂靈活在冥王殿啊，但是它絲毫沒有理性，只是個彷彿人的鬼魂；因爲可憐的派楚克拉斯的鬼魂，看起來完全像他，徹夜站在我身邊，慟哭悲泣，告訴我說所有那些我應當作的事。」阿基里斯的叫喊，驚醒邁密登人又哭起來；當黎明躡着緋紅的脚趾，偷偷地到他們跟前時，看見他們圍着可憐的死者嚎啕。

阿加米農王從營地的每一部分選派人和騾子去採集木材。指揮這隊人的軍官，是可愛的愛多麥紐斯的侍從麥里昂奈斯。這些人携帶樵夫的斧頭和結實的繩索，騾隊在他們前面走。他們時上時下，左曲右折走着，最後來到多泉的愛達山山麓。他們在那裏急切工作，用巨斧砍伐高大的橡樹，那些樹訇然倒下去。亞該亞人截斷樹幹，把它們綁在騾子身上，騾子們吃力地曳着木材，穿過糾結的下層林叢往平原走。可愛的愛麥紐斯的侍從麥里昂奈

斯，命令所有伐木者都背負木材。到達海濱後，他們把木材整整齊齊堆在阿基里斯要為派楚克拉斯和他自已造一墳塚的地方。

　　他們把那大批木柴擺在場的周圍，一起坐下來等。這時阿基里斯命令他的善戰的邁密登人穿上銅甲胄，馬車戰士都套上馬。他們急忙披掛起來，戰士和御者都跳上車去。馬車在前領路，後面跟着大隊數不清的步卒。在行列的正中間，派楚克拉斯被他自已的人抬着走，他們把自已的頭髮剪掉，扔在派楚克拉斯身上。阿基里斯皇子走在他們後面托住頭，他是主要的送葬者，正在把他的高貴戰友送往冥王殿去。

　　來到阿基里斯指定的地點，他們把派楚克拉斯放下，迅即堆起一大堆木柴。這時快速和卓越的阿基里斯，想起一個新主意。他離開木柴堆，退後幾步，從頭上剪下一絡金棕色頭髮，自從他把這絡髮獻給斯派基阿斯河後，他一直讓它長着。然後他怒目橫過釀酒般陰黑的海水遙望，並說道：「斯派基阿斯，這就是你對我父親佩柳斯的祈禱的答覆嗎？他答應你，當我從特洛伊回來時，我將剪下這絡頭髮給你，向你獻上五十隻公羊，在河邊你的廟宇和芬芳的祭壇所在地祭祀你，那是老國王的誓約，可是你沒有把他所祈求的給他。現在既然我永遠不能再見我的家鄉，我要把它剪下來，給我主派楚克拉斯。」

　　說着他把那絡頭髮塞在他親愛的戰士手裏。這個姿態感動得全體在場的人又流起淚來，日落時他們一定仍在嚎啕大哭，要不是阿基里斯突然又想起一個新主意。他去到阿加米農跟前說道：「我主阿特瑞斯，部隊都聽你的話。自然啦，他們要哭多久，就可以哭多久；不過現在我請你解散他們，教他們去預備午飯。我們這些主要送葬人，在這裏照料一切。不過我想請亞該亞指揮官們留下來。」

　　人的王阿加米農聽見阿基里斯表示的願望後，解散了隊伍，讓他們回到整齊的船上去；只是主要的送葬人都留下來堆集木

柴。他們造成一個長寬各一百呎的柴堆，懷着悲痛的心把屍體放
在柴堆上。在柴堆腳下，他們剝去許多頭肥羊和蹣跚的彎角牛的
皮。勇敢的阿基里斯割去牛羊身上的脂肪，從頭到腳用脂肪把屍體
蓋起來，把剝光的牛羊堆在派楚克拉斯周圍。他還把幾個雙耳蜜
罐和油罐靠在靈床旁邊，還熱情地把四匹高頭大馬擺在柴堆上，
一面高聲呻吟着。死者生前養九條狗作為愛畜。阿基里斯宰了兩
條，把牠們也擺在柴堆上。然後他進而作一件罪過的事，把十二
名勇敢的人，高貴的特洛伊人的兒子，用劍殺死，點起柴堆，
讓無情的火焰燒着他們。他苦哼一聲，又向他愛友說道：「聽
我說，派楚克拉斯，在冥殿裏！我已實踐了我對你所作的一切諾
言。十二名英勇特洛伊人，都是貴族的子嗣，將跟你一同焚化。
至於普利安的兒子赫克特，我另有打算：我不火化他，我把他扔
給狗吃。」

雖然阿基里斯這樣威脅，狗卻不得近赫克特的屍體。宙斯的
女兒阿芙羅狄蒂，無間日夜，擋住牠們，用神的玫瑰油搽他的身
體，使阿基里斯把他拉來拉去時不致傷損他。菲巴斯阿波羅，也使
烏雲從天上降到地上，罩住屍體和屍體所在的整個區域，好使驕陽
的熱無論照到那一邊，都不會太早灼傷他的筋肉和四肢的皮膚。

派楚克拉斯的屍體也有些躭擱：那柴堆燃不着火，可是快速
和卓越的阿基里斯想出了辦法。站在一個離開柴堆的地方，他向
北風和西風祈禱，提供上好的奉獻。他用一只金杯向他們酹奠醇
厚的酒，求他們來，好立刻燒着木柴，迅即焚化那些屍體。愛瑞
斯聽見他的祈禱，疾忙飛去把他的信息傳給北風西風。二者正坐
在西風的通風房子裏飲宴。愛瑞斯跑上去；他們看見她站在石頭
門檻上，都跳起來請她進去坐在他們身旁。她婉言謝絕了，並傳
達了她的信息。「我沒有工夫坐下，」她說，「我必須回到洋川
和衣索比亞的國土，他們在那兒設宴祭永生的神，我不想錯過。
可是我有阿基里斯給你們兩位的信息，北風和西風。他祈求你們

兩位，答應給你們提供上好的奉獻，假如你們來燃起派楚克拉斯身下的柴堆，整個亞該亞軍都在給他送喪。」

愛瑞斯傳達消息後便去了，北風和西風呼嘯地颳起來，趕着雲團在前跑。一霎時他們吹到海裏，奮力號鳴。掀起巨浪。來到特洛伊的土壤深厚的地面時，他向柴堆猛襲，轟的一聲，火便燃燒起來。他們在柴堆周圍號叫，徹夜互相幫助煽動火焰；快速的阿基里斯徹夜用一只兩耳杯澆奠，他從一只金的調和碗裏舀酒澆在地上，使酒浸濕了地，並呼喚不幸的派楚克拉斯的靈魂。像一人死在結婚的日子，令父母絕望，父親焚化他的屍骨時哭泣那樣，阿基里斯哭着燒着他戰友的屍骨，不住呻吟嘆息，以沉重的腳步繞着火葬堆走。

當晨星出現，預示新的一天將來到大地，黎明隨後將她橘黃的披風覆蓋海面的時候，火沉下去了，火焰滅了，北風和西風跨過怒濤澎湃的斯拉塞海回家去了。阿基里斯這時累得筋疲力竭。他轉身離開火葬堆，倒在地上立刻睡着了。可是其他跟阿加米農王一起的隊長們，不讓他睡，他們來到他身邊。他們的話語和腳步聲吵醒了他，他坐起來告訴他們他想作什麼。「我主阿特瑞斯，」他說，「還有你們其他亞該亞軍的領袖們；讓你們第一件任務是用閃耀的酒澆滅柴堆上凡是火焰燒到的地方。然後必須揀起我主派楚克拉斯的骨骸，要當心區別哪些是他的骨頭，不過那並非難事，因為他躺在柴堆中心，跟其餘的分開，其餘的馬和人是在柴堆邊上燒掉的。我們將把骨頭裝在一個金瓶裏，用兩層油封起，以待將來我自己消逝在地下世界的時候。至於他的墳塚，我不要求你們造一個很大的，只要一個像樣的就行，將來我去後，你們還剩下在裝備完善的船上的亞該亞人，可造一個高大的。」

他們依照佩柳斯的快速兒子的吩咐，着手幹事去。首先他們用閃耀的酒澆滅火葬堆上凡是火燒到和灰燼深厚的地方。然後他們滿面流淚，揀起他們的溫柔戰友的白骨，裝在金瓶裏，用兩層

油封起，安放在他的棚屋裏，用一張柔軟的亞麻壽罩蓋住。其次他們繞火葬堆築一圈兒石牆，造他的墳塚。然後他們把土填在石牆內。

部隊造成這個紀念塚後，他們顯出要散去的模樣。阿基里斯止住他們，敎他們坐下圍成一個大圈兒，要在圈兒內舉行競技。他從船上拿出大鍋，三腳鼎；牽出馬騾和強壯的牛；還有灰鐵和束腰帶的女子，作爲獎品。

第一項是戰車賽，他提供的輝煌獎品是：優勝者得精於手藝的女子一名，容量二十二品脫雙耳三腳鼎一只；第二名得六歲馴順母馬一匹，腹中已有小騾；第三名得四品脫水壺一把，未經燒黑，光亮如新；第四名得金二泰倫；第五名得未經火燒的雙耳平底鍋一只。

阿基里斯站起來向阿果斯人宣布這項比賽。「我主阿特瑞斯和亞該亞戰士們，這些是頒給勝利的馬車戰士的獎品。自然啦，假如我們的競賽是爲了崇敬另一人，那我將拿到頭獎，因爲我不需要告訴你們，我的馬是最快的，牠們是永生的神馬，是波塞多送給我父親的，我父親把牠們給了我。但是我跟這兩匹傑出的馬不參加競賽，牠們在爲牠們光榮的御者守喪。派楚克拉斯待牠們多麼好啊！總是用清水洗浴牠們，然後澆橄欖油在牠們鬃上。無怪乎牠們站在那兒爲他悲哀。牠們的鬃掃在地上，傷心得拒絕移動。可是這項競賽全軍中任何人都可參加，只要他信得過自己的馬和自己的戰車。現在就請就位。」

阿基里斯的這項宣告，使得最能幹的馬車戰士站了出來。第一個跳起來的是阿德麥塔斯的兒子，人的王歐麥拉斯，一位傑出的騎士。其次是泰杜斯的兒子強大的廸奧麥德斯，他套上特洛伊種馬，那是前者阿波羅救了乙尼斯的性命時，他從乙尼斯手中奪得的。再次是阿楚斯的兒子紅髮的米奈勞斯，宙斯的後裔，套上一對快速的馬，阿加米農的母馬艾西和他自己的馬波達加斯。艾

西是安契西斯的兒子埃奇波拉斯送給阿加米農的，條件是他不必跟他去到多風的伊利亞，可以在家納福；他是很富有的人，住在草地寬濶的西塞昂。這就是米奈勞斯套上的母馬，她在急着要開跑。第四個套上長鬃馬的是安蒂洛卡斯。他是奈柳斯的兒子谿達的奈斯特王的高貴兒子，他的戰馬是派洛斯種。這時他父親走上去，給他指點幾個有用的招兒，雖然他自己也很在行。

「安蒂洛卡斯，」奈斯特說，「雖然你年輕，可是宙斯和波塞多鍾愛你，教給你全部御馬的技巧，所以不需要我來指示。固然你是繞行轉向標柱的能手，可是你的馬慢，恐怕你會發現那是很大阻礙。卽使別人的馬比你的快，可是他們的御者所知道的招數，沒有一樣是你不知道的。所以，朋友，你必須依恃你所知道的一切技巧，假如你不想失掉獎品。使人成爲最好的伐木者的是技巧，不是臂力。一隻船在風中左搖右轉時，技巧使舵手能駛船在釀酒般陰黑的海上直線航行。靠技巧一個御者才能勝過另一御者。平常人不大去管他的車和馬，轉彎時不當心，不是太偏這邊，便是太偏那邊；馬離開正道，他也不改正牠們。可是熟練的御者，雖站在一對慢馬後面，眼總是看着標柱，並切柱而過；當需要用牛皮韁繩指使他的馬時，他不是在打盹兒；他總是穩定地控住馬，眼睛注視領頭的人。

現在讓我告訴你一個應當注意的東西。它很明顯，你不會看不見。那裏有一個死樹樁，一棵橡樹或松樹，大約六呎高。雨水沒有腐朽它，它兩邊有兩塊石頭。這個紀念物若非標誌着古人的墳場，便是前人用來作爲轉向標柱的。路到那裏窄了起來，可是它的兩邊都好走。我主阿基里斯已選定這個地方爲轉向標柱。繞過它時必須靠得很近，你在輕車裏，必須身子略向左傾。喚你的外馬，用鞭梢輕拂牠，放鬆韁繩；讓內馬非常貼近標柱，使人人都以爲輪轂要擦住它。但必須當心不要挨住石頭，否則你可能傷害你的馬，碰碎你的車，那將使別人快意，你自己卻不大好看。所

以，朋友，用你的才智，要時時當心，因爲假如你能在轉向標柱超過他們，那麼誰也不能在最後衝刺趕上你，甚至阿抓斯塔斯的純種良駒，在天上養育的偉大的阿瑞昂，或洛麥敦的名馬，特洛伊所產的最好的，也不能從後面追上。」

奈斯特王這樣向兒子闡述全部馭馬術後，回到自己的座位上，麥里昂奈斯是第五個將馬準備好的人。現在他們一齊登車，將名籤投在一頂頭盔裏，由阿基里斯搖籤。第一個跳出來的是奈斯特的兒子安蒂洛卡斯的，其次是歐麥拉斯王的，再次是阿楚斯的兒子槍手米奈勞斯的。麥里昂奈斯抽得第四位起跑點，最後一位屬於迪奧麥德斯，他們中間最好的。他們上來並排站着，阿基里斯指給他們看轉向標柱，遠遠的在平地上。他請他父親的侍從，可尊敬的菲尼克斯，站在那裏作裁判員，注視競賽情形，並報告所發生的事故。

他們同時用鞭抽打他們的馬，把韁繩在馬背上一抖，急劇地發出開跑命令。各馬開始越過平原馳去，沒有發生故障，霎時間便離船很遠。從牠們胸下揚起的塵煙，像雨雲或霧一般懸在空中，風吹着牠們的鬃毛，向後飄拂。有時候戰車挨住多產的大地，有時則高高跳在空中。每個御者站在車裏掙扎着領先，心都跳得厲害。他們大聲吆喝，他們的馬一溜烟跑去。

但直到飛跑的馬轉過彎來，回頭向灰色的海水跑時，每個人才顯出才能，馬才鼓起精神。歐麥拉斯的一對快馬，一衝跑到前頭，迪奧麥德斯的一對特洛伊公馬，緊跟在後面，相差很少。看樣子，好像牠們隨時都可跳到歐麥拉斯的車裏似的。牠們在後面飛奔，頭剛好伸在他頭上，牠們的呼吸溫暖他的背和寬潤的肩膀。事實上迪奧麥德斯本可趕上歐麥拉斯跟他並駕齊驅，要不是菲巴斯阿波羅，這時仍在生泰杜斯的兒子的氣，把他手裏的明亮馬鞭打掉在地上。迪奧麥德斯看見歐麥拉斯的母馬跑得愈來愈快，自己的馬因爲沒有東西鞭策牠們，已慢了下來，氣得淚流滿面。但

是雅典娜在看着阿波羅，當他侵犯廸奧麥德斯的時候。她疾忙趕上那位偉人，把馬鞭還給他，並給他以新的精神。同時她心裏還很生氣，所以她也追趕歐麥拉斯，用她的身為女神的能力，折斷他的車軛，結果兩匹母馬跑開了去，轅桿塌在地上，歐麥拉斯自己被摔出車去，掉在輪旁。他的兩肘、口鼻，都擦破了皮，前額腫起來，兩眼滿含淚水，說不出話來。廸奧麥德斯則趕着兩匹強有力的馬，繞失事的車過去，把其他的車遠遠地丟在後面。雅典娜給他的兩馬以力氣，讓他得贏勝利。

廸奧麥德斯後面，是阿楚斯的兒子紅髮的米奈勞斯；米奈勞斯後面是安蒂洛卡斯，他在大聲吆喝他父親的馬，策勵牠們像廸奧麥德斯的馬似的，努力衝刺。「讓我看看你們的最好步法，」他叫道，「我不是要你們跟前面那對馬爭，前面英勇的廸奧麥德斯的馬，雅典娜剛才增進牠們的速度，好使她所寵愛的人得勝。但是得趕上阿特瑞斯的馬，別落在牠們後面。你們還得快些呀，否則艾西將向你們翹鼻子，而她只是母馬。你們為什麼不前進呢，朋友們？我坦白告訴你們將來怎麼樣。奈斯特王不會再關心你們了！假如你們鬆鬆懈懈，只贏得小獎，他將毫不遲疑割斷你們的喉嚨管。所以你們得竭盡全力追上去啊！相信我，我總會想法在路窄的地方超過牠們，我不會錯過機會。」

他的馬記住他的威脅，快跑了一陣，競賽老手安蒂洛卡斯不久就看見前面的路低了下去，也窄了起來。路進入一條沖溝：多天的雨水把一部分泥土沖走，加深了整條隘路。米奈勞斯佔着路當中，任何人都不能跟他並馳。但是安蒂洛卡斯不守中線；他順着一邊走，使勁壓迫米奈勞斯。米奈勞斯驚慌起來，向他高聲喊道：「你瘋啦，安蒂洛卡斯！穩住你的馬；這裏路很窄。等一下就寬了，那時你可超過我。當心不要碰住我的車，使我們兩人都砸鍋。」

安蒂洛卡斯裝着沒有聽見，揮鞭抽打，較前更兇地策馬直

闌。二者一起跑了相當一個青年爲測驗自己的氣力，揮臂擲出一
鐵環的距離。然後米奈勞斯的馬讓步，慢了下來。是他故意慢下
來的，他怕這些強大的馬在路上相撞，撞翻了輕車，那時兩車的
急於得勝的主人將滾在塵土裏。但紅髮的米奈勞斯終於數落了他
一頓。「安蒂洛卡斯，」他喊道，「你是世上最可怕的御者。過
去我誤以爲你總懂得些情理。好吧，由你去好啦；但是沒有關
係，假使不爲這事賭個咒，你休想奪得獎品，」

　　這時米奈勞斯向他的馬說話。「不要停，」他喊道。「不要站着
敗興。前面的馬比你們累的快得多。牠們也不似從前那樣年輕了。」
他的馬怕他責備，更努力向前奔，不久就緊跟在那對馬後面。

　　坐在競技場裏的觀衆，極目眺望一溜烟飛奔而來的馬。克里
特王愛多麥紐斯是第一個看見牠們的。他坐在競技場外的高地
上，比其他的人高得多，聽見御者在遠處呼喊，便認出他的聲
音。他也認出一匹領頭的馬；那馬很顯明，渾身栗毛，只是前額
有一圓片白鬃，圓得像滿月一樣。愛多麥紐斯站起來向其他觀衆
叫喊道：「朋友們，阿果斯的隊長和顧問們，只是我一人看見那
些馬嗎，還是你們也看見了？好像現在領頭的是另外一對，御者
看起來也不同了。歐麥拉斯的母馬出去時是領先的，到那裏一定
遭遇了什麼不幸，因爲我的確看見牠們領頭繞過轉向標柱，現在
我雖已搜索了整個特洛伊平原，可是哪裏也看不見牠們。也許歐
麥拉斯失落了韁繩，在轉彎的地方不能指導他的馬，因而轉彎時
出了事故。是的，他一定是在那裏被摜出車去，砸了車，兩匹馬
也亂跑逃掉了。你們可請上來親自看一下，我不敢十分確定。我
看那領頭的是一位艾托利亞人，是的，他是我們的一位阿果斯
王，馴馬的泰杜斯的兒子廸奧麥德斯自己。」

　　奧伊柳斯的兒子跑者埃傑克斯不客氣地牴觸他。「愛多麥紐
斯，」他說，「爲什麼你總是要賣弄自己？那兩匹四蹄奔騰的母
馬，離這裏還遠得很呢；你決不是我們中間最年輕的，你的眼睛

也不是最犀利的。可是你總是多嘴。在勝過你的人中間，你必須
忍住不要亂說。前面那對馬仍是前者領先的那一對，歐麥拉斯的
母馬。車裏的人就是歐麥拉斯，韁繩握在手裏。」

　　克里特的指揮官聽了這話，老大不高興。「埃傑克斯，」他
駁斥道，「你是個脾氣最壞、性情最不良善的傢伙；你的缺乏禮
貌，很不像個阿果斯人。可是來，讓我們賭一下這對領頭的馬，
我可以賭一只三腳鼎，或一只鍋，讓阿加米農王作公證人。等你
付出賭注時，你就知道到底是怎麼回事。」

　　跑者埃傑克斯惱怒地站起來，給愛多麥紐斯一個傲慢的巧答
。這場口角一定會繼續下去，要不是阿基里斯自己跳起來干預。
「埃傑克斯和愛多麥紐斯，」他說，「別吵了。這樣互相辱罵是
沒有禮貌，要是別人這樣，你們將首先譴責。為什麼不坐在場裏
眼睛盯住馬呢？牠們很快就跑回來竭力爭取勝利。那時你們都可
看見，知道誰是第一，誰是第二。」

　　這時廸奧麥德斯已經很近了。他在鞭策他的馬，右手往後一
揚，抽打一下，使馬高高跳在空中往終點疾馳。陣陣塵土不停地
落在御者身上。這對快馬在地上飛奔，包金包錫的車跟在後面旋
轉，幾乎沒有輪轍留在後面的細土上。

　　廸奧麥德斯來到競技場中央，汗從馬的脖子和胸前流到地
上。他跳下那閃閃發亮的車，把鞭子靠住車軛。他的英勇侍從澤
內拉斯，立刻處置了那些獎品。他迅即據有它們，把那只雙耳三
腳鼎遞給他的歡天喜地的人們，還告訴他們把那女子領回去。然
後他卸下兩匹馬。

　　奈斯特的兒子安蒂洛卡斯是下一個趕上來的。他超過了米奈
勞斯，不是由於他的馬快，而是由於一個手法。即使是這樣，米
奈勞斯跟他的快馬在後面跟的很近，近得像一匹馬跟車輪中間的
距離，當牠套在車上曳住主人往前跑，牠的尾巴時時掃住車輪，
無論跑得多麼遠，中間幾乎沒有空隙。米奈勞斯和無匹的安蒂洛

卡斯中間也只有那麼一點兒距離。不錯，在發生事故時，米奈勞斯落後有擲一石餅的距離。可是他不久就趕上他。艾西的勇武精神已開始奏效——她是阿加米農的可愛的母馬——要是賽程再長一些，米奈勞斯就會超過他，結果他將是勝利者。

愛多麥紐斯的高尙侍從麥里昂奈斯，在著名的米奈勞斯後面上來，相隔一擲槍的距離。他的長鬃馬是競賽者中最慢的一對，他自己也是最不高明的競賽御者。

最後到達的是阿德麥塔斯的兒子歐麥拉斯。他自己在拉着那漂亮的車，趕着馬在他前面。快速和卓越的阿基里斯看見他，替他難過。他站在場中提議說：「最好的御者最後到。讓我們給他一個獎品，那是天公地道的。給他第二獎吧，第一獎自然是迪奧麥德斯的。」

個個人都歡迎這個意見，阿基里斯爲人們的贊成所鼓勵，正要把那匹母馬給歐麥拉斯，奈斯特的兒子安蒂洛卡斯跳起來，向佩柳斯的皇太子提出正式抗議。「我主阿基里斯，」他喊道，「要是照你說的那樣，我將非常不高興。你是在提議奪去我的獎品，因爲歐麥拉斯的車和馬遭難了，歐麥拉斯自己也遭了難，雖然他是良好的御者。事實是他應當向永生的神們禱告，那他就永遠不會落到最後一名。不管怎樣，你要是爲他難過，喜歡他，你的棚屋裏有的是金、銅和綿羊，還有女僕和高頭大馬。將來你可從這些裏面選一件給他，讓他有一件比我的更好的獎品。或者現在就給他，好聽聽部隊的喝采聲。但是我不能放棄這匹母馬。誰要想奪去牠，可先來試試我的拳頭。」

這段話引起快速和卓越的阿基里斯一笑。他一向總是喜歡安蒂洛卡斯，他的戰友，現在也很高興他。他和藹地答他道：「安蒂洛卡斯，要是你眞的要我從我棚屋裏另外拿件東西給歐麥拉斯，作爲安慰獎，我就照你的意思作。我想給他那件我奪自阿斯特羅佩阿斯的胸甲。那是銅製的，上面鍍了明亮的錫。是一件他

會珍惜的禮品。」

　　說着阿基里斯吩咐他的侍從奧托麥敦到棚屋去取那件胸甲。奧托麥敦去拿來給他，他遞給歐麥拉斯。他很喜歡它。

　　可是這事還沒有完。米奈勞斯還沒有原諒安蒂洛卡斯，這時他站起來氣洶洶的。一個勤務員把發言權杖遞在他手裏，並請大家安靜。然後米奈勞斯講話，儼然王者氣象。「安蒂洛卡斯，」他說，「你向來是知情達理的。現在看看你所作的事！你使你那對慢得多的馬搶在我前面擋我的路，使我的駕駛看起來可鄙，並奪去我的馬的勝利。阿果斯的諸位貴冑，隊長和顧問，請你們在我們兩人中間公正評判一下，庶使我們的戰士當中，沒有人能說：『米奈勞斯只憑說謊，才擊敗安蒂洛卡斯，贏得母馬。他的馬實在是慢得多。是他的地位和權勢把他抬得比別人高。』且慢，仔細想一下，我要自己審理這案件。我不怕任何達南人控我不公，我要秉公處理：安蒂洛卡斯，我的主，請過來，按照正常的儀式，站在你的車馬前，拿住你趕車常用的柔韌馬鞭，手摸住馬，指着震地神和箍地神的名字起誓，說你沒有故意犯規，妨碍我的車的進行。」

　　「夠了，」聰明的安蒂洛卡斯說。「我比你年輕得多，米奈勞斯王，你比我年長，也比我好。所以你知道年輕人是怎樣犯規的。他的心思快，可是判斷不太健全。好了，請你原諒我，我情願把我贏得的母馬送給你，此外要是你還要我自己的或更好的東西，我也情願立即奉上，決不願永遠失寵於我王陛下，並在神前起偽誓。」

　　說着，偉大的奈斯特的兒子牽過母馬來，送給米奈勞斯，米奈勞斯的心溫暖起來，像玉米穗上的露珠，當滿地玉米長熟的時候。於是，米奈勞斯，你心裏有了溫暖，你就這樣回答道：

　　「安蒂洛卡斯，現在該我讓步了；我不能再生你的氣了。你向來沒有衝動過，或精神錯亂過，雖然毫無問題，這是一個青年

人一時高興逾越常軌的案例。可是下次你得小心些，不要冒犯勝過你的人。任何亞該亞人不能像你這樣容易息我的怒。你爲我已經吃了這樣多苦，這樣努力工作着，你的尊父和你的兄弟，也是如此。因此我接受你的道歉。不僅如此，我還把這匹母馬給你，雖然牠是我的，藉以向這兒我們的國人表示我心裏沒有傲慢，也沒有惡意。」

說着他把母馬交給安蒂洛卡斯的人諾芒，自己拿了那光亮的水壺。麥里昂奈斯是第四個回來的，拿了第四獎，兩泰倫金。第五獎，一個兩耳平底鍋，沒有人拿。阿基里斯把它給了奈斯特。他拿着它穿過競技場到他跟前說道：「可敬的主公，這裏也有件東西給你作個紀念。它可使你想起派楚克拉斯的葬儀，你再也不會在我們中間看見他了。這個獎品與競技無關；我知道你不拳擊，不摔角，也不參加賽跑或擲標槍。年紀大了，那些事幹不來了。」

阿基里斯說着，把獎品放在奈斯特手裏。奈斯特很高興，並向他說了一片話：「不錯，親愛的孩子，你說的很對。我的四肢已經衰弱了，腳已不太穩健了，朋友，我的兩隻胳膊，已不能像從前那樣揮動自如了。哎呀，要是我能像當年那樣年輕力壯，當埃利斯人在巴普雷興埋殯我主阿馬林修斯，他的兒子們爲追念他們的父王舉行競技的時候！那裏無論是在埃利斯人當中，或派洛斯人自己當中，或勇武的艾托利亞人當中，沒有人是我的敵手。拳擊賽我擊敗埃諾普斯的兒子克律托麥德斯。普律倫的安庫斯跟我角力，我贏了他。賽跑我勝了伊菲克拉斯，他是個好手；擲標槍我贏了弗柳斯，也贏了波律多拉斯。只有馬車賽我輸給莫利昂兩兄弟。他們不要我贏這場比賽，在衆人面前超越我。因爲他們要是贏了，就是說，主要獎品可留在本土。他們是雙胞胎，一個從頭到尾管駕駛，一個掌鞭。

「那時我就是這樣的人。現在必須把這種事留給年輕一輩的

去搞，自己得憂慮老年的痛苦教訓啊。可是那時我是高人一等的。好了，你必須繼續張羅你自己朋友的殯儀競技。同時我很高興接受你的贈品。我也愉快地想着你總是了解我對你的好感，利用每個機會向我表示我們國人應向我表示的敬意。願諸神和藹地報答你的所作所爲。」

阿基里斯聽了奈斯特的一片表示感謝的話後，穿過觀衆，回去拿出拳擊賽的獎品。爲這場痛苦競賽的勝利者，他牽出一匹六歲的騾子，拴在場中；這已經是一匹馴騾，就騾子說，這是一件難事。失敗的人得兩耳大杯一只。阿基里斯站起來向阿果斯人宣布這場競賽：「我主阿特瑞斯和亞該亞戰士們，這裏有兩個獎品，我要看看我們最好的兩個人拳擊到底。阿波羅的寵兒，大家都認爲打得最好的人，可把這匹茁壯的騾子牽回他的棚屋去。失敗的人可得這只雙耳大杯。」

立刻就有一個身軀魁梧相貌堂堂的人，潘諾普斯的兒子埃佩阿斯，站了起來，他是一位拳擊冠軍。他把手放在那茁莊的騾子身上說道：「來吧，想得大杯的。騾子是我的，誰也不能打倒我牽走騾子，因爲我敢說我是這裏最好的拳擊師。不錯，我打伏不大行，誰也不能樣樣都是冠軍，一樣還不夠嗎？無論如何，我來告訴你們我將怎樣打法。我將把那人的肉撕成一條一條的，砸碎他的骨頭。我建議請他的送葬者準備好，等我打完他以後，好抬他去。」

這項挑戰所得到的反應，是一片完全沉寂。唯一敢接受挑戰的，是麥西斯圖斯王的兒子，塔勞斯的孫子，歐呂亞拉斯；他在伊狄浦斯死後，去到塞貝斯參加殯儀競技，打敗了所有塞貝斯人。歐呂亞拉斯已準備應戰，他的著名的從兄弟迪奧麥德斯，復竭力相勸，他很想看見他打贏。他幫他穿上短裝，兩手綁兩條剪裁適度的牛皮帶。兩人穿戴齊畢，走到場的中央；都舉起巨大的手，開始打起來。拳頭碰住拳頭，嘴巴發出可怕的磨牙聲；他們

的四肢開始淌下汗來。歐呂亞拉斯一時不在看他的人，卓越的埃佩阿斯抓住這個機會，一拳打在他嘴巴上，把他打倒在地，他的腿擦破了皮；那一拳打得他跳起來，像北風吹着漣漪到海灘時，一條魚從水草叢生的沙上跳出水面、又落囘黑暗的水中去。他的有騎士風的對手，拉他一把，扶他起來。他的從者聚攏在周圍，攙他越過競技場，他的腳拖着地，嘴吐着血頭歪在一邊。他們放下他在自已的角落時，他仍然不省人事。他們得自已去拿那只大杯。

　　佩柳斯的兒子沒有就擱時間，立卽又拿來並擺出新的東西，作爲第三項競技摔角的獎品。勝者得一只可站在火上的大三腳鍋，按亞該亞人的計算，價值十二頭牛；敗者得一受過徹底家務訓練的女子，當時營中估計價值四頭牛。阿基里斯站起來，向阿果斯人宣布這一項目，請兩個人出來參加這項新的競技。偉大的特拉蒙埃傑克斯立卽起身，足智多謀的奧德修斯也跟着站起，他知道摔角的一切竅門。兩人換上短衣褲，走到場的中央，用他們強有力的胳膊互相把握起來。他們看起來像兩根角椽，好建築師把它們釘在高房的頂上，用以擋風。他們的脊梁在有勁的手壓按下吱吱響；汗直往下流；許多個血紅的傷痕沿着身邊和肩膀冒出來。他們繼續扭鬥，都在想着那尚未被贏得的精美大鍋。但是奧德修斯不能摔倒他的對手，按他在地上；埃傑克斯也不能，奧德修斯的膂力使他迷惘。過相當時候，他們看出部隊在感覺厭倦。偉大的特拉蒙埃傑克斯說道：「拉厄特斯的皇太子，才思敏捷的奧德修斯，無論是你也好，我也好，總得有一個讓對方抱起一下。以後怎樣，那是宙斯的事了。」

　　說着他抱起奧德修斯。但是奧德修斯心生一計，他從背後踢他的腿彎兒，使他站不住腳，終於仰臥在地，自已則爬在埃傑克斯胸上。這一招兒給觀衆很深的印象。偉岸的和可欽敬的奧德修斯也試圖摔倒對方。他抱起埃傑克斯，但只離地一點點兒，不能

捧他。他曲一腿鈎住埃傑克斯的膝，結果兩人都倒下去，緊緊靠
着滾在塵土裏。他們跳起來，準備捧第三回合，這時阿基里斯自
己也站起介入。他說他們已掙扎得夠了，不要弄得彼此都筋疲力
竭。「你們兩人都贏了。」他說，「拿同樣獎品退下去吧。下面
還有別的項目呢。」兩人都接受他的裁定，拍掉身上的塵土，換
上短裝。

佩柳斯的兒子立即提出賽跑的獎品。頭獎是一只鏤花銀調和
碗，容量六品脫。這是世上最可愛的東西，是西當工匠的傑作，
腓尼基商人帶它渡過雲霧瀰漫的海洋，把它送給佐阿斯王，當他
們停泊在他的港口的時候。後來階森的兒子歐紐斯把它給了派楚
克拉斯公 ， 以贖取普利安的兒子律康。 現在阿基里斯爲紀念亡
友，把它作爲賽跑獎，獎給首先跑回來的人。第二人得一頭大肥
牛，第三人得半泰倫金。阿基里斯站起來，宣布這場競賽，請參
加的人向前來。奧伊柳斯的兒子跑者埃傑克斯立即跳起來，才思
敏捷的奧德修斯也跳起來；跟着跳起來的是奈斯特的兒子安蒂洛
卡斯，他是年輕人中得跑最快的。三人準備起跑，阿基里斯指出
轉向標柱所在。

他們一齊離開起跑線。埃傑克斯立即衝到前頭；但是好個奧
德修斯，在後面跟的很近，近得像一個束腰帶的女人持織梭在她
胸前那樣，當她小心拉它，使緯線穿過經線的時候。那是很短的
距離。奧德修斯的脚，在塵土還沒有落下時，已經踩在埃傑克斯
的脚窩裏；他的速度保持得很好，他的呼吸煽住埃傑克斯的頭。
他用盡一切力量要跑贏，所有的亞該亞人都給他打氣，高聲鼓勵
一個業已盡其所能的人。他們快到終點時，奧德修斯向明眸的雅
典娜默禱道：「聽我說，女神。我需要妳可貴的幫助，請下來加
快我的脚步 。 」 帕拉斯雅典娜聽見他的禱告，她輕鬆了他的四
肢。

他們就要跑到終點時，埃傑克斯在高速前進中滑倒了。這是

雅典娜幹的事，發生的地點，地上有許多牛糞，正是阿基里斯為派楚克拉斯的火葬宰牛的地方。埃傑克斯嘴裏和鼻孔裏滿是牛糞，富有毅力和卓越的奧德修斯趕上他，先跑到，拿去了銀碗。傑出的埃傑克斯拿到了農家的牛。他站在那兒一手摸住牛角，嘴裏吐着牛糞，向觀衆說：「該死的！我發誓是那位女神把我絆倒的，她總是服侍奧德修斯，像他媽一樣。」

他們只愉快地笑他。這時安蒂洛卡斯跑進來了。他笑着拿去最後一獎，並發表演說：「諸位朋友，」他說，「我要告訴你們一件你們已經知道的事。神們仍然鍾愛老的一輩；因為埃傑克斯只比我大不了多少，那兒的奧德修斯卻是上一代的人物，是過去的遺老。但是像人們所說的，他的老年是年輕的；除掉阿基里斯以外，我們誰都很難跑贏他。」

對於偉大的跑者阿基里斯的這番恭維，引得那皇子自己向他答話。「安蒂洛卡斯，」他說，「你這樣稱頌我，我不能不有所報答。你已經贏得半泰倫金，我再加你一泰倫。」他把金遞給安蒂洛卡斯，他高高興興接受了。

佩柳斯的兒子這時拿出一桿長影槍，一面盾和一頂盔，放在場中，這些是派楚克拉斯得自薩佩敦的武裝。然後他站起來向阿果斯人報告一個項目。他說：「我要最好的兩人，當着集合的部隊，為這些獎品戰鬥。他們必須披甲戴盔，用光槍光刀。誰要能透入對方的防禦，傷人見血，我便給他這把嵌銀斯拉賽寶劍，這是我得自阿斯特羅佩阿斯的。這副甲冑將為兩位戰士平分，此外還請他們到我的棚屋，餉以豐盛的晚餐。」

偉大的埃傑克斯和泰杜斯的強大兒子廸奧麥德斯起來應戰。他們各在自己的場邊披掛起來，然後相向走到場的中心，面目兇惡，準備廝殺，觀衆的呼吸都停住了。他們進入可以交手的距離，互相猛衝三次，埃傑克斯終於刺透廸奧麥德斯的圓盾。但是那銅矛沒有傷及皮肉，裏面穿的胸甲救了他。現在輪到廸奧麥德

斯進攻。他在埃傑克斯的巨盾的上面一再戳，那明晃晃的矛頭戳
住他的脖子。觀眾爲埃傑克斯害怕，喊兩位戰士停止戰鬥，平分
獎品。可是那位皇子把他的巨劍給了廸奧麥德斯，連劍鞘和剪裁
適度的肩帶一併遞給他。

　　佩柳斯的兒子提出的下一個獎品是一堆生鐵，這原是埃厄森
的強有力手中的鐵環，快速和卓越的阿基里斯殺死埃厄森後，把
它連同其他財物裝船運了回來。阿基里斯站起來宣布這場競賽，
請參加的人走上前來。「這一堆鐵，」他指出，「足夠贏的人五
年或五年以上之用，即使他的田莊是在荒郊野外。他不會因爲缺
鐵而派牧人或犂人進城去。他家裏就有足夠用的。」

　　波律普特斯響應這號召，站起來擲那鐵餅。同時站起來的，
還有出身高貴和強有力的里昂圖斯、特拉蒙埃傑克斯和高貴的埃
佩阿斯。他們站在一條線上，好個埃佩阿斯揀起那塊鐵，揮臂
擲了出去。但是觀眾都笑他的成績。阿瑞斯的旁枝里昂圖斯是下
一個擲的人。然後特拉蒙埃傑克斯用他那強有力的手一擲，超過
所有其他諸人的距離。但是輪到波律普特斯時，他擲出田界以
外，超過的距離，相當一個牧人能把他的牧杖投出去在牛羣上彎
來彎去飛行的那麼遠。觀眾高聲喝采，強大的波律普特斯的人，
起來把他們君王的獎品搬回空船去。

　　下一個項目是射箭，阿基里斯爲這場比賽提出的獎品，是十
把紫鐵雙双斧和十把紫鐵單双斧。他把一艘藍首船的桅桿，遠遠
的栽在沙上，把一隻拍翅的鶵鴿用細繩拴住腿，綁在桅桿上作爲
箭靶。「射中鶵鴿的，」阿基里斯說，「可把整套雙双斧拿回
去。誰要是射中細繩而未射中鳥，那不算太好，他只能得單双
斧。」

　　偉大的圖瑟皇子和愛多麥紐斯的傑出侍從麥里昂奈斯，站起
來競賽，用一頂銅盔搖鬮。結果該圖瑟先射，他立即大力射出一
箭。但他忘記答應向弓王奉獻頭生羔羊爲祭，沒有射中，阿波羅

不願他成功。可是他射中那拴鳥脚的細繩。那利鏃斬斷繩子，鵓
鴿冲入天空，撇下繩頭吊着搵來搵去。亞該亞人訇然大噪。麥里
昂奈斯在圖瑟瞄準時，手裏已拿着一枝箭，這時他迅即從圖瑟手
裏搶過弓來，立刻許願向弓王阿波羅奉獻頭生羔羊爲祭。他看見
鵓鴿在高空雲層下飛，正當牠盤旋時，他從下一箭射去，正中翅
膀。那箭直穿過去，掉下來落在他脚前，插在地上，同時那鳥落
在藍首船的桅桿上，頭低垂，羽毛紛亂。一會兒牠死了，掉在地
上，離射他的人遠遠的。觀衆驚羡不置。麥里昂奈斯拿去那套十
把雙刃斧，圖瑟把那套單刃斧拿回空船去。

最後佩柳斯的兒子把一桿長影槍，和一個價值一頭牛的未用
過的鑿花大鍋，拿到場裏。他把這兩樣東西放在地上，擲標槍的
人便站起來競賽。站起來的兩人，是阿楚斯的兒子阿加米農王，
和愛多麥紐斯的傑出侍從麥里昂奈斯。但是快速和可欽敬的阿基
里斯立即說道：「我主阿特瑞斯，我們都知道你比我們這些人高
明多少，在擲槍方面，沒有人能比得上你的本領。請你接受這個
獎品，拿回空船去。假如你同意，讓我們把這桿槍給我主麥里昂
奈斯。這是我的建議。」

人的王阿加米農沒有反對。阿基里斯把銅槍給麥里昂奈斯，
王把自己的美麗獎品遞給他的勤務員特爾西比斯。

二四 普利安與阿基里斯

　　競技完畢了。兵士們離開競技場，各人囘到自己船上：他們在想晚飯和一夜安眠。可是阿基里斯在繼續爲他的朋友悲哀，他不能忘掉他，征服一切的睡眠，拒絕來看望他。他翻來覆去，總是想着他的喪失，想着派楚克拉斯的男子氣概和他的精神，想着他兩人所經歷的種種，和共同忍受的艱難困苦，想着他們跟敵人的戰鬪，和在兇險的海上的各樣遭遇。過去的記憶，湧上心頭，熱淚順着他兩頰流。有時他側着身子睡，有時仰臥在背上，後來又爬坐床上。最後他站起來，順著鹹味的海灘無目地徘徊。

　　每當黎明照亮海面和海濱時，她就看見阿基里斯起身了。他總是把快馬套在車上，把赫克特鬆鬆綁在車後，拖住他繞派楚克拉斯的墳塚跑三圈兒，然後囘到棚屋休息，撇下屍體嘴啃地爬在塵土裏。可是赫克特雖然死了，阿波羅仍在憐憫他，使他的屍體免於腐爛。他還把他包在他的金乙己斯裏，好讓阿基里斯拉住他跑時，不致傷損他的皮膚。

　　憤怒的阿基里斯，就是用這樣可恥的方法，對待赫克特皇子。諸位快樂的神在一旁看着並可憐他。他們甚至向眼睛犀利的赫耳墨斯示意，敎他去偷那屍體；這個辦法，別的神都贊成，可是赫拉、波塞多和明眸女卻不同意。他們這時恨神聖的伊利亞和普利安跟他的人民，仍像問題開始時那樣：那時巴黎鑄成了大錯，在他的牧者棚屋接待三女神時，羞辱了其中兩位，而偏喜那

答應給他以愛的快樂與懲罰的第三位。

　　十一天過去了。第十二天早晨，菲巴斯阿波羅向衆神直言不諱地說：「你們衆神心腸可眞硬，都是些殘忍的妖怪。赫克特沒有給你們燒過牛腿和羊腿嗎？可是你們連救一救他的屍體都不肯，救下後好讓他的妻子、母親和兒子看一看，好讓他父親普利安和他的人民立刻焚化他，給他以殯葬哀榮。這，你們是不肯的，你們要支持的，是殘忍的阿基里斯。這人沒有一點兒人情味兒，沒有一點兒惻隱心，一味的野蠻成性，像一頭雄獅，想吃時就恃強逞勇，猛撲牧人的畜羣。阿基里斯像雄獅一樣，已經沒有了慈悲的心腸。公衆輿論他一點兒也不理會，多數人都在輿論前屈膝，不論是好是壞。許多人喪失過比他所失者更親密的人，一個同胞兄弟，或一個兒子，但嚎哭一陣也就算了，因爲上天給人一顆耐苦的心。可是阿基里斯如何爲他的愛友復仇呢？他先殺死赫克特皇子，然後把他綁在車後，拖起來繞那墳墓跑，好像是件光榮的事，或者那樣會對他有什麼好處似的！雖然他是一位偉人，可是他也應該了解我們的怒忿。他在憤怒之下所作的，還不等於在侮辱無知的泥土嗎？」

　　粉臂赫拉聽了這話很生氣。她說道：「我主銀弓，你說的還有些道理，假如衆神重視赫克特像阿基里斯一樣。可是赫克特是個普通人，是吃女人奶水長大的；而阿基里斯是一位女神的兒子。我自已親自撫養這位女神長大，愛護她，把她嫁給佩柳斯爲妻，他是我們最鍾愛的人。不記得嗎？你們衆神都去參加了他的婚禮。阿波羅你也去了；你還坐在筵席上，手裏拿着琴。今天跟你來往的，大不如前了！不過你向來不是一個忠實的朋友。」

　　驅雲神宙斯規勸他的皇后。「赫拉，」他說，「妳不要跟神們發脾氣。這兩人當然不能相提並論。可是事實是衆神也愛赫克特，他是他們伊利亞方面的寵兒。無疑的，他也是我的寵兒。他向來沒有不給我以我所愛的東西。當筵席在進行時，我的祭壇上

總是少不了正當的一份兒酒肉，那是我們有權享受的供奉。但是我們必須放棄這個偷去英勇的赫克特屍體的念頭。無論如何，阿基里斯總是會知道的，他母親日夜守在他跟前。我要教一位神去請塞蒂斯來見我。我有個好辦法可向她提議。阿基里斯必須接受普利安的贖金，放棄赫克特。」

旋風腿愛瑞斯立刻去執行這項使命。在薩莫斯和崎嶇的英布羅斯中間，她砰然鑽進陰暗的海水裏，很快沉到海底，像釣魚者在他的牛角鉤誘餌上繫的一塊可致貪食的魚兒於死命的鉛。她在那拱頂的岩洞裏找到她，她正在一羣海生的仙女中間，哭她的無匹兒子的命運，她知道命運注定他要死在土層深厚的特洛伊地面，離自己家鄉遠遠的。快足的愛瑞斯去到那女神跟前說道：「來，塞蒂斯，智慧沒有窮盡的宙斯叫妳去見他。」銀足塞蒂斯問道：「那位偉大的神叫我去做啥？我現在悲不自勝，雅不願去到衆神當中。可是我還是去好了。無疑的，他一定有要事跟我商量。」

說着那和藹的女神拿起一條深藍的披巾——她沒有比這更黑的了——開始她的行程，跟在迅速的旋風腿愛瑞斯後面。海水分開給她們開路，她們出來到岸上，縱身鑽入天空，看見無所不見的宙斯正在快樂的永生衆神中間商議事情。塞蒂斯去坐在宙斯父身旁，雅典娜讓她的座位給她，赫拉高興地說聲歡迎她，遞給她一只可愛的金杯，塞蒂斯喝完杯裏的東西後還給她。然後人和神的父這樣說道：

「好了，塞蒂斯女，妳終於不顧煩惱，來到奧林匹斯了。憂戚使妳心神錯亂，我知道得跟你一樣清楚。雖然如此，我必須告訴妳，我爲什麼叫妳來。九天以來，衆神都在爲赫克特的屍體和城池刼掠者阿基里斯，爭吵不休。有一位神建議，請斬殺巨人者赫耳墨斯去偷那屍首。可是現在請你們聽聽，我要提議的解決辦法。這辦法可給阿基里斯以一切榮耀，並保證將來妳對我的尊重

和感情。妳必須趕快去到軍營裏,把我的意思告訴妳兒子。告訴
他說眾神都不悅於他,尤其是我,因為他在無意義的憤怒中,拒
放棄絕赫克特的屍體,留他在鳥嘴船旁。我希望他能對我起敬畏
心,放棄它。同時我也要派愛瑞斯到高貴的普利安那裏,建議請
他親自到亞該亞船上,用足以打動阿基里斯心腸的禮物,贖回他
的兒子。」

　　銀足女神塞蒂斯服從了宙斯,她立即離開奧林匹斯山巔,去
到她兒子的棚屋裏。她看見他在可憐地嗚咽哭泣,他的戰友們在
周圍跑來跑去,忙着預備早餐,正在棚屋裏宰一隻大而多毛的
羊。阿基里斯的母親坐在他身邊,用手撫摸他,跟他說話。「兒
呀,」她說,「你還要忘寢廢食,哭泣悲傷多久呢?難道一個女
人的懷抱沒有安慰嗎?因為你的壽命很短,你已經站在死與無情
的命運的陰影中了。現在聽我說,要知道是宙斯要我來跟你說
的,他要你知道眾神不悅於你,他尤其生你的氣,因為你在無意
義的憤怒中,拒絕放棄赫克特的屍體,把它留在鳥嘴船旁。來,
放它去吧,接受死者的贖金。」

　　「好吧,」捷足的阿基里斯說道,「要是奧林匹斯神真的要
這樣,並親自吩咐我,那就讓他們來贖去屍體好了。」

　　他們正在船中間講話時——娘兒兩個有很多話要說——宙斯
派愛瑞斯到神聖的伊利亞去。「現在就去,愛瑞斯,越快越好,
」他說,「離開妳奧林匹斯的家,送個信息到伊利亞給普利安
王:教他親自到亞該亞船上,用足以打動阿基里斯心腸的禮物,
贖回他的兒子。他必須單獨前去,不要有特洛伊人隨侍,只可有
一個年老的勤務員,趕騾車去把偉大的阿基里斯所殺死的那人的
屍體,載回特洛伊。告他說不要怕死,也不要怕任何事情。我們
將派一位最好的護衛,殺巨人者赫耳墨斯前去;他將負責帶他到
阿基里斯面前。一旦進入棚屋後,誰也不會殺害他,無論阿基里
斯自己,或其他任何人。這一點阿基里斯會負責。他不是傻瓜,

知道他在做什麼；他不是不敬畏神明的人，相反的，他將饒恕向他懇求者的命，很客氣地接待他。」

旋風腳愛瑞斯飛去幹她的事。她來到普利安的宮殿，聽見一片哭聲。普利安的兒子們圍住他坐在庭院裏，眼淚滴濕了衣服；老人坐在當中，像一個石雕的像；渾身裹在斗篷裏，匍匐在地上，滿頭脖子都是手塗的糞土。他的女兒們和兒媳婦們，在房子裏嚎哭，想着許多被阿果斯人殺死的傑出人物。

宙斯的使者去到普利安跟前，向他說話。她用溫柔的語聲說着，可是他的四肢立即開始顫動。「勇敢呀，達丹尼亞普利安！」她說，「安靜下來，不要害怕。我來到這裏，沒有帶來災禍，而是負着一項友好的使命。我是宙斯派來看你的，他雖然離你很遠，可是很關心你，憐憫你。奧林匹斯神吩咐你，用足以打動阿基里斯心腸的禮物，去贖回赫克特皇子。你必須單獨前去，不要有特洛伊人隨侍，只可有一個年老的勤務員趕騾車去，把你那被偉大的阿基里斯殺死的兒子的屍體，載回特洛伊。你不要怕死，也不要怕任何事情，因爲最好的護衞，殺巨人者赫耳墨斯，將陪你去，負責帶你到阿基里斯面前。一旦進入棚屋後，誰也不會殺害你，無論是阿基里斯自己，或其他任何人。這一點阿基里斯會負責。他不是傻瓜，知道他在做什麼；他不是不敬畏神明的人。不是的，他將饒恕向他懇求者的命，很客氣地接待你。」

捷足的愛瑞斯傳達她的信息後，便不見了。普利安吩咐他的兒子們，快去備妥一輛平穩的騾車，上面裝一個柳條床。然後去到他那高大的臥室裏；那是杉木蓋成的，裏面裝滿了裝飾品。他叫他的妻子赫丘巴。「我愛，」他說，「宙斯派一位奧林匹斯使者，剛來看我，吩咐我去到亞該亞船上，用足以打動阿基里斯心腸的禮物，贖回赫克特的屍首。告訴我，妳覺得怎樣？我自己覺得想到船上走一遭，去拜望偉大的亞該亞軍營。」

他妻子聽見這話後，「哎呀！」叫了一聲。「你那常被外邦

人和自己的臣民稱頌的聰明智慧，到哪裏去了？你怎能設想單獨去到亞該亞船上，到那個曾殺死你許多個英勇兒子的人的面前呢？你一定有副鐵的心腸。一旦你落在他手裏，一旦他看見你，那個嗜殺的獸，那個包藏禍心的野人，將毫不慈悲你，毫不尊敬你。不行呀，我們只能坐在家裏哭兒子。這一定是我生下他那天，無情的命運就用第一根線開始給他織成的生命的盡頭——餵飽敏捷的狗，離開父母遠遠的，掌握在一個惡魔的毒手裏。要是有機會我一定 挖食他的心。那樣才可以報復他 對待我兒子的種種。究竟我兒子當阿基里斯殺死他時，並不是一個懦夫，他沒有想逃跑或隱藏，而是在從事戰鬥，以保衞特洛伊的兒子們和高胸的女兒們。」

　　「我決定要去，」可敬的和像神一般的普利安說道。「不要阻擋我，妳自己也不要在家悽悽惶惶，像一隻不吉的鳥似的。妳是不能阻止我的。要是一個凡人，一位占卜者或祭司，向我這樣建議，我會懷疑他的居心，離他遠遠的。但是我親自聽見那女神的聲音，看見他站在我面前，所以我一定要去，我不能裝着像她沒有跟我說過似的。要是命運注定要我死在披銅甲的亞該亞人船邊，那我情願死。一旦把我兒子摟在懷裏盡情一哭，阿基里斯可立刻殺死我。」

　　普利安去到他的金櫃前，揭開裝飾美好的櫃蓋，拿出十二件美麗的長衫，十二件斗篷，同樣件數的床單，還有同樣件數的白披風和同樣件數的短裝。他還秤出十泰倫金，拿出兩個光亮的三腳鼎，四個大鍋，和一只很好看的杯。這只杯是他出使斯拉塞時斯拉塞人送他的。這是家裏的珍寶，老人看得很重，但是因爲急於要贖回愛子，所以毫不猶豫地也送掉它。

　　有許多市民聚集在門廊裏。普利安斥喝他們一頓，敎他們各幹自己的營生去。「都給我滾開，」他喊道。「你們這羣地痞流氓！難道自己家裏無事可做，而必須來到這裏煩人嗎？克魯諾斯的兒

子給我的喪失愛子的痛苦，難道你們都認為無關重要嗎？要是這樣，將來你們就會知道。赫克特死後，亞該亞人在戰爭中更容易殺死你們。至於我，我希望在看見城被洗刦前，就命赴冥殿去了。」

說着他舉起手杖打他們，他們在這行兇的老人之前，從房子裏飛奔出去。其次他找他兒子們的麻煩。他怒喝赫勒納斯、巴黎和卓越的阿加桑；帕芒和安蒂弗納斯和善戰的波來特斯；德弗巴斯、希波索斯和氣派十足的廸阿斯。他把這九人呵叱在一起，再度吩咐他們。「都給我動作起來，」他喊道，「我的無用的和丟臉的兒子們！為什麼不替赫克特被殺死在豪華的船前！哎呀，看有多少災難緊跟着來啊！我有全特洛伊地面最好的兒子。現在他們都死了，像神一般的麥斯托，快樂的馬車戰士緽依拉斯和赫克特——他在我們中間像一尊神，看起來像是神的兒子，不像是人的兒子。戰爭奪去了他們的性命，給我剩下這羣可鄙的東西，不錯，你們都是些不長進的，是一夥跳舞英雄，在舞廳的地板上贏得榮耀，當你們不在搶刦你們自己人民的綿羊和羔羊的時候。先生們，能不能動作起來？立刻把車準備好，把這些東西放在車上。我等着要出發。」

普利安的兒子們被他的怒喝駁了一愣。他們很快抬出一輛裝有堅固輪子的新騾車，車上綁一個柳條床。他們從釘上取下黃楊木車軛，軛的正中有一圓球，還有穿韁繩的環，跟車軛一起又拿出九腕尺長的軛帶。他們小心地把軛放在光滑的轅桿頂端的槽口裏，把環套在軸上，軛帶繞在圓球上，左右各繞三圈兒，然後把軛帶緊緊繞在轅上，鬆的一端塞在裏面。收拾已畢，他們去到臥室拿出那些要買回赫安特屍首的華貴禮物，裝在車裏。然後他們套上健騾，兩匹馴順的可套上轡頭工作的騾子，是默西亞人民送給王的。最後他們把普利安自用的、在光亮的槽頭餵養的兩匹馬套在他的馬車上。

普利安和他的勤務員站在那裏，沉湎於擔心的思慮中，當人

們正在王宮的高房頂下替他們準備車輛的時候。這時滿心憂戚的
赫丘巴走到他們跟前，右手端着一只斟滿老酒的金杯，要他們在
行前酹奠一番。她去到車前跟普利安說：「既然你一心要到船上
去，請向宙斯父奠一杯酒，求他保佑你從敵人手裏平安歸來。我
是反對你去的，既是你要去，請你向克魯諾斯的兒子，黑雲的主
宰，愛達的神禱告一番，他看見整個特洛伊地面展現在他眼前。
請他派出一隻顯示朕兆的鳥，一個迅速的使者。請他派他所鍾愛
的那個，鳥中最強健的，飛在你右邊，你可以親眼看見牠，並信
賴牠，當你向着愛馬的達南人的船行進的時候。可是倘若無所不
見的宙斯不派出他的傳信者，那我要勸你別往阿果斯人船上去，
無論你心裏多麼想。」

「親愛的，」像神一般的普利安說，「我當然要照你說的
作。舉手向宙斯求福，乃是好事。」於是老人吩咐他的管家拿清
水來，倒在他手上。她拿來一瓶一盆，服侍他淨了手。他洗過手
後，從妻子手裏接過酒杯，到前院中心去禱告，眼望着天空，一
面將酒澆在地上，高聲央求道：「宙斯父，你從愛達統治着，最
光榮的和最偉大的，請你教阿基里斯仁慈地接待我；請你派來一
隻預示朕兆的鳥，你的迅速的使者，你所最鍾愛的那個，鳥中最
強健的。讓牠飛在我右邊，我可以親眼看見牠，並信賴牠，當我
向着愛馬的達南人的船行進的時候。」

思想者宙斯聽見普利安的祈禱，立即派來一隻老鷹，預示徵
象的鳥中最好的。牠是暗褐的獵鳥之一，羽色使人想起熟葡萄，
兩翼伸開，可有富人家高大臥室的兩扇結實門那樣寬。他們看見
牠從右邊飛過城去，大家都很高興。牠溫暖了個個人的心。

老人疾忙上車，趕出門口，經過有回音的柱廊。在他前面走
的，是兩匹騾子拉的四輪車，趕車的是聰明的愛德阿斯。其次是
普利安的兩匹馬。老人策動牠們快些穿過城。卽使如此，仍有一
羣朋友跟住他不停地哭泣，好像他是去赴死似的。當他們走完了

街道，到達開闊的田野時，這些人，他的兒子和女婿們，都轉回伊利亞回家去了。

　　宙斯那雙注視一切的眼睛，看見這兩人出現在平原上。他可憐這位老王，立即轉面看着他的兒子赫耳墨斯說道：「赫耳墨斯，派你個差事。護送人是你的特權，也是你樂意作的事；對你喜歡的人，你總是和藹可親的。所以現在請你引導普利安王到亞該亞空船那裏去，在到達佩柳斯的兒子身邊以前，不要教任何達南人看見他和認識他。」

　　宙斯說完了，這位嚮導和斬殺巨人者立即服從他。他將一雙好看的不變色的金帶履綁在腳上，這雙鞋可使他快步如風，掠過水面和無垠的大地；他揀起那根魔杖，他可隨意使用它，以符籙鎮住我們的眼睛，或使我們從沉睡中醒過來。這位強有力的斬殺巨人者，拿起魔杖就起飛，不久便到特洛伊地面和赫勒斯龐特。從那裏他步行前進，看起來像一位青年皇子，正值開始生髭鬚的可愛年齡。

　　這時兩人已趕過伊拉斯的高大墳塚，停下來讓騾馬在河裏飲水。天已完全黑了，等到赫耳墨斯很近他們時，那位勤務員才抬頭看見。他立刻面對住普利安說道：「看呀，陛下，我們要當心。我看見一個人，怕我們可能被他殺死。讓我們乘馬車逃吧，不然就爬在他膝下求他饒命。」

　　老人嚇得發楞，他的柔軟肢體上的汗毛直豎起來。他站在那兒動彈不得，嘴裏說不出話。但是賜給幸運者不等他們先開腔。他直接走到普利安跟前，拉住他的手問道：「父啊，黑更半夜，別人都在睡覺，你趕着馬車、騾車，要到哪裏去呀？你不怕那些烈火一般的亞該亞人嗎？他們是你的死對頭，離得這麼近。要是有人看見你黑夜裏帶着這些吸引人的財物，你將如何是好啊？你不是年輕人，不足以抵禦任何來攻的人，你的同伴也是老人。可沖我卻無意加害於你。事實上我要照顧你，不讓任何人煩惱你，

因爲你令我想起我自己的父親。」

「親愛的兒呀，」可敬的老王說道，「我們的苦惱正像你說的那樣。可是總有神靈保佑我，所以才讓我遇見一個像你這樣的行路人，你眞是天賜的。從你那出衆的相貌、舉止和知情達理看起來，你一定是出身高貴的。」

「先生，」那嚮導和斬殺阿加斯者說道，「你說的差不多遠！可是我要請你說實話。你是在把這堆寶藏送到外國某地存放嗎？或者現在已經到了大家放棄神聖的伊利亞的時候了？因爲你已經喪失了你的最好的戰士，你自己的兒子，他總是能夠抵禦敵人，不使他迫近。」

普利安老王用一句問話答他：「你是誰，尊貴的先生？你說起我那不幸兒子的命運，倒是很體貼的。你的父母是誰？」赫耳墨斯答道：「我猜你大概是在考驗我，可敬的主公，試圖發現我究竟知道多少關於赫克特皇子的事。好了，我曾在戰場上親眼看見過他，看見過多次。我還看見過他把阿果斯人推回到船上，像割草般用銅槍刈倒他們，那時我們站在一旁，驚異地望着，因爲阿基里斯跟阿加米農王吵架後，不准我們參加戰鬥。我必須告訴你說，我是阿基里斯的侍從，是跟他同船來到這裏的。我是邁密登人，我的父親是波律克托，一位財主，像你那樣的年紀。他有七個兒子，我是最年幼的；我們抽籤決定，誰應參加遠征軍來到這裏，我中了籤。今天夜裏，我離船來到這平原上，因爲天明時明眸的亞該亞人就要攻城了。他們已倦於坐着無事，急欲戰鬥，亞該亞隊長們止不住他們。」

普利安答道：「假如你眞的是阿基里斯皇子的侍從，我求你跟我說句實話。我的兒子仍在船邊嗎？還是阿基里斯已把他零碎餵狗吃了？」

「直到現在，我的主，狗和猛禽都沒有吃掉他。」斬殺阿加斯者說道。「他的屍首完整無損，躺在阿基里斯船邊的棚屋裏。

雖然已經十一天了，可是他的皮肉一點兒也沒有腐爛，也沒蛆蟲
侵蝕他，那些蟲常把戰死者的屍體吃得精光。不錯，每天黎明
時，阿基里斯總是拉住他繞他親密戰友的墳塚無情地跑，但是那
並不傷損他，假如你親自進那棚屋裏，你會吃驚地看見他躺在那
裏，像一滴新鮮的露珠，身上的血污洗得乾乾淨淨，不留一點兒
痕迹。他的傷口都合起來了，曾有許多人用銅槍刺他。這表示有
福的神們曾在你兒子身上下多少工夫，雖然他只是一具死屍，因
爲他們很愛他。」

老人聽了很高興，說道：「兒啊，無論一人作什麼，向衆神
提出正當的奉獻，是多麼好的事啊！我是在想，我的兒子在家裏
絕對沒有忘記過奧林匹斯的神祇。就是爲了那個緣故，他們現在
才給他好處，雖然他已經死了。現在我要請你接受我這只美麗的
杯，在上天保護下，請你親自帶我安全去到船上，到阿基里斯公
的棚屋裏。」

「先生，」響導和斬殺巨人者說道，「你是老者，我是青
年；你卻誘我背住阿基里斯接受你的賄賂。不行呀！我要是欺騙
我的主人，將非常羞愧，並害怕後果。不過我情願作你的響導，
一直去到著名的阿果斯，無論在船上或陸地上，作你的忠實僕
從。不會有人因爲看不起你的護衞而想攻擊你。」

這位賜給幸福者說着，跳上馬車，抓起馬鞭和韁繩，給馬和
騾以新的力氣。來到船前的壕溝和圍牆跟前時，他們看見哨兵剛
開始做飯。斬殺阿加斯者使他們都睡着了，打開門，推回楗閂，
引進普利安和他的一車寶貴禮物。他們直往前走，去到佩柳斯的
兒子的高大棚屋裏。

邁密登人用自己鋸的松木板，給他們的皇子蓋成這座棚屋，
用從水邊低草地採集的燈心草，作成柔軟的屋頂。棚屋外是一大
片有牆圍繞的地，大門用一根大松木楗閂住。需要三個人才能放
上這根粗大的門閂，也需要三個人才能拿開；那自然是說三個普

通人，可是阿基里斯一人就行。現在赫耳墨斯，賜給幸運者，替老王打開門，趕車進去，連同那些送給快速的阿基里斯的富麗堂皇的禮物；下車時，他向普利安說道：「我要敎你知道，我的可敬的主，伴送你的是一位永生的神；我是赫耳墨斯，我父親派我來嚮導你。現在我要離開了，我不打算到阿基里斯面前，永生的神不宜接受凡人的款待。你自己進去，抱住阿基里斯的雙膝，央求他的時候提起他的父親、母親和兒子，以打動他的心。」

赫耳墨斯說着，離開那裏，返回崇高的奧林匹斯去了。普利安跳下馬車，留愛德阿斯在那裏照顧馬騾，自己一直走進阿基里斯皇子常住的棚屋。他看見他在屋裏。他的人大多坐得離他遠遠的，只有兩個，奧托麥敦和英勇的阿爾西馬斯，在忙着服侍他；他剛吃喝畢，桌子還沒有挪開。普利安雖然個子高大，但是進來時沒人看見，他一直走到阿基里斯跟前，抱住他的雙膝，吻他的手，那雙殺人的手曾殺死他的許多個兒子。阿基里斯看見普利安王，大吃一驚，所有他的人都是如此。他們相互望着發楞，像一個富貴人家大廳裏的人們、看見一個外邦人因在本國殺了人逃到外國避難、突然像着了魔一般出現在他們面前一樣。

普利安已在向阿基里斯央求了。「最可崇拜的阿基里斯，」他說，「想想你自己的父親，他跟我同樣年紀，往前去沒有別的，只有痛苦的暮年。無疑的，他的鄰人在逼迫他，沒有人救他免遭他們刼掠。可是他至少還有一項安慰。只要他知道你還活着，他就可天天盼望看見他的愛子從特洛伊回去；而我的幸福完全破滅了。從前我有這個廣大地面裏最好的兒子，現在一個也沒有了。我說一個也沒有了啊！亞該亞遠征軍來時，我有五十個兒子。十九個是一母所生，其餘的是我宮裏的其他貴婦生的。他們中間許多都戰死了，現在赫克特，我仍可仗恃的惟一兒子，同時也是特洛伊和特洛伊人的干城，也被你殺死了，他是爲他的故土戰死的。我現在來到亞該亞船前，帶着華貴的贖金，就是爲了求你把他交

給我帶回去。阿基里斯，請你敬畏神明，慈悲我，想想你自己的父親；不過我甚至更值得憐憫，因為我已經鼓起勇氣，作了一件世上任何人都沒有作過的事——我吻了殺死我兒子的人的手①。」

　　普利安的話，使阿基里斯想起他自已的父親，他幾乎流下淚來。他拉住老人的手，輕輕推開他；過去的種種記憶，一齊湧上他們的心頭，兩人情不自禁都慟哭起來，普利安蹲伏在阿基里斯腳前，悽慘地哭殺人的赫克特；阿基里斯哭他父親，後來又哭派楚克拉斯。他們的哭聲充滿了房屋。一會兒卓越的阿基里斯哭夠了，恢復了鎮靜，他從椅子上跳起來，一時間憐憫老人的灰白鬚髮，挽住胳膊扶他起來。然後他向他說出心底的話：「你眞是個多苦多難的人。你怎敢單獨來到亞該亞船前，面對一個曾殺死你這麼多英勇兒子的人呢？你有顆鐵樣的心。但是請你現在坐下，坐在這張椅子上，我們的痛苦雖然厲害，可是我們要把它鎖在心頭，因為哭泣是一種不起什麼作用的安慰。我們人都是些可憐蟲。神仙自已無憂無慮，卻把痛苦織進我們生命的圖案裏。你知道，雷神宙斯有兩個瓶，擺在他宮殿的地上；二者都裝有他的贈品，一個裝禍，一個裝福。接受混合劑的人，運氣變化不定，有時好，有時壞。可是當宙斯只把禍瓶裏的東西贈給一個人時，他便成為亡命徒，失望追隨他走遍大地，無論到哪裏，都為神人所詛咒。看看我父親佩柳斯。他從生下來起，上天就給他許多光明的贈品，世上無比的財富，邁密登人的王位。他是凡人，卻得一位女神為妻。可是他跟我一樣，也有他的不幸，他的王宮裏沒有兒女繼承他的王位，只有一個兒子注定要早死。這還不算，他一

①　這一句良友本和雄雞本都譯作「我用手撫摸殺死我兒子的人的嘴唇。」Rous^e並在腳註裏說，用手撫摸別人嘴巴的周圍是一種乞求的姿態。普利安說這句話時顯然就在摸阿基里斯的下巴。這樣看，下段中的一句「他拉住老人的手，輕輕推開他」，才有意義。

天老一天，可是得不到我的照顧，因為我正在你的國土裏，離家遠遠的，把你和你子女們的生活，攪得痛苦難堪。還有你，我的主，我知道有一個時期，命運也在向你微笑。人們說，從馬卡所統治的勒斯博斯島、到上弗呂吉亞與無垠的赫勒斯龐特、所包括的地面上，沒有人能比得上你的財富和你的傑出的兒子們。但是自從天上的衆神使我來到這裏，成為你脇下的芒刺後，環繞你的城池，只有戰爭和殺戮吧了。你必須忍耐，不要傷心。哭你的兒子，沒有絲毫好處，還沒有把他哭活，你自已早就死了。」

「不要請我坐下，殿下，」可敬的普利安說道，「當赫克特躺在你的棚屋裏無人照顧的時候。請你立刻把他還給我，讓我看看他。接受我帶來的華貴贖金。希望你能享受它，平安囘到家裏，因為我乍來時，你饒了我的命。」

「老丈，不要催我太甚，」快速的阿基里斯說道，向普利安皺起眉頭。「沒有你的央求，我已決定把赫克特還給你了；我自已的母親，海的老人的女兒，已向我傳來宙斯的話。再說我也看清楚了你，普利安。你不能遮掩一個事實，就是有一位神把你帶到亞該亞船中間來。誰也不敢單獨來闖我們的營盤，即使年輕力壯的小伙子也不敢。至少他不能無阻地通過哨兵站；即使通過了，也很難搬動門上的槓閂。所以，先生，請你不要惹我生氣，我心上的事已經夠多了，否則我可能觸犯宙斯的律例，雖然你是我棚屋裏的乞求者，可能對你不客氣，像對赫克特那樣。」

這話嚇住了老人。他把這番責備的話頭謹記在心。這時佩柳斯的兒子，像一頭雄獅般，猛奔到門外，帶着兩名侍從奧托麥敦和阿爾西馬斯，他鍾愛他們僅次於已死的派楚克拉斯。他們卸下馬和騾，把普利安的勤務兼宣報員帶進棚屋，給他個脚凳坐了。然後他們從光亮的車裏，搬出用以買回赫克特屍首的華貴贖金。他們留下兩件白披風和一件上好的短裝，阿基里斯要用這些衣服裹起屍首，再讓普利安載囘家去。這位皇子然後喊幾位女僕來，

吩咐她們把屍首洗濯乾淨並擦油，不過敎她們在棚屋的另一處去做，不要讓普利安看見。阿基里斯害怕，假如普利安看見他的兒子，也許忽然悲憤起來，不能自制，致使他自己一時性起，殺死老人，因而對宙斯犯了罪孽。女僕們來洗了屍首，用橄欖油擦過，穿起上好的披風和短裝後，阿基里斯親手把它抱起，放在一個靈床上，然後他的夥伴們幫他把它放在光亮的車裏。接着他嘆息一聲，喚他愛友的名字：「派楚克拉斯，倘使你在冥殿裏知道我讓赫克特皇子的父親領他囘去，你可不要生我的氣。他給我的贖金，是很有價值的；我將分給你一半。」

　　卓越的阿基里斯囘到棚屋裏，坐在他方才離開的嵌花椅上——那是在屋內靠裏面的一邊——並向普利安說：「你的願望已經達到了，我的可敬的主，你的兒子已經釋放了。他現正停在一個靈床上，天明時你帶他囘去，就可親眼看見。可是現在讓我們把思想轉到晚餐上。甚至尼俄伯女也不能忘餐廢食，雖然她看見十二個兒女被殺死在她自己家裏，六個女兒和六個兒子都正當壯年。女弓神阿特米斯殺死她的女兒們，阿波羅一怒之下，用銀弓射死她的兒子們，因爲她常自誇她不亞於他們的母親美容的勒托，她生了十二個孩子，勒托只生了兩個。可是那兩個卻殺死她的十二個。他們躺在血泊裏，九天之久，沒有人埋葬他們，因爲克魯諾斯的兒子把那兒的人都變成了石頭。第十天，天上的衆神把他們埋掉，這時尼俄伯已哭得筋疲力竭，想吃點兒東西。現在她站在人迹不到的西普拉斯山的巉岩裏，據說山林水澤的仙女們，在阿奇洛斯河畔跳舞後，都躺在那裏睡覺。化爲大理石的尼俄伯就站在那兒，沉思神們給她造成的一片荒涼景象。所以我的主，讓我們現在也吃點兒東西。等一會兒帶你兒子囘伊利亞時，你可哭他。他將令你淌許多眼淚。」

　　這時快速的阿基里斯動作起來，宰了一隻白羊，他的人剝去羊皮，照平常的辦法準備停當。他們熟練地把羊斬成小塊，一塊

一塊串在籤上，小心放在火上烤過再移開。奧托麥敦拿來麵包，盛在漂亮的籃子裏，放在桌上。阿基里斯把肉分成一份一份的，他們便取用擺在面前的美食。

吃飽喝夠了，達丹尼亞普利安用眼打量阿基里斯，羨慕他那麼高大漂亮，活像一尊神。阿基里斯看着達丹尼亞普利安的相貌談吐，也同樣欣美，兩人相望，都很愉快。這時普利安老王開口說道：「殿下，對不起，我要休息了。自從我兒子死在你手之後，我沒有合過眼。從那時起，我一直在慟哭，想着我的數不清的苦惱，爬在馬廐的糞土上。現在我總算吃了東西，喝了閃耀的酒；在這以前，我沒有嚐過任何東西。」

阿基里斯聽見了，便吩咐他的男女僕人，擺兩張床在門廊，床上舖精美的紫毯，毯上舖床單，上面蓋幾層厚絨被。女僕們手執火炬，到起居室外面，忙碌起來。兩個床很快就準備妥當。偉大的跑者阿基里斯，用比較魯莽的語氣跟普利安說道：「你必須睡在門外，朋友，怕有亞該亞將軍來見我。他們常來這裏，跟我商議計劃，這是我們的習慣。要是有人看見你半夜三更在這裏，他會立刻報告總指揮阿加米農，那就會稽延你領回屍首的事。還有一件，你可否告訴我，你將用幾天工夫辦赫克特皇子的喪事，那麼我好在那個期間停止戰鬥，命士兵們不要行動。」

可敬的王答道：「假如你真的要我給赫克特皇子舉行喪儀，阿基里斯，那我將感激不盡。你知道我們怎樣禁閉在城裏；到山裏採集木材，路程很遠，人們都怕去。至於赫克特的喪儀，我們將化九天工夫在家哭他。第十天埋殯，舉行喪宴，第十一天給他造一墳塚。第十二天，假如必需的話，我們可戰鬥。」

「可敬的主公，」快速和卓越的阿基里斯答道，「一切都照你想的那樣。我將在你所需的時限內，停止戰爭。」

說着他拉住老人右手的手脖兒，教他什麼都不要害怕。因此普利安和他的勤務員，就在前院過夜，心裏千頭萬緒，想個不

休。阿基里斯睡在他的建造完善的木屋的一角，美麗的布里塞斯躺在他身旁。

其他戰士和神，平安睡了一夜。只有幸運的神赫耳墨斯在盤算他將怎樣帶普利安離開船，而不受那些可靠的守門者的質問；因此他不能入睡。最後他去到普利安的床頭，對他說道：「我的主，看你在敵人營地睡得這樣熟，大概阿基里斯饒了你的命以後，你沒有什麼疑懼了。他剛把你兒子的屍首還給了你：那是在你付了一個很大的代價以後。倘若阿加米農王跟全軍都知道你在這裏，那麼你那些現在還活着的兒子們，不是要為活着的你，付出三倍的贖金嗎？」

老人害怕起來，他喚醒勤務員。赫耳墨斯替他們套上騾車馬車，親自趕車迅速穿過營地。離開時，沒有人認出他們。當黎明用她的橘黃斗篷覆蓋田野時，他們已到達漩流的贊薩斯的渡口，這位高貴河神的父親就是永生的宙斯。赫耳墨斯在那裏告別他們，自回崇高的奧林匹斯去了；兩人這時嚎啕大哭，趕着馬車向城的方向走，騾車拉着屍首跟在後面。

他們走來時，美得像金阿芙羅狄蒂的卡珊德拉，是特洛伊的男人和束腰帶的女人中首先認出他們的。她爬到派加馬斯頂上，從那裏看見她父親跟勤務員兼宣報員站在馬車裏。她也看見赫克特躺在騾車裏的靈床上。她大叫一聲，讓全城都可聽見，喊道：「特洛伊的男人和女人們，赫克特打仗生還時，你們總是歡迎他。他是城裏個個人的寵兒，現在你們來看他呀。」

卡珊德拉的叫喊頓時使全城人陷入悲慟，不久特洛伊連一個男人或女人都沒有了。他們出城很遠去迎接國王和赫克特的屍首。他的愛妻和母后爬在車上，首先為他撕頭髮，並摸他的頭。他們周圍是一族嚎哭的人。實在的，這輩市民可以在城門口整天哭赫克特，直哭到日落，要不是仍然站在車上的老人，教他們讓路給騾車，告訴他們說，等一會兒把赫克特帶回家後，他們可盡

情哭。人們聽見他的話，兩邊都往後退，讓路給馬車通過，剩下
赫克特的家人把他帶回王宮。

　　到那裏後，他們把他放在一個木床上；並喚來樂隊領導哭
訴，唱哀歌，同時女人們齊聲合哭。粉臂安助瑪琪雙手捧住殺人
者赫克特的頭，首先哭訴道：

　　「丈夫呀，你死得太年輕，撇下我在家守寡。你的兒子，我
們這雙不幸的父母所生的，只是個小孩子。我不能希望他長大成
人，他還來不及長大，特洛伊便已經陷落了。因為你，她的護衞
者，已經死了；你一向當心她，保障她的忠心妻女和嬰兒的安
全。她們不久就要被擄到空船裏去，連我也在內。你呀，我的兒
呀，也跟我去到一個地方，在一個殘酷主人的監視下服賤役；要
不然，就是被一個亞該亞人抓住胳膊，從城上扔下去捧得慘死，
以洩他的憤恨，因為殺人的赫克特，不是殺了他的兄弟，便是殺
了他的父親或兒子。是的，許多亞該亞人碰在赫克特手裏，都命
喪塵埃，因為你的父親在戰爭熾熱時，不是個慈善為懷的人。就
是為了這個緣故，整個特洛伊現在才為他哀哭。哎呀，赫克特，
你給你的雙親帶來了孤寂淒涼。可是誰能像我這樣哭你呢？我的
哀慟是最厲害的，因為你沒有死在床上，伸出手來向我說幾句溫
柔話，使我在日夜哭你時珍念着。」

　　這就是安助瑪琪的哭訴，衆婦女跟她同聲哭泣。其次赫丘巴
繼續那激動的哀歌：「赫克特，我的所有兒子中我最愛的，你跟
我活在世上的時候，神們很愛你；現在命運之神毀滅了你，她們
沒有忘掉你。捷足的阿基里斯俘獲了我的其他兒子們，把他們送
過荒涼的海，賣到薩莫斯或英布羅斯，或烟霧籠罩的倫諾斯。可
是他用銅槍奪去了你的性命。雖然他趕車拖着你，繞行他那為你
殺死的朋友的墳塚許多次（不是為了使派楚克拉斯活過來），但
你現在回到家來，新鮮得像一滴朝露，躺在王宮裏，像是被銀弓
阿波羅用柔矢射死的。」

　　她的話和泣訴，惹得所有婦女們縱情悲慟。接着海倫引她們作第三輪哭訴。「赫克特，在所有我的特洛伊兄弟中，我最愛你。巴黎皇子帶我到這裏，娶我爲妻（我願在那以前就死了），在我離開自己國家的十九年中，只有你沒有向我說過一句難聽話。家裏其他的人都侮辱過我：你的兄弟們，姐妹們，兄弟們的富有資財的妻子們，甚至你的母親，不過你的父親總是待我很溫柔，像我自己的父親那樣。可是由於你那慈善的心腸和好意，每次你總向他們抗議，制止他們。所以我這些悲哀的眼淚，是爲你洒的，也是爲我自己這個可憐蟲洒的。在這廣濶的特洛伊領域裏，再也沒有人溫柔待我，作我的朋友了。我走近人們時，他們就發抖。」就這樣，海倫哭訴着，無數人哭着應和她。

　　這時普利安老王吩咐他的人民去作該作的事。「特洛伊人，」他說，「弄些木柴到城裏來，不要怕阿果斯人設伏捉你們。我離開黑船時，阿基里斯答應從那時起，第十二日前不攻擊我們。」

　　在普利安的命令下，他們套起騾車和牛車，迅速在城外集合起來。他們化了九天工夫，採夠所需的大量木柴。第十天，黎明給世界帶來光明時，他們滿面淚痕，抬出英勇的赫克特，把他的屍首放在火葬堆上，用火燃起木柴。

　　黎明又來了，用玫瑰的手點亮東方，看見人們聚在傑出的赫克特火葬堆的周圍。等人們到齊後，他們開始用閃耀的酒澆滅火葬堆上凡是火焰燒到的地方。然後赫克特的兄弟們和戰友們，收集他的白骨，邊收邊哭，許多顆大淚珠順着他們的臉直流。他們把骨頭包在柔軟的紫布裏，把布包放在一個金匣裏。他們迅即把匣放在一個墓穴裏，用一層密砌的巨石，把墓穴蓋起來。然後他們造一墳塚，派兵在周圍守着，怕披銅甲的亞該亞人在約定的時限以前就攻擊起來。堆好墳塚後，他們囘到特洛伊，又集合起來，在宙斯養育的普利安王的宮裏，享受一頓盛宴。

　　這就是馴馬者赫克特的殯儀。

專名表

　　〔伊利亞圍城記〕裏用到的專名有一千三四百個，這裏所列的僅四百餘。此表是根據雄雞叢書 (Bantam Books)*The Iliad* (Alston Hurd Chase 與 William G. Perry Jr. 合譯) 書後所附的專名表編製的。該表的說明稱，表內所列的是重要的地名、人名、神名及其他。凡一人數名或數人同名者，都一一指出，以免混淆，

　　希臘專名的英文拼法向來未曾劃一。此表所根據的是習用的拉丁文拼法，與企鵝叢書的拼法略有出入，但這對中文翻譯沒有多大關係。

一　劃

乙己斯（Aegis）　宙斯和雅典娜所穿的一種有魔力的胸裳。

乙尼斯（Aeneas）　安契西斯和阿芙羅狄蒂的兒子，特洛伊方面的大英雄。後來成爲拉丁民族的鼻祖。

二　劃

七女星（Hyades）　金牛座的七星。此星羣與太陽同升起時卽雨季之開始。

九繆思（Muses）　分司詩歌、藝術、科學等的九位女神。

四　劃

巴弗拉戈尼亞（Paphlagonia）　小亞細亞北部一區，在黑海之南。

巴利阿斯（Balius）　阿基里斯的馬。

巴黎（Paris）　普利安的兒子，海倫的情夫，又名亞歷山大。

厄里斯（Eris）　不和女神。

戈兒岡（Gorgon）　三蛇髮女怪之一。

比阿斯（Bias）　(1)來自派洛斯的希臘人；(2)雅典人領袖；(3)勞岡納斯和達丹納斯的父親。

尤納斯（Evenus）　(1)塞勒皮阿斯的兒子，姆恩斯和埃皮斯緯法斯的父親；(2)馬佩薩的父親。

內奧普托勒馬斯（Neoptolemus）　阿基里斯的兒子。

五　劃

弗巴斯（Phorbas）　(1)勒斯博斯的君王；(2)特洛伊富人，伊利紐斯的父親。

弗西斯（Phocis）　希臘北部一區域。

弗西雅（Phthia）　澤薩律的一個城及其周圍區域，爲佩柳斯及阿基里斯所統治。

弗呂吉亞（Phrygia）　小亞細亞一區，位於赫勒斯龐特的南岸。

弗拉卡斯（Phylacus）　⑴伊菲克拉斯的父親；⑵特洛伊人，爲勒塔斯所殺。

弗柳斯（Phyleus）　麥吉斯的父親。

布呂塞艾（Bsyseiae）　拉科尼亞的城名。

布里塞斯（Briseis）　阿基里斯擄來的女子。

布里修斯（Briseus）　勒內薩斯君王兼祭司，布里塞斯的父親。

布賴魯斯（Briareus）　百臂巨人，又名伊己昂。

代達羅斯（Daedalus）　傳說中的靈工巧匠，克里特迷宮的建造者。

可來西（Chryse）　綽阿德的臨海城市。市內有阿波羅的廟宇。

可來西斯（Chryses）　克來西易斯的父親，阿波羅的祭司。

可羅米阿斯（Chromius）　⑴普利安的兒子，爲廸奧麥德斯所殺；⑵律西亞人，爲奧德修斯所殺；⑶特洛伊人，爲圖瑟所殺；⑷特洛伊的友軍默西亞人領袖；⑸派洛斯人領袖。

加加拉斯（Gargarus）　愛達山的一峯。

卡珊德拉（Cassandra）　普利安的女兒，能知未來，但無人信她的預言。阿加米農擄之歸，同爲其后克里退奈斯屈阿所殺。

尼俄伯（Niobe）　坦塔拉斯的女兒，塞貝斯國王安菲昂的妻子。她誇稱她有六子六女，而勒托只有一子一女，阿波羅和阿特米斯怒而盡殺其子女，她悲傷而化爲石。

甘努麥德（Ganymedes）　特洛斯的兒子，貌美，宙斯收之爲捧杯侍酒者。

古蓋湖（Gygaean Lake）　此湖之女神爲麥斯萊斯和安蒂法斯的母親。

北風（Boreas）

六　劃

艾卡斯（Aeacus）　佩柳斯的父親，阿基里斯的祖父。

艾西（Aethe）　阿加米農的母馬。

艾托利亞（Aetolia）　科林斯灣之北阿奇洛斯之東的一個區域。

艾吉阿拉斯（Aegialus）　⑴佩洛龐內薩斯的一區；⑵小亞細亞巴弗

拉戈尼亞的城鎮。

艾吉斯修斯（Aegistheus） 阿加米農的妻子克里退奈斯屈阿的奸夫。

艾吉納（Aegina） 阿蒂卡旁的島，埃傑克斯和圖瑟的家鄉。

艾多紐斯（Aidoneus） 哈得斯的別名。

艾克祖斯（Axius） 派昂尼亞河名。

艾桑（Aethon） 赫克特的馬。

艾特（Ate） 宙斯的女兒，蠢愚的女神。

艾訐特斯（Aesyetes） (1)安特諾的父親；(2)阿爾克索斯的父親。

艾奧拉斯（Aeolus） 西塞法斯的父親。

艾塞帕斯（Aesepus） (1)布科良和阿巴巴里亞的兒子；(2)愛達山上的河。

艾蓋（Aegae） 亞該亞的城鎮，爲波塞多所愛。

安蒂諾（Antenor） 特洛伊的領袖，澤亞諾的丈夫；波律巴斯、阿吉諾、阿卡馬斯、伊菲達馬斯和科昂的父親。

安助瑪琪（Andromache） 埃厄森的女兒，赫克特的妻子，阿斯蒂亞納克斯的母親。

安契西斯（Anchesis） 乙尼斯和埃奇波拉斯的父親。

安庫斯（Ancaeus） (1)阿卡廸亞人阿加潘諾的父親；(2)普律倫的角力者，爲奈斯特所敗。

安創（Antron） 澤薩律的城名。

安菲垂昂（Amphitryon） 阿爾克曼納的丈夫。

安菲馬卡斯（Amphimachus） (1)克特塔斯的兒子，埃利斯人領袖，爲赫克特所殺；(2)諾米昂的兒子，特洛伊友軍克里亞人領袖，爲阿基里斯所殺。

安菲德馬斯（Amphidamas） (1)希臘的塞瑟拉人；(2)其子爲派楚克拉斯所殺。

安蒂法斯（Antiphus） (1)希臘島民領袖；(2)塔萊麥內斯的兒子，特洛伊友軍麥奧尼亞人領袖；(3)普利安的兒子，阿基里斯曾擒而釋之，後爲阿加米農所殺。

安蒂洛卡斯（Antilochus） 希臘英雄奈斯特的兒子。

多多納（Dodona）　宙斯發佈神諭的地方，在希臘西海岸。據稱在一棵老橡樹樹葉的沙沙聲中可聽見他的答話。

多多納的（Dodonian）　宙斯的形容語。

多朗（Dolon）　特洛伊的偵探，爲奧德修斯及廸奧麥德斯所殺。

多朗皮人（Dolonpians）　澤薩律一部族。

伊己昂（Aegaeon）　卽百臂巨人，又名布賴魯斯。

伊卡利安海（Icarian Sea）　地中海的一部分，在小亞細亞西南。

伊吉斯（Aegeus）　雅典王，西修斯的父親。

伊利亞（Ilium）　卽特洛伊。

伊拉斯（Ilus）　特洛斯的兒子，洛麥敦的父親，普利安的祖父。

伊薩卡（Ithaca）　希臘西邊的海島，奧德修斯的家。

西風（Zephyr）

西拉（Cilla）　特洛伊的城名。

西科奈人（Cicones）

西莫伊斯（Simoi's）　(1)發源於愛達山的小溪，流經特洛伊平原，注入斯卡曼德；(2)上稱小溪之神。

西當（Sidon）　腓尼基的大城。

西塞昂（Sicyon）　科林斯灣南岸一城。

米奈勞斯（Menelaus）　阿楚斯的兒子，阿加米農的兄弟，海倫的丈夫，斯巴達的君王。

米諾斯（Minos）　克里特的君王，宙斯和歐羅巴的兒子，杜克利昂、阿里亞內、費抓的父親。死人的審判者。

托地者（Holder of the earth）　波塞多的稱謂。

守門者（Warden of the Gate）　冥王的別號。

吉倫納斯武士（Gerenian Knight）　奈斯特的形容語。吉倫諾斯爲埃利斯一城。

七　劃

杜克利昂（Deucalion）　愛多麥紐斯的父親。

克利科隆（Callicolone）　特洛伊附近一小山。

克里特（Crete）　愛琴海中大島，愛多麥紐斯的王國。

克里退奈斯屈阿（Clytemnestra）　阿加米農的妻子和殺害者。

克來西易斯（Chryseis）　可來西斯的女兒，阿加米農分得的戰利品；為其父贖囘。

克來索齊米斯（Chrysothemis）　阿加米農和克里退奈斯屈阿的女兒。

克律敦（Calydon）　艾托利亞的城名，在科林斯灣之北。

克斯特（Castor）　宙斯和勒達的兒子，海倫和波律杜塞斯的兄弟。

克魯諾斯（Cronus）　宙斯的父親，被稱為「古怪的」。

克爾卡斯（Calchas）　希臘軍的占卜者。

克麗歐帕楚阿（Cleopatra）　卽默利格的妻子阿爾西昂。

希波洛卡斯（Hippolochus）　(1)貝勒羅方的兒子，格勞卡斯的父親；(2)特洛伊人，為阿加米農所殺。

希波索斯（Hippothous）　佩拉斯基人領袖。

佐阿斯（Thoas）　(1)艾托利亞人，安椎芒的兒子；(2)狄俄尼索斯和阿里亞內的兒子；(3)特洛伊人，為米奈勞斯所殺。

佐昂（Thoön）　(1)菲諾普斯的兒子，為廸奧麥德斯所殺；(2)特洛伊人，為奧德修斯所殺；(3)特洛伊人，阿西阿斯的戰友，為安蒂洛卡斯所殺。

狄俄尼索斯（Dionysus）　酒與晏樂之神，宙斯的兒子。

助亞斯（Dryas）　(1)拉皮茨王；(2)律克加斯的父親。

杜馬斯（Dymas）　赫丘巴和阿西阿斯的父親。

貝勒羅方（Bellerophon）　殺吐火怪獸奇邁拉者。

八　劃

阿加米農（Agamemnon）　阿楚斯的兒子，米奈勞斯的兄弟，希臘聯軍總指揮。

阿加潘諾（Agapenor）　安庫斯的兒子。

阿布杜斯（Abydus）　赫勒斯龐特的一城。

阿卡馬斯（Acamas）　(1)安蒂諾的兒子，達丹尼亞人領袖；(2)猶索魯

斯的兒子，斯拉塞人領袖。

阿卡廸亞（Arcadia）　佩洛龐內薩斯山區地名。

阿皮莎昂（Apisaon）　(1)特洛伊人，弗西阿斯的兒子，爲歐呂柏拉斯所殺；(2)特洛伊人，希帕薩斯的兒子，爲律科麥德斯所殺。

阿西阿斯（Asius）　(1)阿里斯貝赫塔卡斯的兒子，特洛伊友軍；(2)阿達馬斯的父親；(3)杜馬斯的兒子，赫丘巴的兄弟；(4)阿布杜斯的菲諾普斯的父親，特洛伊友軍的領袖。

阿吉諾（Agenor）　特洛伊人，安蒂諾的兒子。

阿里亞內（Ariadne）　米諾斯的女兒，西修斯的情婦，巴查斯的妻子。

阿里斯貝（Arisbe）　特洛伊的城鎭。

阿克特（Actor）　(1)伊奇克勒斯的父親；(2)阿祖斯的兒子；(3)麥諾俠斯的父親；(4)弗巴斯的兒子，據稱是克特塔斯的父親。

阿抓斯塔斯（Adrastus）　(1)廸奧麥德斯的妻子艾吉麗亞的父親；(2)特洛伊友軍阿抓斯特亞人領袖；(3)特洛伊人，爲米奈勞斯所殺；(4)特洛伊人，爲派楚克拉斯所殺。

阿奇洛卡斯（Archelochus）　安蒂諾的兒子，阿卡馬斯的兄弟，達丹尼亞人領袖。

阿奇洛斯（Achelous）　(1)艾托利亞一河或其河神；(2)弗呂吉亞一河或其河神。

阿果斯（Argos）　(1)廸奧麥德斯所統治的城邦；(2)阿加米農的王國，在佩洛龐內薩斯東北部，其首都爲邁錫尼；(3)阿基里斯所統治的城邦；在澤薩律內佩內阿斯河畔。

阿果斯人（Argives）　希臘人的通稱，亦稱亞該亞人或達南人。

阿拉斯特（Alastor）　(1)律西亞人，爲奧德修斯所殺；(2)派利亞人領袖；(3)特洛斯的父親。

阿拉爾康米奈（Alalcomenae）　博奧蒂亞一城，爲雅典娜所鍾愛。

阿拉爾康米寧（Alalcomenean）　雅典娜的形容稱謂。

阿波羅（Apollo）　宙斯和勒托的兒子，阿特米斯的雙生兄弟，陽光、音樂和醫藥的神。幫助特洛伊人甚力。

阿芙羅狄蒂（Aphrodite）　美與愛的女神。幫助特洛伊人。

阿特尼阿斯（Atymnius）　(1)默敦的父親；(2)特洛伊人，為安蒂洛卡斯所殺。

阿特米斯（Artemis）　月與獵的女神。宙斯與勒托的女兒，阿波羅的雙生姊妹。幫助特洛伊人，惟很少參加戰爭。

阿特瑞斯（Atreides）　阿加米農和米奈勞斯兩兄弟的別名。

阿基里斯（Achilles）　佩柳斯和海居女神塞蒂斯的兒子，希臘軍的大英雄，伊利亞圍城記的中心人物。

阿斯卡拉法斯（Ascalaphus）　戰神阿瑞斯的兒子，博奧蒂亞人領袖。

阿斯曲諾斯（Astynous）　·(1)特洛伊人，為迪奧麥德斯所殺；(2)特洛伊人，普羅蒂亞昂的兒子。

阿斯坎尼阿斯（Ascanius）　(1)特洛伊的友軍弗呂吉亞人領袖；(2)希波欣的兒子，特洛伊友軍。

阿斯克勒皮阿斯（Asclepius）　阿波羅的兒子，醫藥的神，希臘軍中兩位醫生馬柴昂和波達勒里阿斯的父親。

阿斯特羅佩阿斯（Asteropaeus）　佩拉岡的兒子，特洛伊的律西亞友軍領袖。

阿斯蒂亞納克斯（Astyanax）　赫克特和安助瑪琪的兒子。

阿雷索斯（Areithous）　(1)博奧蒂亞人麥內修斯的父親；(2)斯拉塞人呂格馬斯的侍從，為阿基里斯所殺。

阿瑞斯（Ares）　宙斯和赫拉的兒子，戰爭的神，幫助特洛伊人。

阿楚斯（Atreus）　阿加米農和米奈勞斯的父親。

阿爾弗斯（Alpheus）　佩洛龐內薩斯內埃利斯的河名或其河神。

阿爾西昂（Alcyone）　默利格的妻子克麗歐帕楚阿的別名。

阿爾西馬斯（Alcimus）　阿基里斯的御者。

阿爾西默敦（Alcimedon）　拉厄西斯的兒子，邁密登人領袖。

阿爾克佐斯（Alcathous）　艾訏特斯的兒子，安契西斯的女婿，乙尼斯的姐夫，為愛多麥紐斯所殺。

阿爾克曼納（Alcmena）　安菲垂昂的妻子，赫拉克勒斯的母親。

阿爾塞亞（Althaea）　歐紐斯的妻子，默利格的母親。

阿爾塞斯蒂斯（Alcestis）　阿德默塔斯的妻子，歐麥拉斯的母親。

死後命赴冥府，赫拉克勒斯去把她奪回陽世。

阿薩拉卡斯（Assaracus）　特洛斯的兒子，普利安的祖先。

波來特斯（Polites）　普利安的兒子。

波律內塞斯（Polyneices）　伊狄浦斯和約卡斯塔的兒子，埃條克勒斯和安蒂貢的兄弟。

波律多拉斯（Polydorus）　⑴普利安的兒子，爲阿基里斯所段；⑵希臘人。

波律杜塞斯（Polydeuces）　宙斯和勒達的兒子，克斯特和海倫的兄弟。

波律普特斯（Polypuctes）　佩里索斯的兒子，拉皮茨族人之一。

波律達馬斯（Polydamas）　特洛伊人，潘索斯的兒子。

波塞冬（Paseidon）　海神。宙斯和赫拉的兄弟，幫助希臘人甚力。常被稱爲震地者，箍地者，黑髮神。

波達加斯（Podargus）　⑴赫克特的馬；⑵米奈勞斯的馬。

波達吉（Podarge）　阿基里斯的一對母馬的母親。

波達西斯（Podaces）　伊菲克拉斯的兒子。

波達勒里阿斯（Podaleirius）　阿斯克勒皮阿斯的兒子，馬柴昂的兄弟，希臘醫生。

佩內阿斯（Penius）　澤薩斯河名。

佩內流斯（Peneleos）　博奧蒂亞人領袖。

佩里法斯（Periphas）　⑴艾托利亞人，爲阿瑞斯所殺；⑵特洛伊的報信員。

佩里昂（Pelian）　阿基里斯的槍的形容語。這槍是用佩里昂山的一棵梣樹的木頭做的。奇隆將它給佩柳斯，佩柳斯給阿基里斯。

佩里索斯（Peirithous）　拉皮茨的君王，西修斯的朋友。

佩里菲特斯（Periphetes）　⑴默西亞人，爲圖瑟所殺；⑵邁錫尼人，爲赫克特所殺。

佩拉岡（Pelagon）　⑴派洛斯人領袖；⑵薩佩敦的侍從。

佩拉斯基人（Pelasgians）　⑴希臘早期居民；⑵特洛伊友軍，來自塞姆；⑶克里特一部族。

佩柳斯（Peleus）　艾卡斯的兒子，塞蒂斯的丈夫，阿基里斯的父親。

佩洛龐內薩斯（Peloponnesus） 希臘南部半島。

佩洛普斯（Pelops） 坦塔拉斯的兒子，阿楚斯和訐埃特斯的父親，阿
加米農、米奈勞斯和艾吉斯修斯的祖父。

佩桑德（Peisander） (1)安蒂馬卡斯的兒子，爲阿加米農所殺；(2)特
洛伊人，爲米奈勞斯所殺；(3)麥馬拉斯的兒子，邁密登人領袖。

佩達薩斯（Pedasus） (1)楚阿德一城，爲阿基里斯所毀；(2)阿加米農
治下一城；(3)特洛伊人，爲歐呂亞拉斯所殺；(4)阿基里斯的馬。

佩羅斯（Peiros） 斯拉塞人領袖。

廸昂內（Dione） 阿芙羅狄蒂的母親。

廸奧麥德（Diomede） 阿基里斯的女僕。

廸奧麥德斯（Diomedes） 泰杜斯的兒子，希臘軍中僅次於阿基里斯
的大英雄。亦稱泰德斯。

廸奧雷斯（Diores） (1)阿馬林修斯的兒子，埃利斯人領袖，爲特洛伊
的友軍佩羅斯所殺；(2)奧托麥敦的父親。

拉厄特斯（Laertes） 奧德修斯的父親，安蒂克雷亞的丈夫。

拉皮茨（Lapiths） 澤薩律的一部族，以戰馬人著稱。

拉科尼亞（Laconia） 佩洛龐內薩斯地名。

拉達曼薩斯（Rhadamanthus） 宙斯的兒子，米諾斯的兄弟，死人
的審判者。

拉塞德芒（Lacedaemon） 佩洛龐內薩斯的一區，其首府爲斯巴達。

奈柳斯（Neleus） 奈斯特的父親。

奈斯特（Nestor） 奈柳斯的兒子，派洛斯的君王，安蒂洛卡斯和斯
拉塞麥德斯的父親；希臘軍中老戰士，明哲善言，其議論爲衆所
尊重。

奈魯斯（Nereus） 一位小海神，被稱爲海的老人，有五十個女兒，
其一爲塞蒂斯。

奈魯斯的五十個女兒（Nereids） 其一爲阿基里斯的母親塞蒂斯。

奇邁拉（Chimaera） 阿米索達拉斯所豢養的獅頭羊身蛇尾吐火怪獸
，爲貝勒羅方所殺。

奇隆（Cheiron） 指教阿基里斯的馬人。

明眸的（Flashing eyes, of）　雅典娜的形容語。

明眸的（Bright-eyed）　雅典娜的形容語。

宙斯（Zeus）　克魯諾斯的兒子，赫拉的丈夫，衆神之王，神和人的父，稱奧林匹斯神，行雲者，驅雲者和雷電之主。

帕拉斯（Pallas）　雅典娜的形容稱謂。

坦塔拉斯（Tantalus）　佩洛普斯的父親。

東風（Eurus）

屈托金內亞（Tritogeneia）　利比亞的湖，一說雅典娜是波塞多和屈托湖神之女。

亞丹納斯（Iardanus）　⑴克里特的河名；⑵埃利斯的河名。

亞佩塔斯（Iapetus）　泰坦巨人族之一。

亞馬孫（Amazons）　相傳住在黑海邊的一族女戰士。

亞該亞人（Achaeans）　希臘人通稱，亦稱達南人或阿果斯人。亞該亞在佩洛龐內薩斯北部。

亞歷山大（Alexander）　海倫的愛人巴黎的別名。

亞薩斯（Iasus）　⑴安菲雍的父親；⑵狄麥托的父親；⑶雅典人，爲乙尼斯所殺。

九　劃

派加馬斯（Pergamus）　特洛伊的堡樓。

派昂（Paeon）　⑴衆神的醫生；⑵阿格斯緽法斯的父親。

派昂內人或派昂尼亞人（Paeones or Paconians）　特洛伊的友軍，來自斯拉塞和馬塞敦尼亞。

派科特（Percote）　緽阿德一城。

派洛斯（Pylos）　佩洛龐內薩斯西部一城及其周圍區域，爲奈斯特所統治。

派索（Pytho）　阿波羅在巴納薩斯山的神諭，後遷至德爾非。

派萊麥內斯（Pylaemenes）　巴弗拉戈尼亞人，特洛伊友軍戰士，在第五章中爲米奈勞斯所殺，但又出現在第十三章中。

派楚克拉斯（Patroclus）　麥諾俠斯的兒子，阿基里斯的義兄弟和密

友，爲赫克特所殺。

律西亞（Lycia）　(1)小亞細亞西南部的一區；(2)愛達山中艾塞帕斯河流域的一區。

律克加斯（Lycurgus）　(1)助亞斯的兒子；(2)阿卡廸亞的戰士。

律狄亞（Lydia）　小亞細亞西部一城邦。

律奈薩斯（Lyrnessus）　城名，阿基里斯打破此城得女子布里塞斯。

律康（Lycaon）　(1)潘達拉斯的父親；(2)普利安的兒子，爲阿基里斯所殺。

科林斯（Corinth）　希臘南部城市，古時以商業繁盛著稱。

科斯（Cos）　島名，在小亞細亞之南。

洋川（Ocean Stream）　繞地的邊緣而流的河，爲地上一切河海之源。日出於此河，亦沒於此河。

英布羅斯（Imbros）　斯拉塞離岸島名。

洛麥敦（Laomidon）　普利安的父親。

南風（Notus）

柏修斯（Perseus）　宙斯和達內的兒子，澤內拉斯的父親，曾殺蛇髮女怪麥杜薩。

哈得斯（Hades）　冥王，或冥府。哈得斯是宙斯與波塞多的兄弟。

十　劃

埃厄森（Eëtion）　(1)安助瑪琪的父親；(2)英布羅斯人，普利安的朋友；(3)特洛伊人，波德斯的父親。

埃皮斯綽法斯（Epistrophus）　(1)特洛伊的友軍海利松人領袖；(2)尤納斯的兒子，爲阿基里斯所殺；(3)希臘人，伊菲塔斯的兒子，弗西斯人領袖。

埃皮道拉斯（Epidaurus）　佩洛龐內薩斯北部阿果斯的城名。

埃呂馬斯（Erymas）　(1)特洛伊人，爲愛多麥紐斯所殺；(2)特洛伊人，爲派楚克拉斯所殺。

埃利斯（Elis）　佩洛龐內薩斯西部一區。

埃利斯人（Epeians）　住在佩洛龐內薩斯北部埃利斯的希臘人。

埃里達納斯（Eridanus）　傳說中的河名，卽波河。

埃奇克拉斯（Echeclus）　(1)阿吉諾的兒子，爲阿基里斯所殺；(2)特
洛伊人，爲派楚克拉斯所殺；(3)波律麥勒的丈夫。

埃奇波拉斯（Echepolus）　(1)安契西斯的後裔，住在佩洛龐內薩斯的
西塞昂；(2)特洛伊人，查律西阿斯的兒子，爲安蒂洛卡斯所殺。

埃奇阿斯（Echius）　(1)麥西斯圖斯的父親；(2)律西亞人，爲派楚克
拉斯所殺；(3)律西亞人，爲波利特所殺。

埃佩阿斯（Epeius）　希臘的拳師和運動員。

埃條克勒斯（Eteocles）　塞貝斯城的伊狄蒲斯的兒子，曾爲保衞該城
而戰。

埃勒分諾（Elephenor）　(1)歐博艾人領袖；(2)查爾科當的兒子，阿班
蒂人領袖，爲阿吉諾所殺。

埃勒蘇亞（Eileithyia）　掌分娩的女神。

埃菲拉（Ephyra）　(1)科林斯的古名；(2)埃利斯北部一城；(3)澤薩律
的城名。

埃菲阿爾特斯（Ephialtes）　一個巨人。

埃雷可桑尼阿斯（Erichthonius）　達丹納斯的兒子。

埃雷可修斯（Erechtheus）　傳說中的雅典英雄。

埃傑克斯（Ajax）　(1)特拉蒙的兒子，圖瑟的同父兄弟，希臘聯軍大英
雄之一；(2)另一位希臘英雄，奧伊柳斯的兒子，稱小埃傑克斯。

埃雷垂亞（Eretria）　歐博艾的城名。

埃奧紐斯（Eioneus）　(1)雷薩斯的父親；(2)希臘人，爲赫克特所殺。

埃奧斯（Eos）　黎明的女神，麥農的母親。

埃諾普斯（Enops）　(1)塞特紐斯的父親；(2)艾托利亞人，克律托麥德
斯的父親；(3)特洛伊人，澤斯特的父親。

恩尼亞利阿斯（Enyalius）　戰神阿瑞斯的形容語，意卽「好戰的」。

恩紐（Enyo）　戰爭之混亂的人格化。

恩諾馬斯（Ennomus）　(1)特洛伊的友軍默西亞人領袖，能占卜，爲
阿基里斯所殺；(2)特洛伊人，爲奧德修斯所殺。

海利松人（Halizones）　特洛伊的友軍，小亞細亞北部人。

海的老人（Old man of the sea）　塞蒂斯的父親奈魯斯的形容語。

海佩里亞（Hypeiria）　希臘北部佩拉斯基阿果斯的泉水名。

海佩朗（Hypeiron）　太陽神赫利阿斯的形容稱謂。

海倫（Helen）　宙斯和勒達的女兒，克斯特的姐妹，米奈勞斯的妻子。巴黎拐之爲情婦，引起特洛伊戰爭。

海普遜諾（Hypsenor）　(1)特洛伊人，爲歐呂柏拉斯所殺；(2)希臘人，爲德弗巴斯所殺。

海普蒙奈德斯（Hapmonides）　(1)拉厄塞斯的父親，阿爾西默敦的祖父；(2)邁昻的父親。

特内多斯（Tenedos）　綽阿德海岸外一小島。

特拉蒙（Telamon）　薩拉米斯的君王，艾卡斯的兒子，佩柳斯的兄弟，埃傑克斯和圖瑟的父親。

特洛伊人（Trojans）

特洛斯（Tros）　(1)普利安的祖先；(2)特洛伊人，爲阿基里斯所殺。

特勒馬卡斯（Telemachus）　奧德修斯和皮奈洛普的兒子。

特洛伊（Troy）　小亞細亞西北一城，位於赫勒斯龐特海峽上，因徵收船隻過峽稅而致富。爲希臘聯軍圍攻的對象，亦稱伊利亞。

特齊斯（Tethys）　烏蘭納斯和蓋亞的女兒，奧欣納斯的妻子。

特爾西比斯（Talthybius）　阿加米農的侍從。

泰杜斯（Tydeus）　歐紐斯的兒子，迪奧麥德斯的父親。

泰坦神（Titans）　巨人族之神，被宙斯囚於塔塔拉斯。

泰菲阿斯（Typhoeus）　一個代表火山的迸爆力的怪獸。據說牠躺在阿里民山下。

泰德斯（Tydeides）　迪奧麥德斯的別名。

馬人（Centaurs）　澤薩律的野蠻部族，半人半馬怪人，以戰拉皮茨部族聞名。

馬柴昻（Machaon）　希臘軍醫生，阿斯克勒皮阿斯的兒子，爲巴黎之箭所傷。

格勞卡斯（Glaucus）　(1)希波洛卡斯的兒子，特洛伊友軍律西亞人領袖，爲圖瑟所殺；(2)貝勒羅方的父親。

格蘭尼卡斯（Granicus）　愛達山中一河。

神和人的父（Father of gods and men）　宙斯的形容語。

冥河（Styx）　死者靈魂渡此河至冥府。

宰麥里斯（Thamyris）　斯拉塞的吟遊詩人。因向九繆斯誇口，九
繆斯盲其目。

庫雷特人（Curetes）　包圍克律敦的部族。

倫諾斯（Lemnos）　綽阿德之西的島。

烏蘭納斯（Uranus）　雷亞的父親，蓋亞的丈夫。

十一劃

麥內修斯（Menestheus）　佩特奧的兒子，雅典人領袖。

麥吉斯（Meges）　弗柳斯的兒子，奧德修斯的侄孫，杜利奇阿姆人領
袖。

麥西斯圖斯（Mecisteus）　(1)希臘人，塔勞斯的兒子，阿抓斯塔斯的
兄弟，歐呂亞拉斯的父親；(2)希臘人，安蒂洛卡斯的夥友，爲波
律達馬斯所殺。

麥安德（Maeander）　小亞細亞一河名，以蜿蜒曲折著稱。

麥里昂奈斯（Meriones）　克里特人，莫拉斯的兒子，愛多麥紐斯的
侍從。

麥杜薩（Medusa）　三蛇髮女怪之一，爲柏修斯所殺。其頭裝在乙己
斯上用以駭人。

麥斯勒斯（Mesthles）　特洛伊友軍麥奧尼亞人領袖，塔萊麥內斯的
兒子，安蒂法斯的兄弟。

麥當（Medon）　(1)奧伊柳斯的私生子，小埃傑克斯的同父兄弟，麥
索尼亞人領袖，爲乙尼斯所殺；(2)律西亞戰士。

麥奧尼亞（Maeonia）　律狄亞的別名。

麥諾俠斯（Menoetius）　派楚克拉斯的父親。

勒托（Leto）　宙斯的情婦，阿波羅和阿特米斯的母親。

勒里吉斯（Leleges）　小亞細亞南部一個海盜部族。

勒克塔斯（Lectus）　特洛伊附近的海岬，與勒斯博斯相對。

勒波勒馬斯（Tlepolemus）　(1)赫拉克勒斯和阿斯濤奇亞的兒子，羅
　　茨的君王；(2)特洛伊人，爲派楚克拉斯所殺。

勒斯博斯（Lesbos）　綽阿德的離岸島。

斬阿加斯者（Slayer of Argus）　赫耳墨斯的形容語。

掠奪勝利品者（Driver of spoil）　雅典娜的形容語。

族長（Warden of the race）　奈斯特的稱呼。

十二劃

階森（Jason）　求取金羊毛隊的領袖。

菲巴斯（Phaebus）　阿波羅的形容稱謂。

菲尼克斯（Phaenix）　(1)阿基里斯的教師和友伴；(2)歐羅巴的父親。

菲洛克特蒂斯（Philoctetes）　赫拉克勒斯的弓箭的持有者，因受傷
　　被希臘人棄於倫諾斯島，後被帶至特洛伊以陷其城。

菲雷斯（Pheres）　歐麥拉斯的祖父，但後者亦被稱爲菲雷斯的兒子。

菲穎（Pherae）　(1)澤薩律城名；(2)佩洛龐內薩斯城名。

斯巴達（Sparta）　拉塞德芒首都，米奈勞斯的家。

斯卡曼椎阿斯（Scamandrius）　(1)赫克特的兒子阿斯蒂亞納克斯的
　　眞名；(2)特洛伊人，爲米奈勞斯所殺。

斯卡曼德（Scamander）　河名。源於愛達山，流經特洛伊城外；又
　　名贊薩斯。

斯坎門（Scaean gates）　特洛伊城面對希臘軍營地的城門。

斯坦特（Stentor）　希臘人，以聲音洪亮著稱。

斯拉塞（Thrace）　愛琴海正北的區域。

斯拉塞麥德斯（Thrasymedes）　奈斯特的兒子。

斯派基阿斯（Spercheius）　澤薩律的河。

普西芬尼（Persephone）　德麥特的女兒，哈得斯擄之爲妻，二者共
　　同統治冥府。

普利安（Priam）　洛麥敦的兒子，特洛伊君王。子女衆多，包括赫克
　　特、赫勒納斯、埃奇芒、可羅米阿斯、律康、巴黎、波利特斯、
　　戈古祥、德莫孔、德弗巴斯、伊薩斯、安蒂法斯、卡珊德拉、勞

廸斯等。

普雷奇麥斯（Pyraechmes）　派昂尼亞人領袖。

普羅特西勞斯（Protesilaus）　洛德麥亞的丈夫。他是希臘軍中第一個腳踏特洛伊土地並且是第一個被殺死的人。

普羅索斯（Prothous）　坦妓瑞當的兒子，麥格奈特斯人領袖。

勞多卡斯（Laodocus）　(1)特洛伊人，安蒂諾的兒子；(2)希臘人，安蒂洛卡斯的戰友。

勞廸斯（Laodice）　(1)阿加米農的女兒；(2)普利安的女兒，赫利康的妻子。

雅典（Athens）　阿蒂卡平原一城邦。

雅典娜（Athena）　宙斯的女兒，智慧、藝術和平與戰爭的女神。雅典的護神，幫助希臘人甚力。

博拉斯（Borus）　(1)費斯塔斯的父親；(2)佩柳斯的女兒波律多拉的丈夫。

博普拉西阿斯（Bouprasius）　埃利斯地名。

博奧蒂亞（Boeotia）　希臘中部一區。

提修斯（Theseus）　雅典王，伊吉斯的兒子，曾殺人身牛頭怪物米諾托。

費斯塔斯（Phaistus）　(1)特洛伊友軍戰士，為愛多麥紐斯所殺；(2)克里特的城名。

十三劃

奧西洛卡斯（Orsilochus）　(1)卽奧蒂洛卡斯，澤薩斯人；(2)奧蒂洛卡斯的孫子；(3)特洛伊人，為圖瑟所殺；(4)達南人，德奧克雷斯的兒子，為乙尼斯所殺。

奧伊柳斯（Oileus）　(1)洛克里斯的君王，小埃傑克斯和麥當的父親；(2)特洛伊人，比思諾的御者，為阿加米農所殺。

奧托麥敦（Automedon）　廸奧雷斯的兒子，阿基里斯的御者。

奧考默納斯（Orchomenus）　(1)博奧蒂亞一城；(2)阿卡廸亞一城。

奧托諾斯（Autonous）　(1)希臘人，為赫克特所殺；(2)特洛伊人，為

派楚克拉斯所殺。

奧利昂（Orion） 傳說中的獵人及獵戶星座。

奧利斯（Aulis） 博奧蒂亞的港口，希臘艦隊自此出發，前往特洛伊。

奧狄阿斯（Odius） (1)特洛伊友軍阿利松人領袖，爲阿加米農所殺；(2)希臘人的宣報員。

奧林匹斯（Olympus） 澤薩律的山，衆神所居的地方。

奧欣或奧欣納斯（Ocean or Oceanus） 泰坦巨神之一，海神，特齊斯的丈夫。

奧格艾（Augeiae） (1)佩洛龐內薩斯內拉科尼亞的城名；(2)洛克里斯的城名，在科林斯灣之北。

奧格阿斯（Augeias） (1)阿加西奈斯的父親；(2)阿加米德的父親。

奧斯呂昂紐斯（Othryoneus） 特洛伊友軍，卡珊德拉的未婚夫，爲愛多麥紐斯所殺。

奧菲勒斯特斯（Ophelestes） (1)特洛伊人，爲圖瑟所殺；(2)派昂尼亞人，爲阿基里斯所殺。

奧菲爾狹斯（Opheltius） (1)希臘人，爲赫克特所殺；(2)特洛伊人，爲歐呂亞拉斯所殺。

奧塔斯（Otus） (1)一個巨人，波塞多和伊菲達麥亞的兒子；(2)希臘人，爲波律達馬斯所殺；(3)阿洛尤斯的兒子，一個巨人。

奧雷斯特斯（Orestes） (1)特洛伊人，爲里昂圖斯所殺；(2)希臘人，爲赫克特所殺；(3)阿加米農和克里退奈斯屈阿的兒子，他爲報殺父之仇，親殳其母及其奸夫艾吉斯修斯。

奧德修斯（Odysseus） 拉厄特斯和安蒂克雷亞的兒子，皮奈洛普的丈夫，特勒馬卡斯的父親，塞法倫尼亞人的君王，住在伊薩卡，爲人智勇兼備，爲希臘軍重要領袖之一，極爲雅典娜所鍾愛。

達丹尼亞（Dardania） 達丹納斯所建之城，在愛達山之麓。

達丹尼亞人（Dardanians） 有時以此稱特洛伊人。

達丹納斯（Dardanus） 普利安和伊拉斯的祖先，二者常被稱爲達丹納斯的兒子或達丹尼亞人。

達內（Danaë） 阿克里西阿斯的女兒，柏修斯的母親。

達南人（Danaans）　希臘人的通稱，亦稱亞該亞人或阿果斯人。

達雷斯（Dares）　赫斐斯塔司的特洛伊祭司，斐吉阿斯和愛德阿斯的父親，曾著特洛伊戰爭史。

塞布里昂斯（Cebriones）　普利安的私生子，赫克特的御者，爲派楚克拉斯所殺。

塞西特斯（Thersites）　希臘軍中善詼諧者和煽動者。

塞米斯（Themis）　正義的人格化。被稱爲美顏的。

塞利（Selli）　宙斯的的祭司，在多多納。

塞貝斯，塞貝（Thebes, Thebe）　(1)博奧蒂亞一城；(2)綽阿德一城；(3)埃及一城。

塞貝斯人（Cadmeians）　塞貝斯城的鼻祖克德馬斯的後裔。

塞耶斯特斯（Thyestes）　阿楚斯的兄弟，艾吉斯修斯的父親。

塞浦里斯（Cypris）　阿芙羅狄蒂的別名，因爲她愛塞浦路斯島。

塞麥勒（Semele）　克德馬斯的女兒，宙斯的情婦，狄俄尼索斯的母親。

塞勒斯（Selleis）　(1)埃利斯的河；(2)綽阿德的河。

塞蒂斯（Thetis）　奈魯斯的女兒，佩柳斯的妻子，阿基里斯的母親。

愛多麥紐斯（Idomeneus）　杜克利昂的兒子，克里特人領袖，希臘軍大英雄。

愛達（Ida）　特洛伊附近的山脈。

愛瑞斯（Iris）　彩虹女神，衆神的報信者。

愛德阿斯（Idaeus）　(1)特洛伊人，達雷斯的兒子；(2)特洛伊的傳信員，普利安的御者。

雷亞（Rhea）　烏蘭納斯和蓋亞的女兒，克魯諾斯的姊妹和妻子，宙斯、波塞多、哈得斯、赫拉、德麥特和赫斯蒂亞的母親。

雷電神（Lord of lightning）　宙斯的形容語。

雷神（Far-thundering）　宙斯的形容語。

雷薩斯（Rhesus）　(1)特洛伊的友軍斯拉塞人，爲迪奧麥德斯所殺。(2)河名。

蒂塔斜斯河（Titaresius）　其水注入潘紐斯河，但像油一般在潘紐

斯河水之上流，因其爲冥河之一部分。

塔塔拉斯（Tartarus）　冥間的牢獄。

滅鼠者（Sminthian）　阿波羅的稱謂。

十四劃

銀弓神（Lord of the Silver bow）　阿波羅的形容語。

銀弓神（Silver bow, god of）　阿波羅的稱謂。

塵世通往冥府的暗界（Erebus）

赫丘巴（Hecuba）　普利安的妻子，有子十九人，包括赫克特和巴黎。

赫耳墨斯（Hermes）　商業和旅行之神，被稱爲賜給幸運者和創造奇蹟者。爲導引死人入冥府者。曾斬阿加斯。

赫貝（Hebe）　宙斯和赫拉的女兒，赫拉克勒斯的妻子，有時爲衆神的女僕。

赫克特（Hector）　普利安和赫丘巴的兒子，安助瑪琪的丈夫，阿斯蒂亞納克斯的父親，特洛伊軍的大英雄和總指揮；爲阿基里斯所殺。

赫利康（Helicaon）　安蒂諾的兒子，勞迪斯的丈夫。

赫利斯（Helice）　佩洛龐內薩斯北部亞該亞一城。城內有波塞多的廟，因此波塞多被稱爲「赫利斯公」。

赫拉（Hera）　宙斯的妻子，也是他的妹妹，波塞多的姊妹，衆神之后。幫助希臘人甚力。

赫拉克勒斯，海格立斯（Heracles, Hercules）　宙斯和阿爾克曼納的兒子，勒波勒馬斯和澤薩拉斯的父親。力大無窮，曾完成十二項艱巨工作。

赫路斯（Helus）　⑴拉科尼亞一城名；⑵派洛斯一城名。

赫拉斯（Hellas）　原爲澤薩律的一區，後來成爲全希臘的名稱。

赫拉斯人（Hellenes）　荷馬時代尚未用之代表全體希臘人。

赫勒納斯（Helenus）　⑴普利安的兒子，特洛伊最好的占卜者。⑵希臘人，爲赫克特和阿瑞斯所殺。

赫勒斯龐特（Hellespont）　歐亞二洲間的狹長地峽，黑海的水經此峽流入地中海。

赫斐斯塔司（Hephaestus）　精工巧匠之神。宙斯和赫拉的兒子，契
　瑞斯的丈夫，又一說為阿芙羅狄蒂的丈夫。跛一足，被稱為瘸腳
　神。

綽依拉斯（Troilus）　普利安和赫丘巴的兒子。

綽阿德（Troad）　特洛伊周圍的區域。

十五劃

歐呂貝特斯（Eurybates）　希臘軍的宣報員，奧德修斯的侍從。

歐呂拍拉斯（Eurypylus）　(1)澤薩律的歐艾蒙的兒子，為巴黎所傷；
　(2)波塞多的兒子，住在科斯的希臘人。(3)城名。

歐呂亞拉斯（Euryalus）　麥西斯圖斯的兒子，廸奧麥德斯的戰友。

歐呂修斯（Eurystheus）　邁錫尼王，澤內拉斯的兒子，柏修斯的孫
　子，曾派給赫拉克勒斯若干項艱巨任務。

歐呂麥敦（Eurymedon）　(1)阿加米農的侍從；(2)奈斯特的僕人。

歐呂塔斯（Eurytus）　(1)阿克特的兒子，查爾皮阿斯的父親；(2)澤薩
　律的歐柴利亞人。

歐紐斯（Oeneus）　泰杜斯的父親，廸奧麥德斯的祖父。

歐麥拉斯（Eumelus）　阿德麥塔斯的兒子，曾參加派楚克拉斯葬儀後
　的戰車競賽。

歐博艾（Euboea）　阿蒂卡和博奧蒂亞東海岸外一島名。

歐菲馬斯（Euphemus）　楚任納斯王的兒子，西科奈人領袖。

潘索斯（Panthous）　歐弗巴斯和波律達馬斯的父親，特洛伊的顧問，
　阿波羅的祭司。

潘達拉斯（Pandarus）　律康的兒子，特洛伊的友軍律西亞人領袖，
　為廸奧麥德斯所殺。

潘諾普斯（Panopeus）　(1)希臘拳師埃佩阿斯的父親；(2)希臘北部弗
　西斯的一城。

德弗巴斯（Deiphobus）　普利安的兒子，赫克特的兄弟。

德麥特（Demeter）　司農業的女神，赫拉、宙斯和波塞多的姊妹，普
　西芬尼的母親。

震地者（Shaker of the earth）　波塞多的形容語。

震地者（Earth-shaker）　波塞多的形容語，亦稱撼地者。

圖瑟（Teucer）　特拉蒙的私生子，埃傑克斯的同父兄弟，希臘軍中的善射者。

十六劃

澤內拉斯（Sthenelus）　(1)克帕紐斯的兒子，廸奧麥德斯的侍從；(2)柏修斯和安助麥達的兒子。

澤阿諾（Theano）　特洛伊城雅典娜的女祭司。

澤斯特（Thestor）　(1)克爾卡斯的父親；(2)阿爾克馬昂的父規；(3)埃塔普斯的兒子，爲派楚克拉斯所殺。

澤薩拉斯（Thessalus）　赫拉克勒斯的兒子，菲狄帕斯和安蒂法斯的父規。

澤薩律（Thessaly）　希臘東北部一區域。

導引（Guide）。赫耳墨斯的形容語，因他的職司是導引亡魂入冥府。

默西亞人（Mysians）　(1)多腦河流域一部族；(2)住在小亞細亞的部族，幫助特洛伊人。

默利格（Meleager）　歐紐斯和阿爾塞亞的兒子，克麗歐帕楚阿的丈夫，曾殺克律敦的野豬。

瘸脚神（Lame god）　赫斐斯塔司的形容語。

十七劃

邁密登人（Myrmidons）　澤薩律弗西雅的居民，爲阿基里斯所統治。

邁錫尼（Mycenae）　佩洛龐內薩斯一城，阿加米農的家。

謝德阿斯（Schedius）　(1)伊菲塔斯的兒子，弗西斯人領袖；(2)希臘人，佩里麥德斯的兒子，爲赫克特所殺。

十八劃

薩拉米斯（Salamis）　雅典附近一島，特拉蒙埃傑克斯的家鄉。希臘海軍曾大敗波斯海軍於此。

薩佩敦（Sarpedon）　宙斯的兒子，特洛伊的友軍律西亞人領袖，爲
派楚克拉斯所殺。

薩莫斯（Samos）　⑴伊薩卡附近一島；⑵小亞細亞離岸一島。

十九劃

贊薩斯（Xanthus）　⑴特洛伊人，爲廸奧麥德斯所殺；⑵阿基里斯的
馬；⑶律西亞的河名；⑷斯卡曼德河的別名；⑸赫克特的馬。

羅茨（Rhodes）　小亞細亞西南一島。

二十一劃

蘭帕斯（Lampus）　⑴洛麥敦的兒子，多洛普斯的父親；⑵赫克特
的馬。

伊利亞圍城記

1985年6月初版　　　　　　　　　　　　定價：新臺幣250元
1998年3月初版第三刷
有著作權・翻印必究
Printed in Taiwan.

原 著 者　Homer
英 譯 者　E. V. Rieu
中 譯 者　曹　　鴻　　昭
發 行 人　劉　　國　　瑞

本書如有缺頁，破損，倒裝請寄回發行所更換。

出 版 者　聯 經 出 版 事 業 公 司
臺 北 市 忠 孝 東 路 四 段 5 5 5 號
電　　話：3 6 2 0 3 0 8・7 6 2 7 4 2 9
發行所：台北縣汐止鎮大同路一段367號
發 行 電 話：6 4 1 8 6 6 1
郵 政 劃 撥 帳 戶 第 0 1 0 0 5 5 9 - 3 號
郵 撥 電 話：6 4 1 8 6 6 2
印 刷 者　世 和 印 製 企 業 有 限 公 司

行政院新聞局出版事業登記證局版臺業字第0130號

ISBN　957-08-1790-9(平裝)

國立中央圖書館出版品預行編目資料

伊利亞圍城記 / Homer原著；E.V.Rieu英譯；
　曹鴻昭譯 . --初版 . --臺北市：聯經，1985年
　面；　　公分 .
　譯自：The Iliad
　ISBN　957-08-1790-9(平裝)
　〔1998年3月初版第三刷〕

871.3　　　　　　　　　　　　　　　87002825